CON ARDIENTES FULGORES DE GLORIA

CON ARDIENTES FULGORES DE GLORIA

JUAN DAVID MORGAN

Diseño de portada: Estudio la fe ciega / Domingo Martínez
Fotografía: © Shutterstock / Everett Historical

Bajo el sello editorial PLANETA M.R.
Avenida Presidente Masarik núm. 111, Piso 2
Colonia Polanco V Sección
Deleg. Miguel Hidalgo
C.P. 11560, Ciudad de México
www.planetadelibros.com.mx

Primera edición: febrero de 2017
ISBN: 978-607-07-3928-6

Impreso en los talleres de Litográfica Ingramex, S.A. de C.V.
Centeno núm. 162-1, colonia Granjas Esmeralda, Ciudad de México
Impreso y hecho en México – *Printed and made in Mexico*

A Gretel, dueña y señora de todas mis palabras

El 12 de agosto de 1903, el Senado de Colombia rechazó, por unanimidad, el tratado Herrán-Hay, que le hubiera permitido a Estados Unidos construir un canal por el Istmo de Panamá, entonces un departamento de Colombia. Menos de cien días después, Panamá se había separado de Colombia y su representante en Washington —un francés de nombre Philippe Bunau Varilla— había firmado con Estados Unidos un tratado a perpetuidad que le permitiría construir y operar un canal, además de crear en torno a él una entidad jurisdiccional conocida como Zona del Canal.

Esta novela se desenvuelve en esos días, cuando los acontecimientos se precipitaban en una cascada de conspiraciones e intrigas en Panamá, París, Washington y Bogotá.

Es preciso cubrir con un velo
del pasado el calvario y la cruz...

(Himno Nacional de la República de Panamá)

EL PASADO

Veritas filia temporis
(La verdad es hija del tiempo)

AULO GELIO

París

Mayo de 1931

Siguiendo una rutina próxima a convertirse en costumbre, el viejo periodista echó llave al cerrojo de su pequeña habitación y descendió los diez escalones que lo separaban de la calle Belles Feuilles en el barrio Dieciséis de la comuna de París. En el kiosco de la esquina compró el diario y dos calles más adelante entró en el café Au Bon Pain, donde ocupó la mesa próxima a la puerta que daba a la cocina que, sin necesidad de acuerdo previo, se mantenía libre para él. Como todos los días, Marie, con movimientos rápidos y una breve sonrisa, reservada para los comensales más asiduos, le sirvió la primera taza de humeante café negro. No habían intercambiado más palabras que un apenas perceptible *bon jour*.

Cuatro meses habían transcurrido desde que Henry Hall decidiera cambiar los apretados y lúgubres rascacielos de Manhattan por la belleza amplia y generosa de la Ciudad Luz. En París había vivido, años atrás, los días más felices de su vida, aquellos en que tan cerca estuvo de romper su endémica misantropía. «¿Qué sería de Christine?», se preguntaba todavía, impulsado más por su innata curiosidad de periodista que por verdaderos sentimientos de nostalgia. En el amplio universo de su memoria el recuerdo de Christine titilaba cada vez con menos luminosidad.

Henry Hall se desempeñaba como corresponsal del *Philadelphia Times* en Francia la noche que, hacía más de treinta años, conoció a Joseph Pulitzer en la cena de gala que el dueño y editor de *The World* ofrecía anualmente en el Club de Prensa de Nueva York a los periodistas más destacados de la prensa americana. Veinte minutos de conversación bastaron para que el joven Hall, subyugado por la personalidad combativa y la agudeza intelectual de Pulitzer, accediera a dejar su puesto en París para trabajar en el *The New York World* como jefe de la Sección Investigativa. «He leído algunos de sus reportajes, Hall, y necesito alguien como usted para continuar mi lucha», había dicho Pulitzer. Henry aceptó sin titubear y dos meses después cambiaba la tranquilidad y la hermosura de la capital francesa por la vida frenética y gris de Nueva York. Recién estrenado el siglo XX, el 2 de enero de 1900, escribió Henry su primer reportaje para *The World*. En 1911 fallecía Joseph Pulitzer, cuyo nombre se mantendría vinculado al periodismo a través de los premios de prensa que instituyó con parte de la fortuna acumulada al frente de las rotativas. Obedeciendo a una obligación familiar más que a una verdadera vocación, Ralph Pulitzer, primogénito de Joseph, continuó al frente del periódico. Pero en 1931, forzado por la depresión que siguió a aquel octubre negro del año 29, Ralph decidió vender el diario a la cadena Scripps-Howard.

La mañana del martes 13 de enero de 1931, último día que laboraría para *The World*, permanecía vívida en la memoria de Henry Hall. Ralph lo había citado en su despacho, el mismo que durante veinte años ocupara su padre Joseph.

—Me temo que las noticias no sean buenas, Henry. Tengo una buena oferta por el periódico y debo aceptarla.

Ralph no se parecía a su padre, y no se trataba solamente de la apariencia física: al hijo le faltaba aquel vigor, aquella combatividad, aquella chispa vital que había convertido *The World* en el periódico más leído del estado. Como si adivinara el pensamiento del viejo sabueso, Ralph había agregado enseguida, con matices de disculpa en su voz:

—Bajo las actuales circunstancias, estoy seguro que mi padre habría hecho lo mismo. Tú, mejor que nadie, sabes el esfuerzo que realicé para mantener las prensas rotando después de su muerte, pero mi responsabilidad al frente de esta empresa va más allá de publicar noticias. La crisis del 29 nos dejó al borde de la bancarrota y yo debo velar por la salud económica de todos los que aquí laboran. Con la venta salvamos el plan de pensiones y el valor de los bonos y acciones de los empleados. Disfrutarás de un cómodo y bien merecido retiro, Henry, aunque estoy seguro de que, si así lo deseas, podrías quedarte trabajando con Scripps-Howard.

—¿Vendiste el *The World*, Ralph, o solo su maquinaria?

—Lo vendí todo. Pero estoy seguro de que muy pronto el diario dejará de llamarse *The New York World*.

—Se llamará *The Telegram*, y, como todos los de Scripps-Howard, cambiará completamente nuestro estilo.

Henry calló un momento, mientras intentaba reconciliar sus emociones y pensamientos. «¿Cómo deja uno de husmear, de investigar, de destapar escándalos, después de treinta años de hacerlo casi a diario?». Nunca antes se había preocupado por la seguridad económica. Su trabajo y su vida eran una misma cosa. Cuando volvió a hablar su voz sonaba lejana y cansada, como si de pronto hubiera adquirido conciencia del tiempo.

—No, Ralph, creo que ya no puedo volver a escribir crónicas insulsas, que es lo que tendría que hacer para *The Telegram*. Te agradezco el aviso previo.

Mientras Henry se levantaba para despedirse, Ralph Pulitzer sintió una profunda compasión por el antiguo colaborador, cuyo tradicional entusiasmo había visto apagarse en los pocos minutos que durara la entrevista.

—Henry, si quieres, puedo hablar con William Hearst. Estoy seguro de que te contrataría en el acto.

—Sería como pasarse al enemigo, ¿no crees Ralph? ¿Qué pensaría tu padre? No, Ralph. Joseph Pulitzer creó un nuevo estilo; sensacionalista, pero serio. Hearst intentó imitarlo y acabó corrompiendo el periodismo investigativo con su *New York Journal*. Por eso ni tu padre ni yo nos dimos nunca por aludidos cuando nos tildaban de prensa amarilla: sabíamos que ese epíteto era para Hearst.

Luego de una breve pausa, el periodista añadió con sarcasmo:

—Me retiraré, Ralph. Quizá regrese a París y, como todos los que se retiran, escribiré mis memorias.

En ese momento la sonrisa dulce e ingenua de Christine iluminó por un instante los recuerdos de Henry Hall. «¿Qué sería de ella?», volvió a preguntarse. «¿La reconocería si volviera a encontrarla?».

Ahora, cuatro meses después, Henry Hall se encontraba instalado en un pequeño y austero apartamento en el número 22 de la calle Belles Feuilles. Puesto que no había sentido nunca apego por las cosas materiales, sus modestos ingresos le permitían una existencia simple pero decorosa. Sin embargo, la ausencia de una rutina de trabajo poco a poco había ido creando en él conciencia de su soledad.

En un principio se entretuvo recorriendo la ciudad y observando con deleite que todo, hasta la primavera, seguía igual en París. «Es lo que hace de las grandes ciudades lo que son», pensaba. «En ellas el tiempo parece detenerse mientras las calles, las plazas y los monumentos ven pasar, una tras otra, nuevas generaciones de parroquianos sin que nada logre alterar su permanencia, su belleza y su personalidad. ¡Cuán diferente de las explosivas y frenéticas ciudades del nuevo continente! Nueva York es un asco, sobre todo después de la gran depresión. El rostro de Manhattan parece cambiar de un día para otro, de acuerdo con el humor de sus habitantes, la temperatura de sus calles y las cotizaciones de Wall Street».

Transcurrido el primer mes, se dedicó a visitar museos y librerías. Los días de semana recorría con parsimonia las interminables salas del Louvre y los domingos, que eran sus días favoritos, se paseaba a lo largo del Sena en busca de algún tesoro oculto en los estoicos anaqueles de libros viejos que, quién sabe desde cuándo, se alineaban entre el Puente del Alma y la iglesia de Notre Dame. Al cabo de tres meses la monotonía se impuso y el paso de los días y las horas lo sorprendió pensando en Christine cada vez con más frecuencia. «¿Viviría ella? ¿Navegaría hacia la vejez, sobre las apacibles olas del tiempo, rodeada de hijos y nietos?». Quizá sería mejor no saberlo nunca. Cuando treinta años atrás, atraído por Pulitzer y su oferta, abandonó París, no encontró el valor para hablar con Christine. Temía que una lágrima en aquellos ojos grises que tanto amaba bastara para retenerlo en París. Escribió, pues, una larga y sentida carta explicándole su decisión y suplicando que se le uniera en Nueva York. En vano aguardó respuesta. La única mujer con la que estuvo dispuesto a compartir su soledad pasó a habitar tan solo en sus recuerdos y pronto comprendió que sin Christine se había apagado también en él la capacidad de amar.

Henry saboreó su segunda taza de café y comenzaba a leer los titulares de *Le Figaro* cuando un nombre conocido desvió su atención hacia un pequeño recuadro en la parte inferior de la primera plana. «La ciudad de París condecora hoy al coronel Philippe Bunau Varilla». La sola lectura de aquel apellido desató en su mente una sucesión de recuerdos: de inmediato los nombres de Theodore Roosevelt, John Hay, William Cromwell, Howard Taft, Joseph Pulitzer, José Manuel Marroquín y Manuel Amador acudieron a recrear la más grande de sus aventuras periodísticas.

Nadie había investigado tan minuciosamente como él las intrigas, manipulaciones y escándalos que rodearon la construcción del Canal de Panamá. Los Estados Unidos, acaudillados por un presidente que se vanagloriaba de ser un rudo vaquero, habían llegado al increíble extremo de forzar la independencia de un país para que se le permitiera abrir la gran zanja. Cuando Pulitzer, infatigable cazador de infamias, le encomendó la investigación de los hechos que desembocaron en la separación del departamento de Panamá y la escandalosa compra de la concesión francesa por el gobierno de los Estados Unidos, Henry dedicó a la tarea cada fibra de su cuerpo y cada neurona de su cerebro. Durante meses viajó entre Panamá, Bogotá, Washington y París en busca de la elusiva verdad.

La noticia de *Le Figaro* informaba escuetamente que ese día se le impondría a Bunau Varilla la Gran Medalla de Oro de París como reconocimiento a sus innumerables servicios a la patria, condecoración que hasta ese día únicamente se había otorgado a Charles Lindbergh. Al concluir la lectura Henry volvió a sentir, por primera vez desde que abandonara *The World*, el aguijón de la curiosidad y el afán de investigar. Recordó que tanto Joseph Pulitzer como él se lamentaron siempre de no haber llegado a descubrir el verdadero destino de los cuarenta millones de dólares que el gobierno norteamericano pagó a la Compañía Francesa del Canal. Años atrás, *The World* había recordado al pueblo americano que la compra de la concesión francesa era la transacción inmobiliaria más grande en la historia de los Estados Unidos, mucho más que la compra de Alaska a Rusia por siete millones doscientos mil dólares en 1867. Pulitzer y Hall compartían la seguridad de que detrás de toda la trama se ocultaban actos de profunda corrupción que rozaban las más altas esferas del gobierno y de los grandes capitales norteamericanos. Pero la pregunta: «¿Quién se quedó con los cuarenta millones?», con la que *The World* empañó la campaña presidencial de Howard Taft y los republicanos en 1908, nunca obtuvo una respuesta definitiva, no obstante las minuciosas investigaciones de Henry. Como por arte de magia, toda huella de la transacción había desaparecido con los libros de la compañía francesa y el periodista siempre sospechó que Bunau Varilla fue el encargado de armar la tramoya. ¿Por qué no aprovechar ahora su retiro en París para llegar hasta el final de aquella historia? Era una deuda con Joseph Pulitzer, quien había partido de este mundo con la desilusión de no haber tocado fondo en el asunto. Se lo debía también a sí mismo, pues el escándalo del Canal de Panamá y la repartición de los cuarenta millones era la única noticia de la que nunca escribió el último capítulo. Una gran agitación se apoderó del ánimo de Henry cuando tomó la decisión de visitar cuanto antes a Philippe Bunau Varilla y por primera vez, ante la sorpresa de Marie, abandonó su pequeña mesa del Au Bon Pain sin consumir la tercera taza de café y el acostumbrado *croissant*.

De vuelta en su apartamento, el periodista buscó enseguida la guía telefónica. «Bunau Varilla, Philippe, Ave. D'Iéna, número 53, Tel. 26208». Después de anotar la dirección y el número telefónico, decidió escribir una breve esquela indicándole su interés en conversar con él. Tras las primeras tres líneas, sin embargo, comprendió que no era conveniente advertirle la razón por la cual se le hacía imperativo verlo. «Además —reflexionó—, escribir y esperar una respuesta llevaría mucho tiempo». La premura de hablar con Bunau Varilla se iba convirtiendo en una obsesión similar a la que lo impulsaba cuando se entregaba de lleno a cualquiera de sus investigaciones periodísticas. Finalmente resolvió que lo más conveniente sería presentarse sin previo aviso a la casa de la avenida D'Iéna. Buscó el periódico para releer la noticia y confirmar que la condecoración tendría lugar al mediodía y que luego la ciudad de París ofrecería un almuerzo al coronel Bunau Varilla y su familia. «A las cinco debe estar de vuelta en su residencia. Acudiré allá esta misma tarde a las cinco y media», se dijo.

Como la avenida D'Iéna no distaba mucho de su apartamento, el periodista decidió hacer el trayecto a pie. Salió a las cuatro y treinta en punto, con tiempo de sobra para caminar despacio y meditar. A medida que se acercaba se convencía de que el destino de los famosos cuarenta millones no era la única ni, tal vez, la verdadera razón de su entusiasmo. A estas alturas, a muy poca gente le interesaría saber lo que había ocurrido treinta años antes con motivo de la construcción del Canal de Panamá. La vía acuática se consideraba hoy como una de las maravillas del mundo moderno y prestaba valiosos servicios al comercio mundial y a los intereses militares de los Estados Unidos, tal como había quedado demostrado durante la Gran Guerra del 14. Lo que realmente atraía a Henry era un inusitado interés por conocer al peculiar individuo cuya personalidad lo intrigara desde la primera vez que escuchó su nombre en relación con la obra del canal. A través de las páginas de *The World*, Pulitzer y él lo habían tildado de «aventurero intrigante al servicio de los intereses franceses» porque ese era el giro que las noticias requerían en aquel tiempo. Pero, contemplando la historia sin apasionamientos, resultaba innegable que Bunau Varilla no era un aventurero cualquiera. De sus investigaciones Henry recordaba que, siendo muy joven, el galo había quedado a cargo de la construcción del canal, cuando los franceses se esforzaban por realizar el sueño de Ferdinand de Lesseps y desde entonces no había cesado de promover la gran obra. A los sólidos conocimientos de ingeniería de Bunau Varilla se debía, en parte, el diseño de esclusas que posteriormente utilizarían los norteamericanos para concluir la vía, y a su tenacidad y audacia, el que la ruta de Panamá fuera escogida por el gobierno de Theodore Roosevelt por encima de la de Nicaragua, favorita de muchos y muy influyentes intereses. Henry Hall sabía que Bunau Varilla había escrito más de un libro acerca del Canal de Panamá pero nunca quiso leerlos, tal vez para conservar intacta su propia versión de lo ocurrido. «Lo que realmente me interesa es comparar historias con uno de los protagonistas. Los cuarenta millones serán la excusa para tocar a su puerta», se dijo Henry mientras ascendía los peldaños que conducían al frontispicio de la hermosa mansión que albergaba a la familia Bunau Varilla.

El mayordomo que acudió a abrir miró al periodista de arriba a abajo, con uno de esos gestos típicos de quienes piensan que sirven a gente muy importante.

—Soy Henry Hall, reportero del periódico norteamericano *The World*, y quisiera ver al señor Bunau Varilla —se apresuró a decir el periodista, a lo que el mayordomo, sin cambiar de expresión, replicó:

—¿Lo espera a usted el señor Bunau Varilla?

—No, en realidad no. Pero creo que si le avisa que estoy aquí no tendrá objeción en recibirme.

La sinceridad de Henry y su francés impecable parecieron ablandar al mayordomo, en cuyas palabras asomaba ahora un matiz más amable.

—Me temo que el señor no está disponible. Se encuentra dando su acostumbrado paseo vespertino. Si me deja su tarjeta de visita estoy seguro de que él se comunicará con usted.

—¿Y a qué hora regresa el señor Bunau Varilla?

El mayordomo dudó un instante antes de responder.

—En media hora estará de vuelta.

—En ese caso iré yo también a disfrutar de esta hermosa tarde de primavera y regresaré en media hora. Le agradezco su amabilidad.

La avenida D'Iéna llevaba hacia una pequeña plaza sombreada por árboles frondosos que invitaban al reposo y hacia allá se dirigió Henry sin prisa. Sonrió al descubrir que se trataba de la plaza dedicada por el municipio de París a los Estados Unidos y se sentó a la sombra del monumento en que, inmortalizados en bronce, George Washington y el Marqués de La Fayette mantenían un diálogo de siglos en torno a la libertad. La banca que escogió era la más próxima al sitio en que jugaban unos niños y por primera vez en su vida prestó atención a los juegos infantiles. Los pequeños reían al unísono, correteándose sin propósito aparente. Admirando la seriedad con que los niños disfrutaban de sus juegos, Henry se preguntó si no habría perdido lo mejor de la vida mientras se entregaba por entero a la búsqueda incesante de noticias que lograran interesar a la opinión pública. A los sesenta y dos años no tenía más familia que su hermana Janet, que vivía en Canadá, a la que no veía desde hacía más de veinte. «Las únicas huellas que pueden dejar hombres como yo, de quienes no se ocupará nunca la historia, son los hijos y los hijos de los hijos. Ya ni eso dejaré». Pensó en Christine, pero el instintivo mecanismo de autodefensa que aparece en los momentos de debilidad rechazó su recuerdo. «En cualquier caso —se dijo— si Christine todavía vive no será la misma que amé hace treinta años». Una brisa plena de risas y gritos inocentes lo trajo de vuelta a la realidad. Luego de consultar su reloj, Henry Hall emprendió el regreso hacia el número 53 de la avenida D'Iéna.

Esta vez el mayordomo se mostró amable y Henry creyó percibir en aquel rostro imperturbable el amago de una sonrisa.

—El señor Bunau Varilla lo espera en su estudio —dijo invitándolo a entrar.

El interior de la mansión era tan majestuoso como la fachada. En la decoración se destacaban muebles y óleos antiguos y una gran variedad de objetos de arte que revelaban que el propietario era un hombre de mundo. Esta impresión se confirmaba en la imponente colección de fotos desplegada en el estudio en las que Bunau Varilla aparecía retratado con personajes de diferentes latitudes y costumbres, desde jefes de tribus africanas hasta presidentes europeos y americanos. Entre las fotografías, Hall identificó una del antiguo secretario de Estado, John Hay, famoso arquitecto de la política internacional de los Estados Unidos de principios de siglo, cuyo nombre figuraba junto al de Bunau Varilla en el tratado del Canal de Panamá.

—Buenas tardes, *monsieur* Hall —saludó una voz aguda y precisa a sus espaldas.

Al voltearse, Henry se encontró, finalmente, frente a frente con el hombre que por tanto tiempo fuera blanco de los ataques que él y Joseph Pulitzer orquestaron en su afán de desprestigiar a Roosevelt. Aunque las canas y la avanzada calvicie le suavizaban el rostro, Philippe Bunau Varilla conservaba aquella mirada penetrante e impertinente que tanto se destacaba en las fotografías. La mano que estrechaba la suya era pequeña pero aguerrida.

—*Monsieur* Bunau Varilla, gracias por recibirme sin aviso previo.

«El típico periodista americano», pensó Bunau Varilla mientras observaba a su huésped sin miramientos. A pesar de su figura encorvada, en la que la cabeza parecía emerger directamente de los hombros, Henry Hall era bastante más alto que el francés. Sin corbata y descuidadamente rasurado, de sus facciones lo que más sobresalía eran unas cejas muy pobladas, hirsutas y desordenadas, cuya negrura contrastaba con el cabello entrecano.

—Después de tantos años, quizás sienta yo la misma curiosidad que sin duda lo ha impulsado a usted a venir a verme. Entiendo, sin embargo, que el *The New York World* ya no existe y que usted abandonó el mundo de las noticias, por lo que supongo que su visita no obedece a una misión periodística.

—Veo que se mantiene usted bien informado.

—No olvide, *monsieur* Hall, que yo también he estado vinculado a un periódico durante muchos años.

—*Le Matin*, ¿no es cierto?

—Así es, y todavía me mantengo cerca de los teletipos. Pero, sentémonos, por favor.

Mientras se desplazaban hacia la salita, a un lado del estudio, Henry Hall advirtió que Bunau Varilla caminaba con la pierna derecha completamente rígida y cuando se sentaron observó que del pantalón del ingeniero francés, en lugar del calzado, sobresalía una especie de bastón que remataba en un caucho redondo. Cuando volvió a levantar la mirada, en el rostro de Bunau Varilla asomaba una sonrisa entre amarga y divertida.

—Un recuerdo de la guerra, *monsieur* Hall. Desafortunadamente me encontraba muy cerca del sitio en el que estalló una bomba alemana.

—Lo siento mucho. No lo sabía.

—He aprendido a vivir con este aditamento, diseñado por mí mismo, que me permite mejor movilidad que una prótesis. Pero, dígame, ¿qué lo trae por aquí? Yo dejé de ser importante. Pulitzer y Roosevelt pasaron hace tiempo a mejor vida y el Canal de Panamá ha resultado un éxito militar y comercial, tal como yo lo predije.

Henry Hall permaneció un instante en silencio, buscando las palabras adecuadas para comunicar a Bunau Varilla el motivo que servía de excusa a su intempestiva visita. Finalmente decidió ir directo al grano.

—Efectivamente, estoy retirado del periodismo. Usted sabe, sin embargo, que la historia que investigué con más ahínco fue la de cómo los Estados Unidos se adueñaron del Canal de Panamá y la participación de Roosevelt y sus allegados en todo ese asunto. Lo cierto es que nunca pude llegar al final porque me resultó imposible averiguar el destino de los cuarenta millones que se pagaron por la transacción. Recuerdo que todo vestigio de lo ocurrido desapareció como por encanto de los registros de la compañía francesa propietaria de la concesión.

Una chispa de ira fulguró en los ojos azules del francés, pero solo por un instante.

—Lo primero que debo decirle, *monsieur* Hall, es que los norteamericanos tienen que aprender que nuestras culturas son muy diferentes. —Bunau Varilla había adoptado un tono doctoral—. Tal vez sea el puritanismo lo que los hace a ustedes practicar el exhibicionismo. Nosotros, en cambio, sabemos la importancia de la intimidad y la reserva. Además, ¿qué pueden importar ya los cuarenta millones?

El periodista percibió en las palabras y la inflexión de la voz de su interlocutor la intención de herirlo, tal vez no tanto a él, personalmente, sino a lo que él representaba. Pero la ocasión no se prestaba para enredarse en discusiones filosóficas. El altivo personaje de gestos presuntuosos que tenía por delante había dejado una huella importante en la historia que tanto interés despertara en él años atrás. Era preciso, pues, continuar con su plan de acción.

—Ya le dije, coronel, que mi interés en el destino de los cuarenta millones es hoy puramente sentimental. Es entendible que para el resto del mundo el tema haya perdido toda importancia. Yo, que ya estoy retirado de la brega periodística y dispongo de tiempo, veo en esta plática con usted la oportunidad de completar una historia a la que dediqué mis mejores esfuerzos. ¿Le parece esto extraño?

Philippe Bunau Varilla se levantó de la silla que ocupaba y con paso que recordaba al de una cigüeña, se dirigió al anaquel colocado detrás del escritorio del que retiró un libro voluminoso. Henry Hall se emocionó pensando que el libro albergaba, efectivamente, la historia de los cuarenta millones. Bunau Varilla regresó, más lentamente, y volvió a sentarse frente a su huésped.

—¿Me hará el honor de aceptar una invitación a cenar? —El francés hablaba ahora con una amabilidad insospechada—. Mañana debo viajar a Kenya, donde vive mi hija, y me temo que no podremos reanudar nuestra conversación hasta dentro de tres meses. La cena y la sobremesa nos darán la oportunidad de continuar este interesante diálogo.

—Acepto encantado, *monsieur* Bunau Varilla, aunque me apena que de mi parte haya habido una imposición.

—De ninguna manera, *monsieur* Hall. Permítame avisar a Pierre.

Bunau Varilla alzó el teléfono colocado en una mesita contigua a la silla que ocupaba.

—*Aló*, Pierre...

Mientras el dueño de la casa impartía órdenes, Henry Hall recordó que en los tiempos de la lucha por la ruta del canal interoceánico su anfitrión había adquirido fama por lo bien que atendía en su mansión parisiense a todo aquel que podía tener alguna injerencia en el tema. ¿Se estaría repitiendo con él la historia treinta años después?

Bunau Varilla colgó el auricular y su expresión y su tono volvieron a ser los de antes.

—Dígame, amigo Hall, ¿cómo puede pretender usted conocer la conclusión de una historia por cuyo comienzo nunca se preocupó? Habla usted de los cuarenta millones que pagó el gobierno de los Estados Unidos a la Nueva Compañía del Canal Francés como si eso fuera el final de la historia del Canal de Panamá y de Panamá. Los cuarenta millones no son ni fueron nunca nada, *monsieur* Hall, más que en las mentes apasionadas de quienes dirigían el *New York World*. Por supuesto que se pagaron y existe la información completa de a quién se entregó en última instancia cada dólar de esos fondos. Pero hoy que podemos ver los hechos con la claridad con que los ilumina el paso de los años, debemos ser honestos con nosotros mismos. A usted y a Joseph Pulitzer los animaba tan solo el afán de desprestigiar al presidente Roosevelt y a su administración. Por eso en 1904 lanzaron a la opinión pública la idea de que había algo turbio detrás del pago a los franceses por la concesión de construir el Canal en Panamá. Lo que le interesaba entonces a Pulitzer y a los demócratas que él apoyaba, era evitar que Roosevelt permaneciera en la presidencia de los Estados Unidos. Luego, en 1908, cuando el candidato de Roosevelt y de los republicanos era el secretario de Guerra Taft, volvieron a la carga con el mismo tema y con la misma intención eminentemente política de evitar la elección de Taft. Aunque no tuvieron éxito, la verdad histórica de lo ocurrido con Panamá y su canal quedó distorsionada para siempre. Y cuando usted, *monsieur* Hall, con el pretexto de hacerle justicia a Colombia por la pérdida de Panamá, llevó el asunto ante el Congreso norteamericano para que los demócratas volvieran a martillar sobre el asunto, el resultado fue este mamotreto que tengo entre mis manos y que el Congreso hizo publicar bajo el rimbombante título de *The Story of Panama*, como si en verdad se tratara de una historia auténtica.

Henry Hall escuchaba la disertación de Bunau Varilla con una mezcla de fascinación e incomodidad. Fascinación porque el francés hablaba con tal seguridad que parecía haber anticipado desde siempre su visita y el tema que discutirían; incomodidad porque, aunque había mucho de cierto en sus apreciaciones, Henry no podía aceptar que la única motivación de él y de Pulitzer al develar el escándalo de los cuarenta millones fuera la de perjudicar políticamente a Roosevelt y a los republicanos. Aprovechando una pausa, se atrevió a interrumpir:

—*Monsieur* Bunau Varilla, no llevemos el asunto a extremos. Si bien acepto que a Pulitzer lo animó un objetivo político, mi actuación obedeció, primordialmente, al interés de mantener debidamente informada a la opinión pública norteamericana sobre un tema de enorme trascendencia para el país. Además, yo investigué profundamente el asunto del canal y la separación de Panamá de Colombia, más que nada por la participación que en esa separación tuvieron Roosevelt y su camarilla.

—Acepto su profesionalismo —insistió Bunau Varilla—. Lo que pongo en duda es la validez de sus conclusiones porque esa investigación estuvo siempre influida por el objetivo político que mencioné antes. Por ejemplo, para que su historia sirviera a los propósitos que la animaron, usted dio absoluta credibilidad a las afirmaciones de su compatriota William Nelson Cromwell, abogado de la Compañía Francesa del Canal, convirtiéndolo en una especie de factótum alrededor del cual giró toda la negociación del canal y la propia separación de Panamá. Y con ese mismo afán, a mí me incluyó en esa historia como una marioneta al servicio de Cromwell. ¡Grave error, *monsieur* Hall, grave error!, cuya consecuencia es que hoy, a casi treinta años de esos acontecimientos tan importantes para la humanidad entera y, sobre todo, para los Estados Unidos y Panamá, se ignora la verdadera historia.

Hall intervino una vez más.

—Pero entiendo, mi amigo, que usted también publicó varios libros en los que cuenta lo ocurrido.

Bunau Varilla había captado el sarcasmo en la voz del periodista norteamericano, pero decidió ignorarlo.

—Presumo que usted no los ha leído...

—No, realmente no.

—Tendré mucho gusto en obsequiárselos.

—Y yo en leerlos.

En ese momento el mayordomo anunció que la cena estaba servida y Bunau Varilla, con sus modales exquisitos, invitó a Henry Hall a pasar al comedor. En el camino se detuvo un momento y tomando al periodista del brazo, dijo suavemente:

—Antes de terminar esta primera conversación de las muchas que estoy seguro tendremos, quiero dejar claro que los libros que yo escribí tenían también una motivación particular, que no era otra que destacar el papel que Francia y algunos de sus hijos desempeñaron en esa gran epopeya que ha sido el Canal de Panamá. No pude menos, pues, que contar mi propia experiencia, que quizás tampoco refleja la verdadera historia. ¿No cree usted, amigo Hall, que ha llegado la hora de hacerle justicia a esa gran obra que fue el Canal de Panamá?

—¿A qué se refiere usted?

—A que las circunstancias son óptimas para que alguien finalmente, desde la perspectiva del futuro, recoja todas las piezas del rompecabezas y arme lo que fue la verdadera historia de Panamá y el canal. Hará falta investigar todos los ángulos, todas las fuerzas políticas y económicas que confluyeron para que esa portentosa obra se concretara; analizar lo que ocurrió en los Estados Unidos, lo que acontecía en Colombia y, por supuesto, lo que sucedía en el Istmo de Panamá. No hay que afanarse en buscar víctimas ni victimarios, sino tan solo la verdad desnuda, que es la única forma de reflejar la historia. Roosevelt, Hay, Amador, Marroquín, todos fueron meros actores de un drama que superó sus actuaciones individuales. Usted, mejor que nadie, amigo Hall, conoce el escenario, los personajes y el guion de ese gran drama. ¿Se siente capaz de contarlo tal cual ocurrió?

Hall meditó un momento antes de responder.

—Aunque todavía creo que lo que afirmé entonces se apega a lo que usted llama la verdad histórica, estoy dispuesto a volver sobre mis pasos y enfocar los acontecimientos con una nueva luz. Pero dígame, *monsieur* Bunau Varilla, ¿en qué consistirá su participación en este *divertimento*?

—En lo que usted desee. Mis archivos están a sus órdenes y de tiempo en tiempo, si usted lo estima conveniente, podremos revisar juntos el avance de su trabajo. Le prometo, eso sí, que una vez concluya usted el rompecabezas, si considera que le hace falta una pieza, pondré a su disposición toda la información que poseo en torno al destino de los cuarenta millones.

Henry Hall se preguntó cuál sería la verdadera motivación del francés en todo aquello. Finalmente exclamó, sonriendo:

—Acepto el trato.

—Entonces, mi amigo, no hagamos esperar más a *madame* Bunau Varilla.

Henry Hall no recordaba otra velada tan agradable como la de aquella noche en casa de los Bunau Varilla. Philippe era el epítome de un buen anfitrión y su esposa, Ida, con sus maneras suaves, discretas y elegantes, lo acompañaba a la perfección. Dada la amplitud de su cultura, la conversación del ingeniero francés era asaz interesante. Hablaba de la economía mundial con la misma facilidad que describía las obras de arte que adornaban su mansión. En la intimidad, el tono doctoral dejaba paso a un interés real por dar y recibir información.

Esa noche aprendió Hall que la razón principal por la que le había sido otorgada la condecoración no era por su contribución a la obra del Canal de Panamá, sino por haber descubierto, durante la Gran Guerra, el nivel óptimo de cloro que debía aplicársele al agua en el frente de batalla para prevenir que los soldados franceses sucumbieran más por la tifoidea y la disentería que por las balas enemigas.

—Después de la guerra patenté mi invento bajo el nombre de *Verdunización* y lo llevé a aquellos países en que se requería tratar el agua. Es por eso por lo que usted pudo observar tantas y tan diversas condecoraciones en la vitrina de mi estudio. Obedecen tan solo al agradecimiento de monarcas, príncipes, emires, y jefes de Estado de diferentes latitudes. Pero creo que suficiente he hablado de mí. ¿No te parece, querida, que *monsieur* Hall podría contarnos algo sobre su interesante carrera periodística?

La amabilidad y el genuino interés que mostraban sus anfitriones, provocaron que Henry Hall dejara a un lado su acostumbrada reticencia a hablar de sí mismo y poco a poco fue descubriendo recuerdos de sus luchas periodísticas y, sobre todo, de su estrecha relación con Joseph Pulitzer. Casi sin darse cuenta, y animado por el espirituoso

Bordeaux, pulsó sus fibras más íntimas hasta que, en medio de un silencio respetuoso, el nombre de Christine Duprez quedó flotando entre los comensales. Fue *madame* Bunau Varilla quien, con una mezcla de bondad y picardía, dijo la última palabra.

—Debemos tener siempre abiertas las ventanas del corazón pues no sabemos cuándo volarán a través de ellas amores que creíamos idos para siempre.

Esa noche, en el interior del auto de Bunau Varilla que, conducido por Pierre, lo llevaba de vuelta a la rue Belles Feuilles, Henry Hall pensó en lo grata e interesante que había resultado la jornada y se felicitó por la feliz iniciativa. Su antigua pasión periodística, que desde la mañana había sentido renacer, ardía ahora con la misma fogosidad de sus mejores años. La idea de reorientar su más prolija investigación para enfocar los hechos desde una perspectiva diferente representaba para él un nuevo reto que ansiaba enfrentar. Comenzaría por reordenar sus archivos relacionados con el escándalo de Panamá; luego leería los libros publicados por Philippe Bunau Varilla, que, autografiados por su anfitrión, reposaban a su lado en el asiento del auto; finalmente, trazaría un plan para reescribir la historia, la verdadera historia.

En su pequeño y austero apartamento, rodeado de papeles, Henry Hall se entregó por entero a su nueva misión. Solamente interrumpía su trabajo para almorzar y para el acostumbrado paseo vespertino. Pero ya no observaba la ciudad y sus gentes, sino que caminaba sumido en profundas meditaciones. Los nombres de Roosevelt, Hay, Loomis, Cromwell, Marroquín, Reyes, Pérez y Soto, Amador, Arango, Huertas giraban en su cerebro junto al de Bunau Varilla en busca de un nuevo lugar en sus recuerdos históricos.

Dos veces por semana visitaba la hemeroteca y la biblioteca públicas a la caza de datos e información que completaran la de sus propios archivos. Al cabo de las primeras tres semanas, el periodista había llegado a la conclusión de que lo que él siempre denominó en sus entregas periodísticas «el escándalo de Panamá» era apenas una pieza en el rompecabezas de los acontecimientos de aquella época. Al profundizar en sus estudios se convenció de que la historia que había que contar era la de la separación de Panamá de Colombia. «Es la más apasionante de las historias», se dijo, mientras comenzaba a teclear en su vieja y confiable Underwood.

I

Bogotá

Martes 26 de mayo de 1903

El general Pedro Sicard Briceño ascendió lentamente los peldaños que conducían al despacho presidencial. Su parsimonia, sin embargo, no obedecía a impedimento físico alguno, sino a la convicción de que esta era, probablemente, la última vez que visitaría el hermoso Palacio de San Carlos. Poco tiempo atrás abrigaba esperanzas de que las riendas del gobierno de Colombia cayeran en sus manos. «¡Cuántos generales no soñarían lo mismo!», pensó con amargura mientras contemplaba desde lo alto de la escalera el patio interior del hermoso palacio que, por caprichos del destino, ocupaba hoy el vicepresidente José Manuel Marroquín. Tres años de guerra civil habían trastocado el curso de la historia de su país y a él correspondió, como jefe militar del departamento de Panamá, la ingrata tarea de bajar el telón del último acto. No se arrepentía del papel desempeñado, aunque le preocupaban sobremanera las consecuencias. El ministro de Guerra había escuchado su informe sobre el grave estado de cosas en el Istmo como quien oye llover, por lo que ahora cifraba en el presidente Marroquín su última esperanza de que la falta de previsión del gobierno central no acarreara para Colombia la pérdida del departamento de Panamá.

En la antesala del despacho presidencial una amable secretaria, a quien no recordaba, lo invitó a tomar asiento al lado de un caballero que permanecía sentado, muy erguido, en el borde del sofá.

—El presidente está algo retrasado por asuntos de última hora. ¿Conoce usted al senador Pérez y Soto?

El aludido se puso en pie y le tendió la mano, diciendo:

—Por supuesto que conozco al distinguido general Sicard Briceño. ¿Cómo está usted? Lo hacía en Panamá.

—Mucho gusto, senador. De allá acabo de llegar.

—Casualmente yo he venido hoy aquí para confiarle al presidente mi creciente preocupación por la suerte del Istmo. Como usted sabe, soy uno de los senadores electos por el departamento de Panamá y muy pronto el Senado se reunirá en sesiones extraordinarias que el Ejecutivo ha convocado para considerar el tratado Herrán-Hay. ¿Conoce usted el convenio, general?

Juan Bautista Pérez y Soto, más que hablar, disparaba palabras. Su voz aguda armonizaba perfectamente con las facciones del rostro: una boca de labios mezquinos bajo un bigote que terminaba en puntas tan agresivas como la personalidad de su dueño. La nariz, recta y larga, iba rematada por unos quevedos tan estrechos como sus ojos redondos y saltones.

—Sí, cómo no, senador. —A diferencia de Pérez y Soto, el general arrastraba las frases, como si le costase concluirlas—. En el Istmo se comenta el asunto del tratado con grandes expectativas. Los panameños cifran sus anhelos de un mejor futuro en su aprobación y la consiguiente construcción del canal.

—Es un error creer que la mayoría de los istmeños piensa así, general. Mis informes indican que solo los miembros más conspicuos de la oligarquía quieren el tratado a cualquier precio, aun a costa de la soberanía y la dignidad de Colombia. —Pérez y Soto hizo un alto mientras buscaba en su maletín—. Aquí tiene el artículo que publiqué en *El Nacional* el pasado 12 de mayo, en el que pronostico que el tratado Herrán-Hay será rechazado unánimemente en el Senado. El que se haya negociado un convenio tan infame e indigno es una vergüenza nacional. A Tomás Herrán deberían ahorcarlo sin juicio previo por traición a la patria.

El rostro abotagado y tranquilo de Sicard Briceño reflejó sorpresa y preocupación ante la vehemencia del discurso de su interlocutor. Si el senador por Panamá estaba en lo cierto, la situación en el Istmo se tornaría aún más grave de lo que él temía. En el momento en que iba a manifestar a Pérez y Soto su creciente inquietud, se abrió la puerta del despacho presidencial y Lorenzo Marroquín, hijo del presidente y también senador, se acercó a saludar.

—General, ¡cuánto gusto volver a verlo! Mi padre aguarda con impaciencia sus noticias sobre el Istmo —exclamó, estrechando la mano de Sicard Briceño, para luego dirigirse a Pérez y Soto.

—Senador, ¿le importa si conversamos usted y yo mientras mi padre recibe al general? Es mucho lo que tenemos que hablar.

—En lo absoluto, don Lorenzo. Yo vine sin cita previa a comunicarle a su señor padre algunas noticias que me llegan del Istmo y a asegurarme de que leyó mi artículo que apareció publicado en *El Nacional* de hace un par de semanas.

—Por supuesto que lo leyó y él también tiene mucho que comentarle... Adelante, general, mi padre lo espera.

Sicard Briceño se despidió de ambos senadores y entró al despacho presidencial, donde detrás del amplio escritorio José Manuel Marroquín se puso en pie y se adelantó para saludarlo. A sus setenta y siete años el presidente se movía con lentitud y su apretón de manos era desganado.

—Mi querido don Pedro, ¡qué gusto verlo por estos lares! Venga, sentémonos acá que estaremos mejor —dijo el presidente mientras conducía al general al lujoso saloncito, situado a un costado del despacho.

—¿Ya le ofrecieron café?

—No, pero en realidad no quiero, señor presidente. Ya me va costando conciliar el sueño.

—Entonces, soy todo oídos. Me cuenta el general Vázquez Cobo que anda usted muy preocupado por el estado de cosas en el Istmo.

—Así es, señor presidente, pero tengo la impresión de que el ministro de Guerra no ha tomado muy en serio mis temores ni mis recomendaciones. Por eso pedí verlo a usted.

Con un gesto de la mano, Marroquín lo invitó a proseguir.

—Tal como afirmé en mi informe, me preocupan fundamentalmente dos asuntos. En primer término, el Batallón Colombia me inspira una gran desconfianza. Luego de las cruentas batallas que se dieron en el Istmo, su moral es muy pobre. Se sienten olvidados del gobierno central y de sus jefes; a la fecha de hoy llevan seis meses sin paga. Su comandante, el general Huertas, me ha dicho escuetamente que si las cosas siguen así, él no responde por la lealtad de la tropa.

—Pero Huertas es muy leal y el asunto económico entiendo que está por resolverse —observó el presidente.

—Ojalá así sea. Pero insisto en que Huertas está muy molesto. Por otra parte, el médico del batallón no oculta su antipatía por el gobierno y lo comenta con quien quiera escucharlo.

—¿Y quién es ese médico, general?

—El doctor Amador Guerrero, un cartagenero renegado que hoy se siente más panameño que nadie. Su presencia en el Batallón Colombia es nefasta y perjudicial para la moral de la tropa; por eso recomendé su destitución inmediata.

—Ya recuerdo a Amador. Él aspiraba a que se le eligiera senador por el departamento del Istmo y me escribió varias cartas, la última reclamando que se le hubiese ignorado. Pero aquí pensamos que con el amigo José Agustín Arango en el Senado era ya suficiente representación del consorcio ferrocarrilero. ¿No le parece? Además, Amador está ya un poco mayorcito para venir al Senado. Suficientes vejetes en el gobierno, ¿no cree usted, general? El pobre Sanclemente, mi antecesor, un presidente nonagenario, destituido porque su salud no le permitía subir a Bogotá para ejercer el poder, y que hoy descansa en la paz del Señor, y yo que, con dificultad, voy llegando a los ochenta... Hay que dar paso a la juventud o terminaremos con una gerontocracia en Colombia.

Marroquín sonreía con picardía detrás de su barba entrecana y el general Sicard Briceño aprovechó para proseguir.

—Todos nos vamos cargando de años, señor presidente; yo también estoy a punto de pedir mis letras de cuartel. Debo insistir, sin embargo, en que no se desestime mi recomendación de destituir al doctor Amador Guerrero. Otro tema que es sumamente preocupante es el malestar general que se produjo en el Istmo luego del fusilamiento de Victoriano Lorenzo. La plebe liberal, azuzada por los cabecillas de siempre, no oculta su disgusto: hay mítines callejeros y artículos de periódicos que continuamente soliviantan los ánimos. En fin, una inquietud malsana se apodera de la ciudad.

—No perdió tiempo usted, general. Aquí me llegó, procedente del Istmo, una petición de clemencia del gobernador Mutis Durán y, antes de que yo pudiera siquiera leerla, usted ya había fusilado al indio.

El rostro del general perdió su expresión apacible y su voz se endureció.

—A mí se me envió a Panamá a poner punto final a un capítulo muy triste y trágico en la historia de Colombia. El cholo Victoriano Lorenzo era el último peligro liberal, sobre todo en el interior del país. Se lo expliqué muy claro al gobernador, pero él, que es muy débil, cedió ante la presión de los istmeños y decidió enviarle a usted la petición de clemencia.

—No me entienda mal, general. Yo no hubiera accedido a conmutar la pena, pero usted tendrá que convenir en que no es normal que a nadie se le juzgue, condene y ejecute en solo dos días. Más que el juicio y la sentencia, lo que resintió a los panameños fue la premura con que se hizo todo. Al menos, es lo que se me informa.

—Me tiene sin cuidado, señor presidente, el resentimiento histórico de los liberales. Lo que sí me preocupa es que algunos miembros del Batallón Colombia, del cual depende la seguridad del Istmo, también han criticado abiertamente lo ocurrido. Creo que es tiempo de dislocarlo y trasladar a sus jefes, Huertas incluido. Si hubiese que dejar algún reducto, sugiero que la medida sea temporal y se ponga al mando al coronel Tascón, de cuya lealtad no dudo.

—El general Vázquez Cobo me ha asegurado que sus recomendaciones se están estudiando con sumo cuidado y que el Ministerio de Guerra tomará pronto algunas medidas.

El presidente se preparaba para levantarse y dar por terminada la entrevista, pero el general Sicard insistió:

—¿Me permite otra observación?

—No faltaba más. Prosiga usted, don Pedro.

—Me encontré en la antesala con el senador panameño Pérez y Soto, quien me asegura que el tratado del Canal será rechazado por Colombia. Si así fuese, la situación en el Istmo se agravaría aún más. Allá piensan que solo el canal puede librarlos de miserias.

El viejo Marroquín esbozó una sonrisa cansada.

—Pérez y Soto se ha tomado muy a pecho lo del tratado. Yo esperaba que los senadores istmeños más bien lo defenderían, pero este ha iniciado una furibunda cruzada en contra. A la larga el convenio será aprobado, tal vez con ciertas modificaciones, y los panameños tendrán su canal. Es solo cuestión de tiempo y paciencia.

—Ojalá así sea, presidente.

Cuando el general Sicard Briceño salió del despacho presidencial la preocupación que lo embargaba no se había disipado. En la antesala el hijo del presidente, las manos entrelazadas a la espalda, se paseaba de un lado a otro.

—¿Y el senador Pérez y Soto? —quiso saber el general.

—El amigo Pérez y Soto, quien es un hombre de carácter muy irascible, acaba de marcharse —dijo el senador Lorenzo Marroquín, mientras entraba nuevamente en el despacho de su padre.

Los huéspedes que en la sala de estar de la pensión Nuevo Siglo aguardaban la hora de cenar se extrañaron cuando el señor Pérez y Soto cruzó frente a ellos sin siquiera un «buenas tardes». Aunque de temperamento volátil, el senador por el Istmo de Panamá siempre encontraba un momento para saludar e intercambiar unas breves palabras con sus compañeros de pensión. Esa tarde, sin embargo, Juan Bautista Pérez y Soto se hallaba más inmerso que de costumbre en sus grandes preocupaciones. La borrascosa conversación con Lorenzo Marroquín —el Hijo del Poder Ejecutivo, como lo llamaban sus rivales políticos— lo había consternado en grado extremo. ¿Cómo es posible que el presidente y sus ministros estén tan ciegos como para no ver la repulsa general que había desencadenado el desdichado convenio, en mala hora suscrito por Tomás Herrán? ¿Cómo pretendía Lorenzo Marroquín convencerlo a él, Juan Bautista Pérez y Soto, de cuyo patriotismo nadie osaba dudar, de que convenía a los mejores intereses de Colombia someter el nefasto documento a la consideración del Senado? ¿Es que acaso no se percataba de que la soberanía, y, por ende, la dignidad nacional, son irrenunciables? ¿Qué clase de engendro jurídico era ese convenio que sin disimulo ni sonrojos entregaba mansamente el pedazo más valioso del territorio colombiano a la rapiña yanqui? ¿Qué colombiano que se precie de serlo podía consentir que una bandera extranjera ondee para siempre sobre una porción de su territorio? Pero el Hijo del Poder Ejecutivo había hablado claramente: «El Congreso ha sido convocado con el propósito específico de considerar el tratado del Canal y tendrá que hacerlo pues de otra manera pondríamos en peligro las buenas relaciones que mantenemos con los Estados Unidos. No hay que olvidar que ya ese país ratificó el convenio». ¿Y qué le importaba a él y a los demás colombianos amantes de su patria lo que hicieran los yanquis? Por supuesto que Roosevelt y su camarilla, en su afán de añadir una estrella más a su voraz bandera, se habían apresurado a ratificar el despojo.

Ahora la suerte estaba echada. Marroquín, cuyo liderazgo se debilitaba por minutos, enviaría el convenio al Senado y él, Juan Bautista Pérez y Soto, encabezaría el movimiento para lograr un rechazo total y definitivo al nuevo zarpazo norteamericano. «Si esa es la manera de pensar de su señor padre, le ruego que le comunique que no tengo nada que hablar con él». Con estas palabras, que equivalían a una declaración de guerra, había puesto fin a su acalorada discusión con Lorenzo Marroquín. No quedaba más que prepararse para la gran batalla, en la que estaba seguro de alzarse con la victoria. Pero era preciso trabajar con tesón e inteligencia. Primeramente, reanudaría la publicación de *El Constitucional*, esta vez con el único propósito de combatir el tratado Herrán-Hay. «Ya me leerán y me escucharán». Luego iniciaría el cabildeo con todos y cada uno de los senadores, comenzando por los nacionalistas de Miguel Antonio Caro. «Los históricos, más cercanos a Marroquín, se sumarán después, cuando quede expuesta, en toda su descarnada estolidez, la gran traición».

Aguijoneado su cerebro por estos pensamientos, Juan Bautista Pérez y Soto se sentó tras el pequeño escritorio en su habitación y comenzó a escribir:

> *A mis queridos lectores:* El Constitucional, *este semanario que ustedes ya conocen por las batallas que ha librado en defensa de los mejores intereses de la patria colombiana, vuelve hoy a la palestra para luchar, de frente y sin trincheras, contra el convenio que en mala hora firmó un colombiano que no merece serlo. Desde hoy hasta que decapitemos al monstruo que se nos presenta con cabeza yanqui, no cejaremos en nuestro noble y desinteresado empeño. Prometo a mis queridos compatriotas...*

En el momento en que su hijo regresó al despacho, el presidente Marroquín se ocupaba de firmar algunos documentos que desde hacía varios días reposaban sobre su escritorio. Al ver que venía solo, lo interrogó con la mirada.

—Nuestro amigo Pérez y Soto se ha marchado hecho un energúmeno. Prácticamente nos ha declarado la guerra si insistimos en enviar el tratado al Congreso.

—Pero ¿qué pretende ese histérico? ¿Acaso quiere que provoquemos a los yanquis, que ya ratificaron el tratado? ¿Se olvida de que en menos de cinco años se han apoderado de las Filipinas, Puerto Rico y Cuba, y que la política manifiesta de Roosevelt es seguir conquistando territorios?

—Todo eso le recordé, padre, pero el hombre es intransigente cuando de la soberanía se trata. Nos va a dar problemas en el Senado.

—Él y muchos otros, Lorenzo. Caro y sus nacionalistas no desaprovecharán la oportunidad de atacarnos. En realidad, las sesiones del Senado darán inicio a la campaña política para las próximas elecciones presidenciales. Por eso creo que ni siquiera los históricos se comprometerán con la defensa del convenio. Les quedará al canciller Rico y a los otros ministros la tarea de dar la cara por el gobierno.

—¿Y el general Reyes? Su participación en el debate es fundamental —observó el joven Marroquín.

—Tú y yo sabemos, Lorenzo, que el viejo zorro no se comprometerá hasta tanto esté seguro de qué lado sopla el viento. Él desea la Presidencia y sabe que Colombia necesita el tratado, pero en privado me ha manifestado su opinión de que se requieren ciertas modificaciones sin las cuales el Senado no le impartirá su aprobación. Incluso ha llegado a insinuarme que su candidatura está sujeta a lo que ocurra con el convenio.

—Ojalá no nos arrepintamos de haber convocado al Congreso. A veces pienso que habría sido más prudente mantener el estado de emergencia y que el propio Poder Ejecutivo ratificara el pacto.

—Esa, hijo mío, es una responsabilidad que yo no estoy dispuesto a asumir frente a la historia de mi país. No olvides que Herrán firmó el tratado a pesar de que a última hora le pedimos que no lo hiciera.

—El calograma dando la contraorden llegó tarde, cuando él ya había firmado de acuerdo con las instrucciones previas del excanciller Paúl —recordó Lorenzo.

A medida que el diálogo transcurría, el cansancio se iba adueñando del rostro del presidente, quien ahora hablaba con los ojos entrecerrados.

—Cuando el Consejo de Ministros tomó la decisión de aceptar el hecho cumplido y llamar a elecciones para el Congreso que finalmente deberá conocer del tratado, tuvo muy en cuenta que el momento histórico no se presentaría mejor: los liberales vencidos, desorganizados y proscritos; los Estados Unidos empeñados en obtener una vía acuática interoceánica que consolide su imperio, con un presidente dispuesto a lo que sea para lograr su propósito; los accionistas de la Nueva Compañía del Canal desesperados por recuperar su inversión; el Istmo de Panamá y los panameños abogando por la construcción de un canal que redima la miseria que los subyuga.

El viejo Marroquín hizo una breve pausa que fue aprovechada por el hijo para volver a su preocupación original.

—Según Pérez y Soto, es una falacia pensar que los istmeños abogan en favor del canal. Dice tener artículos periodísticos y correspondencia de muchos panameños tan patriotas como él que rechazan terminantemente la venta de la soberanía.

El anciano cerró los ojos y se recostó en la silla presidencial; su respiración lenta y acompasada parecía acompañar el ritmo del día, cuyas últimas luces mortecinas entraban por el ventanal sumiendo la habitación en una espesa semipenumbra. El adormecimiento pareció despertar en él al poeta que la política no había logrado vencer. Su añosa voz, ahora apenas un susurro, se dejó oír una vez más:

—A esta hora en que muere el día me asalta siempre el pensamiento de si nuestra querida Colombia no se hallará, también, en el ocaso de su historia. Tanta violencia, tanta sangre, tanto odio, ¿no terminarán por apagar el sol agostado de nuestro amor patrio?

Lorenzo Marroquín respetó las sombrías disquisiciones de su padre, acompañándolo en su silencio hasta que el despacho quedó totalmente a oscuras. El presidente, entonces, encendió la lámpara del escritorio y, como si la luz lo reanimara, volvió al tema:

—Todos me dicen que si no aprobamos el tratado, el Istmo se perderá. Además de Martínez Silva, el mismo Tomás Herrán ha enviado varias cartas en que lo pronostica. Ahora es el general Sicard Briceño quien hace un viaje desde la costa hasta acá arriba solamente con el propósito de advertirme que Panamá conspira para separarse de Colombia. No creo en ninguno de esos augurios por la sencilla razón de que los istmeños no resistirían un solo día el ataque de nuestras fuerzas y ellos lo saben. Lo cierto es que tarde o temprano tendremos un tratado con los Estados Unidos para la construcción del canal transístmico y ese canal será colombiano. Lamentablemente yo no veré los buques cruzar de uno a otro océano.

Washington

Miércoles 27 de mayo de 1903

El presidente Roosevelt leyó una vez más las conclusiones del informe que le enviara el Departamento de Estado.

> *Todo indica que la opinión pública colombiana es hostil al Tratado Herrán-Hay. Aunque el presidente Marroquín ha convocado al Congreso a sesiones extraordinarias para la aprobación del convenio, su gobierno no ha iniciado esfuerzos encaminados a lograrlo. En la opinión personal de nuestro representante diplomático en Bogotá, en estos momentos el Tratado corre serio peligro de ser rechazado. Aunque los colombianos afirman públicamente que el documento violenta la soberanía de Colombia, en privado se discute en las altas esferas la manera de lograr mayores ventajas económicas mediante la modificación de algunas cláusulas del Tratado.*

Theodore Roosevelt se levantó de la silla presidencial y comenzó a pasearse por el despacho, presa de uno de sus acostumbrados accesos de ira. «Pero ¿qué se han creído esos malditos colombianos? Los muy sinvergüenzas nos piden negociar un tratado, lo firman, esperan a que nuestro Senado lo apruebe para ahora decir que quieren más dinero. ¿Quiénes se creen que son para jugar así con los Estados Unidos y con el destino de la humanidad?». El presidente se sentó nuevamente tras el escritorio y levantó el teléfono.

—Consígame al secretario de Estado.

Mientras aguardaba la comunicación, Roosevelt, más calmado, meditó sobre los pasos que deberían darse para someter a los colombianos y en las alternativas en caso de que insistieran en su estupidez. Sin duda habría que actuar con dureza y energía, enseñarle los dientes a Marroquín y sus compinches. El presidente estaba consciente, sin embargo, de que el secretario Hay prefería métodos más diplomáticos. «Tendré que hacerme cargo directamente», meditaba en el instante en que sonó el teléfono.

—¿John?

—Dígame, señor presidente, ¿en qué puedo servirle?

—John, he estado leyendo el informe sobre la situación del tratado con Colombia y creo que debemos analizar lo que ocurre y hacer planes de contingencia. ¿Qué tal si nos reunimos esta tarde a eso de las cinco? Quiero que Elihu te acompañe... Pensándolo mejor, también quisiera que Will estuviera aquí. Así tendremos la opinión del próximo magistrado de la Corte Suprema.

—Allí estaremos a las cinco, señor presidente.

John Hay colgó el auricular, convencido de que el momento que tanto temía se presentaba finalmente: Theodore Roosevelt se hacía cargo directamente del asunto del canal interoceánico porque sin duda consideraba que su apertura era vital no solamente para el desarrollo de la política expansionista de los Estados Unidos, sino para la promoción de su propia carrera política. Reiniciar la construcción del canal influiría mucho en que el pueblo lo eligiera en los próximos comicios de 1904. No había que olvidar que fue una bala asesina y no el voto de los norteamericanos la que había llevado al vicepresidente y exgobernador de Nueva York a la silla presidencial. De ahora en adelante, Roosevelt, con su descarnada agresividad, dictaría las órdenes y a él, John Hay, le correspondería la tarea harto difícil de encontrar la manera de encuadrarlas dentro de las normas más elementales de la diplomacia. Algo similar había ocurrido con motivo de la controversia de límites con Canadá. Todo marchaba normalmente en el Departamento de Estado hasta que Roosevelt se aburrió de lo que consideraba procrastinación británica dentro del proceso arbitral. «Cualquiera que sea su valor, el oro de Klondike es nuestro», había afirmado antes de empezar a torcer brazos. John Hay tenía que aceptar, sin embargo, que los métodos del antiguo Rough Rider eran muy efectivos y aunque la Junta de Árbitros aún no había fijado los límites definitivos en el área fronteriza con Alaska, todo apuntaba a que los Estados Unidos saldrían airosos. ¿Hasta dónde llegaría Roosevelt en el caso de Panamá? Esa tarde lo sabría. Por lo pronto se hacía necesario un cabal conocimiento de los hechos, por lo que volvería a leer y analizar la correspondencia del ministro en Colombia, Arthur Beaupré, y los despachos de prensa procedentes de Bogotá. «Solamente el examen concienzudo de los hechos conduce a la mejor solución de los problemas», era el lema que John Hay había aprendido desde los tiempos que sirviera de secretario particular al presidente Lincoln.

A las cuatro y cuarenta y cinco en punto el secretario de Estado descendió la pequeña escalinata de su residencia frente a la plaza La Fayette y luego de indicarle a su cochero que iría a pie, emprendió su camino hacia la Casa Blanca, de la cual lo separaban únicamente la plaza dedicada al héroe francés y la avenida Pensilvania. Era una hermosa tarde de primavera con explosión de azaleas en cada jardín. Cuando veinte años atrás, animado por su socio e íntimo amigo Henry Adams, había dispuesto adquirir terreno y construir su residencia en las proximidades de la sede del poder, Hay nunca pensó que algún día él sería parte importante de ese poder. Ahora le resultaba sumamente conveniente y agradable que entre su casa y la mansión presidencial tan solo empleara diez minutos caminando. «Agradable tarde, Adalbert, demasiado agradable para encerrarse a discutir problemas de Estado, ¿no te parece?». El recuerdo del hijo, prematura y trágicamente desaparecido en plena juventud, acudía a John Hay en momentos de graves problemas, de emociones profundas o cuando algo muy hermoso reclamaba ser compartido. Entonces le hablaba suavemente, como si aún siguiera a su lado.

Cuando el secretario de Estado llegó a la Casa Blanca ya Elihu Root, secretario de Guerra, y William Taft, gobernador de las Filipinas, se encontraban conversando en la antesala del despacho presidencial. Un ujier les informó que el presidente los aguardaba y los hizo pasar enseguida.

John Hay fue el primero en atravesar la puerta, seguido por Taft. «El pequeño terrier y el león marino», pensó el presidente, quien se divertía buscando parecidos entre sus amigos y ciertos animales. A Elihu Root, sin embargo, no había logrado situarlo en el reino animal. «Sus facciones son demasiado regulares, demasiado humanas».

Con ademanes rápidos y enérgicos, Theodore Roosevelt se adelantó a estrechar la mano de sus colaboradores y condujo los ciento cincuenta kilos de Will Taft hasta el sillón más sólido y mullido. En varias ocasiones el presidente había presenciado más de una silla colapsar bajo la voluminosa humanidad de su amigo.

—Los he citado porque me temo que el asunto del tratado con Colombia se está complicando. Al menos, esa es la conclusión del informe que me remitió el Departamento de Estado ayer. La pregunta es ¿qué hacemos para que los colombianos entren en razón?

—¿Cuán grave es la situación? —quiso saber el secretario Root.

John Hay se apresuró a responder:

—La situación es seria. Según los informes de Arthur Beaupré, la opinión pública colombiana se inclina en contra del tratado y el gobierno no hace nada al respecto.

—Pero yo creía que la ratificación de Colombia era un hecho. —Era Will Taft el que hablaba—. ¿Acaso no tienen allá un dictador con poder suficiente para aprobar el convenio?

Roosevelt seguía el diálogo sin intervenir. Hay continuó explicando:

—Eso creíamos en un principio. En la Presidencia se concentran el Poder Ejecutivo y el Legislativo y Marroquín, quien de vicepresidente ascendió a la Presidencia gracias a un golpe de Estado, ha gobernado hasta hoy bajo el amparo de la ley marcial que impuso desde hace más de tres años, cuando estalló la más reciente de las guerras civiles. Pero ahora resulta que Marroquín es un anciano de carácter débil y su Partido Conservador está dividido. Con motivo del tratado del Canal, convocó elecciones para el Congreso que debería aprobarlo. Todos los senadores y representantes electos son del Partido Conservador porque a los liberales, derrotados en la guerra civil, ni siquiera se les permitió votar. Nosotros estábamos bajo el convencimiento de que siendo conservador el presidente y todos los congresistas, el convenio sería ratificado de manera expedita. Pero en Colombia habrá elecciones para presidente el próximo año y los conservadores se han dividido en por lo menos dos facciones, una de las cuales por oponerse a Marroquín, se opone también a la ratificación.

El presidente interrumpió.

—No se trata solo de política, John. Lo que quieren esos sinvergüenzas es más plata.

—Estaba por mencionarlo, señor presidente. Nuestro hombre allá informa que algunos colombianos consideran que es muy poco lo que está recibiendo Colombia a cambio de cedernos el área en la que se construirá el canal. Se dice incluso que quieren negociar directamente con la compañía francesa y exigirle que les entreguen parte de los cuarenta millones que acordamos pagarles.

—Lo que constituye una violación del tratado que acaban de firmar. No lo permitiremos —concluyó Roosevelt.

—Déjenme ver si entiendo bien lo que está ocurriendo.

El secretario de Guerra, Root, hombre tranquilo y afable, hablaba pausadamente.

—Los colombianos, a pesar de que el convenio está firmado por las partes y ratificado por los Estados Unidos, ¿pretenden ahora modificarlo para que se les reconozca una mayor participación?

—Así parece ser —respondió Hay.

—¿Acaso no saben ellos —prosiguió Elihu— que la ley Spooner nos obliga a construir el canal por Nicaragua en caso de no poder llegar a un acuerdo con Colombia? ¿Están dispuestos, entonces, a quedarse sin canal?

—Recuerda, Eli —aclaró Roosevelt—, que la ley propuesta por el senador Spooner no establece un término preciso para la negociación de la ruta por Panamá.

—Aunque el propio convenio Herrán-Hay sí señala el 22 de septiembre como fecha tope para el canje de las ratificaciones —recordó Hay.

El presidente se levantó de su silla y comenzó a pasearse por el despacho, las manos cruzadas en la espalda.

—Esta reunión tiene, precisamente, el propósito de analizar las alternativas para no, repito, no tener que aplicar la ley Spooner. Todos sabemos que la ruta de Panamá es mucho mejor que la de Nicaragua; esa es una batalla que ya libramos y ganamos en el Senado y ante la opinión pública y no pienso volver atrás en ese punto. El canal se hará por Panamá, gústeles o no a los malditos colombianos. De lo que se trata es de estudiar la mejor forma de lograrlo.

El presidente se detuvo detrás de la corpulenta figura de William Taft y preguntó, socarronamente:

—¿Por qué tan callado, Will?

El aludido se revolvió en su asiento, pero desistió de su intento de establecer contacto visual con el presidente.

—El señor presidente sabe que siempre procuro escuchar a quienes poseen más elocuencia, inteligencia y autoridad que yo, pero si quiere mi humilde opinión...

—Vamos, Will —masculló Hay, fingiendo exasperación.

El presidente regresó a su silla, se sentó y, después de pelar los dientes, gesto típico en el que muy pocos de sus allegados eran capaces de diferenciar entre la risa y la ferocidad, se dirigió nuevamente a su amigo y copartidario William Howard Taft.

—Queremos escuchar la opinión de alguien capaz de ver las cosas desde fuera, alguien que no está dedicado, como el resto de nosotros, día a día, a los asuntos del gobierno. Tal vez desde las Filipinas nuestro problema con Colombia se vea más claro de lo que podemos verlo quienes llevamos varios años de estar inmersos en el tema del canal, lidiando con esas sabandijas colombianas. Nos interesa también tu análisis de jurista distinguido que, sin embargo, rehúsa aceptarle a su presidente el nombramiento de magistrado de la Corte Suprema.

Taft, evidentemente incómodo, cambió de posición y el sillón que ocupaba dejó escapar un leve quejido.

—El señor presidente conoce perfectamente las razones que me impiden aceptar su gentil y apreciado ofrecimiento. Humildemente creo que, por ahora, las Filipinas me necesitan más que la Corte Suprema, en la que hoy se sientan juristas que gozan de una idoneidad que yo aún no he logrado alcanzar. Pero si quieren mi opinión respecto al Canal de Panamá, con mucho gusto se las expreso, no sin antes advertir que no es mucho lo que conozco sobre el problema.

Roosevelt volvió a enseñar los dientes y con un gesto lo invitó a continuar. Hay y Root escuchaban con atención.

—Para empezar, nada de lo que aquí se ha dicho me lleva a la conclusión de que la causa con Colombia está perdida. No me resigno a creer que los colombianos sean tan torpes como para desaprovechar la oportunidad que se les presenta de que una vía interoceánica tan importante se construya en su territorio. Tal vez no comprenden cabalmente que la ruta de Nicaragua continúa siendo impulsada por mucha gente distinguida de este país y que si fracasa Panamá, la ley Spooner obliga al presidente a proseguir con el canal por Nicaragua. Lo primero que debemos hacer, entonces, es presionar a los colombianos para que se olviden de la politiquería y se dediquen en serio a pensar en el futuro de su nación. Es cuestión de coaccionar con diplomacia, si caben ambos vocablos.

John Hay, quien en un principio dudara de la conveniencia de invitar a Taft a la reunión, se complacía escuchándolo y, sin advertirlo, movía la cabeza en señal de aprobación, gesto que no pasaba inadvertido a Roosevelt.

—El presidente recordará —prosiguió Taft— que en Filipinas fue necesario que negociáramos hasta con el Sumo Pontífice para encontrarle solución al problema de las tierras rurales propiedad de la Iglesia católica.

—Los colombianos son más difíciles que los filipinos y los curas juntos —interrumpió Roosevelt.

—Aunque así fuera, en Colombia no hay que enfrentarse a jefes guerrilleros como Aguinaldo.

—Ya lo sé Will, pero ojalá los hubiera. El problema es que en Colombia no sabemos a quién nos enfrentamos. Es un enemigo que no da una sola cara. Es más fácil combatir un movimiento armado que a un grupo de ilustrados patriotas que lo único que saben es discursear y pelearse entre ellos... Pero continúa con tu análisis.

—Si ocurre lo peor y el Congreso de Colombia rechaza el tratado, tendremos que considerar si procedemos a abrir el canal por Nicaragua, olvidándonos de Colombia. Pero si queremos insistir en la ruta por Panamá, entonces habrá que evaluar la conveniencia de modificar el tratado.

Roosevelt saltó de su silla, como picado por un tábano.

—¿De qué hablas, Will? Ya está decidido que la ruta es Panamá y modificar el tratado significaría perder tiempo muy valioso. Ya me imagino a Morgan dando lata otra vez en el Senado. Además, el próximo año son las elecciones y tenemos que evitar que el tema del canal se convierta en un tiro al blanco político. Recuerden que el paso expedito de un océano a otro es una necesidad militar de nuestro país.

—Comprendemos lo que dice, señor presidente —terció el secretario de Guerra Root—, pero es obvio que jurídicamente es poco lo que podemos hacer si el país en cuyo territorio debe abrirse la zanja no nos da permiso para excavar.

Hay continuaba asintiendo en silencio. El presidente, que aún se paseaba a grandes pasos por la habitación, volvió a insistir:

—Todos los que estamos aquí somos abogados y nuestro cliente es el pueblo americano. ¿Es que entre nosotros no somos capaces de encontrar una solución que tenga visos de legalidad?

—¿Visos de legalidad? ¿Qué significa eso? —preguntó Taft.

—Que resista el análisis de nuestra opinión pública y de la opinión pública mundial. ¿No existe, acaso, un derecho universal que está por encima del de los países? ¿Puede Colombia, que tiene la mejor ruta, oponerse a que se construya en su territorio un canal para beneficiar a toda la humanidad?

Hay salió al fin de su mutismo.

—Conviene recordar que hace ya veinte años Colombia otorgó una concesión a la compañía francesa para construir el canal y que hoy ese canal uniría el Pacífico y el Atlántico si De Lesseps no hubiera fracasado. Con ese antecedente, resulta difícil acusar a Colombia de oponerse al progreso de la humanidad.

—Precisamente, John —ripostó el presidente—. Nosotros, el gobierno de los Estados Unidos, vamos a tomar el lugar de los franceses, a quienes Colombia ya otorgó permiso para abrir la gran zanja. Tal vez hemos debido presentarnos ante el gobierno colombiano, con nuestra cesión en la mano, y decirle, simplemente: «Aquí venimos a concluir lo que iniciaron y no pudieron terminar los franceses». Seguro que todos los colombianos habrían brincado de alegría. Pero no; decidimos ser muy legalistas y generosos y firmamos un tratado con esos bandidos regalándoles nada menos que diez millones de dólares por el privilegio de construir una obra que a quien más beneficiará será a ellos mismos. Tú negociaste de buena fe durante dos largos años; firmamos un tratado, lo sometimos a nuestro proceso político para aprobarlo, y ahora los descarados nos dicen que diez millones no son suficientes. Yo afirmo, señores, que esa es una afrenta que los Estados Unidos no puede aceptar.

Las últimas palabras, dichas por el presidente en tono airado, provocaron un silencio incómodo, finalmente interrumpido por Taft.

—Tal vez tenemos un mejor caso del que anticipamos. No olvidemos que desde 1846 celebramos un convenio con Colombia que, precisamente, nos daba el derecho de mantener el libre tránsito en el Istmo, es decir, en el mismo sitio en el que ahora queremos construir el canal. Varias veces nuestras fuerzas han desembarcado allí con ese propósito. Se puede encomendar a algún jurista o grupo de juristas un estudio a fondo del problema.

—Ahora sí estás hablando, Will. Es evidentemente lo que haremos.

—Estoy de acuerdo en cualquier análisis jurídico que se quiera hacer en torno al problema —dijo Hay con voz fatigada—. Solamente quiero recordarles, para que no perdamos la perspectiva, que el propósito del tratado de 1846 era y sigue siendo el de defender la soberanía de Colombia de las potencias europeas. Resultará, por decir lo menos, un tanto forzado invocar ese mismo tratado para privar a Colombia de su soberanía en el Istmo.

Las palabras de John Hay, quien disfrutaba el papel de abogado del diablo, parecieron apagar el entusiasmo de Roosevelt, pero solo por un momento.

—Es cierto, John, pero desde entonces han pasado casi cincuenta años y todos sabemos que el derecho evoluciona al ritmo de la historia y las circunstancias. Ahora quiero confiarles algo, que les pido que guarden como secreto de Estado.

La expresión del presidente se endureció y una pausa prolongada aumentó la expectativa de sus colaboradores.

—Ya he tomado una decisión: no importa lo que hagan los colombianos, nosotros construiremos el canal a través del Istmo de Panamá. Es la mejor ruta para nuestros navíos de guerra y para el movimiento comercial de nuestros productos. Si para lograrlo tenemos que ir a la guerra con Colombia, así será. Por supuesto, primero intentaremos torcer brazos para que el Congreso colombiano vea la luz y apruebe el tratado. Es lo que todos queremos. De no lograrlo, echaremos mano a cualquier argumento jurídico que nos ayude a justificar el hecho cumplido. En los últimos cinco años hemos perseguido una política de expansión que nos llevó a la guerra con España. Las Filipinas, Puerto Rico y Cuba son parte de esa estrategia que exige con urgencia la apertura de una vía para que nuestros barcos de guerra puedan movilizarse entre ambos océanos sin tener que darle la vuelta al continente. El destino manifiesto de los Estados Unidos, señores, es más importante que las buenas relaciones con Colombia y confío, sinceramente, en que ustedes estarán de acuerdo.

El presidente había hablado calmadamente, con la claridad que lo caracterizaba. El primero en responder fue John Hay.

—Qué duda puede haber, señor presidente, de que lo apoyaremos. Lo único que queremos es que se logre el objetivo con el menor trauma posible.

—Así es —añadió Elihu Root—. Y no tengo que decirle que el ejército está listo a obedecer las órdenes de su comandante jefe, cualesquiera que estas sean e independientemente de las consecuencias. Por supuesto, si podemos ahorrarnos el dolor de una guerra, tanto mejor.

—Tú sabes que yo comparto plenamente esa intención, Eli, y algo me dice que al final del día no habrá ninguna guerra y que Colombia entrará por el carril. Pero hay que estar preparados para lo peor. ¿Y tú, Will, qué me dices?

A William Howard Taft se le había ensombrecido el rostro, como le ocurría siempre que se hablaba de acciones bélicas.

—El presidente sabe que como ciudadano y republicano, cuenta con todo mi apoyo. El amigo le ruega agotar las vías pacíficas y buscar soporte jurídico a cualquier decisión. A la larga, para resistir el curso del tiempo hacen falta instituciones constituidas sobre la más diáfana juridicidad. De ahí la solidez de nuestra Constitución.

—Y, sin embargo, no quieres aceptar una magistratura en la Corte Suprema...

—Todavía no, señor presidente, aunque confieso que desearía terminar mis días sirviéndole a mi país desde esa institución que tanto venero.

Cuando John Hay salió de la Casa Blanca era noche cerrada y su coche lo esperaba en la puerta cochera. Como la temperatura era agradable y en el cielo alumbraban algunas estrellas, decidió regresar a su casa a pie, tal como había llegado. Además, tenía mucho en qué pensar y el paseo le aclararía la mente. Al ascender, finalmente, las escaleras de su residencia, el secretario de Estado tenía la seguridad de que la escena de esa tarde en la Casa Blanca había sido montada por Roosevelt con el único propósito de presionarlo para que él encontrara la manera de que los colombianos aceptaran finalmente el tratado. «O el secretario de Estado logra que el tratado se apruebe o nos vamos a la guerra con Colombia», era lo que Roosevelt había insinuado con claridad. Pero la solución diplomática no se presentaba fácil. Lamentablemente, las comunicaciones con Bogotá eran deficientes y Charles Burdette Hart, diplomático de gran experiencia, hacía poco había renunciado al cargo de ministro plenipotenciario ante el gobierno colombiano. Arthur Beaupré, su sustituto, era un buen funcionario, pero con poca habilidad diplomática. «Veremos cómo se evita otra guerra, Adalbert», murmuró mientras trasponía la puerta del hogar. En momentos como este, extrañaba su pasado de escritor y ansiaba, una vez más, la compañía de sus amigos de letras, a quienes el cerco del poder mantenía a distancia.

La mañana siguiente el presidente Roosevelt citó en su despacho al secretario de Guerra. Sus órdenes fueron escuetas.

—Después de la reunión de ayer, he llegado a la conclusión de que es probable que dentro de los próximos tres meses nos veamos obligados a iniciar una campaña militar contra Colombia en el Istmo de Panamá. Quiero que estemos preparados para cualquier eventualidad y necesito, por lo tanto, información precisa. Escoge a dos de tus muchachos, discretos e inteligentes, y envíalos a que estudien sobre el terreno todos los pormenores para una acción bélica en la ruta del ferrocarril transístmico y, especialmente, en las ciudades de Panamá y Colón. Ellos deberán rendir su informe directamente a mí, en esta oficina. Estas órdenes son secretas.

Elihu Root escuchó al presidente sin inmutarse y se limitó a preguntar.

—¿Coordino el asunto con la Marina?

—Aún no, Elihu. Oportunamente yo mismo hablaré con el secretario Moody.

Panamá

Domingo 24 de mayo de 1903

Carlos Constantino Arosemena observó con aprensión los negros nubarrones que ocultaban la cordillera y con un ligero sacudimiento de las riendas apuró el paso del viejo jamelgo. Según sus cálculos aún faltaba un cuarto de hora para llegar a La Pradera y si se desataba el aguacero la cubierta de su pequeño carruaje no sería suficiente para evitar que se empapara. Además, con lo mucho que había llovido durante la semana, cualquier nuevo chaparrón seguramente haría intransitable el camino que conducía a la hacienda de los Arango en las afueras de la Ciudad de Panamá.

El joven Arosemena olvidó por un momento las preocupaciones climatológicas para concentrar su atención en el tema que, sin duda, se discutiría durante el almuerzo. En ocasiones anteriores el maestro Arango lo había invitado a compartir la mesa con su numerosa familia, pero este domingo era algo especial. Pocas veces don José Agustín le había hablado con palabras revestidas de tanta gravedad y trascendencia como el pasado viernes:

—Un canal es lo único que evitará la ruina definitiva del Istmo. Si el Senado rechaza el tratado, mi joven amigo, y todo parece indicar que así será, los istmeños no tendremos otro camino que la separación.

Carlos Constantino, nacido y criado liberal, había escuchado antes de boca de algunos copartidarios más exaltados el anhelo de independizarse de Colombia, sobre todo a raíz de la injusta ejecución de Victoriano Lorenzo, último de los excesos del gobierno godo luego de la terminación de la guerra civil. Pero que el maestro José Agustín Arango, figura respetada del Partido Conservador, le hablara de independencia, eso ya eran otros quinientos pesos.

A pesar de la diferencia de edad, una sincera amistad unía al viejo Arango con el joven Arosemena, una amistad quizás más íntima de la que este tenía con los hijos de aquel. Conversaban a menudo sobre asuntos profundos y trascendentales, diferentes de aquellos que usualmente se discuten entre los jóvenes.

—Si le parece, venga a almorzar con nosotros el domingo a La Pradera. Allí podremos abundar más sobre este tema de tanta importancia.

Carlos Constantino, por supuesto, aceptó la invitación y desde la tarde de ese viernes no dejó de pensar en lo difícil que resultaría cualquier movimiento por librarse del gobierno de Bogotá. Había, sin embargo, algo en la expresión y el tono del maestro Arango que lo movía a pensar que la empresa podría llevarse a cabo.

El pequeño carruaje arribó a la puerta cochera de la casona de los Arango justo en el momento en que empezaban a caer las primeras gotas. A lo lejos se escuchaba un resonar de truenos, que parecían dar tumbos desde la cordillera. Enseguida estallaron los primeros rayos y cuando Carlos Constantino traspuso la puerta del vestíbulo, los criados y varios miembros de la familia se afanaban en prender velas y lámparas de kerosene.

—¡Tener que encender luces al mediodía! —exclamó don José Agustín mientras se acercaba a saludar—. Menos mal que se adelantó usted al diluvio. Estos son los momentos en que más extraño el verano.

El joven Arosemena no dejaba de sorprenderse ante la energía con la que el maestro Arango estrechaba la mano, energía que no correspondía a la imagen de fragilidad que proyectaba la venerable figura de don José Agustín. De pequeña estatura, delgado y de miembros cortos, el patriarca de la numerosa familia Arango irradiaba solemnidad y respeto. Tal vez fuera la suavidad de sus maneras o la blancura de sus cabellos, sus bigotes y su barba, esta última cuidadosamente recortada en punta; lo cierto es que la presencia del anciano despertaba inmediatamente respeto y admiración.

Carlos Constantino saludó a cada uno de los vástagos del maestro, complacido de que todos estuvieran allí ese domingo: Ricardo Manuel, Belisario y José Agustín, y sus respectivas esposas María, Juanita y Helena, las tres hijas, Clotilde, Aminta y Oderay; los yernos Samuel Lewis y Raúl Orillac, y Ernesto Lefevre, novio de Oderay.

—Josefa se ocupa en la cocina, pero pronto saldrá a acompañarnos —le informó don José Agustín.

El almuerzo transcurrió como otro típico almuerzo familiar. La tormenta, como es natural en el trópico, se extinguió con la misma celeridad con que había aparecido, dejando un aroma de hierba fresca en la estancia. Temas triviales predominaron y, así, mientras las señoras discutían los caprichos de la moda, los hombres se preguntaban cuándo restablecería la empresa eléctrica el alumbrado público en la ciudad. Finalmente, después del café, como obedeciendo a una silenciosa consigna, doña Pepa, sus hijas y nueras se levantaron de la mesa. El maestro comenzó entonces a hablar con su acostumbrada parsimonia.

—Todos sabemos por qué he pedido al amigo Carlos Constantino que nos acompañe y todos conocen también mi preocupación ante los acontecimientos que se desarrollan hoy en Bogotá. Sin lugar a dudas, el tratado del Canal será rechazado por Colombia, lo que obligará a los norteamericanos a construir el canal por Nicaragua, tal como prescribe la ley Spooner. No se trata de simples suposiciones mías, sino de informes muy precisos que me llegan de algunos amigos del norte. A ningún panameño se le escapa que sin el canal, el Istmo está condenado a la ruina; perderíamos, muy pronto, el ferrocarril y todos los negocios se verían gravemente afectados. Creo que todo istmeño tiene el deber de sopesar esta situación para luego decidir qué vamos a hacer. Es el deber también de los que estamos hoy alrededor de esta mesa. Ya mis hijos y yernos me han escuchado hablar del tema y he querido invitar aquí al amigo Carlos Constantino porque considero que es un joven valioso que puede aportar buenas ideas.

El viejo maestro calló un momento y, luego, sonriendo, añadió:

—Además, se trata de un miembro distinguido del Partido Liberal, por lo que José Agustín no se sentirá tan solo.

El tono de broma logró, por un instante, mitigar el aspecto sombrío en los rostros de los jóvenes que seguían atentamente cada palabra que salía de los labios del viejo patriarca. Carlos Constantino se creyó obligado a responder.

—Quiero agradecer al maestro Arango que me considere digno de ser incluido en su grupo familiar. Realmente, me siento parte de esta familia porque con todos y cada uno me unen lazos de amistad que valoro inmensamente. Después que don José Agustín me expresó sus preocupaciones el viernes pasado, no he dejado de pensar en el tema de nuestra separación. Para ser muy franco, aunque estoy convencido de que si se rechaza el tratado, Panamá debería separarse definitivamente de Colombia, no alcanzo a discernir cómo lo lograríamos.

—Es lo que nos preocupa a todos —terció Samuel Lewis.

—Para eso estamos aquí, para discutir cómo lo haríamos —añadió José Agustín, hijo.

El viejo Arango escuchaba las opiniones de sus hijos y yernos, a la vez complacido y preocupado. Le satisfacía mucho el patriotismo sano de esos muchachos de escasos treinta años, pero sentía un gran temor por lo que pudiera sucederles si la conspiración tomaba cuerpo y luego eran descubiertos o fracasaban en su empeño. Su propia vida se acercaba a su fin, pero Carlos Constantino y sus hijos se hallaban en plena juventud. Esta preocupación era lo único que lo hacía vacilar en su empeño por iniciar el movimiento para independizar el Istmo. El maestro no tenía duda alguna de que el tratado sería rechazado por el Congreso, y por eso rehusó asistir a las sesiones, a pesar de que había sido escogido senador por el departamento de Panamá desde 1898. Conocía la debilidad del presidente Marroquín y el divisionismo que ya se vislumbraba en las filas conservadoras de cara a las próximas elecciones. La comunicación epistolar constante que mantenía con amigos y copartidarios de Bogotá le indicaba claramente que la opinión pública colombiana adversaba el tratado firmado por Tomás Herrán, al que sus compatriotas tildaban abiertamente de traidor a la patria. Pérez y Soto, quien paradójicamente representaba también a Panamá en el Senado de Colombia, se había lanzado de lleno a combatir el tratado; y Pérez y Soto era un hombre de verbo elocuente, capaz de exacerbar los ánimos e influir sobre los demás senadores. El maestro Arango estaba igualmente convencido de que para alcanzar la independencia resultaba imprescindible el apoyo de los Estados Unidos. Pero nadie en el Istmo sabía hasta dónde estaría dispuesto Theodore Roosevelt a brindar su apoyo a los istmeños. El abogado norteamericano William Cromwell le insinuaba en sus cartas que los Estados Unidos verían con muy buenos ojos la independencia de Panamá, siempre y cuando la nueva república le garantizara un tratado similar al negociado por John Hay con Tomás Herrán. Pero aunque confiaba en el criterio y las buenas intenciones de Cromwell, estas no bastaban para iniciar una aventura que podía costarles la vida a él y a toda su familia. Las elucubraciones del maestro se vieron interrumpidas por el tono exaltado en que su hijo José Agustín exclamaba:

—Insisto en que para tener éxito hay que incluir a los liberales en el movimiento. Pedro y Domingo Díaz controlan al pueblo, y sin el pueblo ninguna rebelión tendrá éxito.

Don José Agustín juzgó necesario intervenir.

—Lo que dices es muy cierto, pero tenemos que esperar el momento oportuno. Por ahora lo más importante es la discreción y la confidencialidad. Eventualmente trataremos de incorporar también al general Huertas y su tropa, pero nada de esto debe hacerse todavía. Lo que yo propongo es que comencemos por invitar a nuestros amigos más cercanos para así ampliar poco a poco el círculo. No tengo que recordarles el peligro que corremos todos si se descubre la conspiración, porque desde hoy es eso lo que estamos haciendo, conspirando contra Colombia y contra su gobierno. Y la conspiración contra los poderes constituidos puede acarrear la pena de muerte.

El anciano aguardó a que sus palabras surtieran el efecto deseado y luego añadió:

—Seamos, pues, muy cuidadosos. Indaguen y sondeen antes de exponerse. Después volveremos a consultarnos en las próximas reuniones, a las que desde hoy Carlos Constantino queda invitado.

Un sol tímido se asomaba entre nubes bajas cuando Carlos Constantino se despidió de sus anfitriones y emprendió el regreso a San Felipe. Durante todo el trayecto su mente daba vueltas en torno a lo conversado con los Arango. No dudaba que don José Agustín se había propuesto iniciar un movimiento para separar el Istmo de Colombia, pero también era evidente que ni el mismo maestro tenía un plan concreto. Las interrogantes eran muchas: ¿con qué armas contarían? ¿Cómo lograrían el apoyo de Huertas y los soldados del Batallón Colombia? Y, de lograrlo, ¿cómo se defenderían después del ejército que enviaría Bogotá para someter a la provincia rebelde? ¿Hasta dónde se podría esperar apoyo de los Estados Unidos? ¿Cuáles serían las consecuencias si se descubría el complot? ¿Estaban realmente dispuestos a arriesgar su vida en una aventura tan difícil como indefinida? Carlos Constantino arribó a su residencia en la carrera de Córdoba con las últimas luces del día y cuando descendió del coche ya su decisión estaba tomada: apoyaría al maestro Arango aun a costa de su vida y desde el día siguiente comenzaría a sembrar entre sus familiares y amigos la semilla de la independencia.

Lunes 25 de mayo

Siguiendo una costumbre de muchos años, el doctor Manuel Amador verificó la hora en su reloj de bolsillo y comenzó los preparativos para trasladarse al hospital Santo Tomás. Por lo general, procuraba abandonar su consultorio en las oficinas del ferrocarril a las cuatro y media de la tarde, pues eran muchos los pacientes que aguardaban sus servicios. Ese día, sin embargo, permaneció un rato más tras su escritorio, cavilando sobre la noticia aparecida esa mañana en *La Estrella de Panamá*. En Bogotá, la oposición al tratado para que los americanos terminaran de construir el canal aumentaba y la esperanza de mejores días para los istmeños se desvanecía en medio de los devaneos políticos.

Cuatro meses atrás, tan pronto se enteró de las pretensiones de Pérez y Soto de representar al departamento de Panamá en el Senado colombiano, Amador había escrito una extensa carta al presidente Marroquín advirtiéndole las graves consecuencias que tal designación significaría. «Pérez y Soto es panameño solo por accidente —afirmaba Amador— pues hace muchos años que no pisa esta tierra que lo vio nacer. Su odio hacia los Estados Unidos es cosa conocida y, sin lugar a duda, se opondrá a cualquier tratado con el país norteño. Espero que el señor presidente, cuya amistad me honra, no permitirá que se cometa el grave error de que el Istmo, que tanto necesita del canal, sea representado en el Senado por alguien que se opondrá a que se concluya la vía acuática». Su carta, sin embargo, jamás recibió respuesta y Juan Bautista Pérez y Soto fue hecho senador, cargo que realmente le correspondía a él, Manuel Amador, por méritos políticos y personales. Ahora, tal como él anticipara, los periódicos reportaban la virulenta campaña contra el tratado Herrán-Hay en la que el senador por Panamá se hallaba empeñado. Y aunque los demás representantes panameños apoyaran el convenio, ninguno tenía la vehemencia de Pérez y Soto. Tan perdida veíase la causa en pro del tratado, que el más antiguo y representativo de los senadores panameños, su amigo, José Agustín Arango, había manifestado públicamente que no acudiría a Bogotá a contemplar el entierro de las esperanzas istmeñas. Pensaba en esto el doctor Amador cuando el propio maestro Arango, luego de golpear suavemente la puerta, entró a su despacho.

—¡Qué casualidad, José Agustín! Precisamente en este instante pensaba en la conveniencia de pasar por tu oficina a conversar sobre los últimos acontecimientos que ocurren en Bogotá.

—Buenas tardes, Manuel. Me imagino que te refieres a lo que se reportó esta mañana en el periódico sobre el posible rechazo del tratado Herrán-Hay.

—Así es. No es que no lo esperara, pero la situación se torna cada vez más preocupante.

Atendiendo a un gesto del médico, Arango tomó asiento y, acariciándose la barba blanca y suave, sentenció:

—Estoy seguro de que el Senado no aprobará el convenio, así es que mucho me temo que los panameños debemos prepararnos para lo peor. Lo dije antes y lo repito ahora: en Colombia se agitan ya las facciones del conservatismo de cara a las próximas elecciones y el tratado será víctima de las pasiones políticas.

—Y nosotros, que vivimos aquí en Panamá y que sufriremos las consecuencias de la miopía de Bogotá, ¿vamos acaso a cruzarnos de brazos mientras otros deciden sepultarnos en la miseria?

El viejo médico hablaba con inusitado ímpetu.

—Nadie ignora —continuó— que Nicaragua se relame anticipando el regalo que pronto le hará Colombia: nada menos que un canal interoceánico. Allá sí que los Estados Unidos no encontrarán problema alguno en aprobar el acuerdo que deseen.

El doctor Amador se puso en pie para cerrar la puerta del despacho. Cuando volvió a ocupar la silla detrás del escritorio, su rostro y ademanes reflejaban mayor tranquilidad.

—Tenemos que hacer algo —prosiguió en tono más confidencial—. Creo que llegó la hora de que los istmeños pensemos en nuestra separación definitiva de Colombia.

José Agustín Arango observó atentamente el rostro envejecido y cansado del doctor Amador, cuyos largos, amarillentos y caídos bigotes ensombrecían aún más. Auscultaba los ojos que lo miraban detrás de los pequeños espejuelos en busca de esa sinceridad que le permitiera contarle lo que él, sus hijos y Carlos Arosemena ya estaban tramando. Cuando creyó encontrarla, se confió al antiguo amigo:

—Mi estimado Manuel, resulta providencial que te expreses en tales términos porque de un tiempo a esta parte he comenzado a dar algunos pasos en la empresa de nuestra independencia. Por ahora me acompañan únicamente mis hijos, mis yernos y alguno que otro amigo. Pero frente a lo inevitable de la pérdida de la vía interoceánica, creo que muchos otros patriotas se sumarán a la causa, como sin duda te sumarás tú.

Una chispa de entusiasmo prendió en la expresión del viejo médico.

—¡Por supuesto que me incorporo desde ahora! ¿Cuáles son tus planes?

—Por ahora hemos convenido tan solo en reclutar, con mucho sigilo, a otras figuras importantes del Istmo. Amigos, copartidarios, socios... Una vez conformemos el núcleo del movimiento, podremos proceder a trazar estrategias.

—Habría que incluir a los liberales, especialmente a Domingo y Pedro Díaz, que controlan la masa.

—Así es, pero más adelante, cuando ya nos hallemos prestos para la acción. Creo que debemos convenir también en la necesidad de continuar nuestras gestiones ante el gobierno colombiano para que se logre la aprobación del tratado, aunque paralelamente el movimiento siga acumulando energías.

El médico sonrió ligeramente antes de musitar:

—Será la mejor manera de ocultar nuestras verdaderas intenciones... Hablamos ya como conspiradores, José Agustín.

—Desde este momento lo somos, mi viejo amigo. Y hay que tener siempre presente que la aventura puede llevarnos a enfrentar un pelotón de fusilamiento. No lo digo por nosotros, que frisamos los setenta años, sino por aquellos jóvenes que nos seguirán en la empresa.

Un profundo silencio siguió a las últimas palabras del maestro Arango. Ambos hombres meditaban en lo difícil de la empresa y la terrible represalia que un fracaso arrojaría sobre el Istmo y los conjurados. El doctor Amador tamborileó con los dedos de la mano derecha sobre el escritorio antes de comentar.

—Se requerirá mucho dinero para adquirir armamentos y municiones. También nos hará falta un navío de guerra.

Arango volvió a acariciar el nevado pico de su barba.

—Será imposible obtener todo lo que hace falta sin la ayuda de alguna potencia extranjera. Correspondencia que mantengo con algunos amigos norteamericanos me lleva a creer que esa potencia puede ser los Estados Unidos.

—¿Y quiénes son esos amigos? —quiso saber Amador.

El maestro Arango miró al techo y vaciló antes de responder.

—Muy confidencialmente te comento que el abogado William Nelson Cromwell nos apoyaría en cualquier intento separatista. Como sabes, él es un individuo muy influyente en la industria y el gobierno norteamericanos y como consejero del ferrocarril y de la Nueva Compañía del Canal sigue con mucho interés los acontecimientos en Bogotá y el Istmo.

Manuel Amador conocía a Cromwell, quien en más de una ocasión había visitado Panamá con el propósito de observar de cerca los trabajos abandonados por la fracasada empresa francesa. En uno de esos viajes se había reunido con los ejecutivos del ferrocarril, reunión a la que él había asistido como médico de la compañía, lo mismo que José Agustín Arango, en su carácter de abogado y agente de fletes y bienes raíces. Pero aunque Cromwell se proyectaba como un jurisconsulto sagaz, no se lo imaginaba colaborando con un movimiento revolucionario. Como si le hubiese adivinado el pensamiento, el maestro Arango interrumpió sus cavilaciones.

—La Compañía Francesa del Canal tiene un interés vital en que se apruebe el tratado Herrán-Hay. Si Colombia lo rechaza, lo habrá perdido todo... a menos que Panamá, como país independiente, acepte el convenio. Son los franceses, por tanto, nuestros aliados naturales y Cromwell es quien los representa en los Estados Unidos. Ese país, y sobre todo el presidente Roosevelt, quieren que el canal se haga por Panamá. Además, no hay que olvidar el ferrocarril, para el que laboramos ambos y que pertenece a la empresa del canal. También por ese lado hay intereses que se mueven para que no sobrevenga la ruina total. —Arango calló un momento, para luego concluir—: Pero nos estamos adelantando mucho a los acontecimientos.

—Estoy de acuerdo con todo lo que has dicho, José Agustín, y desde ahora me pueden considerar un conjurado más.

El doctor extrajo su reloj del bolsillo y al ver que marcaba las cinco y treinta se alarmó.

—Caramba, se me ha ido el tiempo y mis pacientes me esperan en el Santo Tomás. ¿Cuál es el siguiente paso? ¿A quién debo invitar?

—Hay que meditarlo mucho, porque entre más amplio el círculo más grande será el peligro de una infidencia. ¿Qué tal si nos vemos, Carlos Constantino, tú y yo antes del fin de semana para discutir algunos nombres y ponernos de acuerdo en cómo proceder?

Dicho lo cual, el maestro Arango se puso en pie y estrechó con solemnidad la mano del viejo médico. Ambos hombres comprendieron que ese apretón de manos significaba mucho más que una simple despedida.

París

Octubre de 1931

La estadía de Philippe Bunau Varilla en Kenya se prolongó más allá de lo previsto y Henry Hall, quien anhelaba compartir con el francés el progreso alcanzado en la búsqueda de la verdad histórica, decidió interrumpir el trabajo y aguardar su regreso. Necesitaba, si no una aprobación, al menos alguna indicación de que su nuevo enfoque era el que los hechos históricos exigían. Finalmente, a mediados de octubre, recibió la esperada llamada de Bunau Varilla.

—Amigo Hall, finalmente estoy de regreso. Supe por Pierre que me llamó varias veces. Asuntos familiares me retuvieron en África más de la cuenta. ¿Cómo avanza el trabajo?

Henry captó una nueva familiaridad en el tono del francés.

—Creo que bien, pero es necesario que volvamos a conversar.

—Magnífico. ¿Puede venir a cenar pasado mañana?

—Con mucho gusto. ¿A qué hora?

—¿Le parece bien a las siete? Pierre lo recogerá diez minutos antes de la hora.

—Le aseguro que no es necesario. Puedo tomar un taxi...

Bunau Varilla no lo dejó terminar la frase y, con un tono que rezumaba amabilidad, reiteró:

—Insisto en enviarle mi auto. Para mí no es molestia alguna.

—Muchas gracias, entonces. Estaré esperando en la puerta.

—Hasta el miércoles, Henry.

El periodista se sorprendió al escuchar que Bunau Varilla, por primera vez, lo llamaba por su nombre de pila. Parecía que el viejo ingeniero quería estrechar lazos por lo que se apresuró a responder con la misma familiaridad:

—Hasta el miércoles, Philippe.

Henry Hall bajó del auto para ascender los peldaños que llevaban a la mansión de los Bunau Varilla exactamente a las siete de la noche. No tuvo necesidad de llamar a la puerta porque, anticipando su llegada, un hombre de unos cuarenta años, esbelto y de sonrisa fácil, la abrió y lo invitó a pasar.

—Señor Hall, me complace conocerlo. Soy Etienne Bunau Varilla. Mi padre lo espera.

En el estudio, Philippe, quien en ese momento escribía, dejó la pluma sobre el escritorio, y fue a su encuentro con la mano extendida.

—Henry, bienvenido. Veo que ya conoció a Etienne.

Aunque no lo tuteaba, el tono de Bunau Varilla era el que se usa con un viejo amigo y Henry también lo adoptó.

—En efecto, Philippe, ya conocí a su hijo. ¿Y *madame* Bunau Varilla? ¿No nos acompaña esta noche?

—Me temo que no. Decidió permanecer en Kenya con nuestra hija Giselle, quien se recupera de una enfermedad. Por esa razón demoré mi regreso.

—Ojalá no sea nada grave.

—No, ya la gravedad pasó. Pero la hepatitis obliga a guardar cama y alguien tiene que ayudar con los niños. Espero, sin embargo, que antes de un mes estará de vuelta en París. Pero, hábleme de su trabajo. Supongo que lo guarda en ese cartapacio.

—Así es. He traído una copia a carbón de lo que he escrito hasta ahora porque ansío escuchar su opinión sobre la forma como se va desenvolviendo la historia.

Bunau Varilla abrió el cartapacio, lo sopesó y hojeó brevemente las páginas, para luego afirmar con entusiasmo:

—Veo que ha trabajado mucho. Esta misma noche comenzaré la lectura. A propósito, el próximo fin de semana debo ir a nuestra casa de campo en Orsay. ¿Por qué no me acompaña? El otoño allá es mucho más hermoso que en París y podremos conversar con calma.

—Acepto encantado —fue todo lo que atinó a decir Henry Hall, abrumado por la excesiva afabilidad del francés.

Esa noche, durante la cena y la sobremesa, el tema de la separación de Panamá, del canal y de los cuarenta millones quedaron a un lado mientras el periodista norteamericano y el ingeniero francés analizaban asuntos de interés general. La conversación adquirió un tono sombrío cuando Bunau Varilla expresó su grave preocupación por el avance del nacional-socialismo en Alemania, que Hall compartía.

—Los boches han sido siempre enemigos de la humanidad. He dicho antes y ahora lo reafirmo con mayor convicción, que las escuelas del mundo deberían divulgar la historia de Alemania para enseñarnos el gran daño que han causado a todos los pueblos y prevenirnos de los que puedan seguir causando. El Canal de Panamá era una ficha importante en los planes de Alemania para dominar el mundo, aunque pocos me creyeron cuando lo advertí.

Mientras lo escuchaba, Hall no podría dejar de pensar que, sin lugar a dudas, Bunau Varilla mantenía una fijación paranoica con los alemanes.

—Los nazis, guiados por Hitler, que es un demente, nos arrastrarán a una nueva guerra —prosiguió el francés—. Y las armas son hoy más destructivas que hace quince años. Los aviones que tú volabas, Etienne, tienen más alcance y serán más devastadores en sus ataques. ¡Ojalá no tengas que volver a volar!

—Me temo, padre, que a mi edad no me aceptarían. Aunque no creo que haya guerra.

—Eso espero, hijo.

Henry Hall se sorprendió de lo mucho que se enternecía el viejo ingeniero cuando le hablaba a su hijo.

—¿Sabía usted, Henry, que mi hijo Etienne fue condecorado durante la última guerra con la Cruz de Guerra por ser uno de los pilotos franceses que más aviones enemigos derribó? Además...

—No exagere, padre —interrumpió Etienne—. Mi condecoración fue una de tantas. Además, no creo que al señor Hall le interesen las aventuras bélicas de los Bunau Varilla.

Henry iba a protestar, pero Philippe ya tomaba de nuevo la palabra.

—Está bien, pero de lo que sí estoy seguro es de que al amigo Henry le agradará saber que a los trece años tú fuiste testigo del nacimiento de un nuevo país. ¿Por qué no se lo cuentas, tal como tú lo recuerdas?

Etienne, más reservado y mucho menos elocuente que su padre, aceptó a regañadientes relatar cómo, siendo un niño de trece años, había acompañado a su padre el día que le presentó al presidente Roosevelt las Cartas Credenciales que lo acreditaban como el primer embajador de la recién creada República de Panamá ante el gobierno de los Estados Unidos.

—Ese acto, que marcó el reconocimiento de un nuevo Estado, ocurrió el 13 de noviembre de 1903, apenas diez días después de declarada la independencia —recordó Philippe—. En medio de la solemnidad del momento, me impresionó muchísimo la atención que el presidente Roosevelt dispensó a Etienne. Fue un gesto que no olvidé nunca porque dejó en mí el convencimiento de que detrás de aquella caparazón hosca y dura en el pecho de Roosevelt latía un corazón blando, amante de los niños y de la naturaleza.

Henry Hall nunca había contemplado a Roosevelt, el campeón de la política del *big stick*, desde aquella perspectiva y no era su deseo analizar con Bunau Varilla la personalidad del presidente norteamericano. Había otro ángulo en esa anécdota mucho más interesante y decidió sacarlo a relucir.

—¿No le parece extraño, amigo Philippe, desde cualquier punto de vista, que el primer representante de la nueva república ante el país más importante del orbe fuese un francés y no un panameño?

Un destello de entusiasmo fulguró en los ojos de Bunau Varilla quien, para poner más énfasis en lo que tenía que decir, se puso en pie y comenzó a pasearse por el estudio con aquella extraña manera de caminar.

—Querido Henry, el hecho que usted acaba de señalar fue precisamente el que cambió para siempre la historia de los Estados Unidos, de Panamá, de Colombia y del mundo entero. Usted sabe, porque así lo dejé escrito en uno de los libros que le obsequié, que como consecuencia de mi ayuda para el movimiento separatista los panameños me designaron ministro extraordinario y plenipotenciario en Washington.

Nadie estaba en una posición mejor que la mía para concluir las negociaciones del canal luego que Colombia rechazara el tratado Herrán-Hay. La historia es testigo cuando afirmo que sin mi participación oportuna y decidida no se habría consolidado la independencia de Panamá, no se habría firmado el tratado que llevará para siempre mi nombre ni se habría abierto la vía interoceánica.

Etienne no podía ocultar el orgullo que provocaban en él las palabras de su padre y Henry Hall aprovechó el silencio de un cruce de miradas entre los Bunau Varilla para ir un poco más a fondo en el asunto.

—Sin embargo, Philippe, es obvio que los panameños guardan un resentimiento histórico porque la premura con que se firmó el tratado impidió que ellos participasen en la negociación de lo que había motivado el movimiento separatista. Y es evidente también que no existe un solo panameño que no considere que el tratado Hay-Bunau Varilla ha sido lesivo a sus mejores intereses.

El ingeniero francés clavó en el periodista su mirada de águila y, cuando volvió a sentarse, masculló con voz apenas audible:

—Es una decepción de la que jamás he logrado sobreponerme. ¿Ya escribió usted esa parte de la historia?

—No, y cuando lea el documento observará que aún estoy lejos de ella.

—Entonces espero que la contará tal como sucedió y le otorgará a cada acción su verdadero valor histórico.

—Le prometo que así será, pero creo que nos estamos adelantando a los acontecimientos —afirmó Henry Hall, quien había advertido una auténtica preocupación en la voz de Bunau Varilla.

Etienne, quien seguía el diálogo con aprensión, intervino para llevar la conversación a temas más amables. Entre otras cosas, esa noche se enteró Henry Hall de que Giselle, la hija de Bunau Varilla que vivía con su marido a orillas del lago Naiwasha, en Kenya, era una escultora muy reputada cuyas obras, para orgullo de su padre, se exhibían en las mejores galerías de París.

De vuelta al apartamento en el auto de Etienne, este retomó el tema que había quedado en suspenso, y el periodista conoció por boca del hijo cuánto había sufrido su padre por la incomprensión y la ingratitud de los panameños.

—Mi padre ya no habla del Canal de Panamá, ni siquiera con nosotros. Cuando el 15 de agosto de 1914 se inauguró la gran obra, el único personaje importante de aquella epopeya que no recibió invitación oficial fue mi padre. Ya imaginará usted su desilusión. Sin embargo, emprendió el viaje por su propia iniciativa y estuvo a bordo del primer navío que cruzó de uno a otro océano. Cuando regresó del Istmo se limitó a declarar que el Canal de Panamá recordaría para siempre al mundo entero que fueron los franceses quienes concibieron e iniciaron la unión del Atlántico con el Pacífico. Después no volvió jamás a hablar del tema. —Etienne hizo una breve pausa antes de añadir—: Por ello me sorprende tanto que haya usted logrado que reabriera un capítulo de su vida que él había cerrado para siempre.

—Tal vez, sin darme cuenta, hace muchos años contribuí con mis artículos periodísticos a sembrar esos sentimientos de desilusión en el ánimo de su padre. Le aseguro, sin embargo, que hoy no es esa mi intención y que lo que hago responde a una decisión de ambos de que la historia de Panamá y su canal se cuente inspirada más en la verdad que en el interés pasajero de cualquiera de sus protagonistas.

—Y por lo que he podido ver esta noche, mi padre parece tan entusiasmado como usted.

Llegaban ya frente al número 22 de la rue Belles Feuilles y, antes de apearse del auto, Henry preguntó al hijo de Bunau Varilla:

—¿Nos acompañará usted durante el fin de semana en Orsay?

—Me encantaría, pero lamentablemente debo viajar a Londres en asuntos de negocios. Pero estoy seguro de que nos veremos otra vez muy pronto. No puedo negar que siento una gran curiosidad por saber cómo se desarrollará su nueva versión de la historia.

—Créame que a mí me ocurre igual, pues yo mismo lo ignoro todavía. Buenas noches, Etienne, y gracias por traerme.

—Fue un placer, señor Hall. Buenas noches.

Dos días más tarde, a medida que el auto conducido por Pierre se alejaba de París, la cálida hermosura de los colores otoñales acaparaba la atención de los dos pasajeros que compartían el asiento trasero. La conversación sobre temas triviales había ido decayendo poco a poco hasta que ambos quedaron sumidos en un silencio contemplativo. Era un día radiante: los rayos del sol contribuían a acentuar y contrastar los matices rojo y naranja de los castaños, arces y tilos, con el verde permanente de los abetos y con el azul inmenso y distante del cielo.

—De las épocas del año, el otoño es mi favorita —observó Bunau Varilla—. Pero para apreciarla en su verdadero esplendor hay que venir al campo.

Henry, quien jamás se preocupara por la belleza de las estaciones, se limitó a confirmar que les había tocado un día hermoso.

—La naturaleza se renueva año tras año en un continuo e incesante ciclo vital —prosiguió Bunau Varilla—. No ocurre igual con el ser humano. Nosotros pasamos de la primavera al otoño y finalmente, terminando nuestro invierno, desaparecemos.

Henry, poco dado a filosofar, se sintió obligado, por mera cortesía, a comentar:

—Tal vez el ser humano se renueva en sus vástagos. Yo pertenezco al grupo de los que se esfuman sin dejar nada tras de sí. Supongo, sin embargo, que ya es muy tarde para lamentaciones.

Ahora fue Philippe quien, tras un prolongado silencio, cambió abruptamente el tema.

—Debo decirle, Henry, que su trabajo hasta ahora me parece muy acertado, sobre todo porque es imposible comprender lo ocurrido en el Istmo de Panamá sin analizar todas las fuerzas que simultáneamente gravitaban también en Colombia y los Estados Unidos. Si me permite una observación, sin embargo, me parece que también aquí en Francia existían intereses que se agitaban al ritmo de lo que ocurría en esa parte del nuevo mundo. ¿No lo cree usted así?

—Sin lugar a dudas. En mi plan original mantengo una sección dedicada a París, pero creo que nadie lo podría contar mejor que usted, que fue uno de los protagonistas.

—Yo le cuento lo que recuerdo, Henry, pero debe ser usted mismo quien lo escriba. —Sin esperar respuesta, Philippe continuó—: Ya se imaginará que en París se seguía con mucho interés y gran aprensión lo que sucedía en Bogotá con el tratado Herrán-Hay. El representante en Bogotá de la Nueva Compañía del Canal Interoceánico, Alexander Mancini, se entrevistaba con ministros y senadores y enviaba casi a diario informes a París, donde daba cuenta de las serias dificultades que se confrontaban en el Congreso colombiano para la aprobación del convenio. Para la mayoría de los directores y accionistas de la nueva compañía se trataba, fundamentalmente, de un asunto de dinero. No para mí. Yo había luchado personalmente y con mis propios recursos en favor de la ruta de Panamá en vez de la de Nicaragua, que era la que originalmente había decidido adoptar el gobierno de los Estados Unidos. Asimismo, había contribuido para que los colombianos y los norteamericanos negociasen el tratado Herrán-Hay, todo ello con miras a que la visión de De Lesseps no quedara en un simple sueño —o más bien en una inútil pesadilla— y el nombre de Francia permaneciera sin mácula cuando se escribiera ese capítulo de la historia. Así, pues, también dediqué esfuerzos a evitar que los colombianos rechazaran el convenio, escribiéndole a los más influyentes políticos y al presidente Marroquín. Tarea inútil porque ya en Colombia la suerte estaba echada y el tratado quedaría sumido, irremisiblemente, en la vorágine política, cuyo principal ingrediente, como usted sabe, es la ambición desmedida.

—¿No le parece curioso, Philippe, que el Senado de los Estados Unidos ratificara el tratado antes que Colombia? Esto es algo que nunca logré comprender.

—Roosevelt estaba apurado por iniciar la construcción del canal, en parte porque le ayudaría a ganar las próximas elecciones y, también, porque él ya estaba convencido de que la ruta de Panamá era la mejor y no quería perderla. Recuerde usted, Henry, que la ley Spooner aprobada por el Senado para autorizar la construcción del canal, obligaba a realizar la obra por la vía de Nicaragua si por algún motivo la de Panamá no se concretaba. Nunca sospecharon ni Roosevelt, ni John Hay, ni nadie, que los colombianos rechazarían el convenio. —Bunau Varilla meditó un momento antes de continuar—. Por supuesto, que cuando le tocó el turno de negociar el canal a la recién creada República de Panamá, Roosevelt y Hay no volverían a arriesgarse y exigieron que la ratificación del tratado se diera de inmediato. Ahora comprenderá usted lo injustos que han sido los panameños que rehúsan aceptar cuán necesario era concluir cuanto antes el asunto del canal.

En ese instante el automóvil penetraba en una calzada bordeada de apretados cipreses y Bunau Varilla anunció sonriendo:

—Llegamos…

Al fondo de la avenida se levantaba una casona de piedra gris cubierta de hiedra cuyo grosor revelaba la antigüedad de la morada.

El color de la hiedra armonizaba con el de los árboles añosos que, sin ningún pudor, comenzaban a despojarse de sus hojas en el patio posterior. Era un sitio hermoso y, más que hermoso, venerable, como un otoño dentro de otro.

—Precioso lugar, Philippe.

—Gracias, Henry, y bienvenido. Ya se dará cuenta usted de que aquí se piensa mejor que en París.

Henry Hall emergió de aquel fin de semana en Orsay con sentimientos encontrados hacia su anfitrión y nuevo amigo. Aunque admiraba a Bunau Varilla por su clara inteligencia y, sobre todo, por su férrea disciplina, había en la personalidad del francés una autosuficiencia, a veces rayana en la pedantería, que la sencillez del periodista rechazaba instintivamente. Henry sentía que en ocasiones Philippe ponía en práctica con él las dotes de seductor que tan famoso lo hicieran entre todos aquellos personajes que al visitar París caían en las redes de sus exquisitos modales y abrumadora cortesía. Así había logrado convencer a varios de los miembros de la Comisión del Canal ístmico, designada por el gobierno norteamericano, de que la ruta de Panamá era mejor que la de Nicaragua.

—De todo lo que hice en pro de Panamá y su canal —había recalcado el francés durante ese fin de semana— lo más difícil y trascendente no fue mi participación en el movimiento de independencia ni la negociación y firma del tratado para construir la vía interoceánica. Lo que más esfuerzo requirió de mi parte fue cambiar la decisión que los Estados Unidos habían tomado de abrir el canal a través de Nicaragua. Pocos recuerdan que ya el secretario de Estado norteamericano había firmado con el ministro de Nicaragua en Washington el Protocolo Hay-Corea para permitir a los Estados Unidos construir el canal por ese país. Lástima que el tema se escape de la historia que escribimos ahora o, mejor dicho, que usted escribe con mi colaboración.

Luego de una pausa en que su mirada pareció otear en el pasado, Bunau Varilla había continuado.

—Recuerdo que John Tyler Morgan, el legendario senador de Alabama, era el máximo promotor y defensor incansable de la ruta por Nicaragua, principalmente porque así el canal quedaría más cerca del Estado cuyos intereses él defendía. Morgan es el más formidable y tenaz rival que he enfrentado y tenía a casi todo el Senado de su parte. Para lograr que ese organismo se inclinara en favor de Panamá fue necesario actuar simultáneamente en dos campos: el técnico, convenciendo a los ingenieros miembros de la comisión que la ruta de Panamá era, con mucho, la mejor; y el político, insistiendo y asesorando a los personajes más influyentes del Partido Republicano para que llevaran el asunto al Senado en el momento preciso. La historia dirá que la estampilla postal, que muestra la ferocidad de sus volcanes, en buena hora emitida por el gobierno de Nicaragua, fue la razón más contundente para convencer a los senadores de que la ruta de Nicaragua era peligrosa por su inestabilidad telúrica. Pero, en verdad, cuando envié esa estampilla a cada uno de los senadores ya todos los esfuerzos habían cristalizado y la ruta de Panamá estaba salvada.

El discurso anterior había sido dicho en ese tono doctoral que Henry tanto detestaba, sobre todo porque al escucharlo parecía que el francés era el único responsable del éxito alcanzado. Aunque le costaba aceptarlo, Henry Hall sabía que en el fondo de su corazón se agitaba un sentimiento de envidia hacia Bunau Varilla derivado, principalmente, de lo interesante que había resultado la vida para el francés, quien siempre parecía estar en el lugar oportuno en el preciso instante en que sus acciones podían determinar un cambio en el rumbo de la historia. El periodista tampoco podía negar que le abrumaba y molestaba la opulencia económica que ostentaba el francés. Nada de lo que Bunau Varilla había hecho a través de su extravagante existencia parecía dar pie a tan grande fortuna y Henry luchaba por evitar que las amabilidades de su anfitrión obnubilaran del todo su proyecto original de averiguar el verdadero destino de los cuarenta millones de dólares que el gobierno norteamericano había pagado a la Compañía Francesa del Canal por los equipos y trabajos realizados en su fracasado intento para abrir la gran vía acuática. Tampoco quería Henry que su sospecha de que el francés había sido uno de los grandes beneficiarios de aquellos fondos entorpeciera su relación con él e interfiriera negativamente en la historia que se había propuesto contar.

II

Bogotá

Martes 9 de junio de 1903

Miguel Antonio Caro, en cuya residencia se celebraba la reunión para discutir la estrategia con la que el ala nacionalista del Partido Conservador enfrentaría el tratado Herrán-Hay en el Congreso colombiano, escuchaba pacientemente a sus copartidarios Joaquín Vélez, José Medina Calderón y Marcelino Arango analizar diversos temas: quiénes debían presidir el Senado y la Cámara de Representantes; si era conveniente o no presionar al gobierno para que no enviase el tratado al Senado en vista de la oposición de la opinión pública; si, al contrario, debería discutirse el convenio para rechazarlo o modificarlo de modo que fuese aceptable a Colombia; cómo sacar provecho político al asunto teniendo en cuenta que las elecciones presidenciales debían celebrarse a finales de año. Finalmente, don Miguel Antonio, gramático, latinista, poeta y político, detrás de aquella barba y bigotes que recordaban a una morsa, dejó oír su voz profunda, respetada y autoritaria.

—He escuchado con mucha atención los planteamientos y las opiniones de cada uno y creo que la conclusión obvia a la que debemos llegar es que con la instalación del Congreso el próximo 20 de julio, después de tres largos años de receso, se dará inicio a la contienda política para la elección del futuro presidente de Colombia. Si ello es así, pienso que estamos planteando las cosas a la inversa. Debemos definir, antes que nada, quién será el abanderado de los conservadores nacionalistas y tejer nuestra estrategia alrededor de esa determinación.

Caro hizo una pausa y comenzó a pasearse por la habitación mientras los demás aguardaban con curiosidad y respeto sus próximas palabras.

—Considero que nuestro candidato debe ser don Joaquín Vélez y espero que todos estaremos de acuerdo —afirmó finalmente.

Aunque el nombre del doctor Vélez se había mencionado con insistencia en los corrillos políticos como la figura que encabezaría la nómina nacionalista en las elecciones presidenciales venideras, escuchar una afirmación tan directa de boca del más influyente miembro de la facción opositora sorprendió a todos, incluido al propio Vélez, quien se apresuró a manifestar:

—En repetidas oportunidades he expresado que existen dentro de las filas nacionalistas candidatos más aptos, y sobre todo, más jóvenes que yo, que ya estoy en el umbral de los ochenta años. Entre ellos, por supuesto, el propio e insigne don Miguel Antonio Caro, quien me abruma con sus palabras.

—Ya serví a Colombia como presidente, mi querido doctor Vélez, y creo sinceramente que usted, mejor que nadie, puede ser el dirigente que necesitan los colombianos en estos momentos tan difíciles. No me equivoco al afirmar que su trayectoria política, su buen nombre y su imagen paternal inspiran respeto y confianza a todo el país. ¿No comparten ustedes también esa opinión?

Arango y Medina respondieron al unísono que sí y elogiaron generosamente la figura pequeña, afable y de luenga y espesa barba blanca de Joaquín Vélez.

—Entonces, mis amigos —prosiguió Caro—, el camino se presenta muy claro. El tratado será nuestro caballo de batalla contra el reinado marroquinesco. Destacaremos, sobre todo, cómo Marroquín, a quien en mala hora aupé a la presidencia de Colombia, pretende, junto con su camarilla, violar nuestra soberanía y ofender nuestra dignidad nacional. Esto significa que tendremos que aceptar la discusión del convenio en el Senado para votar en contra de su ratificación, a menos, claro está, que se introduzcan modificaciones sustanciales que satisfagan los mejores intereses de nuestro partido y de nuestro país. Y para que todo marche conforme a nuestros planes, elegiremos para presidir las primeras sesiones del Senado a nuestro futuro candidato, don Joaquín Vélez. Usted, amigo Medina, presidirá la Cámara de Representantes. Recuerden, sin embargo, que es poco lo que puede hacer la Cámara mientras el Senado no resuelva enviarle el tratado.

Todos los presentes se manifestaron de acuerdo con el líder de los conservadores nacionalistas. El último en hacerlo fue el doctor Vélez, quien volvió a insistir que aceptaba la responsabilidad de encabezar la nómina pero siempre bajo el entendimiento de que cedería la candidatura en caso de que así lo requiriesen los mejores intereses del partido. La voz de Miguel Antonio Caro volvió a escucharse.

—Si mi instinto político no me falla, el candidato del gobierno será el general Rafael Reyes. Pienso que no conviene atacar a don Rafael, quien goza de un gran prestigio en el país, por lo que es mejor olvidarnos por ahora del candidato de los conservadores históricos para concentrar nuestros ataques en Marroquín y su gobierno.

—De acuerdo —expresó Vélez mientras Marcelino Arango y Medina asentían con un movimiento de cabeza.

Satisfecho del consenso logrado hasta ahora en todos sus planteamientos, el señor Caro prosiguió:

—Bueno, señor, hemos acordado lo más importante en cuanto a estrategia, pero aún queda por resolver quién o quiénes llevarán en el Senado la voz cantante contra el convenio.

Calderón Medina sugirió enseguida:

—Ese no puede ser nadie distinto a usted, el mejor orador que ha escuchado Colombia en su historia.

Don Miguel Antonio recibió el halago con una sonrisa apenas perceptible.

—Gracias por tan inmerecido elogio. Yo me ofrezco para iniciar la ofensiva, pero nos hará falta el análisis sesudo y didáctico de don Marcelino, a quien le pido que estudie muy bien las cláusulas del convenio y sea mi compañero de batalla.

—Ya leí ese nefasto documento y lo estudiaré más a fondo. Con mucho gusto acepto ser su lugarteniente —respondió el aludido, para luego añadir:

—¿No creen ustedes que debemos reclutar también a Pérez y Soto? Además de ser istmeño, no creo que haya ningún colombiano que haya combatido tanto el tratado.

—Si voy a presidir el Senado —advirtió el general Vélez— no quisiera a ese exaltado suelto en el recinto. Hay que buscar la manera de controlar a Pérez y Soto porque si no acabará pidiendo que declaremos la guerra a los Estados Unidos, tal como ha insinuado ya en sus artículos de *El Constitucional*.

—Pienso que la mejor manera de controlarlo es manteniéndolo ocupado —sugirió el señor Caro—. ¿Qué les parece si le pedimos que presida la comisión del Senado que estudiará el tratado? Así lo tendremos muy atareado escribiendo, y ya sabemos lo prolífica que es su pluma. Si están de acuerdo, yo mismo hablaré con él.

—A mí me parece bien —convino Joaquín Vélez—, siempre y cuando acepte controlar su verbo frente a los norteamericanos con quienes, a pesar de todo, nos interesa mantener las mejores relaciones.

Marcelino Arango, de los miembros del Senado quizás el más interesado en las relaciones internacionales, intervino para recordar que los Estados Unidos y Colombia estaban vinculados desde 1846 por el tratado Mallarino-Bidlack que, entre otras obligaciones, imponía al Coloso del Norte la de defender la soberanía de Colombia en el Istmo de Panamá.

—Por más interés que tenga el presidente Roosevelt en la apertura de un canal por Panamá, creo que el único riesgo que correríamos los colombianos, si no ratificáramos el tratado Herrán-Hay, es el de que se lleven la vía interoceánica para Nicaragua. Al menos eso es lo que dice la ley Spooner que autorizó al presidente para negociar con Colombia y que figura como preámbulo del convenio. Sin embargo, y teniendo en cuenta que la ruta del Istmo es la óptima, es probable que los norteamericanos estén dispuestos a aceptar algunas modificaciones.

—No sé, Marcelino —dijo Caro—. Mucho depende de la actitud que asuma Roosevelt, quien, como sabemos, es un hombre impredecible. Tendremos que estar al tanto de cómo se van desenvolviendo las relaciones porque aunque ese es un tema que corresponde al gobierno, Colombia entera sabe cuán inútiles han resultado Marroquín y su camarilla. Conozco bien al ministro Hart, y puedo conversar con él.

—Charles Burdett Hart dejó de ser el ministro de los Estados Unidos en Bogotá hace un mes —aclaró Arango—. Lo sustituye interinamente un tal Beaupré, quien era el cónsul y secretario de la Legación. En cualquier caso, habrá que buscar la manera de acercársele.

Jueves 11 de junio

El encargado de la embajada de los Estados Unidos en Colombia, Arthur Mathias Beaupré, terminó de descifrar el cable recién recibido y luego de leerlo varias veces se sentó a meditar. Las órdenes del Departamento de Estado eran muy claras: había que presionar al máximo al gobierno de Colombia para que el Congreso ratificara cuanto antes y sin demora el tratado Herrán-Hay. Se preguntó cómo habría actuado su antecesor Charles Hart, pero enseguida desechó el pensamiento. Si bien era cierto que él carecía de la vasta experiencia diplomática de Hart, su instinto le indicaba que en el momento actual, más que un diplomático, su país necesitaba en Bogotá a un hombre de acción, alguien con el arrojo y la determinación que caracterizaban al propio presidente Roosevelt. Ese hombre, se dijo, era él, Arthur Mathias Beaupré, colocado por el destino en un momento coyuntural en la historia de ese naciente imperio que eran los Estados Unidos de América. «No es hora de hipocresías ni de andarse por las ramas», se dijo mientras comenzaba a redactar el memorándum que, en cumplimiento de las instrucciones recibidas, enviaría al gobierno de Colombia.

Lunes 15 de junio

He recibido instrucciones de mi gobierno, por cable, en el sentido de que el gobierno de Colombia, según las apariencias, no aprecia la gravedad de la situación. Las negociaciones del Canal de Panamá fueron iniciadas por Colombia y fueron enérgicamente solicitadas por varios años. Las proposiciones presentadas por Colombia fueron finalmente aceptadas por nosotros con pequeñas modificaciones. En virtud de este convenio nuestro Congreso revocó su decisión anterior y se decidió por la vía de Panamá. Si Colombia ahora rechazara el Tratado o retardara indebidamente su ratificación, las relaciones amigables entre los dos países quedarían tan seriamente comprometidas que nuestro Congreso, en el próximo invierno, podría tomar pasos que todo amigo de Colombia sentiría con pena.

Cuando el ministro de Relaciones Exteriores, Luis Carlos Rico, terminó de leer en voz alta la nota recién recibida del representante de los Estados Unidos en Colombia, un pesado silencio descendió sobre los presentes. El presidente Marroquín permanecía cabizbajo tras su escritorio y su hijo Lorenzo, las manos a la espalda, medía el despacho presidencial con pasos cortos y nerviosos. El general Rafael Reyes, de pie frente al ventanal, se atusaba maquinalmente el blondo y poblado bigote, señal inequívoca de que se hallaba sumido en profundas meditaciones. El propio Rico rompió el mutismo.

—Estoy convencido de que un diplomático de carrera como Hart no habría escrito una nota tan insolente. Pero para este señor Beaupré, que de simple secretario de Legación pasó a ministro plenipotenciario, la palabra diplomacia parece no existir. El tono y el contenido de su nota son inaceptables.

Lorenzo Marroquín dejó de pasearse y vino a sentarse frente al escritorio de su padre para afirmar:

—Lo cierto es que los yanquis cada vez se ponen más duros. No creo que Beaupré se atreva a escribir una nota así sin instrucciones precisas del Departamento de Estado. Prácticamente nos declaran la guerra si no aprobamos el tratado.

—Salvo mejor criterio, creo que debo responder en tono muy enérgico —sugirió Rico—. La nota está plagada de equívocos e interpretaciones antojadizas y no debemos dejar que nos avasallen.

—No hay que perder la cabeza —aconsejó el general Reyes, con voz suave y pausada—. Lo importante es salvar el tratado y el canal.

El presidente, hasta entonces sumido en un profundo silencio, dejó oír su fatigada voz.

—No sé, general. A veces pienso que todo este asunto del canal se nos está escapando de las manos. Ya no cabe duda de que habrá una gran oposición de los conservadores nacionalistas en el Senado, con el amigo Caro a la cabeza, disparando contra mi gobierno sus dardos preñados de odio. Nunca me perdonó no tener alma de oveja, como el pobre Manuel Antonio Sanclemente, que en paz descanse, a quien instaló en la Presidencia para que obedeciera su santa e infalible voluntad. Y, a decir verdad, la última palabra sobre si habrá o no tratado la tendrán ellos, los senadores. El responsable ante la historia, pase lo que pase, no seré yo, ni el ministro Rico, ni Tomás Herrán. El responsable será el Congreso. Yo ni siquiera firmaré el tratado antes de enviárselo.

—Sigo creyendo —el que hablaba ahora era Lorenzo Marroquín— que aún podemos retener el documento con cualquier excusa y esperar a que venza el plazo de la concesión el próximo año, en cuyo caso no solamente todo será más fácil y expedito sino que sacaremos de en medio a los franceses y Colombia recibirá los cuarenta millones que los americanos están dispuestos a pagar por la concesión y sus bienes.

—El asunto no es tan fácil, Lorenzo —repuso Rico—. La concesión fue prorrogada por el gobierno de Sanclemente hasta 1910.

—Por medio de un decreto claramente inconstitucional e inválido, que nunca fue sometido al Congreso —arguyó Lorenzo.

—No debemos olvidar que como compensación por la prórroga la compañía francesa pagó cinco millones de francos que con tanta urgencia necesitaba nuestro gobierno —refutó Rico—. Además, el decreto no podía ser presentado al Congreso porque estábamos en plena guerra y toda Colombia se hallaba bajo la ley marcial. Nunca he creído, ni lo creo ahora, que podamos esgrimir el argumento de la invalidez de la prórroga, sobre todo porque fuimos nosotros mismos los causantes de esa invalidez. Además, el repudio de Francia, de los Estados Unidos y de la comunidad internacional no se haría esperar.

—Hay algo más, Lorenzo —intervino el general Reyes—, que todos los que estamos en este despacho conocemos y que pesa mucho a la hora de tomar decisiones. En 1902, cuando nuestro gobierno, a través del ministro Hart, pidió a los Estados Unidos que intervinieran para poner fin a la guerra civil, convino que cuando terminaran los combates y se superara el estado de emergencia culminaríamos las negociaciones del tratado con los Estados Unidos. Por eso Herrán negoció y firmó el tratado; por eso se ha convocado al Senado para su ratificación; por eso el gobierno de tu padre no puede soslayar la obligación de cumplir la palabra empeñada y por eso Roosevelt y los norteamericanos están tan disgustados, aunque nunca hayan invocado públicamente aquel pacto de caballeros.

El discurso de Reyes, cuyo tono había ido *in crescendo*, dejó a todos sumidos en un profundo silencio, finalmente interrumpido por el viejo Marroquín.

—Lo que ha dicho el general Reyes es exacto. Yo mismo hablé del tema con Hart y le pedí que transmitiera el mensaje a su gobierno. Y aunque no hubo un pacto expreso, quedó claro el entendimiento de que concluiríamos el tratado tan pronto se hiciera la paz. Todos sabemos que los liberales también pidieron la intervención de los norteamericanos para poner fin a las hostilidades que día a día desangraban el cuerpo exhausto de Colombia. Pero ellos no eran gobierno, no tenían nada que comprometer, y nosotros sí. —Tras meditar un instante, el presidente continuó—: Yo he cumplido haciendo que se negocie y se firme el tratado pero, insisto, lo que ocurra en el Senado no será responsabilidad mía. Rico lo presentará y lo defenderá, apoyado por los demás ministros y por nuestros senadores, tú entre ellos, Lorenzo.

El ministro Rico respondió enseguida que él sabría asumir su responsabilidad. Lorenzo Marroquín, de mala gana, se limitó a asentir con un movimiento de cabeza. Reyes volvió a tomar la palabra.

—Yo conozco bien a Beaupré y me ofrezco a mantener con él contactos informales a ver si logramos que los Estados Unidos acepten modificar algunas de las cláusulas del tratado. Creo que existe esa posibilidad porque en ninguna parte de la nota que leyó el ministro se expresa que no aceptarían modificaciones.

—Me parece bien, general —convino el presidente—. Pero hablando de notas aquí tengo otras dos muy alarmantes que me llegan de París y de Panamá. Una me la envía nuestro inefable y siempre presente Bunau Varilla en la que nos conmina a aprobar cuanto antes el tratado porque de lo contrario el Istmo de Panamá se separará de Colombia bajo la protección de los Estados Unidos. La otra viene firmada por el general Esteban Huertas, jefe del Batallón Colombia en el departamento de Panamá, quien me informa que la tropa está hambreada; que se le deben seis meses de sueldos atrasados; que no ha recibido ninguna de las remesas prometidas; que la moral es muy baja y que él mismo está pensando en pedir sus letras de cuartel.

—¡Ojalá las pida! —exclamó Lorenzo con desprecio—. Hace tiempo que escucho rumores de que la lealtad de Huertas está en entredicho.

—Mal puede pedírsele lealtad a un batallón al que ni siquiera se le paga. Creo que el ministro de Guerra debe hacer algo enseguida —opinó Rafael Reyes.

—Ya lo puse sobre aviso y me dijo que él había recibido una carta similar de Huertas —respondió el presidente—. Sin embargo, el ministro Vázquez Cobo piensa que no hay motivo para preocuparse por el Istmo. ¿Qué piensa usted, que conoce mejor a los istmeños?

—Militarmente no existe ningún problema —repuso el general Reyes—. En cuanto a Bunau Varilla, todos aquí sabemos que él tiene velas en este entierro y hará cualquier cosa porque la compañía francesa reciba los cuarenta millones. En cualquier caso, desde el punto de vista político, creo que no se debe descuidar al Istmo, sobre todo si queremos triunfar en las próximas elecciones.

—¿Debo entender de sus palabras que está dispuesto a aceptar la candidatura de los conservadores históricos? —Había cierta ironía en la pregunta del presidente.

—Todavía queda mucho trecho por recorrer antes de cruzar ese puente —contestó el general Reyes, con una fugaz sonrisa.

Martes 16 de junio

Cuando Juan Bautista Pérez y Soto entró en el estudio de señor Caro Tobar, lo encontró sentado tras su escritorio, tan profundamente concentrado en lo que escribía que ni siquiera advirtió la llegada de su invitado. Transcurrieron unos minutos en los que Pérez y Soto, haciendo gala de una paciencia rara en él, contempló absorto aquel coloso de las letras colombianas en el acto sublime de la creación. Finalmente, preguntó en voz muy baja y comedida:

—¿Soy testigo del nacimiento de algún nuevo poema?

Miguel Antonio Caro interrumpió su labor y por un instante miró desconcertado al visitante. Finalmente se puso en pie y le extendió la mano.

—Mi estimado don Juan Bautista, bienvenido a esta su casa. Le ruego perdone mi distracción, pero hace mucho tiempo dejé de escribir poesía: las musas se ahuyentan fácilmente cuando la patria sufre calamidades.

—Y calamidades son las que nos sobran. Parece inaudito que recién concluida la peor y más cruenta de nuestras guerras civiles, cuando aún no terminamos de llorar a nuestros muertos, Marroquín y su camarilla nos embarquen en una nueva situación conflictiva. No me extrañaría que la miopía política y la orfandad de perspectivas históricas del gobierno nos catapulten a un conflicto bélico con los Estados Unidos. —A medida que hablaba, Pérez y Soto se enardecía con su propio discurso—. Si a esto llegáramos, hasta el último colombiano tendría que derramar su sangre en defensa de la patria y fertilizar así nuestro suelo para que las nuevas generaciones vean surgir de las cenizas, como una moderna ave fénix, la flor de la dignidad y la concordia.

Las últimas palabras habían salido de los labios de Pérez y Soto con tal vehemencia que su cuerpo temblaba bajo el látigo implacable de aquel verbo incontenible.

Miguel Antonio Caro, quien escuchaba a su interlocutor con curiosidad y aprensión, pensaba: «Razón tenía Joaquín Vélez en no querer a este orate suelto en el Senado. Lo asombroso es que hable con tanto fervor patriótico quien tan poco tiempo ha vivido en el Istmo o en Colombia, y es panameño solo de nombre». Pero su misión era reclutarlo y colocarlo en una posición en la que, antes de hacer daño, fuera efectivo para la causa. Procurando que su voz no reflejara emoción alguna, Caro intentó llevar la conversación a un plano más racional.

—Precisamente por esa razón lo invité a conversar, porque quisiera que habláramos de la mejor forma de vencer a Marroquín y sus históricos evitando que se apruebe un tratado tan lesivo para nuestra soberanía. Un grupo de conservadores nacionalistas nos hemos estado reuniendo con ese propósito y hemos llegado a la conclusión de que lo necesitamos a usted como presidente y líder de la comisión que estudiará el tratado y recomendará al Senado cómo proceder. Se trata de una responsabilidad de enorme trascendencia histórica, pero estamos convencidos de que usted sabrá asumirla tan bien o mejor que cualquier otro colombiano que ama a su patria.

Sublimado por las palabras que acababa de escuchar, nada menos que de boca del político más influyente y respetado de Colombia, Pérez y Soto dijo, casi con humildad:

—Acepto el gran honor que se me hace. Puede usted estar seguro de que no descansaré un instante en mi afán de que el ignominioso documento sea derrotado y enterrado para siempre en el campo de nuestro honor patrio.

«Ahí viene de nuevo», se dijo el doctor Caro anticipando otra perorata del senador panameño. Para su sorpresa, sin embargo, Pérez y Soto cambió de tema y en tono confidencial, acercando su silla a la poltrona que ocupaba su anfitrión, dijo en voz baja:

—Sé que se está pensando en el general Joaquín Vélez para que sea nuestro candidato en las elecciones de fin de año. También se rumora que el actual ministro de Guerra, Vázquez Cobo, podría ser su compañero de nómina. Muchos colombianos influyentes opinan que dos generales en una misma papeleta ahuyentarán al pueblo colombiano, que está cansado de tanta guerra y tanta sangre. Algunos copartidarios piensan que yo sería un buen balance para el general Vélez, sobre todo después de mi patriótica actuación en contra del tratado. Lo que quiero decirle es que, si el partido y Colombia me necesitan, estoy dispuesto y decidido a integrar la nómina como vicepresidente.

«Nos salió la criada respondona», pensó Miguel Antonio Caro, mientras observaba el rostro expectante de Pérez y Soto, y buscaba palabras con qué responderle.

—Le agradezco el ofrecimiento y, sobre todo, la confianza. Estoy seguro de que su nombre será tomado en cuenta al momento de tomar la decisión en cuanto a quiénes, finalmente, marcharán al frente de los conservadores nacionalistas en las elecciones venideras. Por ahora, sin embargo, creo que lo prudente es concentrarnos en la tarea inmediata que tenemos por delante. Una vez derrotemos a Marroquín y a su tratado, podremos dedicar todos nuestros esfuerzos a la política electoral. Mientras tanto, estos temas deben ser discutidos con mucha discreción. ¿No le parece?

—Por supuesto que sí, doctor Caro. Así será.

Diez minutos después, Juan Bautista Pérez y Soto se despedía, convencido de que contaba con el respeto y apoyo del más importante de los políticos colombianos. Miguel Antonio Caro, por su parte, meditaba en la mejor forma de controlar a Pérez y Soto quien, en un descuido, impulsado por su vehemencia y ambición, podría convertirse en un verdadero peligro para los nacionalistas.

Sábado 20 de junio

Conforme exigía el protocolo, el doctor y general Joaquín Vélez, escogido una hora antes por sus pares como presidente del Senado, dio la bienvenida en la puerta del recinto al presidente y sus ministros y los acompañó al sitio de honor en la mesa principal. Aplausos, corteses pero fríos, se escucharon mientras el jefe del Ejecutivo recorría el pasillo central, saludando con un apretón de manos a aquellos amigos que le quedaban cerca. Los rostros de los veintisiete senadores y setenta y dos representantes que conformaban el Congreso estaban igual de tensos que los de los del presidente y los ministros que lo acompañaban: Luis Carlos Rico, de Relaciones Exteriores, Antonio José Uribe, de Instrucción Pública, y Esteban Jaramillo, encargado del Ministerio de Gobierno. Mientras el doctor Vélez se dirigía a la Cámara y daba la bienvenida oficial al presidente, este comentaba al oído del ministro de Gobierno:

—Ya sabemos de dónde saldrán los primeros tiros. Fíjese que Caro y Arango, quienes son senadores suplentes por Antioquia, están aquí desde el primer día sin permitir siquiera que sus principales calienten la silla. Además, al colocar a Vélez en la presidencia del Senado nos están confirmando que ese será el candidato de los nacionalistas.

—...os invito, pues, honorables miembros del Congreso colombiano, para que escuchéis la palabra autorizada del vicepresidente encargado del Poder Ejecutivo, don José Manuel Marroquín.

Aplausos tan desganados como los anteriores remataron el breve discurso del doctor Vélez.

El presidente estrechó la mano de su rival político y se dirigió lentamente al podio en medio de un espeso silencio. Con parsimonia, abrió la carpeta que contenía su discurso y comenzó a leer:

—Honorables senadores y representantes de Colombia: me corresponde hoy inaugurar formalmente las sesiones de este augusto cuerpo legislativo. Ninguno de ustedes ignora la importancia de este momento. La historia ha querido colocar a Colombia en una de sus encrucijadas más trascendentales. Un país con el que mantenemos relaciones de amistad y con el que nos une una larga cadena de eslabones diplomáticos nos pide firmar un tratado que les permita abrir a través del Istmo de Panamá una vía que comunique los dos grandes océanos para bien de la humanidad. Este Congreso ha sido convocado con el único propósito de considerar si ese tratado, firmado por nuestro ministro en los Estados Unidos, responde a los mejores intereses de Colombia y debe, por tanto, ser ratificado por el Senado primero y luego por la Cámara de Representantes, tal como prevé nuestra Constitución Nacional. Pero hagamos un poco de historia...

El presidente Marroquín procedió entonces a hacer un análisis detallado de las relaciones de Colombia con los Estados Unidos, especialmente a partir del tratado Mallarino-Bidlack de 1846 mediante el cual se confió a aquel país la custodia de la soberanía sobre el Istmo para evitar que las potencias europeas se apoderasen de él. Mencionó los varios desembarcos de las tropas norteamericanas en suelo colombiano «en abierta violación de nuestra soberanía, lo que ha motivado el repudio y la indignación de todo colombiano que se precie de serlo». De allí pasó a la concesión a la compañía francesa «dirigida por un hombre a quien precedía la gloria inmensa de haber unido el mar Rojo y el Mediterráneo»; examinó a grandes rasgos las vicisitudes y las razones del fracaso de De Lesseps y evaluó la situación actual de las obras y la importancia de la vía acuática para Colombia. Finalmente, pormenorizó el proceso de la negociación que culminó en la firma del tratado Herrán-Hay, haciendo énfasis en la participación de Carlos Martínez Silva, «ese gran colombiano que acaba de fallecer sin ver el resultado final de su gestión» y de José Vicente Concha Lobo, «otro gran patriota que trabajó denodadamente atendiendo siempre los mejores intereses de Colombia».

—Pues bien —continuó Marroquín—, el tratado Herrán-Hay es ya una realidad: ha sido firmado por el gobierno de los Estados Unidos y por nuestro ministro en Washington y ha recibido la ratificación del Senado norteamericano. Se espera ahora solamente la aprobación del Congreso de Colombia para que se perfeccione. A tal efecto, dentro de dos semanas, el ministro de Relaciones Exteriores lo presentará formalmente a esta augusta Cámara.

Y cuando todos los miembros del Congreso pensaban que Marroquín había terminado su inocuo discurso, el presidente, luego de una pausa deliberada y dando mayor énfasis a sus palabras, concluyó:

—Para todos los que hemos leído el tratado Herrán-Hay, la disyuntiva en que está Colombia no puede ser más clara: o se abre el canal con menoscabo de nuestra soberanía o se va el canal para Nicaragua. Será el Congreso el que decida.

Desde la segunda fila del recinto, Miguel Antonio Caro, con voz lo suficientemente alta para que oyeran en la mesa principal exclamó:

—¡Qué buen discípulo de Pilatos!

Washington

Lunes 12 de junio

—El abogado Cromwell acaba de llegar —informó la secretaria por el teléfono interno.

—Dígale que espere un minuto, que enseguida lo recibo —respondió el presidente Roosevelt, mientras terminaba de firmar algunos documentos.

Aunque en el fondo Theodore Roosevelt no sentía mucha simpatía por William Nelson Cromwell, John Hay le había pedido que recibiera al influyente jurista de Wall Street. Le molestaba en particular la injerencia del abogado neoyorquino en los asuntos de gobierno y la habilidad con que manipulaba a algunos senadores y representantes. «Ese hombre es un intruso que merodea en nuestro Congreso sin que nadie lo invite», había afirmado el presidente en alguna ocasión. Lo cierto era que Cromwell, un abogado de reconocida efectividad, representaba algunos de los más grandes intereses económicos con los que el gobierno de Roosevelt chocaba con frecuencia, especialmente el del acero y el de los ferrocarriles. El presidente sabía que al momento de aplicar las leyes antimonopolio, su gobierno tendría que enfrentarse a John Pierpoint Morgan y los demás líderes de la industria y la banca, cuyos abogados, por supuesto, eran la muy conocida firma de Sullivan & Cromwell. Sin embargo, como abogado de la Compañía Francesa del Canal, Cromwell había desempeñado un papel fundamental en la negociación del tratado Herrán-Hay y conocía mejor que nadie lo que ocurría entre bastidores. Según John Hay, nadie poseía mejor información acerca de lo que sucedía en París, en Bogotá y, muy especialmente, en Panamá, donde la empresa del ferrocarril, propiedad de la compañía francesa, ejercía una enorme influencia. Así, pues, era preciso escuchar a William Cromwell, aunque su principal motivación fuera la defensa de los intereses de sus clientes franceses.

—Señor presidente, muchas gracias por recibirme tan pronto —dijo el abogado a manera de saludo.

Roosevelt estrechó la mano de Cromwell, pelando los dientes sin realmente sonreír, y pensó en lo ridícula que resultaba la apariencia de su visitante, con aquella abundante cabellera blanca partida por la mitad, como un techo de dos aguas.

—Me dice John que tiene usted noticias importantes sobre nuestro tratado con Colombia.

—Así lo creo, señor presidente. Lamento que el secretario de Estado no nos acompañe hoy, aunque, por supuesto, él conoce muy bien lo que vengo a exponerle.

—Me inquieta mucho la salud de John —murmuró preocupado el presidente—. Desde la trágica muerte de su primogénito no es el mismo, aunque, por supuesto, sigue siendo un secretario de Estado muy eficiente. Pero, cuénteme, abogado, ¿qué novedades hay?

—Ninguna que usted desconozca, señor presidente. Los colombianos siguen criticando acremente el convenio y el gobierno del señor Marroquín no parece decidido a defenderlo. Comoquiera que a principios del próximo año se elegirá en Colombia un nuevo presidente, los políticos utilizan el tratado como mejor le conviene a sus intereses partidistas. El problema es que, según informes que he recibido, lo que persiguen ahora algunos senadores es introducir modificaciones al tratado y enviarlo de vuelta al Senado norteamericano.

—Quieren más dinero, ¿no? Eso lo sabíamos desde los días de las negociaciones, pero ya es tarde. El tratado debe aprobarse tal como lo ratificó nuestro Senado. —El presidente hizo una breve pausa y añadió irónico—: Aunque quizá el problema del dinero podría resolverse si sus clientes franceses aceptaran compartir con Colombia los cuarenta millones de dólares que les estamos pagando.

Cromwell, a quien la sugerencia del presidente no le había hecho ninguna gracia, replicó enseguida:

—Usted no ignora que la compañía francesa rebajó a menos de la mitad el precio de la concesión, de los trabajos realizados y de los equipos. Además, el tratado Herrán-Hay prohíbe, expresamente, negociaciones directas entre la compañía y el gobierno de Colombia.

—Cláusula sumamente conveniente a sus clientes, por lo que supongo que usted, personalmente, la redactó y veló porque se incorporara en el tratado.

El tono del presidente denotaba una creciente irritación y Cromwell, que sabía que no era santo de la devoción de Roosevelt, intentó llevar la conversación al tema en el que coincidían los intereses de sus clientes y los del gobierno de los Estados Unidos.

—Si el señor presidente me permite una sugerencia, creo que el mejor interés de los Estados Unidos está en que los colombianos aprueben el tratado sin modificaciones; y, si esto no es posible, entonces que lo rechacen. Lo peor que podría ocurrir es que nos manden de vuelta un convenio modificado que permita a Morgan y al resto de los demócratas alborotar de nuevo el Senado.

—No se requiere ser un genio para llegar a esa conclusión —masculló Roosevelt, quien comenzaba a arrepentirse de tener a Cromwell sentado frente a su escritorio, repitiendo lo que él y sus más inmediatos asesores ya habían discutido tantas veces.

El abogado, para quien la frustración de Roosevelt no pasaba inadvertida, pensó que era el momento de exponer su plan.

—Si estamos de acuerdo en cómo defender los mejores intereses de los Estados Unidos, señor presidente, entonces debemos proceder en consecuencia. Permítame sugerir un plan de acción que puede desarrollarse en diferentes pero armoniosas etapas.

Cromwell hablaba como si estuviera dirigiéndose a un jurado de conciencia.

—En primer lugar, hay que agotar todos los recursos a nuestro alcance para que Colombia finalmente apruebe el tratado sin modificaciones. Sé que las probabilidades son pocas, pero tal vez un poco de presión los haga ver la luz.

—Ya John instruyó a nuestro hombre en Bogotá en ese sentido —interrumpió el presidente.

—No me refería a la presión diplomática solamente —observó Cromwell.

Roosevelt lo interrogó con la mirada.

—Señor presidente, mis informes indican que en Panamá se habla abiertamente de separarse de Colombia en caso de que no se ratifique el tratado. Los panameños cifran todas sus esperanzas de un futuro mejor en la apertura del canal interoceánico, esperanzas que una y otra vez se han visto frustradas.

Impaciente, Roosevelt volvió a interrumpir:

—¿Qué sugiere usted, Cromwell? ¿Que iniciemos una revolución en Panamá? ¿Cómo cree usted que reaccionaría el resto de los países?

—No me malentienda, señor presidente —se apresuró a aclarar Cromwell—. Yo no estoy sugiriendo que los Estados Unidos tomen ninguna acción, sino que, simplemente se lance una advertencia a los colombianos para que ellos se imaginen el resto.

Al percibir que había captado el interés del presidente, Cromwell prosiguió.

—Son varios los colombianos que han advertido a Marroquín que en caso de que no se ratifique el tratado Herrán-Hay, Panamá se separaría de Colombia y que una vez que esto ocurra, negociaría el convenio y recibiría los beneficios como nación independiente. El propio embajador y negociador, Tomás Herrán, de cuya confianza gozo, ha escrito en más de una ocasión a Marroquín y a otros políticos influyentes exhortándolos a que ratifiquen el tratado y advirtiéndoles que la consecuencia de la no ratificación sería la inexorable separación de Panamá bajo la protección de los Estados Unidos.

—Por supuesto que en mi gobierno nadie ha mencionado siquiera esa posibilidad, ni puede llevarse a cabo sin violentar las normas más elementales del derecho internacional —aclaró Theodore Roosevelt, sin mucho entusiasmo.

—Ni nadie pretende que se haga —insistió Cromwelll—, al menos no oficialmente.

—¿Qué significa eso?

—Aquí tengo una noticia periodística que he redactado con sumo cuidado para ser publicada de inmediato... si usted estuviera de acuerdo.

Cromwell extrajo de su portafolio una hoja escrita a máquina a espacio simple y se la entregó al presidente, quien, sin siquiera mirarla, quiso saber:

—¿Y por qué requiere usted de mi aprobación, señor Cromwell?

El abogado meditó un momento antes de responder.

—Porque estoy convencido, señor presidente, de que si Colombia rechaza el convenio, los panameños intentarán separarse, lo que colocará a los Estados Unidos en una situación muy delicada. Recuerde que el tratado firmado en 1846 entre Colombia y los Estados Unidos obliga a nuestro país a mantener la soberanía y el tránsito ininterrumpido de un océano a otro en el Istmo de Panamá. Todo lo cual me lleva a concluir que su gobierno, y usted en particular, deben diseñar una política a seguir si Colombia finalmente rechaza el tratado y Panamá declara su independencia.

—¿Y qué le hace pensar que mi gobierno no tiene ya una política al respecto? —preguntó Roosevelt sin disimular su disgusto.

—Si ya la tienen, señor presidente, ¡enhorabuena! Si no, es hora de definirla para poder ponerla en práctica cuando llegue el momento —replicó Cromwell.

Sin responder a la última impertinencia del abogado, el presidente de los Estados Unidos comenzó a leer el documento que le entregara Cromwell. Terminada la lectura, preguntó, sin mostrar mucho interés.

—Dice usted que ese artículo se publicará, ¿en cuál periódico?

—En *The World*.

—¿El de Pulitzer?

Consciente de la rivalidad de Pulitzer y los republicanos, Cromwell señaló enseguida:

—Mi agente de prensa lo llevará a la oficina que el periódico tiene aquí en Washington. Una vez publicado, Herrán lo enviaría enseguida a su gobierno.

—¿Está Herrán envuelto también en esto? —inquirió Roosevelt extrañado.

—No, claro que no. Se trata de suposiciones mías basadas en el conocimiento que tengo del individuo.

Hubo un momento de silencio, finalmente interrumpido por Roosevelt.

—¿Verdaderamente cree usted que los panameños se separarán de Colombia en caso de no aprobarse el tratado? ¿Acaso cuentan con alguna fuerza militar capaz de repeler un ataque de Bogotá?

—Estoy convencido de que lo intentarían, señor presidente, y el éxito dependerá de la ayuda que logren obtener. —Cromwell reflexionó antes de proseguir—. Le he pedido a un buen amigo, que labora con la empresa del ferrocarril en el Istmo, que venga a Nueva York inmediatamente para informarme en detalle cuál es la situación y cómo se podría ayudar. He pensado...

Roosevelt no lo dejó continuar.

—No considero prudente que el presidente de los Estados Unidos y el consejero de la empresa beneficiaria del tratado Herrán-Hay mantengan una conversación sobre temas tan sensitivos. Haga publicar su artículo, sin inmiscuirme a mí ni a mi gobierno —masculló Roosevelt poniéndose en pie, señal de que la reunión había terminado.

Ya en la puerta, Cromwell aclaró:

—Espero que el señor presidente comprenda que en los diez años que me he venido desempeñando como abogado de la Nueva Compañía del Canal Interoceánico siempre he procedido bajo el convencimiento de que la construcción de la vía por la ruta de Panamá es de vital importancia para los Estados Unidos y que mis actuaciones han estado motivadas no solo por el cumplimiento de obligaciones profesionales sino, sobre todo, por el amor que siento por mi país.

—Me alegro que así sea —respondió Roosevelt, mientras pensaba para sus adentros: «Eso no se lo cree ni su madre».

Sábado 13 de junio

Tomás Herrán, ministro encargado de la Legación de Colombia en los Estados Unidos, se preparaba para iniciar una nueva jornada de trabajo. Esa mañana, mientras desayunaban, su esposa había vuelto a insistir sobre el mismo tema:

—Te estás matando por gusto, Tomás. En Colombia no solamente nadie aprecia tus esfuerzos sino que ahora te tildan de traidor a la patria. Y el gobierno no hace nada por defenderte.

Su esposo escuchaba sin prestar mucha atención. A pesar de que resentía la actitud de sus coterráneos, tenía muy claro que su deber era continuar hasta el final la lucha por el tratado.

—Prométeme por lo menos que irás al médico esta semana. ¿Te pido una cita para mañana?

Tomás Herrán, que discurría en torno a su próxima reunión con el secretario de Estado, no respondió.

—¿Estoy otra vez hablando sola? Este asunto del tratado te está consumiendo física y mentalmente.

El tono de Laura, más tierno y resentido que airado, sacó al ministro de su ensimismamiento.

—Mañana no puedo, querida. Estoy esperando que el secretario Hay me confirme a qué hora podrá recibirme. Además, tengo un almuerzo con los corresponsales de prensa europeos.

—Todo por el bendito tratado.

—No te olvides que ese tratado lleva mi nombre.

Hijo de Pedro Alcántara Herrán y nieto por el lado materno de Tomás Cipriano de Mosquera, ambos expresidentes de Colombia, Herrán se sentía llamado a desempeñar un papel importante en la historia de su país. Había recibido una esmerada educación y, además del español, hablaba con fluidez inglés, alemán, francés, italiano y griego. Cuando en 1901 Colombia decidió enviar al entonces ministro de Relaciones Exteriores, Carlos Martínez Silva, a iniciar con los Estados Unidos las negociaciones del Canal, este pidió a Tomás Herrán que lo acompañara como secretario de la Legación. Cuando enfermó Martínez Silva, Herrán continuó al frente del proceso negociador hasta la llegada del nuevo ministro, José Vicente Concha Lobo, avezado político que sin embargo jamás había salido de su tierra natal ni hablaba una jota de inglés. Al poco tiempo, profundamente ofendido por la intervención de los Estados Unidos en el Istmo para poner fin a la última y las más cruenta de las guerras civiles, Concha Lobo renunció y dejó a Herrán a cargo de la Legación y las negociaciones. Poca ayuda recibiría Herrán del gobierno central, del que ni siquiera logró que se le designase en propiedad jefe de la Legación. No obstante la apatía de los gobernantes, Herrán se entregó por completo a su misión y finalmente, el 22 de enero de 1903, firmó con el secretario de Estado norteamericano el tratado que, a pesar de sus esfuerzos, parecía destinado al fracaso. En vano escribía Herrán largas y sesudas cartas a Marroquín, a sus ministros y a los más influyentes personajes de la política colombiana: sus repetidas advertencias de que en caso de que el tratado no recibiera la aprobación del Senado colombiano el Istmo de Panamá terminaría separándose de Colombia con el apoyo de los Estados Unidos parecían caer en oídos sordos.

Abrumado por tan graves preocupaciones, el insomnio hizo presa de Herrán y su salud comenzó a deteriorarse visiblemente, sin que Laura lograse que acudiera a las citas médicas que inútilmente obtenía para él cada semana. De todos los síntomas de su esposo, el que más la mortificaba era la tristeza permanente que reflejaba su rostro. «Ya ni siquiera sonríes», solía decirle con cariño.

Esa mañana, como era su costumbre, Tomás Herrán inició la jornada con la búsqueda de información en los diarios acerca del tratado. El corazón le dio un salto cuando leyó el título de la noticia que aparecía en un recuadro en la primera página de *The World*.

ROOSEVELT. COLOMBIA. PANAMÁ

Washington, 13 de junio de 1903

El presidente Roosevelt está resuelto a que se haga el canal por Panamá, y no tiene intención de entablar negociaciones con Nicaragua.

Se sabe que el presidente hace hincapié en que habiendo los Estados Unidos gastado millones de dólares en ver cuál es la ruta más factible; en que habiendo declarado tres sucesivos ministros de Colombia que su gobierno quería otorgar las concesiones necesarias para la construcción del canal, y en que habiéndose firmado dos convenciones (la de 1846 y el tratado Herrán-Hay) que conceden el derecho de tránsito a través del Istmo de Panamá, sería injusto que los Estados Unidos no obtuvieran la ruta más conveniente.

Se reciben aquí diariamente noticias de que en Bogotá se hace gran oposición al tratado del Canal. Su rechazo parece probable por dos razones:

1ª. por la codicia del gobierno de Colombia, que insiste en que se le aumente de manera considerable el precio de las propiedades y concesiones; 2ª. por el hecho de que en ciertos sectores de la opinión colombiana ha despertado una violenta indignación la supuesta cesión de soberanía en la zona necesaria para construir el canal.

Se han recibido también informaciones en esta ciudad de que el departamento de Panamá, en el cual está comprendida la proyectada Zona del Canal está listo para separarse de Colombia y celebrar el tratado respectivo con los Estados Unidos.

Se ha sabido que ciudadanos del departamento de Panamá prepararon cierta forma de gobierno independiente y estaban listos para proclamar la República de Panamá. La ejecución de este plan entonces se consideró extemporánea: pero hoy se cree que ha llegado el momento. Sábese que se ha comunicado el siguiente plan a los señores del gobierno: el departamento de Panamá se separará si el Congreso colombiano no ratifica el tratado del Canal. Se organizará una forma republicana de gobierno. Asegúrase esto como de fácil ejecución puesto que los soldados colombianos de guarnición en el departamento no pasan de cien. Los panameños del movimiento, después de separarse, se proponen celebrar un tratado con los Estados Unidos concediéndoles la más absoluta soberanía en la Zona del Canal. De esa zona se exceptuará solamente la ciudad de Panamá donde, sin embargo, tendrán los Estados Unidos jurisdicción policial y sanitaria. Pero la jurisdicción de este gobierno sobre la zona se tendrá como suprema. No habrá aumento ninguno ni en el precio de la concesión ni en el arrendamiento anual.

En cambio, el presidente de los Estados Unidos reconocería sin demora el nuevo gobierno, apenas quede establecido y este nombraría inmediatamente un ministro para que negocie y firme un tratado del Canal cosa que puede hacerse rápidamente, porque ya se poseen todos los datos necesarios.

El presidente Roosevelt, según se dice, favorece enfáticamente este plan en caso de que se niegue el actual tratado. El de 1846, por el cual los Estados Unidos garantizan la soberanía de Colombia sobre el Istmo de Panamá, se interpreta ahora como aplicable solamente a la intervención extranjera y en ningún caso a revoluciones internas. Se contempla, no obstante, la formal abrogación del tratado de 1846.

Se sabe que el gabinete favorece la idea de reconocer la República de Panamá si tal reconocimiento fuere necesario para poder adquirir el territorio del canal. El presidente, personalmente y por teléfono, ha cruzado opiniones con varios de los principales senadores de quienes ha recibido apoyo incondicional.

El presidente, el secretario Hay y otros altos funcionarios dicen que no se puede permitir a ninguna potencia la construcción del canal por la ruta de Panamá, y comprenden que si los Estados Unidos utilizan esa ruta, no hay peligro de que se les haga la competencia con un canal por Nicaragua, tanto por el enorme costo de este, como por estar en la zona norteamericana. Por el contrario, si los Estados Unidos construyen el canal de Nicaragua, cualquier potencia podría tomar a Panamá, por quedar esta ruta fuera de la zona norteamericana.

Se proyecta esperar durante un plazo razonable para ver qué actitud adopta el Congreso de Colombia, que debe reunirse el 20 de julio: si este no hace nada se procederá a llevar a cabo el plan arriba indicado.

Una mezcla de alarma y complacencia embargaba a Herrán cuando concluyó la lectura. «Vamos a ver si por fin me hacen caso los cabezadura que gobiernan mi país», se dijo mientras recortaba la noticia para enviarla al ministro Rico.

Ese mismo día, en su despacho, situado en una esquina de la segunda planta del majestuoso edificio que albergaba al Congreso de los Estados Unidos, John Tyler Morgan se dedicaba a reordenar sus archivos y documentos relativos al canal interoceánico. Presentía que en poco tiempo tendría que volver a convocar a la Comisión Senatorial del Canal, que él presidía desde su creación, y quería estar debidamente preparado. Tal como él lo había anticipado, las condiciones impuestas por la ley Spooner no podrían cumplirse pues aunque los Estados Unidos habían logrado un acuerdo con la compañía francesa para la adquisición de los derechos de esta por cuarenta millones de dólares, todo parecía indicar que Colombia no aprobaría el convenio Herrán-Hay con lo que el plan de Roosevelt y la ruta de Panamá se vendrían abajo.

John Tyler Morgan había dedicado los últimos diez de sus setenta y seis años a luchar por la construcción de la vía interoceánica, abogando en pro de la ruta de Nicaragua que era la más cercana a los estados sureños y, en particular, a aquel que desde hacía más de veinte años representaba en el Senado: su amado Alabama. Su lucha había sufrido una grave derrota cuando un año antes el Senado, revocando una decisión anterior, descartaba la ruta de Nicaragua y escogía la de Panamá. Morgan había batallado ferozmente hasta que se vio forzado a aceptar la derrota, pero no sin antes obtener el compromiso de que si no se lograban los acuerdos para continuar las obras iniciadas por los franceses en Panamá, el gobierno norteamericano quedaría obligado a construir el canal a través de Nicaragua. Y comoquiera que los informes procedentes de Colombia indicaban que el Senado de ese país rechazaría el convenio con los Estados Unidos, a Roosevelt no le quedaría más remedio que negociar con Nicaragua.

«Debo estar listo para cuando llegue ese momento», pensaba el viejo Morgan, cuando Tim Rice apareció en la puerta de su despacho con un periódico en la mano. El senador de Alabama conocía lo suficiente a su asistente como para advertir la alarma reflejada en su rostro.

—¿Qué ocurre, Tim?

—Creo que debe ver esta noticia enseguida —respondió el aludido, entre cuyos deberes estaba, precisamente, el de mantener informado al senador de cualquier información de interés que publicaran los diarios.

—¿Otro chisme de Pulitzer? —preguntó con sarcasmo Morgan al observar que se trataba de *The World*.

—No, no lo creo; pero juzgue usted mismo.

John Tyler Morgan leyó detenidamente la noticia y al concluir explotó:

—Si la mitad de lo que se dice aquí tiene algo de cierto, Roosevelt está jugando con fuego. No puede burlarse así del Senado de los Estados Unidos. La ley Spooner, promovida por su propio partido, es un mandato que el presidente de los Estados Unidos tiene que obedecer en lugar de dedicarse a planear revoluciones. Iré a ver a John Hay inmediatamente. Consigue una cita, Tim.

En el Departamento de Estado le informaron a Tim Rice que el secretario se hallaba ligeramente indispuesto y que estaba despachando desde su casa.

—Llámalo allá, que este asunto es urgente y grave —ordenó Morgan.

Cuando finalmente lograron hablar, John Hay percibió a través del teléfono el estado de agitación del senador de Alabama y se dispuso a recibirlo cuanto antes.

—No puedo invitarte a almorzar, John Tyler, porque ya tengo un compromiso, pero a las tres de la tarde te espero en La Fayette square.

El secretario de Estado sentía gran respeto por John Tyler Morgan, a quien consideraba uno de los más honestos, trabajadores y efectivos miembros del Senado americano. En varias ocasiones el apoyo del senador de Alabama había resultado determinante en la aprobación de leyes fundamentales para el programa de gobierno de Roosevelt, especialmente en la lucha que el presidente había emprendido contra los grandes consorcios monopolísticos del país. Y si bien era cierto que en el tema de la ruta del canal Morgan había combatido sin descanso al gobierno, lo había hecho de frente y convencido de que la razón estaba de su lado. De ahí que Hay le mantuviera siempre abiertas las puertas de su despacho.

A las tres en punto de la tarde, con el periódico en la mano, se presentó el senador en la casa de la plaza La Fayette y, sin preocuparse mucho por los saludos, fue directo al tema.

—Señor secretario, ¿leyó la noticia que nos trae *The World* esta mañana?

John Hay, que sí la había leído y comentado telefónicamente con el presidente Roosevelt, trató de restarle dramatismo al momento.

—John Tyler, lástima que se requieran publicaciones perturbadoras para verte por esta casa. Por supuesto que leí la noticia y hablé sobre ella con el presidente, quien me asegura que se trata de meras especulaciones periodísticas.

Algo más calmado, Morgan se sentó en la silla que le ofrecía John Hay a un costado de su escritorio.

—Si hubiera algo de cierto en lo que dice *The World*, el asunto sería muy, pero muy grave. La noticia arranca afirmando categóricamente que —Morgan abrió el periódico y leyó—: «El presidente Roosevelt está resuelto a que se haga el canal por Panamá y no tiene intención de empezar negociaciones con Nicaragua»... como si la ley Spooner no existiera y como si...

Interrumpiendo al senador, Hay afirmó, en un tono que no dejaba lugar a dudas:

—Repito, John, que hablé con el presidente de los Estados Unidos, quien me ha informado que no ha hecho declaración alguna a *The World*. Como tú y todo el mundo sabe, Pulitzer no es precisamente un amigo. Puedo asegurarte que el gobierno de los Estados Unidos aún confía en que Colombia honrará sus compromisos y ratificará el tratado que ellos mismos promovieron.

—Pero entonces, ¿por qué la noticia? —quiso saber Morgan.

—Solo puedo especular, John. Pienso que lo que se busca es ponerle presión a Colombia para que apruebe el tratado.

—Si es así, esa presión tiene que venir de nuestro gobierno, que es a quien le interesa que el tratado se apruebe —insistió Morgan.

Hay miró a su interlocutor y volvió a preguntarse de dónde extraía John Tyler Morgan toda esa energía y vehemencia, que no parecían caber en su pequeña y escuálida figura. Luego, inclinándose un poco, dijo en tono confidencial.

—Además del gobierno americano hay otros que siguen con mucho interés lo que ocurre con el tratado. Nadie ignora que la Compañía Francesa del Canal y su representante han hecho todo cuanto está a su alcance para que el tratado se apruebe. Después de todo, para ellos están en juego cuarenta millones de dólares, suma nada despreciable.

Morgan escrutó el rostro imperturbable del secretario de Estado y soltó:

—Entonces la noticia viene de Cromwell.

Hay respondió sin siquiera parpadear.

—Es una probabilidad que no podemos descartar, ¿verdad?

«Ahh... —pensó Morgan— el lenguaje esquivo de la diplomacia, que tanto detesto».

—Ese abogado todo lo enreda —masculló el senador, recordando la participación determinante que el consejero de la Compañía del Canal había tenido en la decisión del Senado para la escogencia de la ruta de Panamá—. Cuando de intrigar se trata, solamente Bunau Varilla se le compara.

John Hay escuchó las quejas del senador sin emitir palabra. Finalmente Morgan se puso en pie y, clavando sus ojos en los del secretario de Estado, advirtió:

—El presidente de los Estados Unidos tiene un mandato muy claro y expreso en la ley Spooner: si fracasan las negociaciones con Colombia se debe negociar con Nicaragua. Ese mandato fue el que determinó que yo, junto a otros senadores demócratas, diera mi voto favorable a la ley. Estaremos vigilantes para que lo que el Senado ha dispuesto se cumpla a cabalidad.

Mientras acompañaba al viejo Morgan a la puerta, el secretario de Estado le recordó:

—Lo que tú dices, John, es exacto y ni el presidente Roosevelt ni este servidor pretendemos desconocer la ley Spooner. Sin embargo, insisto en que haremos lo que esté a nuestro alcance para que el Senado colombiano apruebe el tratado Herrán-Hay. Por otra parte, es apenas natural y lógico que observemos con atención lo que ocurre en el departamento de Panamá, que es precisamente el lugar donde se construiría el canal ístmico. Los rumores acerca de que ese departamento se separará de Colombia en caso de que se rechace el tratado no los inventó Cromwell: provienen de lo que se comenta diariamente en la prensa del Istmo y de lo que algunos funcionarios del gobierno colombiano han manifestado públicamente. Puedo decirte en confianza que, en más de una ocasión, el propio ministro Herrán se lo ha comunicado así a su gobierno. Pero, por supuesto, ese no es problema nuestro, sino de los colombianos.

Cuando John Tyler Morgan abandonó la residencia del secretario de Estado, el temor que lo llevara a visitarlo con tanta urgencia, lejos de disiparse, se había acentuado.

Panamá

Jueves 8 de junio

José Agustín Arango esperó pacientemente a que amainara un poco la lluvia y, paraguas en mano, descendió los dos pisos de su residencia para dirigirse al lugar de la cita. Una vez en la calle, enfiló sus pasos por la carrera de Caldas y en la primera esquina dobló a la izquierda para continuar por la carrera de Santander hasta llegar a la de Córdoba.

Siempre le habían molestado a don José Agustín los nombres con que el gobierno centralista de Rafael Núñez rebautizara, casi veinte años atrás, las calles de San Felipe. «Carrera» era una expresión hasta entonces conocida únicamente por los panameños que visitaban Bogotá o cualquiera de las otras ciudades de Colombia. Hasta 1885 la Ciudad de Panamá había mantenido la tradición española de llamar a las vías públicas con el más sencillo, hermoso y poético nombre de «calles». «Además —pensaba José Agustín—, aquellos viejos nombres eran más auténticos y sonoros: calle de Santo Domingo, calle del Comercio, calle de la Muralla. Cuando logremos la independencia recuperaremos los nombres de antaño».

Precisamente ahora entraba en la calle de la Muralla. Al pasar frente al Palacio de la Gobernación, saludó con una ligera inclinación de cabeza y una sonrisa a los guardias que con cara de aburrimiento flanqueaban la puerta de entrada. A medida que se aproximaba al sitio escogido para la reunión, el viejo maestro volvió a repasar mentalmente sus planes.

«No hay duda de que lo que ocurra esta tarde, cuando por primera vez estaremos juntos todos los conjurados, determinará la suerte del Istmo», se repitió una vez más. José Agustín sabía que en la medida que se ampliara el círculo de los conspiradores aumentarían también las posibilidades de una infidencia que diera al traste con sus proyectos. ¿Eran realmente confiables los siete individuos que junto a él conformaban el núcleo de la conjura? Por enésima vez reflexionó en torno a la personalidad de cada uno de ellos.

De Carlos Constantino Arosemena le preocupaba únicamente su estrecha relación con el Partido Liberal, especialmente con sus tíos Domingo y Pedro Díaz. Aunque habían acordado mantener a los líderes liberales ignorantes del plan hasta el último momento, era evidente que las ideas separatistas deambulaban en las mentes liberales desde que la Paz del *Wisconsin* pusiera fin a la Guerra de los Mil Días. Además, comoquiera que el gobierno conservador los había proscrito de la actividad política, resultaba natural que los dirigentes opositores vieran en la separación de Colombia la oportunidad de regresar al poder. Pero Carlos Constantino era un joven de gran entereza que sabía cumplir la palabra empeñada. No, realmente al maestro Arango no le inquietaba su joven amigo.

En cuanto al doctor Amador Guerrero, compañero de trabajo a quien le unía una antigua amistad, José Agustín albergaba una que otra duda. Si bien era cierto que el viejo médico se había entregado a la causa separatista sin condiciones y con absoluta lealtad, al maestro Arango le mortificaba un poco el excesivo rencor que el médico del Batallón Colombia abrigaba en contra del presidente Marroquín, de quien sin ningún recato se expresaba en los peores términos. Amador, sin embargo, poseía una vasta experiencia en la política partidista y era muy querido en el Istmo, sobre todo por la labor que desde hacía muchos años desempeñaba como director médico del hospital Santo Tomás. Además, igual que él, a los setenta años no era mucha la vida que arriesgaba. En conversaciones íntimas, Amador le había confiado que aunque ya no temía a la muerte, le mortificaba lo que pudiera ocurrirle a su joven y hermosa esposa María, «pero ella sabe perfectamente lo que tramamos y me ayuda con sus consejos y su empuje». Ante esta afirmación, José Agustín guardó un discreto silencio, a pesar de estar convencido de que en las insurrecciones no había cabida para mujeres.

Manuel Amador Guerrero pidió que entre los conjurados se incluyera a Tomás Arias, amigo y socio del galeno en un negocio de corretaje de documentos del crédito público. En un principio José Agustín lo había objetado, principalmente por ser Tomás Arias el más conspicuo de los conservadores istmeños. «Además —había añadido José Agustín—, Arias es un hombre de una gran fortuna, muy vinculado a las altas esferas de Bogotá. No estoy seguro de si estará dispuesto a arriesgarse en una aventura como la que nos proponemos». El doctor Amador arguyó, sin embargo, que Tomás también estaba harto de los desmanes del gobierno colombiano y de la irresponsabilidad con la que todo el país enfrentaba el tema del canal ístmico. «Él sabe que sin la vía interoceánica el Istmo se arruina y con él todos nosotros. Además, si se une a la conjura, yo respondo por él». Todavía con alguna aprensión, José Agustín aceptó la incorporación de Tomás Arias al grupo y ambos coincidieron en incorporar también a su hermano Ricardo.

El maestro Arango tenía una buena opinión de Ricardo Arias. Menos político y más reservado que su hermano, Ricardo era dueño de una pluma incisiva que, guiada por su carácter apacible y abierto, convencía sin dificultad. Tal vez el hecho de estar dedicado a la ganadería hacía de él un hombre más contemplativo y discreto, con tiempo para meditar bien las cosas. Y sin lugar a dudas, el movimiento separatista requeriría de mentes tranquilas, capaces de mantener la calma en los momentos más difíciles.

La ecuanimidad era también una de las condiciones que adornaban la personalidad de Manuel Espinosa Batista, a quien todos los conjurados, unánimemente, habían acordado invitar a la gesta. No existía proyecto importante en el Istmo con el que Manuel Espinosa no colaborara. Hombre de una sólida fortuna, amasada con su propio esfuerzo, era reconocido por su discreta filantropía y su decidido apoyo a las causas nobles. Don Manuel, aunque poco inclinado al quehacer político, simpatizaba con el Partido Conservador y era amigo cercano de los más influyentes políticos colombianos. Más que coadyuvar en las acciones, José Agustín esperaba de Manuel Espinosa Batista el consejo oportuno. Su participación en el movimiento reforzaba la seriedad y permanencia de la conjura.

Con el conjurado que menos relación tenía José Agustín Arango era con De Obarrio, a quien conocía poco. Pero Carlos Constantino había insistido en la conveniencia de contar con los servicios de su íntimo amigo, Nicanor Arturo, y el maestro Arango no tuvo ningún reparo en complacer al más joven de los conjurados. «A lo mejor lo que quiere, con justa razón —pensaba don José Agustín— es alguien joven como él dentro del grupo». Todos los demás conjurados pasaban de los cincuenta abriles, siendo Amador y él los más entrados en años. Además, como bien afirmaba Carlos Constantino, convenía que alguien del grupo contara con experiencia militar y ese era su amigo Nicanor de Obarrio.

El círculo de los conspiradores se cerraba con Federico Boyd, ciudadano también de gran fortuna, quien en materia política se inclinaba hacia el liberalismo. Los Boyd habían arribado al Istmo a mediados del pasado siglo y gracias a su tesonero trabajo ocupaban un lugar prestigioso en la sociedad istmeña. El padre había fundado el más antiguo de los diarios panameños y sus descendientes aún mantenían importantes vinculaciones con el periodismo local y extranjero. Así, pues, Federico Boyd podría aportar, entre otras cosas, acceso a las agencias de prensa internacional, elemento importantísimo para cualquier movimiento separatista. Pero lo que más agradó al viejo José Agustín fue el entusiasmo con que Boyd se entregó desde el inicio a la causa de la emancipación, ofreciendo su residencia como sede de las reuniones.

Las cavilaciones de don José Agustín se vieron interrumpidas cuando llegó frente al edificio de dos altos que albergaba la planta eléctrica, cuyo gerente era, precisamente, Tomás Arias, uno de los conjurados. «Tres toques cortos y dos largos», recordó mientras golpeaba la puerta, que se abrió enseguida. Carlos Constantino lo saludó con un apretón de manos y mientras lo conducía a la oficina de la gerencia le informó muy animado:

—Ya estamos todos aquí.

—Me alegro, Carlos. Vengo un poquito retrasado por culpa de la lluvia.

Los que aguardaban dentro del reducido despacho se levantaron para saludar al viejo maestro: Federico Boyd, los hermanos Tomás y Ricardo Arias, Amador Guerrero, el joven Nicanor de Obarrio y don Manuel Espinosa.

—Perdonen la tardanza —se excusaba José Agustín, mientras estrechaba la mano de cada uno—. El aguacero no me dejó salir antes.

—No hay cuidado —respondió el doctor Amador—. Lo importante es que estamos aquí los ocho.

Con rostros que reflejaban la solemnidad del momento, los conjurados se fueron acomodando en las sillas disponibles. Tomás Arias cedió la suya a don José Agustín y se sentó sobre un costado del escritorio, en tanto, los más jóvenes, Arosemena y De Obarrio, se acomodaban en el alféizar de la ventana que daba al patio interior. Todos parecían aguardar a que el maestro Arango diera inicio a la reunión. Don José Agustín se puso en pie detrás del escritorio, en el que apoyó ambos puños, y, en el tono reposado que le era característico, comenzó su discurso:

—Solo unas cuantas palabras porque ninguno de ustedes ignora mi manera de pensar. La gesta que nos comprometemos a llevar a cabo será la más importante en la historia del Istmo porque de su resultado dependerá la felicidad de nuestros hijos, nuestros nietos y de los hijos de nuestros nietos. Desde que en 1821 nos independizamos de España y nos unimos voluntariamente a Colombia, los istmeños hemos luchado por consolidar nuestro destino como corazón y arteria del comercio mundial, estrellándonos casi siempre contra el muro de la incomprensión de los gobiernos de Bogotá. Nuestro progreso y bienestar económico ha estado invariablemente ligado al movimiento de mercaderías y gentes a través de nuestra cintura: las ferias de Portobelo, el ferrocarril transístmico y el esfuerzo de los franceses por abrir un canal interoceánico así lo atestiguan. Hoy que se presenta la oportunidad de que los norteamericanos terminen la obra que iniciaron los franceses, el gobierno de Bogotá nuevamente pretende darnos la espalda, rechazando el tratado Herrán-Hay y obligando a los Estados Unidos a llevarse el canal para Nicaragua. Esta, señores, será la gota que derrame el vaso de nuestra tolerancia. Si Colombia insiste en no escucharnos no queda a los istmeños otro camino que la separación definitiva. Nuestra misión es la de organizar y marchar al frente del movimiento separatista. Si triunfamos habremos llevado el Istmo al sitial que le corresponde entre las naciones del orbe. Si fracasamos y perdemos en el empeño vida y hacienda, habremos puesto la primera piedra para que las futuras generaciones de panameños construyan sobre nuestro sacrificio una patria nueva.

Murmullos de aprobación siguieron a las inspiradas palabras del maestro Arango, quien, abrumado por la emoción, volvió a sentarse. El doctor Amador Guerrero fue el siguiente en hablar.

—Creo que José Agustín ha expresado muy bien las razones y el sentimiento que nos tiene aquí reunidos. Ahora debemos proceder a planear, cuidadosamente, cada uno de nuestros pasos, procurando no dar ninguno en falso.

—Antes de entrar en el detalle de lo que pensamos hacer —interrumpió Tomás Arias—, quisiera compartir con ustedes la razón por la cual dudé formar parte de este movimiento cuando mi amigo y socio, Manuel Amador, me lo propuso. Para decirlo muy claramente, creo que el movimiento separatista favorecerá enormemente a nuestros enemigos políticos. Los que aquí estamos reunidos, con excepción del joven Carlos Arosemena, somos todos conservadores o simpatizamos con ese partido.

Carlos Constantino intentó decir algo, pero Tomás Arias lo conminó:

—Les suplico que me dejen terminar. Actualmente los liberales están proscritos e intentando recuperarse de los devastadores estragos de la última guerra civil. Aun así, son ellos quienes controlan al populacho, y todos sabemos que sin el apoyo de los liberales será imposible mantener la independencia... en caso de que la lográramos. ¿Qué sucederá si tenemos éxito? Que en un abrir y cerrar de ojos los liberales se tomarán el poder y, entonces, los proscritos seremos nosotros. En otras palabras, estamos trabajando para el enemigo.

—Lo que yo quería decir —había vehemencia en la voz de Carlos Constantino— es que este no es un movimiento de liberales o conservadores, sino de istmeños. La filiación política es secundaria.

—Mi joven amigo no ha vivido lo suficiente para conocer hasta dónde llega la ambición política —repuso Tomás Arias—. Istmeñas eran también las víctimas de la última guerra civil.

—¡Nadie ignora que la mayoría de esas víctimas las puso el Partido Liberal! —exclamó Carlos Arosemena, levantándose, mientras Nicanor de Obarrio lo sujetaba por un brazo.

—Realidad que ilustra claramente mi temor —sentenció Arias.

—¡Un momento, señores! —exclamó José Agustín Arango con inusitada autoridad—. Esta discusión es provechosa solamente en la medida en que la mantengamos en su justa perspectiva. Por supuesto que habrá un trasfondo político en nuestra gesta; siempre lo hay y Tomás hace bien en recordárnoslo. Es evidente, también, que la motivación que nos impulsa está muy por encima de la política partidista. Es mucho lo que tenemos que decidir esta tarde y yo sugiero...

Tomás Arias volvió a interrumpir:

—Permítame concluir mi intervención, maestro. Si estoy aquí es, precisamente, porque sé que existe esa motivación superior. Además, mi suerte está irremisiblemente ligada a la de todos ustedes, quienes además de pertenecer a mi misma clase social, son mis amigos. Lo único que pretendí, y espero que el joven Carlos así lo entienda, fue ser muy claro y sincero.

El doctor Amador Guerrero, que había seguido con aprensión el cruce de palabras entre Tomás Arias y Carlos Arosemena, pidió hablar.

—Quiero decir algo antes de que cerremos el tema de la política partidista. Creo que lo que tendremos que hacer, cuando seamos independientes de Colombia, es reorganizar los partidos. No existe un Partido Conservador único, sino conservadores históricos y conservadores nacionalistas. Algo similar ocurre por los lados del liberalismo, en el que hay varias corrientes. Pienso que una vez que nos identifiquemos todos como panameños, surgirán nuevas tendencias que nos permitirán reagruparnos sin el lastre de la política tradicional de Colombia. Por supuesto que, llegado el momento, discutiremos todo esto con los liberales.

La voz profunda y monótona de Manuel Espinosa Batista se dejó escuchar por primera vez:

—Lo que dice el doctor Amador parece muy sensato. No estamos aquí para hablar de liberales ni conservadores, sino de separación. ¿Qué planes hay?

Tras un momento de silencio, José Agustín Arango sugirió:

—¿Por qué antes de trazar planes no analizamos la situación? ¿Estamos todos de acuerdo, para empezar, en que el tratado Herrán-Hay será rechazado por el Congreso?

—¿Qué duda cabe? —respondió enseguida Ricardo Arias—. Si no estuviéramos seguros de ello no estaríamos organizando una gesta separatista.

—Sin embargo no hay que subestimar el poder de convencimiento de los Estados Unidos —sugirió Federico Boyd—. Roosevelt no es hombre que se anda por las ramas y me figuro que ahora mismo están presionando fuertemente al gobierno de Marroquín.

—El problema —aclaró Tomás Arias— es que Marroquín no controla el Senado, que está dominado por Caro y sus nacionalistas. A quien tendrían que presionar es al propio Miguel Antonio Caro y a él ni siquiera los Estados Unidos tienen forma de presionarlo.

—Casualmente —intervino el doctor Amador— esa es también la opinión de José Domingo de Obaldía, quien de paso para Bogotá se hospedó en nuestra casa. Me dijo que iba a Bogotá a ocupar su curul en el Senado porque el presidente Marroquín, a quien ni siquiera conoce personalmente, le envió una carta pidiéndole que no deje de asistir aunque, igual que José Agustín, cree que todo será una pérdida de tiempo porque los nacionalistas aprovecharán el tratado para desprestigiar al gobierno de los históricos. Además, agrego yo, aunque no rechacen el tratado sino que pretendan hacerle modificaciones para darle largas, los Estados Unidos estarían obligados por la ley Spooner a abrir la zanja por Nicaragua.

—Aun así —Nicanor de Obarrio dejó escuchar por primera vez su bien timbrada voz— creo que nosotros debemos seguir insistiendo para que el Senado apruebe el convenio. Es, además, una buena táctica para cubrir nuestras intenciones y una justificación más para cuando llevemos a cabo la separación.

—Bueno, y si lo imprevisto ocurre y el Congreso aprueba el convenio, ¿qué sucederá entonces con nuestro movimiento? —quiso saber Manuel Espinosa.

—Si se aprueba el tratado para que el canal se construya a través del Istmo, el movimiento perdería su razón de ser —opinó Federico Boyd, y enseguida añadió—: Nuestra preocupación entonces sería la de velar porque el departamento de Panamá reciba todos los beneficios inherentes a la obra. Pero, francamente, señores, no creo que tal cosa ocurra. Estoy convencido de que el Congreso colombiano rechazará el convenio, tal como afirma nuestro flamante senador Pérez y Soto en cada uno de sus exaltados escritos.

—¡Qué craso error el de Marroquín al escoger a Pérez y Soto como senador por Panamá! Alguien que es panameño solo de nombre —se lamentó Ricardo Arias.

—Cosa que ya dijiste por escrito en *La Estrella* —dijo su hermano Tomás, sonriendo.

—En un muy buen artículo, por cierto —reiteró el doctor Amador.

—Igual que los que ha publicado Nicanor advirtiendo a Colombia lo que puede suceder si no se aprueba el tratado —recordó Carlos Constantino.

—Precisamente el tema de los escritos que daremos a la publicidad es uno que me preocupa —observó Manuel Espinosa—. Creo que debemos ser más cautelosos para que no recaigan sospechas sobre ninguno de los conjurados.

—Yo comparto esa opinión y ya se lo había advertido a mi hermano —manifestó Tomás Arias—. Debemos estar de acuerdo antes de publicar cualquier escrito; nadie debe hacerlo por su cuenta.

—Yo no tengo ninguna objeción —declaró enseguida Ricardo Arias.

—Tampoco yo —corroboró De Obarrio.

Don José Agustín, quien después de su exhortación inicial era poco lo que había dicho, tomó nuevamente la palabra.

—Aclarado el asunto de los escritos, es hora de que comentemos sobre los planes separatistas, que a esto vinimos. Por las conversaciones previas que hemos sostenido entre nosotros, es evidente que todos estamos de acuerdo en que para independizarnos de Colombia y, sobre todo, para mantener esa independencia, requeriremos del apoyo de una potencia extranjera y que esa potencia, lógicamente, son los Estados Unidos.

El maestro Arango hizo una pausa para observar el efecto de sus palabras y al advertir que todos parecían de acuerdo prosiguió:

—Nuestro contacto en los Estados Unidos, como lo saben ya algunos conjurados, es el abogado William Nelson Cromwell, con el que me une una amistad de muchos años. Todos sabemos también que Cromwell es el consejero de la Compañía Francesa del Canal y de la empresa del ferrocarril ístmico. Pero, además, es un hombre de una gran influencia en el mundo empresarial y en el gobierno. El tratado Herrán-Hay, es, en gran parte, hechura de Cromwell. Pues bien —continuó el maestro Arango—, desde hace varios meses mantengo correspondencia con este personaje en torno a la suerte que correrá el tratado del Canal con Colombia. Cromwell quiso que me reuniera con él para planificar juntos cómo salvar el convenio en el Congreso y a tal fin me invitó a que coincidiéramos en Jamaica, invitación que yo rechacé indicándole que ni siquiera pensaba viajar a Bogotá para las sesiones del Senado porque estaba absolutamente seguro de que el tratado sería rechazado.

Tras una nueva pausa durante la cual se aseguró de que sus palabras fueran asimiladas por los conjurados, don José Agustín prosiguió:

—Comoquiera que el contacto con Cromwell resulta necesario para la debida coordinación de nuestras acciones, pensé en la conveniencia de emprender yo mismo un viaje a Nueva York, pero luego de consultarlo con mis hijos y de pensarlo mejor comprendí que podría ser contraproducente para la causa por las sospechas que levantaría, pues ¿cómo explicar mis excusas para no asistir al Senado y, sin embargo, viajar a Nueva York? En estas dudas andaba cuando, providencialmente, se presentó a mi oficina el capitán James Beers, jefe de fletes del ferrocarril en La Boca, a quien seguramente todos ustedes conocen. Venía a despedirse pues estaba a punto de viajar a Nueva York en uso de vacaciones. Enseguida me vino la idea de pedirle que fuera nuestro enviado ante Cromwell. Debo decirles que conozco a Beers desde hace muchos años; que es un hombre que por tener raíces aquí siente un gran cariño por el Istmo y que goza de toda mi confianza. Cuál no sería mi sorpresa cuando no solamente aceptó sin titubear la misión que le confiaba sino que allí mismo abrazó la causa separatista como el más entusiasta de los patriotas.

—¿Quiere decir, entonces, que el capitán Beers conoce nuestros planes? —Quiso saber Tomás Arias, en cuya voz se advertía cierto temor.

—El capitán Beers —respondió José Agustín— sabe que existe un movimiento separatista del que yo formo parte, pero todavía ignora quiénes más lo conforman.

—¿En qué consistirá exactamente la misión de Beers? —preguntó De Obarrio, quien ya empezaba a preocuparse por los pormenores del alzamiento.

—Sus instrucciones son únicamente tomar contacto con Cromwell, avisarle de la existencia de un movimiento separatista en el Istmo, recabar sus consejos y su ayuda y pedirle que mantenga informado a los más altos dirigentes del gobierno norteamericano para comunicarnos su reacción.

—Beers ha vivido muchos años entre nosotros y confío en él —observó Federico Boyd—. Pero, ¿podemos confiar en Cromwell?

—Este no es un asunto de confianza sino de intereses —sentenció el doctor Amador—. El abogado Cromwell tiene gran interés en que sus clientes reciban los cuarenta millones de dólares que los norteamericanos pagarán por la concesión porque, sin duda, algo le tocará a él. Mientras los intereses de los franceses coincidan con los nuestros podremos confiar en Cromwell.

—Es precisamente lo que iba a decir —reafirmó Ricardo Arias—. En este momento nuestros intereses coinciden con los de la compañía francesa y los del gobierno americano. Precisamente por eso debemos actuar ahora.

—No hay que olvidar que los Estados Unidos tienen abierta la opción de Nicaragua —recordó Manuel Espinosa—. La ley Spooner los obligaría a negociar con ese país si fracasa la negociación con Colombia.

—Aun así —intervino José Agustín— es evidente que los norteamericanos, y sobre todo Roosevelt, prefieren la ruta de Panamá.

—Volviendo a Beers, ¿cuándo partiría este caballero? —Quiso saber Tomás Arias.

—El capitán Beers emprendió viaje desde el 2 de junio —dijo Carlos Constantino—. Al menos, es lo que salió publicado en *La Estrella.*

—Así es —corroboró el maestro Arango— y como aún no estaba conformada en su totalidad la junta de conjurados, me tomé la libertad de actuar consultando tan solo a Manuel Amador y a Carlos Constantino.

Hubo un cruce de miradas entre algunos de los presentes antes de que Federico Boyd expresara.

—Entonces, no hay nada más que hablar sobre ese tema. ¿Cuándo será el regreso de Beers?

—En un par de meses —respondió José Agustín.

—Mientras tanto, debemos continuar con nuestros planes inmediatos —sugirió el mismo Boyd—. ¿Cuál es el siguiente paso?

Manuel Espinosa Batista levantó sus cien kilos y comenzó a pasearse por la pequeña habitación al tiempo que expresaba, como si pensara en voz alta.

—Es evidente que debemos seguir insistiendo con el gobierno de Marroquín para la aprobación del tratado. Porque si, efectivamente, lo imprevisto sucede y el Senado lo ratifica, ya hemos convenido en que cesará, al menos por ahora, la causa del movimiento separatista. Por otra parte, creo que levantaríamos sospecha si de pronto dejamos de insistir en nuestro deseo de que el convenio sea ratificado. La mejor forma de ocultar nuestras intenciones separatistas es, precisamente, haciendo ver a Bogotá que nuestras energías están dedicadas a lograr esa ratificación.

—Exactamente —acotó el viejo Amador—, es lo que José Agustín y yo discutíamos hace unos días.

—Y por tal razón esta misma tarde el cabildo de Panamá se reúne para aprobar unánimemente una resolución exhortando al Senado colombiano a aprobar cuanto antes el tratado del Canal —indicó el maestro Arango—. Posteriormente seguirán resoluciones de otros municipios.

—Pero nadie de nosotros es miembro de ningún Concejo Municipal —objetó Manuel Espinosa—. Algo más habremos de hacer.

—Así es, don Manuel —repuso Carlos Constantino—. Hemos pensado en escribir una carta pública al presidente Marroquín, rubricada por más de mil istmeños. Las firmas de cada uno de nosotros aparecerán entre las primeras.

—¿Y cuándo se piensa enviar esa carta? —preguntó Tomás Arias.

—Dentro de las próximas dos semanas —respondió José Agustín—. Entre Carlos Constantino y De Obarrio prepararán el texto y en los próximos días se recogerán las firmas.

—Todo eso está muy bien —replicó Tomás Arias—, pero sinceramente creo que todavía no hemos hablado del meollo de la cuestión. La pregunta es ¿con qué hombres y qué armamento contamos para tomarnos el gobierno? Porque supongo que nadie estará soñando que las autoridades nos lo entregarán en bandeja de plata.

La ironía y el tono de reproche del mayor de los hermanos Arias motivaron un breve e incómodo silencio. Finalmente, el viejo Amador Guerrero respondió:

—Esperamos contar desde el inicio con el apoyo del Batallón Colombia. Yo que soy su médico conozco íntimamente el grado de disgusto que existe en la tropa y en los mandos superiores. Hace más de seis meses que no reciben paga y prácticamente viven de la caridad del gobernador Mutis Durán y unas cuantas limosnas que reciben esporádicamente del jefe militar del departamento. La moral es bajísima y el propio general Huertas no oculta su enfado y frustración. No creo que sea muy difícil convencerlo de apoyar el movimiento.

—Yo no tengo ninguna confianza en el *Mocho* Huertas —cortó Tomás Arias.

—Tampoco yo —añadió su hermano Ricardo.

—Huertas lleva muchos años en el Istmo —indicó el maestro Arango—. Su esposa es istmeña y espera un hijo que nacerá también aquí.

—Aun así, el individuo es taimado e impredecible. Yo no arriesgaría en manos de Huertas la vida de todos nosotros. Sería una locura.

Las palabras de Tomás Arias provocaron un nuevo silencio, más prolongado que el anterior. Nuevamente fue el doctor Amador quien lo rompió.

—Podríamos obtener armas y organizar una milicia, pero si no contamos con el Batallón Colombia me temo que el alzamiento quedaría condenado al fracaso y lo único que provocaríamos sería una nueva guerra civil. Y aunque venciéramos al Batallón Colombia, el ejército colombiano nos sometería en menos de un mes.

—¿Y el apoyo norteamericano, del que tanto hablamos? —insistió Tomás Arias.

—Si no tenemos primero la casa en orden, no habrá ningún apoyo —expresó suavemente el maestro Arango, cuyo rostro acusaba la profundidad de sus elucubraciones—. Si el Batallón Colombia no se pliega al movimiento desde el primer momento, la separación es una utopía. De nuestra inteligencia y habilidad dependerá que lo logremos.

—En resumidas cuentas, si Huertas dice que no, no hay levantamiento —reiteró Tomás Arias.

—No necesariamente, Tomás —le respondió su socio y amigo Amador Guerrero—. Hay otros oficiales de alta graduación que pueden ser incorporados en caso de que Huertas rehusara. Estoy pensando por ejemplo, en los comandantes de los navíos de guerra.

—Yo podría hablarle al coronel Pretelt, quien es mi íntimo amigo —sugirió De Obarrio enseguida.

—Un momento, señores —terció Federico Boyd con voz que exigía silencio—, no nos desviemos: con Huertas de nuestro lado todo se facilita. La prioridad será incorporarlo al movimiento lo antes posible.

—Estoy de acuerdo, Federico —respondió José Agustín—, pero no creo que debamos precipitarnos. Convenzamos e incorporemos primero al mayor número de ciudadanos importantes que sea prudente, entre los cuales habrán, sin duda, amigos cercanos del general Huertas. Una vez que tengamos a medio San Felipe en el complot, incluyendo a sus amigos íntimos, se le hará muy difícil a Huertas darnos la espalda.

—Me parece que la idea es brillante, aunque sin olvidar a los liberales y a la gente del arrabal —declaró entusiasmado Carlos Constantino, secundado enseguida por Nicanor de Obarrio, quien añadió:

—Los íntimos del *Mocho* Huertas son Charles Zachrisson y Pastor Jiménez.

—Así es —continuó Carlos Arosemena—. Sobre todo Pastor, quien es su compañero de tragos.

—Yo le hablaré a Charles —ofreció el maestro Arango—. ¿Quién puede hablarle a Pastor?

—Yo hablaré con Pastor —replicó el viejo Amador.

Los hermanos Arias intercambiaron miradas y, finalmente, Tomás volvió a remachar:

—Todo lo que he escuchado suena muy bien. Insisto, sin embargo, en que tengamos mucho cuidado con Huertas.

La penumbra comenzaba a invadir el despacho cuando los conjurados escucharon las campanadas de la iglesia de San Francisco llamando al ángelus. Eran las seis de la tarde.

El primero en levantarse fue don Manuel Espinosa, quien luego de consultar maquinalmente su reloj de bolsillo, comentó:

—Bueno, señores, se ha hecho tarde y creo que va siendo hora de que terminemos esta primera reunión. ¿Cuándo y dónde volveremos a vernos?

Mientras todos se incorporaban, Federico Boyd manifestó que, tal como lo había informado anteriormente a don José Agustín Arango, su casa estaba a la orden.

—Además —añadió— comoquiera que el Club Comercial, del que todos somos miembros, está justo al lado, sería muy fácil reunimos sin despertar sospechas.

—Esta oficina también sigue disponible. —Ofreció Tomás Arias—. Ante cualquier pregunta debemos decir que nuestra reunión aquí obedece al llamado que, como gerente de la planta, les he formulado para determinar las inversiones que se requerirán a fin de restituir el alumbrado público a la ciudad.

—¿Cuándo y dónde volveremos a reunimos? —volvió a preguntar Manuel Espinosa.

—Me parece que debemos actuar según se vayan desenvolviendo los acontecimientos —opinó el maestro Arango—. Yo me encargaré de avisar el día, la hora y el lugar, que sería este mismo o la residencia de Federico.

Abandonaban todos la habitación, cuando Carlos Arosemena inquirió:

—¿Cuándo comenzamos a incorporar a algunos liberales?

—Debemos esperar, joven —respondió Tomás Arias, mientras abría la puerta e invitaba a salir a los demás—. No tengo que recordarle que las principales cabezas del Partido Liberal se han pronunciado en contra del tratado Herrán-Hay. ¿Acaso no leyó usted la carta que Carlos Mendoza publicó en *El Duende* la semana pasada?

Ya en la calle, Ricardo Arias continuó con el mismo tema.

—Los otros periódicos liberales, *El Lápiz* y *El Istmeño*, también se han pronunciado en contra del tratado. A quienes lo defendemos nos tildan, despectivamente, de «yancófilos».

Carlos Constantino se aprestaba a responder, pero ante una indicación del maestro Arango, decidió guardar silencio. En la acera de la carrera de Córdoba, antigua calle de la Muralla, los conjurados se despidieron con un apretón de manos, prolongado y solemne como el que se acostumbra entre amigos que están dispuestos a compartir terribles riesgos.

PARÍS

Enero de 1932

Por razones que no alcanzaba a comprender plenamente, el interés de Henry Hall por la historia de Panamá y su canal menguó a tal punto que era ya muy poco el tiempo que dedicaba a escribirla. Compañera invariable de la soledad, la melancolía había ido instalándose poco a poco en su ánimo hasta que el periodista quedó prisionero en ese círculo en que misantropía y tristeza son a la vez causa y efecto. Como suele ocurrir, la naturaleza se había confabulado para agravar aún más su desolación y aquel invierno de 1932 fue uno de los más fríos y oscuros que recordaban los habitantes de la capital francesa. Las calles desiertas, los árboles desnudos y el gris permanente del cielo, de los monumentos, de las plazas, en fin, de toda la ciudad, terminaron por confinar a Henry en su pequeña guarida del número 22 de la rue Belles Feuilles. Su única salida cada mañana obedecía tan solo a la necesidad elemental de alimentarse. En Au Bon Pain ocupaba su mesa de siempre pero ya no proyectaba aquella vitalidad y entusiasmo de algunos meses atrás, cuando llegaba cargado de libros y papeles para no perder el ritmo de su tarea. Marie lo veía ahora entrar caminando lentamente para consumir su acostumbrado *café au lait* y su *croissant* con absoluto desgano, mientras pasaba mecánicamente las páginas de *Le Figaro*. Terminada la lectura, encerrado en un lastimoso mutismo, permanecía indiferente a lo que sucedía a su alrededor. Poco después del inicio del invierno había adquirido la costumbre de llevarse consigo lo necesario para almorzar y cenar en su apartamento y así no tener que volver a salir. Tanta tristeza observaba Marie en su asiduo comensal que una mañana, venciendo la natural timidez que ocultaba tras la aspereza de sus maneras, preguntó a Henry si estaba enfermo. El periodista, sorprendido por el inusitado interés de Marie, esbozando una mustia sonrisa respondió que, salvo el invierno y su soledad, realmente no le ocurría nada malo. Pero algo malo ocurría en el espíritu de Henry Hall.

En medio de aquel decaimiento, Henry Hall había comenzado a alimentar sentimientos de animadversión hacia Philippe Bunau Varilla. Las últimas invitaciones del francés fueron rechazadas con la excusa de que no se encontraba en buena salud. El periodista se criticaba a sí mismo por haber renunciado a su plan original de investigar a fondo el destino de los cuarenta millones de dólares. «Puesto que soy un periodista y no un historiador, esa y no otra es la historia que me corresponde escribir», pensaba al tiempo que maldecía a Bunau Varilla por haberlo desviado de su proyecto. «Cómo pude ser tan tonto para no caer en cuenta que la única motivación del francés era la de impedir cualquier investigación que pudiera afectar su reputación y su hipertrofiado ego. Aquello de que al finalizar la historia me revelaría en detalles dónde fueron a parar los fondos no es más que una patraña», se repetía constantemente. Desenmascarar a Bunau Varilla terminó por convertirse en una obsesión. «En cuanto llegue la primavera —se dijo— iniciaré la búsqueda de nueva información».

Mientras Henry Hall consumía su soledad y apacentaba rencores, los Bunau Varilla comentaban, en su confortable mansión, la crudeza inusitada del invierno. El nombre del periodista norteamericano surgía a menudo en sus tertulias y Philippe se quejaba del comportamiento de su reciente amigo, a quien, en la última conversación telefónica, había notado distante e irritable.

—Me da la impresión de que no solo no quiere compartir de nuevo la mesa con nosotros, sino que ni siquiera quiere hablarme —se lamentaba Philippe.

Madame Bunau Varilla, por su parte, se preguntaba si finalmente el señor Hall había resuelto buscar a Christine.

—Quizás la encontró y ya no le falta compañía —decía risueña.

—O tal vez se aburrió de la historia que escribía y ya no tiene nada que consultar conmigo —replicaba Philippe, más pragmático.

Lo cierto es que, a través de todo aquel invierno, Henry Hall no sintió ánimos para pensar en Christine. En lo más profundo de su depresión llegó a bendecir su soledad. «Es lo único que realmente me pertenece», pensaba mientras veía desde su pequeña ventana cómo se sucedían los días y las largas noches sin que nada viniera a perturbar su obligado mutismo.

De pronto, una mañana de abril, Henry despertó en medio de una inusitada claridad. Un sol recién remozado entraba a raudales en su habitación y por primera vez en mucho tiempo sintió verdaderos deseos de abandonar el lecho. En la calle se encontró con un día que se presentaba pleno de luz y de azul. Los parroquianos caminaban con nuevos bríos, sonriendo sin razón aparente y los viejos árboles que acordonaban la calle Belles Feuilles volvían a vestirse de verde una vez más. Por ósmosis, Henry fue contagiándose de aquella renovación de la existencia y cuando entró en Au Bon Pain su rostro estrenaba una fresca sonrisa. Tan dramático había sido el cambio que Marie no pudo reprimir un comentario acerca de lo oportuna que había llegado la primavera aquel año.

A partir de ese día Henry Hall volvió a sus paseos vespertinos por los Champs Elysées. Con deleite observó que los castaños que bordeaban la avenida desde el Arco del Triunfo hasta la plaza de la Concordia proyectaban una vez más su sombra tímida mientras los propietarios de los pequeños cafés reabrían las puertas y sacaban las mesas, desde las cuales los clientes contemplarían, durante los próximos nueve meses, la gran marea humana que sin propósito aparente recorría la más hermosa de las avenidas parisienses.

Pero aunque Henry Hall parecía haberse librado de la depresión, continuaba alimentando sentimientos hostiles hacia Bunau Varilla. Quitarle la careta, retratarlo tal como realmente era, se convirtió en la única razón de proseguir su historia, que desde hacía más de dos meses permanecía abandonada sobre el pequeño *secretaire* de su apartamento. Para mantener viva la llama de su rencor releía a menudo aquellos pasajes de los libros de Bunau Varilla en los que este incurría más flagrantemente en el delito de la autoadulación extrema. Ciertamente que el periodista no había conocido jamás un individuo tan pomposo y egocentrista como Bunau Varilla. «Alguien así tiene que ser, además, un mitómano», pensaba Hall, quien ya no reconocía al francés ninguno de los méritos que meses atrás lo cautivaran. Entonces renovó su propósito de continuar con la historia, pero encaminándola de tal manera que al final desembocara de lleno en el gran escándalo de los cuarenta millones y su repartición. Allí quedaría consagrado en su justa medida el nombre de Bunau Varilla, pero no como el artífice de Panamá y su canal sino como el eje de la conspiración para distribuirse entre unos cuantos personajes influyentes los fondos desembolsados por el gobierno norteamericano.

Henry Hall sabía que, fiel a su costumbre, Bunau Varilla recorría todas las tardes, entre las cuatro y las cinco, los Champs Elysées. El francés salía invariablemente de la avenida D'Iéna, que moría en el Arco del Triunfo, y doblaba a la derecha para hacer el trayecto hasta la plaza de la Concordia y desde allí volver por la misma ruta. Para no topárselo, Henry, que iniciaba su paseo alrededor de las cuatro y media, caminaba por la orilla opuesta. En más de una ocasión creyó distinguir a través de la gente y los autos, la diminuta figura del francés marchando con aquel paso de cigüeña militarizada con que la guerra lo había marcado para siempre. Pero en el ánimo de Hall ya no había admiración por la disciplina de Bunau Varilla, que después del bombazo que le voló la pierna caminaba una milla diaria para fortalecerse, sino recriminación por el afán exhibicionista del anciano que, en lugar de permanecer encerrado en su hogar, se empeñaba en mostrar a todo el mundo su cojera como si fuera un trofeo de guerra.

Un domingo en la tarde, cuando el periodista recorría parsimoniosamente «su lado» de los Champs Elysées, creyó percibir, sentado en una de las mesas del Café de L'Étoile, la distinguida figura de William Nelson Cromwell. Henry no había vuelto a ver al famoso abogado desde 1912, cuando el Congreso investigaba el papel desempeñado por Roosevelt en la separación de Panamá. Su foto, sin embargo, aparecía frecuentemente en los diarios, y aquella abundante y ondulada cabellera blanca, risiblemente partida al medio, era inconfundible. Con disimulo se sentó en una mesa vecina para observar mejor a quien ahora hablaba animadamente con el camarero en buen francés pero con evidente acento extranjero. Al final, convencido de que aquel hombre era, efectivamente, Cromwell, sin saber a ciencia cierta qué propósito lo animaba, Henry se acercó.

—Perdone mi impertinencia pero, ¿no es usted el abogado William Nelson Cromwell?

El otro lo miró impávido y preguntó a su vez:

—¿Quién quiere saberlo?

—Soy Henry Hall, periodista de *The World.* Nos conocimos en 1912, durante las audiencias de la Comisión Rainey.

Cromwell clavó en el periodista sus ojos grisáceos y comentó, entre curioso y divertido:

—Son muchos los años que han pasado. Aunque no recuerdo su rostro, por supuesto que su nombre no se me ha olvidado. Usted, Pulitzer y sus periódicos se dieron a la tarea de hacer de mí el principal responsable de que Colombia perdiera el Istmo de Panamá. En realidad, a ustedes debo gran parte de mi fama, aunque creo que hubiera vivido más tranquilo sin ella. —En la voz del abogado, más que reproche había ironía—. Pero no se quede ahí de pie, siéntese. ¿Lo invito a un café?

—Con mucho gusto, abogado. Espero, sin embargo, no incomodarlo —dijo Hall mientras tomaba asiento—. ¿Está usted de visita en París?

—No. Desde hace algunos años paso aquí largas temporadas. ¿Y usted?

—Vivo en París desde enero del año pasado, cuando el hijo de Pulitzer vendió *The World*, obligándome a un inesperado retiro.

Ambos hombres permanecieron en silencio mientras el camarero servía el café. Luego Hall prosiguió.

—Acerca de lo que dijo, debo aclarar que mi testimonio ante la Comisión de la Cámara tuvo como fuente principal el alegato que usted mismo presentó ante el Tribunal de Arbitraje de París.

Cromwell, quien parecía no querer seguir con el tema, cortó enseguida:

—El propósito de aquel alegato, como usted no ignora, era el de justificar el monto de los honorarios que Sullivan & Cromwell exigía de la Compañía Francesa del Canal. Mis palabras fueron citadas por usted fuera de contexto y con conclusiones absolutamente erradas. —El abogado hizo un ademán, como para descartar aquel tema de conversación—. Pero eso ocurrió hace muchísimos años y no veo razón alguna para revivirlo.

Sin pensarlo mucho, Hall insistió:

—Debo informarle que, para vencer el ocio, estoy investigando y reescribiendo la historia de la separación de Panamá y las maquinaciones e intrigas que la motivaron, especialmente lo relacionado con el pago de los cuarenta millones a la compañía francesa.

Visiblemente enojado, Cromwell exclamó:

—¡Otra vez los cuarenta millones! ¿Qué objeto puede tener hoy revivir una fantasía? Usted mejor que nadie debería saber que la historia de los cuarenta millones la inventó Pulitzer para perjudicar políticamente a los republicanos y satisfacer su odio hacia Roosevelt.

Hall, temeroso de que la conversación con el abogado concluyera en una mala nota, se apresuró a explicar:

—No me malinterprete, señor Cromwell. Lo que realmente me interesa ahora es la historia de la separación de Panamá y si los cuarenta millones fueron una fantasía que no influyeron en...

—La fantasía no fueron los cuarenta millones, que por supuesto se pagaron —interrumpió Cromwell, elevando el tono de su bien educada voz—. Fantasía fue toda la trama tejida alrededor de ese pago, acusando a personas inocentes, entre ellos a mí mismo, de actos criminales. Escriba todo lo que se le antoje sobre la separación de Panamá, pero no insista en un tema que ningún honor le hace a quienes lo concibieron con el único propósito de hacer daño.

—Perdóneme si he despertado viejos rencores, abogado, pero lo que usted afirma no concuerda con las investigaciones realizadas por mí personalmente —ripostó Hall, sin poderse contener—. En *The World* no éramos tan irresponsables como usted sugiere; Pulitzer jamás habría hecho pública una acusación tan grave sin suficiente fundamento. ¿O es que acaso no es cierto que existió un grupo de capitalistas, entre los cuales, junto a su cliente J. P. Morgan, figuraban parientes de Roosevelt y de Taft, quienes se unieron para lucrar alrededor de la compra del Canal de Panamá?

Levantando los ojos al cielo, el abogado esbozó una sonrisa entre amarga y divertida, y se lamentó:

—¡Qué manera de desperdiciar un domingo primaveral en la Ciudad Luz! Pero ya que usted insiste, permítame conducirlo del plano de la fantasía al de la realidad: el único grupo de capitalistas norteamericanos interesados en el Canal de Panamá lo formé yo, en el año 1900, es decir, tres años antes de que el gobierno norteamericano decidiera comprar la concesión a los franceses. En aquel tiempo se pensaba que la única manera de salvar la ruta de Panamá era mediante la «americanización» de la compañía francesa y yo convencí a algunos de mis clientes y a otros inversionistas de formar una sociedad norteamericana que privadamente adquiriese los derechos franceses. Entre esos inversionistas estaban, efectivamente, los señores Douglas Robinson, quienes siempre se interesaron por los asuntos del canal, y Charles Taft, parientes políticos de Roosevelt y Taft. Nadie anticipaba que, gracias a una bala asesina, Roosevelt llegaría a la Presidencia dos años más tarde.

Cromwell titubeó un momento, preguntándose si valía la pena continuar recordando lo que hacía tanto tiempo su mente había archivado. Su orgullo lo impulsó a proseguir.

—Por una infinidad de factores imprevistos mi plan murió en su cuna. Tres años más tarde, Pulitzer utilizó el malogrado proyecto a su conveniencia, trasladándolo en el tiempo para crear, alrededor de lo que ya no existía, el famoso escándalo de los cuarenta millones y enlodar así las reputaciones de Roosevelt y Taft. *The World*, irresponsablemente, llegó a afirmar que en 1903 Bunau Varilla y yo habíamos formado un sindicato junto con los señores Taft y Robinson para adquirir las acciones del canal francés por treinta y seis y medio millones de dólares y vendérselas al gobierno norteamericano por cuarenta. ¡Imagínese, yo, socio de Bunau Varilla! Falsedades, simples mentiras y verdades a medias; trucos periodísticos, y nada más que eso, señor Hall, nada más. Si a usted realmente le interesa saber lo que ocurrió con los cuarenta millones, acuda a los Archivos Nacionales aquí en París, donde se guardan los registros de cómo se distribuyó el dinero entre los accionistas de la compañía francesa. Yo mismo los consulté hace un par de años, así es que usted no debe tener ninguna dificultad en hacerlo.

«¿Cómo no se me ocurrió antes?», pensó Hall para enseguida culpar a Bunau Varilla por haberle hecho creer que él era la única fuente de esa información. Temeroso de que Cromwell diera por terminada aquella improvisada pero fructífera entrevista, Henry decidió cambiar de estrategia.

—Debo informarle que he estado consultando todo esto con Philippe Bunau Varilla.

Cromwell soltó una breve carcajada.

—¡El omnipresente Bunau Varilla! Supongo que lo habrá colmado de finas atenciones en su imponente mansión de la avenida D'Iéna y, sin que usted se haya dado cuenta, es ya, a la vez, director y protagonista de una nueva versión de la historia.

Hall, que sentía una nueva oleada de odio hacia el francés, se apresuró a aclarar:

—Aunque he acudido a su casa en un par de ocasiones, debo decirle que se ha limitado a facilitarme alguna información.

—Sin duda le obsequió también sus proféticas y rimbombantes obras en torno a Panamá y su canal.

—Así es, en efecto. Aunque no tienen ningún valor literario, me he obligado a leerlas, sobre todo para entender mejor al personaje.

—La Academia Francesa no comparte su opinión. Hace dos meses le otorgaron a Bunau Varilla el premio Marcelin-Guerin por su libro *De Panamá a Verdún.*

Hall quedó estupefacto y un gesto de contrariedad se asomó en su rostro. Cromwell, observando que al periodista también le molestaban los triunfos del francés, continuó mortificándolo.

—No se equivoque, *monsieur* Hall. Bunau Varilla es un personaje importante en este país, salvador del orgullo de Francia en la gesta de Panamá y héroe de la guerra mundial. Este no es el primer galardón que le confieren. No sé mucho de literatura, pero creo que los Anatole France, André Maurois y Françoise Mauriac no deben sentirse muy a gusto compartiendo su fama literaria con nuestro inefable personaje. Pero no hay que menospreciar el nacionalismo francés.

—Pero el premio de literatura —murmuró Hall—. Francamente no creo que...

Cromwell no lo dejó terminar la frase y, señalando hacia el otro lado de la avenida, exclamó:

—¡Ahí va nuestro flamante ingeniero, guerrero y literato! ¿Lo ve usted? Es aquel, el del bastón, el que camina como si fuera una pequeña garza erguida.

Efectivamente, Henry Hall también había divisado entre la abigarrada multitud la figura inconfundible de Philippe Bunau Varilla. Automáticamente iba a consultar su reloj, pero Cromwell se adelantó a informarle.

—Puedo garantizarle que son las cuatro y cincuenta en punto. Siempre pasa a la misma hora, llueva, truene o relampaguee... Ahora, señor Hall, me despido.

Cromwell pidió por señas la cuenta al camarero y Henry se apresuró a indicarle:

—Permítame invitarlo. Es lo menos que puedo hacer después de haberlo importunado en una tarde tan hermosa.

—De ninguna manera. La invitación fue mía; además, París siempre es hermoso sin importar el estado de ánimo de sus habitantes —replicó el abogado mientras se apresuraba a pagar y se despedía con un breve apretón de manos sin dar siquiera oportunidad a Henry de dar las gracias.

William Nelson Cromwell se sumergió en la marea de parisienses y turistas que, aprovechando la hermosa tarde abrileña, recorrían sin destino aparente los Champs Elysées. Apenas había andado un par de minutos cuando decidió volver sobre sus pasos. En la mesa del Café de L'Étoile, Henry Hall permanecía pensativo y no mostró asombro alguno cuando el abogado apareció ante él nuevamente y se inclinó para decirle.

—Si tan interesado sigue usted en investigar viejas infamias, le sugiero dirigir sus pesquisas hacia lo que ocurrió en la Bolsa de París con las acciones de la Nouvelle Compagnie Universalle du Canal Interoceanique cuando los Estados Unidos adquirieron la concesión. Pero, ¡por Dios!, no lo consulte usted con Bunau Varilla, que equivaldría a darle a cuidar el gallinero a la zorra. Aquí en París aún viven varios de los antiguos directores de esa compañía, entre ellos Marius Bo, quien fungía como presidente de la Junta Directiva durante la época de la transacción. Le garantizo que ese señor tiene mejor información, y más objetiva, que Bunau Varilla. Y ahora sí me despido: *au revoir, monsieur* Hall.

El periodista ordenó otra taza de café con *croissants,* mientras contemplaba el ir y venir de la masa humana que seguía deambulando por los Campos Elíseos. Sus ojos, sin embargo, no percibían ningún detalle porque se hallaba sumido en profundas elucubraciones.

Años atrás, cuando Henry aún no participaba en esos temas, *The World* había denunciado la pingüe ganancia que algunos inversionistas con información privilegiada realizaran en la Bolsa de París con motivo de la transacción del Canal de Panamá. El procedimiento había sido muy simple: se compraron a precios irrisorios acciones de la fracasada Nueva Compañía del Canal Interoceánico y luego de la Revolución de Panamá y de la firma del tratado, esas mismas acciones se vendieron por más de diez veces su valor de compra. En 1912, con motivo de las denuncias ante el Congreso norteamericano, Henry había investigado el asunto desde el ángulo de la posible participación de allegados al presidente Roosevelt y de su camarilla, sin llegar a descubrir nada. Después había dejado el tema a un lado, convencido de que nadie arriesgaría sumas importantes apostando al éxito de una revolución más, de las tantas que ocurrían al sur del río Grande. Ahora Cromwell volvía sobre lo mismo, insinuando que había sido en París y no en Washington donde especuladores bien informados hicieron su agosto, y que el líder de la operación fraudulenta no era otro que el inmarcesible Philippe Bunau Varilla. Conocedor de la tradicional rivalidad existente entre el francés y Cromwell, y consciente también de que el abogado neoyorquino tenía hacha que amolar en todo lo relacionado con Panamá, Henry Hall enfocó el asunto con mucho escepticismo para al final concluir que bien valía la pena enderezar sus investigaciones hacia ese ángulo, más que nada porque tal proceder coincidía con su renovada obsesión de desenmascarar a Bunau Varilla. «Primero confirmaré si es cierto, como afirma Cromwell, que en los Archivos Nacionales reposa la información acerca de la distribución de los cuarenta millones. Después intentaré entrevistar a Marius Bo a ver qué luces pueda darme sobre lo que realmente ocurrió en la Bolsa de París en noviembre de 1903».

Satisfecho con su nuevo plan de acción, Henry abandonó finalmente el Café de L'Étoile. Los últimos rayos de sol alargaban las sombras de los pocos transeúntes que, con paso más apurado, circulaban todavía por la amplia avenida. Se encendían las luces de los faroles y la iluminación artificial poco a poco iba ganando terreno al ocaso, que luchaba por no apagarse. El periodista enrumbó sus pasos hacia la calle Belles Feuilles, donde lo esperaba, nuevamente, su habitual soledad. Al fondo de los Champs Elysées, el Arco del Triunfo empezaba a iluminarse y en el aire vespertino de la gran urbe por un instante parecieron flotar juntas la luz creada por el hombre en armónica convivencia con los últimos vestigios de la tarde. «La magia de la Ciudad Luz», se dijo Henry, y en ese instante, inesperadamente, la sonrisa de Christine volvió a fulgurar en su memoria. El recuerdo lo acompañó hasta que traspuso la puerta de su pequeño y austero apartamento y, cuando empezó a dolerle, instintivamente buscó refugio en sus viejos papeles. Al cabo de un rato, enroscó una hoja en su máquina de escribir, mientras intentaba convencerse de que la historia que escribía era más trascendente que los contradictorios sentimientos que inspiraba en él Philippe Bunau Varilla.

III

Bogotá

Jueves 2 de julio de 1903

Bajo la dirección serena y metódica del general Joaquín Vélez, el Senado colombiano inició sus sesiones extraordinarias luego de dos años de descanso obligado como consecuencia de la más cruenta de las guerras civiles que había sufrido Colombia. Los primeros días fueron dedicados a poner en orden asuntos administrativos y a preparar el debate que se avecinaba, todo ello con la típica cordialidad que los colombianos de diferentes bandos políticos utilizan antes de lanzar sus más devastadores ataques.

Cuando entraron en la segunda semana de labores sin haber recibido del Poder Ejecutivo el protocolo del tratado del Canal, los ánimos comenzaron a caldearse. El líder de los conservadores nacionalistas, Miguel Antonio Caro, se paseaba por el recinto como un tigre enjaulado a quien se priva durante mucho tiempo de la oportunidad de lanzarse sobre su presa. Se formaban pequeños conciliábulos donde los más optimistas entre los opositores al convenio especulaban en torno a la posibilidad de que Marroquín, finalmente, hubiera resuelto devolver a los norteamericanos el malhadado documento para que se modificaran aquellas cláusulas que tanto ofendían la dignidad de Colombia. Todas las especulaciones cesaron cuando el primero de julio el ministro Luis Carlos Rico envió aviso de que al día siguiente llevaría el protocolo personalmente a la consideración de los honorables senadores.

El 2 de julio los bogotanos se despertaron en medio de una espesa neblina, seguida de una pertinaz llovizna que al arreciar dificultaba la circulación de los coches por las calles empinadas y mal empedradas de la capital. Los senadores que aquella mañana lucharon con los elementos para arribar puntualmente a ocupar sus curules tuvieron que esperar casi una hora la llegada del ministro Rico, quien, al percatarse de que casi todos aguardaban su llegada, se desvivió en excusas climatológicas. Don Miguel Antonio, a quien las palabras hirientes se le atragantaban desde hacía varios días, declaró como si hablara en nombre de todos:

—Los que desafiamos las inclemencias del tiempo para acudir puntualmente a la cita histórica de esta mañana lo hicimos convencidos de que cuando está en juego la salud de la patria, la de sus hijos deja de ser importante. ¿Qué puede significar para cada uno de nosotros un pasajero resfriado cuando Colombia, gracias al nefasto tratado que el Poder Ejecutivo ha negociado, está a punto de sufrir una apoplejía que la dejará para siempre inválida como nación?

Aunque la expresión y el tono del señor Caro acusaban la más absoluta seriedad, los menos exaltados entre sus pares recibieron sus palabras con mal disimulada hilaridad. El propio ministro Rico, que no sabía cómo tomar el breve discurso de tan ilustre rival, creyó indispensable responder con igual sarcasmo.

—Así como les aseguro que nada le ocurrirá a Colombia por razón del tratado, asimismo confío en que ninguno de los honorables senadores, que para estar aquí temprano esta mañana arriesgaron su buena salud, caerá víctima siquiera de un estornudo.

Mientras algunos reían abiertamente, los más veteranos se miraron perplejos ante la insolencia del novel ministro. ¿Cómo era posible que aquel viceministro, que solo por la renuncia de su antecesor ocupaba la Cancillería, se atreviera a desafiar al más elocuente de los oradores colombianos, nada menos que en el campo del sarcasmo político, en el que el doctor Caro era imbatible?

—El más joven de nuestros ministros aún no ha llegado a esa edad en que aprendemos a compartir con la patria sus penas y alegrías, sus angustias y esperanzas. —La condescendencia en la voz del doctor

Caro iba *in crescendo*—. Quienes ya hemos aprendido a llorar con Colombia y, a veces, a sonreír con ella, lo perdonamos porque es joven y la juventud tiene la dicha de no saber cuándo la patria requiere a gritos que sus hijos la liberen del cadalso... como ocurre ahora que se le quiere atar al cuello el dogal de un convenio oprobioso para nuestra dignidad y mortal para nuestra soberanía.

El doctor y general Vélez que, entre divertido y preocupado, observaba desde la Presidencia aquel duelo desigual decidió ponerle fin.

—Honorables senadores, tenemos ante nosotros, finalmente, el famoso tratado Herrán-Hay. Un primer y somero examen me indica, sin embargo, que el presidente de la República nos ha remitido el documento sin su firma. Le pregunto al señor canciller si se trata de un simple descuido o de una omisión deliberada.

Marcelino Arango, Miguel Antonio Caro y Juan Bautista Pérez y Soto, entre otros, se apresuraron a acercarse a la presidencia para comprobar con sus propios ojos semejante exabrupto. El primero en tomar la palabra fue el mismo Caro.

—Señor presidente, honorables colegas: esto es inaudito. Desde su discurso inaugural el vicepresidente encargado dio muestras de querer lavarse las manos en este enojoso asunto. Ahora nos confirma plenamente esa intención enviando al Senado para su aprobación un documento que ni siquiera se ha atrevido a firmar. ¿Es que el señor canciller tiene alguna explicación para semejante proceder, extraño a toda nuestra tradición jurídica? ¿O es que, efectivamente, Marroquín nos está comunicando, de esa manera solapada que le es tan característica, que él tampoco está de acuerdo con el lamentable pacto?

Luis Carlos Rico, que anticipaba esta primera refriega, se levantó del asiento que ocupaba junto a la mesa principal y de manera casi casual, como si quisiera restarle importancia a sus palabras, explicó:

—El presidente Marroquín fue muy claro en su discurso de apertura de esta augusta Cámara. Él está perfectamente consciente de que en el convenio no se pudo lograr todo lo que el Poder Ejecutivo y los negociadores colombianos hubiesen querido para Colombia porque en cualquier negociación, como su nombre sugiere, siempre hay concesiones de ambas partes. Bajo las premisas que acabo de enunciar, el señor presidente y su gobierno respaldamos el tratado y queremos su aprobación, pero esta depende exclusivamente del Congreso. El presidente no ha firmado el convenio antes de remitirlo a ustedes porque tal ha sido hasta ahora la tradición y costumbre de Colombia en estos menesteres.

—¿Quiere decirnos, entonces, el ministro encargado de las relaciones exteriores de Colombia —interpeló Marcelino Arango— que cuando el Ejecutivo envía al Senado un convenio negociado por él en nombre de la nación, jamás lo firma?

—No, honorable Arango. Lo que he dicho y reitero es que habitualmente, por respeto al propio Senado, el presidente firma el tratado *a posteriori*, es decir, una vez que el Senado le ha dado su consentimiento.

Pérez y Soto levantaba frenéticamente la mano desde su curul y, al ver que el doctor Vélez lo ignoraba, corrió por el pasillo hasta la mesa presidencial sin lograr que se le concediera el uso de la palabra. Quien continuó dirigiéndose al Senado fue Marcelino Arango.

—Señor presidente, me voy a permitir solicitar formalmente a mis colegas que nos abstengamos de discutir el convenio Herrán-Hay hasta tanto el presidente de la República, en representación del Poder Ejecutivo, estampe su firma en el documento. Lo que el señor Marroquín nos ha enviado es un hijo expósito y nosotros requerimos que el niño venga acompañado de los documentos que indican que su padre ha tenido, al menos, la entereza de reconocerlo.

—Secundo la proposición y las palabras del senador Arango —se apresuró a declarar el señor Caro.

—También yo —gritó exasperado Pérez y Soto— y quisiera explicar por qué.

El doctor Vélez, sin embargo, volvió a ignorarlo y, en cambio, haciendo gala de una gran ecuanimidad, invitó a hablar nuevamente al ministro Rico.

—Si los senadores me lo permiten, prometo que regresaremos a este recinto el martes de la próxima semana con una explicación prolija, basada en antecedentes, de por qué el Ejecutivo considera que el presidente no debe firmar el tratado antes de que el Senado le imparta su aprobación.

—Me parece prudente y por lo tanto se levanta la sesión hasta el martes próximo cuando espero podamos zanjar este formalismo y entrar en materia.

Ni Caro, ni Arango, ni mucho menos Pérez y Soto quedaron satisfechos con la manera como el doctor Vélez los privó de aquella oportunidad de infligir una primera derrota a Marroquín y su tratado y así se lo hicieron saber.

—No era el momento aún y, francamente, no estoy seguro de que al gobierno no le asista la razón. ¿Para qué arriesgarnos con un asunto que, aunque emotivo, no tiene mayor trascendencia? —explicó Vélez a los copartidarios que le reclamaban el no haberles permitido continuar desnudando la hipocresía de Marroquín.

Sábado 4 de julio

Arthur Mathias Beaupré estaba, a la vez, sorprendido y halagado ante las demostraciones de afecto que los representantes de las fuerzas vivas de Colombia prodigaron a los Estados Unidos con motivo de la celebración de un aniversario más de su independencia. A la recepción ofrecida por él en la sede de la Legación concurrieron varios ministros de Estado y otros miembros distinguidos de la facción gobernante del Partido Conservador, así como también representantes conspicuos del ala opositora que tan abiertamente criticaban ahora a los Estados Unidos con motivo de los debates en el Senado en torno al tratado. Hasta Pérez y Soto se presentó a estrecharle la mano y desearle todo lo mejor «para una gran nación, que, como todas las que guían, a veces se equivoca». Algunos líderes liberales también emergieron del ostracismo para rendir tributo al gran Coloso del Norte. Durante la celebración, en una clara demostración de delicadeza diplomática, los invitados conversaron con Beaupré sobre asuntos triviales, evitando rigurosamente tocar el tema del tratado. Y si Arthur Mathias se acercaba a algún grupo en que se discutía lo que era motivo de tan acalorados debates en Bogotá, discretamente se cambiaba el giro de la conversación, todo lo cual colmaba de satisfacción al diplomático.

Una sorpresa aún más agradable recibió Beaupré cuando vio entrar al general Reyes, con quien, desde su llegada a Bogotá tres años antes, mantenía cordiales relaciones. El embajador se apresuró a saludarlo y estrechándole la mano comentó sonriente:

—General, nos honra con su presencia. Como bien afirma el dicho, más vale tarde que nunca.

Reyes se acercó a Beaupré y casi al oído le susurró:

—He venido tarde deliberadamente porque quisiera, de ser posible, que sostuviéramos una conversación en privado tan pronto concluya esta agradable velada.

—Por supuesto, general.

Desde ese momento, Beaupré puso a un lado su gin and tonic mientras se devanaba los sesos tratando de adivinar qué querría Reyes. «Seguramente me hablará del tratado —pensaba—, pero ¿cuál será su misión? Todos sabemos que cuando él habla, hablan también Marroquín y el gobierno colombiano».

Un rato después, mientras se despedían los últimos invitados, Beaupré le hizo señas a Reyes para que subiera a su despacho privado. Cuando el ministro norteamericano finalmente lo encontró allí, el general Reyes, de pie frente a la estantería, leía con interés un libro.

—Impresionante colección de obras sobre el despertar del Oeste americano, amigo Beaupré.

—Es una de mis aficiones. Pienso que se trata de un hermoso capítulo en la historia de mi país, que aún no ha concluido.

—Sin duda lo es. Y creo que así como el ferrocarril contribuyó al desarrollo de California y el resto de la costa oeste, el canal, cuando se construya, completará la epopeya.

«Con cuánta sutileza ha introducido Reyes el tema que lo trae aquí», meditó Beaupré antes de responder.

—Efectivamente, la comunicación expedita contribuirá significativamente al progreso de los nuevos territorios. Es por eso que mi gobierno sigue con tanta atención los debates que ya se han iniciado en el Senado para la aprobación del convenio. Aunque debo decirle que hasta ahora no parecen haber logrado ningún progreso; según los reportes periodísticos se discuten temas intrascendentes.

—Toda Colombia está pendiente del Senado —observó Reyes— y puedo asegurarle que los colombianos queremos que se construya la vía acuática, aunque algunos piensan que el tratado no es tan favorable a nuestro país como lo es al suyo.

Beaupré esbozó una sonrisa nerviosa. «Reyes quiere renegociar el convenio conmigo», se dijo.

—El caso, mi estimado general, es que la ruta a través del Istmo no es la única y como usted sabe, Nicaragua ha ofrecido celebrar un tratado aún más ventajoso para nosotros que el Herrán-Hay.

Agradablemente sorprendido ante las buenas maneras y el buen dominio del castellano de Arthur Beaupré, Reyes decidió hablar sin rodeos.

—Señor ministro —el tono del general era ahora mucho más formal—, he venido aquí esta noche con una misión muy específica. Le advierto que aunque hablo a título personal, estoy convencido de que interpreto el sentir no solo del gobierno y la mayoría del Senado de Colombia, sino de todos los colombianos. Lo que debo informarle, para que usted lo transmita a su gobierno, es que el tratado no será ratificado si no se introducen dos enmiendas fundamentales. La primera es que el artículo primero debe establecer que la Nueva Compañía del Canal de Panamá pagará a Colombia diez millones de dólares por la transferencia de sus derechos; la segunda, que en el artículo veinticinco se debe aumentar el pago de los Estados Unidos a Colombia de diez a quince millones.

«Tan solo quieren modificaciones monetarias —pensó Beaupré—. ¿Y qué pasa con la soberanía, que es lo que más parecía preocuparles?».

—General Reyes, ¿debo entender, entonces, que con esas dos reformas de carácter económico el Senado ratificaría el tratado?

—Estoy convencido de que con esas dos enmiendas se aprobaría de inmediato, por lo que le solicito, muy confidencialmente, que consulte usted a *mister* Hay —dijo el militar mientras se ponía en pie para despedirse.

—Muchas gracias por su franqueza, general; pronto sabrá de mí —prometió Beaupré mientras acompañaba a su distinguido invitado a la puerta.

Los días que siguieron a su reunión con Rafael Reyes, Arthur Beaupré meditó profundamente sus próximas acciones. Si bien era cierto que John Hay no quería reformas que obligarían a llevar el tratado de vuelta al Senado norteamericano, no era menos cierto que con un sacrificio de quince millones de dólares, de los cuales únicamente cinco serían asumidos por el gobierno norteamericano, el problema quedaría zanjado. Por otra parte, la demora contribuiría a asegurar que cuando el convenio retornara a la consideración del Senado colombiano, el general Rafael Reyes sería el nuevo presidente del país y ante su liderazgo muy pocos senadores mantendrían su oposición al tratado. En el fondo, Beaupré estaba convencido de que con un hombre tan débil como Marroquín al frente de Colombia, el tratado jamás sería ratificado. Finalmente, decidió informar de forma escueta a su gobierno sobre la proposición de Reyes, sin expresar opinión alguna. «Que decidan en Washington», se dijo, mientras comenzaba a redactar el calograma para John Hay.

Viernes 10 de julio

La elocuencia del ministro Rico fue ganando poco a poco la atención de los miembros del Senado. El propio Miguel Antonio Caro, muy a su pesar, hubo de reconocer que el joven adversario presentaba muy bien su caso y aquel gesto de desdén, tan característico en él, se fue transformando en uno de respeto ante las palabras del orador.

—Honorables senadores —concluyó el ministro—, creo haber demostrado con evidencias incontrastables que si alguna doctrina existe en Colombia acerca de cuándo debe el presidente de la República estampar su firma en un tratado, esa doctrina indica que ese momento se presenta una vez que el Senado ha impartido su aprobación al documento. Como habéis comprobado a través de la exégesis con la que me he permitido ocupar el muy valioso tiempo de esta Cámara, ese ha sido el caso en la inmensa mayoría de los convenios internacionales que Colombia ha celebrado. Tal doctrina, si es que así puede denominarse, no tiene otro fundamento que el respeto a la separación de los poderes del Estado y, en última instancia, a la voluntad popular que ustedes representan. Termino rogándoos, en nombre del Poder Ejecutivo, que entréis sin mayor dilación en la consideración del tratado Herrán-Hay. Es lo que la patria aguarda con impaciencia.

Nutridos aplausos siguieron al discurso de Rico y Joaquín Vélez, a golpe de mazo, decretó un receso de una hora mientras con un gesto indicaba al doctor Caro su deseo de hablarle.

—Espero que después de esa andanada no seguiremos insistiendo en que Marroquín firme el tratado —dijo Joaquín Vélez a Miguel Antonio apenas entraron al despacho de la Presidencia.

—No crea que estamos vencidos, don Joaquín. Todavía tengo argumentos de sobra para contrarrestar la exposición de Rico. Para comenzar, este tratado es único en nuestra historia pues nunca antes había Colombia hecho cesión de su soberanía a ningún otro país, así es que difícilmente le podríamos aplicar la «doctrina» de la que tanto habla ese jovenzuelo. Sin embargo, creo que logramos desgastarlos un poco y que ya es hora de nombrar la comisión que analizará el tratado.

—¿Nos olvidamos entonces de la firma previa de Marroquín y procedemos a ello?

—Sí, don Joaquín, pero no lo ponga tan fácil. Advierta usted, si le parece, que el Senado toma debida nota de que el vicepresidente encargado del Poder Ejecutivo rehúsa firmar la convención y que, a pesar de ello, el Senado asumirá su responsabilidad y procederá a analizarla.

—Es justamente lo que pensaba hacer —observó Vélez—. ¿Estamos seguros de que queremos a Pérez y Soto para presidir la comisión?

—Se lo ofrecimos formalmente, doctor, y le garantizo que ya debe tener la mitad del trabajo hecho.

—Vamos entonces.

Además de Juan Bautista Pérez y Soto, fueron elegidos para integrar la comisión encargada de estudiar el tratado Herrán-Hay los senadores De Obaldía, Uricoechea, Ospina Vásquez, Gerlein, De Narváez, Campo Serrano, Rivas Groot y González Valencia. Una vez concluida la elección, los senadores escogidos procedieron a designar para presidir la comisión a Pérez y Soto quien enseguida pidió el uso de la palabra. Esta vez al presidente del Senado no le quedó más remedio que concedérsela.

—Honorables colegas: tan solo unas breves palabras para agradecer a la Presidencia y a mis distinguidos colegas que me hayan honrado designándome presidente de la Comisión que estudiará el tratado. Aprovecho, igualmente, para indicar a quienes me acompañan en tan trascendente e histórica responsabilidad que nuestra primera reunión será el martes a las diez antes del meridiano. Les ruego ser puntuales pues el trabajo por evacuar es ingente. Asimismo, quiero decirles que es mi intención laborar sin descanso en defensa de los mejores intereses de Colombia y que nuestro informe estará listo dentro del plazo impuesto por el Senado.

Todos los miembros del Senado, y muy en especial su presidente, quedaron gratamente sorprendidos por lo comedido de las palabras del volátil senador istmeño.

A la salida del recinto, el otro senador por Panamá, José Domingo de Obaldía, se aproximó a Caro y le comentó en voz baja:

—Me sorprende la escogencia de Pérez y Soto para presidir la comisión. Creo que habría sido más prudente nombrar a alguien menos parcializado en contra del convenio.

—También lo incluimos a usted, amigo De Obaldía, y así el Istmo queda representado por completo. Nadie ignora que usted apoya decididamente el tratado. ¿O no?

—Pero mi posición no es inflexible, señor Caro, a diferencia de la del colega Pérez y Soto, quien ya ha dicho por la prensa todo cuanto hay que decir. Me temo que la comisión no se pondrá de acuerdo y habrá un informe de mayoría y otro de minoría.

—Todo cabe en el rejuego democrático, don José Domingo. Amanecerá y veremos —sentenció Miguel Antonio Caro.

Viernes 20 de julio

Cuando Lorenzo Marroquín entró en el despacho presidencial, su padre, que corregía el manuscrito de su última novela, levantó la mirada y con un gesto le indicó que se sentara mientras él volvía a sus afanes literarios.

«¿Cómo podrá desligarse de todo lo que ocurre a su alrededor para encerrarse en mundos imaginarios?», se preguntó una vez más Lorenzo mientras aguardaba, impaciente, a que el presidente regresara a los asuntos de gobierno. Al final lo interrumpió:

—¿Cómo va su nueva novela, padre?

Imperturbable, el presidente corrigió algunos párrafos más y, finalmente, poniendo a un lado el voluminoso legajo, respondió:

—No se termina nunca de revisar la propia prosa. Con la poesía no me ocurre igual, porque en ella hay más inspiración que construcción. Pero la prosa siempre puede mejorarse... En fin, volvamos a los temas serios. ¿Qué hay de nuevo por el Senado?

—De nuevo, nada. La comisión sigue trabajando y dentro de una semana debe rendir su informe. Según me cuenta De Obaldía, Pérez y Soto insiste en que el tratado sea rechazado íntegramente y no está dispuesto a aceptar que se recomiende su aprobación con modificaciones, que es lo que quisieran el resto de los senadores de la comisión.

—¿Has hablado ya con Pérez y Soto?

—Después de la última discusión que tuvimos aquel día en la antesala preferí no hacerlo yo, pero De Obaldía le hizo saber que deseabas verlo y no demora en llegar. La cita es para las once y media. ¿Sabes ya lo que vas a pedirle?

—Que sea razonable y que actúe conforme a los intereses del Istmo. ¿Qué más se le puede pedir a un energúmeno?

—Todavía no alcanzo a comprender por qué Caro y sus nacionalistas pusieron a Pérez y Soto, a quien nadie controla, al frente de la comisión. ¿Qué pretenden?

El presidente, recostándose en la silla, respondió con una sonrisa amarga:

—Créeme, hijo, que para Caro lo más importante es humillarme. Cuando ascendí al poder, mi rebeldía, como él la llama, lo tomó por sorpresa y ahora tiene que demostrarle a toda Colombia que quien manda es él. Pérez y Soto representa al Istmo en el Senado y si el representante del Istmo, que es el departamento que más interés tiene en la construcción del canal, se opone al tratado y es, además, presidente de la comisión que lo analiza, ¿no se demuestra así, clarísimamente y *ab initio*, que el pacto que negociamos es nefasto?

En ese momento se abrió la puerta del despacho y la secretaria anunció la llegada del senador Pérez y Soto.

—Que pase enseguida —ordenó el presidente.

—Los dejo solos, padre. Hablaremos luego.

En la puerta Lorenzo Marroquín estrechó cortésmente la mano del visitante y abandonó el despacho.

—Resultó un tanto prolongada nuestra cita —bromeó el viejo

Marroquín a guisa de saludo—. La última vez que estuvo usted por acá no tuve el placer de verlo.

Pérez y Soto, cuya falta de sentido de humor era proverbial, respondió secamente.

—Espero que su hijo Lorenzo le haya dado mis excusas y explicado por qué preferí marcharme sin verlo.

—Así fue, don Juan Bautista; pero aquel incidente ya quedó atrás y tenemos asuntos muy graves que tratar... Venga, sentémonos acá, que estaremos más cómodos. ¿Le ofrezco un café?

—No, muchas gracias.

En el pequeño pero lujoso salón del despacho presidencial, el presidente ocupó su acostumbrada poltrona y el senador por Panamá se sentó muy erguido en el borde del sofá. Su incomodidad era notoria.

La única razón por la cual Juan Bautista Pérez y Soto había aceptado la invitación de José de Obaldía para visitar al presidente era porque su exacerbado cerebro había llegado a la conclusión de que Marroquín iba a capitular y necesitaba acordar con él la manera menos traumática de retirar el tratado de la consideración del Senado. Guiado por tal pensamiento, inició su diálogo con el jefe del Poder Ejecutivo.

—Señor presidente, quisiera ser muy claro. Estoy aquí porque creo que todo patriota tiene el deber de dejar a un lado su sentir y su interés personal en aras de lograr un entendimiento político que ahorre a Colombia más desavenencias y conflictos entre sus hijos. Vengo, señor presidente, como patriota, pero también como amigo, a escuchar lo que tenga que decirme.

Aunque Marroquín conocía muy bien la capacidad hiperbólica de su interlocutor, no dejaba de sorprenderse ante la constante vehemencia en el discurso del senador por Panamá.

—Amigo Pérez y Soto —el tono del presidente era conciliador—, le he pedido que viniera porque quiero compartir con usted algunas inquietudes que me llegan de Panamá y en particular una petición que me hacen los ciudadanos más influyentes del Istmo y que usted, como su representante ante el Senado, debe conocer.

—¿Y qué petición es esa? —preguntó cortante Pérez y Soto.

—Aguarde un momento que enseguida se la muestro.

Marroquín, pausadamente, fue a buscar el documento a su escritorio y poniéndolo en manos del senador, le advirtió:

—Notará usted que firman ese memorial, entre otros, José Agustín Arango, también senador por Panamá...

Pérez y Soto interrumpió exaltado:

—Quien no se dignó siquiera venir al Senado a cumplir con su deber.

El presidente prosiguió sin perturbarse.

—...Manuel Amador Guerrero, Manuel Espinosa Batista, Federico Boyd, Ricardo Arias...

El senador volvió a interrumpir, esta vez con mayor desprecio:

—Son los clásicos oligarcas a quienes lo único que los motiva es la defensa de sus intereses económicos. Ellos quieren el canal a toda costa sin que les importe si sacrifican la soberanía ni la dignidad de la patria. Siempre han existido y existirán...

Ahora fue Marroquín quien cortó la perorata que iniciaba su interlocutor:

—Pues permítame decirle que están en buena compañía porque el memorial recoge más de mil nombres y no creo que sean ricos todos los que han firmado. Además, el Cabildo de Panamá ha aprobado y me ha enviado una resolución en los mismos términos y en igual forma se ha manifestado el resto de los municipios del Istmo. Aquí han llegado resoluciones de Nuevo Emperador, Buena Vista, Chorrera, San Carlos, Chepo, Montijo, Soná, La Mesa, Aguadulce, San Lorenzo, David. En fin, parece que en el departamento del Istmo todos coinciden en que el Senado debe aprobar el convenio.

—No todos, señor presidente, no todos. Yo también he recibido numerosas cartas y artículos periodísticos de verdaderos patriotas que piden que no le entreguemos la soberanía a los yanquis. Aquí traigo algunos que le mostraré enseguida.

Con un gesto de la mano, el presidente indicó al senador que se detuviera y aclaró:

—Conozco las publicaciones de los periódicos liberales y las cartas que hicieron publicar Belisario Porras y Carlos Mendoza. Supongo que a ellas se refiere usted, ¿o me equivoco?

—A esas y a otras que me han enviado personalmente...

—...los liberales —dijo el presidente concluyendo la frase—. ¿Y es que usted ya se olvidó que fue el Partido Conservador el que lo eligió para el Senado y que es el Partido Conservador el que gobierna Colombia? ¿Por qué, de pronto, ese apego a los liberales?

El presidente había hablado enérgicamente, con un evidente matiz de reproche en su voz, y Pérez y Soto, poniéndose en pie, exclamó, casi gritando:

—¡Yo hice públicas mis críticas al nefasto tratado Herrán-Hay antes de que ningún liberal hablara de él! Además, a la hora de pensar en la patria, no hay conservadores ni liberales, sino, simplemente, patriotas y traidores. Y traidor a Colombia será todo aquel que se empeñe en aprobar ese oprobioso documento para que quede como una mancha imborrable sobre la faz del país.

Marroquín, levantándose también, expresó en un tono que indicaba que la entrevista había terminado:

—Lamento que su obsesión le impida ver que el mejor interés de Colombia está en que se construya el canal por su territorio. Pensaba pedirle que hiciera causa común con aquellos senadores que piensan que el tratado puede ser aprobado con modificaciones que salvarían, a la vez, la construcción de la obra y la soberanía. Pero veo que es inútil intentar convencerlo.

—Ese mamotreto tiene que ser rechazado como un todo para negociar un tratado digno. Es lo que propondré y es lo que le aseguro que finalmente hará el Senado —sentenció Pérez y Soto. Desde la puerta, añadió—: Buenas tardes, señor presidente.

—Buenas tardes —respondió con desgano José Manuel Marroquín, mientras volvía a su escritorio para seguir dando los toques finales a su reciente novela.

Sábado 1 de agosto

Día a día seguía Arthur Mathias Beaupré la suerte del convenio Herrán-Hay en el Congreso colombiano y por lo menos una vez a la semana informaba a John Hay en el Departamento de Estado los altibajos que se sucedían en la discusión del documento.

Durante este período el ministro de los Estados Unidos en Bogotá desarrolló una estrecha relación con Alexander Mancini, representante en la capital de Colombia de la Nueva Compañía del Canal. La comunión de intereses entre la potencia del Norte y la empresa francesa empujaba a ambos hombres a compartir las vicisitudes del pacto ante los ataques de Caro, Arango y Pérez y Soto. En sus frecuentes tertulias, Mancini y Beaupré se lamentaban del poco empeño que mostraban Marroquín y su gobierno en la defensa del convenio. Solamente el ministro encargado de Relaciones Exteriores, Juan Carlos Rico, y el ministro de Educación, Antonio José Uribe, defendían en el Senado la posición del gobierno. Pero a pesar de su evidente buena fe y de sus esfuerzos, ninguno de los dos poseía la vehemencia y energías necesarias para enfrentarse a don Miguel Antonio Caro y sus nacionalistas.

A diferencia de Beaupré quien, por temor a las reacciones adversas, no asomaba la cara por el Senado, Mancini tenía como una de sus obligaciones acudir al recinto senatorial diariamente y reportar cada detalle a sus directores en París.

El primero de agosto, día en que la comisión presidida por Pérez y Soto rindió su esperado informe al pleno, Alexander Mancini era uno de los que abarrotaban las graderías del recinto. Los comisionados se presentaron juntos ante la mesa presidencial, ahora a cargo de don Guillermo Quintero Calderón. El senador De Obaldía portaba un voluminoso legajo y Pérez y Soto cargaba otro el doble de grueso. Ambos expedientes fueron depositados solemnemente en la mesa principal y acto seguido Pérez y Soto, con voz más calmada que de costumbre, hizo uso de la palabra:

—Como advertirán el señor presidente y los demás miembros de esta honorable Cámara, la comisión que me honro en presidir se ha visto obligada a presentar un informe de mayoría y otro de minoría. Lamentablemente el de minoría ha recibido únicamente el apoyo de quien ahora les dirige la palabra y en él se solicita al Senado, con razones ampliamente explicadas, el rechazo total del malhadado pacto Herrán-Hay. El informe de mayoría, que respaldan el resto de los miembros de la comisión, sugiere que el Senado imparta su aprobación al convenio con ciertas reservas que suponen modificaciones a varias de sus cláusulas. El señor presidente dispondrá lo procedente para la mejor conducción del debate y...

—Agradezco al honorable senador Pérez y Soto y al resto de la comisión el cumplimiento de su misión —interrumpió el general Guillermo Quintero Calderón, temeroso de que el fogoso senador lanzara una de sus interminables filípicas—. Lo que ahora corresponde, por supuesto, es que el pleno conozca ambos informes. Empezaremos por el de minoría. Proceda usted con la lectura, señor secretario.

Durante más de cuatro horas Alexander Mancini escuchó pacientemente la lectura de los informes y cuando el presidente pospuso la discusión para el siguiente lunes, el francés abandonó apresuradamente el recinto y se dirigió a la Legación de los Estados Unidos donde Beaupré lo esperaba para comentar lo acontecido en el Senado ese día tan importante.

—Tal como pensábamos, hubo informe de minoría y de mayoría —adelantó Mancini tan pronto traspuso la puerta—. La semana entrante iniciarán la discusión.

Una vez acomodados en el estudio, el ministro norteamericano sirvió un par de gin tonics e invitó a Mancini a referirle, con lujo de detalles, el contenido de los informes y la actitud de los senadores. Consultando sus notas, Mancini comenzó a explicar:

—Casi tres cuartas partes de la sesión se dedicaron a la lectura del informe de Pérez y Soto, quien criticó todo el documento, desde el preámbulo hasta el punto final. En cada una de las cláusulas Pérez y Soto parecía ver la mano poderosa de tu país agazapada para saltar y torcer el cuello a Colombia. Según él, nada, absolutamente nada de lo acordado es bueno para los colombianos. ¡Qué energía la de ese individuo y cuánto odia a los Estados Unidos!

—Eso ya lo sabíamos, Alexander. Basta leer sus escritos en *El Constitucional* para darse cuenta de que es un paranoico que por todas partes ve la sombra de los Estados Unidos oscureciendo el panorama no solamente de Colombia, sino de todo el resto de América. Lo que me pareció increíble y absurdo fue que semejante histérico quedara al frente de la comisión encargada de analizar el convenio. Todos sabían que Pérez y Soto, a pesar de representar a Panamá, lo había rechazado desde que publicó su primera crónica.

—Fueron caprichos de Caro y sus conservadores nacionalistas que han cogido el convenio de chivo expiatorio para castigar al presidente Marroquín y a su gobierno —comentó Mancini—. En cualquier caso, ni el propio Caro podía disimular la exasperación que le producía la lectura del macarrónico informe de Pérez y Soto. Al final, casi ninguno de los senadores prestaba atención a lo que leía el secretario, convencidos de que continuarían escuchando solamente críticas y más críticas.

Alexander Mancini hizo una pausa y volvió a consultar sus apuntes, intervalo que fue aprovechado por Beaupré para refrescar las bebidas.

—En honor a la verdad —prosiguió el representante de la compañía francesa— debo reconocer que el informe de la mayoría me pareció bastante objetivo y que algunas de las reservas que expusieron parecen justificadas.

—Sobre todo las relativas al aumento de las compensaciones económicas —interrumpió Beaupré con sarcasmo, recordando su conversación con el general Reyes.

—Realmente el informe no hace alusión directa a ningún aspecto económico aunque dejan entrever que las cláusulas referentes a los pagos deben ser variadas. Pero permíteme ir en orden.

—Por supuesto. Yo tomaré notas para informar a John Hay mañana mismo.

Cuando, libreta en mano, Arthur Beaupré regresó a su silla, Mancini continuó:

—El informe de mayoría comienza diciendo que el tratado se aprueba pero sujeto a ciertas «restricciones», que es como la comisión llama a las modificaciones que sugirieron. Las principales son: eliminar del preámbulo toda referencia a la ley Spooner, que por ser una ley expedida exclusivamente por el Senado norteamericano no tiene cabida en un convenio internacional...

—Lo cual me parece una tontería —comentó Beaupré—. Pero prosigue, que no era mi intención interrumpirte.

—La comisión solicita también que se mantengan las disposiciones del tratado Mallarino-Bidlack, de 1846, que obliga a los Estados Unidos a garantizar la soberanía de Colombia sobre el Istmo; exigen, además, que se limite el derecho de los Estados Unidos de usar las aguas y yacimientos colombianos a aquellas fuentes que se encuentren en el departamento de Panamá; quieren también que se sustituya el arrendamiento de cien años prorrogables a la exclusiva voluntad de los Estados Unidos por una servidumbre de tránsito a perpetuidad de la que se excluyan expresamente las ciudades de Panamá y Colón.

Beaupré volvió a interrumpir.

—¿Los colombianos prefieren la perpetuidad?

—Tal como lo oyes. Según el informe, la fórmula de arrendamiento significaba también una perpetuidad disfrazada.

—Lo que he escuchado hasta ahora parece razonable. ¿No crees?

—Déjeme continuar, Arthur, que aún no llego a los temas más controversiales. El informe de mayoría rechaza en su totalidad el artículo trece del tratado, que es el que crea tribunales mixtos en el área del canal, por considerarlo inconstitucional y violatorio de la dignidad de Colombia. Según los senadores de la mayoría, la Constitución no permite jueces extranjeros en suelo patrio.

Mancini hizo una pausa y Beaupré pensó que su exposición había terminado.

—¿Eso es todo?

—Me temo que no. He dejado para el final la más grave de las restricciones, que afecta tanto a tu país como a mi compañía. El informe de la mayoría exige como condición *sine qua non* para aprobar el tratado que las compañías del canal y del ferrocarril celebren con el gobierno colombiano un arreglo previo en el que este otorgaría a tales empresas la autorización necesaria para el traspaso de sus respectivas concesiones a los Estados Unidos.

—Aquí saltó finalmente la liebre. Lo demás son puras excusas y lo que estos colombianos persiguen, realmente, es sacarle más dinero a los Estados Unidos y, si estos se niegan, a tu compañía.

—Que también se negaría. Recuerda que ya bajamos el precio de ciento veinte a cuarenta millones de dólares.

—Lo sé, lo sé.

Beaupré permaneció un rato pensativo, que fue aprovechado por Mancini para recoger sus notas.

—Ahí lo tienes, Arthur. Ahora me despido para que puedas trabajar en tu informe a *monsieur* Hay.

—Informe que me temo tendrá que esperar hasta que se restablezcan las comunicaciones. No sé si sabes que desde hace tres días el cable submarino entre Panamá y Buenaventura no funciona.

—No, no lo sabía. Bueno, me voy que yo también tengo que informar a mis directores.

Arthur Mathias Beaupré meditó largamente en torno al próximo informe que enviaría al secretario de Estado. Consideraba de suma importancia que en Washington conocieran no solamente el contenido del informe de la comisión senatorial, sino del ambiente que se vivía en Colombia y sus impresiones personales. Además, anteriormente había comunicado a sus superiores la opinión del general Reyes en cuanto a que con ciertas concesiones económicas el Senado colombiano aprobaría el tratado. Finalmente, resolvió que tenía que darle continuidad a sus mensajes y destacar en su nuevo informe el afán de los colombianos por obtener más dinero a cambio de la ratificación del convenio. Pero antes se tomaría otro gin.

Lunes 10 de agosto

Mientras aguardaban la llegada del ministro Rico y después de escuchar un breve pero sustancioso informe de Lorenzo en torno a las prolongadas discusiones del tratado en el Senado, el presidente Marroquín, su hijo y el general Rafael Reyes conversaban con entusiasmo acerca de la política colombiana y, muy especialmente, sobre las elecciones que se celebrarían a principios del próximo año. El general Reyes poco a poco había ido cediendo ante los requerimientos de los conservadores históricos y ya conversaba, abiertamente, sobre la posibilidad de aceptar la candidatura a la presidencia de la República.

—Todos sabemos que la elección no será fácil —afirmaba Reyes, retorciéndose el rubio bigote—. Se requiere una organización impecable en cada uno de los departamentos para lo cual necesitaremos gobernadores que se identifiquen plenamente con nuestra causa.

—De eso ni se preocupe, general, que yo me encargo. Si algo puedo hacer todavía es nombrar gobernadores —dijo el viejo Marroquín, interesado en definir cuanto antes el asunto de la candidatura.

Cansado de la política, el presidente pensaba que una vez Reyes aceptara marchar al frente de los conservadores históricos, él quedaría en libertad de volver a su hacienda familiar en la Sabana de Bogotá y a sus libros. En Yerbabuena, donde volvía a sentirse poeta, habían transcurrido los días más felices de la existencia de José Manuel Marroquín.

—Debemos cuidar los departamentos de la costa, que es donde estamos más flojos —opinó Lorenzo—. En Bolívar, Magdalena y Panamá necesitaremos gobernadores que no solo respondan a las directrices del partido sino que cuenten con la simpatía de los electores departamentales. Creo que muy pronto habrá que hacer nuevos nombramientos, padre.

—No hay que precipitarse —advirtió el general Reyes, quien se había puesto en pie y paseaba su elegante figura por el despacho presidencial—. Mientras el asunto del tratado esté pendiente en el Senado no debemos siquiera hablar de la próxima campaña. Nadie duda de que lo que ocurra con el pacto será determinante para el futuro económico y político del país, y, muy particularmente, del departamento de Panamá.

—Yo creo que el asunto está muy claro, general —dijo Marroquín sonriendo socarronamente—. Después que el Senado apruebe el pacto con modificaciones, usted tendrá que proyectarse ante la opinión pública como el único hombre capaz de salvar el canal para Colombia, aunque para ello el Senado tenga que volver a considerar el mismo convenio Herrán-Hay y aprobarlo tal cual. Porque, mi querido general Reyes, creo que usted estará de acuerdo conmigo en que lo que es Roosevelt no tolerará ninguna modificación. Ya lo ha dicho muy claramente.

—A veces pienso que...

Lorenzo Marroquín hubo de interrumpir su intervención porque en ese momento el ministro Luis Carlos Rico entraba al despacho presidencial.

—Buenas tardes, señores. Perdone si me he retrasado, señor presidente, pero quería estar seguro de traer el expediente completo.

—Me parece que lo único que realmente interesa es la última comunicación de Beaupré, que tanto te alarmó —replicó Lorenzo, despectivo.

El presidente, a quien mucho preocupaba la actitud hostil de Lorenzo hacia su ministro de Relaciones Exteriores, le lanzó una mirada recriminatoria y enseguida acotó:

—Es evidente que para analizar concienzudamente nuestra respuesta a los norteamericanos hay que contar con la documentación completa. Adelante, Luis Carlos, ¿qué dice ahora *mister* Hay?

—La prepotencia de los norteamericanos parece no tener límites —afirmó Rico mientras se sentaba—. ¿Leo en voz alta la última nota «diplomática» del señor Beaupré?

—Somos todos oídos —respondió el presidente.

—Pues bien, la primera parte de la nota contiene un largo y detallado recuento de cómo, según ellos, se originaron y desenvolvieron las negociaciones del tratado, con énfasis en que fuimos los colombianos los que las solicitamos. Luego de ese análisis, y en la parte que ahora nos interesa, dice Beaupré textualmente que los Estados Unidos considerarán «como una violación del pacto cualquier modificación de las condiciones en el tratado estipuladas, de tal suerte que acarrearía grandísimas complicaciones en las relaciones amistosas hasta hoy existentes entre los dos países. Aprovecho la ocasión —continúa Beaupré— para repetir que si Colombia de veras desea mantener las amistosas relaciones que en el presente existen y asegurarse las extraordinarias ventajas que habrá de producirle la construcción del canal en su territorio el tratado deberá aprobarse exactamente en la forma actual, sin modificación alguna. Digo esto porque mi gobierno no aceptará modificaciones en ningún caso».

Cuando Rico terminó la lectura, el presidente y el general Reyes permanecieron cabizbajos, como si el peso de los lúgubres presagios que compartían les impidiera levantar la testa. Lorenzo Marroquín, en cambio, sin ocultar su ira, se había puesto de pie antes de que Rico terminara de leer y se paseaba por la habitación, la boca rebosante de palabras hirientes contra el canciller. En consideración a su padre luchó por contenerse y al fin dijo con amargura:

—En vano advertí, meses atrás, que con los norteamericanos es preciso utilizar el mismo lenguaje descarnado que ellos utilizan con nosotros. Roosevelt es un vaquero que no entiende de diplomacia y Beaupré entiende mucho menos. Ahora, por supuesto, es tarde porque los yanquis ya nos han puesto las cosas muy claras: o aprobamos el tratado tal cual o nos olvidamos del canal. ¿Se imaginan cómo reaccionaría el Senado si se conociera el contenido de las notas con las que el señor Beaupré nos ha venido injuriando sistemáticamente? ¡Rechazarían el tratado por unanimidad, tal como quiere el histérico de Pérez y Soto!

Las últimas palabras habían sido dichas casi a gritos, lo que le valió a Lorenzo el reproche de su padre.

—Nada logramos exaltándonos, Lorenzo. Y a nadie se le va a ocurrir divulgar a los senadores el contenido de nuestra correspondencia confidencial con los Estados Unidos. Para encontrar la forma más conveniente de proceder debemos actuar con cabeza fría.

—Así es —convino Reyes—. Cada país actúa conforme a lo que le conviene a sus mejores intereses. Los Estados Unidos, cuyo Congreso ya ratificó el tratado, desean que este se apruebe tal cual porque Roosevelt no quiere incurrir en el desgaste político que significaría volver una vez más al Senado. Nuestra situación es muy distinta, y, tal como se lo advertí personalmente a Beaupré, no creo que exista la menor posibilidad de que nuestros senadores aprueben el tratado sin introducirle modificaciones.

—Además —añadió José Manuel Marroquín, animado por las palabras del militar—, a principios del próximo año tendremos un nuevo presidente electo por votación popular que, como todos esperamos, será nuestro distinguido general Reyes. Usted podrá, entonces, don Rafael, con toda la fuerza que otorga un nuevo mandato, imponer su influencia para lograr que nuestro Senado apruebe, finalmente, lo que mejor convenga. Entre tanto, continuaremos nuestras conversaciones con los Estados Unidos para ganar tiempo. —El presidente hizo una pausa para luego concluir, dirigiéndose a su canciller—: Conteste usted la nota muy diplomáticamente pero con energía, reiterando nuestros argumentos de que la constitución colombiana deja en manos del Senado la aprobación del tratado con modificaciones o sin ellas, y no hay nada que el Poder Ejecutivo pueda hacer. ¿Les parece, señores?

Molesto, Lorenzo Marroquín, de pie ante el único ventanal de la estancia, permanecía en silencio, la mirada perdida en uno de los patios interiores del Palacio de San Carlos. Rico iba a decir algo, cuando Reyes se adelantó:

—Habrá otros factores que tomar en cuenta antes de la celebración de los comicios. No sabemos cómo reaccionará el presidente Roosevelt, que nadie ignora que es hombre de malas pulgas. Puede llevarse el canal para Nicaragua o utilizar la fuerza para construirlo en el Istmo.

—¿De veras piensa usted, general, que Roosevelt arriesgaría una confrontación bélica antes de agotar los caminos de la diplomacia? —inquirió Marroquín.

—Poca batalla daríamos, señor presidente. Después de la última guerra civil nuestro ejército está diezmado, agotado y desmoralizado y Roosevelt lo sabe. Si acaso contaríamos con el respaldo de la comunidad internacional, que no pasaría de un simple apoyo moral. Tampoco podemos descuidar a los istmeños, a quienes el descontento podría empujar a una nueva separación.

—Lo de Panamá lo tengo resuelto —adelantó Marroquín.

—¿Cómo así? —preguntó Lorenzo, saliendo de su mutismo.

—Los panameños se quejan de que aquí en Bogotá no nos importa su suerte. Para calmarlos he creído conveniente nombrar un gobernador muy de su agrado quien, además, es un decidido partidario del general Reyes.

—¿Y qué personaje puede ser ese? —preguntó Reyes, con genuina curiosidad.

—¡José Domingo de Obaldía! —respondió triunfalmente el presidente.

Rico y Reyes quedaron sorprendidos ante la revelación, no así Lorenzo Marroquín, quien en varias ocasiones había debatido con su padre la necesidad de tranquilizar a los panameños nombrando a uno de sus coterráneos gobernador del Istmo. El propio Lorenzo había sugerido a De Obaldía.

—Me parece una gran idea —afirmó finalmente el más joven de los Marroquín, abrazando a su padre mientras se despedía, zanjando así la pequeña diferencia surgida esa tarde entre ellos.

Con Lorenzo salió Rico y unos minutos más tarde los siguió el general Reyes, quien había rechazado cortésmente la invitación del presidente para continuar conversando sobre el panorama político que se presentaría en Colombia con tratado o sin él. Una vez en la calle, Rafael Reyes se dio vuelta para contemplar el histórico Palacio de San Carlos, que tantos gobernantes ilustres había albergado, mientras pensaba si realmente le convenía lanzarse a la contienda para alcanzar la presidencia de Colombia.

Miércoles 12 de agosto

Durante una semana larga y tediosa los senadores colombianos habían venido debatiendo el cada vez más impopular tratado Herrán-Hay. A petición del canciller Luis Carlos Rico las sesiones se desarrollaban a puerta cerrada, secretismo que exacerbaba la imaginación de los periodistas quienes, citando fuentes confidenciales, la mayoría de las veces inexistentes, mantenían soliviantada la opinión pública en contra del desafortunado convenio y del gobierno que lo había negociado. El plan del doctor Caro se cumplía al pie de la letra y los conservadores nacionalistas, defensores incondicionales de la dignidad de Colombia, se veían ya al frente del gobierno después de las próximas elecciones.

Para agravar más la situación, a los periódicos habían llegado rumores sobre las insolentes notas enviadas por el encargado de la Legación norteamericana en Bogotá al ministro Rico, con lo que la animadversión en contra de los Estados Unidos penetraba cada día más en el alma de los colombianos.

En el Senado, más que un debate en torno a las bondades y deficiencias del tratado, los senadores, encabezados por Miguel Antonio Caro y Marcelino Arango, se habían embarcado en interminables discursos demostrativos de su sabiduría, elocuencia y amor patrio. En vez de atacar el convenio, que ya había sido desmenuzado hasta la última letra, se fustigaba la ignorancia y torpeza del gobierno de Marroquín por haber emprendido unas negociaciones que a nada bueno para Colombia podían conducir. El ilustre doctor Caro, impulsado, tal vez, por el sentimiento antiyanqui que prevalecía en la opinión pública colombiana, había llegado al extremo de afirmar que mal hacía Colombia en ligar a perpetuidad su suerte a la de los Estados Unidos puesto que la aparente pujanza y grandeza de ese país de inmigrantes era efímera, una estrella fugaz en el firmamento de las naciones, que jamás alcanzaría la permanencia y solidez de las potencias europeas.

Por el lado gubernamental, el canciller Rico y los ministros Uribe, de Educación, y Jaramillo, de Gobierno, trataban de mantener la discusión en su justa perspectiva, defendiendo el resultado de unas negociaciones en las que Colombia había logrado todo lo que, dadas las circunstancias históricas y geopolíticas, era posible obtener.

Profundamente herido por los duros calificativos que todo el tiempo se lanzaban contra su padre y los conservadores históricos, Lorenzo Marroquín observaba, inquieto, tan desigual batalla. Esporádicamente había hecho uso de la palabra, no tanto para defender el tratado, por el cual él mismo comenzaba a sentir una profunda antipatía, sino el nombre de su familia y la obra del gobierno de su padre. Ahora, mientras escuchaba a los oradores de uno y otro bando, el Hijo del Poder Ejecutivo, epíteto que la prensa no se cansaba de endilgarle, no sabía a ciencia cierta cuál sería el destino final del pacto canalero. Por momentos parecía que el Senado acogería el criterio de los comisionados, aprobándolo con enmiendas, pero a medida que el debate avanzaba Lorenzo Marroquín se iba convenciendo de que el convenio sería rechazado tajantemente por la mayoría. En su ánimo prevalecía ahora el afán de no permitir que los nacionalistas y el odioso doctor Caro obtuvieran un triunfo político ante la opinión pública que los catapultaría hacia el solio presidencial en las próximas elecciones. De pronto lo vio todo muy claro y en el momento en que el ministro Rico se aprestaba a hacer nuevamente uso de la palabra, Lorenzo se puso de pie para una cuestión de orden.

—Para un punto de orden, el senador Marroquín —anunció de mala gana el general Guillermo Quintero Calderón.

—Muchas gracias, señor presidente. Creo conveniente que en esta etapa del debate la Secretaría dé lectura al intercambio de notas diplomáticas habido entre el ministro norteamericano en Bogotá, señor Beaupré, y nuestro canciller. Mucho se ha especulado acerca del contenido y el tono de tales misivas y pienso que es hora de que el Senado las conozca para que sirvan como elemento de juicio adicional a la hora de tomar la decisión final en este asunto de tanta importancia para las futuras generaciones de colombianos.

El asombro y el silencio que provocaron las palabras de Lorenzo Marroquín duró solamente lo necesario para que el Senado se convirtiera en una asamblea húngara. Todos los senadores hablaban al mismo tiempo y luego de repetidos e inútiles mazazos del presidente, prevaleció la voz aguda de senador Pérez y Soto quien a grito pelado secundaba la moción de Marroquín.

—¿Está de acuerdo la sala? —preguntó el presidente.

Todos los senadores golpearon con la mano derecha su curul en señal de aprobación.

—Al menos en algo nos hemos puesto de acuerdo —mascculló Quintero Calderón—. ¿De cuánto tiempo requiere el señor canciller para producir la correspondencia solicitada?

Rico, a pesar de la sorpresa que le había causado la petición de su copartidario, respondió enseguida:

—Tengo conmigo la correspondencia, señor presidente, y la puedo entregar ya.

Mientras buscaba en su maletín el legajo, el canciller trataba de adivinar los motivos que habían impulsado a Lorenzo Marroquín a presentar semejante solicitud que, sin duda, terminaría por hundir al tratado. ¿Seguiría instrucciones de su padre o lo había hecho por su cuenta, obnubilado por el desprecio que sentía hacia él y su labor al frente de la diplomacia colombiana?

—Señor secretario, proceda usted a dar lectura a la correspondencia que le acaba de entregar el excelentísimo señor ministro —ordenó el presidente.

Conforme avanzaba la lectura de la extensa correspondencia cruzada entre Beaupré y Rico, un sentimiento de incredulidad primero y luego de profunda ira se iba reflejando en el rostro de cada uno de los senadores. Sin embargo, hasta los más furibundos opositores al tratado, incluidos Caro, Arango y Pérez y Soto, hubieron de aceptar en su fuero interno que el joven ministro encargado de las relaciones exteriores había respondido con valor, inteligencia y dignidad a las insolentes comunicaciones del ministro americano.

Cuando el secretario estaba por terminar la lectura, el senador José Domingo de Obaldía se acercó discretamente a Lorenzo Marroquín y le susurró al oído:

—No sé por qué lo hiciste, pero ahora sí que nada ni nadie impedirá que el tratado sea rechazado. Yo no puedo votar en contra de un pacto que considero indispensable para el bienestar del Istmo que represento, así es que me marcho antes de que la votación se produzca... Además toda esta conmoción ha motivado que me sienta indispuesto.

Lorenzo Marroquín miró detenidamente a su amigo De Obaldía y susurró:

—Pronto sabrás que es a ti a quien más conviene lo que ocurrirá aquí esta tarde.

De Obaldía enarcó las cejas y, sin decir más, abandonó el recinto.

Terminada la lectura, el presidente devolvió al ministro Rico el uso de la palabra y este, impulsado ya solamente por su deber y su juventud, hizo una última y sincera apología del tratado Herrán-Hay. Y aunque esta vez los senadores lo escucharon con mayor respeto y atención, todos en la Cámara sabían que se trataba de un esfuerzo vano. Concluido el discurso del canciller, el señor Caro pidió la palabra y, luego de un breve pero explosivo discurso, solicitó que se rechazara la desdichada convención mediante votación nominal. Uno a uno los senadores se levantaron a emitir su voto y al final, tal como tres meses antes había pronosticado Pérez y Soto, el Senado colombiano rechazó por unanimidad el tratado Herrán-Hay.

Washington

Domingo 5 de julio

En ningún día del año se observaba en la Casa Blanca tanta actividad como aquel en que la familia presidencial iniciaba el traslado a su casa de Oyster Bay. Ese verano de 1903 el presidente había dispuesto que la mudanza se iniciara apenas terminaran las celebraciones del 4 de julio y él mismo, en mangas de camisa, impartía las últimas instrucciones.

Después que Theodore Roosevelt, su esposa Edith, sus seis hijos y cuatro primos se trasladaban a Oyster Bay, el resto de la Casa Blanca y gran parte de los funcionarios del gobierno abandonaba Washington durante el verano para no regresar hasta que las primeras brisas de otoño comenzaban a refrescar la capital norteamericana.

Nada disfrutaba tanto el presidente Roosevelt como ese viaje anual de vacaciones con sus hijos. Era tal su felicidad que parecía que también él dejaba atrás el tedio y la disciplina del salón de clases en busca de la continua diversión y la permanente libertad que la familia Roosevelt disfrutaba en su legendaria casa veraniega de Sagamore Hill, en Long Island.

La hermosa colina de ochenta acres que descendía suavemente hasta la bahía de Oyster había sido adquirida por Theodore Roosevelt en 1880. Diez años más tarde se levantaba en la cima la mansión a la que los Roosevelt acudirían cada vez que la agitada vida de Teddy les daba un momento de solaz. Sin embargo, no siempre había reinado la felicidad en Sagamore Hill. El nombre de la casona, Leeholm, recordaba la muerte prematura de la primera esposa de Theodore, Alice Lee, para quien este la había hecho construir. Con el nacimiento de los hijos de Theodore y su segunda esposa, Edith, la casa se fue llenando de gritos y risas infantiles que con el tiempo disiparon los recuerdos tristes. Ahora en Sagamore Hill las puertas permanecían cerradas a las penas y los quebrantos.

—Bueno, muchachos, llegó la hora de la gran decisión.

De pie, en medio de la amplia puerta cochera de la Casa Blanca, con la misma seriedad con la que solía pronunciar sus discursos políticos, el presidente se dirigía a los diez niños que lo rodeaban expectantes.

—Para nuestro viaje de hoy tenemos que escoger entre el yate presidencial *Mayflower* y el ferrocarril.

Luego de una pausa en la que cesaron todos las voces infantiles, el presidente prosiguió:

—Les recuerdo que en el barco no se puede correr sobre cubierta y que demoraríamos cinco horas más en llegar a Oyster Bay. En el tren, en cambio, tendríamos dos vagones para nosotros solos y allí sí podemos corretear a nuestras anchas. ¿Cómo votan ustedes... a ver, tú, Quentin, que eres el más pequeño?

—El tren, el tren —gritaron todos al unísono, sin esperar la respuesta del benjamín, mientras comenzaban la lucha por ocupar los mejores asientos en los coches que aguardaban para llevarlos a la estación.

Una sola vez había logrado Edith que su esposo accediera a realizar el trayecto hasta Oyster Bay en su medio favorito de transporte. Pero para la explosiva inquietud de Theodore diez horas encerrado en un barco, sin ningún puerto que tocar, era demasiado. El presidente prefería el bullicio del tren y la oportunidad de estrechar la mano de los demás pasajeros y apearse en cada estación para saludar a aquellos viajeros que al reconocerlo lo rodeaban de inmediato. Así, pues, para no luchar con Edith, Theodore inventaba aquel juego en el que los niños tomaban la decisión final. «Es la manera democrática de hacerlo», decía el presidente con una sonrisa amplia e inocente.

Theodore Roosevelt esperó a que los coches traspasaran el portón de la Casa Blanca para luego dirigirse a la Oficina Oval en la que John Hay aguardaba para un último repaso a la agenda antes de que el gobierno abandonara la capital en busca de mejores aires.

—¿Qué tal, John? —saludó Roosevelt.

El secretario de Estado se levantó para corresponder al saludo y estrechar la mano que le tendía el presidente. Poco tiempo después de acceder a la Presidencia, Roosevelt había insistido en que su secretario de Estado lo tuteara: «Puedes ser mi padre», le había dicho, «y si hay algo que yo respeto es la edad». Con todo, Hay reservaba el trato familiar únicamente para cuando estaba a solas con el presidente.

—Buenos días, Theodore, ¿partió ya la familia?

—Van rumbo a la estación. Yo los alcanzaré dentro de una hora, cuando hayan cargado todo el equipaje y el tren esté listo para partir. Y tú, John, ¿qué planes tienes?

—A fines de esta semana pensamos viajar a New Hampshire. Hace tiempo que no abrimos las puertas de nuestra casa de Sunapee Lake y Clara no deja de recordármelo.

—Y hace muy bien. Es necesario, de vez en cuando, escaparse de este hervidero de intrigas que es nuestra capital y permitir que aires más libres nos limpien la mente de tanta inmundicia que, sin darnos cuenta, vamos acumulando. ¿Qué problemas dejamos pendientes?

—En lo que a mi Departamento concierne, tenemos que tomar una decisión lo antes posible en relación con la matanza de judíos en Kishineff. La comunidad hebrea nos pide a gritos que impongamos sanciones diplomáticas a Rusia.

—Lo cual sería ir más allá de lo que la prudencia aconseja. Podemos, sin embargo, emitir un comunicado denunciando la masacre. ¿Qué te parece?

John Hay meditó un instante antes de responder.

—Los líderes judíos nos han solicitado que a falta de sanciones diplomáticas el gobierno envíe directamente al Zar una protesta expresando que la masacre de Kishineff es una afrenta que se ha hecho no solamente al pueblo judío sino a todo el pueblo de los Estados Unidos.

—Eso me parece bien. Que los rusos y el resto del mundo sepan que no toleraremos que sigan matando judíos. ¡Qué desgracia tan grande no tener patria!

Las últimas palabras habían salido de labios del presidente cargadas de un genuino sentimiento de pesar. John Hay sabía que el presidente Roosevelt era un ferviente defensor de los derechos de las minorías y lo admiraba por ello. Aún recordaba la violenta reacción de los líderes sureños el día que con bombos y platillos y desafiando endémicos prejuicios Roosevelt había invitado a almorzar a la Casa Blanca al educador negro Brooker T. Washington, paso firme y decisivo en el arduo camino hacia la integración racial.

—A mediados de la semana te haré llegar la petición y la carta a Sagamore Hill para tu revisión y firma —prometió Hay.

—Que el tono y el contenido no dejen lugar a dudas de que no permitiremos ni a los rusos ni a nadie que continúen abusando de la minoría judía.

—Así se hará, Theodore. El otro tema que queda pendiente en nuestra agenda es el de Colombia y el tratado del Canal.

—¿Hay alguna novedad? ¿En qué andan ahora esos endemoniados colombianos?

—Los últimos informes de nuestro hombre en Bogotá indican que la oposición al tratado continúa aumentando. Los liberales lo atacan sin misericordia a través de la prensa y es poco lo que el gobierno de Marroquín hace para defenderlo. Además, las deliberaciones en el Senado marchan muy lentamente; hasta la fecha del último informe de Beaupré, todavía el gobierno ni siquiera había enviado el documento a la consideración del Congreso, a pesar de que este se instaló hace más de tres semanas.

—¡Cuán frustrante resulta tratar con gente tan impredecible y sinvergüenza! —exclamó Roosevelt exasperado—. Pero no hay que dejarlos que se salgan con la suya: o aprueban el tratado tal como lo ratificó nuestro Congreso o que se atengan a las consecuencias. Que nuestro ministro en Bogotá continúe presionándolos.

El secretario de Estado no abrigaba la menor duda de que el presidente Roosevelt haría construir el canal por Panamá aunque para ello tuviera que emplear la fuerza. Dadas las graves consecuencias que semejante acción podría acarrear dentro y fuera de los Estados Unidos, su deber como jefe de la diplomacia norteamericana era velar para que por lo menos se guardaran las apariencias.

—Seguiremos presionando diplomáticamente y reiteraremos al gobierno colombiano que no vamos a aceptar ninguna modificación al tratado. Durante el verano el subsecretario Loomis, que conoce muy bien la situación, será el encargado de seguir de cerca los acontecimientos en Colombia y en el Istmo. Según los informes que nos llegan de nuestro cónsul en Panamá, los istmeños hablan cada vez con mayor frecuencia de independizarse de Colombia.

—¿Existe alguna posibilidad de que eso ocurra? —preguntó el presidente con marcado interés.

—Bueno, sabemos que el siglo pasado lo intentaron sin éxito, por lo menos en tres ocasiones. Pero el Istmo carece de fuerzas capaces de resistir al ejército colombiano.

El presidente meditó un momento y luego dijo:

—La situación es interesante. No sé si te comenté que a petición mía la Marina ha enviado dos espías al área para que nos informen en detalle la situación que impera en Colombia y, muy especialmente, en el departamento de Panamá.

John Hay, que ignoraba lo de los espías, cambió el tema sin hacer comentarios.

—En otro orden de ideas, continuando nuestra conversación de semanas atrás, Loomis me ha informado que su amigo John Bassett Moore, distinguido profesor de derecho de la Universidad de Columbia, sostiene una tesis muy interesante que permitiría a los Estados Unidos construir el canal a través del Istmo sin violentar las normas del derecho internacional.

El presidente levantó las cejas y pelando los dientes, exclamó:

—¡Es precisamente lo que necesitamos! ¿Qué dice el profesor Bassett Moore?

—No estoy muy seguro. Lo único que Loomis me ha podido adelantar es que a través de un amigo común se enteró de que el profesor estudia el asunto y que su principal fundamento es el tratado que los Estados Unidos y Colombia celebraron en 1846 mediante el cual nosotros nos obligamos a garantizar la soberanía de Colombia en el Istmo a cambio del derecho al libre tránsito.

—Conozco ese tratado —murmuró pensativo el presidente, para después añadir—: Me gustaría tratar el tema personalmente con el profesor Bassett Moore. Dile a Loomis que arregle lo necesario para que acepte una invitación a Sagamore Hill.

—Así lo haré y estoy seguro de que aceptará encantado. Y ahora, si no hay más, me despido deseándote a ti y a tu familia la más feliz de las vacaciones.

John Hay se puso en pie y Roosevelt lo acompañó a la puerta. Mientras la abría el presidente dijo calmadamente:

—Hay otra cosa que guarda relación con todo este asunto del canal y que hace días me preocupa. Se trata del abogado Cromwell, John. Sé que él ha estado ayudándote y que, en representación de la Compañía Francesa del Canal, ha trabajado denodadamente en pro de la causa de Panamá. Tengo que confesarte, sin embargo, que no me parece apropiado que el vocero y apoderado de la empresa extranjera esté tan cerca de los funcionarios del gobierno que pagará a su cliente la friolera de cuarenta millones de dólares. ¿No te parece?

—Es precisamente esa realidad lo que ha motivado que seamos muy claros y cuidadosos en nuestro trato con Cromwell. —Aunque el rostro de Hay no reflejaba ninguna emoción, se percibía la decepción en el tono de su voz—. Se trata de un hombre talentoso, de un trabajador incansable que ha colaborado muchísimo con nosotros. La lucha por la ruta, las difíciles y tortuosas negociaciones con Colombia, el proceso de ratificación en el Senado americano: en todas esas etapas Cromwell nos ha servido muy bien a los senadores Spooner y Hanna y también a mí.

El presidente, que conocía muy bien las buenas relaciones que mantenía su secretario de Estado con el socio principal de Sullivan & Cromwell, no quiso profundizar más en el tema y se limitó a comentar:

—Recuerda lo que dicen de la mujer del César...

—Lo tengo siempre muy en cuenta, Theodore.

—Entonces te deseo unas espléndidas vacaciones, John. Ojalá vengan a visitarnos en Sagamore Hill. Recuerda que Edith y yo tenemos siempre abiertas las puertas de nuestra casa y nuestros corazones para ti y para Clara.

—Muchas gracias, presidente. Tal vez les demos la sorpresa antes de que concluya el verano.

«John Hay es un hombre triste», pensó Roosevelt mientras contemplaba al secretario de Estado alejarse lentamente por el pasillo principal de la Casa Blanca.

Nueva York

Martes 7 de julio

Rodeado de documentos tras su amplio escritorio, William Nelson Cromwell se afanaba por poner al día el trabajo de la importante clientela que confiaba a Sullivan & Cromwell la atención de sus asuntos legales más delicados. El abogado había regresado la víspera de una de sus prolongadas estancias en Washington, desde donde seguía muy de cerca el desarrollo de los acontecimientos que acaecían en Bogotá y en la capital norteamericana en relación con el tratado Herrán-Hay. Aunque inicialmente sus socios se quejaban de que Cromwell dedicaba mucho tiempo a velar por los intereses de la compañía francesa, pronto comprendieron que este veía en la epopeya del canal una oportunidad única de consolidar para la firma el respeto y la admiración de los políticos y empresarios más influyentes de los Estados Unidos y de la comunidad internacional.

Más de ocho años habían transcurrido desde que Cromwell aceptó el cargo de abogado y consejero de la Nouvelle Compagnie Universal du Canal de Panama y aunque por sus esfuerzos no habían recibido aún compensación económica, el abogado sabía que de alcanzar el éxito en sus gestiones los beneficios de Sullivan & Cromwell serían ingentes, no solo por los jugosos honorarios que finalmente percibiría, sino por el prestigio de haber manejado la más grande transacción comercial en que hubiera participado nunca el gobierno de los Estados Unidos. Así, pues, durante todos estos años, Cromwell no había escatimado esfuerzos para el logro de su objetivo. Su dedicación le había granjeado la confianza de los líderes más importantes del Senado, del Departamento de Estado y de la Casa Blanca, hasta convertirse en un elemento indispensable en todo lo relacionado con la política canalera. Así, durante la definición de la ruta y la difícil negociación del tratado Herrán-Hay, Cromwell había puesto su reconocido talento jurídico y su legendaria capacidad de trabajo al servicio de los funcionarios norteamericanos y del propio ministro de Colombia, Tomás Herrán. Y ahora que se discutía la política a seguir con el gobierno colombiano para alcanzar la aprobación final del tratado, era Cromwell el principal consejero del secretario de Estado Hay. Toda esta actividad lo había convertido, tal vez sin que él mismo se diera cuenta, en el primero de los cabilderos norteamericanos, precursor de una nueva manera de «influir sin violentar la ley» en aquellos funcionarios encargados de tomar las decisiones dentro del complicado sistema de gobierno de los Estados Unidos. Información oportuna y veraz, trabajo, tenacidad y simpatía personal eran las características necesarias para tener éxito como cabildero y Cromwell las poseía a plenitud.

Quedaban todavía muchos documentos por revisar, cuando la secretaria se asomó para anunciar que el capitán Beers acababa de llegar. Cromwell consultó maquinalmente su reloj de bolsillo, gesto típico de quien vive atropellado por el tiempo, y comprobó que eran las cinco en punto de la tarde.

—Aguarde unos diez minutos antes de hacerlo pasar —instruyó a su secretaria mientras terminaba de poner en orden algunos papeles. Luego repasó mentalmente el propósito de la visita de Beers y la forma como esta encajaría en sus planes para el logro del objetivo final.

Cuando el agente de fletes de la Compañía del Ferrocarril de Panamá y capitán del puerto de La Boca franqueó la puerta del despacho, Cromwell lo recibió con una amplia sonrisa y un caluroso apretón de manos.

—Cuánto me complace verlo, capitán. ¿Qué tal las vacaciones?

—Muy bien, señor Cromwell. Hace ya más de tres semanas que estoy por acá. Vengo de visitar a mis padres en Charleston.

—Todos bien, espero.

—Así es. Luego de esta entrevista regresaré a estar con ellos una semana más antes de embarcarme de vuelta para el Istmo.

—Bueno, y ¿cómo están las cosas por Panamá?

—Hay mucha inquietud con el asunto del tratado. Aquí le traigo esta carta de José Agustín Arango que supongo le dará un panorama completo de la situación.

Cromwell ofreció asiento a Beers mientras él regresaba a su escritorio para leer detenidamente la carta. Terminada la lectura la dobló cuidadosamente y la colocó en la bandeja de asuntos pendientes.

—Antes de embarcarse de vuelta quiero que lleve mi respuesta a Arango. Le pediré a mi secretaria que se la haga llegar donde sea más conveniente.

—No es necesario, señor Cromwell; yo mismo pasaré a recogerla.

—Mejor aún. Según me cuenta Arango ya existe un movimiento separatista en el Istmo. En la carta me pide ayuda porque sin navíos y armamentos les sería imposible mantener la independencia una vez la proclamen. ¿Cómo ve usted las cosas, Beers?

—Como le dije hace un momento, hay una gran incertidumbre y los panameños comienzan a hablar abiertamente de separarse de Colombia en caso de que no se apruebe el tratado. Yo no sé si existe un plan organizado o definitivo, pero lo que sí parece obvio es que sin ayuda exterior no tendría éxito el intento de separación.

—Es lo que me escribe Arango, quien confía en que esa ayuda provendrá de los Estados Unidos. Y las fuerzas militares en el Istmo, ¿son leales a Colombia?

—El ejército local es un desastre. Desde que terminó la reciente guerra civil no se les paga y el comandante Huertas no oculta su desencanto con el gobierno de Bogotá.

—Un ejército descontento puede ser un gran aliado al momento de llevar a cabo la independencia —musitó Cromwell, como si pensara en voz alta. —En cualquier caso, es necesario dar aliento a los panameños de modo que sigan presionando a Colombia para la aprobación del tratado. Aunque sospecho que en caso de un rechazo, la opción de independizar a Panamá y celebrar el convenio con el nuevo país es una de las alternativas que contempla el gobierno de Roosevelt.

—Creo que Arango y el resto de los panameños esperan algo más que aliento antes de lanzarse de lleno a una aventura que puede costarles vidas y hacienda. Como usted sabe, allá en Colombia se matan por cualquier cosa.

—Veré qué puedo hacer, aunque estoy seguro de que el gobierno norteamericano jamás se comprometería a nada que indique que están incitando una revolución. Su misión, capitán, es colaborar con los panameños, instándolos a continuar con sus planes y manteniéndome informado de lo que sucede en el Istmo. ¿Cuándo me dijo que regresaba usted?

—Me embarcaré el 25 de este mes.

—Muy bien. Para entonces tendré lista mi carta para Arango y una clave para comunicarnos.

Cromwell se puso en pie dando por terminada la reunión y acompañó al capitán Beers a la puerta, despidiéndolo con la misma amabilidad y simpatía.

James Beers salió del sólido y antiguo edificio que albergaba las oficinas de Sullivan & Cromwell pensando que ciertamente el abogado Cromwell era un hombre que parecía mantener abiertas todas las opciones para, en el momento oportuno, apostar a la mejor de ellas. En ese instante un sentimiento de aprensión por la suerte de sus amigos panameños le oprimió el corazón.

Viernes 17 de julio

En el vagón de segunda que lo conducía a Washington, el profesor John Bassett Moore meditaba en torno a su próxima entrevista con el subsecretario de Estado Francis Loomis. Únicamente por la amistad que los unía desde los tiempos en que ambos estudiaban la carrera de leyes, había aceptado el profesor Moore la invitación de Francis. «Te invito a compartir un fin de semana dedicado a revisar la doctrina que nuestro gobierno debe aplicar a la posible construcción de un canal interoceánico», habían sido sus palabras precisas cuando finalmente lograron comunicarse por teléfono. Ante la sugerencia del profesor de que Loomis se desplazara a Nueva York, este había respondido que le era imposible abandonar Washington: «Como sabes, durante el verano Roosevelt se muda a Oyster Bay y el secretario de Estado a Newberry. Llevo sobre mis espaldas el fardo nada liviano de las relaciones internacionales y quiero que me ayudes a compartirlo, aunque sea tan solo por un fin de semana». Y cuando Moore preguntó en el mismo tono de broma, qué podía hacer él, un simple profesor universitario, para aliviar esa carga, Loomis había respondido con las palabras que terminarían por convencerlo: «John Bassett, el gobierno y yo necesitamos que nos ilustres sobre las relaciones con Colombia. Como sabes, tenemos un problema con el tratado del Canal que el Senado colombiano, aparentemente, se niega a ratificar. Entiendo que has estado trabajando en ello y queremos escuchar tu opinión».

El profesor Moore había consagrado los dos últimos años a estudiar a fondo las relaciones internacionales de los Estados Unidos con los países latinoamericanos y, muy especialmente, con Colombia, y ahora se encontraba elaborando una tesis que permitiría a los Estados Unidos llevar adelante su proyecto canalero en el Istmo de Panamá prescindiendo de Colombia. Pocas veces se le presentaba a un profesor universitario la oportunidad de poner en práctica sus teorías y esto era, precisamente, lo que le ofrecía su amigo Loomis. Habiéndose desempeñado, años atrás, como subsecretario del ejército, Moore amaba profundamente a su país y se consideraba a sí mismo como un académico pragmático. Para él las doctrinas jurídicas, en lugar de perseguir objetivos puramente utópicos, debían responder a realidades concretas. Era lo que enseñaba en su cátedra de Derecho Internacional en la Universidad de Columbia y lo que lo distinguía del resto de los estudiosos que incursionaban en el campo impreciso de las relaciones internacionales. Hombre metódico y de costumbres sedentarias, Moore aguardaba con impaciencia la terminación del período de clases y el inicio de las vacaciones veraniegas, para entregarse de lleno a la investigación y a la preparación de sus obras. Abandonar el campus universitario en pleno mes de julio representaba un sacrificio que aceptaba, únicamente, porque su amigo le ofrecía la ocasión de poner en práctica sus enseñanzas.

Al llegar a la estación fue recibido por un joven amanuense enviado por Loomis con instrucciones de conducirlo directamente al Departamento de Estado. Como eran más de las siete, el profesor Moore comentó lo mucho que le sorprendía que a horas tan avanzadas de la tarde todavía los servidores públicos se hallasen en sus despachos.

—El subsecretario Loomis no conoce horarios —fue la respuesta rápida del empleado, que ahora conducía el coche.

A medida que se acercaba a su destino y surgía el impresionante conjunto de edificios que albergaban las oficinas del gobierno norteamericano, el profesor Moore volvió a experimentar la satisfacción y complacencia que le producían sentirse ciudadano de ese gran país que era los Estados Unidos, grandeza que en ninguna ciudad se percibía tanto como en Washington con sus amplias avenidas, sus hermosas plazas y monumentos y la sólida estructura de sus edificios públicos, todo lo cual le transmitía una agradable sensación de seguridad y permanencia. Cuando el coche se detuvo finalmente frente al edificio en que funcionaba el brazo internacional del gobierno, Francis Loomis subió inmediatamente al coche y se sentó junto a Moore.

—Bienvenido a Washington, John Bassett, y gracias por venir —dijo el subsecretario estrechando efusivamente la mano de su amigo—. Siento mucho no haber podido recibirte en la estación, pero, como siempre, surgieron asuntos de última hora. ¿Qué tal el viaje?

El profesor Moore sonrió al observar que su amigo continuaba con aquella forma de hablar tan característica en él, soltando las palabras de un tirón y sin variar para nada el tono de voz.

—Ninguna falta hacía, Francis. Imagino lo ocupado que estás...

—Vamos a casa —interrumpió Loomis, dirigiéndose al conductor, que sujetaba las riendas aguardando instrucciones.

—Perdona, ¿me decías?

—No, nada. Me alegro de volver a verte. ¿Cómo están Florence y los niños?

—Bien, muy bien. Florence nos espera a cenar y por eso el apuro. Pero el trayecto nos tomará al menos media hora, así es que tendremos tiempo de sobra para una primera conversación.

«La misma impaciencia de siempre», se dijo John Bassett, observando que la calvicie comenzaba a envejecer prematuramente a su amigo.

—Lo que hablaremos, por supuesto, es confidencial —continuó Loomis, acomodándose en el asiento para mirar más de frente a su amigo—. Como sabrás por las publicaciones de prensa, Colombia nos está dando problemas con la aprobación del convenio Herrán-Hay. El presidente Roosevelt está decidido a construir el canal por Panamá, con o sin el consentimiento de los colombianos, y nuestra misión en el Departamento es la de elaborar algún marco jurídico que justifique la acción del presidente ante el pueblo americano y la comunidad internacional.

John Bassett Moore reflexionó un instante.

—En mi opinión no hay que fabricar ningún marco jurídico. Ese marco ya existe desde 1846 cuando los Estados Unidos y la Nueva Granada firmaron el tratado Mallarino-Bidlack.

—¿Estás seguro?

—Estoy seguro de que esa es mi opinión y de que este criterio tiene apoyo en las disposiciones del propio tratado.

—¿Me lo puedes explicar brevemente?

—No tan brevemente, Francis. Primero es preciso que te aclare que existe una diferencia fundamental entre el derecho internacional nuestro, anglosajón, y el que practican los latinoamericanos. Para nosotros un tratado comienza a tener efectos jurídicos desde que se firma, porque desde ese momento cada parte queda obligada a continuar de buena fe el proceso hasta su aprobación final. Esto no ocurre así entre los latinos: para ellos el tratado no existe ni surte efecto alguno hasta tanto sea ratificado por el Órgano Legislativo. Esta realidad establece diferencias importantes que es preciso tomar en cuenta para entender a los colombianos.

—En el Departamento de Estado nunca lo habíamos visto así —murmuró Loomis.

—Pues así es. Volviendo ahora al tema del canal, te puedo adelantar que el pacto de 1846 fue suscrito con dos propósitos fundamentales: Colombia deseaba que los Estados Unidos garantizaran la soberanía colombiana sobre el Istmo de Panamá y la neutralidad del tránsito por ese Istmo de uno a otro mar. Los Estados Unidos perseguían que el derecho de vía a través de Panamá, por cualquier medio o comunicación existente o futuro, fuera franco y expedito para los Estados Unidos. Después de la ratificación del tratado, nuestro país ha venido cumpliendo con su obligación de garantizar la soberanía de Colombia en el Istmo, librándola de ataques foráneos e impidiendo disturbios internos que afectarían la ruta. Como contrapartida, los Estados Unidos están en posición de exigir el cumplimiento por parte de Colombia de su obligación de facilitarles un tránsito franco y expedito y, por lo tanto, permitirles construir el canal, es decir, ese gran medio de comunicación que el tratado propicia como una finalidad principal.

Loomis, que había asimilado cada palabra dicha por el profesor Moore, se sumió en un profundo silencio durante el cual solo se escuchaba el golpe acompasado del casco de los caballos sobre la calzada. Finalmente, lanzó un suspiro y emergiendo de sus profundas reflexiones exclamó con entusiasmo.

—Me parece brillante, John Bassett, brillante y tan obvio que resulta increíble que no lo hubiésemos visto así antes. —Tras un breve silencio prosiguió—: El presidente Roosevelt te pedirá que lo visites en Oyster Bay para escuchar la tesis completa de tus propios labios.

—Creo que será más efectivo escribir un memorándum explicando detalladamente lo que acabo de exponer —dijo Moore, a quien no le entusiasmaba la idea de volver a abandonar su gabinete, sus libros y la tranquilidad de su campus universitario… aunque una invitación presidencial no podía desecharse tan fácilmente.

—Muy bien, ¿cuándo podrás tener listo el memorándum?

—La primera semana de agosto, o antes si fuera muy urgente.

—La primera semana de agosto está muy bien. Envíamelo por correo certificado.

—Así será. Pero, ¿no quieres discutirlo más en detalle?

—Tenemos todo el sábado para ello. Ahora vamos a disfrutar del resto de esta hermosa tarde de verano y a deleitarnos con la cena que Florence nos tiene preparada. Te advierto, sin embargo, que te interrogará implacablemente sobre cuándo piensas decir adiós a la soltería.

—A lo que yo responderé, galantemente, que cuando encuentre una compañera como ella.

Ambos amigos rieron y la conversación fue derivando hacia los recuerdos de juventud, cuando estaban lejos de sospechar que el futuro los volvería a juntar en un momento decisivo para la historia de los Estados Unidos.

Viernes 24 de julio

Cuando Laura Echeverri se percató de que las diferencias entre su esposo Tomás y la Central and South American Telegraph Company, empresa dueña del cable submarino que unía a Panamá con Buenaventura, podían llevar a un rompimiento total de las negociaciones, lo instó a que cediera y solucionara el problema de una vez por todas.

—Si la compañía decide suspender el servicio quedaremos incomunicados, Tomás, y no puedes permitir que eso ocurra —imploraba Laura en vano.

Para Tomás Herrán, responsable por la buena marcha de los intereses de Colombia en los Estados Unidos, se trataba de un asunto de principios.

—Trata de comprender, Laura. No puedo permitir que la empresa del cable nos chantajee, aprovechándose de la actual coyuntura. Es inmoral que para prorrogar la concesión que tienen en el litoral Pacífico exijan ahora el monopolio de los servicios en el litoral Atlántico, sin darnos siquiera oportunidad de establecer negociaciones con otras empresas que podrían ofrecer mejores términos.

—Pero no debes quedarte incomunicado, Tomás. Esta controversia puede prolongarse indefinidamente y necesitas recibir instrucciones y saber de fuentes oficiales lo que ocurre en Bogotá con el tratado.

Tomás Herrán, mirando a Laura con condescendencia, le oprimía la mano y trataba de sosegarla.

—No te preocupes, que yo sé lo que hago. El gobierno norteamericano depende de las mismas comunicaciones y las necesitan tanto o más que yo. Cuento con la intervención del Departamento de Estado, donde ya envié varias notas advirtiendo que por exigencias improcedentes de una empresa norteamericana podrían interrumpirse las comunicaciones con Bogotá.

El 15 de julio la South American Telegraph cortó finalmente las comunicaciones con Buenaventura, y conforme pasaban los días sin que estas se restablecieran, aumentaba el desasosiego de Tomás Herrán. Laura lo contemplaba escribir sin descanso cartas al canciller Rico, a los periódicos norteamericanos y colombianos y al Departamento de Estado, denunciando lo ocurrido con el cable submarino. «Hay que dejar las cosas claras para el juicio de la historia», decía consciente de lo grave de la situación.

—¿Por qué no aprovechar para irnos de vacaciones, aunque sea por dos semanas? El descanso serviría para recobrar la salud.

Pero las súplicas de su esposa caían en oídos sordos.

—Tienes que entender que ahora, más que nunca, debo permanecer en mi puesto. En cualquier momento se restaurarán las comunicaciones y sabremos lo que ocurre en Colombia. En estos momentos mi actuación ante el Departamento de Estado y la propia compañía francesa pueden influir en el curso de la historia. ¡Entiéndelo de una vez por todas, Laura!

Las últimas palabras, cargadas de ira y desesperación, indicaban a Laura cuánto sufría su esposo quien poco a poco había ido perdiendo su paciencia y su dulzura.

A medida que transcurrían los días de incomunicación, el estado de ánimo de Herrán iba pasando de la angustia y la exasperación a uno de profunda depresión y nostalgia. A menudo le recordaba a Laura lo felices que habían vivido en su inolvidable Antioquia y cuánto ansiaba volver a Medellín. Entonces se sentaba a escribir extensas y sesudas cartas a los parientes y amigos que tenían la dicha de vivir en el terruño que Laura y él tanto añoraban. Durante esa época el anhelo de regresar a su patria se convirtió en una obsesión y cuando al fin de la jornada los esposos Herrán se sentaban en el balcón de su residencia intentando escapar del bochorno de aquel largo y caluroso verano, Tomás prometía a su esposa que pronto retornarían a la vida amable y sencilla de su adorada Antioquia. Difícilmente lograba Laura Echeverri contener las lágrimas, aguijoneada por el sentimiento, cada vez más acendrado, de que Tomás nunca volvería a pisar tierra antioqueña.

Viernes 14 de agosto (Oyster Bay)

John Hay tomó el último tren que lo pondría en Oyster Bay alrededor de las ocho de la tarde. Clara había rehusado acompañarlo a pasar el fin de semana con la familia presidencial. «Tú debes ir a Sagamore Hill por asuntos del gobierno, pero yo prefiero quedarme aquí frente a nuestro hermoso lago».

A raíz de la muerte trágica de Adalbert, el carácter de Clara se había ensombrecido y procuraba siempre la soledad. John extrañaba también el vigor juvenil y la agradable compañía de su primogénito y, aunque a nadie se lo confesaba, ni siquiera a su esposa, desde la fecha del accidente sufría de pesadillas recurrentes en las que su hijo, con ojos desorbitados, se le escapaba de entre las manos y caía en un interminable vacío. Esa tarde, en la soledad del tren que monótonamente devoraba distancias, John había aprovechado para hablarle largamente. «Me temo que Roosevelt me ha llamado a Sagamore Hill para comunicarme que entrará en guerra con Colombia. Y la verdad, Adalbert, es que no veo manera de evitarlo, sobre todo ahora que contamos con el soporte jurídico que nos ha dado el profesor Moore».

Cuando por fin el conductor anunció que se aproximaban a Oyster Bay, Hay salió de su ensimismamiento y por primera vez advirtió los negros nubarrones que desde la bahía se acercaban rápidamente a la costa. Antes de llegar a Sagamore Hill el cielo se había oscurecido totalmente y un violento aguacero obligaba al conductor del coche a disminuir considerablemente el paso del caballo.

—¿Falta mucho? —preguntó John Hay, gritando.

—No, señor. Ya estamos al pie de la loma que conduce a la casa presidencial, pero la poca visibilidad nos obliga a andar muy despacio.

En el momento en que el cochero terminaba de hablar, varios hombres con linternas en la mano se acercaron al vehículo y lo detuvieron. Uno de ellos, chorreando agua de arriba abajo, introdujo la linterna por la ventanilla del coche y al reconocer al secretario de Estado se excusó:

—Perdone usted, señor Hay, somos los encargados de la seguridad del presidente. Siga adelante, que aguardan su llegada.

Observando la preocupación que reflejaba el rostro del agente, John Hay preguntó:

—¿Sucede algo?

—Simple rutina —fue la respuesta que le llegó a través de la lluvia.

Al llegar a la puerta cochera de Sagamore Hill, Hay observó mucho movimiento. Apenas divisó a la señora Roosevelt, que lo esperaba de pie en el umbral de la puerta, la interrogó desde lejos:

—¿Qué ocurre, Edith? ¿Dónde está Theodore?

—Parece que el presidente volvió a escapárseles a los agentes que lo cuidaban —respondió Edith sonriendo—. Salió desde temprano en la mañana a cabalgar y dos horas después los había despistado. Sospecho que se fue a visitar al tío Robert en Sayville.

—¿Sayville? Pero Sayville está a medio día de camino.

—Cinco horas a caballo. Pero ya conoces a Theodore... No hay que preocuparse que ya aparecerá.

—Me preocupa la tormenta. No será fácil encontrar el camino.

—Él inventa su propia ruta. Y si alguien es capaz de encontrar un camino en esta tormenta, ese es Theodore. Te aseguro que se está divirtiendo de lo lindo mientras nosotros nos preocupamos y los del servicio secreto enloquecen. Ven para mostrarte tu habitación. Si no te importa esperaremos a Theodore para cenar juntos los tres.

A las diez de la noche el presidente no había aparecido aún. No llovía ya y el movimiento de los desesperados agentes responsables por la seguridad del presidente era más intenso. Finalmente, una pequeña conmoción anunció la llegada del presidente. John y Edith salieron a esperarlo y lo vieron llegar sobre su cabalgadura, bañado en lodo desde las botas hasta el sombrero, sonriendo con la malicia del niño que acaban de pillar en medio de una gran travesura.

—John, cuánto me alegra verte. Perdona que no estuviera aquí para recibirte, pero el tiempo me jugó una mala pasada. ¿Y Clara?

—Clara no pudo venir, Theodore. Sigue en Sunapee dedicada a arreglar la casa. Pero te manda su cariño.

—Lástima —respondió el presidente—. ¿Me esperaron para cenar juntos?

—Por supuesto, Theodore —contestó Edith y agregó en tono que pretendía ser de reproche—: Menudo susto les diste a los del servicio secreto.

—Tenía ganas de cabalgar, mi amor, y ninguno de ellos tiene una cabalgadura como Bleistein, única bestia capaz de aguantar el trayecto —respondió indiferente Roosevelt—. Me cambio en un instante para que cenemos.

Sin preocuparse mucho por entretener a su invitado, Theodore devoró la comida. Durante la sobremesa, Edith se excusó para que el presidente y el secretario de Estado pudieran discutir a sus anchas.

—Cuéntame John, ¿cómo va nuestro tratado?

—Antes que nada debo decirte que existe un problema en las comunicaciones con Bogotá. Desde mediados de julio se interrumpió el servicio del cable submarino y no se reciben comunicaciones oficiales de Beaupré. Todo parece indicar, sin embargo, que los colombianos insistirán en que se modifique el tratado.

—¿Cuándo se restablecerán las comunicaciones? —quiso saber Roosevelt.

—La empresa del cable ha prometido que esta semana. Loomis está trabajando en ello.

—¿Leíste el memorándum del profesor Moore? —inquirió el presidente.

—Sí, por supuesto. Loomis me lo envió a Newberry. Entiendo que Moore vino a verte la semana pasada.

—Así es, John. Llegó el viernes y regresó el sábado a su universidad. Él no abriga la más mínima duda de que nos asiste el derecho de construir el canal en el Istmo, aun sin la aprobación de Colombia.

—Aunque sería mejor lograrla —insinuó John.

—Por supuesto, pero esos condenados nada aprobarán porque lo que buscan es más dinero. —Tras pensar un instante, Roosevelt sentenció—: Me temo que tendremos que recurrir a la fuerza y guerrear si esas sabandijas ofrecen resistencia.

—¿Y el Congreso? —preguntó Hay.

—Mañana almorzarán aquí los senadores Collum, Spooner y Hanna; analizaremos con ellos la estrategia adecuada.

—Me parece muy bien Theodore. Y ahora pido permiso para retirarme a descansar... aunque yo no pasé ocho horas a caballo.

—Fueron más bien doce, John —contestó Roosevelt pelando los dientes—. Y mañana toca caminata de obstáculos con todos los niños.

Al día siguiente, desde el portal de Sagamore Hill, Edith Roosevelt y John Hay contemplaban con curiosidad al presidente de los Estados Unidos marchar al frente de una columna de diez niños, en una de sus famosas caminatas sin desvíos. El juego consistía en que una vez trazada la ruta no podía variarse y había que vencer, a pie, a nado, arrastrándose, trepando o como fuera, cualquier obstáculo que surgiera en el camino. Cuando se aproximaban a la casa, John pudo observar que tanto Roosevelt como todos los niños venían empapados.

—Hoy les tocó nadar a través del estanque de los patos —comentó Edith, sin inmutarse.

—Y ahora, ¿qué hacen? —preguntó Hay, al ver que el presidente y sus pequeños seguidores se detenían frente a una caseta de baño, junto a la cancha de tenis.

—Por fortuna es el último obstáculo de hoy —suspiró Edith—. Los senadores no demoran en llegar.

Hay, quien creía colmada su capacidad de asombrarse ante las ocurrencias del presidente, observó cuando este trepaba por la ventana de la caseta, subía con dificultad al techo y bajaba por el otro lado deslizándose desde más de dos metros de altura. Detrás de él los niños imitaban cada uno de sus movimientos. Todos reían rodando por el césped pero la risa que más se escuchaba era la del presidente de los Estados Unidos.

Ese día los senadores llegaron puntualmente: Marcos Alonzo Hanna, el más influyente de los políticos norteamericanos, líder indiscutible del Partido Republicano; John Coit Spooner, el mejor de los oradores republicanos con que contaba el Senado, autor de la ley que llevaba su nombre, y Shelby Collum, presidente del poderoso Comité de Relaciones Exteriores. Durante el almuerzo se discutió a fondo el tema del canal, con énfasis en el *Memorándum Moore* y en las probabilidades de que el departamento de Panamá se separara de Colombia en caso de no aprobarse el tratado. Cuando finalmente los cinco hombres emergieron del almuerzo, una batería de corresponsales de la prensa de Nueva York, mucho más numerosa de la que normalmente seguía los acontecimientos en Sagamore Hill, aguardaba impaciente para conocer de primera mano qué estaba ocurriendo que motivara una reunión de políticos tan importantes. El encargado de satisfacer la curiosidad de los periodistas fue el senador Collum, quien en una improvisada conferencia de prensa habló sin tapujos.

—Discutimos con el presidente la situación del tratado con Colombia y el interés de los Estados Unidos de proceder de una vez con la construcción del canal por Panamá —fueron sus primeras palabras, antes de que llovieran las preguntas.

—¿Qué ocurriría si Bogotá rechaza el tratado? —preguntó un reportero.

—Estamos preparados para esa eventualidad —respondió Collum calmadamente.

—Pero, ¿cómo pueden construir el canal sin un tratado? —inquirió otro.

—Es posible que hagamos otro tratado... no con Colombia, sino con Panamá —sugirió Collum.

—¿Quiere decir que los Estados Unidos propiciarían una revolución en Panamá?

—No, yo no he dicho eso. Solamente insisto en que queremos construir el canal y en que lo haremos cuanto antes —fue la última respuesta del senador.

Al día siguiente de aquella improvisada rueda de prensa las comunicaciones con Bogotá fueron restablecidas y se recibió en el Departamento de Estado el cable cifrado de Beaupré informando que el 12 de agosto el Senado colombiano, por unanimidad, había rechazado el tratado Herrán-Hay. A las ocho de la noche el secretario de Estado transmitió por teléfono la información al presidente Roosevelt, quien se limitó a comentar.

—Llegó la hora de actuar, John.

PANAMÁ

Sábado 4 de julio

Acodados a la barra de la cantina del hotel Central, el capitán Chauncey B. Humphrey y el teniente Grayson Murphy celebraban discretamente la fecha de la independencia de los Estados Unidos. La indumentaria de los jóvenes no era, ciertamente, la de dos distinguidos graduados de la Academia de West Point. Ambos vestían de paisano procurando aparentar la identidad con la que cubrían sus actividades de espionaje: Humphrey, un artista que recorría la ruta del canal francés captando en su paleta el triunfo de la naturaleza sobre el hombre; y Murphy, el escritor que describía lo que aquel recogía en sus lienzos. Hacían ver que publicarían un libro para mostrar al mundo la lucha tenaz de la selva tropical frente a aquellos que pretendían horadar sus entrañas.

Un mes había transcurrido desde que Humphrey y Murphy, en cumplimiento de las órdenes emanadas directamente del presidente Roosevelt, desembarcaran en Colón, ciudad colombiana del litoral atlántico de la ruta transístmica. Durante los dos meses anteriores habían recorrido las costas orientales de Colombia en busca de información que permitiera a la Marina de guerra de los Estados Unidos planificar de antemano la manera más expedita de derrotar rápidamente a los colombianos en caso de guerra. Su misión principal, sin embargo, debía desarrollarse en la ruta transístmica, que era la que por tratado los norteamericanos estaban obligados a mantener abierta al tránsito. Tres semanas emplearon los espías militares en recorrer la ruta del ferrocarril, anotando minuciosamente todo aquello que luego serviría para que cualquier acción bélica fuera lo más eficiente posible: vías de comunicación, descripción de la topografía, condiciones meteorológicas; localización de poblados, sitios aptos para el emplazamiento de artillería en Colón y Panamá, descripción de la ruta ferroviaria con sus puentes y estaciones, en fin, toda la información necesaria para librar una guerra con ventaja.

Durante la última semana, cómodamente instalados en el hotel Central, se dedicaban a examinar la capacidad militar del departamento. El celo en el cumplimiento de su deber los había llevado a solicitar y obtener permiso del propio jefe del Batallón Colombia para entrar en el Cuartel de Chiriquí y desde allí «plasmar sobre el lienzo la increíble belleza de la bahía de Panamá». Resultado de aquella osadía fue la percepción directa de lo fácil que resultaría cualquier acción bélica en el Istmo, incluyendo una revolución armada para lograr la independencia que, *sotto voce*, parecía anhelar la gran mayoría de los istmeños. Era el tema sobre el que, animados por una cuantas copas, conversaban ahora el capitán y el teniente.

—Te das cuenta, Grayson, que cien hombres bien armados y entrenados podrían tomarse sin mucha dificultad las ciudades de Panamá y Colón y la ruta transístmica —dijo el capitán Humphrey en voz apenas audible.

—Apoderarse de las ciudades no es el problema. El asunto es retenerlas cuando se produzca la reacción del ejército colombiano —respondió el teniente Murphy.

—Esa misión le correspondería a nuestra Marina. Recuerda que por convenio están obligados a mantener la ruta libre y neutral —observó, sonriente, el capitán.

—En cuyo caso tampoco permitirían a ningún grupo armado ocuparla —advirtió Murphy, más por mantener la conversación que por convicción.

El espía de más rango volvió a sonreír antes de responder.

—En este caso se trataría de un movimiento espontáneo del pueblo istmeño y de un hecho cumplido, muy conveniente a los intereses de los Estados Unidos.

Los dos hombres permanecieron un rato bebiendo en silencio. Finalmente, el capitán Humphrey apuró de un trago el resto de su whisky y pagó la cuenta.

—Subamos para continuar esta conversación en privado que este lugar está muy concurrido —sugirió.

Una vez en la habitación, achispado por las copas, Humphrey confió a su subalterno:

—No sé si te has dado cuenta de la oportunidad que se nos puede presentar aquí. Esta gente está desesperada por declarar su independencia de Colombia y permitir a nuestro país construir el canal. Pero carecen de líderes. De lo poco que hemos podido investigar hasta ahora, quien parece estar al frente del movimiento es un tal Arango, empleado del ferrocarril que anda por los setenta años. Nosotros podríamos ofrecernos para obtener las armas, entrenar unos cien hombres, organizar la revuelta y apoderarnos de Panamá y Colón en un dos por tres. Estoy seguro de que con tanto dinero que hay de por medio con el asunto del canal, nuestros servicios serían generosamente recompensados.

El teniente Murphy, quien por temperamento a todo encontraba reparos, objetó:

—Tendríamos que obtener previamente una buena suma de dinero para adquirir las armas, los equipos y todo lo demás. ¿De dónde la sacaríamos?

—Cualquier banco norteamericano nos la facilitaría. Yo mismo hablaría con J. P. Morgan para exponerle el plan —respondió Humphrey—. Quizás el propio gobierno norteamericano nos daría los fondos.

El teniente, más sobrio que su superior jerárquico, reflexionó en voz alta:

—No olvides que estamos aquí por órdenes directas del propio presidente Roosevelt y es a él a quien debemos rendir nuestro informe. Yo no me atrevería a dar ningún paso sin su autorización.

—Estoy seguro de que al propio Roosevelt le encantaría participar con nosotros en la aventura y revivir aquellos momentos gloriosos cuando al frente de sus *rough riders* tomó San Juan Hill —exclamó Humphrey entusiasmado.

—Pero ahora ya es presidente... —musitó el teniente—. No creo que pueda andar por ahí guerreando.

—Era una broma, teniente. Lo que quería sugerir es que nuestra propuesta le agradará mucho al presidente Roosevelt. Una vez presentemos el informe, le pediremos autorización para llevar a cabo el plan. Y ahora, soldado, vamos a seguir celebrando el 4 de julio. Algunas de estas hermosas istmeñas quizás querrán compartir el resto del día con un gran artista y un distinguido escritor.

Sábado 25 de julio

El Parque de Santa Ana, situado en el lugar donde el vetusto barrio de San Felipe daba paso a los arrabales de la capital del departamento de Panamá, era el sitio de reunión preferido de los políticos criollos, especialmente los liberales. La iglesia, que le daba el nombre a la plaza, había sido testigo mudo de las asonadas y revueltas callejeras que tan frecuentemente estremecieron a la sociedad istmeña durante el pasado siglo.

Rodeaban la plaza varias cantinas donde los parroquianos aflojaban la lengua antes de acomodarse en las bancas para enfrascarse en largas y sabrosas tertulias que proseguían hasta entrada la noche.

Uno de los más asiduos concurrentes a aquellas veladas, en las que se ofrecían soluciones para todos los problemas que aquejaban al Istmo, era José Sacrovir Mendoza. Hombre menudo, fumador incansable, pertenecía al grupo de los que se limitaban a escuchar las opiniones de los más elocuentes. Rara vez hablaba y cuando lo hacía de sus labios salían monosílabos que apenas servían como puente para mantener viva la conversación. El rostro apretado de José Sacrovir armonizaba con su amor al silencio y de allí el apodo con que lo habían bautizado los santaneros: Cara de Candado.

Primo del caudillo liberal Carlos Mendoza, Cara de Candado gozaba del respeto del pueblo arrabalero y, en particular, de la masa liberal, por ser el editor y propietario del semanario *El Lápiz*, que desde hacía varios años fustigaba a los conservadores, denunciando sus errores y abusos al frente del gobierno. Precisamente esa tarde alababan todos la edición extraordinaria en la que *El Lápiz* recogía publicaciones aparecidas en varios periódicos de Colombia criticando acremente el fusilamiento del caudillo liberal indígena Victoriano Lorenzo. El más efusivo en sus felicitaciones era Rodolfo Aguilera, otro periodista de pluma incisiva que publicaba opiniones favorables a la causa liberal en el semanario dirigido por Mendoza.

—Lo más admirable y significativo de esta edición especial de *El Lápiz* es que a pesar de que se limita a recoger lo publicado por otros periódicos, deja una inquietud separatista en el ánimo de los lectores. Lo hiciste muy bien, Sacrovir.

El aludido escuchó las palabras de su amigo Aguilera sin inmutarse. Tampoco le preocuparon las disquisiciones de otros tertulianos que se preguntaban si habría alguna reacción de parte del gobernador Mutis Durán o del comandante militar del Istmo, José Vázquez Cobo, impredecible hermano del ministro de Guerra.

Cuando la oscuridad comenzó a instalarse en la plaza, surgieron las críticas al gobierno y a la empresa eléctrica por la falta de alumbrado público, señal inequívoca de que se acercaba el final de la velada. Poco a poco los vecinos iniciaron la retirada, algunos hacia sus hogares y otros hacia la cantina de su preferencia. José Sacrovir, siguiendo una vieja costumbre, se dirigió a la cantina La Plata para tomarse un trago de ron antes de encaminar sus pasos hacia la imprenta de Pacífico Vega, a escasas dos cuadras de distancia, donde se editaban *El Lápiz* y otros periódicos de orientación liberal.

Mientras en Santa Ana se desarrollaba la tertulia popular, en la sede de la Comandancia Militar del Istmo se hablaba también sobre la última edición especial de *El Lápiz*.

—¡Me tienen harto estos liberales y me tiene harto también el gobernador Mutis Durán que les tolera a estos periodicuchos lo que se les ocurre publicar! —exclamó visiblemente alterado el general José Vázquez Cobo.

Y luego de echarse otro trago prosiguió, en tono cada vez más agresivo:

—Este número de *El Lápiz* es una afrenta al gobierno colombiano, a mi hermano, el ministro de Guerra y, sobre todo, a nosotros que tenemos que soportar que bajo nuestras propias narices los liberales nos insulten e inciten a la población a rebelarse contra las autoridades constituidas. ¡Un escarmiento debiera darles!

Desde hacía mucho tiempo, José Vázquez Cobo procuraba encontrar en la bebida escape para la frustración que lo embargaba desde que su hermano lo designara jefe militar del Istmo.

—¿Por qué quieres exilarme? —le había preguntado.

—Es lo que, políticamente, nos conviene a ambos —fue la respuesta del ministro de Guerra, a quien lo que realmente preocupaba era la intemperancia de su hermano menor y el perjuicio que podía acarrearle a su brillante carrera.

La tarde de aquel sábado, el jefe militar del Istmo había comenzado a libar copas desde la hora del almuerzo en compañía de su amigo y también general José María Restrepo Briceño, quien estaba franco por el fin de semana. Ambos habían bebido en exceso, aunque el general Restrepo parecía menos ebrio.

—¿Quién es el jefe del día? —preguntó de pronto Vázquez Cobo, saliendo de ese mutismo intermitente de los borrachos.

—Creo que el coronel Carlos Fajardo —respondió Restrepo, arrastrando las palabras.

—Hazlo venir inmediatamente.

El general Restrepo salió del despacho del comandante y a los pocos minutos regresó acompañado del jefe del día.

—Coronel, tómese un trago con nosotros que tenemos que hablar.

Fajardo iba a excusarse pero al advertir que el comandante estaba pasado de tragos, prefirió no contrariarlo. Los tres hombres bebieron en silencio durante un rato hasta que Vázquez Cobo le tiró el ejemplar de *El Lápiz* al coronel Fajardo al tiempo que le preguntaba, airado:

—¿Cree usted que debemos aguantar afrentas como esta?

El aludido, que había leído el semanario, respondió enseguida:

—A mí en lo personal me tienen muy cansado las vainas de los liberales.

Y era cierto. Descendiente de una familia de larga y distinguida militancia conservadora, Fajardo había aprendido desde pequeño a odiar todo lo que oliera a liberalismo.

—Lo que pasa, mi general, es que en el Istmo se toleran a los liberales más allá de lo que es prudente.

—Ese es el idiota de Mutis Durán a quien, no conforme con retener los fondos que necesitamos para desempeñarnos con decoro, le da por proteger a esos desgraciados para que nos insulten y ofendan nuestra dignidad con publicaciones como las de ese periodicucho. Repito que se merecen un escarmiento.

—Si mi comandante lo ordena yo mismo se los doy —vociferó el general Restrepo, poniéndose en pie.

—Yo no tengo que ordenarte nada, José María, pero te aplaudiré si lo haces —respondió Vázquez Cobo, intentando una sonrisa que no pasó de ser mueca.

El coronel Fajardo, comprendiendo que al fin se le presentaba la oportunidad de darle su merecido a los liberales, sugirió:

—Si me lo permiten, yo acompañaría al general Restrepo. Conozco la imprenta donde tiran esa porquería.

—Entonces, no hay nada más que hablar —dijo Restrepo—. Lléveme usted allá para que esos desgraciados aprendan a respetar.

A las nueve y cuarto de la noche, mientras José Sacrovir Mendoza ayudaba al cajista a colocar los tipos para la próxima edición de *El Lápiz*, los dos militares irrumpieron abruptamente en la estancia.

—¡Los cogimos con las manos en la masa! —exclamó el general Restrepo.

—Precisamente está aquí el amigo Mendoza, editor de *El Lápiz*. ¡Qué circunstancia tan feliz! —añadió el coronel Fajardo.

Al advertir el estado de ebriedad de Restrepo y el odio que delataba la expresión de Fajardo, cuyo desprecio por los liberales era harto conocido, José Sacrovir supo que la situación era grave.

—Diga, ¿es o no usted el editor de *El Lápiz*? —preguntó el general Restrepo, la lengua trabada por la bebida.

Sin responder, José Sacrovir hizo una seña a su compañero de trabajo para que abandonaran la imprenta. Al percatarse, Restrepo, fuera de sí, levantó el bastón que llevaba en la mano y descargó un golpe que pasó rozando la cabeza de Mendoza y se estrelló en su hombro izquierdo. Enseguida, como si obedeciera a una señal, Fajardo desenvainó la espada y comenzó a repartir planazos. José Sacrovir y el cajista intentaron protegerse de los golpes que les caían en la cabeza, la espalda y los brazos. Mientras atravesaban la puerta los últimos planazos les quemaron las nalgas.

«¡Para que aprendan a respetar!», había gritado una y otra vez el general Restrepo. Fajardo, en cambio, mucho más certero, había repartido sus golpes en silencio.

Desde la calle, Sacrovir observó a los energúmenos militares colombianos emprenderla contra la humilde maquinaria de la imprenta, empastelando los tipos, destruyendo los impresos y lanzando a la calle muebles y enseres.

—Voy a denunciar el asunto a la policía —musitó Sacrovir—. Tú, escóndete a ver qué más hacen esos salvajes y adviértele a cualquier empleado que se asome por aquí que se vaya para su casa.

Menos de diez minutos después, el editor entraba en la delegación de la policía, a un costado del Cabildo. Quienes hacían guardia en la puerta, al advertir el lamentable estado de Cara de Candado, que sangraba profusamente de una de las heridas en la cabeza, lo condujeron inmediatamente ante el oficial de turno, que, para fortuna del agredido, era su buen amigo el capitán Félix Álvarez.

—¿Qué te ha pasado, Sacrovir? —preguntó alarmado Álvarez.

—Los militares colombianos se han vuelto locos. Acaban de destruir la imprenta de Pacífico Vega; me golpearon a mí y al cajista.

—Pero, ¿quiénes fueron?

—El general Restrepo y el coronel Fajardo.

El capitán Álvarez pensó un instante y luego dijo:

—Tú, anda a que te atiendan las heridas. Yo avisaré personalmente al gobernador y al jefe de la policía.

Enterado el doctor Facundo Mutis Durán de la actitud irracional de militares de tan alto rango, encomendó al propio capitán Álvarez que de su parte se apersonara al despacho del comandante del departamento del Istmo a comunicarle su desaprobación de lo ocurrido y que esperaba que una vez investigados los hechos se impondrían a los agresores las correspondientes sanciones.

A las diez en punto de la noche se presentó el capitán Álvarez ante Vázquez Cobo, quien, a pesar de que aún bebía, se encontraba en ese estado de aparente serenidad que adquieren los borrachos después de muchas copas. El general escuchó el mensaje del gobernador sin más expresión en el rostro que el mirar velado de los embriagados.

—¿Terminó usted, capitán?

—Sí, general.

Vázquez Cobo se irguió lentamente detrás de su escritorio, se colgó la espada al cinto, se puso el kepis y acercándose a Félix Álvarez le espetó.

—Dígale usted a Mutis Durán que desde este momento ya no es más gobernador del departamento del Istmo. Dígale que lo estoy destituyendo y que en su lugar estoy nombrando a mi amigo, Nicanor de Obarrio, que es un militar pundonoroso. Dígale que lo destituyo por su amor a los liberales y su falta de apoyo a mi gestión. Dígale que ya me cansé de sus pendejadas y que apoyo totalmente el proceder de mis subalternos. Dígale que de hoy en adelante no toleraré más publicaciones que ofendan el honor de los militares colombianos.

Y dígale, finalmente, que si en el término de la distancia no me envía su renuncia por escrito, yo mismo iré a ponerlo preso.

Vázquez Cobo hizo una pausa y luego, dirigiéndose al coronel Fajardo, le ordenó:

—Coronel, acompáñeme al Cuartel de Chiriquí que necesito que el Batallón Colombia me suministre inmediatamente una escolta que ayude a cumplir mis órdenes.

Los vecinos de San Felipe que, atraídos por los extemporáneos redobles de tambor, se asomaron esa noche a sus balcones, presintieron que una nueva tragedia amenazaba la capital del Istmo. Aquellos que observaban con mayor detenimiento, sin embargo, no podían evitar sonreír ante el esfuerzo inútil del comandante militar del Istmo por marchar en línea recta al frente del pelotón.

Entretanto, el gobernador Mutis Durán, advertido por el capitán Álvarez, había abandonado su residencia para refugiarse en compañía de su joven esposa norteamericana en el Consulado de los Estados Unidos.

Al ver frustrados sus esfuerzos por someter a prisión al gobernador, y ante la ausencia de De Obarrio quien rehusó participar en la farsa, Vázquez Cobo emitió esa misma noche un decreto por el cual destituía al gobernador y él mismo asumía los cargos de jefe civil y militar del Istmo. A todos los amigos y ciudadanos prudentes que acudieron a su despacho para intentar disuadirlo de su error les conminó arresto y así, el domingo 26 de julio amanecieron en prisión José Fernando Arango, jefe de policía; Aristides Arjona, secretario del Gobierno y Efraín Navia, magistrado del Tribunal Superior. A tiempo escaparon Julio Guerra, secretario de Hacienda y Nicolás Victoria, secretario de Instrucción Pública, pues las órdenes de Vázquez Cobo habían sido las de apresar a todos los integrantes del gobierno departamental. A mediados de la tarde del domingo, pasada ya la euforia de la borrachera y presa del remordimiento físico y moral que siempre siguen al abuso del alcohol, el general Vázquez Cobo, acatando una petición del obispo Francisco Javier Junguito liberó a los detenidos y revocó sus disparatados decretos.

La comicidad del asunto no impidió, sin embargo, que el incidente se convirtiera en un escándalo público que motivó la separación de Vázquez Cobo y su retorno a Bogotá para ser sometido a un proceso disciplinario del cual, gracias a la influencia de su hermano, salió bien librado. Más graves fueron las consecuencias políticas en el Istmo, sobre todo por la paliza y el abuso sufrido por los liberales y sus publicaciones. Líderes como Carlos Mendoza, primo de Cara de Candado, Pedro y Domingo Díaz y Eusebio Morales, comprendieron que ya era tiempo de zafarse definitivamente del yugo conservador y, a pesar de que se oponían al tratado Herrán-Hay, decidieron aprovechar su rechazo para justificar la separación definitiva del Istmo. «Ha sonado la hora de la independencia», concluyeron luego de una reunión secreta en casa de Mendoza.

Miércoles 5 de agosto

José Agustín Arango terminó de leer la noticia principal de *La Estrella de Panamá*, dobló cuidadosamente el periódico y se recostó en su silla. Tal como lo previera, la Comisión Senatorial había rendido informe recomendando modificaciones al tratado, con lo que cualquier esperanza de salvar el canal ístmico quedaba descartada. «La separación es ahora la única alternativa», pensó y un estremecimiento le recorrió el cuerpo. A medida que pasaban los días y se acercaba el momento de la gran decisión, el maestro Arango adquiría mayor conciencia de que su suerte y la de toda su familia quedaría muy pronto sujeta a acontecimientos cuyo resultado final nadie podía prever. Y cuando su conciencia lo mortificaba por arriesgar en una empresa tan incierta la felicidad o, tal vez, la vida misma de sus hijos, se repetía, una y otra vez, que el Istmo sin la vía acuática sería una completa ruina y que la separación definitiva de Colombia le traería a la nueva república un cúmulo de dicha y bienestar que las nuevas generaciones disfrutarían a plenitud. En estas cavilaciones se hallaba cuando el doctor Amador Guerrero entró a su despacho:

—¿Leíste *La Estrella*, José Agustín?

—Sí, acabo de leerla. Tal como lo anticipábamos, no habrá tratado.

—Y si acaso lo aprueban será con modificaciones y los norteamericanos ya han dicho que no las aceptarán. O sea, pues, que la separación es la única vía que nos queda —sentenció Amador—. ¿Se ha sabido algo más de Beers?

—Solamente que, según el calograma que le envió a Prescott, debió llegar ayer a Colón.

Ambos permanecieron un rato en silencio, el doctor Amador de pie, frente a la ventana, y el maestro Arango sentado en su silla, acariciándose la barba.

—¿Qué haremos si los norteamericanos no nos garantizan su apoyo? —preguntó Amador como si pensara en voz alta, sin dejar de mirar a través de la ventana.

—A veces pienso que somos piezas de ajedrez en un tablero en el que solo está permitido jugar a las grandes potencias y que es poco lo que podemos hacer para cambiar nuestro destino —manifestó Arango, sin responder a la inquietud de Amador.

—El único que hoy juega en ese tablero es el Coloso del Norte —opinó el doctor.

—No estoy tan seguro, Manuel. Creo que algunas potencias europeas, sobre todo Alemania, aún tienen esperanzas de continuar donde fracasaron los franceses. Al menos, es lo que se lee en los periódicos.

—Vuelvo a mi inquietud, José Agustín. ¿Qué haremos si las noticias de Beers indican que los Estados Unidos no pueden comprometerse a nada?

—Es poco probable que eso ocurra porque ellos quieren o, más bien, necesitan un canal que les permita consolidar su poderío militar. En cualquier caso, creo que el movimiento separatista es irreversible sobre todo después de las locuras de Vázquez Cobo, que han precipitado la participación de los liberales. Según me contó Carlos Constantino, ya Morales, Mendoza, los Díaz y otros líderes piensan que la separación es el único camino que le queda a Panamá. Habrá que hablar con ellos.

—No deja de ser peligroso —opinó Amador—. Si meten al pueblo antes de tiempo el asunto se nos saldrá de las manos.

—También sería arriesgado que surjan dos movimientos paralelos, de facciones políticas opuestas. Por eso pienso que hará falta coordinar las acciones.

En ese momento tocaron discretamente a la puerta y Herbert Prescott asomó su rostro ancho y sonriente.

—Perdone, don José Agustín, no sabía que el doctor Amador estaba aquí —se excusó el recién llegado.

Herbert Prescott desempeñaba las funciones de subdirector de la empresa del ferrocarril y desde hacía muchos años se consideraba un istmeño más. Novio de una sobrina de la esposa de Amador Guerrero, gozaba de la confianza absoluta de este y de José Agustín Arango, pues ambos sabían que el futuro de Prescott estaba definitivamente ligado a la tierra istmeña, en la que había echado raíces profundas y permanentes. Partidario incondicional del movimiento separatista, Prescott conocía el propósito del viaje de Beers a los Estados Unidos y había ayudado a planificarlo.

—Pasa, Herbie, pasa que tu futuro tío y yo conversamos de cosas que a ti también te interesan. —Invitó el maestro Arango—. Siéntate, siéntate.

Prescott saludó a ambos ancianos y luego de ocupar la silla que le ofrecían, dijo en voz baja.

—Acabo de hablar por teléfono con el coronel Shaler quien me informó que James Beers llegó a Colón anoche.

—Casualmente hace un instante hablábamos de él —repuso Amador—. ¿Dónde está?

—Se quedó en Colón arreglando unos asuntos con Shaler y probablemente llegue a Panamá mañana por la tarde o el viernes al mediodía.

—¿Alguna noticia del resultado de su viaje? —inquirió José Agustín.

—Shaler me dio a entender, hablando un poco en clave, que Beers trae muy buenas noticias para nosotros y que alguien tendrá que viajar a los Estados Unidos a darle seguimiento al asunto.

—Hay que reunirse con Beers cuanto antes —murmuró Arango—. Y es conveniente que lo hagamos muy discretamente. Avísale que el domingo lo espero a almorzar en La Pradera.

—¿Lo llamo ya? —Quiso saber Prescott.

—En cuanto puedas, Herbie —respondió Amador—. Pero antes, cuéntanos del almuerzo que dieron los Arias Feraud al mayor William Black y al resto de la Comisión del Canal ístmico. Entiendo que tú estuviste allí y que hubo incidentes muy interesantes.

—Así es, doctor. El almuerzo fue en Vista Hermosa el domingo antepasado, al día siguiente del levantamiento de Vázquez Cobo, y allí estaban, además del mayor Black y de los anfitriones Ramón y Pedro

Arias, el teniente Mark Brooke, el cónsul general de los Estados Unidos, Hezekiah Gudger, y varios otros istmeños y colombianos. Después de comentar la borrachera de Vázquez Cobo, se pasó a hablar abiertamente del movimiento separatista, a tal punto que al final de la velada el coronel Varón, un poco entusiasmado por los tragos, recortó una estrella de la banderita de los Estados Unidos que adornaba la mesa y se la entregó al mayor Black diciéndole que esa estrella representaba el Istmo de Panamá que pronto sería una más en la bandera de los Estados Unidos.

—Son las indiscreciones que pueden malograr el movimiento —masculló Amador.

—Y desvirtuar nuestras verdaderas intenciones —añadió Arango—. Además, no conviene que se esté hablando abiertamente del movimiento separatista y mucho menos el comandante del *Padilla*.

—Ya se habla de ello por todas partes —aseguró Prescott—. Ayer, precisamente, apareció un artículo en *El Istmeño*, firmado por Rodolfo Aguilera, en el que aboga abiertamente a favor de la separación.

—Y eso que Aguilera es de los liberales que más han criticado el tratado Herrán-Hay —recordó Amador.

—Bueno, voy a tratar de conseguir a Beers en el teléfono de la compañía —dijo Prescott despidiéndose.

Amador y Arango permanecieron en silencio por un instante, meditando acerca de la forma como se desarrollaban los acontecimientos. Finalmente, Arango señaló:

—Creo que es necesario que incorporemos desde ahora alguno de los líderes liberales. No podemos permitir que actúen independientemente y que la falta de coordinación nos conduzca al fracaso.

—¿En quién estás pensando?

—En Carlos Mendoza. Es un buen amigo y muy respetado por todos los liberales.

—Pero no tiene tanto contacto con la masa. Tal vez sea mejor hablar directamente con Domingo o Pedro Díaz —insinuó Amador.

—Me temo, Manuel, que incorporarlos a ellos desde ahora significaría, irremediablemente, precipitar el movimiento antes de que estemos realmente preparados.

Amador caviló un momento y luego convino.

—Quizá tengas razón. ¿Quiénes más irán al almuerzo con Beers?

—No tanta gente, Manuel. Tú, yo, Carlos Constantino, a quien pediré que lleve a Mendoza, Herbert y algún otro conjurado.

—Tal vez yo no deba acudir, José Agustín. Estoy pensando que si alguien de nosotros ha de marchar a los Estados Unidos, soy uno de los pocos que tendría una excusa válida. Como mi hijo Raúl está allá desempeñándose como médico, me sería muy fácil enviarle un mensaje para que me pida que vaya a acompañarlo con la excusa de que está enfermo, o cualquier otra. Eso me permitiría solicitar licencia al ministro de Guerra en Bogotá, disipando así cualquier sospecha que pueda despertar el viaje. Pero por esta misma razón, no debo ser visto en reuniones que pueden revelar mi participación activa en el movimiento.

Arango observó el rostro envejecido de su amigo y se preguntó si un hombre joven no desempeñaría mejor una misión tan importante y complicada.

—¿Estás seguro de que eres tú quien debe ir a los Estados Unidos? La misión será ardua y riesgosa.

—Pierde cuidado, José Agustín, que energías no me faltarán. Además, qué duda cabe de que a pesar de los años, tú y yo somos los más entusiastas y comprometidos con el movimiento. Y tú debes quedarte aquí, organizando y preparándolo todo.

Amador se puso en pie para despedirse y mientras estrechaba la mano del maestro Arango, expresó solemnemente:

—Tengo muy claro que tú serás el primer presidente de la nueva república.

—Te agradezco la confianza, Manuel —respondió Arango enseguida—, pero yo no quiero el cargo. Si alguno de los conjurados está llamado a ser presidente, ese eres tú.

Amador sonrió.

—Ya veremos, José Agustín, ya veremos. Tal vez debamos mirar hacia los más jóvenes. Por lo pronto, empezaré a hacer los preparativos del viaje. En cualquier caso, trataré de hablar privadamente con Beers antes del domingo. Si no, tú me contarás los detalles de su viaje.

Domingo 9 de agosto

—La última vez que fui a almorzar a La Pradera cayó un aguacero torrencial —comentó Carlos Constantino Arosemena—. Hoy, sin embargo, parece un día de verano.

—Hermoso de verdad —respondió Carlos Mendoza—. Yo nunca he estado en la finca de los Arango; creía que solo abrían la casa en verano.

—Así es, don Carlos. Que yo recuerde, este es el primer año que la frecuentan en pleno invierno. Es un lugar muy acogedor, sembrado de árboles frutales con un pequeño riachuelo que represan en el verano para hacer una deliciosa alberca. Toda la familia Arango, que es muy unida, pasa allá los meses de verano.

Carlos Constantino sacudió las riendas procurando que el viejo caballo ascendiera con mayor empeño la cuesta que conducía a la casona de La Pradera.

—Pronto se descifrará el misterio de esta reunión tan inesperada —comentó Mendoza cuando se acercaban a la puerta cochera—. Debo confesar que admiro tu discreción, Carlos. Aunque sospecho que me invitan para hablar del tratado Herrán-Hay y las consecuencias de su rechazo.

—Pronto comprenderá por qué callo, don Carlos. Allí está el maestro Arango, esperando en la puerta.

Después de la bienvenida y los saludos de rigor, mientras conducía a sus invitados al patio posterior, José Agustín Arango comentó:

—Ya están aquí los demás y, por fortuna, el tiempo nos permitirá almorzar bajo el árbol de mango.

Al salir al patio, Carlos Mendoza pudo constatar cuánta razón tenía Carlos Constantino cuando alababa la belleza del lugar. El verdor se extendía hasta donde alcanzaba la vista, interrumpido tan solo por árboles frondosos que parecían estar allí desde siempre. De alguna parte llegaba un rumor de agua fluyendo.

—Hermoso sitio, digno de una hermosa familia, maestro. Lo felicito —exclamó Mendoza.

—Mi casa es la suya, don Carlos.

El doctor Mendoza se sorprendió al ver que en torno a la mesa aguardaban únicamente su buen amigo Federico Boyd, y dos norteamericanos vinculados a la empresa del ferrocarril, Herbert Prescott y James Beers. Terminados los saludos y acomodados los invitados en sus puestos, el anfitrión, aún de pie y con mucha solemnidad, dijo:

—Distinguidos amigos: antes que nada, les doy las gracias por aceptar la invitación a almorzar en esta que es su casa. Muy especialmente agradezco al distinguido dirigente liberal, doctor Carlos Mendoza, en cuyo rostro observo la extrañeza que sin lugar a dudas le produce el pequeño y heterogéneo grupo que hoy se reúne alrededor de esta mesa.

Algo incómodo, el aludido sonrió ligeramente.

—Para decirlo de una vez —confirmó Arango—, el común denominador que nos identifica es el afán de alcanzar la separación definitiva del departamento de Panamá de Colombia. Desde hace algunos meses un pequeño grupo de conjurados llegamos a la conclusión de que el Senado colombiano no aprobará el tratado Herrán-Hay y que, por consiguiente, los Estados Unidos se verían forzados a construir el canal por Nicaragua quedando nuestro Istmo reducido a la miseria más absoluta. Esta realidad motivó a que iniciáramos un movimiento separatista para alcanzar la independencia política por la que hemos venido luchando desde el siglo pasado, independencia que nos permitirá celebrar con el Coloso del Norte el tratado del Canal y recibir todos los beneficios que la gran obra derramará sobre esta y las futuras generaciones.

El maestro Arango hizo una pausa y luego, mirando directamente a Carlos Mendoza, continuó:

—El núcleo del movimiento en su gran mayoría lo integran hasta ahora individuos ligados al Partido Conservador, como soy yo y como lo son Manuel Amador Guerrero, Manuel Espinosa Batista, Tomás y Ricardo Arias y Nicanor de Obarrio. También participan mi joven amigo Carlos Constantino Arosemena, liberal por estirpe y convicción, y don Federico Boyd quien, aunque ha sabido ocupar una posición de equilibrio entre las principales fuerzas políticas, se inclina por el liberalismo. Pero esta no es ni puede ser la gesta de un partido ni de un grupo; esta es la gesta de todos los istmeños. Quienes la iniciamos comprendimos desde un principio que sin el concurso de los liberales el movimiento quedaría corto de ideas y falto de apoyo popular. He aquí la razón por la cual el doctor Mendoza se encuentra hoy entre nosotros. Sabemos que los liberales también discuten entre ellos la mejor manera de lograr nuestra independencia y pensamos que el movimiento debe encontrar a los istmeños unidos para que el éxito corone nuestros esfuerzos cuando llegue el momento de pasar de las ideas a la acción.

Luego de una pausa, José Agustín Arango se dirigió directamente a Prescott y a Beers.

—A nadie debe sorprender la presencia aquí de dos distinguidos amigos norteamericanos. Ellos aman este pequeño terruño tanto como nosotros y también están dispuestos a luchar y a sacrificarse en aras de lograr una patria en la que vivirán junto a sus hijos, libres y felices. Precisamente el capitán James Beers acaba de regresar de una importante misión que a solicitud de los conjurados realizó en los Estados Unidos y hoy viene a informarnos el resultado. Pero antes, por supuesto, creo que debemos oír a nuestro amigo el doctor Mendoza.

El líder liberal, famoso por su oratoria, se levantó de su asiento y con voz grave y pausada expresó:

—Aprecio en toda su dimensión la confianza que me dispensan. Mentiría si no les dijera que estoy sorprendido, gratamente sorprendido, de que exista ya un movimiento para lograr nuestra separación de Colombia. Lo que sí no me sorprende es que al frente de esta gesta tan noble y trascendente se encuentre un hombre como don José Agustín Arango, en quien todos los istmeños, sin distingos de ninguna clase, reconocen nobleza y claridad de miras. —Antes de proseguir, el doctor Mendoza miró directamente al maestro Arango—. Créame, don José Agustín, que será un honor para mí participar junto a usted en cualquier acción que tenga como objetivo la liberación del Istmo. Comprenderán que no puedo hablar en nombre del Partido Liberal pues carezco en este momento de la autoridad para hacerlo. Sin embargo, sí puedo comprometerme a gestionar la participación oportuna de mi partido en la gesta separatista y a luchar, como un istmeño más, en el momento y lugar que sea necesario.

El maestro Arango, evidentemente emocionado, abrazó calurosamente al doctor Mendoza y con un gesto invitó a Beers a hacer uso de la palabra.

—Bueno, como muchos saben fui a los Estados Unidos, siguiendo instrucciones de los conjurados, a entrevistarme con... una persona muy importante que...

Percatándose de que Beers no se atrevía a mencionar el nombre de Cromwell, José Agustín interrumpió:

—Se trata del abogado neoyorquino William Nelson Cromwell, consejero de la Compañía Francesa del Canal y de la empresa del ferrocarril en la que laboramos Prescott, Beers y yo. Él es un gran defensor de la ruta de Panamá y del tratado Herrán-Hay y un hombre de gran influencia en el gobierno de los Estados Unidos, con quien mantengo una buena relación personal. Perdona la interrupción, James, pero creo que es conveniente que todos sepan quiénes son nuestros aliados.

—Pues bien —continuó Beers, aliviado—, el abogado Cromwell me recibió en dos ocasiones en su oficina de Wall Street y de partida ofreció todo su apoyo para el movimiento separatista. Él dice que debemos confiar plenamente en que una vez que declaremos la independencia, el presidente Roosevelt nos apoyará y nos protegerá de Colombia. Por supuesto, no es posible obtener ningún compromiso escrito que así lo diga aunque en varias ocasiones el propio presidente ha manifestado que de rechazar el Senado colombiano el convenio, los Estados Unidos explorarían la posibilidad de celebrarlo con Panamá. El abogado Cromwell me entregó un manual que describe los pasos necesarios para crear un movimiento separatista y un libro de claves para nuestras futuras comunicaciones con él, que deberán hacerse a través del señor Drake, vicepresidente de la Compañía del Ferrocarril, muy cercano a Cromwell, cuyas oficinas también están en Nueva York.

—¿Qué hay de la ayuda económica? —preguntó Federico Boyd—. Sin armamentos no podemos llevar a cabo ninguna separación.

—El señor Cromwell ha dicho que una vez el plan esté debidamente trazado no será problema obtener los fondos necesarios para llevarlo a feliz término. Hizo mucho énfasis en que tenemos que atraer a nuestro bando a la mayor cantidad posible de los soldados colombianos destacados en Panamá, sobre todo a los jefes.

—Eso ya lo sabíamos nosotros —murmuró Boyd, algo escéptico—. Pero para eso tendremos que pagarle los sueldos atrasados, que son muchos pesos.

—Otro asunto en que insistió Cromwell —prosiguió Beers—, es la necesidad de enviar cuanto antes un emisario de los conjurados a los Estados Unidos que pueda coordinar con él y con quienes haga falta las acciones a seguir.

Carlos Mendoza, que había escuchado atentamente las palabras de Beers, hizo un gesto al maestro Arango, indicando su deseo de decir algo.

—Adelante, don Carlos, no faltaba más.

—Me parece que conviene aclarar dos conceptos fundamentales para la buena marcha del movimiento. En primer lugar, nadie ignora que el liberalismo istmeño se ha opuesto al tratado Herrán-Hay porque el mismo contiene cláusulas que violan la soberanía de Colombia. Habrá que tener, pues, mucho cuidado al momento de negociar un nuevo pacto con los norteamericanos. En segundo término, si bien el abogado Cromwell puede aparecer ahora como nuestro aliado en la construcción de la vía acuática a través del Istmo de Panamá, llegado el momento de negociar los detalles del nuevo convenio con Panamá, él, como defensor de los intereses de la compañía francesa, probablemente entrará en conflicto con nuestros mejores intereses. Menciono estos puntos no porque piense que no debemos aprovechar la ayuda que nos ofrece y, sobre todo, su indudable influencia con el gobierno de los Estados Unidos, sino solamente para que estemos atentos.

—Muy sabias sus observaciones, doctor Mendoza —dijo José Agustín Arango—. En confianza les informo que el doctor Amador, cuyo hijo Raúl se desempeña como médico en Massachussetts, será la persona que seguramente enviaremos a los Estados Unidos a coordinar las acciones. Y ahora, los invito a disfrutar del almuerzo que nos ha preparado Josefa.

Cinco días después de aquel almuerzo, el 14 de agosto, *La Estrella de Panamá* daba la noticia de que el Senado colombiano había rechazado por unanimidad el tratado del Canal. Los conjurados celebraron una reunión urgente en casa de Federico Boyd y allí se acordó enviar enseguida al doctor Amador a los Estados Unidos para coordinar los planes separatistas. Aunque algunos sugirieron la conveniencia de que Ricardo Arias, que tenía negocios en el país norteño, lo acompañara, al final prevaleció la idea de que el médico viajara solo para no despertar sospechas. El 18 de ese mismo mes, el doctor Amador, médico oficial del Batallón Colombia, enviaba al Ministerio de Guerra la solicitud de la licencia para que se le permitiera ir a visitar a su hijo enfermo en Fort Revere, estado de Massachussetts. La solicitud iba acompañada de un calograma procedente de los Estados Unidos en el que se leía, simplemente: «Papá, ven que estoy enfermo. Tu hijo, Raúl».

París

Octubre de 1932

Después de su inesperada entrevista con William Nelson Cromwell, Henry Hall volvió a sentir deseos urgentes de continuar la investigación de los escándalos que rodearon la compra de la concesión francesa del canal y la separación del departamento de Panamá de Colombia. Pero ya no se trataba únicamente de despojar a Bunau Varilla del manto de honorabilidad y sapiencia tras el que pretendía ocultar al mitómano ensoberbecido que realmente era; también se proponía desenmascarar al hipócrita de Cromwell, que sin ningún sonrojo negaba su participación en actos impropios durante el tiempo en que se desempeñó como omnipotente consejero de la Nueva Compañía del Canal Interoceánico. Y es que, repasando sus viejos archivos, Henry Hall había descubierto que después de la separación del Istmo el famoso abogado de Wall Street se convirtió en agente fiscal de la nueva república con autoridad para invertir en hipotecas inmobiliarias la suma millonaria recibida por Panamá como pago por la concesión del canal. Así, pues, ya no sería solamente Bunau Varilla el blanco de sus investigaciones: el imperturbable Cromwell y sus maquiavélicas manipulaciones caerían también bajo su lupa.

Aunque en los Archivos Nacionales de Francia se guardaban con un orden meticuloso todos aquellos documentos que alguna vez formaron parte de la actividad pública del país galo, al periodista le tomó dos días dar con el legajo correspondiente a la liquidación de la Compagnie Nouvelle du Canal de Panama. Más de dos mil páginas conformaban el expediente en el que el Juzgado Seccional daba por aprobadas las cuentas del liquidador judicial, dos mil folios en los que se recogía la historia legal y financiera de la empresa que luego del aparatoso fracaso de De Lesseps había adquirido la obligación de terminar la construcción de la gran vía interoceánica. La mayoría de los documentos contenían informes rendidos por los Administradores a la Junta de Accionistas durante la época en que la empresa funcionó normalmente. Luego del nuevo descalabro financiero, rigurosamente documentado, comenzaba la etapa de la liquidación judicial y de los esfuerzos realizados por el liquidador para salvar la ingente inversión. Por último se detallaban minuciosamente los pormenores de la venta de la concesión a los Estados Unidos.

Pero por más que Henry Hall rebuscó en los seis voluminosos tomos, no logró encontrar la lista de los accionistas entre los que finalmente se distribuyeran los cuarenta millones de dólares. «Cromwell no puede haber mentido tan descaradamente cuando me aseguró que aquí la encontraría», pensó mientras se encaminaba hacia la pequeña oficina del archivero de turno. Cuando el funcionario escuchó que faltaban documentos, lo tomó como una ofensa personal.

—Eso es imposible, señor. Si el documento existe, allí tiene que estar. Es probable, sin embargo, que usted se equivoque y se empeñe en buscar algo inexistente.

Ante la insistencia del periodista, el empleado accedió a acompañarlo para juntos revisar el expediente.

—Tal como le informé —dijo Henry—, estos volúmenes contienen la liquidación judicial de una empresa muy importante. Aquí está la nota oficial en la que el juez ordena al liquidador distribuir proporcionalmente los fondos entre los accionistas. Pero por ninguna parte aparece la lista de los accionistas ni de los pagos recibidos.

Picado por la curiosidad, el burócrata revisó rápidamente las últimas páginas y con gesto triunfal se volteó hacia Henry exclamando:

—¡Aquí está, señor! Esta señal significa que hay un anexo confidencial.

—¿Confidencial?

—Sí, confidencial, pero ya el tiempo se encargó de borrar la confidencialidad. Un momento, por favor.

Pocos minutos más tarde el archivero regresaba con un nuevo legajo que entregó a Henry, mascullando con displicencia:

—En los Archivos de Francia jamás se pierde nada.

Henry examinó los nuevos documentos entusiasmándose al comprobar que allí estaba, por fin, la lista completa de todos aquellos individuos y empresas a cuyas manos habían ido a parar los cuarenta millones. Sin embargo, a medida que revisaba el listado con los nombres y las sumas recibidas por cada uno de los accionistas, su decepción iba en aumento. Tal como había asegurado Bunau Varilla, se contaban por miles los pequeños accionistas franceses que habían recibido del liquidador sumas que por insignificantes no ameritaban investigación alguna.

Desilusionado, el periodista decidió confeccionar una lista con los nombres de aquellos individuos y empresas que habían recibido sumas cuantiosas. En ella incluyó a los denominados «accionistas carcelarios», es decir, los contratistas que por haber ejecutado trabajos para la empresa original de De Lesseps habían sido obligados por los tribunales a convertir sus cuentas por cobrar en acciones de la nueva compañía y a realizar nuevas inversiones como condición para evitar ser perseguidos criminalmente. En la lista aparecían nombres tan conocidos como el del más famoso de los ingenieros franceses, Gustave Eiffel, pero por ninguna parte figuraba el de Bunau Varilla. «Se escondería tras alguna empresa», se dijo Hall a medida que anotaba nombres que jamás había escuchado. Después de escoger catorce, volvió al fichero general para revisar uno por uno los *dossiers* correspondientes a empresas ya disueltas y liquidadas.

Al cabo de una semana de tediosa y decepcionante labor, a Henry le faltaba por revisar un solo legajo: el de Artigue, Sonderegger & Cie. «Con lo que el amigo Bunau Varilla odia a los alemanes no creo que hubiera sido capaz de ocultarse tras un nombre boche», pensaba Henry, mientras abría el último expediente. No tuvo que avanzar mucho, sin embargo, para descubrir que en 1885 los hermanos Philippe y Maurice Bunau Varilla habían adquirido la mayoría de las acciones de la modesta empresa que pocos años antes los ingenieros Jean Artigue y Helmut Sonderegger constituyeran con el único fin de ejecutar obras en el Canal de Panamá.

—¡Lo tengo! —exclamó Henry sin poderse contener, lo que le valió el reproche de quienes esa tarde compartían con él las amplias y silenciosas mesas de trabajo de los Archivos de Francia.

En total, Artigues, Sonderegger & Cie, como accionista carcelario, había recibido certificados de acciones por más de un millón de dólares de la vieja sociedad, de los cuales tan solo una porción insignificante correspondía a nuevas inversiones. «Una fortuna nada despreciable para aquella época», se dijo Henry, mientras buscaba afanosamente en el legajo información acerca de la manera como Philippe Bunau Varilla había adquirido acciones que lo convertirían después en uno de los capitalistas importantes de la Nueva Compañía del Canal de Panamá.

La respuesta la encontró sin dificultad. En 1885 Philippe Bunau Varilla había sido designado por Ferdinand de Lesseps como director general de las obras del canal, a pesar de que para entonces el ingeniero recién graduado de la famosa Ecole des Ponts et Chausées de la Escuela Politécnica de Francia contaba apenas veintisiete años. Menos de un año después Philippe caía enfermo, víctima de la temida fiebre amarilla que tantas bajas había producido entre los franceses enviados a laborar en las inhóspitas selvas del Istmo. Había sido, precisamente, la muerte del antiguo director general Jules Dingler, la que abrió el camino para que el cargo pasara a manos del intrépido y joven ingeniero. Pero Philippe logró superar tan terrible enfermedad y en el buque que, en busca de la salud perdida, lo llevaba de regreso a Francia tuvo tiempo de sobra para reflexionar acerca de lo poco que ganaban los ingenieros al servicio de la empresa del canal y lo mucho que recibían los contratistas encargados de ejecutar los trabajos, particularmente aquellos que luchaban en vano por conquistar el Corte Culebra, punto crítico de la ruta por lo alto y escabroso de las laderas y por la inestabilidad del suelo. Cuando Philippe llegó a París su decisión estaba tomada: renunciaría a su cargo en la empresa para convertirse en uno de sus contratistas.

A su hermano Maurice le encantó la idea y entre ambos levantaron los fondos para adquirir el control de Artigues, Sonderegger & Cie., empresa que luego obtendría los contratos más jugosos. Cuando sobrevino la inevitable bancarrota de la empresa fundada por De Lesseps, no le quedó a los Bunau Varilla otra alternativa que permanecer como accionistas carcelarios en la Compagnie Nouvelle du Canal de Panama.

Henry Hall sintió una profunda satisfacción al comprobar que la conducta de Bunau Varilla no obedecía a miras tan elevadas como las que este pretendía hacer ver. «Aquello de la mayor gloria de Francia son solo palabras huecas. No fue sino el afán de lucro lo que lo movió a dedicar toda su energía a Panamá y a su ruta», se repetía Henry, desechando el último vestigio de la admiración que en un momento de debilidad llegara a sentir por un personaje a quien ahora tanto despreciaba.

Sus cálculos preliminares le indicaban que si Artigues, Sonderegger & Cie. había tenido que convertir más de un millón de dólares de cuentas por cobrar a la compañía original de De Lesseps en acciones carcelarias de la Nueva Compañía del Canal de Panamá, entonces las sumas que se le pagaron por los trabajos ejecutados debería ser al menos cuatro veces mayor. «Así se originó, pues, la gran fortuna de Bunau Varilla: las mansiones, las casas de campo, el periódico —se decía Hall, mientras pensaba que aún le faltaba investigar las especulaciones bursátiles mencionadas por Cromwell—. Veremos qué tiene que decirnos Marius Bo al respecto».

Comoquiera que el nombre de Marius Bo no figuraba en la guía de teléfonos, Henry Hall hubo de recurrir a sus antiguos métodos investigativos para dar con el paradero de quien en 1903 fungía como presidente de la Compagnie Nouvelle du Canal de Panama. En la Biblioteca Pública encontró el último directorio telefónico en el que aparecía listado Marius Bo y tuvo la corazonada de que el anciano todavía conservaba el mismo teléfono y domicilio de 1928. «A menos que haya muerto y no se trate más que de otro engaño de Cromwell», pensó.

Pero Marius Bo no había muerto y él mismo, con voz chillona y cascada, contestó el teléfono.

—Aquí, Marius Bo.

—Señor Bo, soy Henry Hall, periodista norteamericano, y tengo mucho interés en hablar con usted personalmente.

—¿Y de qué me quiere hablar usted? —preguntó el anciano con desconfianza.

—Bueno, resulta que estoy llevando a cabo una pequeña investigación sobre asuntos que sucedieron hace ya muchos años. Como estoy retirado no me animan motivos periodísticos, sino simple curiosidad histórica. De ser posible me gustaría darle los detalles personalmente.

—¿Detalles de qué? Todavía no entiendo por qué me ha llamado usted.

Henry Hall dudó un instante.

—Verá, señor Bo, me interesa el Canal de Panamá y, particularmente, la adquisición por parte de los Estados Unidos de la concesión para construirlo que una vez tuvo la compañía francesa que usted presidía...

Henry esperó para comprobar el efecto de sus palabras, pero del otro lado de la línea solo se percibía silencio.

—Señor Bo, ¿está usted allí?

—Sí, aquí estoy. Trato de comprender qué interés puede despertar hoy un asunto que ocurrió hace ya tanto tiempo.

Advirtiendo en la voz de Marius Bo que su impaciencia e irritación iban en aumento, Henry sugirió con suavidad:

—Tal vez sería mejor que habláramos personalmente. Puedo acudir a verlo cuando usted lo estime conveniente.

—Le repito que yo no tengo ni interés ni deseos de verlo a usted y mucho menos de hablar de asuntos ya olvidados. Adiós, señor...

—Espere un momento —suplicó Henry—. La persona que me pidió que hablara con usted fue el abogado norteamericano William Cromwell.

—¿Cromwell? ¿Está aquí en París?

—Sí. Hace apenas unas semanas hablé con él en un café de los Champs Elysées.

—Amargo recuerdo el de Cromwell —masculló el anciano, lo que movió a Henry a añadir enseguida.

—He conversado también con Bunau Varilla, quien me ayuda en la investigación. Él me habló de usted.

—¿Bunau Varilla? ¿Philippe Bunau Varilla le habló de mí?

—Así es, señor Bo. Fue él quien me indicó que usted podría ilustrarme sobre algunas especulaciones bursátiles que se realizaron a raíz de la compra de la concesión francesa —continuó mintiendo Hall.

Bo guardó silencio por un instante para luego afirmar secamente antes de cortar:

—Esta conversación ha terminado. Le ruego no llamarme más.

Henry se maldijo por la forma tan ineficiente en que se había manejado con Marius Bo. «Tendré que volver a los Archivos Públicos en busca de información. Si los franceses son tan ordenados como aseguran, tal vez existan datos sobre las operaciones de bolsa acaecidas alrededor de noviembre de 1903».

El último domingo de octubre, Henry Hall tomaba su acostumbrado paseo vespertino mientras una tardía brisa otoñal revolvía las hojas secas con las que los castaños habían alfombrado las amplias aceras de los Campos Elíseos. El periodista caminaba abstraído en sus pensamientos: «¿Por qué me olvidé de solicitar a Cromwell su dirección en París?», se preguntaba. En vano había rebuscado en los Archivos información que le permitiera confirmar que en los días que precedieron al 3 de noviembre de 1903 se había especulado activamente en la Bolsa de París con las acciones y valores de la Nueva Compañía del Canal de Panamá. Ahora no tenía a quién recurrir en busca de ayuda:

—*Monsieur* Hall —escuchó de pronto a sus espaldas.

Antes de darse vuelta, Henry ya había reconocido aquella voz penetrante y precisa. Desde una de las pocas mesas ocupadas en el Café de L'Étoile, desafiando el frío otoñal con el mismo gesto de displicencia con el que pronunciaba sus infalibles discursos, Philippe Bunau Varilla lo invitaba a sentarse. El periodista dudó un instante, pero luego, intentando una sonrisa, se acercó al individuo en el que ahora concentraba toda su agresividad.

—¡Qué casualidad, señor Bunau Varilla!

—En realidad este encuentro no es casual, señor Hall. Decidí caminar por este lado de los Champs Elysées con el único propósito de encontrarme con usted.

Asombrado ante la franqueza del francés, Henry preguntó mientras se sentaba.

—¿Y a qué debo el honor?

—Me sorprende su pregunta, señor Hall. Últimamente he intentado comunicarme con usted para saber cómo avanza nuestro proyecto; ante lo inútil de mi esfuerzo resolví averiguarlo personalmente.

Bunau Varilla clavó en los ojos del periodista su mirada de halcón y preguntó con ironía:

—¿Le parece muy fría la temperatura? Si quiere podemos tomar una mesa en el interior.

Henry resolvió seguirle el juego.

—Para mí está bien aquí, ingeniero. Además, presiento que el ambiente puede caldearse.

—No crea, amigo Hall; ya este otoño no tiene más remedio que convertirse en otro crudo invierno... ¿Cómo marcha nuestro proyecto?

«Este es el momento que esperaba», se dijo Hall.

—Debo confesarle que aunque la investigación ya está terminada, desde hace tiempo no escribo. He decidido volver a mi idea original y desentrañar el misterio de los cuarenta millones.

Hall se detuvo para ver el efecto de sus palabras, pero Bunau Varilla se mantenía imperturbable. Ambos permanecieron en silencio hasta que finalmente el francés exclamó:

—¡Otra vez los cuarenta millones! Cuánta fascinación sienten los norteamericanos ante cualquier escándalo, aunque sea imaginario. Insisto en que son consecuencias del puritanismo.

Hall continuó la ofensiva.

—No se trata solamente de los cuarenta millones, sino de algunas fortunas que se hicieron a la sombra del fracaso de De Lesseps.

La ira fulguró en las pupilas de Philippe Bunau Varilla, quien a duras penas logró controlar las ganas de agredir al periodista.

—¿A qué se refiere usted, *monsieur* Hall?

—Hablo de empresas como Artigues, Sonderegger & Cie. y de los famosos accionistas «carcelarios» de la Compagnie Nouvelle du Canal de Panama —espetó Henry Hall.

Las facciones de Bunau Varilla acusaron el golpe, pero solo por un instante.

—Lo dice usted como si estuviera develando un misterio impenetrable —replicó aparentando calma—. Lo cierto es que los Bunau Varilla nunca hemos ocultado nuestra participación en Artigues, Sonderegger & Cie. Se trata de información pública, al alcance de cualquiera que se interese por esos temas. La mejor prueba es que usted mismo logró encontrarla.

—Olvida usted que la lista de los beneficiarios de los cuarenta millones se mantuvo confidencial hasta hace muy poco, supongo yo que esperando que prescribiera cualquier acción civil o penal derivada de la transacción.

—Aunque le cueste creerlo, señor Hall, yo no dicto las leyes de mi país. Si esos informes permanecieron secretos fue porque así lo dispone nuestra legislación comercial. Sin embargo, cualquier periodista medianamente sagaz habría podido encontrar en los archivos públicos evidencias de los pagos recibidos por Artigues, Sonderegger & Cie. y de nuestra vinculación a esta empresa. Asimismo habría comprobado que jamás, repito, ¡jamás! se hizo a nuestra empresa ningún pago injustificado o impropio.

Hall, que sentía renacer su espíritu inquisidor, insistió:

—Impropio fue aprovecharse del cargo de director general de las obras del canal para crear una empresa destinada a realizar los trabajos más rentables del proyecto.

Bunau Varilla golpeó violentamente la mesa con el bastón, atrayendo las miradas de los escasos clientes que se hallaban en el café.

—Usted, señor Hall, no sabe lo que dice —vociferó—. También parece olvidar que habla con alguien que se expuso y sobrevivió a la más terrible de las enfermedades tropicales y a las bombas alemanas, todo por la mayor gloria de Francia. Artigues, Sonderegger & Cie., bajo mi dirección, era la única empresa capaz de llevar adelante los difíciles trabajos del corte culebra.

Mientras gesticulaba y gritaba, Bunau Varilla se había levantado de su silla y por un momento el periodista temió que lo agrediera físicamente. Pero, haciendo esfuerzos por controlarse, el francés volvió a sentarse y prosiguió:

—El fracaso de De Lesseps, como usted lo llama, fue meramente financiero y los escándalos y procesos judiciales que se le siguieron a él, a sus hijos y a su empresa, estuvieron inspirados más por venganza política que por ninguna otra causa.

Bunau Varilla hablaba ahora en voz baja, la mirada perdida en el aire, como si leyera en un tablero invisible el doloroso pasado que tanto le costaba evocar.

—La palabra Panamá se convirtió entonces en sinónimo de inmoralidad y el nombre de De Lesseps quedó manchado para siempre. Pero Francia tenía que resurgir —la voz de Bunau Varilla iba recuperando su vigor— y por eso, solamente por eso, consagré todos mis esfuerzos a evitar que el proyecto del canal francés se perdiera para siempre. El canal, señor Hall, tenía que ser terminado en la ruta escogida por De Lesseps. Usted ya conoce el resto de la historia.

Por un instante, el periodista no supo qué rumbo tomar. Finalmente decidió que lo mejor sería intentar cazar dos pájaros de un tiro.

—Debo decirle que el abogado Cromwell asegura haber comprobado que, después de que Colombia rechazó el tratado y antes de que el departamento de Panamá declarara su independencia, en la Bolsa de París hubo una gran especulación con las acciones de la Nueva Compañía del Canal.

Philippe Bunau Varilla sonrió con amargura.

—Así es que Cromwell está en París. Debí adivinar que fue él quien le sugirió que contactara a Marius Bo. Así actúa siempre el famoso abogado neoyorquino: solapadamente, a través de terceros, sin dar nunca la cara y sin correr ningún riesgo. Y pensar que tuvo usted la osadía de molestar en su lecho de enfermo a Marius Bo para interrogarlo sobre una de las tantas acusaciones absurdas que surgieron con el único fin avieso de perjudicar políticamente a Roosevelt y a su gobierno. Porque usted sabe muy bien, señor Hall, que a pesar de que Pulitzer y sus periódicos me atacaban a mí, su verdadero blanco era el presidente de los Estados Unidos.

Bunau Varilla había recuperado la calma y volvía a hablar con aquella suficiencia y aquel tono doctoral que Henry tanto detestaba.

—¿A quién en su sano juicio —prosiguió— se le habría podido ocurrir especular con un suceso tan incierto como una revolución? ¿Cree usted, señor Hall, sinceramente cree usted que el resultado de la Revolución panameña de 1903 podía preverse? La historia de aquella época turbulenta de Colombia y del Istmo es rica en levantamientos militares, en guerras civiles, en intentos de independencia fallidos...

—Pero Roosevelt quería un canal por Panamá a toda costa, aun por encima del rechazo de Colombia, y eso lo sabía usted —interrumpió Hall, empeñado en tirarle la lengua al francés.

—Me decepciona usted. Durante aquellos días inciertos nadie estaba seguro de nada. Ni Roosevelt, ni los colombianos, ni los istmeños, ni yo mismo. Es cierto que, gracias a mi amistad con el subsecretario de Estado Loomis, pude adivinar mucho de lo que luego quedaría escrito como parte de la historia. Esa capacidad de vislumbrar el porvenir me permitió ayudar a la separación de Panamá, ayuda que muchos patriotas istmeños reconocieron... Todavía conservo las emotivas cartas en las que me agradecían todo cuanto hice por ellos. Pero la memoria es frágil y hoy me califican como traidor a su causa. Cromwell, sin embargo, parece ocupar un lugar especial en el corazón de los panameños. ¡Qué ironía!

Mientras continuaba hablando, un gesto de profundo desprecio se apoderaba del rostro del viejo ingeniero.

—Cromwell, quien en los momentos decisivos rehusó ayudar al doctor Amador Guerrero; Cromwell, quien durante los días cruciales de la separación del Istmo huyó a París para no comprometerse en caso de que las cosas no resultaran; Cromwell quien, una vez consolidada la independencia, regresó a Washington para cosechar triunfos que nunca sembró; Cromwell, quien envidioso de mi participación en el tratado que lleva mi nombre para siempre, maniobró y manipuló para que los panameños prescindieran de mis servicios; Cromwell, quien al fracasar en su empeño, se dedicó a sembrar noticias falsas en los periódicos acusándome de especulador y aventurero; Cromwell, quien quedó a cargo de invertir todos los millones que los ingenuos patriotas panameños llamaron de la posteridad, millones que Panamá recibió gracias al tratado que yo negocié; en fin, el mismo Cromwell, quien todavía hoy continúa falseando la historia para que esta le favorezca.

Bunau Varilla hizo una pausa para tomar aliento.

—No sabe cuánto me apena, señor Hall, que después de treinta años continúe usted siendo una de las tantas víctimas ingenuas del más grande de los manipuladores que ha puesto pie sobre el planeta.

Sin dar oportunidad al periodista de responder a su encendido discurso, Bunau Varilla se levantó rápidamente y dijo despidiéndose:

—Ojalá recapacite usted, señor Hall, y vuelva a encontrar esa imparcialidad tan necesaria para escribir la historia. *Au revoir*.

Henry contempló al viejo francés alejarse, muy erguido a pesar de su extraña cojera. Una ráfaga helada levantaba a su alrededor las hojas muertas de aquel otoño de 1932. Observándolo, el veterano periodista se sintió invadido por sentimientos encontrados: al desprecio que tanto había alimentado durante los últimos meses se unía un poco de lástima para con aquel septuagenario, escapado de su época, que todavía luchaba por conservar intactos sus días de gloria y su dignidad. Y aunque Henry luchaba por evitarlo, volvían a surgir en él chispazos de la admiración que una vez le inspirara aquel hombre que, a pesar de sus errores y sus defectos, siempre había dicho presente al llamado de la historia.

IV

Bogotá

Martes 25 de agosto de 1903

—Soy José Domingo de Obaldía, senador por el departamento de Panamá, y estoy aquí para atender una cita con el excelentísimo señor presidente.

La secretaria miró al hombre que de pie frente a ella sonreía con genuina amabilidad y se sintió invadida por un sentimiento de simpatía. Tal era la reacción que corrientemente provocaba el istmeño en quienes lo trataban por primera vez. De maneras suaves y campechanas, que dejaban entrever su origen provinciano, de De Obaldía disfrutaba el contacto con sus semejantes y así procuraba demostrarlo siempre.

—Siéntese un momentito mientras le aviso al señor presidente que está usted aquí —dijo la secretaria con una amplia sonrisa.

Pocos minutos después salía cargada de papeles e invitaba al senador a entrar.

—El señor presidente lo espera.

—Muchas gracias, señorita.

Dentro del despacho José Manuel Marroquín y su hijo Lorenzo se pusieron en pie para saludar al istmeño.

—Buenos días, señor presidente... Me alegra verte aquí, Lorenzo.

—¡Señor De Obaldía! —exclamó Marroquín animadamente—, hace tiempo que tenía deseos de conocerlo en persona. He oído hablar mucho de usted, sobre todo a mi hijo Lorenzo que le tiene en gran estima.

—Y yo a él, señor presidente. Somos amigos desde hace tiempo y las sesiones del Senado nos han dado la oportunidad de renovar esa amistad.

Lorenzo se limitó a sonreír mientras saludaba a De Obaldía con un apretón de manos.

—Véngase, senador, que aquí al lado estaremos más cómodos. ¿Un café?

—Con mucho gusto.

Mientras Lorenzo salía a ordenar el café, José Manuel Marroquín y De Obaldía iniciaron un diálogo intrascendente en el que se habló sobre la fecha de llegada del senador panameño a Bogotá, el lugar en que se hospedaba, cuándo pensaba retornar al Istmo...

Una vez que la secretaria sirvió el café y abandonó la estancia, los Marroquín adoptaron una actitud de profunda seriedad. El primero en plantear al senador De Obaldía el motivo de la reunión fue Lorenzo.

—José Domingo, te hemos pedido venir aquí porque mi padre tiene algo muy importante que proponerte.

—Así es, mi estimado senador —añadió el presidente—. Como realmente yo de diplomático tengo muy poco voy a hablarle sin rodeos: quisiera que usted aceptara el nombramiento de gobernador del departamento de Panamá.

Aunque desde hacía varios días le había llegado el rumor de que su nombre se mencionaba insistentemente para el puesto que ahora se le ofrecía, De Obaldía fingió asombro.

—Me honra y me sorprende usted, señor presidente. Sin embargo, me siento obligado a preguntarle por la suerte del actual gobernador, don Facundo Mutis Durán, a quien cuento entre mis buenos amigos.

—No se preocupe por don Facundo, quien también es mi amigo —replicó el viejo Marroquín, restando importancia al tema con un gesto de la mano—. A él lo voy a nombrar ministro del Tesoro. Lo que ahora interesa es saber si usted está dispuesto a aceptar el cargo de gobernador del Istmo.

—No veo cómo pueda rehusar... Me permito sin embargo preguntarle a qué obedece la distinción que se me hace.

Los Marroquín intercambiaron miradas y fue el más joven quien respondió:

—Son varias las razones, José Domingo. La primordial es que sabemos que el rechazo del tratado del Canal ha incrementado peligrosamente el descontento que existe en el Istmo hacia el gobierno central. Como tú no ignoras, algunos periódicos liberales llaman abiertamente a la separación. Aunque no creemos que exista realmente ningún peligro, hemos considerado prudente atender el viejo clamor de los panameños para que se nombren funcionarios nativos en los puestos importantes de la administración y comenzaremos por el cargo de gobernador. Tu nombramiento calmará los ánimos hasta tanto logremos resolver acá el asunto del tratado.

—Asunto cuya solución no se vislumbra en el horizonte —intercaló De Obaldía

—Ese es precisamente el otro motivo que nos inclina a pensar que tu designación tendría efectos muy positivos. Los conservadores históricos estamos impulsando la candidatura del general Reyes para las próximas elecciones presidenciales, en gran parte porque abrigamos la convicción de que es la única figura pública con autoridad suficiente para salvar las negociaciones canaleras con los Estados Unidos. Con Reyes en la presidencia de Colombia no habrá Senado capaz de oponerse al tratado que finalmente se acuerde. Sin embargo, los históricos tendremos que trabajar intensamente para vencer a los nacionalistas y a Joaquín Vélez. Esperamos que te unas en el empeño. Te adelanto que con igual propósito nombraremos también nuevos gobernadores en los departamentos de Bolívar, Cauca y Magdalena.

—Estoy convencido de que los colombianos debemos apoyar sin reservas la candidatura del general Reyes. Aparte de las razones que ha mencionado Lorenzo, entre todos los políticos es él quien mantiene las mejores relaciones con el Coloso del Norte. Trabajar para que ascienda a la presidencia de Colombia será un deber fácil de cumplir y a ello me comprometo desde este momento.

—No esperábamos menos de usted —expresó con entusiasmo el presidente.

—Sin embargo, debo ser muy claro en lo concerniente al tema del tratado —continuó De Obaldía—. En repetidas ocasiones he dicho que como istmeño considero imprescindible que el canal se construya a través del Istmo pues de esto depende que nuestro departamento logre escapar a la ruina más absoluta. Así lo he manifestado en mis intervenciones en el Senado y a ello obedece mi apoyo incondicional al pacto canalero.

—Sin ánimo de polemizar, debo recordarte que como miembro de la Comisión que estudió el documento tú fuiste uno de los que recomendó algunas modificaciones como condición para aprobarlo —dijo Lorenzo.

De Obaldía pensó que era el momento de averiguar el motivo de la inusitada intervención de Lorenzo en la última sesión del Senado.

—Cuando la comisión rindió informe, yo ignoraba que los Estados Unidos no estaban dispuestos a aceptar ninguna modificación al tratado Herrán-Hay y supongo que lo mismo ocurría al resto de los comisionados. Gran sorpresa me llevé cuando tú pediste que se leyeran las notas cruzadas entre el canciller Rico y el ministro norteamericano, dejando al descubierto la prepotencia con que los Estados Unidos estaban manejando el asunto del canal. Todavía no logro explicarme qué razones te impulsaron a actuar en esa forma.

—Tampoco yo lo comprendí cuando me lo contaron —masculló el viejo Marroquín.

—La razón es obvia —repuso Lorenzo—. El tratado iba a ser aprobado con modificaciones que lo habrían hecho inaceptable para los Estados Unidos, que era precisamente lo que buscaban Caro, Pérez y Soto y el resto de los nacionalistas. Pero al rechazarlo de plano, el Senado dejaba el campo libre para que solamente alguien como el general Reyes fuera capaz de replantear el asunto frente a la potencia norteña. En otras palabras, el rechazo unánime fue una manera indirecta de impulsar la candidatura de Reyes.

—Todo lo cual es demasiado sutil para mi muy limitado caletre político —rezongó nuevamente el presidente.

—Lo que ahora ocurre —observó De Obaldía— es que el propio Senado está replanteando la negociación con los Estados Unidos. Y no creo que esto le haga ninguna gracia al presidente Roosevelt. O sea, pues, que quedamos de nuevo donde estábamos.

—Con la diferencia de que si Colombia quiere realmente el tratado, tendría que confiar ahora la tarea a un hombre como Reyes —reiteró Lorenzo Marroquín.

—Suficiente hemos hablado ya de política —terció el presidente—. Lo que interesa es que el amigo De Obaldía ha aceptado el cargo de gobernador del Istmo y está dispuesto a apoyar la candidatura de Reyes. ¿No es cierto?

—Así es, señor presidente, y procuraré desempeñarlo con entusiasmo y lealtad. Pero siento que faltaría a esa lealtad si no insisto en que como istmeño lucharé denodadamente para que el canal se construya a través del Istmo. Y si el departamento de Panamá, para lograr tal objetivo, considerara necesario optar por la separación yo no tendría otra alternativa que ponerme del lado de los panameños.

Las palabras del senador cayeron sobre los Marroquín como un balde de agua fría. El presidente miró a su hijo, a quien la inesperada declaración de De Obaldía había dejado momentáneamente mudo, y al final afirmó para salir del paso:

—Con Senado o sin él, Colombia aprobará el tratado y Panamá jamás se nos separará. Así, pues, aunque apreciamos su franqueza, no creemos que haya ningún motivo real de preocupación; el nombramiento se formalizará dentro de los próximos días.

—Una vez más, señor presidente, quedo en deuda con usted, no solamente por el honor que me hace sino, sobre todo, por la gran confianza que deposita en mi humilde persona. Trataré de corresponder a ella con dedicación, entusiasmo y lealtad.

Con estas palabras, el senador por el departamento de Panamá se despidió de los Marroquín. Mientras descendía las escalinatas del Palacio de San Carlos sonreía pensando en la felicidad de sus coterráneos, especialmente su íntimo amigo Manuel Amador Guerrero, al enterarse de que muy pronto un istmeño ocuparía el cargo más importante del departamento. «Debo informárselo cuanto antes», pensó.

Viernes 28 de agosto

En su cuarto de la pensión Nuevo Siglo, Juan Bautista Pérez y Soto terminaba de redactar una nueva edición de *El Constitucional* en la que arremetía violentamente contra los senadores que aún insistían en proponer a los Estados Unidos la apertura de nuevas negociaciones para la construcción del canal a través del Istmo. «Es que son ingenuos y no se dan cuenta de que los yanquis nunca desistirán en su empeño de apoderarse del Istmo —escribía el vehemente senador por el departamento de Panamá— o es que realmente no les importa la soberanía y la dignidad de la Patria». En ese momento llamaron discretamente a la puerta.

«¿Quién podrá ser?», se preguntó mientras verificaba instintivamente la hora en su reloj y acudía a abrir. En la puerta, su amigo y paisano Óscar Terán lo saludó excusándose por lo avanzado de la hora.

—Perdona que me presente tan tarde y tan intempestivamente, pero acaban de darme una noticia que, de ser cierta, traería consecuencias catastróficas para Colombia.

—No te preocupes por la hora, Óscar. Como ves, estaba trabajando. Además, cualquier momento es bueno para los amigos y compañeros de lucha. Pasa y dime qué es lo que tanto te preocupa.

—Según me informa un alto funcionario del Ministerio de Gobierno, con el que me une una amistad de varios años, esta tarde se recibieron en su despacho instrucciones del ministro Jaramillo para preparar un decreto nombrando a José Domingo de Obaldía gobernador de Panamá.

Pérez y Soto no podía dar crédito a sus oídos.

—¿Estás seguro de lo que me dices? Me parece tan absurdo... Ni siquiera el idiota de Marroquín es capaz de semejante torpeza.

—Ya hace algunos días a la Cámara de Representantes había llegado el rumor de que a Mutis Durán lo reemplazarían por alguien más identificado con la candidatura de Rafael Reyes. También se dijo que el gobierno pretendía designar a un istmeño que contribuyera a apaciguar los ánimos y se mencionaron los nombres de Alejandro Orillac, Abel Bravo y Gil Ponce, entre otros. Puesto que en la Cámara todos conocemos las inclinaciones separatistas del senador chiricano, a nadie se le ocurrió pensar en De Obaldía como uno de los candidatos al cargo.

Mientras Terán hablaba, Pérez y Soto, como fiera enjaulada, recorría de un lado para otro la pequeña habitación. Finalmente se detuvo y exclamó:

—¡Tenemos que actuar de una vez e impedir semejante desatino!

—Pero ¿qué podemos hacer? —preguntó Terán.

—Acudir enseguida donde el ministro Jaramillo y advertirle que el nombramiento de De Obaldía significará la separación de Panamá.

—¿A esta hora?

—El bienestar de la patria no conoce horarios. Sé que Jaramillo se hospeda en La Maisson Dorée, y hacia allá iremos de inmediato.

Solamente cinco minutos demoraron Terán y Pérez y Soto en recorrer las tres calles que separaban la modesta posada en la que residía Pérez y Soto de la más lujosa de las pensiones bogotanas.

—Soy el senador Juan Bautista Pérez y Soto y quien me acompaña es el honorable representante Óscar Terán, ambos del departamento de Panamá. Necesitamos hablar urgentemente con el ministro Jaramillo.

El conserje consultó su reloj y dijo con un gesto cargado de recriminación:

—Lo siento mucho, señores, pero su excelencia el ministro de Gobierno no se encuentra aquí en estos momentos.

—¿Sabe usted a qué hora regresará? —insistió Pérez y Soto.

—No tengo idea —respondió el conserje.

—¿Dónde podemos esperarlo?

—En realidad a estas horas de la noche solamente los huéspedes pueden permanecer en nuestros salones.

—¡Ya le dije que se trata de un asunto de Estado! —gritó el senador, exasperándose.

Convencido de que el individuo que tenía por delante era capaz de armar un escándalo, el conserje terminó por indicarles que podían aguardar en el salón contiguo al vestíbulo.

Una vez instalados, Pérez y Soto extrajo de su maletín una libreta y se dedicó a escribir frenéticamente. Terán lo dejó hacer por un rato y finalmente inquirió:

—¿Puedo ayudar en algo?

—Ya casi acabo —respondió Pérez y Soto, sin dejar de escribir—. Estoy redactando una carta para Marroquín con el fin de dejar constancia histórica del grave error que sería la designación de De Obaldía como gobernador de Panamá.

En ese momento Esteban Jaramillo entró al pequeño salón en el que aguardaban los panameños. Vestía de frac y se notaba algo achispado.

—Buenas noches, señores. ¿A qué debo el honor de tan inesperada e intempestiva visita de los más influyentes delegados del departamento de Panamá?

Pérez y Soto, con gran esfuerzo, pasó por alto la ironía en la voz del joven ministro y respondió con su característica intensidad:

—Hemos venido a perturbarlo a estas horas porque acabamos de ser informados de que está a punto de cometerse un error de consecuencias gravísimas para la salud política de Colombia.

—Lo que está en juego es nada menos que la integridad de la patria —agregó Terán.

—Me asustan ustedes. ¿Qué podría ser tan grave que nos obligue a hablar de ello en un lugar y a una hora tan poco apropiados?

—El nombramiento de De Obaldía como gobernador del departamento de Panamá —espetó Pérez y Soto.

La sonrisa burlona se borró del rostro de Esteban Jaramillo, pero solo por un instante.

—¿Y de dónde sacan ustedes semejante noticia?

—¿Lo niega usted, acaso? —preguntó Terán.

El ministro, resignándose a un diálogo que quería eludir, se sentó frente a sus interlocutores y dijo calmadamente:

—Comprendo que De Obaldía no pertenece a la facción política de su simpatía pero siempre pensé que antes que políticos eran ustedes istmeños.

—¡Y antes que istmeños somos colombianos! —tronó Pérez y Soto—. ¿Es que resulta tan difícil entender que con De Obaldía al frente de la gobernación el Istmo de Panamá se perderá para siempre?

El ministro Jaramillo dudó un momento. ¿Aprovecharía la oportunidad para responder de una vez por todas a quien durante tantos meses había mancillado la honorabilidad y el patriotismo de los más altos funcionarios del gobierno o, como sugería la prudencia, pondría fin a la discusión retirándose a descansar? Las copas de vino ingeridas durante la cena y la insoportable pedantería de Pérez y Soto determinaron que dejara a un lado la discreción.

—Permítame recordarle, honorable senador, con el respeto que su cargo merece, que usted no posee el monopolio del patriotismo. Aunque le resulte difícil creerlo, existen otros colombianos que sin pregonarlo a los cuatro vientos, aman a su patria tanto o más que usted.

Usted que casi toda su vida ha vivido ausente de Colombia, de sus luchas, sus sufrimientos y sus esperanzas, y que tardíamente pretende demostrar, con gritos, desmanes y fanfarronadas, ese amor que dice sentir por una patria que nunca ha sido suya. En todo este asunto del tratado del Canal nuestro gobierno ha actuado conforme a los mejores intereses de Colombia y así lo registrará la historia.

Pérez y Soto, que escuchaba con ojos desorbitados la disertación del ministro de Gobierno, se puso en pie de un salto, vociferando:

—¡Lo que dirá la historia es que por culpa de Marroquín y su camarilla se perdió Panamá!

Jaramillo, algo más alto que el senador, se irguió frente a él, desafiante, y sentenció:

—Si se pierde el Istmo será porque hombres como el señor Caro, Arango y usted prefirieron satisfacer sus propios intereses personales y políticos antes que otear en el amplio horizonte de la patria. Buenas noches, señores.

—¡Esta entrevista no ha terminado! —bramó Pérez y Soto—. Díganos qué pasará con De Obaldía.

—No tengo nada más que añadir —replicó Jaramillo, mientras abandonaba la estancia.

Los panameños se miraron desconcertados y finalmente Terán, quien había seguido el diálogo entre sobresaltos, comentó:

—Parece que no hay nada que hacer. El gobierno tiene ya tomada su decisión.

—Aún nos queda hablar con el mismo Marroquín. Debí sospechar que con este joven imberbe cualquier esfuerzo sería inútil.

Durante la mañana del siguiente día Juan Bautista Pérez y Soto y Óscar Terán visitaron insistentemente el Palacio de San Carlos sin que les fuera posible hablar con el viejo Marroquín. Nunca supieron si por ser sábado el presidente realmente se encontraba ausente o si se negaba a recibirlos. En la tarde decidieron acudir donde el presbítero Marroquín, hijo del presidente, con quien Terán mantenía vínculos de amistad. En la casa parroquial de la iglesia de la Santísima Trinidad esperaron pacientemente a que aquel terminara de confesar y en cuanto traspuso la puerta lo abordaron.

—Doctor Marroquín, muy buenas tardes —saludó Terán—. No sé si recuerda usted al senador Pérez y Soto, de Panamá. Perdone si irrumpimos aquí, pero está ocurriendo algo muy grave que requiere la inmediata atención de su padre.

Luego de intercambiar saludos, el presbítero invitó a sentarse a tan inesperados visitantes mientras les advertía:

—Verdaderamente mi participación en las cosas del gobierno es casi nula y está limitada a mantener en buenos términos las relaciones de la Iglesia y el Estado. Pero si creen que en algo puedo ayudar y cabe dentro de mis posibilidades, estoy más que dispuesto.

—Permítame informarle brevemente de lo que se trata —intervino Pérez y Soto—. Tanto el doctor Terán como yo representamos al departamento de Panamá en el Congreso: él en la Cámara y yo en el Senado. Como istmeños conocemos de primera mano las fuerzas que solapadamente se agitan en Panamá para lograr la separación de Colombia con la excusa del rechazo del tratado del Canal. Uno de los panameños que abiertamente apoya el movimiento separatista es el senador José Domingo de Obaldía, oriundo de la provincia de Chiriquí, quien ha desempeñado un papel lastimoso durante las discusiones del tratado en el Senado. Pues bien, ahora resulta que el gobierno está a punto de designar gobernador del departamento de Panamá a ese enemigo declarado de la unidad colombiana.

Como de costumbre, el tono de voz de Pérez y Soto había ido aumentando en intensidad y las últimas palabras más que salir, estallaron en su boca:

—¡Ese nombramiento hay que impedirlo a toda costa si no queremos que se pierda el Istmo!

El presbítero, aturdido por la fogosidad del istmeño, no atinaba a decir nada, lo que motivó que Terán sugiriera con voz más calmada:

—Quizás pueda usted lograr que su padre nos escuche antes que sea demasiado tarde.

—Pero es que yo de estos temas no sé nada —balbuceó el canónigo, para añadir luego, con voz más segura—: como manifesté hace un momento, yo tengo por principio no hablar con mi padre de política.

Terán y Pérez y Soto intercambiaron miradas.

—¿Podría usted entonces entregarle un mensaje? —preguntó el senador.

—Lo haré con el mayor gusto. Precisamente mañana, como todos los domingos, almorzaremos en familia.

Pérez y Soto extrajo de su maletín la carta que tenía preparada para el presidente y entregándosela al presbítero dijo solemnemente:

—Este sobre contiene el mensaje que espero que su señor padre atienda por el bien de nuestra patria. Se lo doy abierto con la intención de que usted lo lea y pueda influir en el ánimo del presidente, contribuyendo así a evitar una catástrofe irreparable.

Una vez se marcharon los istmeños, el primogénito de los hijos de José Manuel Marroquín leyó con curiosidad la carta que el extraño personaje que acababa de conocer enviaba a su padre:

Bogotá, agosto 29 de 1903

Excelentísimo señor don José Manuel Marroquín
Presidente de la República. Sus manos

Respetado señor y amigo:
Estuve varias veces a verlo y no tuve la suerte de encontrarlo. Como el asunto urge le escribo esta.

El nombramiento del señor De Obaldía es, en los actuales momentos, la pérdida sin remedio del Istmo, pérdida de un modo grotesco y ridículo. Quien como el señor De Obaldía, en esta atmósfera de la capital no ha temido en pleno Senado manifestar ciertas opiniones incalificables a propósito del Canal yendo allá de gobernador nada le impedirá dar rienda suelta a sus inclinaciones; se echará en brazos de gentes muy sospechosas; todos los anticolombianos verán, no solo estímulo, sino premio en este nombramiento; y se van a desarrollar planes en que antes no se había pensado. ¡Ahora sí que se hará verdadera y activa propaganda separatista!; y, ¿cómo no, si las autoridades darán la señal?

¡Cuál no será la actividad y audacia del elemento extranjero!

Yo le encarezco a Ud., de la manera más patriótica, que se aplace esto por unos días.

De Ud. atento amigo, seguro servidor,

Juan Bautista Pérez y Soto

Ese domingo, durante el almuerzo, el presidente leyó en voz alta a sus hijos la carta del senador Pérez y Soto. Encabezados por Lorenzo, todos hicieron mofa de las aprensiones del istmeño. «Y pensar de que ese histérico llevó en el Senado la voz cantante contra el tratado y que Caro y sus nacionalistas le hicieron coro», fue el último comentario del viejo Marroquín a su familia. Dos días después vería la luz pública el Decreto número 835, fechado el 30 de agosto, por medio del cual se nombraba a José Domingo de Obaldía gobernador de Panamá en reemplazo de Facundo Mutis Durán, a quien se promovía a ministro del Tesoro.

Lunes 31 de agosto

Cuando el secretario de la Legación anunció la inesperada visita del senador De Obaldía, Arthur Beaupré se encontraba preparando su último informe para el Departamento de Estado en torno a las discusiones sobre el tratado que aún continuaban en el Senado colombiano. «Parece que el gobierno ve con agrado —escribía el ministro norteamericano en Bogotá— la decisión del Senado de nombrar una Comisión encargada de proponer a nuestro gobierno nuevas negociaciones sobre bases aceptables a ambas partes. Yo me preparo para disuadirlos de la idea y, conforme a las instrucciones recibidas del señor secretario de Estado, advertirles una vez más que los Estados Unidos no están dispuestos a aceptar ninguna modificación al texto original del tratado Herrán-Hay». En este punto, Beaupré interrumpió su labor para recibir al controversial senador por el departamento de Panamá, cuyo nombramiento para el cargo de gobernador del Istmo se daba como un hecho cierto en los mentideros políticos de la capital colombiana.

—Senador De Obaldía, qué agradable sorpresa.

—Buenas tardes, señor embajador. Le agradezco que me reciba usted sin previo aviso pero pienso que lo que debo decirle es importante para las relaciones de Colombia con los Estados Unidos.

Beaupré condujo al senador a su estudio privado y luego de ofrecerle un café, que este rehusó, lo invitó a relatarle el motivo de la visita.

—He venido a informarle, para que usted lo comunique a su gobierno, que he sido designado gobernador de Panamá y que en breve abandono la capital para encargarme de mi nueva posición. Me imagino que se estará usted preguntando qué incidencia puede tener todo esto en nuestras relaciones...

—Cualquier cambio en las altas autoridades del departamento del Istmo es sumamente interesante para nosotros —aclaró Beaupré.

—Lo que me interesa es que tenga usted en cuenta que cuando el presidente Marroquín me ofreció el cargo yo le advertí muy claramente que desde mi nueva posición continuaría luchando en favor de la aprobación del tratado del Canal y que si, llegado el caso, el departamento de Panamá se veía forzado a separarse de Colombia para evitar que la vía interoceánica se construyera por Nicaragua, yo estaría del lado de los istmeños. Habiendo dicho esto —continuó De Obaldía en ese tono mesurado tan característico en él— quisiera que informe asimismo a su gobierno que el general Reyes, gran amigo de los Estados Unidos, será elevado a la presidencia de Colombia en los comicios que se avecinan y que el próximo Senado será sin lugar a dudas favorable al tratado. Es decir, pues, que si los Estados Unidos quieren aguardar a que pongamos nuestra casa en orden se asegurarán la aprobación del tratado sin necesidad de recurrir a una revolución en Panamá.

Beaupré, abrumado por la franqueza del panameño, no pudo más que agradecerle la confianza y claridad de sus palabras y asegurarle que serían transmitidas a su gobierno fielmente.

—Dos países amigos, como los son Colombia y los Estados Unidos, deben hablar con sinceridad si realmente quieren preservar esa amistad —sentenció De Obaldía mientras se despedía.

Cumpliendo lo prometido, Beaupré envió al Departamento de Estado un nuevo informe que reflejaba textualmente su entrevista con el senador De Obaldía. Sin embargo, dos semanas después de aquel encuentro, enviaba otro en el que daba cuenta de la crisis que dicho nombramiento había desatado. «La última semana —leía el informe— el tema del tratado ha quedado a un lado y en los círculos políticos solamente se habla del nombramiento del senador De Obaldía como nuevo gobernador del departamento de Panamá. El asunto ha sido llevado por los opositores del istmeño al Congreso y, a pesar de que por mandato constitucional el Senado tiene prohibido dar votos de censura, Pérez y Soto y Caro han hecho aprobar una resolución en la que advierten a Marroquín el peligro que representa para Colombia el nombramiento del nuevo gobernador del Istmo. La sesión fue tan tormentosa que la barra impidió que se escucharan las palabras de Lorenzo Marroquín, único de los senadores que se atrevió a defender el nombramiento hecho por su padre. En la Cámara de Representantes, sin embargo, a pesar de los esfuerzos del también istmeño Óscar Terán, la votación resultó favorable al gobierno y a De Obaldía. La opinión generalizada es la de que el gobierno prostituye los intereses generales del país en favor de meras intrigas electorales, todo lo cual coincide con lo que me manifestara personalmente el nuevo gobernador en cuanto a la próxima elección del general Reyes, que fuera objeto de uno de mis informes anteriores. Aguardo instrucciones sobre nueva situación mientras sigo con atención el desarrollo de los acontecimientos».

Martes 15 de septiembre

El general Juan Bautista Tobar entró al despacho del ministro de Guerra sin ningún indicio de por qué se le había citado esa mañana. Miembro de una familia de militares, Tobar había luchado valerosamente en la Guerra de los Mil Días. Sin embargo, el gesto que le valdría la admiración de conservadores y liberales ocurrió luego de terminadas las hostilidades cuando se negó a obedecer la orden impartida por el entonces ministro José Joaquín Casas de seguir consejo de guerra al general Rafael Uribe Uribe, quien había firmado en representación de las huestes liberales el tratado de paz con el gobierno conservador. «Prefiero renunciar y romper en la rodilla mi espada, antes que envilecerla quebrantando la palabra dada al adversario», escribió Tobar al ministro de Guerra, granjeándose el respeto de tirios y troyanos. Pero junto a la honra descendió sobre el pundonoroso militar el estigma de la desobediencia civil que lo había mantenido al margen de posiciones claves durante los últimos dos años.

—Juan Bautista, de veras me alegro de verte —saludó Alfredo Vázquez Cobo, en un tono familiar que disipó cualquier preocupación que pudiera albergar Tobar.

—Gracias, señor ministro. Para mí resulta también muy placentero estar aquí, aunque no puedo negar que me intriga la razón del llamado urgente que se me ha hecho.

—En realidad no hay tal urgencia. Te he pedido venir porque quiero que revisemos juntos la situación del Istmo. Con el rechazo del tratado han aumentado los rumores de un movimiento separatista y aunque no creo que haya mayor motivo de preocupación pensamos que es mejor prevenir que lamentar.

—Supongo que el alboroto que se ha formado con motivo del nombramiento de De Obaldía ha influido en el ánimo del gobierno —observó Tobar.

—Algo de eso hay. Lo cierto es que hemos decidido nombrar un nuevo comandante en jefe para el departamento de Panamá con mando sobre las fuerzas del Río de la Magdalena, las de la costa Atlántica y las del Pacífico. Quisiera que fueras tú quien ocupara esa posición.

Sorprendido, el general Tobar dudó un momento antes de preguntar:

—¿No se había designado ya al general Sarria para ese destino?

—Se pensó en él pero ni se le ha nombrado ni se le ha ofrecido nada; yo, personalmente, prefiero que seas tú quien se encargue del Istmo.

El matiz autoritario en la voz de Vázquez Cobo no pasó inadvertido a Tobar. Al notar que este vacilaba, el ministro agregó con más suavidad:

—Como dije antes, el asunto no es de mucho apuro. Si quieres pensarlo hablaremos otra vez dentro de un par de días.

—No me interprete mal, general. No tengo ningún reparo en aceptar. Guardo gratos recuerdos del Istmo y tengo allá buenos amigos. Si dudo es únicamente porque mi esposa debe dar a luz dentro de dos semanas y pensaba llevarla a Ocaña, donde viven sus padres. ¿Cuándo cree usted que tendría que embarcarme para Panamá?

—Vuelvo a decirte que no se trata de una situación urgente. Camino de Barranquilla podrías pasar por Ocaña y aguardar allí a tu nuevo hijo. Con que llegues a Panamá antes de que finalice el mes de octubre será suficiente. Lo importante es que podamos anunciar tu designación enseguida para apaciguar un poco los ánimos. Ya habrá oportunidad más adelante de analizar los detalles de la comisión.

—Si es así acepto con mucho gusto al tiempo que agradezco la confianza.

Cuando el general Tobar empezaba a levantarse de su asiento, el ministro lo detuvo con un gesto de la mano.

—Hay algo más, Juan Bautista.

Tobar interrogó a su superior con la mirada.

—Junto al nombramiento de comandante militar de la plaza, que se hará público enseguida, se te designará también jefe civil del Istmo con autoridad suficiente para asumir esa jefatura en el momento en que lo consideres conveniente a los mejores intereses de Colombia. Estas últimas instrucciones permanecerán secretas hasta tanto haya que ejercerlas. Te advierto que yo no creo que haya necesidad, pero a Marroquín lo han convencido de que es mejor curarse en salud.

—Imagino que a los istmeños, que han venido pidiendo que se nombre a un gobernador de los suyos, les caería muy mal que se revoque tan pronto el nombramiento de De Obaldía y además se otorgue a un militar el control absoluto del departamento.

—Así es, general. Volveremos a hablar cuando tengas listo el plan de viaje y hayas escogido al cuerpo de oficiales que te acompañará. Ah... en cuanto a la tropa: si estás de acuerdo, cursaré instrucciones para que el Batallón Tiradores se desplace contigo a Panamá.

—Me parece magnífico. Hasta muy pronto y nuevamente gracias por la confianza que le ruego hacer extensivas al presidente.

El 19 de septiembre se publicó en la *Gaceta Oficial* y en todos los diarios de la capital el nombramiento del general Juan Bautista Tobar como comandante en jefe del Istmo, del Río de la Magdalena y de todas las costas del Atlántico y el Pacífico. El decreto presidencial añadía al nombramiento la frase «con destino inmediato y urgente a las ciudades de Colón y Panamá», lo que motivó una nueva visita de Tobar a Alfredo Vázquez Cobo para indagar si algo había cambiado desde su primera entrevista y si realmente debía salir de inmediato para Panamá. Comoquiera que el ministro le aseguró que todo continuaba igual y que la alusión a la inmediatez de su destino obedecía únicamente a la intención del gobierno de serenar las aguas de la política, el general Tobar se vio en libertad de cumplir sus planes originales y seguir hacia Ocaña con su mujer a esperar pacientemente el nacimiento de su nuevo vástago.

Una semana después de que un hermoso varón les naciera a los esposos Tobar, el general había partido rumbo a Barranquilla, ciudad costeña a la que arribó el 12 de octubre a fin de iniciar de inmediato los preparativos necesarios para su desplazamiento hacia Panamá. A los dos días, sin embargo, recibía un telegrama del ministro de Gobierno en el que le ordenaba seguir hacia la Guajira «por haber noticia de existir un contrabando en ella». Descifrada la clave, en realidad el mensaje revelaba que por el lado de la frontera con Venezuela existía un levantamiento armado que debería debelarse con urgencia. En vista de que el único navío de guerra de que disponía Tobar era el crucero *Cartagena*, el mismo que debería transportarlo al Istmo con sus oficiales y tropa, el general se vio forzado a despacharlo hacia el área del conflicto mientras él permanecía en Barranquilla aguardando su retorno y organizando los detalles de la misión. El *Cartagena* regresó a puerto el 29 de octubre sin haber encontrado ninguna insurrección.

Mientras los militares iban y venían sin llegar a su destino, en el Senado colombiano disminuía sensiblemente el interés por el tratado del Canal. Los senadores de ambos bandos parecían haber llegado al acuerdo no escrito de esperar a que se cumpliera el término para el cual se les había convocado sin solucionar el problema. Motivaba esta actitud la tesis promovida originalmente por Lorenzo Marroquín en el sentido de que la concesión francesa caducaría el 31 de octubre de 1904 y, una vez esto ocurriera, Colombia podría negociar directamente con los Estados Unidos, dejando por fuera a la compañía francesa. El premio, nada despreciable, serían los cuarenta millones de dólares que los Estados Unidos se habían comprometido a pagar a los franceses como precio de la concesión.

Las discusiones se trasladaron del recinto a los pasillos y los temas políticos sustituyeron a las grandes preocupaciones patrióticas. Los conservadores históricos impulsaban abiertamente la candidatura del general Reyes a la presidencia de la República y colocaban sus fichas políticas para asegurar el triunfo. Por el lado de los nacionalistas, Pérez y Soto luchaba inútilmente por acompañar al doctor Joaquín Vélez en la nómina presidencial. «En ningún momento comprometí con el senador istmeño la candidatura a la vicepresidencia», afirmó rotundamente Miguel Antonio Caro, y desde ese momento quedaron sepultadas las esperanzas electoreras del fogoso abanderado de la oposición al tratado Herrán-Hay. Algunos legisladores, a cuya vanguardia marchaban los representantes istmeños, se esmeraban todavía por mantener vivas las discusiones sobre el tema que los había traído a Bogotá y sobre las consecuencias funestas que el rechazo definitivo del tratado acarrearía al departamento de Panamá. Y cuando se hizo evidente que el Congreso clausuraría sus sesiones dejando sin solucionar el tema del canal, el doctor Luis de Roux, uno de los seis representantes panameños, se sintió obligado a lanzar a sus colegas la siguiente admonición:

> *Señor presidente: Dígnese Vuestra Excelencia ordenar que conste en el Acta del día de hoy que el Representante por la Provincia de Panamá conceptúa peligroso para la integridad nacional que el actual Congreso se disuelva sin resolver el problema del canal interoceánico. Yo haré uso de esta declaración para justificar mi previsión cuando los hechos se hayan cumplido. ¿Podremos ahora disolvernos y abandonar tan graves asuntos para volver a nuestros pueblos a intrigar por el triunfo electoral de tal o cual personaje o ambición mezquina? Los que hemos abierto los ojos y luchado inflexiblemente en pro de nuestra patria tenemos derecho a que el historiador nos respete y señalándonos con el dedo diga: este es uno de los que cumplieron con su deber en la hora de la prueba.*

Panamá

Lunes 24 de agosto de 1903

Agitando un papel en la mano y con una sonrisa apenas perceptible tras el bigote caído, el doctor Manuel Amador Guerrero entró sin anunciarse en el despacho del maestro Arango.

—¿A qué obedece la euforia? —preguntó este, sonriendo a su vez.

—Acabo de recibir respuesta de Vázquez Cobo a mi solicitud de licencia. Me complace comunicarte que he sido debidamente autorizado para separarme temporalmente de mi cargo en el Batallón Colombia y viajar a los Estados Unidos a atender asuntos de índole personal.

—Se tragaron el cuento de la enfermedad de tu hijo —comentó Arango divertido.

—Así es. Y lo más importante es que la autorización está firmada por el propio ministro de Guerra, lo que revela que en Bogotá no sospechan de mi participación en el movimiento.

—Hay que proceder enseguida con los preparativos de tu viaje —sugirió Arango—. Ahora son las tres de la tarde. Convocaré a una reunión esta misma noche en la planta eléctrica. Avísale tú a Espinosa, a Ricardo y a Tomás Arias mientras yo me encargo de decirle a los demás. ¿Te parece bien a las ocho?

—Me parece muy bien.

A la reunión concurrieron todos los conspiradores con excepción de Tomás Arias y Manuel Espinosa Batista, quienes no se encontraban en la capital. Iniciada la reunión, los presentes coincidieron en que no valía la pena malgastar más tiempo esperando que el Senado colombiano hiciera algo por salvar el convenio. «El tratado Herrán-Hay está muerto y si queremos el canal debemos comenzar ya las acciones para separarnos de Colombia», concluyeron solemnemente. Se decidió, entonces, que el doctor Amador partiera enseguida hacia Nueva York aprovechando la circunstancia de que el vapor *Segurança* zarparía con ese destino el miércoles 26 de agosto.

—Apenas si me quedará tiempo para hacer la maleta y despedirme de María —bromeó Amador.

Posteriormente se discutieron a fondo los objetivos del viaje y se dieron al enviado instrucciones precisas de confirmar y concretar las promesas de asistencia formuladas por Cromwell al capitán Beers en cuanto a dinero, armamentos y fuerzas adicionales. Se le encomendó también a Amador asegurar, con el propio presidente Roosevelt o con el secretario de Estado Hay, el apoyo de los Estados Unidos al movimiento y el reconocimiento diplomático expedito de la nueva república.

Cuando la reunión llegaba a su fin, Carlos Constantino sugirió:

—Nada hemos dicho acerca del dinero que requerirá nuestro enviado. Supongo que será necesario proveerlo de algunos fondos, sobre todo porque ignoramos cuánto tiempo tendrá que permanecer en los Estados Unidos.

—Les ruego que no se preocupen por eso —respondió enseguida Amador—. Tengo algunos pesos guardados y mi crédito todavía es bueno.

—Francamente no había pensado en el asunto del dinero —reconoció José Agustín—. No me parece justo que sufragues de tu propio bolsillo los gastos que incurrirás en representación de todos nosotros.

—En representación del movimiento separatista y de la patria, querrás decir. Insisto en que no se hable más del asunto. Si triunfamos, me sentiré ampliamente compensado; y si fracasamos, poco importarán unos cuantos pesos.

Las palabras del viejo médico provocaron un respetuoso silencio que fue aprovechado por Nicanor de Obarrio para recordar que tampoco se había discutido el tema de las comunicaciones.

—Debemos establecer un procedimiento que nos permita comunicarnos con el doctor Amador sin ser descubiertos. Tal vez sea necesario elaborar una clave.

—Me parece que lo que sugiere De Obarrio es fundamental —dijo Arango—. Vamos a pedirle a él mismo que la prepare en compañía de Carlos Constantino para que Manuel se la pueda llevar pasado mañana... Y a propósito de comunicaciones, es necesario que mantengamos informados a los liberales de lo que hemos decidido esta noche. Yo mismo me encargaré de hablarle al doctor Mendoza.

Faltaban pocos minutos para la medianoche cuando los conjurados se despidieron frente a la planta eléctrica. Uno por uno abrazaron al viejo galeno deseándole suerte y éxito en su misión.

Cuando Amador llegó a su casa, María lo aguardaba despierta y al ver la expresión de su rostro comprendió que algo extraordinario ocurría. Ni siquiera tuvo tiempo de salir de la cama y preguntarle de qué se trataba pues Amador, entusiasmado y nervioso, le confió enseguida que dentro de dos días debería embarcarse para Nueva York.

—¿Tan pronto? No tienes nada preparado —comentó María.

—No hay más remedio. El próximo vapor zarpa el miércoles y si no lo tomo tendría que esperar por lo menos dos semanas más y no hay tiempo que perder. Además es poco lo que tengo que hacer antes de embarcarme.

Observando que su joven y hermosa mujer permanecía callada y pensativa, actitud poco común en ella, el doctor Amador se sentó al borde del lecho y le dijo muy suavemente mientras le tomaba la mano:

—Lo único que realmente me preocupa del viaje y de la aventura en que estamos comprometidos es dejarte sola. No porque dude de tu valor, que lo tienes de sobra, sino porque sin ti a mi lado dudo del mío. Sé muy bien que a veces piensas que estoy ya muy viejo para revoluciones y que lo mismo ocurre con José Agustín. Y tienes razón.

María iba a decir algo pero Amador, colocando con ternura el dedo índice sobre sus labios, le suplicó silencio.

—Déjame que termine... Quizás lo que sucede en el Istmo es que los más jóvenes no comprenden a cabalidad la coyuntura histórica que estamos viviendo y la oportunidad de oro que se le presenta a Panamá para lograr la separación definitiva. Ellos no vivieron los años de libertad del Estado Soberano, ni conocieron los esfuerzos por alcanzarla de patriotas como Tomás Herrera y Justo Arosemena, ni sufrieron los vejámenes que el gobierno centralista de Núñez impuso a los panameños después de que en 1885 borró el federalismo de las leyes y la Constitución de Colombia. Cuando los jóvenes de hoy llegaron a la mayoría de edad, hacía ya más de veinte años que ningún istmeño podía aspirar a ocupar ningún cargo público en su propio territorio. Todas las autoridades, civiles, militares y hasta las eclesiásticas, nos las enviaban de afuera; nuestras calles dejaron de ser calles para convertirse en «carreras»; los representantes del Istmo ante el Congreso eran escogidos con el dedo largo y autocrático del gobernante de turno. Finalmente nos convirtieron en campo de batalla para dilucidar sus rivalidades políticas y mil días de guerra, sangre, luto y dolor cayeron sobre el Istmo como una maldición bíblica.

Al percibir asombro y desconcierto en los ojos de su esposa, Amador prosiguió con voz más baja y apacible:

—Perdona si me exalto, pero los jóvenes de hoy lo único que comprenden es que si perdemos el canal, el Istmo quedará condenado para siempre a la miseria más abyecta. Esto, además de ser cierto, es la causa inmediata del movimiento separatista y es también la coyuntura que debemos aprovechar los panameños porque los Estados Unidos, que quieren a toda costa la vía interoceánica, tendrán mucho interés en apoyarnos. Pero los que hemos vivido más años sabemos que la gesta de hoy no es más que la culminación de casi un siglo de esfuerzos y sacrificios de varias generaciones de istmeños por liberarnos de la madrastra colombiana a la que en mala hora nos sometimos por voluntad propia. Esta es, en esencia, la razón por la que al frente del movimiento separatista hay hombres ya viejos como nosotros.

María Ossa, que comprendía y compartía plenamente el razonamiento y la emoción de su marido, mirándolo fijamente a los ojos, aquellos ojos miopes y cansados, se limitó a decir:

—Vamos a empacar tu maleta.

Viernes 4 de septiembre

En el balcón de su casa, a pocos pasos de la plaza de la Catedral, María Ossa de Amador revisaba los periódicos recién llegados de Bogotá en busca de información acerca de lo que se decía en la capital sobre la situación del Istmo. Al no encontrar ninguna novedad, desvió su atención hacia la plaza donde algunos niños del barrio, embebidos en uno de sus interminables juegos, correteaban de un lado para otro.

«¿Cómo estará Amador?», se preguntó. Su cuñado Prescott acababa de informarle que el *Segurança* había arribado sin novedad a Nueva York el primero de septiembre, por lo que María esperaba recibir noticias en cualquier momento. Mientras seguía contemplando los juegos infantiles, María recordó cuánto orgullo y cuánta satisfacción habían despertado en ella las palabras de su marido y lamentó lo difícil que siempre le resultaba hacérselo saber. Pero sus evocaciones se vieron interrumpidas cuando observó que su hermano cruzaba la calle con paso decidido y entraba al edificio en el que ella residía. «¿Qué querrá ahora el señor alcalde?», pensó. A los pocos minutos José Francisco se asomaba al balcón.

—María, tengo que hablar contigo —dijo. Y bajando la voz prosiguió—: Se trata de algo muy serio así es que mejor vamos adentro.

De mala gana abandonó María la comodidad de su mecedora para escuchar lo que su hermano, el alcalde de San Felipe, tenía que decirle.

—De fuente fidedigna acabo de enterarme de algo muy grave. —Aunque hablaba con intensidad, la voz de José Francisco era apenas un susurro—. ¿Sabes que tu marido está conspirando contra los poderes constituidos? Según me informan, a pesar de sus setenta años, mi querido cuñado es uno de los líderes de un movimiento separatista y se ha ido a los Estados Unidos en busca de apoyo.

María percibió en los gestos y el matiz de voz de su hermano el mismo desdén con el que treinta años atrás su familia había recibido la noticia de su boda con el viejo médico cartagenero. «¿Por qué casarte con alguien que además de llevarte veinte años es divorciado?», había preguntado su padre. «Porque lo quiero», se había limitado a responder ella.

—El complot no demora en descubrirse y eso significa que a tu marido y a todos los demás los pasarán por las armas —continuó José Francisco, con genuina preocupación.

María miró fijamente a su hermano y tomándole de la mano, sin decir nada, lo llevó hasta su habitación.

—¿Qué haces? —preguntó el alcalde, que nunca antes había puesto pie en la recámara de los Amador.

Sin responder, María lo condujo frente a una mesita sobre la cual se destacaba un retrato de su madre ya fallecida.

—Espera aquí —dijo, autoritaria. A los pocos segundos regresó con una Biblia en las manos.

—¡Arrodíllate, José Francisco! —le ordenó. Y como este dudara, volvió a insistir, alzando más la voz.

—Te digo que te arrodilles ante el retrato de tu madre. ¡Hazlo ya!

José Francisco conocía desde niño el carácter indómito y la voluntad férrea de su hermana pero nunca antes la había visto así.

—No entiendo... —balbuceó mientras se hincaba.

—Jura ante la imagen de nuestra madre muerta y sobre esta Sagrada Biblia que jamás, repito, jamás volverás a mencionar a nadie lo que acabas de decirme.

—Pero...

—¡Júralo!

—Te olvidas que como alcalde tengo responsabilidades que cumplir. Tendría que renunciar al cargo —murmuró José Francisco, que seguía de rodillas.

—Tus obligaciones son antes que nada para con tu familia y para con tus compatriotas. Y cuando digo compatriotas no me refiero a los colombianos sino a los istmeños. ¿O es que tú crees que al resto de Colombia le importa la suerte del Istmo? En Bogotá los políticos juegan con el canal y con nuestra miseria. En buena hora un grupo de panameños responsables decidieron que ya era tiempo de poner un alto a tanto abuso. Sí, José Francisco, mi esposo y yo pertenecemos a ese pequeño grupo de patriotas visionarios que han decidido que llegó el momento de separarnos de una vez por todas de Colombia para forjar nuestro propio destino. O aprovechamos ahora la oportunidad que se nos ofrece o jamás lograremos alcanzar la libertad. Yo espero que a partir de este momento te unas a nosotros y desde el puesto que ocupas contribuyas a que la independencia sea una realidad. Por eso te pido, una vez más, que así lo jures ante nuestra madre que nos mira.

Un denso silencio siguió a las palabras de María Ossa de Amador. Afuera el sol se había ocultado tras nubarrones que presagiaban tormenta dejando la habitación sumida en una semipenumbra que intensificaba el dramatismo de la escena. Finalmente, José Francisco bajó la cabeza y exclamó en voz apenas audible:

—Lo juro, hermana... lo juro.

Miércoles 16 de septiembre

José Domingo de Obaldía, de pie sobre la plataforma del último vagón, contemplaba con sorpresa e íntima satisfacción la muchedumbre que se había dado cita esa mañana en la estación del ferrocarril. Aunque sabía que su nombramiento había sido bien acogido en Panamá, no estaba preparado para aquel recibimiento. Nacionales y extranjeros, conservadores y liberales, se confundían en una abigarrada multitud al frente de la cual se destacaban las autoridades civiles y militares del Istmo y los máximos líderes de ambos partidos: Tomás Arias, Manuel Espinosa Batista, José Agustín Arango, Demetrio Brid, Eusebio Morales, Carlos Mendoza, Domingo Díaz, todos unidos por el deseo de darle la bienvenida ahora que regresaba al terruño investido con el cargo más alto del departamento. Le preocupó no ver entre los presentes ni a su íntimo amigo Manuel Amador Guerrero ni al antiguo gobernador, Facundo Mutis Durán. «¿Qué habrá ocurrido?», se preguntó. Mientras así pensaba, Nicolás Victoria, escogido como orador para la ceremonia de recibimiento, finalizaba su discurso con estas reveladoras palabras:

El señor Marroquín ha dado alta prueba de patriotismo al escogeros para gobernador de Panamá, cuando aún están latentes las palabras llenas de dignidad y energía con que expresasteis, en pleno Congreso, que sois istmeño antes que todo, frases que, teniendo en cuenta vuestros antecedentes y el ilustre apellido que lleváis, no podíais menos que sentir con plena sinceridad en vuestro pecho.

Aun cuando lo considero innecesario, señor De Obaldía, os ruego tengáis siempre presente lo trascendental de vuestro nombramiento, y os hagáis digno de la confianza depositada en vos por vuestro pueblo.

De Obaldía respondió con frases elocuentes y henchidas de fervor patriótico en las que recalcó su «compromiso inquebrantable de trabajar teniendo siempre por norte el bienestar del Istmo aunque ello signifique que tengamos que revaluar nuestro lugar dentro de la patria colombiana». Aplausos y vítores sucedieron al discurso del nuevo gobernador quien, en cuanto pudo librarse de los coterráneos y amigos que se esforzaban por saludarlo, llevó aparte a José Agustín Arango para averiguar por Mutis Durán y Amador Guerrero. El maestro Arango vaciló un instante antes de responder:

—Nuestro amigo Manuel partió rumbo a los Estados Unidos atendiendo el llamado de su hijo Raúl que parece haber enfermado. Sin embargo, María me pidió que te informara que te hospedarás en su casa como de costumbre y que allí te espera desde hoy.

—Quizás no resulte apropiado —murmuró De Obaldía, pensando, sin duda, en la juventud y belleza de la esposa de su íntimo amigo.

—La ofenderías si no aceptas. Además, Manuel, el mayor de los hijos de Amador habita con ellos desde hace un tiempo.

Al advertir que De Obaldía no hacía más comentarios, José Agustín continuó:

—En cuanto al doctor Mutis Durán, presumo que ignoras todavía que rehusó aceptar el cargo de ministro del Tesoro que le ofreció Marroquín.

—¿Cómo? —preguntó De Obaldía con asombro y preocupación.

—Según se dice —prosiguió Arango—, don Facundo le escribió una carta violenta al presidente quejándose de que su destitución del cargo no era más que una venganza perpetrada por los Vázquez Cobo luego de aquel incidente en que se vio obligado a separar de la comandancia militar del Istmo al hermano del ministro.

—¡Qué contrariedad! —masculló De Obaldía—. Tendré que ir a visitarlo cuanto antes para expresarle mi desagrado por la manera como terminaron las cosas.

En ese momento se acercó Ricardo Arias y envolviendo al nuevo gobernador en un efusivo abrazo exclamó:

—¡No sabes cuánto nos ha alegrado a todos tu designación! Contigo como gobernador vendrán sin duda mejores días para el Istmo. Quiero que sepas, además, que soy el encargado de organizar el agasajo que se te brindará mañana en la noche en el hotel Central y que allí estaremos todos tus amigos.

—Verdaderamente me siento abrumado por tantas gentilezas. No esperaba ni el hermoso recibimiento que se me dispensó hoy ni tampoco el ágape de mañana. Tal como dije en mi discurso, solo aspiro a satisfacer las expectativas de mis compatriotas y amigos istmeños.

Jueves 17 de septiembre

En el comedor principal del hotel Central no cabía un comensal más. El ambiente, que reunía indistintamente a istmeños y extranjeros y a destacados políticos de ambos bandos, era de desbordante alegría. Los habitantes del Istmo, sin distingos de ninguna clase, celebraban que después de casi veinte años un panameño ocuparía la Gobernación del departamento. En las mesas más próximas al nuevo gobernador brindaban animadamente, entre otros, Ricardo Arias, Nicanor de Obarrio, Roberto Heurtematte, Samuel Lewis, Manuel Amador, hijo, Fabio y Pablo Arosemena, Idelfonso y Alfonso Preciado, Julio y Pedro Arias, José Gabriel Duque, Guillermo y Juan Ehrman, Joshua Piza, Leonidas Pretelt, el capitán James Beers y el vicecónsul norteamericano Jim Hyatt. Aquellos que conocían los planes separatistas comentaban *sotto voce* las nuevas posibilidades que se abrían con el advenimiento del senador chiricano a la primera magistratura del departamento.

Llegada la hora de los discursos, Ricardo Arias, como oferente del homenaje, volvió a recalcar las cualidades que adornaban al nuevo gobernador, entre las que más descollaban, sin lugar a dudas, su acendrado patriotismo y su amor incondicional por el Istmo. Cuando entre vítores llegó el momento de agradecer el homenaje, De Obaldía insistió en lo importante que resultaría para él gobernar en compañía de sus amigos y anunció los primeros nombramientos de su administración: Julio Fábrega, secretario de Gobierno; Manuel E. Amador, hijo del más íntimo de sus amigos, secretario de Hacienda; Nicolás Victoria Jaén, secretario de Instrucción Pública; Nicanor A. de Obarrio, prefecto de la provincia de Panamá y Fernando Arango, comandante primer jefe de la policía departamental. Con cada nombramiento que anunciaba el agasajado, crecía la euforia de los oyentes y el optimismo de los separatistas. Luego del discurso del nuevo gobernador hicieron también uso de la palabra Beers, Hyatt, Duque, y De Obarrio, obligando a un nuevo agradecimiento del recién nombrado gobernador, quien aprovechó para brindar por el presidente Marroquín. Concluido el acto, los más íntimos amigos continuaron departiendo con De Obaldía. La champaña y el ambiente festivo contribuyeron a que se hablara sin tapujos sobre el tratado del Canal y las posibilidades de que Panamá se separara definitivamente de Colombia.

Domingo 20 de septiembre

Tres días después, sin la presencia de su predecesor, José Domingo de Obaldía juraba el cargo de gobernador del departamento de Panamá. En su discurso de toma de posesión, con la sinceridad que le era característica, proclamó:

El problema del Canal Interoceánico, que ya requiere solución pronta, es para la Nación, y muy especialmente para esta tierra querida, de extraordinaria gravedad. Mantengo, porque son bien meditadas y sinceras, las opiniones que sobre materia tan interesante he emitido como senador de la República, espontáneamente elegido. He considerado y considero que los intereses universales, que ya reclaman urgidos la construcción de una vía marítima que una el océano Atlántico con el Pacífico, tienen derecho a nuestra cooperación; y que concesiones cuyo objeto sea servir a esos intereses, aun cuando impliquen algún sacrificio de soberanía, no serán juzgadas indecorosas.

Terminados los discursos, los concurrentes al acto desfilaron ante De Obaldía para estrechar su mano y felicitarlo por la posición alcanzada. Cuando le correspondió el turno al general Huertas, el gobernador lo retuvo un instante.

—Hace falta que conversemos, general.

—Lo mismo pienso yo, señor gobernador —respondió el militar.

—Si se queda un rato podemos hablar ahora mismo —sugirió De Obaldía, y Huertas accedió enseguida.

Aunque José Domingo de Obaldía no era un hombre alto, al lado de Esteban Huertas se sentía como un gigante. La diminuta estatura de este, sin embargo, no hacía sino elevar la alta opinión que del militar tenía el veterano político, quien conocía en detalle la brillante carrera del joven general.

Nacido en 1876 en la población de Umbita, departamento de Boyacá, y destinado por sus padres al seminario, Esteban había sentido desde pequeño inclinación por las armas. Con apenas ocho años se fugó del convento al que lo habían destinado sus progenitores e ingresó como voluntario en las filas del Batallón Díez de Soacha donde de aguatero ascendió rápidamente a tambor mayor. No había cumplido aún los diez abriles cuando le tocó redoblar en su primer combate. Tres años después era transferido al afamado Batallón Valencey con el rango de cabo primero. Cuando en 1890 el Valencey fue enviado al Istmo, Huertas fungía ya de sargento segundo.

Su carácter afable y alegre, unido al hecho de que a los catorce años vestía de uniforme y portaba armas, le granjearon rápidamente la admiración y amistad de los chicos de su edad y, niño al fin, sus horas francas las pasaba jugando en el paseo de Las Bóvedas con los Díaz, los Icaza, los Aguilera, los Ossa, los Mendoza, los Clement, los Boyd, los Alfaro, los Arias, en fin, con la muchachada de los barrios de Chiriquí, Santa Ana y San Felipe que, sin distingos sociales, tenía al sargento Huertitas como uno de sus héroes.

En 1894, con el rango de sargento primero, marchó Huertas de nuevo a su tierra natal y al poco tiempo le llegaba el ascenso a teniente y con este el traslado al Batallón Colombia, con el que regresó nuevamente al Istmo dos años más tarde. Sus compañeros de antaño lo recibieron con los brazos abiertos para reanudar lazos de amistad que ya no volverían a desatarse.

Durante la guerra civil de finales de siglo, el entonces mayor Huertas se batió fieramente en defensa del gobierno conservador; en su corazón, sin embargo, sentía el dolor profundo de ver cómo caían en el campo de batalla los hijos de un mismo terruño. Para él los combatientes no eran ni liberales ni conservadores sino solamente istmeños. En esa guerra fratricida, que duró mil días, perdió Huertas su brazo derecho, lo que no le impidió conquistar la gloria al mando del *Chucuíto*, improvisado navío de guerra cuyas hazañas le valieron varios ascensos hasta que finalmente, el 16 de noviembre de 1902 alcanza el grado de general. Para entonces contaba apenas veintiocho años: sus amigos lo apodaban el *Mocho* Huertas.

Tal era el singular personaje a quien el gobernador sonreía con simpatía.

—Hacía tiempo que no tenía el placer de conversar con usted, general.

—Lo mismo digo, don José Domingo. Aprovecho para reiterarle ahora en privado lo mucho que me alegro de que finalmente el gobierno haya tenido un acierto al nombrarlo a usted gobernador.

—Y yo aprovecho para decirle que cuento con usted para poder desempeñar una buena labor.

Huertas sonrió de mala gana.

—Me temo que va a ser tarde para eso pues ayer mismo solicité a Marroquín y al ministro de Guerra mis letras de cuartel.

Visiblemente contrariado, De Obaldía exclamó:

—¡Pero qué dice usted! A mí nadie me informó que pensaba retirarse del ejército y abandonar el Istmo.

—Déjeme aclararle, primeramente, que aunque me retire no pienso abandonar el Istmo. Aquí me casé y mi esposa está próxima a dar a luz a nuestro primer hijo, que será panameño. En segundo lugar, desde hace varios meses vengo insistiendo con el gobierno para que mejoren la situación de la tropa pero todas mis súplicas han caído en oídos sordos. Me extraña mucho que usted no lo sepa; pero así son Vázquez Cobo y Marroquín: indiferentes con las cosas del Istmo.

—¿Debo asumir entonces que la moral del Batallón Colombia no anda muy bien? —preguntó De Obaldía.

—Está por los suelos, señor gobernador. Hace más de seis meses que no reciben paga y ya ningún comerciante les fía. Es un desastre.

—Le prometo que hoy mismo enviaré un telegrama a Marroquín pidiéndole que interceda personalmente para poner fin a esa situación. Le pido, sin embargo, que reconsidere lo del retiro.

—El anterior gobernador escribió varias veces al presidente y al ministro de Guerra y tan solo se recibieron promesas que no se cumplieron. En cuanto a mis letras de cuartel, tal como le dije antes, ya escribí al gobierno solicitándolas.

—Pero, si usted me autoriza, yo podría pedir que no se tome en cuenta su solicitud.

Huertas se quedó mirando a De Obaldía, intentando calarlo, y finalmente dijo sonriendo:

—Perdóneme, don José Domingo, pero me cuesta trabajo creer que usted esté tan ignorante de lo que ocurre. Cuando se recibió aquí la noticia de su nombramiento se supo también que el gobierno enviaría al general Sarria a reemplazarme. Se dio como razón que no era conveniente que tanto el jefe civil como el jefe militar del Istmo fueran simpatizantes de los istmeños, sobre todo después que el Senado rechazó el tratado del Canal. Así, pues, como a usted lo hacían gobernador a mí tenían que destituirme.

—Le garantizo que Sarria no viene para el Istmo y que si lo enviaran para reemplazarlo a usted yo renunciaría de inmediato —repuso De Obaldía enérgicamente—. Esas son medidas que el gobierno de Bogotá debe consultar con el gobernador.

Los ojos astutos del general Huertas se empequeñecieron aún más mientras, escrutando el rostro del gobernador, se preguntaba: «¿Será tan ingenuo como parece?».

—Mire, gobernador, yo lo único que sé es que aquí en Panamá cada vez se habla más de separación. Francamente no comprendo cómo Marroquín se atrevió a nombrarlo a usted en una posición tan importante…

—Lo hizo porque me tiene plena confianza y porque, igual que yo, él también quiere que el tratado se apruebe. Es cierto que yo he afirmado públicamente en repetidas ocasiones que si el Istmo se ve obligado a separarse yo renunciaría a mi cargo para estar del lado de los panameños. Pero no creo que eso suceda por la sencilla razón de que a la larga el tratado será aprobado, el Istmo tendrá su canal y entonces no tendremos ningún motivo para independizarnos de Colombia.

—Espero que tenga usted razón. Yo no creo que la cosa sea tan sencilla.

—El primer deber que me he impuesto es el de mantener la tranquilidad en el departamento mientras continúan los esfuerzos para llevar a feliz término las negociaciones del tratado. De Obaldía dudó un momento antes de proseguir. —Supongo que usted sabrá que el general Reyes será el candidato a la Presidencia por los históricos.

—Algo he oído —dijo Huertas.

—Y con Reyes en la Presidencia estoy seguro de que el Senado aprobará finalmente el tratado... En cualquier caso de lo que ahora se trata es de que usted permanezca en su puesto al frente del Batallón Colombia y que me ayude a realizar la labor que me he impuesto.

Huertas calló un instante y luego se puso de pie para despedirse.

—Puede usted contar conmigo, gobernador. Le pido, sin embargo, que no se olvide de lo que le he comentado y que interceda a fin de lograr que el gobierno envíe los fondos para pagar a mis hombres. Y si mientras tanto llegan mis letras de cuartel, no se preocupe que ya yo estoy cansado de tanta guerra.

José Domingo de Obaldía acompañó al comandante primer jefe del Batallón Colombia hasta la entrada principal de la Gobernación y allí lo despidió con un efusivo apretón de la mano izquierda. De regreso a su despacho encontró sobre el escritorio un telegrama que el secretario privado acababa de colocar en la bandeja. El mensaje provenía del presidente Marroquín y decía escuetamente:

Bogotá, septiembre 18 de 1903

Gobernador. Panamá

Senado aprobó proposición de Pérez y Soto improbando su nombramiento por juzgarlo a usted separatista. En la Cámara, Terán lo mismo, pero negóse. Envíeme usted protesta desmintiendo afirmaciones enemigos suyos.

Marroquín.

«Qué mensaje de tan mal gusto», se dijo De Obaldía, mientras se sentaba a escribir la respuesta.

Don José Manuel Marroquín,
Presidencia de la República

Excelentísimo señor:
Mensaje recibido. Enemigos de siempre continúan campaña antitratadista. Inútil que envíe protesta; usted conoce mi posición. Hoy inicio labores. Confío asunto Tratado se resolverá beneficio del Istmo y de Colombia. Informaré oportunamente.

De Obaldía, gobernador.

Martes, 22 de septiembre (Nueva York)

Unos días más tarde, solo y decepcionado en su pequeña y austera habitación del hotel Endicott, Manuel Amador Guerrero leía con fruición la carta de José Agustín Arango que Joshua Lindo le había llevado personalmente esa misma tarde.

Doctor Manuel Amador Guerrero
Hotel Endicott, Manhattan, Nueva York
(Cortesía de Joshua Lindo).

Querido amigo:
Tal vez conozca usted por los periódicos o por María que su íntimo amigo José Domingo de Obaldía es el nuevo gobernador de Panamá. Se imaginará el alcance que tal nombramiento conlleva.

El proyecto que trae De Obaldía de acuerdo con el amigo general Reyes, es trabajar por la candidatura de este para que una vez fuera elegido convoque un Congreso que apruebe el Tratado, lo cual es una idea, por razones varias, muy infantil.

Si Reyes no ha hecho valer su influencia ahora por temor de un fiasco, porque debe conocer las aberraciones de nuestros hombres públicos y nuestro pueblo del interior ¿cómo puede creer que se lleve a cabo su elección...? Dado el caso que fuere feliz su elección, de la cual soy partidario, le faltaría conquistar la mayoría en el Congreso que deba reunirse casi con los mismos elementos que hoy tiene pues solo debe efectuarse la renovación de nueve senadores, que serían los únicos favorables si no hemos de depender de contingencias como la de que el señor Caro, Pérez y Soto & Cia., es decir, la mayoría de hoy, cambiara sus opiniones, lo cual es difícil porque no son votos comprables ni con el oro ni con empleo; y debe tenerse en cuenta que la influencia de Caro va en aumento y que probablemente será el árbitro indiscutible de las decisiones del próximo Congreso, con mayor razón cuando él no favorecerá la candidatura de Reyes.

En el actual Congreso solo había partidario del Tratado el amigo De Obaldía, pues los demás han sido completamente adversos y los que menos adversos se mostraban era mediante modificaciones inaceptables para los Estados Unidos...

Dicho lo anterior, podemos confiar en que las ideas del nuevo gobernador son hoy las mismas que antes respecto a la separación de la madrastra y todo indica que aterrados Marroquín y Jaramillo por lo que acá pueda ocurrir optaron por el nombramiento de nuestro excelente amigo, cumpliéndose así el proverbio de «dar al ladrón las llaves». Sin embargo, la alta estimación que nos merece a todos De Obaldía nos impone el deber de dejarlo ignorar todo pues él está hoy en posición delicada.

—¡Al fin una noticia alentadora! —exclamó Amador, recordando tantas decepciones y lo inútil hasta ahora de sus esfuerzos por concertar una entrevista con cualquier funcionario importante del gobierno norteamericano.

Washington

Jueves 3 de septiembre

Después de rogar mucho, Laura Echeverri había logrado finalmente que su marido aceptara tomar unas cortas vacaciones. A finales de agosto se desplazaron hacia un pequeño hotel situado en las montañas de Carolina del Norte, famoso por sus aguas termales que ayudaban a mitigar el cansancio del cuerpo y aligerar aquellos espíritus agobiados por el trabajo intenso. Sin embargo, a los pocos días, cuando ya parecía que Tomás Herrán aprendía a disfrutar tan merecido descanso, llegó a sus manos un recorte del *Washington Post* que inoportunamente le enviaba el secretario de la Legación, con las siguientes declaraciones:

> *J. G. Duque, editor y propietario de* The Panama Star, *residente del Istmo durante los últimos 27 años, llegó hoy a Nueva York y declaró que si el tratado del Canal no se aceptaba era muy posible que tendría lugar una revolución en el Istmo conforme a un plan secreto ya en ejecución.*

—Debo regresar enseguida, Laura. Esta información confirma lo que he venido repitiendo hasta el cansancio a los políticos de mi país.

—Pero ¿qué puedes hacer tú ahora? Además, sabes por experiencia propia que los periódicos no siempre imprimen la verdad.

—Ese es un riesgo que no puedo tomarme. Sobre todo porque la noticia coincide con otras que se han recibido del Istmo.

—¿Y qué te propones hacer? —insistió Laura.

—Investigar yo mismo el asunto con la colaboración del cónsul en Nueva York; informar de una vez al gobierno y tomar cualquier medida que contribuya a evitar que ocurra lo peor.

Al día siguiente de su apresurado regreso a Washington, mientras se ocupaba en poner al corr21
iente sus asuntos, Tomás Herrán se sorprendió al ser informado por el secretario de la Legación que el señor José Gabriel Duque se encontraba en la recepción y que solicitaba una entrevista urgente con él.

—¿Duque, el de las declaraciones al *Post*? Hazlo pasar enseguida.

Tomás Herrán observó detenidamente al hombre que le tendía la mano sonriente. De buena estatura, elegante y de maneras desenvueltas, Duque daba la impresión de ser un hombre de mundo.

—Señor embajador —saludó el recién llegado—. Perdone si me presento tan intempestivamente, pero tengo un asunto urgente que comunicar a su gobierno.

—Pierda cuidado. Desde que leí sus declaraciones al *Washington Post* tenía deseos de conocerlo.

—El asunto es ahora mucho más grave e inminente —dijo Duque frunciendo el entrecejo—. Lo que vengo a decirle responde a mi deseo de que se mantenga la integridad de Colombia, país que me ha acogido con los brazos abiertos y en el que me precio de haber hecho buenos negocios pero, sobre todo, buenos amigos.

Duque acercó un poco más su silla al escritorio de Herrán y en tono confidencial continuó:

—Ayer, gracias a nuestro común amigo Charles Burdett Hart, excónsul de los Estado Unidos en Bogotá, logré entrevistarme en secreto con el secretario de Estado. Digo en secreto porque en ninguna parte ha quedado constancia de que, efectivamente, estuve con el señor Hay en su despacho: viajé en un tren nocturno, no me hospedé en ningún hotel y emprendí el regreso apenas concluyó la reunión. Como supondrá usted, el tema de nuestra conversación fue el rechazo del tratado del Canal por el Senado colombiano y la posible separación del Istmo como consecuencia de ese rechazo.

Herrán aprovechó una pausa de su interlocutor para observar.

—Tema sobre el cual versaron también sus declaraciones al *Post*.

—Así es, pero esas declaraciones las formulé recién desembarqué del buque que me trajo de Panamá, es decir, antes de mi entrevista con el señor Hay. Como acabo de manifestarle, lo que me trae de vuelta a Washington es mucho más serio. Además, ahora puedo hablar con más elementos de juicio.

—Lo escucho —dijo Herrán invitándolo a proseguir.

—Pues bien, luego de mi reunión con John Hay he llegado a la conclusión inequívoca de que los Estados Unidos están dispuestos a apoyar cualquier movimiento separatista en el Istmo.

Duque se detuvo para observar la reacción de Herrán y como este permanecía imperturbable, continuó:

—En estos momentos lo único que puede evitar la independencia de Panamá es que el gobierno de Marroquín apruebe, inmediatamente y sin condiciones, el tratado negociado por usted.

Herrán sonrió con un poco de amargura. ¡Cuántas veces no había advertido él lo mismo!

—Perdone que sea tan franco, señor Duque, pero me cuesta trabajo comprender cómo el secretario de Estado de este país incurrió en la insensatez de transmitirle a usted semejante confidencia.

—No me entienda usted mal —aclaró Duque—. Mi conversación con el señor Hay se prolongó durante casi dos horas y se abordaron diversos temas. Él no dijo escuetamente: «Si Panamá se rebela vamos a apoyarla». Por supuesto que no. Pero cuando la entrevista llegó a su fin había dicho lo suficiente para llevarme a la conclusión de que eso es precisamente lo que harían.

—¿Y usted ha venido aquí para que yo le transmita a mi gobierno esa información?

—Así es. Sé que se ha especulado mucho en torno a la posible separación de Panamá. Pero yo le estoy dando información concreta y de primera mano sobre un elemento nuevo: el apoyo de la potencia del Norte a los separatistas. Nadie ignora que, con la ayuda de los Estados Unidos, no solamente Panamá sino todo el resto de los departamentos de la costa serían capaces de alcanzar la independencia. Lo único que le pido es que comunique usted a su gobierno la seriedad de la situación.

Confundido, Herrán quiso saber más.

—Obviamente usted no forma parte de la conspiración; de lo contrario no estaría aquí. Yo no conozco de ningún panameño que se encuentre en este país buscando apoyo para una insurrección armada. ¿Dónde están entonces esos conspiradores?

—Perdóneme, señor embajador, pero yo no he pedido esta entrevista para delatar a nadie. Mi propósito, ya se lo dije, es el de que se apruebe el tratado y se evite así la separación del Istmo y, de paso, un conflicto armado con los Estados Unidos.

Aunque Tomás Herrán dudaba de los motivos de Duque, sentía que sus palabras eran sinceras. ¿Hasta dónde podría confiar en él? Finalmente dijo:

—Usted se imaginará que he sido yo quien con mayor vehemencia he venido insistiendo para que mi gobierno apruebe el tratado que lleva mi nombre. Originalmente pensé que la única consecuencia grave que traería el rechazo de Colombia sería la construcción del canal por Nicaragua, conforme lo establece la ley Spooner. Debo admitir, sin embargo, que hoy se habla cada vez menos del canal por Nicaragua y cada vez más de la separación del departamento del Istmo. No incurro en ninguna infidencia al decirle que yo mismo he advertido al gobierno y a los políticos influyentes de mi país que la separación de Panamá es una posibilidad real. Así lo hice antes del rechazo del tratado y continúo haciéndolo. Tampoco soy infidente cuando le confieso que ya casi he perdido las esperanzas.

—Pero señor Herrán —insistió Duque—, yo le he traído nueva información que refuerza sus convicciones. Utilícela usted.

—Por supuesto que lo haré. Y aunque le confieso que aún no entiendo sus motivos, le estoy muy agradecido.

Advirtiendo en las palabras del embajador que la entrevista llegaba a su fin, José Gabriel Duque se puso en pie y declaró:

—Vine aquí esta mañana únicamente porque creo que lo mejor que puede ocurrirle a Panamá, a Colombia y a los Estados Unidos, país del cual soy ciudadano, es que se concluya felizmente el tratado y que el canal se construya sin necesidad de llegar a situaciones extremas, como lo sería la separación del Istmo, cuyas consecuencias son impredecibles. Siempre se sabe cómo empiezan las insurrecciones pero nadie puede adivinar cómo terminarán. Usted ha sido tan amable que me siento obligado a decirle que si el Istmo decide separarse yo estaré al lado de los separatistas. Buenos días, señor embajador.

Martes 8 de septiembre

La entrevista con Duque sumió a Tomás Herrán en un estado de profundo desasosiego y agitación. Como primera medida respondió los últimos cablegramas del canciller Rico en los que este solicitaba una explicación detallada de la reacción del gobierno norteamericano ante el rechazo del tratado. «Dando continuidad a lo que le manifesté anteriormente a su Excelencia —escribió Herrán—, la actitud hostil con la que nos amenazan los Estados Unidos consistirá en favorecer indirectamente una revolución en Panamá».

Durante los días subsiguientes, Tomás Herrán anduvo cabizbajo y taciturno; de sus labios salían tan solo las palabras indispensables para el desempeño de sus tareas cotidianas. Laura, conocedora de los estados anímicos de su esposo, sabía muy bien que de un momento a otro aquella melancolía dejaría paso a una febril actividad. Y así fue. La mañana del 8 de septiembre, Herrán saltó del lecho con la idea fija de visitar cuanto antes al secretario de Estado.

—Tengo que ver a Hay —repetía todo el tiempo.

Lamentablemente, John Hay se encontraba todavía de vacaciones.

—¿Cómo pueden irse de vacaciones por tres meses los líderes de un país tan importante? —exclamaba Herrán a viva voz. Solo se tranquilizó cuando su secretario le confirmó que Francis Loomis lo recibiría ese mismo día.

Cuando el ministro de Colombia entró esa tarde al despacho del subsecretario de Estado, a este le bastó con observar la expresión de su rostro para advertir que algo serio ocurría. Aunque firme y digno en sus planteamientos, Tomás Herrán gozaba entre los miembros del cuerpo diplomático de una merecida fama de hombre culto y caballeroso. El Herrán que entró esa tarde al despacho de Loomis distaba mucho de aquel hombre amable y de maneras suaves que el subsecretario estaba acostumbrado a tratar. Sin tomar asiento y mascullando a duras penas un «buenas tardes», Tomás Herrán rompió a hablar.

—Señor subsecretario: estoy seguro de que usted comprende que en el mundo de la diplomacia y las relaciones internacionales hay materias que están absolutamente vedadas a los Estados. Una de ellas es la intervención en los asuntos internos de las demás naciones. Para los países latinoamericanos y, muy especialmente, para Colombia, el principio de la no intervención ha sido, es y seguirá siendo sagrado.

Loomis escuchaba a Herrán con una mezcla de asombro y fascinación, sin sospechar siquiera a qué obedecía semejante filípica.

—Resulta a todas luces inaudito e inaceptable —continuó Herrán— que el secretario de Estado de los Estados Unidos, país con el que, no obstante algunas diferencias recientes, hemos mantenido siempre excelentes relaciones, se preste para hacer el juego a oscuros intereses que pretenden privar a Colombia de la porción más valiosa de su territorio. Yo he venido aquí hoy a presentarle a usted mi más enérgica protesta...

Preocupado por el rumbo que tomaban las cosas, Loomis creyó prudente interrumpir.

—Señor embajador, le aseguro que no tengo la más remota idea de lo que me habla usted. Si el tema son las comunicaciones que nuestro embajador en Bogotá ha venido enviando a su gobierno, puede usted estar seguro de que...

—¡No se trata de eso! —exclamó Herrán, aún de pie, elevando considerablemente la voz—. Estoy hablando de la entrevista que hace menos de una semana sostuvo en este mismo edificio el secretario de Estado de su país con el señor José Gabriel Duque en la que se planteó abiertamente el apoyo que los Estados Unidos otorgaría a los rebeldes que pretenden separar el departamento de Panamá de la República de Colombia.

Por un momento Loomis pensó que Tomás Herrán había perdido el juicio.

—Señor Herrán, nuevamente le aseguro que ignoro por completo lo que usted me está diciendo. Puedo garantizarle que en ningún momento el secretario de Estado ha ofrecido ni ofrecerá apoyo a ningún grupo insurgente que pretenda rebelarse contra los poderes constituidos de su país. Los Estados Unidos acatan los principios de derecho internacional y nuestras actuaciones se mantendrán siempre dentro del marco de la juridicidad y el respeto mutuo entre las naciones.

Herrán pareció calmarse y finalmente tomó asiento.

—Ya uno no sabe qué creer —musitó—. Estoy seguro de que usted debe haber leído lo que hace menos de un mes informaron los diarios acerca de las declaraciones del senador Collum, presidente del Comité de Relaciones Exteriores del Senado, luego de reunirse con el presidente Roosevelt en Oyster Bay. Por si no lo leyó o no lo recuerda, aquí tengo conmigo el recorte del *New York World.*

Herrán comenzó a abrir su maletín, pero Loomis lo detuvo con un gesto.

—Conozco lo que dijo el senador Collum, pero le recuerdo que el Senado no es el encargado de dirigir las relaciones internacionales de mi país; igual sucede en Colombia. ¿Se imagina usted cómo habríamos tenido que reaccionar nosotros ante las declaraciones emitidas por Pérez y Soto, presidente de la Comisión de Relaciones Exteriores del Senado colombiano?

Algo cohibido, Herrán insistió.

—Los periódicos publican, cada día con mayor frecuencia, reportajes que nos llevan a concluir que los Estados Unidos verían con buenos ojos que Panamá se separe de Colombia.

—Tampoco podemos guiar nuestras actuaciones por lo que digan los diarios. Le recuerdo que hace aproximadamente dos meses un periódico de su país publicó que Colombia debería vender el Istmo a los Estados Unidos. ¿Cree usted acaso que nosotros podemos dejar que publicaciones como esas determinen los pasos que debemos seguir en el manejo de nuestra política hacia Colombia? Como este podría citar otros ejemplos, aunque no creo que haga falta.

Las últimas palabras de Loomis sumieron al ministro de Colombia en un profundo silencio. Al observar aquel rostro sombrío, marcado por preocupaciones que sobrepasaban su capacidad de resolverlas, Loomis sintió lástima de Herrán.

—Señor embajador —dijo con benevolencia—, creo comprender cuán difícil es su misión y conozco cuán ingratos se han mostrado para con usted sus compatriotas. Es evidente que su estado de ánimo es un reflejo justificado de esa realidad. Le suplico, sin embargo, no complicar las cosas más de lo que ya están. Su protesta no tiene razón de ser y le ruego no formalizarla.

—En estos momentos no puedo prometer nada —respondió Herrán, despidiéndose con un apático apretón de manos.

El 10 de septiembre, dos días después de su tormentosa entrevista con Francis Loomis, Herrán leía con extraña satisfacción la noticia que aparecía publicada en la primera plana del *New York Herald:*

> *Los representantes de poderosos intereses en el Istmo de Panamá, que tienen sus oficinas principales en esta ciudad, están considerando un plan de acción que debe llevarse en cooperación con hombres de opiniones similares en Panamá y Colón para ir en pro de una revolución y formar un gobierno independiente en Panamá, opuesto al de Bogotá. Una vez constituida, la nueva república negociaría un Tratado con los Estados Unidos para la excavación del canal.*

Esta vez no protestaría ante nadie ni enviaría mensajes urgentes y desesperados a su gobierno. No. De ahora en adelante las cartas y las protestas dejarían paso a la acción. Con fingida calma, Herrán pidió a su secretario llamar inmediatamente a Arturo de Brigard, cónsul general de Colombia en Nueva York. Establecida la comunicación telefónica, y tras un breve intercambio de saludos, le ordenó:

—Acuda usted a la oficina de vapores y averigüe qué panameños o extranjeros residentes en el Istmo han arribado a Nueva York durante las últimas tres semanas. Llegaré allá mañana antes del mediodía y necesito que usted me tenga esa información

—¿Puedo saber de qué se trata? —inquirió el cónsul.

—Prefiero decírselo personalmente —respondió el embajador.

Durante el trayecto entre Washington y Nueva York, Herrán tuvo tiempo para meditar sus próximos pasos. ¿Cómo desenmascarar y desarticular a los conspiradores? ¿Acudiría a la prensa para abortar el complot? ¿Avisaría a las autoridades colombianas para que estas procedieran a tomar las medidas de rigor en el Istmo?

La lista que a su llegada a la estación le entregó el cónsul contenía doce nombres, de los cuales Tomás Herrán reconoció solamente los de José Gabriel Duque y Manuel Amador Guerrero.

—¿Reconoce usted a los demás? —consultó al cónsul.

—Sí. La mayoría son comerciantes que viajan regularmente entre el Istmo y Nueva York. ¿Puedo preguntarle qué buscamos?

Herrán vaciló.

—Se trata de una investigación confidencial que me ha solicitado el gobierno.

—Supongo que quieren saber quiénes son los panameños que están conspirando en favor de la separación —dijo De Brigard con indiferencia.

Alarmado, Herrán inquirió enseguida:

—¿Qué sabe usted del asunto?

—Se lo cuento en el camino —respondió el cónsul, mientras llamaba un coche de alquiler.

Durante el trayecto, Tomás Herrán se enteró de que el tema del complot separatista se discutía con frecuencia en algunos círculos empresariales de Manhattan.

—Los banqueros y navieros que mantienen negocios con Colombia y, en particular, con el Istmo, hablan de ello abiertamente —recalcó De Brigard—. El asunto ha sido recogido por la prensa neoyorquina y aparece con regularidad en las primeras planas.

—Allí lo leí yo —masculló Herrán—. Pero es bueno que usted sepa que esto va mucho más allá de simples rumores.

—Por supuesto que lo sé. Del propio Ministerio de Guerra me han cursado instrucciones para que me mantenga alerta.

Contrariado, Herrán preguntó:

—¿Le han escrito a usted de Bogotá para que investigue la conspiración?

—En realidad no me han pedido llevar a cabo ninguna investigación, pero yo lo estoy haciendo por propia iniciativa.

—¿Y?

—No existe ninguna razón para alarmarse. A lo sumo, un complot de opereta.

Algo en la forma de expresarse de su compatriota incomodaba a Herrán. El desgano, la autosuficiencia.

—Difícilmente puede considerarse de opereta una conspiración apadrinada por los norteamericanos —apuntó.

—Esos son cuentos para bobos y el que los ha sembrado no es otro que el omnipresente William Nelson Cromwell —sentenció el cónsul, aún con más displicencia.

—¿Cromwell... está usted seguro?

—Muy seguro. Desde hace varios años, por lo menos desde que yo arribé a Nueva York, el famoso abogado es el eje de toda la actividad relacionada con el tratado del Canal. —De Brigard hizo una pausa deliberada para añadir con marcada ironía—: Usted debería saberlo mejor que nadie; según entiendo fue su íntimo colaborador en la última etapa de las negociaciones del tratado que lleva su nombre y que tanto malestar causó en Colombia.

«¿A qué obedecerá la actitud tan agresiva del cónsul? ¿Se le habrá subido a la cabeza el sobrinazgo de Marroquín?», se preguntó Herrán. Sin embargo, decidió no prestarle atención y continuar ahondando en el tema de Cromwell.

—Una cosa es colaborar en la elaboración de un convenio y otra muy distinta conspirar en una insurrección.

—No sea ingenuo, embajador. Cromwell colaboró mientras los intereses que él representa y los de Colombia coincidían. Ahora que el Senado rechazó el tratado, hay que eliminar a Colombia de la ecuación. En eso anda.

—¿Y quiénes son los istmeños con los cuales conspira Cromwell?

De Brigard sonrió con desgano.

—El único del cual tengo algunos indicios se encuentra en Nueva York desde hace un par de semanas y figura en la lista que acabo de mostrarle. Se trata del galeno Manuel Amador Guerrero. ¿Lo conoce usted?

—De oídas solamente. Me parece que tiene un hijo, médico también, que vive en algún lugar de Massachussetts; de vez en cuando acude a la Legación a poner en orden sus documentos.

—Exactamente. Raúl. Pues bien, el viejo Amador parece ser el adelantado de los conspiradores istmeños. De acuerdo con mis fuentes se ha reunido con Cromwell por lo menos en dos oportunidades.

—Y, si se puede saber, ¿cuáles son esas fuentes?

El cónsul miró a Herrán a los ojos, escrutándolo.

—El tema es confidencial, pero considerando que es usted el jefe de misión, y por lo tanto mi jefe, debo informarle que contraté detectives privados para seguir a Amador. También seguían a Duque, pero este ya regresó al Istmo.

—Entonces el asunto es más serio de lo que usted mismo ha dicho —sugirió Herrán.

—Lo sería si Amador no fuera un viejo achacoso que a los setenta años a duras penas tiene energías suficientes para valerse por sí mismo.

—Se olvida usted de la edad de su tío, nuestro presidente —comentó Herrán irónico.

El otro lo miró de reojo y murmuró por lo bajo:

—No me haga hablar, ministro, no me haga hablar...

Una vez en su oficina, De Brigard mostró a Herrán la evidencia que había logrado reunir acerca de las actividades subversivas de Amador y la complicidad de Cromwell. El indicio más contundente era la prolongada permanencia del viejo doctor en Nueva York cuando él mismo había declarado a las autoridades migratorias que su viaje a los Estados Unidos tenía el propósito de acudir a Fort Revere, cerca de Boston, para visitar a su hijo enfermo.

La mañana siguiente Herrán tomó el tren de vuelta a Washington. Al despedirlo en la estación, Arturo de Brigard le había insistido en no darle mucha importancia a las actividades de Amador.

—No permita que lo que le he revelado le quite el sueño. Yo informaré a Bogotá como una mera formalidad, pero no porque esté convencido de que realmente se trata de algo serio. Además —añadió el cónsul—, en Colombia ya comenzó la campaña política y no se piensa en otra cosa.

De regreso en la capital, luego de pensarlo detenidamente, Tomás Herrán se persuadió de que él, como embajador, no podía adoptar la misma actitud despreocupada del cónsul. «El peligroso es Cromwell», se dijo mientras se sentaba a escribir.

Dos días después en el hotel New Willard, residencia habitual de Cromwell durante sus prolongadas estadías en Washington, el abogado leía con asombro y alarmante preocupación la carta recién recibida de la Legación de Colombia.

Señor abogado:
Sus actividades ilícitas en pro de la separación del Departamento de Panamá son del conocimiento de esta Embajada y de mi gobierno.

Estoy seguro de que usted como abogado comprende que la conspiración contra los poderes constituidos de Colombia por parte del Consejero de la Nueva Compañía del Canal de Panamá es causal suficiente para declarar inmediatamente revocada la concesión que el gobierno de mi país tiene otorgada a la empresa por usted representada para el funcionamiento del ferrocarril y la construcción del canal.

En las más altas esferas de mi Gobierno se están considerando los pasos a seguir en defensa de los mejores intereses de Colombia. Oportunamente recibirán usted y la empresa por usted representada notificación formal al respecto.

Atentamente,

Tomás Herrán
Jefe de Misión

«Malditos panameños», masculló Cromwell, mientras iba en busca del teléfono.

Viernes 18 de septiembre.
(Sunapee Lake, New Hampshire)

—El presidente me pide que antes de regresar a Washington lo visitemos nuevamente en Sagamore Hill.

Como si no hubiera escuchado las palabras de su marido, Clara continuó con la mirada perdida en las aguas tranquilas del lago

Sunapee. Acostumbrado, desde la muerte del hijo, a los prolongados silencios de su esposa, John Hay insistió con dulzura:

—¿Me escuchaste, querida?

Sin desviar la mirada, Clara respondió que sí, pero que no pensaba regresar a Washington todavía.

—Tú sabes cuánto disfruto los colores del otoño, que este año parece no recordar que ya le toca visitar Nueva Inglaterra. Además, no me atrae el bullicio de Sagamore Hill. Prefiero seguir disfrutando de la paz que aquí se respira.

—¿Estás segura, Clara? Es la segunda vez que rehúsas su invitación.

—No te preocupes; Edith me comprende. Estoy segura de que ella también se aburre mientras Theodore discute sin cesar asuntos de Estado. Imagino que a eso irás, ¿no?

—Así es.

—Supongo también que Francis Loomis viene hoy a visitarte para lo mismo.

Ahora fue el secretario de Estado quien calló. John sabía lo mucho que Clara resentía que sus vacaciones se vieran frecuentemente interrumpidas por llamadas, telegramas, informes, conferencias y visitas de funcionarios del Departamento.

—Lo que ocurre —trató de aclarar— es que el asunto del tratado con Colombia marcha muy mal y existen algunas decisiones...

—No me debes ninguna explicación, John —interrumpió Clara con suavidad—. Comprendo las exigencias de tu cargo y las responsabilidades que conlleva y sé que el país no puede paralizarse mientras tú y el presidente disfrutan de vacaciones... ¿A qué hora esperas a Loomis?

—El último tren de Washington debió llegar hace ya buen rato. Estará aquí de un momento a otro —respondió Hay consultando su reloj.

—Entonces voy a ver qué tenemos para cenar —dijo Clara levantándose de su silla.

—No, no, quédate aquí —suplicó John, y con ternura la obligó a sentarse nuevamente—. Esta es la hora que más te gusta. Yo hablaré con Winnie para asegurarme de que todo esté listo.

Cuando el secretario de Estado regresó a la terraza, un hermoso crepúsculo inundaba la tarde de colores.

—Espero que donde quiera que se encuentre nuestro Adalbert también existan ocasos —susurró Clara—. ¿Recuerdas cuánto los disfrutaba?

John se colocó tras ella, ambas manos apoyadas en sus hombros, para contemplar juntos los últimos rayos del sol que esa tarde volvían a naufragar en las aguas serenas del lago. Cuando la oscuridad los envolvió por completo, él musitó con dulzura:

—Escribiré a Theodore diciéndole que no podremos ir. Estoy seguro de que él comprenderá.

El subsecretario Loomis llegó a la mansión de los Hay cuando ya sus anfitriones estaban terminando de cenar.

—Señor secretario, señora Hay: perdonen la tardanza, pero no fue mi culpa. El tren se retrasó más de una hora.

—Descuida, Francis —respondió Hay—. Winnie te guardó cena.

—Les agradezco mucho, pero cené en el camino. Sin embargo, acepto una taza de café.

—Nosotros ya terminamos, señor Loomis —dijo Clara amablemente mientras se levantaba de la mesa—. Haré que les sirvan el café en el estudio. Allí podrán discutir a sus anchas y sin interrupción los problemas del país.

Una vez instalados, Francis Loomis dijo, a guisa de disculpa:

—No fue mi intención interrumpir sus vacaciones ni importunar a la señora Hay, pero creí que era importante, antes de su próxima reunión con el presidente, ponerlo al corriente de algunas cosas que están sucediendo en Colombia.

—Descuida, Francis. Clara comprende muy bien que si el verano nos mantiene tanto tiempo alejados de la capital estas reuniones son necesarias. Cuéntame ¿qué hay de nuevo con nuestros impredecibles amigos colombianos?

—Hace tres días recibí una muy interesante comunicación de Beaupré en la que informa que Marroquín designó un nuevo gobernador para el Istmo. Se trata de un senador panameño de apellido De Obaldía que fue el único que realmente defendió el tratado durante las discusiones en el Senado.

—Pero el tratado fue rechazado unánimemente —recordó Hay.

—Así es, pero parece que De Obaldía no estuvo presente en esa sesión. Lo interesante es que este ha declarado públicamente que en caso de no lograrse un convenio con los Estados Unidos, él estaría a favor de la separación de Panamá.

—¿El gobierno ha nombrado un gobernador separatista en el Istmo?

—Así es.

—Pero ¿por qué ese disparate?

—Dice Beaupré que De Obaldía va a Panamá a calmar a los panameños que han reaccionado airadamente contra el rechazo del tratado. Pero, según el propio De Obaldía le confió, también lo envían a preparar el terreno para que en las próximas elecciones salga favorecido el general Reyes, que es el candidato del gobierno.

John Hay meditó un momento y luego solicitó a Loomis que le dejara leer el informe de Beaupré. Terminada la lectura, exclamó:

—¡Los colombianos son increíbles! Este documento dice que el nuevo gobernador fue a visitar a nuestro embajador para expresarle claramente su intención de apoyar la separación del Istmo.

—Si no se aprobase el tratado —acotó Loomis.

—Exactamente. Pero tanto el presidente como yo estamos convencidos de que el tratado con Colombia está muerto. Ahora nos encontramos en el proceso de evaluar otras opciones.

—Precisamente por eso pensé que el nombramiento de un gobernador separatista en Panamá podría ser muy interesante.

John Hay observó detenidamente el rostro inescrutable de su subordinado y disimulando una sonrisa inquirió:

—¿Qué estás insinuando, Francis? ¿Crees acaso que una revolución en Panamá resolvería el problema del canal?

—Si nos guiamos por las declaraciones del senador Collum en Sagamore Hill el mes pasado y por algunas noticias que por allí circulan, no creo que a nuestro gobierno le disgustara que el Istmo de Panamá se independice de Colombia. Tengo entendido, además, que a principios de este mes llegaron a Nueva York algunos panameños cuya misión es la de buscar apoyo para su independencia y que nuestro amigo Cromwell es uno de sus interlocutores.

El secretario de Estado se preguntó si era el momento de contar a su subordinado la extraña entrevista que recientemente sostuviera con el señor Duque. Al final se resolvió que así lo exigían los mejores intereses del Departamento.

—¿Recuerdas que Charles Burdett Hart, nuestro antiguo ministro en Colombia, vino a verme hace poco durante una de mis breves visitas a Washington? Pues bien, sin previo aviso y amparado por una supuesta llamada de Cromwell, se presentó con un individuo de apellido Duque, quien reside en el Istmo hace muchos años y parece ser un empresario importante, socio del hijo de Hart en algunos negocios. Hechas las presentaciones, este me dijo con mucho secretismo que su amigo Duque tenía noticias muy importantes que confiarme y, sin más preámbulo, este caballero se soltó a contarme los planes separatistas que él y otros panameños estaban desarrollando para el caso de que el tratado no llegara a aprobarse. Me habló de hombres, de armas, de buques de guerra, de soborno de las tropas y no sé cuántas cosas más. Finalmente me confesó que sin la ayuda de los Estados Unidos era muy poco lo que podrían lograr, pues el ejército colombiano aplastaría fácilmente cualquier insurrección armada en el Istmo. Yo me limité a decirle que, aunque le agradecía la información y la confianza, para el gobierno de los Estados Unidos resultaba imposible mezclarse en ningún tipo de movimiento revolucionario.

Al advertir que Loomis se revolvía en su asiento como si quisiera decir algo, Hay interrumpió su disertación para preguntarle:

—¿Ocurre algo, Francis?

Sin poder disimular del todo una sonrisa nerviosa, el subsecretario respondió:

—Yo me enteré de esa reunión, señor secretario, porque dos días después el embajador de Colombia, Tomás Herrán, vino a mi oficina a protestar formalmente porque usted había recibido en su despacho a revolucionarios panameños lo que, según él, constituía una intervención en los asuntos internos de Colombia.

—Nunca me informaste de ello —protestó Hay, algo molesto.

—Usted había partido de vuelta para New Hampshire y pensé que no valía la pena molestarlo con un asunto que yo podía resolver sin mayor dificultad.

—Pero ¿cómo se enteró el embajador de Colombia de la visita de Duque al Departamento de Estado?

—Porque el mismo Duque, luego que salió de su despacho, se fue directamente a ver a Herrán y le advirtió que si Colombia no aprobaba rápidamente y de una vez por todas el tratado, Panamá se separaría con la ayuda de los Estados Unidos y estos negociarían con la nueva república. Según Herrán, Duque le aseguró que tal era la conclusión a la que se había llegado en la reunión que sostuvo con usted.

—Pero, ¿quién entiende a estos dementes? —se preguntó Hay en voz alta—. ¿Qué propósitos pueden haber animado a Duque para actuar de esa manera, elaborando mentiras que, además, perjudican los intereses de los propios istmeños?

—Yo investigué el asunto un poco más a fondo y llegué a la conclusión de que entre los panameños que intentan llevar a cabo la insurrección existen rivalidades. Aparentemente Duque pertenece al grupo de los que prefieren que Colombia apruebe el tratado para que Panamá no tenga que separarse. Su táctica consiste en presionar al gobierno de Marroquín para lograr su propósito. Por otro lado, hay quienes quieren aprovechar la coyuntura para lograr, de una vez por todas, la independencia.

John Hay movió la cabeza de un lado a otro.

—Cuán confuso me resulta todo este asunto, Francis. Con toda franqueza te aseguro que el presidente no está pensando en revoluciones en Panamá. Hoy por hoy nuestros esfuerzos están dirigidos a justificar jurídicamente cualquier decisión que tomemos para construir el canal sin el consentimiento de Colombia. Aunque utilizaremos el *Memorándum Moore*, todavía hay muchos cabos que atar. Lo que has venido a decirme abre nuevas posibilidades y estoy seguro de que al presidente le interesará mucho saber que se está gestando un movimiento separatista en el Istmo y que el gobernador recién nombrado es partidario de la separación. Sin embargo, debemos ser muy cuidadosos con esta gente y actuar con pies de plomo. Es precisamente lo que me propongo aconsejar al presidente.

La mañana siguiente, en cuanto Loomis se despidió, John y Clara Hay emprendieron uno de sus acostumbrados paseos a la orilla del lago. Advirtiendo que los silencios de su marido se prolongaban más de lo corriente, Clara observó:

—Veo que te han preocupado mucho las noticias de Loomis.

—No, en realidad no. Pero se ha abierto un nuevo ángulo en nuestras relaciones con Colombia que requiere un análisis profundo.

—Todos los tuyos lo son —bromeó Clara.

—El problema es cómo presentárselo a Theodore para que su reacción sea la adecuada.

—Así ha sido desde que ascendió a la Presidencia. ¿No? Roosevelt el hombre de acción y tú el pensador; juntos han manejado muy bien las relaciones internacionales.

—Ahora es diferente, Clara. Tanto desea el presidente que el canal se construya a través del Istmo y siente tal desprecio por los colombianos, que está a punto de violar todas las normas internacionales con tal de lograr su objetivo. Las noticias que ahora me trajo Loomis, sin embargo...

—Creo que debes ir a Oyster Bay y discutir este asunto con Theodore personalmente —interrumpió Clara con suave firmeza—. No te preocupes por mí, que yo llegaré a Washington en cuanto...

John Hay no dejó a su esposa terminar la frase.

—No, Clara. He decidido permanecer a tu lado por lo menos hasta que se inicie el otoño. Además, creo que es mucho mejor escribir a Theodore que hablarle personalmente. ¡No te imaginas lo convincente que puede ser cuando se le mete algo entre ceja y ceja!

Terminado el paseo, y luego de meditarlo muy bien, el secretario de Estado envió al presidente de los Estados Unidos una carta en la que, luego de excusarse por no poder aceptar su invitación a Sagamore Hill, analizaba la situación existente con Colombia y sugería:

Me parece que para resolver el dilema debemos optar por:

1. *Ganar tiempo y disipar cualquier incertidumbre sobre nuestra posición; decirle a Colombia que no consideraremos por el momento la proposición que ellos están discutiendo ahora;*
2. *permanecer callados y dejar que ellos sigan haciendo el tonto hasta que usted decida si debemos actuar sobre otras bases.*

   Es evidente que debido al presente estado de la política colombiana no podemos en estos momentos, ni por mucho tiempo, negociar un tratado satisfactorio con Colombia.

También parece que habrá una insurrección en el Istmo contra ese gobierno de desatino y de corrupción administrativa que ahora impera en Bogotá. Le toca a usted decidir si (1) espera los resultados de ese movimiento; o (2) le da una mano para recuperar el Istmo de la anarquía; o (3) negocia con Nicaragua.

Algo estaremos obligados a hacer para mantener el libre tránsito en caso de un serio movimiento revolucionario en Panamá. Nuestra intervención, en estos momentos, no debe ser a medias ni para el beneficio de Bogotá. Me permito sugerirle que ponga su mente a jugar un poquito sobre este asunto, por dos o tres semanas, antes de que se decida finalmente.

Tres días después le llegaba al secretario de Estado la respuesta de Roosevelt. «Cuánto le interesa el tema», pensaba mientras rasgaba el sello presidencial. Lo fundamental del mensaje decía:

No debemos tomar ninguna decisión por el momento en el asunto de Colombia. Estaré de regreso a Washington para el 28 y usted dentro de una o dos semanas. Luego revisaremos el problema cuidadosamente y decidiremos qué medidas se tomarán. Por ahora pienso en dos alternativas: (1) Seguir con Nicaragua; (2) de alguna forma intervenir cuando sea necesario para asegurar la ruta de Panamá sin tener que tratar con los tontos y homicidas corrompidos de Bogotá. No tengo intención de mantener otros entendimientos con esa gente.

Al terminar la lectura, John Hay sonreía: el presidente estaba dispuesto a meditar bien el asunto y a consultar con él antes de actuar, lo que le otorgaría al jefe de la diplomacia estadounidense tiempo para preparar adecuadamente el terreno.

Viernes 11 de octubre

A las ocho en punto de la noche, el capitán Chauncey B. Humphrey y el teniente Grayson M. Murphy, acompañados por el subsecretario de Guerra, Charles Darling, entraron discretamente a la oficina privada del presidente de los Estados Unidos en la Casa Blanca. Los dos militares iban impecablemente uniformados y llevaban con ellos diagramas y documentos producto de sus investigaciones en el Istmo.

Dos minutos más tarde se abrió la puerta que daba a las habitaciones familiares y el presidente Roosevelt, en mangas de camisa, apurado y enseñando los dientes, irrumpió en la estancia.

—Buenas noches, muchachos —exclamó respondiendo al saludo militar de los oficiales y chocando efusivamente la mano al subsecretario—. Tengo muchos deseos de conocer su informe que, desde luego, debe mantenerse confidencial. ¿Están ustedes listos?

—Sí, señor presidente —respondió Darling—. Proceda, capitán.

—Con mucho gusto, señor. ¿Dónde podemos colocar los diagramas?

—Acá, sobre esta mesa —respondió el presidente.

Los oficiales procedieron a extender los diagramas y el propio Theodore Roosevelt los ayudó a sujetarlos con pisapapeles, ceniceros y un par de libros. Luego, sin esperar ninguna explicación, comenzó a bombardearlos con preguntas:

—Este diagrama muestra toda la ruta transístmica... aquí está Colón, en el Atlántico, y Panamá, en el Pacífico. Supongo que esta debe ser la línea del ferrocarril. ¿Qué colina es la que señalan aquí?

—Monkey Hill, señor. Desde allí se domina la ciudad de Colón.

—Esta otra elevación en el sector Pacífico debe ser el Cerro Ancón, ¿no?

—Efectivamente —respondió el capitán, sorprendido por lo bien que el presidente parecía conocer el área.

—Si mal no recuerdo, la distancia de una costa a otra es de aproximadamente cincuenta millas.

—Cuarenta y siete para ser precisos, señor presidente.

—Nuestros navíos de guerra pueden atracar sin problemas en ambas ciudades terminales, ¿no es así?

—Con mayor facilidad en Colón que en La Boca. Como recordará, las mareas en el Pacífico suelen variar mucho; en el Atlántico casi nada.

—Según entiendo, y este diagrama lo muestra muy bien, la topografía en la ruta es muy irregular por lo que el control de la vía férrea es indispensable para cualquier operación militar.

—Afirmativo, señor presidente.

Cuando ya los oficiales estaban convencidos de que se pasarían el resto de la reunión respondiendo a las preguntas del comandante jefe de las Fuerzas Armadas, Roosevelt se sentó y, cruzando las manos detrás de la cabeza, dijo:

—Adelante, señores. Ríndanme ustedes su informe tan detalladamente como se requiere cuando se va a emprender una batalla.

Algo desconcertados, los oficiales intercambiaron miradas.

—Proceda, teniente —ordenó el capitán.

—La situación que vamos a reseñar es la que existía en el Istmo hace dos semanas —indicó el oficial Murphy—. Comenzaremos describiendo el área y las características que ofrecen importancia militar. Entre Colón y Panamá hay una línea telegráfica y otra telefónica tendidas a lo largo de la vía del ferrocarril cuyos vagones pueden transportar sin dificultad artillería liviana; en el sector Atlántico existe comunicación acuática entre la desembocadura del río Chagres y el poblado de Gatún, que está a mitad de camino entre Panamá y Colón; existen en la zona varias colinas que pueden ser ocupadas para prevenir el avance de tropas por la línea ferroviaria; se han construido en la ruta sesenta y cinco puentes, la mayoría de acero, siendo el más extenso el que cruza el río Chagres; se podrían obtener ciento cincuenta mulas y caballos en la ciudad de Panamá, setenta en Chorrera y setenta más en Colón; en el resto del departamento también pueden obtenerse animales de tiro: en Pedregal cien, en Puerto Mutis treinta, en Mensabé cincuenta, en Aguadulce cincuenta, en Chepo diez, y otros diez en Chorrera; aunque existe agua potable en Colón, es de pobre calidad; el sitio más apropiado para montar cañones en la ciudad de Colón está contiguo al faro, aunque también se podrían emplazar en Monkey Hill con algo más de dificultad; en Panamá, desde el Cerro Ancón se puede dominar con artillería moderna la ciudad, el puerto y la bahía; los únicos lugares donde se pueden desembarcar tropas en la costa Atlántica es en la bahía de Portobelo, en la de Limón o Manzanillo y en Bocas del Toro, cerca de Costa Rica; en la costa del Pacífico solamente pueden desembarcarse en el puerto de La Boca y, con marea favorable, en el puerto de Caimito en la Chorrera; el suministro de agua en la ciudad de Panamá es muy pobre y solamente se puede obtener agua potable de las cisternas; aparte de la línea del ferrocarril, no existe otra vía de comunicación que atraviese el Istmo, excepto una calzada antigua de doce pies de ancho y en mal estado, lo que hace muy difícil la comunicación terrestre entre las ciudades de Panamá y Colón; no existe ninguna comunicación por tierra entre Panamá y el interior del departamento ni tampoco con el otro sector del país, donde la comunicación se efectúa por medio de vapores que van de Colón a Cartagena, en el Atlántico, y de Panamá a Buenaventura, en el Pacífico; la selva del Darién, que aísla el Istmo del resto de la nación, es inexpugnable; en el Istmo llueve copiosamente entre los meses de mayo y enero dificultando más aún las comunicaciones terrestres; el ejército colombiano cuenta allá con más o menos cuatrocientos hombres mal armados, cuya moral es muy baja pues se les paga muy irregularmente.

El teniente Murphy hizo una pausa, puso a un lado los documentos contentivos de su informe y concluyó:

—Una acción militar en el área descrita sería rápida y poco costosa en hombres y armamentos. Estoy listo a responder a cualquier pregunta, señor presidente.

—Gracias, teniente, su informe es muy completo. Antes de entrar en preguntas más detalladas, me gustaría que me hablaran de la situación de los habitantes del Istmo: si se advierte alguna intranquilidad, es decir, si vieron ustedes señales de que está gestándose una revolución o algo parecido.

—Con mucho gusto, señor presidente —respondió ahora el capitán Humphrey—. Es evidente que existe un descontento general en las ciudades de Panamá y Colón, donde el tema de la separación de Colombia aparece en los periódicos y se discute en la calle cada día con mayor insistencia. En el interior, sin embargo, es poco lo que se escucha al respecto. Hemos visto indicios muy claros de que se planea un levantamiento armado: se han introducido armas clandestinamente; el Cuerpo de Bomberos se está organizando militarmente; se rumora que existe un grupo organizado para llevar a cabo el movimiento del cual forman parte algunos norteamericanos que laboran en la empresa del ferrocarril. El ejército tiene una lealtad dudosa debido a la falta de atención que reciben del gobierno de Bogotá y, en nuestra opinión, es fácilmente sobornable. Si a lo anterior añadimos que el general Huertas está casado con panameña y tiene amistad íntima con varios istmeños es fácil llegar a la conclusión de que una insurrección armada ofrece grandes posibilidades de éxito.

—Supongo que el problema será mantener a raya al ejército que enviaría Colombia para sofocarla —observó Roosevelt.

—Ese es uno, señor. El otro es que el movimiento no parece contar con líderes idóneos. La información recabada por nosotros sugiere que el cabecilla del movimiento es un tal José Arango, próximo a cumplir los setenta años y cuyo aspecto no es, ciertamente, el de alguien capaz de liderar una revolución.

—¿Y el gobernador? Los informes llegados al Departamento de Estado indican que Panamá tiene un nuevo gobernador que favorece la independencia. ¿No podría ser él dirigente?

—Honestamente, no lo sabemos, señor presidente. Nosotros abandonamos el Istmo pocos días después de la llegada del nuevo gobernador. Le hicieron un gran recibimiento y la gente parece quererlo mucho, pero hasta donde pudimos averiguar el nuevo gobernador, aunque se considera separatista, no es hombre de acción y parece ser leal al gobierno central.

—¿Cómo pretenden entonces llevar a cabo una revolución si no tienen quien la acaudille? —pensó Roosevelt en voz alta, para luego añadir, poniendo fin a la reunión:

—Señores, agradezco sus valiosos informes. Déjenme aquí los diagramas y demás documentos para estudiarlos con más calma. Y tú, Charles, asegúrate de que estaremos debidamente preparados para cualquier eventualidad. Buenas noches.

—Buenas noches, señor presidente —dijeron al unísono los oficiales, cuadrándose militarmente.

—¿Le importaría si me quedo cinco minutos más para unas consultas adicionales? —preguntó Darling.

—De ninguna manera, Charles.

Una vez se hubieron marchado los militares, el subsecretario de Guerra quiso saber un poco más acerca de los planes que el presidente tenía para el Istmo.

—Para estar debidamente preparados —sugirió— es necesario que contemos desde ahora con instrucciones precisas. Y comoquiera que el secretario Root sigue en Londres me correspondería a mí dirigir las acciones. Siempre y cuando, por supuesto, se trate de acciones a corto plazo.

El presidente meditó un momento antes de ordenar:

—Este es un asunto para la Marina. Asegúrate de que en el Atlántico y en el Pacífico nuestros barcos estén a distancia prudencial del Istmo. Quiero que, de ser necesario, puedan llegar a Panamá en menos de setenta y dos horas. Las órdenes deben impartirse mañana mismo.

—Así se hará, señor presidente —dijo Darling, convencido de que la invasión de Panamá se daría en cuestión de semanas.

EL CALVARIO

Hay un patriotismo infecundo y vano: el orientado hacia el pasado; otro fuerte y activo: el orientado hacia el porvenir.

SANTIAGO RAMÓN Y CAJAL

París

Diciembre de 1932

CRÓNICA DE UNA ESTAFA
El Canal de Panamá Treinta Años Después

En contra de su costumbre, esta vez Henry Hall había empezado a escribir su reportaje por el título, a cuya lectura recurría constantemente en busca de nuevos bríos para continuar en el empeño de desenmascarar a quienes, con mentiras y estafas, se habían aprovechado de la gran obra para llenarse los bolsillos de oro.

> *Hace veinte años —escribía Hall en el prólogo— dediqué mis mejores esfuerzos periodísticos a investigar para el diario* New York World *la ilícita participación de personajes influyentes de la época en la separación de Panamá de Colombia y en el negociado del canal transístmico, causa inmediata de aquella pretendida independencia. Durante esos días, mis afanes se estrellaron contra el hermetismo impuesto por quienes todavía controlaban los documentos contentivos de las transacciones claves. Fue preciso que transcurrieran treinta años luego de aquellos sucesos para que el tiempo, llave que todo lo abre, me permitiera investigar —¡por fin!— aquellos registros y*

archivos. Hoy yo no soy más que un reportero retirado de la brega diaria; el New York World *no existe ya, y su fundador, el inolvidable Joseph Pulitzer, hace muchos años rindió su pluma al Creador. Es por eso que, como un homenaje póstumo al hombre y a su obra, decidí concluir la tarea empezada sin otro propósito que hacer que la verdad resplandezca y que los culpables queden sentados para siempre en el banquillo de los acusados, frente a ese juez implacable que es la historia, para que reciban el veredicto que le tienen reservadas esta y las futuras generaciones. Finalmente podremos responder a aquella interrogante que tanto mortificó al pueblo norteamericano: ¿quién se quedó con los cuarenta millones?*

A continuación, el periodista anunciaba que su investigación se concentraría en dos personajes principales: Philippe Bunau Varilla y William Nelson Cromwell. Los demás actores, secundarios todos, aparecerían a medida que se desentrañara la madeja entretejida por aquellos.

La historia de la separación de Panamá, que con tanto entusiasmo empezara a escribir diez meses atrás, permanecía abandonada en una de las muchas cajas que repletas de documentos y recortes de periódicos ocupaban el exiguo espacio de su apartamento.

El periodista se encontraba detallando en su vieja maquinilla las actuaciones de Bunau Varilla cuando unos golpes discretos interrumpieron su trabajo. «¿Quién podrá ser?», se preguntó. En los casi dos años que tenía de habitar en el número 22 de la calle Belles Feuilles era la primera vez que alguien llamaba a su puerta. «Debe ser el propietario», se dijo mientras acudía a abrir. «¿Qué querrá? Pago la renta por adelantado, jamás me quejo de nada...». Pero quien apareció en el vano, sonriendo tímidamente, no fue *monsieur* Chambon sino Etienne Bunau Varilla.

—Etienne, ¿qué lo trae por aquí? —preguntó Henry, extrañado.

—Le ruego que perdone la intromisión, pero quería hablar con usted y no pude dar con su número telefónico —respondió, algo cohibido, el primogénito de los Bunau Varilla.

—No tengo teléfono. Permaneció mudo durante los últimos seis meses y decidí economizarme el gasto. En realidad, no tengo a quien llamar. —Un dejo de amargura oscurecía la voz del periodista.

Etienne permanecía de pie en el umbral de la puerta y Henry, poco apegado a las normas de convivencia social, finalmente se dio cuenta de su falta de cortesía.

—Perdone si no lo invito a entrar, pero créame que en esta habitación no hay espacio para dos —se excusó, pensando en lo embarazoso que resultaría que Etienne encontrara esparcidos por el piso la profusión de documentos que hablaban de su padre—. Voy por mi abrigo y lo invito a tomar un café aquí cerca.

Mientras caminaban hacia Au Bon Pain, Etienne comentó lo agradable que parecía aquel rincón de París.

—Es muy cierto. No encuentra uno los lujos de la avenida D'Iéna pero todo está muy cerca: el carnicero, el panadero, el tendero...; y cuando digo cerca no me refiero solamente a la distancia física: son los únicos amigos que tengo en París.

—Señor Hall, creí que los Bunau Varilla también éramos sus amigos —reclamó Etienne, fingiéndose ofendido.

Como entraban ya al café, Henry Hall, sin responder a la queja de Etienne, fue en busca de Marie para que les acomodara una mesa. La camarera, orgullosa de ver al más asiduo de sus clientes en compañía de un francés de apariencia tan distinguida, saludó con una sonrisa más amplia que de costumbre, sonrisa que se tornó casi amable cuando Henry tuvo la deferencia de presentarle al señor Bunau Varilla.

Mientras esperaban que Marie regresara con el café, el periodista interrogó a Etienne sobre el motivo de su visita.

—Dudé mucho antes de venir a verlo —dijo el francés tras un momento de vacilación—. Ocurre que hace unos días regresé a París después de un largo viaje de negocios y encontré a mi padre preocupado..., más que preocupado, dolido con motivo de una conversación no muy agradable que había tenido con usted. Mi padre no es hombre que exprese sus sentimientos con facilidad, señor Hall, pero finalmente logré que me contara lo sucedido.

Mientras el hijo de Bunau Varilla hablaba, Henry, poco acostumbrado a ventilar sentimientos, pensaba en la manera de dar por terminada lo que prometía ser una conversación molesta y, además, estéril.

—La última vez que nos vimos —prosiguió Etienne—, pensé que entre mi padre y usted había surgido una buena amistad; creí que ambos compartían intereses que, aunque el tiempo les había restado importancia, servirían para mantenerlos entretenidos... y me alegré por ello. Recuerdo que en una ocasión mi madre llegó a confiarme que su inesperada aparición en la vida de mi padre había sido una bendición.

—Etienne, perdone si interrumpo, pero me temo que esta conversación no conducirá a nada —dijo suavemente el periodista.

—Déjeme continuar, si no le importa —replicó Etienne, más autoritario—. Mi padre, señor Hall, ha tenido una vida llena de hechos trascendentales. Es un hombre apreciado en nuestro país porque ha demostrado que ama a Francia; los franceses le han correspondido colmándolo de honores y distinciones, que es todo cuanto él ambicionaba. Usted debe saber lo importante que es el honor para un francés. Pero de todos los triunfos que mi padre ha alcanzado, ninguno lo llena de tanta satisfacción como su decisiva intervención en la obra del Canal de Panamá. Por eso, cuando apareció usted por nuestro hogar con deseos de reconstruir la historia de aquella época, mi padre creyó en la sinceridad de sus intenciones y le abrimos las puertas, no de nuestra casa, de nuestro hogar.

Hall, cuya impaciencia e incomodidad aumentaban por segundo, volvió a interrumpir:

—Comprendo todo lo que usted intenta decirme, pero insisto en que esta conversación no tiene objeto. Le pido que...

—Señor Hall —cortó secamente Etienne, levantando la voz—, usted ha ofendido a mi padre sin razón alguna y yo exijo una explicación.

«Terminará retándome a duelo», pensó Henry, resignándose a escuchar el resto de la perorata. Hubo un momento de silencio y ambos hombres se miraron esperando a que el otro hablara. Finalmente, Etienne continuó:

—Quien esté libre de pecado que lance la primera piedra. Sabia sentencia, señor Hall. Quiero que recordemos ahora el papel que le tocó a usted desempeñar en el asunto del Canal de Panamá y cómo se compara su actuación con la de Philippe Bunau Varilla. Se trata de un simple ejercicio que nos permitirá apreciar la importancia de esa frase del evangelio.

—No veo la necesidad de...

—En aquellos tiempos se desempeñaba usted como redactor de noticias del *New York World* —continuó Etienne, haciendo caso omiso a la interrupción—, el más agresivo e importante de los periódicos amarillos de Joseph Pulitzer, enemigo declarado del presidente Roosevelt, cuyas rotativas se mantenían al servicio del Partido Demócrata. Precisamente para hacerle daño a Roosevelt, desde 1903 los diarios de Pulitzer comenzaron a inventar historias fantásticas y escandalosas en las que involucraban a mi padre y en 1904, el 17 de enero para ser exacto, publicaron en la primera plana la foto de Philippe Bunau Varilla seguida de aquel infame y mentiroso artículo en el que lo acusaban de haber creado un sindicato para lucrar con la revolución de Panamá y el tratado del Canal. Hace treinta años que inició usted los ataques contra un hombre a quien lo único que interesaba era salvar la obra de otro gran francés. Pero en 1908, con sus falacias y embelecos, Pulitzer rebasó finalmente el vaso de la paciencia de Roosevelt quien, para salvar el nombre de su familia y el honor de la Presidencia, se vio obligado a demandarlo por calumnia. Aquí es cuando verdaderamente se convierte usted en protagonista de nuestra historia: Pulitzer necesitaba su más abnegado sabueso para hurgar y rebuscar en el basurero de la mentira argumentos que le permitieran defenderse de la acusación del presidente y usted era el más indicado para esa sórdida tarea.

—Señor Bunau Varilla, no tengo por qué seguir escuchando sandeces. Le suplico pongamos de una vez...

—¿Es que al señor periodista, que toda su vida ha hecho de inquisidor, ahora le incomoda ser la víctima? —vociferó el francés.

Molesto y asombrado por la transformación que había sufrido la personalidad de Etienne Bunau Varilla, Henry llamó a Marie para pedir la cuenta.

—¿Se marcha usted, señor Hall? Mi padre al menos tuvo el valor y la cortesía de escuchar todos sus insultos e improperios.

—Yo no he insultado a su padre, señor. Me limité a refrescarle la memoria con hechos, hechos, repito, que él pretendía olvidar.

—¡Es lo que yo hago ahora! —bramó Etienne.

Marie, quien venía con la cuenta, se detuvo en seco, asustada, pero Henry, con un ademán enérgico, le indicó que se acercara. Mientras pagaba, Etienne volvió a la carga:

—No lo culpo, señor periodista, si no quiere recordar que en 1912, cuando ya su mentor Pulitzer había fallecido, se convirtió usted en el testigo estrella de los demócratas para hacerles el juego político en el Congreso y seguir enlodando la reputación de Roosevelt, de los republicanos y, por supuesto, de mi padre. No tuvo el menor reparo en ayudar a montar un sainete en el que, bajo el ridículo pretexto de hacerle justicia a Colombia por la pérdida de Panamá, se atestaron de mentiras los anales del Congreso de los Estados Unidos. De allí salió ese mamotreto venenoso que maliciosamente se denominó *The Story of Panama*, que no es más que una colección de embustes armados por usted. Fue por ello por lo que...

—¡No siga usted! —gritó Henry poniéndose en pie.

En ese instante el viejo periodista sintió que el corazón le estallaba y ante la mirada atónita de Etienne cayó de bruces sobre la mesa. El estrépito llamó la atención del resto de los comensales y uno de ellos, quien dijo ser médico, corrió a socorrer a Hall. Mientras examinaba sus signos vitales, confirmó que se trataba de un ataque al corazón y pidió que llamaran con urgencia una ambulancia. Marie, los ojos desorbitados y llenos de lágrimas, gritaba señalando a Etienne:

—Él es el culpable, él lo mató... él lo mató... ¡asesino!

Una semana después Henry Hall regresaba de su viaje hacia la muerte. En la semiconciencia escuchaba su propia voz llamando quedamente a Christine; el rostro que aparecía, sin embargo, era el de Marie, la camarera. Cuando tras grandes esfuerzos logró abrir los ojos, otra faz de mujer, desconocida, lo miraba con profesional indiferencia. Intentó hablar pero las palabras no lograban traspasar el umbral de sus labios. Con un gesto, aquel rostro le conminó silencio y una vez más Henry se sumió en el sopor del padecimiento.

Finalmente despertó más dueño de sus sentidos. «¿Dónde estoy?», fueron sus primeras palabras. La enfermera sonrió, con una sonrisa igual de breve pero menos auténtica que la de Marie, y, mientras le introducía un termómetro en la boca y le ataba al brazo una banda elástica, le informó que había tenido un infarto y que se encontraba en la unidad de recobros de la Clinique du Docteur Blanche. «Procure no hablar, que no le hace bien». Henry quería saber más: «Pero,

¿quién me trajo a este hospital?». La enfermera respondió que no se preocupara ahora por más nada que no fuera su recuperación, y con la misma sonrisa mecánica abandonó la habitación.

Transcurrieron varios días durante los cuales, a pesar de que su condición seguía siendo grave, Henry comenzó poco a poco a recuperar las fuerzas. El joven especialista que con más frecuencia acudía a examinarlo le dijo que diera gracias a Dios por estar con vida. «Aunque el infarto ha debilitado su corazón estamos seguros de que con los cuidados adecuados le queda todavía largo camino por recorrer en este mundo».

«Cuidados ¿de quién?», se preguntaba el periodista con amargura.

La mañana que lo trasladaron a una habitación privada, Henry Hall, que jamás había sentido apego por la religión, dio gracias a Dios por la luz del sol. «¿Hace cuánto tiempo estoy en este hospital?», preguntó a la enfermera que lo acomodaba en su nuevo lecho. «Tres semanas. De acuerdo con la cuadrícula lo trajeron a urgencias el 4 de diciembre». Henry hizo cuentas y luego murmuró con voz apenas perceptible: «Entonces es Navidad». Enseguida volvió a inquirir: «¿Quién me trajo?», aunque la pregunta que realmente quería hacer, sin atreverse, era: «¿Quién se ocupa de mí?». La enfermera, mucho más joven que las que cuidaron de él mientras su condición era crítica, respondió que no lo sabía, porque la cuadrícula no contenía esa información. Luego añadió, sonriendo con simpatía: «Afuera hay una señora que ha preguntado por usted casi a diario. «¿Desea verla?». Emocionado, Henry tardó en responder. «¿Quién es ella?», preguntó al fin, con la esperanza absurda de escuchar el nombre de Christine. «En realidad no sé su nombre. Si quiere... Dígale por favor que pase», dijo Henry, el rostro impreciso de Christine revoloteando tenaz en su memoria.

Pero quien entró en la habitación, portando una flor de Navidad y unas revistas, fue Marie, la de Au Bon Pain. Henry se alegró de verla y el recuerdo de Christine se disipó.

—¡*Monsieur* Hall, qué susto nos dio usted!

Por primera vez Henry miró a la mujer que durante dos años permaneciera escondida detrás de un delantal. Era pequeña y algo rolliza, aunque con armonía en sus formas. El cutis terso y sin afeites, los ojos dos chispas celestes, y una boca pequeña en la que ahora asomaba una verdadera sonrisa, tan distinta de aquella con la que acostumbraba servir a sus comensales.

—¡Feliz Navidad! —exclamó Marie a media voz, mientras colocaba cuidadosamente la flor roja y verde sobre la mesa auxiliar—. Le he traído unas revistas para cuando le permitan leer.

Henry no sabía qué responder. Tímidamente dio las gracias a Marie y preguntó:

—¿Sabe usted cómo vine a parar a este hospital?

—Lo trajo la ambulancia. El señor que le provocó el ataque dio instrucciones para que lo condujeran acá. —Marie vaciló un momento y luego añadió, algo azorada—: Yo la seguí detrás en un taxi. Creíamos que se moría.

Transcurrieron unos momentos de silencio. Sin pensar en nada, el periodista miraba a través de la ventana. Cerca del lecho, Marie había tomado asiento en la única silla y se retorcía las manos sin saber qué más decir.

—Lo cierto es que la Clinique du Docteur Blanche es una de las mejores de París. Es muy costosa y solamente los ricos se curan aquí.

Las palabras de la camarera trajeron a Henry de vuelta a la realidad. Ahora estaba convencido de que su enfermedad era costeada por los Bunau Varilla; saberse en deuda con su enemigo le provocaba un gran desasosiego. En ese instante tomó la decisión de abandonar cuanto antes ese lugar aunque tuviera que terminar de recuperarse en un sanatorio público. Interpretando el prolongado silencio del periodista como una señal de cansancio, Marie se despidió, no sin antes preguntarle si se le ofrecía algo más.

—No, gracias, Marie. Usted ha sido muy amable… una verdadera amiga. Espero que pase una feliz Navidad junto a su familia.

—Yo tampoco tengo a nadie en París —susurró la aludida cuando abandonaba la habitación.

En su cuarto de hospital, Henry Hall volvió a sentirse infinitamente solo. Por primera vez desde que le alcanzaban los recuerdos hubo pleamar en sus ojos y las lágrimas comenzaron a humedecer de manera lenta y suave sus descarnadas mejillas.

Hacia el final de la mañana del día siguiente, 25 de diciembre, la enfermera de piso vino a avisar que una dama pedía permiso para verlo. Imaginando que se trataba de Marie, Henry indicó su conformidad con un lento movimiento de cabeza. Su maltrecho corazón se aceleró cuando vio entrar a Ida Bunau Varilla, quien, al advertir la turbación del enfermo, se apresuró a decir con dulzura:

—Señor Hall, no se inquiete usted. Vine a preguntar por su salud y me alegré mucho al saber que ya había abandonado la sala de recobros. Además, traje estas flores. Felices Pascuas.

La ternura de la esposa del odiado Bunau Varilla terminó por desarmar al periodista que se sintió contagiado por la paz que ella proyectaba.

—Muchas gracias, señora.

Henry quería decir más, preguntar por qué lo humillaban costeándole la recuperación de su salud, pero, enredadas en su viejo rencor, las palabras no alcanzaban a salir de su boca. Al cabo de un prolongado silencio, *madame* Bunau Varilla, que había permanecido de pie, dijo despidiéndose:

—Comprendo que está usted muy cansado. Quiero que sepa que Etienne y Philippe también se interesan por su salud y le envían sus saludos... No, no diga nada. Volveré pasado mañana y quizás entonces se sentirá usted con ánimos de conversar. *Au revoir*, señor Hall.

Tan pronto *madame* Bunau Varilla traspasó el umbral de la puerta, Henry oprimió el timbre para llamar a la enfermera.

—Necesito irme de aquí enseguida —le dijo apenas entró—. Aunque tenga que trasladarme a un hospital público, o de caridad, o como sea. Dígale usted a quien administra esta clínica que no consiento que personas no vinculadas a mí corran con el costo de mi estadía.

—Hablaré con el doctor —respondió la enfermera.

Esa tarde regresó Marie. Se le notaba más desenvuelta, como si su presencia junto al periodista hubiese sido consecuencia de un entendimiento tácito entre dos solitarios. Henry le confió su disgusto por lo que ocurría con el pago de las cuentas del hospital y ella se limitó a aconsejarle que no se excitara, que más adelante, cuando recuperara las fuerzas, hablarían del tema. A pesar de que Henry podía ser su padre, eran los gestos y palabras de la camarera los que albergaban ternura maternal.

Al final de esa tarde, mientras lo examinaba, el doctor le informó que por ahora no pensase siquiera en abandonar el hospital. «Nosotros tenemos una responsabilidad que cumplir que está por encima de cualquier consideración económica. El director me ha informado que siempre se pueden hacer arreglos de pago pero para que usted pueda cumplirlos es necesario que recobre primero la salud. ¿Estamos de acuerdo? Por lo pronto ya se ha notificado a los señores Bunau Varilla su deseo de correr usted mismo con los costos de su enfermedad. Si todo sigue igual, dentro de dos semanas podrá volver a su casa».

—¡Qué buenas noticias! —exclamó Marie, tan pronto se marchó el médico, con alegría casi infantil—. Quisiera que me permitiera usted entrar a su apartamento para ir preparando su regreso. Nada más tiene que autorizarme porque desde el día que lo internaron yo tengo guardada la llave junto a sus otras cosas personales.

Por alguna razón que no alcanzaba a comprender, a Henry Hall parecía no importarle que alguien pretendiera inmiscuirse en su vida.

—He vuelto antes de lo que pensaba debido a la llamada que el director del hospital hizo ayer a mi casa. —De pie, frente al lecho, la señora Bunau Varilla hablaba en el mismo tono de voz dulce y apacible—. Quiero asegurarle que no fue la intención de Etienne incomodarlo, pero como a usted lo trajeron acá de emergencia, alguien tenía que hacerse responsable por los gastos. Eso fue todo. Usted podrá pagarnos después que abandone el hospital, que entiendo será en pocos días.

Henry Hall contempló aquel rostro sonriente y tranquilo y una vez más comprendió lo inútil de su actitud hostil. «Una cosa es Philippe Bunau Varilla y otra muy distinta sus familiares», razonó.

—Agradezco que haya venido aquí a aclararme una situación que, francamente, me resultaba muy incómoda. No soy hombre de recursos económicos, pero le prometo que de alguna manera cancelaré mi deuda.

—Por supuesto que sí. A decir verdad, he venido a hablarle también de otro asunto, que estoy segura le interesará.

Madame Bunau Varilla hizo una pausa y luego, sonriendo con picardía, añadió:

—He encontrado a Christine Duprez.

I

1

Martes 1 de septiembre (Nueva York)

Un día espléndido, de sol radiante y cielos azules, recibió a los viajeros del *Segurança* que provenientes del Istmo desembarcaron en Nueva York aquella mañana de comienzos del otoño de 1903. «Un buen presagio», pensó el doctor Manuel Amador Guerrero mientras se afanaba por encontrar un maletero que lo ayudara con el equipaje.

—Doctor, doctor —llamó una voz, cuyo dueño Amador no alcanzaba a distinguir entre la muchedumbre, hasta que un hombre pequeño y de sonrisa amplia llegó frente a él con la mano extendida.

—Soy Joshua Lindo, doctor —dijo el recién llegado al tiempo que chocaba vigorosamente la mano del galeno—. Usted quizás no me recuerda pero nos conocimos en el Istmo hace varios años. Don José Agustín Arango me avisó que usted llegaría hoy. Bienvenido a Nueva York.

—Muchas gracias, amigo Lindo. Por supuesto que lo recuerdo y sé que es usted un banquero de mucho éxito por estos lares. Me alegro de encontrar una cara conocida.

—¿Ya localizó su equipaje? Si me dice cuál es lo enviamos de una vez a mi coche.

—Son aquel baúl y la valija pequeña de cuadros. Voy a despedirme de los compañeros de viaje —dijo Amador buscando con la mirada entre los pasajeros que comenzaban a dispersarse.

—Si se refiere a José Gabriel Duque y a Tracy Robinson, ambos partieron hace un rato. Ellos me indicaron que usted estaba aquí buscando su equipaje.

—Entonces podemos irnos. Tengo reservación en el hotel Endicott.

—Sí, lo sé. Es un buen hotel pero está en la 81, bastante lejos del centro.

»Yo reservé también en el Waldorf, por si quiere quedarse en uno más conveniente.

—El Waldorf Astoria es muy caro; los pesos que traigo no dan para tanto. Y eso que a Duque y a Robinson les quité unos cuantos jugando al póker —dijo Amador riendo socarronamente.

En el coche, Lindo le confió a Amador que estaba debidamente enterado del propósito de su viaje a Nueva York.

—Estoy al corriente de que existe un movimiento separatista en el Istmo —dijo con solemnidad—. Sé igualmente que el contacto en los Estados Unidos es el abogado Cromwell, con quien le concerté cita esta misma tarde a las cuatro. Espero que me considere su aliado y me diga si hay algo que puedo hacer por ayudar. Recuerde que mi empresa, Piza, Nephews & Company, tiene negocios de banca en el Istmo en asocio con Brandon Brothers, por lo que me interesa mucho que el canal se construya.

El doctor Amador permaneció en silencio y Joshua Lindo, interpretando su mutismo como señal de inconformidad, aclaró:

—El mismo José Agustín me puso al tanto de todo: claves, planes, etcétera. Supongo que él creyó conveniente que usted contara aquí con alguien en quien confiar.

—Y yo me alegro de haberlo encontrado, amigo Lindo —afirmó finalmente Amador, venciendo su desconfianza—. Cuénteme ahora de Cromwell. ¿Ha conversado con él?

—Solamente por teléfono; se mostró muy interesado en hablar con usted. A pesar de ser un hombre muy ocupado me concedió la entrevista enseguida. —Lindo calló un momento y luego inquirió—: A fin de tener las cosas claras le ruego que me diga si Duque forma parte también del movimiento.

—No —respondió Amador sin titubear—. El enviado de los conjurados a los Estados Unidos soy yo. Durante la travesía Duque trató de averiguar el motivo de mi viaje, pero yo me limité a darle la versión oficial: vengo a visitar a mi hijo Raúl quien enfermó cerca de Boston y necesita mi ayuda. Aunque Duque es una persona muy agradable, no lo conozco bien. A bordo me dio la impresión de ser un tipo impulsivo.

El resto del trayecto, el banquero y el médico intercambiaron opiniones sobre la política del presidente Roosevelt en relación con el canal y sobre las escasas probabilidades de que a última hora Colombia aprobara el tratado Herrán-Hay. Además, Lindo puso a Amador al corriente de algunas publicaciones recientemente aparecidas en la prensa norteamericana en torno a la posible separación del Istmo.

—La agencia noticiosa Associated Press y periódicos como el *New York Herald*, el *New York World* y *The Sun* lo dan como algo seguro —concluyó.

El viejo galeno sonrió mientras decía:

—Supongo que muchas de esas noticias emanan de Panamá; Ernesto Lefevre y Samuel Boyd parecen estar haciendo bien su trabajo de corresponsales.

Al momento de despedirse frente al hotel, Lindo preguntó a Amador si conocía la dirección de Sullivan & Cromwell.

—Aquí la traigo apuntada. Es el numero 49 de Wall Street, ¿no?

—Así es. No deje de avisarme si en algo más puedo serle útil.

—Pierda cuidado, amigo Lindo, que muy pronto volverá a saber de mí. En esta ciudad tan grande y tan hosca hace falta alguien que cuide de uno. Gracias por todo.

2

En un gesto reservado para los clientes muy importantes, William Nelson Cromwell salió personalmente a la sala de recibo a darle la bienvenida a Manuel Amador Guerrero.

—Doctor, cuánto me complace tenerlo por aquí. Por favor acompáñeme a mi despacho.

—Muchas gracias, señor Cromwell. También yo estoy muy contento de estar aquí finalmente.

Mientras recorrían el largo pasillo que conducía a la oficina del socio principal de Sullivan & Cromwell, el doctor Amador le entregó un sobre al abogado, diciendo:

—Esta carta se la envía nuestro amigo José Agustín Arango. Creo que sería conveniente que usted la lea antes de nuestra conversación.

Dentro del amplio despacho Cromwell invitó al doctor a sentarse y procedió a leer la misiva. Concluida la lectura, lo miró fijamente y dijo en tono confidencial:

—José Agustín me indica que usted es la única persona que puede hablar en nombre de la junta de conjurados y que está autorizado para acordar conmigo lo que mejor convenga a los intereses del movimiento separatista.

—Así es, abogado. Mi visita responde a la necesidad de darle seguimiento a lo manifestado por usted al capitán Beers. También queremos ponerlo al día de los avances del movimiento y lo que nosotros pensamos que haría falta para llevarlo a feliz término.

—Soy todo oídos, doctor. Adelante.

—Bien. Los conjurados estamos convencidos de que en el momento en que declaremos la independencia todo el pueblo se nos unirá como un solo hombre. Hemos hablado ya con los líderes del Partido Liberal, quienes están de acuerdo en que ha llegado la hora de separarse de Colombia. En cuanto a los militares, el Batallón Colombia, que es el único destacado en el Istmo, tiene la moral por el suelo, en gran parte porque el gobierno central no les paga hace meses. Sus jefes, y, muy especialmente, el general Huertas, están muy identificados con Panamá y estamos seguros de que nos apoyarán. Además...

Cromwell interrumpió:

—La actitud de los militares es fundamental. ¿Se habló ya con los oficiales, Huertas y los demás?

—En realidad el único que importa es Huertas. Ya hemos designado a dos íntimos amigos de él para que ayuden a incorporarlo al movimiento. También es bueno saber que el general es casado con panameña y dentro de muy poco le nacerá un hijo istmeño.

—Todo eso está muy bien, pero debemos preguntarnos si Huertas y los demás jefes son sobornables.

Ante el silencio de Amador, Cromwell insistió:

—La mejor manera de asegurar el triunfo de una revolución, mi estimado doctor, es comprando los soldados del enemigo. Se ha hecho siempre y se seguirá haciendo. Lo que se gasta al inicio en dinero contante y sonante se ahorra al final en armamentos, en sangre y dolor.

—Como le dije antes, a la tropa no se le paga regularmente y no sería difícil neutralizarla con algunos pesos. En cuanto a los oficiales, no creo que haga falta recurrir al soborno. Recuerde que yo soy el médico del Batallón Colombia y tengo ascendencia sobre ellos. Pero ya que hablamos de dinero, nos hará falta una buena suma para adquirir barcos y armamentos. Entiendo que usted le ofreció al capitán Beers obtenerlo para nosotros.

—¿Cuánto piensan que requerirán?

—Nuestros cálculos arrojan una cifra de alrededor de cinco millones de dólares.

—Es una suma importante —comentó Cromwell sin perturbarse—. ¿Cómo la utilizarían?

—Principalmente en la adquisición de dos navíos de guerra debidamente artillados. Nuestro principal problema es que Colombia controla ambos mares. Además, debemos adquirir artillería, armas ligeras y municiones. También habrá que disponer de los fondos indispensables para sostener el movimiento por lo menos un mes.

—¿Un mes? ¿Por qué un mes? —inquirió el abogado extrañado.

—Es el plazo durante el cual deberemos defender el Istmo del ejército colombiano —respondió Amador.

—¿Y después?

—Esperamos que antes de que transcurran treinta días los Estados Unidos habrán colocado tropas en el Istmo para proteger la ruta del ferrocarril y evitar que Colombia desembarque sus fuerzas. Es lo que históricamente han hecho siempre.

Viendo que Cromwell permanecía meditabundo, sin decir nada, Amador prosiguió.

—Este es, precisamente, el otro ofrecimiento que le hizo usted a James Beers: lograr que los Estados Unidos nos protejan de Colombia. Para nadie es un secreto que sin esa protección, por más resistencia que presentemos los panameños, tarde o temprano el ejército colombiano retomaría el Istmo. Igualmente tiene usted que intervenir para que el gobierno norteamericano le otorgue sin demoras su reconocimiento diplomático a la nueva república.

Amador calló, y un pesado silencio se instaló entre ambos. Al final, el médico concluyó:

—Allí tiene usted, brevemente expresados, los objetivos de la misión a mí encomendada. No es más que lo que usted mismo pidió a Beers que nos transmitiera.

Luego de contemplar a su interlocutor con gesto de profunda preocupación, William Nelson Cromwell se puso en pie y comenzó a recorrer el amplio despacho.

—Doctor Amador —dijo por fin, casi con resignación—, lo que ustedes me están solicitando no es fácil...

—No estamos pidiendo nada distinto a lo prometido por usted al capitán Beers —insistió Amador, impacientándose—. Es lo mismo que posteriormente nos confirmó a través de varios mensajes codificados.

—Déjeme hablar —mascullo Cromwell—. Yo siempre cumplo mis promesas. Sin embargo, nunca se habló de una suma de dinero específica.

Amador iba a decir algo pero Cromwell lo detuvo con un gesto.

—Esto no significa que no haré mi mejor esfuerzo por obtener, si no esa cantidad, por lo menos los barcos y armamentos que pretenden comprar. Pero ustedes tienen que comprender que de ahora en adelante debemos meditar muy bien nuestras acciones y coordinarlas con el Departamento de Estado. Creo que debe verse cuanto antes o bien con John Hay o con el propio presidente Roosevelt.

Una amplia sonrisa iluminó el rostro marchito del istmeño.

—Es precisamente lo que iba a sugerirle. ¿Cuándo piensa usted que podrá concretar una cita?

—Haré las gestiones enseguida. Lamentablemente, tanto el secretario de Estado como el presidente se encuentran pasando el verano fuera de Washington y no estoy seguro en qué fecha retornarán. John Hay, sin embargo, realiza viajes frecuentes a la capital así es que estaré al tanto. ¿Cuánto tiempo piensa permanecer usted en los Estados Unidos?

—En principio, el que sea necesario. Por supuesto que quisiera regresar al Istmo lo antes posible con respuestas concretas.

—¿Dónde lo puedo contactar?

—En el hotel Endicott, cuarto 152-C.

—Espere mi llamada —dijo el abogado poniéndose en pie.

Advirtiendo que la reunión llegaba a su fin, el doctor Amador se despidió, no sin antes recordarle una vez más a Cromwell que quedaba pendiente de sus noticias.

—Es a lo que he venido; ninguna otra cosa tengo que hacer aquí.

—Pierda cuidado, doctor. Aunque ciertamente yo sí tengo otras cosas a las cuales dedicar mi tiempo, el asunto del canal ístmico figura prioritariamente en mi agenda desde hace varios años.

Minutos después de que el doctor Amador saliera de las oficinas de Sullivan & Cromwell, Roger Farham, agente personal de prensa y correveidile de William Nelson Cromwell, entraba al despacho del famoso abogado.

—El anciano que acabo de toparme en el vestíbulo ¿es el doctor Amador Guerrero? —preguntó con un dejo despectivo en la voz.

—Así es —respondió Cromwell—. Ese viejo que acaba de salir de aquí es nadie menos que el enviado de los conspiradores panameños y uno de sus líderes.

—Pero ¿qué clase de revolución será esa? —insistió Farham, sarcástico.

—Francamente, Roger, no lo sé. El otro líder es mi amigo José Agustín Arango, quien debe andar por la misma edad de Amador.

—¡La revolución de los viejos! —exclamó Farham riéndose.

—Sería jocoso si no fuera tan trágico —se lamentó Cromwell—. Pero son ellos quienes dirigen el movimiento. Ambos desempeñan cargos en la empresa del ferrocarril, cuyos más altos empleados son norteamericanos y también forman parte de la conspiración. Sea como fuere, tenemos que mantener ese contacto.

—Lo que venía a comentarte adquiere entonces mayor importancia —afirmó Farham—. En el mismo barco de Amador llegó también a Nueva York José Gabriel Duque, a quien acabo de conocer en la oficina de Charles B. Hart, hasta hace poco ministro de los Estados Unidos en Bogotá. ¿Lo recuerdas?

Cromwell hizo un gesto afirmativo con la cabeza.

—Bien —prosiguió Farham—, todo parece indicar que Duque es un hombre adinerado y de mucha influencia en el Istmo. Es dueño y editor del *Panamá Star & Herald*, que es el diario más antiguo e importante, y de la Lotería Nacional. Es bastante joven y desenvuelto, mucho más apto, diría yo, para encabezar un movimiento revolucionario que nuestros dos vejetes. Además, en la breve conversación que sostuve con él pude percatarme de que también es partidario de la separación.

—¿Qué sugieres, Roger?

—Que nada perderías hablando con él.

Cromwell meditó un momento antes de preguntar:

—¿A qué vino a Nueva York?

—A atender algunos negocios. No creo que venga a nada relacionado con el movimiento separatista.

—¿Puedes traerlo aquí mañana temprano?

—Lo llamaré enseguida al Waldorf Astoria.

—Otra cosa, Roger. Asegúrate de que venga sin Hart. No quisiera que todo Nueva York se entere de que estoy organizando un movimiento revolucionario en Sur América.

3

A las nueve y diez de la mañana del día siguiente, José Gabriel Duque estaba cómodamente sentado frente al amplio escritorio de William Nelson Cromwell. Luego de las trivialidades de rigor, el abogado abordó el tema que le interesaba:

—Como usted seguramente sabe, señor Duque, soy el consejero de la Nueva Compañía del Canal de Panamá y de la empresa del ferrocarril transístmico. Mis clientes, por supuesto, siguen con gran interés todo lo que sucede en Colombia, muy especialmente en el Istmo. El reciente rechazo del convenio del canal por el Senado colombiano pone en serio peligro las cuantiosas inversiones que ellos poseen en Panamá.

—Todo eso lo sabía yo antes de venir aquí, señor abogado. Tampoco ignoro que es usted el socio principal de Sullivan & Cromwell y uno de los más influyentes miembros del foro en este gran país.

Usted comprenderá que mis negocios exigen que me mantenga bien informado.

Tal como hiciera durante la entrevista con Amador, Cromwell frunció el ceño en señal de preocupación, se levantó de su silla y comenzó a recorrer la estancia.

—Aunque no es fácil conversar de estos temas —dijo bajando la voz—, conozco de fuentes fidedignas que en Panamá se está gestando un movimiento para lograr la separación de Colombia.

—Eso, abogado, es *vox populi* en el Istmo —interrumpió Duque—. Mi periódico ha publicado varias noticias al respecto.

—¿Y usted que opina? —quiso saber Cromwell, dejando a un lado su natural reserva.

—Veo que no ha leído usted todavía el periódico de hoy —dijo Duque, mientras sacaba de su maletín un ejemplar del *New York World*—. Aquí tiene usted las declaraciones que formulé tan pronto desembarqué ayer. En ellas afirmo muy claramente que si Colombia no aprueba el tratado estallará una revolución en el Istmo. Léalas, por favor.

Cromwell leyó con atención la noticia y preguntó:

—¿Debo asumir, entonces, que usted forma parte del movimiento independentista?

—No, aunque sé que existe un grupo de istmeños que se han organizado con ese propósito. En el vapor que me trajo a Nueva York venía también el doctor Manuel Amador Guerrero, quien sospecho que es uno de los líderes.

—Pero yo conozco a Amador y debe andar cerca de los setenta años. No veo cómo pueda dirigir una insurrección —insinuó Cromwell.

—Amador es un político de gran experiencia. En esta clase de insurrecciones los cabecillas no tienen que combatir al frente de los rebeldes. Debo aclarar, sin embargo, que en el barco lo interrogué discretamente y se rehusó a hablar del tema de la separación. Según me dijo, viaja a los Estados Unidos por razones familiares.

—Señor Duque, voy a confiar en usted porque estoy convencido de que ambos tenemos mucho interés en lo que pueda ocurrir en el Istmo. Si no se construye el canal, y los norteamericanos son los únicos capaces de construirlo, Panamá quedará sumido para siempre en la miseria más espantosa y mi cliente y sus negocios se verían seriamente afectados. Es por esto que se está gestando un movimiento separatista para que la nueva república pueda firmar con los Estados Unidos el convenio que Colombia acaba de rechazar. En un sitio como Panamá un movimiento de esa naturaleza no puede prosperar sin dos elementos fundamentales: primero, la colaboración de la empresa local más importante que no es otra que la Compañía del Ferrocarril, que yo indirectamente dirijo; y, segundo, hombres capaces de llevar adelante la insurrección, individuos de recursos financieros, de contactos, con la determinación y el interés necesarios. Pienso que ese hombre puede ser usted y pienso también que si el movimiento tiene éxito es probable que lo hagan a usted presidente del nuevo país.

Duque enarcó las cejas en señal de sorpresa, y exclamó sonriendo:

—Pero, señor Cromwell, yo no soy más que un simple empresario que jamás se ha agitado en política. Además, ni siquiera soy colombiano; aunque nací en Cuba, hace muchos años adopté la nacionalidad norteamericana.

Cromwell maldijo a Farham por no haberle informado que Duque no era colombiano.

—Poco importa la nacionalidad en tiempo de revoluciones, señor Duque. Así nos lo ha enseñado la historia en varias oportunidades. ¿No recuerda usted a Walker?

—Claro que recuerdo a Walker. También recuerdo que en Nicaragua lo mataron por meterse donde nadie lo había llamado. Pero Walker era un mercenario y me sorprende que...

—Calma, amigo Duque, que lo de Walker era una broma —cortó Cromwell, al advertir que aquel se había ofendido—. Lo que me interesa decirle es que si unimos esfuerzos serán mayores las posibilidades de éxito. Estoy seguro, además, de que la nueva república le dará la bienvenida a cualquiera que haya luchado en favor de su liberación, especialmente si se trata de empresarios importantes como usted.

Duque permaneció en silencio unos instantes y luego preguntó:

—¿Cómo piensa usted que podemos colaborar?

—Asegurándonos de que cuando llegue el momento la revolución triunfe. Para ello será indispensable la colaboración de los Estados Unidos. Alguien como usted que, además, es norteamericano podría ser muy convincente. Si está dispuesto, yo puedo lograr que el secretario de Estado lo reciba.

Duque titubeó.

—Yo debo regresar al Istmo la próxima semana y entre mis planes no estaba el de fomentar y mucho menos liderar ninguna revolución. En realidad, pienso que lo más conveniente para todos sería que el Congreso colombiano aprobara finalmente el tratado y que el canal se construyera sin necesidad de que Panamá se separe.

—El tratado es un cadáver, una víctima más de la politiquería colombiana —sentenció Cromwell con firmeza.

—Conozco bien a los colombianos —replicó Duque— y si los Estados Unidos ladran lo suficiente y le enseñan los colmillos a Marroquín y a su camarilla, el tratado se aprueba.

—Créame que Roosevelt se cansó de enseñar los dientes y lo que viene ahora es un garrotazo. Todo se facilitaría, sin embargo, si Panamá se independiza.

—Quién sabe, abogado. Sin embargo, estoy dispuesto a reunirme con el señor Hay siempre y cuando me pueda recibir antes del 7 de septiembre, fecha en que debo regresar al Istmo.

—Déjelo de mi cuenta. Esta misma tarde lo llamaré a su hotel.

Cuando al final de la tarde José Gabriel Duque se disponía a salir, recibió la llamada de Cromwell.

—La cita con el secretario Hay está confirmada para mañana —dijo el abogado en el teléfono—. Desafortunadamente él tiene que regresar a New Hampshire antes del mediodía por lo que me temo que tendrá que tomar el tren nocturno para amanecer en Washington y acudir al Departamento de Estado a las nueve en punto. Para guardar las apariencias, Hay me ha pedido que se haga acompañar por su amigo, el antiguo ministro norteamericano en Bogotá, Charles Hart, quien ya está avisado. Su tren parte a la una de la madrugada y los boletos estarán esperándolo en la ventanilla.

«Cuánta eficiencia», pensó Duque.

4

Jueves 3 de septiembre

Cuando Manuel Amador leyó las declaraciones de José Gabriel Duque en el periódico, sintió deseos de buscarlo y ponerlo en su lugar. «¿Quién se ha creído que es para estar pregonando asuntos sobre los cuales nadie lo ha autorizado a hablar y mucho menos públicamente?», cavilaba el anciano. Pero la prudencia pudo más que el enojo y decidió que más importante que reclamarle a Duque era mantener su misión en secreto.

Como pasaban los días sin saber de Cromwell, Amador resolvió llamarlo él por teléfono. Después de hacerlo aguardar un buen rato en la línea, la secretaria le informó que el abogado Cromwell no estaba disponible en ese momento.

—Recuérdele que estoy esperando su llamada —dijo el doctor malhumorado.

Transcurrió una semana sin saber de Cromwell, y Amador comenzó a desesperarse. La soledad en que se consumían sus días en el pequeño y austero cuarto de hotel y el aturdimiento que le producía vivir en la gran urbe fueron minando sus energías y abatiéndole física y espiritualmente. Su único apoyo era Lindo y a él recurrió una vez más pidiéndole que averiguara qué ocurría con Cromwell. Cuando Lindo le informó que tampoco él había logrado hablar con el abogado, Amador decidió instalarse en las oficinas de Sullivan & Cromwell hasta obtener una explicación satisfactoria.

Para sorpresa suya, no bien se reportó en la recepción, el propio Cromwell salió nuevamente a saludarlo.

—Perdóneme, doctor, pero he tenido unos días verdaderamente ajetreados. Además, ni el secretario de Estado ni el presidente han regresado de sus vacaciones así que poco podíamos hacer para concretar nuestro plan. A propósito, ¿ha visto los periódicos en los últimos días?

—Claro que los he leído. José Gabriel Duque ha tratado de acaparar la atención sin darse cuenta de que puede perjudicar el movimiento.

—Quería estar seguro de que estaba usted al corriente. Ahora váyase tranquilo que en cuanto tenga algo concreto lo llamaré.

—Señor Cromwell, no es mi deseo importunarlo pero usted es el único contacto que tienen los conjurados con el gobierno de los Estados Unidos. Si realmente no puede ayudarnos, le agradecería decírmelo enseguida para elaborar otros planes.

Cromwell sintió pena por aquel anciano que intentaba desempeñar un papel para el que no poseía realmente ninguna calificación. No se trataba solamente de la edad; Amador se proyectaba como un médico de provincias carente de imaginación y de mundo. Por ahora, sin embargo, el viejo galeno era su vínculo con los revolucionarios panameños y había que mantener esa puerta abierta.

—Ya le dije que yo honro mis compromisos. Pronto sabrá de mí —reiteró el abogado.

Dos días después de aquella entrevista, Manuel Amador leía en el *New York World* otra noticia en la que nuevamente se afirmaba que agentes panameños continuaban en Nueva York gestionando la independencia del Istmo. «Duque ya emprendió el viaje de regreso, así que no la sembró él. ¿Quién podrá tener tanto interés en revelar nuestros proyectos?», se preguntó.

Como seguían pasando los días sin recibir la anhelada llamada del abogado, Manuel Amador volvió a intentar comunicarse con él. Esta vez la operadora le informó que el señor Cromwell no estaba en Nueva York y que no sabía cuándo regresaría. Ante la insistencia de Amador, rehusó de mala manera indicarle dónde se le podía localizar. Un nuevo sentimiento de impotencia y desazón se apoderó del ánimo del anciano que veía desvanecerse las esperanzas de concretar su misión. «Tal vez no seamos más que unos ingenuos al creer que los Estados Unidos se comprometerían a ayudarnos», se decía recordando el entusiasmo de los conjurados al decidir su viaje a Nueva York. «Tengo que averiguar cuanto antes si realmente Cromwell puede hacer lo que prometió».

Esa misma tarde le pidió a Lindo que lo acompañara en calidad de testigo y ambos se presentaron sin previo aviso a las oficinas de William Cromwell. Tras hacerlos esperar más de media hora, la secretaria personal del abogado salió para informarles que el señor Cromwell no se encontraba y que no regresaría en el resto de la semana.

—El asunto que nos trae aquí es sumamente urgente e importante —advirtió Lindo—. Estamos seguros de que su jefe agradecerá si usted nos informa dónde o cómo podemos localizarlo.

—Lamento mucho no poder ayudarlos —respondió secamente la secretaria.

Ya en la calle, Joshua comentó que le parecía muy extraño lo que sucedía.

—Es evidente que la secretaria miente, pero... ¿por qué?

—Me propongo averiguarlo aunque sea lo último que haga en mi vida —declaró Amador visiblemente irritado—. Estoy seguro de que Cromwell se está negando, así es que mañana desde muy temprano estaré aquí observando la entrada del edificio y si, como sospecho, se aparece por su oficina, lo obligaré a que me reciba.

Infructuosos resultaron los esfuerzos de Lindo de disuadir a su amigo de semejante proceder: Amador estaba dispuesto a confrontar a Cromwell.

—Como usted comprenderá, Joshua, no puedo seguir aquí por gusto. Estoy en Nueva York desde hace más de quince días y aún ni siquiera sé a ciencia cierta si quien se ofreció a ayudarnos continúa dispuesto a hacerlo. En breve se me agotarán los fondos y tendré que regresar. Y lo que más me exaspera es pensar que mis compañeros en Panamá, a quienes nada he comunicado todavía, siguen creyendo que todo marcha sobre ruedas.

—Ya le he dicho y le repito que por dinero no se preocupe: yo puedo prestarle lo que sea necesario para que no pase trabajo en esta ciudad tan cara.

—Se lo agradezco. Tal vez muy pronto tenga que recurrir a su generosidad.

Al día siguiente, a las ocho de la mañana, Manuel Amador Guerrero vigilaba desde la acera de enfrente el acceso al edificio número 49 de Wall Street. Su paciencia y obstinación rindieron fruto pues minutos después de las nueve, William Nelson Cromwell descendió de su coche y subió ágilmente los peldaños que conducían al interior del inmueble. Diez minutos más tarde, Amador se presentaba ante la recepcionista para inquirir nuevamente por el abogado.

—El señor Cromwell aún no ha regresado —fue la lacónica respuesta.

—¿Podría hablar con su secretaria? Dígale usted que me embarco mañana para el Istmo y tengo un sobre importante para su jefe —mintió Amador.

Casi enseguida, la aludida apareció en el vestíbulo, esta vez sonriendo ampliamente.

—Doctor, me informan que se marcha usted y que tiene algo que dejarle al señor Cromwell.

—En realidad, creo que hubo un malentendido. Lo que yo quisiera es hablar con él —dijo Amador, sonriendo a su vez.

En un instante la expresión de la secretaria pasó de la cordialidad a la animadversión.

—La recepcionista acaba de informarle que el señor Cromwell no se encuentra en la oficina —dijo ásperamente, para después agregar en voz más baja pero no menos impertinente—: Francamente, no sé qué clase de juego se trae usted entre manos, pero ahora debo suplicarle que abandone nuestras oficinas. Está usted importunando a la clientela.

Para el doctor Amador, esa fue la gota que rebasó el vaso.

—Señorita, le aseguro que yo no he hecho el viaje desde el Istmo de Panamá hasta Nueva York para jugar. He venido aquí porque así me lo solicitó el señor Cromwell, quien ahora se esconde tras las faldas de su secretaria. Y no me venga con el cuento de que él no se encuentra porque yo mismo lo vi llegar esta mañana a las nueve y diez en punto. Así es que dígale usted que permaneceré aquí hasta tanto me reciba.

Como pidiendo excusas por tan embarazosa situación, la secretaria miró a los clientes que en la recepción seguían con asombro aquel extraño diálogo y sin emitir una palabra más regresó al despacho de su jefe. Amador tomó asiento y se preparó para una larga espera.

Las doce del día sonaron en el enorme reloj de pared que adornaba la recepción sin que Cromwell apareciera. «Estará aguardando a que no quede ningún cliente en la antesala», pensó Amador.

Y así fue, efectivamente. Algo después de la una, cuando ya no quedaban testigos, William Nelson Cromwell entró finalmente a la recepción y sin saludar ni ocultar su ira increpó a Amador:

—El espectáculo que ha montado aquí esta mañana en nada lo beneficia ni a usted ni a su causa. Debe comprender que hay normas elementales de cortesía que todos debemos respetar.

—¿Insinúa que el descortés soy yo? —exclamó Amador—. Fue usted quien dijo que me llamaría y han sido usted y sus empleados los que cobardemente han pretendido hacer ver que no estaba aquí, engañándome y burlándose de mí. Si no puede cumplir sus compromisos ni mantener la palabra empeñada, dígalo simplemente, pero dando la cara, como hacen los hombres.

Cromwell enrojeció y tomando al anciano por el brazo comenzó a empujarlo hacia la puerta.

—Váyase de aquí inmediatamente y llévese consigo sus sueños revolucionarios. No quiero volver a verlo ni saber nada más de lo que pretenden usted y el grupo de ilusos que lo acompañan.

—¡No puede hacernos esto! —gritó Amador, resistiéndose—. Le juro que me las pagará. Con su apoyo o sin él lograremos la independencia y entonces usted y sus clientes franceses se arrepentirán de lo ocurrido aquí hoy.

En ese momento, atraídos por los gritos, algunos empleados entraron a la recepción.

—¡Ayúdenme a sacar a este viejo demente de aquí! —ordenó Cromwell y al instante dos individuos, con pinta de abogados, sujetaron fuertemente a Amador por el otro brazo.

Sabiéndose perdido, Amador vociferó aún más alto:

—¡Suéltenme, atrevidos!

Asombrados ante la energía del anciano, Cromwell y sus empleados lo dejaron ir. Desde la puerta, las ropas desarregladas y temblando de rabia, Amador miró a Cromwell y señalándolo con el índice intentó decir algo, pero la cólera impidió que las palabras salieran de su boca.

Una vez en la calle, el anciano comenzó a caminar sin rumbo fijo. «Todo está perdido, todo está perdido», repetía en voz baja. Cuando finalmente recobró la calma, resolvió que era necesario comunicar cuanto antes lo sucedido al resto de los conjurados y tomó un coche para dirigirse al número 18 de Broadway, sede de las oficinas de Piza, Nephews & Co.

Apenas lo vio entrar a la oficina, Lindo supo que algo muy grave había sucedido.

—Doctor, ¿qué ocurre que viene tan descompuesto?

—Necesito enviar un cablegrama urgente a Panamá y no hay tiempo para claves —dijo Amador sin responder a la pregunta.

—Muy bien, de aquí podemos enviarlo enseguida a través de Brandon; pero ¿qué sucede?

—Cromwell acaba de sacarme a empellones de su oficina. No quiere saber nada de nosotros ni del movimiento separatista. Se volvió como loco. Tengo que avisar inmediatamente a los conjurados.

—¿Cromwell hizo eso? —musitó Joshua—. ¿Qué le habrá pasado?

Amador tomó el papel y la pluma que le ofrecía Lindo y comenzó a escribir los detalles de lo ocurrido.

—Si no va a utilizar la clave, es mejor no ser muy explícitos —recomendó el banquero.

Tras meditar un momento, Amador rompió lo que había escrito.

—Tiene usted razón. Pero la clave que diseñamos no contempla la situación en que me encuentro. Nadie anticipaba que Cromwell, quien nos había ofrecido el cielo y la tierra, acabaría traicionándonos. Voy a expresarlo muy brevemente.

Diciendo esto, Amador escribió en letras muy grandes: «DESANIMADO. ESPEREN CARTAS», y le entregó la hoja a Lindo.

—Envíe el cablegrama tal cual. Ellos entenderán.

5

Sábado 19 de septiembre

Desde su enfrentamiento con Cromwell, Manuel Amador Guerrero pasaba la mayor parte del día encerrado en su habitación tratando de discernir de qué otra manera podía cumplir la misión a él encomendada. Muy tarde se dio cuenta de que los conjurados habían incurrido en el lamentable error de hacer depender de un solo individuo el éxito del movimiento. El único que conocía bien a Cromwell era José Agustín Arango; para los demás se trataba simplemente del consejero legal norteamericano de la empresa del ferrocarril. «Sí —se repetía Amador—, confiar en Cromwell ha sido una grave equivocación que puede dar al traste con los planes separatistas y costarle la vida a cada uno de los conjurados».

Así, pues, en vista de su fracaso con el abogado neoyorquino y después de meditar en lo inútil de su estadía en Nueva York, donde no conocía a nadie capaz de ayudarlo, Amador decidió que lo procedente era regresar cuanto antes al Istmo para poner sobre aviso a sus compañeros de conspiración y trazar nuevos planes. Pero cuando fue a pedir a Lindo los fondos para adquirir el pasaje, este le mostró el cablegrama que acababa de recibir de José Agustín en el que le pedía permanecer en Nueva York a la espera de nuevas oportunidades. Sin embargo, los días transcurrían sin ningún indicio que le hiciera superar su pesimismo. Finalmente, decidió aprovechar la falta de acción para ir a visitar a su hijo Raúl en Fort Revere. «Terminaré ajustándome a la autorización ministerial», pensó con amargura.

Mientras empacaba, tocaron vigorosamente a la puerta. Poco acostumbrado a recibir visitas y consciente de que Lindo estaba fuera de la ciudad por el fin de semana, Amador acudió a abrir preguntándose quién podría ser. Grande fue su alegría al encontrarse con Herbert Prescott, quien sonriendo le tendía los brazos.

—Herbie, ¡qué sorpresa tan placentera! ¿Qué haces tú por aquí? ¿Cuándo llegaste? ¿Cómo está todo por el Istmo, María y el resto de la familia?

—Todos muy bien, Manuel, muy bien. Llegué esta mañana. Después del cable tan preocupante que enviaste a José Agustín los conjurados me pidieron que adelantara mis vacaciones para venir a ver qué ocurría. Veo que estás empacando...

—Sí, pero no para regresar al Istmo. Pensaba visitar a Raúl en Fort Revere. ¿Cómo van las cosas por Panamá?

—En realidad allá no pasa nada. Los conjurados están esperando el resultado de tus gestiones.

—Mis gestiones fueron un fracaso, Herbie. Cromwell ha renegado de sus compromisos. La última vez que lo visité en su oficina no quiso hablarme y al yo insistir me sacó a empellones. Por eso envié el cable comunicándoles mi decepción.

—Me imaginaba que algo así había sucedido. Al mismo tiempo que tu cablegrama para Arango llegó este otro.

Prescott entregó a Amador una hoja de papel en la que se leía:

Coronel J. R. Shaler
Director General del Ferrocarril

Aunque las noticias de los periódicos acerca de una posible revolución en Panamá tal vez carezcan de fundamento, aconsejo y solicito que tomen todas las precauciones por cumplir estrictamente nuestras obligaciones con Colombia conforme a la concesión, y que instruyan a los jefes y empleados que, como lo han hecho hasta ahora, tengan cuidado de no participar en ningún movimiento u hostilidades; que hagan conocer de las autoridades gubernamentales que esa es su actitud y mantengan registros cuidadosos de sus actos para evitar cualquier reclamo o queja por parte de los gobiernos de Bogotá o de Panamá; tomen también todas las precauciones para proteger la propiedad a su cuidado de cualquier daño o interrupción del servicio.

Cromwell
Consejero General

—Este hombre no es más que un cobarde que tira la piedra y esconde la mano. Después de tantas promesas, de tantos mensajes en clave, se sale con semejante hipocresía. ¿Qué estará tramando ahora?

—En cuanto desembarqué esta mañana fui a la oficina del ferrocarril para que Drake me pusiera al corriente de lo que sucede. Por pura coincidencia, Cromwell estaba también allí y en cuanto me vio, casi sin saludarme, se encerró en el salón de reuniones. No lo volví a ver.

—Yo había intentado reunirme con el vicepresidente Drake pero tampoco quiso recibirme —interrumpió Amador.

—A mí tenía que verme —continuó Prescott— y, aunque no me lo dijo muy claramente, de la conversación pude deducir que los colombianos han amenazado con cancelar las concesiones del ferrocarril y del canal porque ellos sospechan que Cromwell está envuelto en el movimiento separatista. Drake también me dijo que el abogado se va para París porque no quiere saber nada del complot.

—Eso explica su extraño comportamiento, aunque no lo justifica —comentó Amador—. Si hubiese confiado en mí...

—Quienes lo conocen aseguran que Cromwell no se fía de nadie —interrumpió Prescott—. Lo raro es que hace poco regresó al Istmo José Gabriel Duque proclamando que se había reunido con el secretario de Estado y con Cromwell y que este le había ofrecido ser presidente de la nueva república si él financiaba la gesta separatista.

—¿Dijo eso Duque? —preguntó Amador, meditabundo—. Ahora entiendo lo ocurrido: el sinvergüenza de Cromwell jugó a dos cartas y se decidió por la baraja equivocada. La cita con Hay la consiguió para Duque y a mí me dejó colgado. Y como le salió mal la jugada, ahora se lava las manos y se va a pasear a París. ¡Y a nosotros que nos lleve el diablo! Provoca pegarle un tiro.

—No es para tanto, Manuel. En Panamá, a pesar de las instrucciones de Cromwell, nada ha cambiado. El coronel Shaler, aunque al principio quedó desconcertado por el cable de Cromwell, al día siguiente nos reunió a mí y a Beers para decirnos que era muy tarde para arrepentimientos y que siguiéramos ayudando a los conjurados. Lo único que nos pidió fue actuar con la mayor discreción posible.

—Siempre supe que el viejo coronel es hombre de una sola pieza —comentó Amador con complacencia—. Bueno, ¿y ahora qué? ¿A qué has venido tú exactamente?

—A pedirte que no regreses todavía a Panamá. Además, como tu mensaje DESANIMADO trascendió a los corrillos políticos, es necesario enviar otro para que allá se mantenga en alto el espíritu de lucha. Tienes que seguir tratando por todos los medios de ver al secretario de Estado o a algún funcionario de jerarquía.

—Pero ¿de qué medios me hablas? Cromwell era nuestro contacto exclusivo con el gobierno norteamericano. Francamente, ya no sé a quién recurrir. Lindo tiene algunas amistades, pero ninguna con acceso a las altas esferas gubernamentales.

—Según me informó el maestro Arango, existen razones para pensar que después de lo sucedido con Cromwell la propia Compañía del Canal buscará otra manera de lograr que los conjurados establezcan contacto con el gobierno norteamericano.

—¿Los franceses? ¿Qué influencia pueden tener ellos? —preguntó Amador escéptico.

—La han tenido, y mucha, a través de Cromwell. En cualquier caso te piden esperar por lo menos hasta fines de septiembre. Si para entonces nada nuevo ha sucedido, no te quedará más remedio que regresar al Istmo.

—Con las manos vacías —murmuró Amador con amargura.

—Buscaremos otras alternativas. Tal vez el cónsul norteamericano Hezequiah Grudger, quien viajó en el buque conmigo y simpatiza con el movimiento, podría prestarnos ayuda.

—No tengo problemas con esperar hasta comienzos de octubre —dijo el doctor, resignándose—. También enviaré un nuevo cablegrama con la palabra ESPERANZADO aunque en realidad no sienta esperanza alguna. Pero suficiente hemos hablado de calamidades. Si no tienes compromiso, te invito a cenar. Me aburro comiendo siempre solo y quiero que me cuentes de María, de Mamilla y del resto de la familia. ¿Cómo están?

—De lo más bien; María muy mortificada por ti. Te envía esta carta.

El viejo Amador Guerrero abrió la carta con ternura y se sentó a leerla en el borde de la cama. Por primera vez en mucho tiempo la felicidad asomó a su rostro.

II

1

Miércoles 23 de septiembre (Nueva York)

Un frío intenso e inesperado que se colaba por cada rincón de la ciudad precipitó el inicio de aquel otoño neoyorquino de 1903. Aislado en su hotel, Manuel Amador Guerrero aguardaba en vano alguna noticia que lo reanimara. Prescott había partido rumbo a Filadelfia a visitar a sus padres, y una vez más la soledad abatía su ensombrecido espíritu. En el momento en que en una larga y sentida carta confiaba sus congojas a María, le avisaron que tenía una llamada en el teléfono del piso.

—Doctor, soy Joshua Lindo.

—Amigo Lindo, ¿cuándo regresó?

—Ayer. Tengo algo importante que conversar con usted. ¿Puede venir a la oficina?

—No pensaba salir con este clima, pero si es importante voy para allá enseguida.

Dos horas más tarde, aterido, llegaba Amador a la oficina de Piza, Nephews & Co.

—Esta temperatura no es normal en pleno septiembre —comentó Lindo recibiéndolo en la puerta.

—El abrigo que cargo apenas si me calienta un poco, pero no creo que valga la pena comprar uno de invierno si ya pronto regresaré al Istmo. ¿Qué acontece que sea tan importante?

—¿Recuerda a Philippe Bunau Varilla?

—¿El ingeniero francés que estuvo en el Istmo? Claro que lo recuerdo. ¿Por qué lo preguntas?

—Acaba de llegar de París y estuvo a verme hoy al mediodía. Sin muchos rodeos me habló del movimiento separatista y me dijo que quería ayudar.

—Pero ¿qué puede hacer él?

—Bunau Varilla tiene buenas amistades en sectores importantes de este país. Recuerde que él fue el principal defensor de la ruta de Panamá; como buen francés quiere que el canal se construya de todas maneras a través del Istmo.

«¿Será acaso Bunau Varilla el portador de la ayuda que estoy esperando?», se preguntó Amador. Tras reflexionar un momento dijo con determinación:

—Tendré que hablar con el francés. ¿Dónde se hospeda?

—Está en la habitación 1162 del Waldorf Astoria —respondió Lindo satisfecho—. ¿Quiere que lo acompañe?

—Pienso que en esta primera entrevista debemos estar los dos solos. Ya veremos después si algo resulta.

Trasponía ya la puerta Amador, cuando Lindo lo detuvo.

—Hay algo más que debo decirle. Hoy al mediodía recibí por mensajero esta carta del despacho de Cromwell.

El doctor Amador, intrigado, tomó el sobre que le extendía Joshua y leyó:

Panamá, 14 de septiembre, 1903. URGENTE
Atención Sr. William Nelson Cromwell

Este mensaje es para ser entregado enseguida al doctor Amador Guerrero. Manuel: no envíes más mensajes a través de Brandon pues ha habido infidencias y el tuyo último, DESANIMADO, *circuló ampliamente, lo que pone en peligro el movimiento y tu misión. Envía tus próximas comunicaciones a través del capitán Beers.*

José A. Arango

—¿Se da cuenta, Joshua, de la maldad e irresponsabilidad de Cromwell? —explotó Amador—. Hace casi una semana recibió este mensaje y no tuvo la consideración ni la hombría de bien para hacérmelo llegar con la urgencia que el propio cable indicaba. ¡Ha puesto en peligro la vida de todos los conjurados! ¡Cuántos otros mensajes míos habrán caído en malas manos!

Advirtiendo que Amador temblaba de rabia y temiendo por su salud, Lindo procuró tranquilizarlo.

—Estoy seguro de que nada grave ha ocurrido todavía. Yo ya avisé a José Agustín que los próximos mensajes irán por la vía de Beers. Ahora lo importante es la entrevista con el francés.

—Algún día me las pagará ese sinvergüenza —mascullaba todavía el anciano cuando se despidió de Lindo.

A las siete de la noche Amador Guerrero preguntó por Philippe Bunau Varilla en la recepción del hotel y al ser informado que este había salido, dispuso cenar en el lujoso comedor del Waldorf para esperar el regreso del francés. Al abrir el menú, sin embargo, quedó escandalizado con lo extravagante de los precios. «No está la Magdalena para tafetanes», se dijo, pensando en su exiguo peculio, y salió en busca de algún restaurante con precios razonables.

Unos minutos antes de las diez, muerto de frío y caminando tan rápido como le permitían sus cansadas piernas, regresó al Waldorf para enterarse de que Bunau Varilla aún no llegaba. «Si tiene tanto interés que me llame él a mí», pensó algo molesto mientras le escribía una pequeña esquela con sus señas. Al regresar al Endicott, sin embargo, se encontró con la agradable sorpresa de que el francés había llamado para dejarle dicho que lo esperaba en su habitación a las diez de la mañana del día siguiente.

A esa hora en punto llamaba Manuel Amador Guerrero a la puerta de la habitación 1162.

—Mi querido doctor, no ha cambiado usted mucho a pesar de los casi veinte años que han transcurrido desde la última vez que nos vimos —saludó con entusiasmo Bunau Varilla.

—Después de cierta edad, ingeniero, el paso de los años se nota menos. Usted sí que no acusa el paso del tiempo.

—Gracias, doctor. Pase adelante. Ordené un pequeño refrigerio para ambos.

—Aunque ya desayuné, acepto una taza de café.

Mientras Amador consumía su tercera taza de café del día y Bunau

Varilla desayunaba con gran apetito, el francés y el istmeño conversaron sobre los temas de rigor entre personas que no se veían desde hacía mucho tiempo. Analizaron los graves problemas del Istmo, la terrible guerra civil que acababa de terminar, el creciente imperialismo de la potencia norteamericana, los progresos de Francia en el campo industrial. Al hablar, ambos hombres se observaban con disimulado interés: Amador advertía en las facciones y en los gestos de Bunau Varilla mayor arrogancia y altivez de la que tanta gala hiciera durante el tiempo que laboró a las órdenes de Ferdinand de Lesseps; el francés, por su parte, se preguntaba cómo era posible que ese anciano de bigotes caídos y mirada extraviada aspirara a liderar un movimiento revolucionario. Finalmente, cuando ya el mesero había terminado de retirar las bandejas, Bunau Varilla invitó a Amador a ponerlo al corriente sobre el estado de cosas en el Istmo.

—Como usted sabe, sin duda, llevo muchos años luchando por la ruta de Panamá —expresó el francés—. Lamentablemente, los colombianos, con un desprecio olímpico por la historia y la geografía, han rechazado el tratado que representa la salvación de su patria; sin canal el Istmo caerá en la miseria más abyecta y Colombia entera sufrirá las consecuencias. Yo estoy en Nueva York de paso para la casa de mi gran amigo John Bigelow, en Highland Falls, donde mi hijo Etienne pasa sus vacaciones de verano. Pero cuando fui a saludar a Joshua Lindo, con quien me une una vieja amistad, este me contó acerca de los planes separatistas y de los contratiempos que han sufrido. Tal vez yo pueda serles de utilidad durante mi permanencia en los Estados Unidos y por ello lo cité aquí esta mañana. Le ruego que me refiera usted, sin omitir nada, en qué etapa se encuentra el proyecto separatista y qué dificultades enfrentan.

En vista de que lo que acababa de escuchar de labios de Bunau Varilla no coincidía con lo dicho por Lindo, Amador quiso confirmar cuál era la verdadera situación.

—Para mí es muy importante aclarar si usted ha venido a Nueva York a ayudarnos, como parece pensar mi amigo Lindo, o si su presencia aquí es meramente coincidental.

—¿Qué importancia tiene? —preguntó Bunau Varilla—. Ya le he manifestado mi interés en colaborar con la separación del Istmo. ¿No le basta con eso?

«¿Qué puedo perder? —pensó Amador—. Después de lo de Cromwell, cualquier ayuda es bienvenida, venga de quien venga».

—Tiene usted razón.

El médico informó a Bunau Varilla acerca de la situación del Istmo, las actividades desarrolladas por los conjurados y el motivo de su visita a Nueva York. Habló sobre el número de hombres que integraban el Batallón Colombia y su pobre moral; sobre la importancia de Huertas y su simpatía para con las aspiraciones panameñas; el problema que representaban los buques de guerra colombianos surtos en la bahía de Panamá; la necesidad de que los Estados Unidos protegieran la ruta transístmica en caso de un conflicto armado. Finalmente, concluyó diciendo:

—Teníamos la promesa de Cromwell de obtener los fondos necesarios para financiar la revuelta y conseguir el reconocimiento y la protección de los Estados Unidos, pero ese desvergonzado lo que hizo fue traicionarnos y largarse a París poniendo en peligro no solamente el éxito del movimiento sino la vida de todos nosotros. He jurado que como alguno de mis amigos en el Istmo sufra a consecuencia de la alevosía de Cromwell yo personalmente me encargaré de matarlo.

«La edad no ha menguado la pasión del viejo médico», pensaba Bunau Varilla mientras escuchaba a Amador desahogar su resentimiento. Cuando este hubo terminado, con voz calmada pero autoritaria el francés aconsejó:

—Comprendo perfectamente su rencor hacia Cromwell; yo también conozco muy bien las andanzas del famoso abogado. Pero todos los pasos que se tomen de ahora en adelante requerirán una actitud desapasionada... fría, diría yo. Ahora bien: usted me dice que se requieren barcos, armamento y dinero efectivo. ¿En qué suma total han pensado?

—En seis millones de dólares —respondió Amador sin vacilar.

—Eso es mucho dinero, doctor. ¿Cómo pensaban obtenerlo?

—Cromwell había prometido financiarlos con algunos de sus clientes... Morgan o alguien así.

—Sueños de opio, doctor. Nadie va a prestarle a usted seis millones de dólares para hacer una revolución; eso lo sabe muy bien el granuja de Cromwell.

—Pero, entonces, ¿qué hacemos? Sin barcos ni armamentos no podremos mantener la independencia.

—El asunto es difícil pero no imposible —aseguró Bunau Varilla—. Tengo amigos importantes en este país. ¿Por qué no me permite meditarlo durante un par de días? A diferencia de Cromwell, yo sí lo volveré a llamar. Para que usted pueda comprobar que estoy de su parte aquí le dejo este artículo que hice publicar en *Le Matin* hace más de tres semanas. Cuando lo haya leído sabrá que desde entonces predije que si Colombia no rectificaba su error aprobando finalmente el tratado, Panamá declararía su independencia con el apoyo de los Estados Unidos. Le ruego, por tanto, que sienta la seguridad de que en mí tiene a un amigo y colaborador.

—¿Por qué lo hace usted? —preguntó Amador con auténtica curiosidad.

—Algunos le dirán que mi actitud en favor del Istmo obedece a que tengo intereses importantes en la Nouvelle Compagnie du Canal de Panama. La verdadera razón, sin embargo, es que la obra que Ferdinand de Lesseps concibió debe concluirse para mayor gloria de Francia. Yo soy ante todo, doctor Amador, un francés que ama profundamente a su patria. ¿No es esa también la razón que impulsa a los conjurados panameños a luchar en favor de la independencia?

Amador pensó en María, en sus amigos, en las futuras generaciones, en la miseria en que quedaría sumido el Istmo si no había canal, y llegó a la conclusión de que todo ello no eran sino expresiones de un mismo sentimiento: el amor por la patria.

—Así es, señor Bunau Varilla —respondió al fin—. Nos anima el mismo ideal.

—Me alegro que así sea. Le suplico que durante las próximas semanas sea usted lo más discreto posible, procurando no llamar la atención. Recuerde que no debemos actuar precipitada ni intempestivamente. Para comunicarse conmigo utilizará usted el nombre Smith; cuando yo me comunique con usted usaré el de Jones. Ahora debemos despedirnos para que yo pueda iniciar las gestiones que me permitirán trabajar en nuestros futuros planes.

2

Manuel Amador Guerrero emergió de aquella reunión con sentimientos ambivalentes. Aunque un poco extravagante, Bunau Varilla impresionaba como un individuo serio, responsable y enérgico. Pero nada de lo dicho por el francés le permitía albergar nuevas esperanzas de cumplir exitosamente su misión.

«Tal como ha ocurrido hasta ahora, sigo con las manos vacías. No me queda otro remedio que esperar... siempre esperar», pensó con resignación.

Dos días más tarde, Amador almorzaba en el restaurante del Endicott, cuando un mensajero se acercó para decirle que el señor Jones lo solicitaba en el teléfono. «¿Quién será Jones?», se preguntó mientras acudía a tomar la llamada. Pero en cuanto oyó la voz aguda que lo saludaba del otro lado de la línea recordó el nombre clave ideado por el francés.

—Señor Jones, me complace mucho su llamada —saludó Amador, sintiéndose algo ridículo.

—Llamaba tan solo para comunicarle que estoy trabajando en nuestro proyecto —replicó Bunau Varilla—. He establecido contacto con personas importantes que me ayudarán a determinar los pasos a seguir. Volveré a llamarlo dentro de aproximadamente diez días. ¿Tiene usted algo nuevo que contarme?

—Solo que me han escrito nuestros aliados insistiendo en que debemos actuar cuanto antes. Yo les recomendé esperar mis noticias con calma. Aprovecho para recordarle que para nosotros es sumamente importante lograr una reunión al más alto nivel... usted me entiende.

—Deje todo en mis manos. Como le dije, ya he dado los primeros pasos y pronto volverá a saber de mí. Antes de colgar debo informarle que el abogado Cromwell todavía no ha viajado a París. Según me informan, desde hace una semana se encuentra en la ciudad de Washington tratando de convencer al gobierno de que extienda el plazo establecido con la compañía francesa. Todo parece indicar que Cromwell ya dejó de pensar en la separación de Panamá y todavía tiene esperanzas de que Colombia ratifique el convenio. Sin embargo, no se preocupe usted por él; déjelo de mi cuenta.

Durante los días que siguieron a su última conversación con Bunau Varilla, Amador se dedicó a escudriñar los periódicos en busca de cualquier información referente a Colombia. Pocas eran, sin embargo, las noticias nuevas, como si el interés por el canal se hubiera disipado en el ánimo de los norteamericanos. En una ocasión aparecieron en el *New York Sun* declaraciones del senador Morgan, intransigente defensor de la ruta de Nicaragua, en las que hacía un llamado al presidente Roosevelt y al secretario de Estado Hay para que dieran cumplimiento a la ley Spooner procediendo inmediatamente a negociar con aquel país centroamericano la construcción del canal. El *New York World*, por su parte, publicó extensas declaraciones del ministro colombiano en los Estados Unidos en las que trataba de salvar el tratado que llevaba su nombre. Según afirmaba Tomás Herrán, el Congreso de su país mantenía vivo el interés de llegar a acuerdos con la potencia del Norte para la construcción del canal a través del Istmo y a tal efecto se enviaría una comisión de alto nivel a Washington para alcanzar un convenio que consultara los intereses de ambas partes. Pero el gobierno norteamericano nada respondía, como si la estrategia urdida por el Departamento de Estado para resolver el problema canalero fuera la de esperar pacientemente el desarrollo de los acontecimientos.

Así transcurrió el mes de septiembre. Amador, finalmente y muy a su pesar, hubo de recurrir a su amigo Lindo en busca de fondos para seguir costeando su estadía en aquella inmensa urbe que cada día parecía tornarse más costosa. Joshua no solamente se hizo cargo de los gastos del hotel sino que él mismo llevó a Amador a comprarse un abrigo capaz de protegerlo del frío que ese año amenazaba sobrepasar con creces la temperatura más baja registrada hasta entonces en un otoño neoyorquino.

3

Philippe Bunau Varilla, por su parte, no descansaba. A través de amigos comunes había logrado entrar en contacto con el reputado profesor John Bassett Moore, de la Universidad de Columbia, a quien enseguida sorprendió muy favorablemente con sus amplios conocimientos sobre el convenio Mallarino-Bidlack, firmado por Colombia y los Estados Unidos en 1846. Y cuando al final de la entrevista el ingeniero francés expuso, con asombrosa claridad, la misma tesis presentada semanas atrás por Bassett Moore al presidente Roosevelt, la actitud del catedrático pasó de la sorpresa a la admiración.

—Resulta muy interesante comprobar que también en Francia se conoce la tesis desarrollada por mí —dijo el profesor Moore.

—En realidad el único que ha tocado el punto allá he sido yo —recalcó Bunau Varilla, con mal disimulado orgullo—. Permítame entregarle este artículo que publiqué en nuestro periódico *Le Matin*, donde expresamente afirmo que los Estados Unidos están autorizados por el convenio de 1846 para construir el canal sin necesidad de aprobación previa por parte de Colombia. En el mismo escrito sugiero la probabilidad de que Panamá se independice y que sea la nueva república la que finalmente celebre un tratado con los Estados Unidos.

«Asombrosa coincidencia», pensó Moore, recordando su conversación con el presidente Roosevelt.

—Me encantaría escuchar su tesis —continuó el francés— que sin duda tiene el contenido jurídico que yo, por supuesto, no aspiro a dominar.

Tras un momento de meditación, el catedrático se puso en pie y, dando por terminada la conversación, dijo:

—Le ruego me perdone pero no estoy en libertad de discutir ese tema con nadie.

Cuando Bunau Varilla abandonó el campus de la Universidad de Columbia, iba sumido en profundas cavilaciones por la forma tan abrupta como el profesor Moore había puesto fin a la hasta entonces agradable reunión. «¿Por qué ese cambio tan brusco de actitud?», se preguntaba. La respuesta la dedujo casi enseguida: «Porque seguramente el distinguido catedrático es partícipe de un secreto de Estado que le impide hablar». Tan pronto regresó a la habitación del hotel, siguiendo una costumbre adquirida desde sus tiempos de estudiante, el ingeniero escribió cuidadosamente en su diario los pormenores de la entrevista e hizo una anotación sobre la necesidad de averiguar a qué respondía la reticencia del catedrático a hablar en profundidad de un tema que incluso había sido recogido en las páginas de varios periódicos. «Preguntar a Loomis», rezaba la última frase.

4

Philippe Bunau Varilla y Francis Loomis eran amigos desde principios de siglo, cuando este se desempeñaba como embajador de los Estados Unidos en Portugal. Y es que el francés, siguiendo la costumbre adoptada cuando luchaba tesoneramente por la ruta de Panamá, en más de una ocasión había agasajado al diplomático en su mansión parisiense. Ningún funcionario importante del gobierno norteamericano visitaba París sin ser invitado por Bunau Varilla a compartir una exquisita cena rociada con los mejores vinos. De allí que el ingeniero francés mantuviera tan buenas relaciones personales con muchos miembros destacados de la vida política norteamericana. Cuando el subsecretario de Estado recibió la llamada telefónica de Bunau Varilla, no se sorprendió en lo más mínimo.

—Philippe, no sabía que estabas de vuelta por aquí. ¿De dónde llamas?

—Estoy en Nueva York, Francis. En realidad vine a buscar a mi hijo que pasa vacaciones con los Bigelow en Highland Falls, pero a mi llegada me he encontrado con algunos asuntos interesantes que me gustaría que discutiéramos. Si te parece viajaré a Washington cuando puedas recibirme.

—Mañana mismo, si quieres. Si me adelantas lo que tienes en mente, quizás podría prepararme mejor para nuestra conversación.

—El asunto es delicado, Francis. Preferiría discutirlo personalmente.

—Entonces, te espero mañana. ¿A qué hora prefieres?

—Pienso tomar el tren de esta tarde. ¿Te parece bien a las diez?

—A las diez de la mañana te espero. ¿Necesitas que te reserve hotel?

—Gracias, pero ya lo hice. Estaré, como siempre, en el New Willard. Hasta mañana, Francis.

«¿En qué andará Philippe? —se preguntó Francis después de colgar—. Sin duda en algo relacionado con el canal».

Martes 6 de octubre

A las diez en punto de la mañana siguiente, Philippe Bunau Varilla estrechaba efusivamente la mano de su amigo Francis Loomis.

—Han pasado algunos años desde la última vez que nos vimos en París —dijo el francés—. Veo que sigues ascendiendo dentro de la escala gubernamental.

—Francamente te confieso que disfrutaba más como embajador que como subsecretario. Resulta menos complicado ejecutar políticas que definirlas —respondió Loomis sonriendo—. Y tú, mi inquieto amigo, ¿a qué dedicas ahora tu tiempo?

Bunau Varilla iba a contestar pero, sin esperar respuesta, Loomis continuó:

—Algo me dice que tu viaje a Washington guarda relación con el canal y con Colombia.

—*Mon Dieu!* —exclamó el francés, fingiendo sorpresa—. No conocía tus dotes de clarividente.

—No hace falta una bola de cristal para adivinar que siempre que surjan problemas que afecten la ruta de la futura vía interoceánica allí aparecerá, como por arte de magia, el ingeniero Philippe Bunau Varilla.

Riéndose aún, ambos amigos se sentaron a conversar acerca de los viejos tiempos, de la familia, de la situación política en Europa y en los Estados Unidos, hasta que, finalmente, el tema que les interesaba fue traído nuevamente al tapete.

—En las altas esferas de nuestro gobierno existe el convencimiento de que un canal que comunique el Atlántico con el Pacífico es necesario para el futuro de los Estados Unidos —afirmó Loomis.

—Sin duda alguna el expansionismo es el objetivo principal de la política internacional del presidente Roosevelt —señaló Bunau Varilla—. Lo asombroso es que los colombianos no se hayan percatado de ello.

—Aquí nadie esperaba que a última hora rechazarían un tratado que ya había sido aprobado por nuestro Senado. En Washington estábamos convencidos de que Marroquín tenía el poder necesario para que el pacto pasara por el Congreso de ese país sin ningún problema —confesó Loomis.

—En vano envié cartas y cablegramas muy extensos y costosos a Marroquín y a los políticos más influyentes de Colombia —se lamentó el francés—. Ni siquiera por cortesía se dignaron a contestarme. Ahora, gracias a su insensatez, se enfrentan a la pérdida irremisible de su provincia más importante.

Loomis enarcó la cejas y preguntó en tono inocente:

—¿Es que sabes algo que yo ignoro?

—Yo realmente no sé nada, Francis, pero deduzco con facilidad. A los Estados Unidos les hace falta un canal; la compañía francesa propietaria de la concesión para construirlo ha acordado venderle sus derechos; Colombia rehúsa aprobar un tratado negociado de buena fe con ese propósito; el presidente Roosevelt ha expresado públicamente su gran desprecio hacia lo que él denomina «los sinvergüenzas conejos colombianos»; entre ambos países existe un tratado que, en mi opinión, desde hace más de cincuenta años permite a tu país construir el canal sin necesidad de autorización previa; los panameños...

—Perdona que te interrumpa, Philippe, pero lo que acabas de decir es muy interesante porque coincide con lo que algunos expertos en derecho internacional han sugerido. ¿De dónde sacas esa tesis?

Con gesto teatral, Bunau Varilla abrió su maletín y extrajo una copia del artículo publicado por él en *Le Matin*.

—Esto lo escribí desde el 2 de septiembre, hace más de un mes —dijo mientras entregaba el documento al subsecretario.

Cuando terminó la lectura, Loomis musitó:

—Ya veo que estás pensando en una revolución en Panamá.

—No soy yo quien lo está pensando; son los panameños quienes ven que se les presenta una oportunidad de lograr finalmente su independencia de Colombia y al mismo tiempo obtener un canal. Pero hace un momento mencionaste que algunos expertos opinaban igual que yo. ¿Puedes darme sus nombres?

Francis Loomis titubeó.

—El tema es confidencial, Philippe, pero, aunque no te lo diga, sé que te será fácil averiguarlo.

—Te puedo adelantar que hace pocos días me reuní con el profesor Moore y conversamos sobre lo mismo.

Loomis sonrió.

—Debí suponer que tu pregunta no era tan inocente. En realidad, nada de lo que haces lo es.

—¿Me reprocha algo el amigo?

—No hay nada que reprochar, Philippe. Nos conocemos muy bien desde hace ya varios años. Ahora, dime ¿qué papel juegas tú en todo este asunto?

—Te lo contaré con mucho gusto, pero antes quisiera saber, de ser posible, algo más sobre el profesor Moore. ¿Es simplemente un catedrático o tiene también intenciones políticas?

—En realidad, ignoro lo que quieres decir con «intenciones políticas». Hace cuatro años John Bassett Moore fue subsecretario del ejército, pero abandonó el cargo y desde entonces está entregado por completo a la enseñanza.

—Supongo, sin embargo, que funcionarios importantes de este gobierno lo consultan.

Loomis soltó una carcajada.

—Si lo que quieres es saber si yo lo he consultado, la respuesta es sí. Pero te interesará más enterarte de lo que reportó el *New York World* del 10 de agosto. Y no tocaremos más el tema. Cuéntame ahora sobre Panamá.

Bunau Varilla anotó rápidamente la fecha y luego, para dar más énfasis a sus palabras, se puso en pie y comenzó a pasearse por el despacho.

—Lo que voy a confiarle al amigo es confidencial... Actualmente estoy frente a un dilema. Agentes panameños que se encuentran en este país han venido a solicitar que los ayude con el movimiento separatista. Los planes que me han expuesto son, francamente, infantiles. En lo que no están equivocados, sin embargo, es en el convencimiento que tienen de que sin el apoyo de los Estados Unidos ninguna revolución puede tener éxito porque Colombia controla ambos mares y ellos solamente cuentan con unos pocos soldados desleales. Mi dilema, querido amigo, es que debo darles una respuesta pronto y esa respuesta depende de la actitud que tu gobierno asumiría ante una declaratoria de independencia del Istmo.

Al advertir el gesto de preocupación del subsecretario, Bunau Varilla aclaró:

—No pretendo, ni puedo pretender, que hables en nombre del Departamento de Estado. Tan solo busco consejos del amigo.

—Resulta imposible separar al funcionario del amigo, Philippe. Pero ya que me pides consejo, pienso que primero debes estar seguro de si verdaderamente hay alguna sustancia detrás de lo que pretenden los panameños. Te adelanto que, a solicitud de Cromwell, uno de ellos se reunió en privado con el secretario Hay y el asunto estuvo a punto de precipitar una crisis con Colombia antes de tiempo. El propio Cromwell ha tenido que escurrir el bulto.

—Tú te refieres a Duque, pero él nunca fue autorizado para hablar en nombre de los revolucionarios. Creo que de allí surgió la confusión.

—Y ¿de quién hablas tú? —inquirió Loomis.

El francés dudó antes de responder.

—En Nueva York se encuentra desde hace más de un mes un enviado de los separatistas panameños debidamente autorizado para tomar decisiones. Se trata del doctor Manuel Amador Guerrero quien, a pesar de sus setenta años, tiene agallas suficientes como para querer pegarle un tiro a Cromwell por traidor. Pienso que podríamos explorar a fondo el asunto para que tu gobierno decida si vale la pena jugarse la carta de la separación del departamento de Panamá.

Tras un momento de cavilación, Loomis indicó:

—Este asunto va más allá de mis posibilidades. Vuelvo a insistir en que hace falta determinar cuánta seriedad hay detrás de ese movimiento y qué posibilidades reales tiene de triunfar. Después...

—El éxito dependerá de la actitud de ustedes —interrumpió Bunau Varilla.

—Pero nosotros solamente podríamos participar luego de que Panamá haya declarado su independencia y muestre posibilidades de mantenerla —afirmó el subsecretario—. En cualquier caso, comprende que este es un tema que trasciende mis facultades, por lo que te sugiero que intentemos concertar una entrevista con Hay y, de ser posible, con el propio presidente Roosevelt.

—¡Me parece magnífico! —exclamó Bunau Varilla, extasiado—. ¿Crees que puedes lograrlo?

—No veo por qué no. Además de tu tradicional interés por el tema del canal, eres propietario del diario más importante de Francia. Estoy seguro de que al presidente y a Hay les encantaría conocerte. Acaban de regresar de vacaciones así es que déjame ver cómo andan de compromisos en estos días; yo te avisaré. Entretanto preocúpate por determinar si hay seriedad en el movimiento. No tengo que decirte lo mucho que el presidente desconfía de los colombianos, y los istmeños también son colombianos.

—Por ahora —respondió Bunau Varilla levantándose para despedirse—. ¿Me aceptas una invitación a cenar?

—De ninguna manera. Estamos en Washington y no en París, así es que esta noche cenas en casa. ¿Te parece a las ocho?

—Me encantará saludar a Florence.

5

A su regreso a Nueva York, tan pronto dejó su equipaje en el hotel, Bunau Varilla se encaminó a las oficinas de *The World* para examinar la edición correspondiente al 10 de agosto. Tal como le insinuara Loomis, en un pequeño recuadro de la primera plana el corresponsal destacado por el periódico en Oyster Bay reportaba que ese fin de semana el jefe del Ejecutivo había hecho un paréntesis en sus juegos infantiles y sus excursiones ecuestres. «El señor Roosevelt —escribía el reportero con marcada ironía— quien ahora parece añorar sus tiempos de estudiante, este fin de semana ha tenido como invitado en Sagamore Hill al profesor de la Universidad de Columbia, John Bassett Moore. Aunque intentamos indagar con el distinguido catedrático el motivo de su estadía, este se limitó a responder, con mucha discreción, que se trataba de una visita de carácter social. Este periodista logró averiguar, sin embargo, que el canal y Colombia fueron los temas que el presidente y su invitado abordaron en esta reunión "social"».

«Tal como supuse —pensó el francés satisfecho—. El presidente Roosevelt conoce íntimamente la tesis del profesor Moore. Y si entiendo bien las palabras de Loomis, está dispuesto a actuar conforme a ella».

6

Miércoles 7 de octubre

—No era necesario que vinieras a despedirme, Manuel. Y mucho menos con el frío que hace —dijo Herbert Prescott.

—Me costó trabajo acostumbrarme, pero, a pesar de mi reumatismo, ya el clima no me molesta tanto —respondió sonriendo el doctor Amador—. Será por el abrigo que me compró Lindo. Además, como tú bien sabes, no es mucho lo que tengo que hacer en Nueva York. Además, quería asegurarme de que estamos bien entendidos en cuanto al mensaje que llevarás a los conjurados.

—¿De veras crees que Bunau Varilla es capaz de conseguirnos la ayuda?

—Pienso que no tenemos nada que perder y mucho que ganar. A diferencia de Cromwell, hasta ahora me parece que ha sido sincero. Nos hemos reunido tres veces y siempre procura mantenerme informado de lo que hace. Tal como te dije por el teléfono, vino muy entusiasmado después de su reunión con el subsecretario Loomis en Washington.

—¿Qué fue exactamente lo que te contó? —quiso saber Prescott.

—Según él, no tendremos necesidad de dinero para adquirir barcos porque la Marina de guerra de los Estados evitaría que los navíos colombianos se acerquen al Istmo. Él piensa que la clave está en el tratado de 1846 que le impone a los Estados Unidos la obligación de mantener abierta la ruta del ferrocarril para lo cual tienen que evitar que haya enfrentamientos en esa área.

—Pero ¿qué garantía tenemos de que eso es lo que harán?

—Es lo mismo que yo le pregunté. Al final de la conversación quedamos en que tratará de conseguir una entrevista con el propio presidente Roosevelt o con el secretario Hay, a la cual me llevará a mí.

Alzándose el cuello del abrigo para protegerse de una ráfaga helada que barría los muelles, el viejo Amador prosiguió:

—Sería ingenuo pensar que los funcionarios de este país nos van a dar una garantía por escrito de lo que harán o no harán. No es eso tampoco lo que yo pretendo. Aspiro, por lo menos, a un pacto de caballeros, un apretón de manos que me permita confiar en que no nos lanzaremos a una aventura sin posibilidades de triunfo. Muchas vidas valiosas podrían perderse si fracasamos.

—¿Cuál es, entonces, el mensaje que debo transmitir al resto de los conjurados?

—Diles que tengo muchas esperanzas de que Bunau Varilla lo arreglará todo y que es posible que mañana o pasado mañana me lleve a ver a Hay o al propio presidente Roosevelt. Avísales también que los colombianos están sobre la pista del movimiento separatista y que estoy seguro de que me vigilan.

Ante la expresión de asombro y preocupación de Prescott, Amador insistió sonriendo:

—No creas que estoy loco, Herbie. Varias veces he visto al mismo individuo vigilando la puerta del hotel y la oficina de Lindo. Por eso el fin de semana pasado decidí ir a visitar a Raúl en Fort Revere, para al menos guardar las apariencias de mi viaje a este país. No le falta razón a Bunau Varilla cuando insiste en utilizar una clave para comunicarnos.

Herbert Prescott comenzaba a decir algo, pero la bocina del *Segurança*, anunciando que estaba listo para zarpar, impuso silencio.

—Diles que no esperen más comunicaciones mías hasta que les anuncie mi retorno al Istmo —gritó el doctor Amador al oído de Prescott mientras se abrazaban.

Desde la escalerilla del buque, Herbert Prescott se dio vuelta para decir adiós una vez más al anciano quien, íngrimo y arrebujado en un abrigo que le venía grande, agitaba la mano intentando una sonrisa que no alcanzaba a dibujarse del todo en su rostro marchito. Solamente entonces Prescott se percató de la fragilidad de Amador y de la inmensa soledad en que transcurrían sus días en la gran urbe. Cuando puso pie en la cubierta, un sentimiento de angustia le oprimía el corazón.

7

Sábado 10 de octubre

Pocos días después de su reunión con Loomis, Bunau Varilla había recibido la esperada llamada del subsecretario de Estado.

—Philippe, tengo buenas noticias. Si vienes a Washington inmediatamente hay grandes probabilidades de que el presidente Roosevelt te conceda una entrevista.

Bunau Varilla colgó el teléfono y se fue a tomar el primer tren que salía para Washington; a las nueve de la mañana del día siguiente estaba cómodamente instalado en las oficinas de su amigo Francis Loomis en el Departamento de Estado.

—El presidente te recibirá con la excusa de que eres el propietario y editor de un importante diario francés.

—Lo que no deja de ser cierto. Pero ¿por qué hace falta una excusa? —preguntó Bunau Varilla extrañado.

—Porque si le hubiese dicho a Roosevelt que venías a verlo para hablar de Panamá probablemente me hubiera pedido que te llevara directamente a ver a John Hay. Al presidente le encanta conversar con periodistas, sobre todo si son extranjeros. Así es que ya sabes, ese es el motivo de la reunión. De ti dependerá que el tema que te interesa salga a relucir.

—Hummm... comprendo, comprendo —susurró Bunau Varilla, retorciéndose el engominado bigote.

Diez minutos más tarde llegó el aviso de que a las nueve y treinta el presidente los esperaba en la Casa Blanca.

—Tenemos que apurarnos —dijo Loomis mirando el reloj—. Nos tomará diez minutos caminar hasta allá.

Mientras atravesaban con paso apresurado la avenida Pensilvania, el francés comentó que a pesar de los esfuerzos desplegados en favor de la ruta por Panamá y de tantos despachos públicos visitados, nunca había tenido la oportunidad de conocer la Casa Blanca.

—Es un gran favor el que me haces, Francis, favor que espero redunde en beneficio de tu país y el mío.

—Te repito que todo depende de ti, Philippe. Yo me limitaré a presentarte.

La primera impresión que Theodore Roosevelt produjo en Bunau Varilla fue exactamente la que el ingeniero francés esperaba: afable, de sonrisa espontánea, a la vez brusco y cortés, el presidente de los Estados Unidos irradiaba vitalidad y simpatía.

—Es un placer conocer personalmente al propietario de uno de los diarios más importantes de Europa —saludó Roosevelt.

—Exagera usted, señor presidente —respondió Bunau Varilla con mal disimulado orgullo—. Aunque debo admitir que si *Le Matin* es un diario que cada día despierta mayor respeto en el viejo continente el mérito corresponde a quienes allí laboran.

—No sea tan modesto, amigo Varilla —insistió Roosevelt—. Conozco la lucha que usted personalmente libró desde las páginas de *Le Matin* para que se le hiciera justicia a Dreyfus.

Philippe, quien a nadie le permitía llamarlo por su segundo apellido sin aclarar inmediatamente que su nombre era Bunau Varilla y no Varilla a secas, no tuvo más remedio que soportarlo en silencio. Francis Loomis, conocedor de la manía de su amigo, no pudo disimular una sonrisa mientras se preguntaba si el presidente lo habría hecho adrede.

—Me alegra y satisface mucho que el señor presidente esté tan bien enterado de ese negro capítulo en la historia de Francia —repuso Bunau Varilla—. Lo hice por dos motivos fundamentales: el primero, librar de la prisión a un oficial del ejército que no la merecía; y, el segundo, evitar que la justicia de mi país quedara manchada para siempre. Mis actuaciones públicas han estado guiadas invariablemente por el afán de actuar por la mayor gloria de Francia. En esto nos parecemos, señor presidente, porque sé muy bien que cuando usted arriesgó su vida en la toma del cerro San Juan lo hizo inspirado en el gran amor que siente por su patria. Son las grandes motivaciones las que determinan que los hombres sean realmente grandes...

Roosevelt escuchaba a Bunau Varilla con una mezcla de fastidio y fascinación. Jamás se había encontrado con un individuo tan presuntuoso y autosuficiente; sin embargo, el francés se expresaba con tal convicción y transmitía tanta seguridad en sus ideas que resultaba imposible no prestarle atención. «Este es un hombre audaz —se dijo el presidente— y por lo tanto peligroso para la tranquilidad de cualquier hombre público».

—Pero hay injusticias —prosiguió el francés— que van más allá del individuo; estas son, quizás, las más difíciles de aceptar porque afectan a las naciones y, a veces, a toda la humanidad.

—¿A qué se refiere usted? —preguntó Roosevelt, aguijoneado por la curiosidad de saber a dónde quería llegar el francés.

—Me refiero específicamente a la injusticia que está cometiendo Colombia, no solamente con los Estados Unidos y Francia, sino con todos los países del orbe, al impedir que se unan a través de su territorio los océanos Atlántico y Pacífico. Detener el progreso, señor presidente, es no solamente una injusticia sino también un atentado contra la humanidad entera.

Las últimas palabras salieron de labios de Bunau Varilla con tal vehemencia y dramatismo que el presidente tuvo que esforzarse por reprimir una carcajada.

—No es mucho lo que podemos hacer, amigo Varilla —dijo Roosevelt en un tono de resignación hasta entonces desconocido para Loomis—. Colombia es un país soberano.

«Está sonsacándole las palabras», pensó el subsecretario.

—Cuando la soberanía de un país riñe con el interés del planeta, aquella debe ceder —sentenció Bunau Varilla—. La historia está colmada de ejemplos que así lo demuestran.

—¿Y cuál cree usted que sería la solución? —inquirió Roosevelt inocentemente.

—Una revolución, señor presidente, una revolución.

Imitando los ademanes histriónicos de su interlocutor, Roosevelt volvió a preguntar, como si realmente estuviera sorprendido:

—¿Una revolución, dice usted? Pero ¿cómo, dónde?

—En el departamento de Panamá, señor presidente. El escenario está montado y solo hace falta que alguien asuma la dirección del drama. Como usted sin duda sabe, durante el siglo pasado los panameños intentaron independizarse varias veces; no lo lograron porque Colombia los sometió por la fuerza. El subsecretario Loomis puede informarle que actualmente un grupo de patriotas istmeños están organizando un movimiento para separarse definitivamente y celebrar ellos, en representación de la nueva república, el tratado que tan torpemente han rechazado los colombianos. Si el señor presidente me permite...

—Perdone que lo interrumpa tan bruscamente —cortó Roosevelt— pero usted, que es un hombre de vasta experiencia, comprenderá que el presidente de los Estados Unidos no puede discutir ni alentar movimientos separatistas ni revoluciones, mucho menos contra un país con el que mantenemos lazos de amistad y vínculos diplomáticos desde hace muchísimos años. Le sugiero, por consiguiente, que conversemos sobre temas menos espinosos.

Bunau Varilla no pudo ocultar su frustración y sorpresa ante la tajante declaración del mandatario y miró hacia Loomis en busca de orientación; este permanecía imperturbable. Pero el francés no era hombre que se arredraba fácilmente y sacando del maletín el famoso artículo publicado por él en *Le Matin*, en el que coincidía con la tesis del profesor Moore, dijo con humildad mientras lo ponía sobre el escritorio del presidente:

—Comprendo muy bien lo delicado de su posición, señor presidente, y le ruego me perdone si lo he importunado. No tengo otra excusa que la gran pasión que despierta en mi ánimo el tema del Canal de Panamá, al cual he dedicado los años más importantes de mi vida. El artículo que acabo de colocar sobre su escritorio, y que le ruego leer si a bien lo tiene, es uno que escribí para mi periódico hace más de un mes, cuando ni siquiera sospechaba que me cabría el gran honor de conocer personalmente al presidente de los Estados Unidos. La lectura le demostrará que mi inquietud por la actitud de Colombia es de vieja data y que lo que hace un momento le manifesté no es más que la repetición de lo que públicamente he reiterado hasta el cansancio.

—Pierda cuidado, señor Varilla, que conozco muy bien sus desvelos por el tema del Canal de Panamá. Y ahora le suplico me hable un poco de Francia, de Europa y, sobre todo, de Rusia y cómo ve usted la fortaleza política de los zares.

La reunión continuó sin que el tema del canal o de la separación de Panamá volviera a discutirse. Finalmente Bunau Varilla, consciente de que había transcurrido más de media hora y preocupado por las normas protocolares, se puso en pie para despedirse.

—Agradezco al señor presidente el tiempo que le ha concedido a este súbdito francés que tanta admiración siente por su país y le ruego, una vez más, perdonar cualquier impertinencia.

—Nada hay que perdonar, amigo Varilla. Créame que he pasado una velada muy agradable e ilustrativa.

—Muchas gracias, señor presidente. Solo me falta aclararle que mi nombre familiar, en realidad, es Bunau Varilla. Se trata de un apellido compuesto que está con nosotros desde hace más de un siglo.

—Lo recordaré para la próxima ocasión —dijo el presidente pelando los dientes.

—Que espero sea más temprano que tarde —replicó Bunau Varilla, golpeando los talones e inclinando levemente la testa mientras estrechaba la mano de Theodore Roosevelt.

—Francis —llamó el presidente cuando ambos hombres trasponían la puerta del despacho—, te ruego que después de acompañar a nuestro amigo regreses acá un momento.

—Conozco el camino, señor presidente. El subsecretario puede permanecer con usted y así no abusaré tanto de su tiempo.

—Acompaña al señor Varilla que yo espero aquí —reiteró Roosevelt en tono que no admitía réplica.

—¿Qué te pareció la reunión? —preguntó Philippe a su amigo, mientras recorrían el pasillo de la mansión presidencial.

—Creo que todo marchó bien. El tema de Panamá surgió en el momento oportuno pero es obvio que el presidente no podía discutir contigo los pormenores de un movimiento revolucionario. Sospecho, sin embargo, que quiere darle seguimiento a la conversación y por eso me ha pedido quedarme. Te llamaré esta tarde al hotel.

Al regresar al despacho presidencial, Loomis encontró al presidente Roosevelt paseando de un lado a otro.

—Siéntate Francis, que quiero preguntarte algo.

El presidente se sentó a su vez detrás del escritorio y, luego de un momento de vacilación, observó:

—Curioso y singular hombre el amigo Varilla. ¿Desde cuándo lo conoces?

Francis Loomis resumió brevemente el origen y desarrollo de su amistad con el ingeniero francés, aprovechando para destacar algunas de las virtudes más importantes que adornaban su carácter.

—Aunque es un individuo extraño, cuando se propone algo pocos tienen su tenacidad y disciplina para lograrlo —terminó diciendo.

El presidente permaneció un momento pensativo.

—¿Cuán cerca está él de los istmeños? —preguntó finalmente.

Ahora fue Loomis el que dudó antes de responder.

—Para ser muy franco, señor, no lo sé. Lo que sí sé es que en Nueva York se encuentra desde hace dos meses un enviado de los separatistas istmeños, el doctor Manuel Amador Guerrero, y que ha recurrido a Bunau Varilla para que lo ayude a obtener apoyo para...

—¿Qué clase de apoyo? —interrumpió el presidente.

—Entiendo que andan en busca de dinero para adquirir navíos de guerra y armamentos.

—¿Y dónde pensaban conseguir tanto dinero? —preguntó Roosevelt riendo irónicamente.

—El contacto original de los separatistas era Cromwell, aunque ignoro cómo pensaba ayudarlos —aclaró el subsecretario—. Pero algo salió mal, o, mejor dicho, alguien habló más de la cuenta, los colombianos se enteraron y cuando amenazaron con cancelar la concesión de la compañía francesa, Cromwell, temeroso de perjudicar a su cliente, puso pies en polvorosa.

—Solamente nos faltaba que los colombianos revocaran la concesión con justa causa —masculló Roosevelt, visiblemente enojado—. Como buen abogado, Cromwell tiene una capacidad infinita de enredar las cosas para después cobrar por desenredarlas. Fue por eso por lo que advertí a Hay que en adelante lo mantuviera a distancia. Además, ahora comprendo por qué de pronto Cromwell se presentó por aquí hace unos días a insistir en que prorrogáramos el acuerdo entre los Estados Unidos y sus clientes franceses y abriéramos un compás de espera para permitir que los colombianos aprueben el tratado.

—La prórroga del acuerdo es conveniente —se atrevió a insinuar Loomis—. En el Departamento nosotros mismos recomendamos que se hiciera. Me parece que cualquiera que sea la solución que se dé al problema con Colombia, el acuerdo con los franceses es una necesidad ineludible y desde ahora debemos...

—Nadie discute que así sea, Francis. Pero nuestras razones y las de Cromwell no son las mismas. En fin, volvamos a lo que actualmente nos interesa.

El presidente se levantó de su silla y comenzó a pasearse nuevamente por la Oficina Oval.

—Mi decisión de construir el canal a través de Panamá está tomada desde hace ya varias semanas, con la aprobación de Colombia o sin ella. Morgan pegará el grito al cielo porque él todavía sueña con la ruta de Nicaragua, pero no creo que encuentre mucho eco ni en el Senado ni en la opinión pública. Ahora bien, si podemos lograr nuestro objetivo sin guerrear con Colombia, ¡bendito sea Dios! Lo que no podemos es embarcarnos con Bunau Varilla en una aventura que no tenga posibilidades de éxito. Debemos andar con pies de plomo para no equivocarnos. Yo no quiero saber más del asunto hasta que llegue el momento de tomar decisiones, pero sí quiero que el Departamento o, mejor dicho, John y tú, personalmente, se encarguen de darle seguimiento; si ven alguna oportunidad de que Varilla nos entregue un Panamá independiente, apóyenlo dentro de lo que la prudencia aconseja. Cuando haya algo más concreto volveremos a hablar. Por lo pronto, dile a John que quiero que en algún momento reciba al francés.

8

En su habitación del hotel New Willard, Philippe Bunau Varilla aguardaba con impaciencia y ansiedad la llamada de Loomis. Aunque tenía claro que el presidente de los Estados Unidos estaba decidido a que el canal se construyera a través de Panamá, ignoraba si los planes de separar el departamento del resto de Colombia contarían con la bendición de Roosevelt. Acostumbrado a controlar el curso de los acontecimientos, el ingeniero francés se desesperaba ante la incertidumbre.

Finalmente, a las tres de la tarde sonó el teléfono.

—Buenas noticias, Philippe —anunció Francis con entusiasmo del otro lado de la línea.

—¿Aprobó Roosevelt el plan? —quiso saber enseguida Bunau Varilla.

—No hemos llegado a tanto, pero me ha pedido concertarte una entrevista con John Hay para explorar el asunto más a fondo.

—¿Cuándo?

—En cuanto sea posible. Supongo que el próximo lunes o martes. Sugiero que permanezcas en Washington hasta que se concrete la fecha...

—Por supuesto, por supuesto.

—En cualquier caso, mañana te esperamos a almorzar. Prepárate para un domingo familiar... sin discusiones políticas.

—Te doy las gracias por la invitación, Francis, pero, sobre todo, por tu amistad. Créeme que sabré disfrutar a plenitud de un espléndido día de otoño en compañía de tu hermosa familia.

Luego de hablar con Loomis, Philippe se sentó a pensar en lo que le diría a Amador. «Imposible permitir que se inmiscuya ahora; sería capaz de arruinarlo todo», se dijo. Finalmente tomó el auricular para pedirle a la telefonista una llamada para Manuel Amador Guerrero.

—El doctor se hospeda en la habitación 152C del hotel Endicott, en Nueva York. Dígale que es de parte del señor Jones, por favor.

Media hora más tarde la telefonista le avisaba que no le había sido posible localizar al señor Amador Guerrero.

—Según me informan, el huésped dejó dicho que pasaría fuera el fin de semana visitando a su hijo en Fort Revere.

«Perfecto —pensó Bunau Varilla con satisfacción, mientras colgaba—. Así no tendré que hablarle y él no podrá quejarse de que no intenté llamarlo».

Esa misma noche, sin embargo, recibía Bunau Varilla una llamada del señor Smith.

—¿Me llamó usted? —preguntó Amador expectante—. Veo que se halla en Washington.

—Así es, Smith. Lo llamé únicamente para decirle que todo marcha bien y que tan pronto regrese a Nueva York debemos reunirnos para hablar del negocio que tenemos pendiente. ¿Cuándo volverá usted?

—En el momento que sea preciso. Mañana mismo, si le parece. También podría encontrarme con usted en Washington —insinuó Amador esperanzado.

—No hace falta —cortó Bunau Varilla enseguida—. Yo regresaré a Nueva York el 13 o el 14; lo llamaré tan pronto llegue.

—¿No hay nada más que deba decirme? —insistió el galeno, todavía con un dejo de esperanza en la voz.

—Hay mucho, señor Smith, pero no es el momento. Espere hasta nuestra próxima entrevista.

—¿Tampoco ha podido concretarse la reunión que me prometió con nuestros futuros socios?

—Le reitero que tenga usted paciencia y confianza en mí. Puede estar seguro de que las cosas progresan y que las perspectivas son muy buenas. Ahora debo colgar.

—Comprendo —murmuró Amador desilusionado—. Esperaré su llamada.

—Hasta pronto, señor Smith, y gracias por llamar.

9

Fieles a lo prometido, Francis Loomis y Philippe Bunau Varilla se dedicaron todo el domingo a los asuntos familiares y, para sorpresa y deleite de la señora Loomis, en ningún momento se habló de nada que tuviera que ver con el Canal de Panamá, con la política, ni con los graves problemas que agobiaban al mundo. Solamente cuando Philippe se despedía agradeciendo tan hermosa velada, Francis le informó que su cita con Hay estaba confirmada para el viernes 16 a las diez de la mañana.

—Lamento que no pudiera ser antes, pero el secretario no anda muy bien de salud y está muy ocupado en otros asuntos. La buena noticia es que desea que la entrevista se lleve a cabo en su casa de La Fayette square, lo que indica que quiere disponer de más tiempo y mayor libertad.

—En ese caso —musitó Bunau Varilla, después de meditar un momento— es preferible que regrese a Nueva York a reunirme con Amador. Es necesario que lo mantenga tranquilo para evitar que su impaciencia perjudique el plan que estamos concibiendo. Estaré de vuelta el jueves en la noche.

10

En el vagón de primera del tren que lo llevaba de vuelta a Nueva York, Philippe Bunau Varilla meditaba en torno a su próxima cita con Amador. «¿Cuánto le contaré?», se preguntaba. El francés quería evitar a toda costa la intromisión del enviado de los conjurados istmeños, razón por la cual desde hacía varios días había resuelto impedir que Amador se entrevistara con algún funcionario del gobierno norteamericano. «Sin embargo —se dijo— debo mantenerlo entretenido para evitar indiscreciones como la que Cromwell estuvo a punto de provocar por su falta de tacto y de buen juicio». Cuando arribó a Nueva York, ya su plan estaba trazado.

Entre tanto, en la habitación del hotel Endicott, Manuel Amador Guerrero rumiaba su soledad y esperaba con impaciencia noticias de Bunau Varilla. Poco a poco el pesimismo se había ido apoderando una vez más de su ánimo y comenzaba a lamentar haber cifrado esperanzas en el ingeniero francés. En esto pensaba cuando le avisaron que el señor Jones lo llamaba por teléfono. Con renovadas esperanzas tomó el auricular.

—Doctor, le habla Jones. Estoy de vuelta en Nueva York, necesito verlo cuanto antes para discutir el negocio pendiente. ¿Puede usted acudir a las cinco al lugar de siempre?

—Allí estaré sin falta —respondió Amador.

Desde las cuatro y media el anciano aguardaba en el vestíbulo del Waldorf Astoria y media hora más tarde llamaba a la puerta de la habitación 1162.

—¡Cuánto aprecio su puntualidad, doctor! —exclamó Bunau Varilla sonriendo ampliamente—. Adelante, adelante, que es mucho lo que tenemos que hablar.

Una vez instalados alrededor de la mesa que le servía de escritorio, y antes de iniciar el diálogo, Bunau Varilla hizo prometer al istmeño absoluta reserva y confidencialidad en todo lo que de ahora en adelante discutirían.

—De nuestra discreción depende el éxito de la misión —afirmó—. Así me lo han hecho ver claramente los altos funcionarios con los que he logrado entrevistarme. Lo que conversaremos esta tarde no debe salir de esta habitación. ¿Estamos de acuerdo?

—Por supuesto, por supuesto... —replicó Amador con impaciencia.

Bunau Varilla miró al doctor fijamente a los ojos, se puso en pie y comenzó a pasearse mientras hablaba.

—Lo primero que debo explicarle es que no será posible que se entreviste usted con ningún funcionario del gobierno norteamericano. Así me lo han indicado expresamente; la razón es muy sencilla y guarda relación con lo que hablábamos hace un instante acerca de la confidencialidad. Como usted no ignora, es muy probable que las autoridades colombianas en este país lo estén vigilando y una visita suya a Washington daría la voz de alarma y acabaría divulgándose en los diarios, dando así al traste con nuestro proyecto. Para no despertar sospechas, yo continuaré actuando como su intermediario. ¿Estamos de acuerdo, doctor?

—Qué remedio queda —respondió el anciano con resignación—. Lo increíble es que Duque sí logró entrevistarse con el propio Hay.

—Eso fue antes de que saltara la liebre y de que Cromwell se viera forzado a escabullirse. Ahora que los colombianos están más alertas, es indispensable que actuemos con mayor sigilo.

—De acuerdo, de acuerdo —rezongó Amador, mientras pensaba en qué explicación le daría al resto de los conjurados—. Al menos dígame en qué etapa se encuentra nuestro asunto. ¿Con quiénes se ha entrevistado usted?

—Tal como le informé por teléfono, las cosas marchan muy bien. Aunque no estoy autorizado para divulgarlo, con usted me siento obligado a confiarle todo cuanto hasta ahora he logrado. —Bunau Varilla volvió a sentarse antes de proseguir—: Mi principal, o, mejor dicho, nuestro principal contacto es el subsecretario Loomis, con quien me une una antigua amistad. Gracias a él y a mi vinculación a *Le Matin* pude ver al presidente Roosevelt y plantearle directamente el tema de la separación de Panamá y el apoyo que se requiere del gobierno norteamericano para consolidarla cuando llegue el momento.

Bunau Varilla se detuvo para dejar que sus palabras surtieran el efecto deseado. Amador lo instó a continuar con un gesto de la mano que reflejaba su interés e impaciencia.

—Pues bien, doctor, le complacerá saber que ya no harán falta seis millones de dólares ni nada que se les parezca para ejecutar el movimiento: luego de mis conversaciones con Loomis y el presidente abrigo la certeza de que una vez ustedes declaren su independencia, los Estados Unidos impedirán que los navíos de guerra colombianos desembarquen sus tropas o se acerquen siquiera al Istmo. De acuerdo con el tratado de 1846 ellos se sienten obligados a garantizar el libre tránsito a través de la ruta del ferrocarril.

—¿Qué garantía tendremos de que efectivamente lo que usted afirma ocurrirá?

Visiblemente contrariado, Bunau Varilla volvió a ponerse en pie.

—No sea usted ingenuo, mi estimado doctor. En los movimientos revolucionarios no existen garantías de nada. Se trata de situaciones de hecho en las que el interés de los protagonistas y participantes determina sus actuaciones. No incurra en la imprudencia de pretender que los Estados Unidos le garanticen nada; lo único que yo sí le aseguro, y eso usted lo sabe muy bien, es que este país tiene un interés vital en la apertura de la vía interoceánica y que el presidente Roosevelt es hombre que no repara en formulismos cuando se trata de actuar en pro de los mejores intereses de la nación que representa. —Bunau Varilla titubeó antes de continuar—. Permítame que sea muy franco, doctor, al decirle que algún riesgo tendrán que asumir ustedes.

—¡Ya lo estamos asumiendo! —respondió Amador airadamente—. Por si usted no se ha dado cuenta, la vida de los conjurados pende de un hilo desde el momento en que comenzamos a conspirar. A diferencia de lo que ocurre en su muy civilizada Francia, en Colombia todavía matamos por cualquier cosa. Le ruego no olvidarlo así como tampoco debe olvidar que también estamos corriendo un riesgo o, mejor dicho, lo estoy corriendo yo, al confiar a usted el papel de intermediario frente al gobierno norteamericano. Si algo sale mal, usted regresará a Francia a seguir su vida pero nosotros enfrentaremos un pelotón de fusilamiento. ¡Compréndalo, por favor, para que podamos entendernos!

Tan agitado vio Bunau Varilla al anciano que decidió cambiar de táctica.

—Aunque usted no lo crea, me doy perfecta cuenta del peligro que enfrentan los conspiradores. Mi actitud, que tal vez le parezca fría, obedece únicamente a la necesidad de que alguien mantenga siempre la calma y la mente despejada. Sin embargo, debo insistir en que no habrá garantías por parte de los Estados Unidos... si acaso podemos obtener algo, será el equivalente de un simple pacto de caballeros.

—Pasemos a otro tema —dijo Amador, intranquilo—. Aunque no hiciera falta dinero para comprar navíos de guerra, todavía necesitaremos contar con una cantidad sustancial para adquirir armas, para pagar al Batallón Colombia los sueldos atrasados, en fin, para sufragar imprevistos que siempre surgen en este tipo de situaciones.

—¿En qué suma está usted pensando? —preguntó enseguida Bunau Varilla.

—En por lo menos medio millón de dólares.

—Es demasiado y me temo que no podremos aspirar a obtener tanto. Pienso que cien mil dólares serán suficientes, sobre todo para la primera etapa del movimiento. Recuerde que después de aprobado el tratado contarán ustedes con la apreciable cantidad de diez millones de dólares; cualquier banco le facilitaría fondos contra una garantía tan significativa. ¿No cree usted?

Tras pensar un momento, Amador insistió.

—Comprenda usted que viajé a Nueva York con el encargo de obtener los fondos necesarios para el movimiento separatista y la garantía de que los Estados Unidos nos apoyarían. Ahora se me pide que regrese con apenas el dinero necesario para adelantarle al Batallón Colombia los sueldos atrasados y sin más compromiso que las promesas dadas por los representantes del gobierno norteamericano a usted, que ni siquiera es istmeño y cuyo interés en todo este asunto es el mismo que el de la compañía francesa propietaria de la concesión. Me temo que después de casi dos meses de permanencia en Nueva York, viviendo con lo que el buen amigo Lindo ha tenido la gentileza de prestarme, debo reconocer que mi misión ha sido un fracaso. Francamente, mi amigo, aunque aprecio sus esfuerzos, pienso que tal vez tendremos que olvidarnos de la separación, al menos por ahora...

«¿Estará el buen doctor negociando conmigo para lograr más fondos o realmente está dispuesto a abandonar el esfuerzo?», se preguntó el francés.

—Antes de llegar a conclusiones drásticas, analicemos con serenidad el asunto —sugirió calmadamente Bunau Varilla—. En primer lugar le recuerdo que, según usted mismo afirmó, los seis millones se utilizarían, fundamentalmente, para la compra de algún navío de guerra y los correspondientes armamentos y municiones. Acabo de decirle que tal navío ya no sería necesario porque nada menos que la Marina de guerra de los Estados Unidos suministraría no uno sino varios de ellos... gratuitamente. Lo harán porque así lo exige su mejor interés. Los grandes imperios, mi estimado doctor, existen en razón de la satisfacción de sus intereses y los Estados Unidos, que son un imperio en expansión, requieren un canal que comunique el Pacífico con el Atlántico para una más eficiente utilización de su Marina de guerra. Este interés es la mejor garantía a que puede aspirar el movimiento separatista. Los designios de la historia, el destino, si se quiere, son mucho más importantes que un pedazo de papel firmado. ¡Cuántos tratados no se han violado para imponer la ley del más fuerte! —Excitado por su propio verbo, Bunau Varilla hizo una pausa para tomar aire y proseguir con más dramatismo—: Afirma usted que mi interés en este asunto es idéntico al de la Compañía Francesa del Canal; verdad a medias, doctor Amador. No niego que algún interés económico me vincula a esa empresa, pero puede estar seguro de que ese interés no es lo que determina mi conducta. Mi proceder responde al amor que siento por Francia. Usted debe comprenderlo porque se trata del mismo sentimiento que, sin lugar a dudas, lo ha impulsado a participar en el movimiento separatista. Y para demostrarle que participo en esta gesta sin motivaciones económicas, estoy dispuesto a adelantar de mi propio peculio los cien mil dólares que se requieren para sufragar lo que se le adeuda a la tropa y otros gastos que ustedes determinarán.

«¿Qué buscará este?», se preguntó Amador. Finalmente, después de un largo silencio, volvió a insinuar:

—Si tan solo pudiera hablar personalmente con Roosevelt o con Hay...

—Muy bien, doctor, muy bien —masculló Bunau Varilla, a quien la terquedad del istmeño comenzaba a exasperar—. Le prometo que intentaré nuevamente concertarle una entrevista secreta con el presidente o el secretario de Estado... ¿aceptaría también si fuera con el subsecretario Loomis?

—Sí, pero únicamente si Roosevelt y Hay no estuvieran disponibles.

—Le prometo realizar mi mejor esfuerzo —afirmó Bunau Varilla poniéndose en pie—. Ahora le ruego me perdone, pero desde el fin de semana pasado prometí a mi esposa y a mi hijo que los visitaría y debo tomar cuanto antes el tren para Highland Falls.

—¿Cuándo volveremos a hablar? —quiso saber Amador, mientras se dirigía a la puerta.

—Lo llamaré en cuanto regrese de Washington, donde intentaré entrevistarme directamente con Hay —contestó Bunau Varilla, para luego añadir estrechando la mano del anciano—: Nunca olvide que actúo en representación suya y del grupo de patriotas que ansía una nueva patria.

11

Viernes 16 de octubre

Cinco minutos de conversación bastaron para que Philippe Bunau Varilla cambiara la opinión que se había formado en cuanto a la personalidad del secretario de Estado. Lejos del hombre frío e implacable que se había imaginado, John Hay resultó un individuo amable y de maneras suaves. El francés, como de costumbre, había estudiado detenidamente las ejecutorias de su interlocutor y desde el inicio de la entrevista mostró interés por los años en que Hay se desempeñara como secretario particular del presidente Lincoln, por su valioso aporte a la literatura norteamericana y, sobre todo, por sus brillantes logros al frente de la política internacional en los gobiernos de McKinley y Roosevelt. Aunque no lo había proyectado así, este último tema llevó enseguida hacia el de la abrogación del tratado Clayton-Bowler y su reemplazo por el Hay-Pauncefote, maniobra diplomática consumada por Hay que permitió a los Estados Unidos prescindir de Inglaterra y actuar con plena libertad en la apertura del canal ístmico.

—Es cierto, como usted afirma, señor Bunau, que la celebración del tratado Hay-Pauncefote fue la llave que abrió la puerta para que los Estados Unidos puedan controlar, políticamente hablando, cualquier canal interoceánico en el Istmo centroamericano —observó el secretario de Estado—. Pero no es menos cierto que sin el concurso del país sede, es decir, de Colombia, todos mis esfuerzos habrán sido en vano y por ahora no se construirá el canal.

«Es el momento de actuar», se dijo Bunau Varilla.

—Casualmente, señor secretario, comentaba yo con el presidente Roosevelt hace unos días la injusticia que representa la posición de los colombianos para con el resto de los países del orbe. Igualmente le mencioné que es muy probable que, a causa de esa posición, los panameños decidan separarse de Colombia, en cuyo caso quedaría abierto el camino para que los Estados Unidos celebren un tratado con la nueva república.

John Hay miró a Bunau Varilla fijamente a los ojos, se levantó de su asiento para cerrar la puerta del estudio y dijo mientras volvía a sentarse.

—Todo lo que hablaremos de ahora en adelante en este despacho es absolutamente confidencial a tal punto que si algún día se me pregunta negaría que el tema que vamos a abordar fue tratado entre nosotros. Necesito, pues, su palabra de caballero de que usted hará lo mismo; de ello dependen, en gran medida, las futuras acciones del gobierno norteamericano en relación con Colombia y el canal ístmico.

«Al fin surge el Canciller de Hierro del que tanto se habla», pensó Bunau Varilla para sus adentros, un poco intimidado por las palabras de Hay y por el tono imperioso en que habían sido pronunciadas.

—Puede usted tener la seguridad más absoluta —dijo el francés con dramatismo— de que jamás, repito, jamás haré nada que ponga en peligro las acciones de su gobierno ni la confianza que usted tenga a bien depositar en mí. Juro por Francia y por mi honor que de mis labios solamente saldrán aquellas palabras que usted y yo acordemos divulgar.

—Entonces vamos directamente al tema que nos interesa. Roosevelt está decidido a construir el canal por Panamá, aunque para ello tenga que declararle la guerra a Colombia. Tenemos como excusa el tratado de 1846 con el cual usted está familiarizado. Ahora bien, si en un tiempo prudencial, antes de que el presidente dé la orden de proceder, el departamento de Panamá se separa de Colombia, Estados Unidos apoyaría el movimiento, reconocería al nuevo gobierno y celebraría con este un convenio similar al Herrán-Hay. La pregunta, señor Bunau, es: ¿cree usted que los panameños están en capacidad de declarar y mantener su independencia?

Bunau Varilla, quien sabía llegado el momento decisivo, preguntó a su vez:

—¿Qué quiere decir usted con «un tiempo prudencial»?

—A lo sumo un mes a partir de hoy —respondió el secretario sin titubear—. De otra manera tendríamos al Congreso reunido y deliberando y usted sabe lo que eso significa.

—Un mes... —murmuró el francés para luego volver a preguntar—: ¿Con qué apoyo contarían los separatistas?

—Tan pronto declaren la independencia, nuestra Marina de guerra evitaría el desembarco de las tropas colombianas y protegería la ruta del ferrocarril, como tradicionalmente hemos hecho. Además, y tal vez lo más importante, otorgaríamos inmediatamente nuestro reconocimiento diplomático al nuevo Estado para continuar brindándole protección.

—En cuanto a armamentos y dinero ¿cree usted que...?

—Ellos tendrían que proveer sus propias armas y sus propios fondos —cortó Hay—. Usted comprenderá el escándalo que se formaría si se descubre que hemos dado armamento o dinero a los revolucionarios. Tal como dije, una vez que la separación sea un *fait accompli* nuestras naves de guerra actuarían; es lo que tradicionalmente hemos hecho en el Istmo de conformidad con el tratado del 46.

—¿Cuánto tiempo piensa usted que transcurrirá entre la declaratoria de independencia y el arribo de los navíos de guerra norteamericanos?

Hay, quien comenzaba a cansarse de las preguntas de Bunau Varilla, resolvió aclarar las cosas de una vez por todas.

—Escúcheme, señor Bunau, para que no existan malos entendimientos. Los panameños tienen que preocuparse por la declaratoria de independencia y el control de la situación interna. Esto no debe resultar muy difícil porque, según entiendo, la tropa colombiana destacada en el Istmo es leal al movimiento o, en el peor de los casos, sobornable. Tan pronto el cónsul norteamericano nos informe que el nuevo gobierno controla el territorio y la población, nuestras naves arribarán a ambas costas para impedir el desembarco del ejército colombiano. En el ínterin los panameños deben enviar inmediatamente un ministro plenipotenciario a Washington con la misión específica de lograr el reconocimiento de la República del Istmo, o comoquiera que se vaya a llamar el nuevo Estado, y negociar un nuevo convenio con los Estados Unidos, similar al Herrán-Hay. ¿Está claro?

—Muy claro, señor secretario.

—¿Cree usted que puede hacerse?

—Necesitaré dedicar a ello todas mis energías, pero confío en que tendremos éxito. Ahora debo hablar con el enviado de los conjurados istmeños y darle instrucciones precisas para que regrese inmediatamente a Panamá. ¿Cómo le aviso a usted que todo está listo?

—Su contacto, como hasta ahora, será el subsecretario Loomis.

Philippe Bunau Varilla se levantó para despedirse y John Hay hizo lo mismo para acompañarlo. Ya en la puerta del estudio este le pidió que aguardara un momento y cogiendo un libro de la estantería se lo entregó al francés.

—No quiero que se vaya usted con las manos vacías, *monsieur* Bunau. Este libro que le obsequio cuenta las aventuras, algo románticas, de un compatriota suyo en la América Central. Creo que hubiera sido un tema agradable de conversación si no hubiéramos tenido entre manos cosas tan importantes.

—Muchas gracias, *mister* Hay. Prometo leerlo. —El ingeniero vaciló un instante antes de decir—: Como una simple curiosidad histórica, permítame informarle que mi apellido en realidad es Bunau Varilla, un nombre compuesto que acompaña a mi familia desde hace más de un siglo.

—No lo olvidaré —repuso Hay sonriendo.

En el frontispicio de la mansión, mientras estrechaba la mano que le extendía John Hay, Bunau Varilla alabó el hermoso y significativo lugar de la residencia del secretario de Estado, precisamente frente a la plaza dedicada al marqués de La Fayette, patriota galo que con tanto interés contribuyera a la independencia de los Estados Unidos.

—Aunque comprendo que hay grandes diferencias, no puedo dejar de pensar que la historia encuentra maneras de repetirse —subrayó el francés.

—No lo dudo, señor Bunau Varilla —repuso Hay, acentuando deliberadamente los dos apellidos—. Le recuerdo, sin embargo, dos cosas fundamentales: la primera, que para que los Estados Unidos puedan intervenir es necesario que los istmeños controlen por lo menos una porción de su territorio; y la segunda, que su misión no estará terminada hasta tanto se firme el tratado con la nueva nación.

12

Tan pronto estuvo de regreso en la habitación de su hotel, Philippe Bunau Varilla llamó al doctor Amador. Al ser informado por la telefonista del Endicott que este no se encontraba, pidió que en cuanto volviera se le dijera que el señor Jones lo esperaba para una reunión urgente al día siguiente a las diez de la mañana en el sitio acostumbrado. Luego, conforme a lo acordado previamente con Loomis, regresó a la plaza La Fayette donde encontró al subsecretario para compartir el almuerzo en un restaurante frecuentado por los burócratas.

Tras escuchar el relato de la entrevista con Hay, Loomis comentó:

—Se me hace difícil creer que el secretario fuera tan explícito. Eso significa que ya Roosevelt dio instrucciones precisas de agotar todas las posibilidades antes de tomarse el Istmo por la fuerza. Tendrás que organizar muy bien esa revolución, Philippe.

—Es lo que pienso hacer y desde este momento no descansaré hasta lograrlo. Me preocupa, sin embargo, la capacidad de los panameños para llevar el movimiento a feliz término. El doctor Amador, con sus setenta años a cuestas, no es, precisamente, el mejor de los líderes. Pero por la premura del tiempo no hay más remedio que continuar con él... Hay me ha concedido un mes de plazo a partir de hoy. Regreso, pues, a Nueva York enseguida a poner en orden mis ideas y a prepararlo todo.

Las últimas palabras habían sido dichas por el francés mientras se ponía en pie para despedirse. Tan apurado andaba que, para sorpresa de su amigo, ni siquiera intentó pagar la cuenta.

—No dejes de mantenerme informado —alcanzó a decir Loomis mientras Bunau Varilla atravesaba apresuradamente la puerta del Capitol Grill.

En el tren que lo llevaba de regreso a Nueva York, el francés iba sumido en profundas meditaciones. Trataba de encontrar el verdadero alcance de las palabras con las que Hay lo había despedido esa mañana: «Recuerde que para que los Estados Unidos puedan intervenir es necesario que los istmeños controlen por lo menos una porción de su territorio». No tardó mucho en llegar a la conclusión de que lo que John Hay había querido insinuar era que las cosas se facilitarían significativamente si en lugar de que los istmeños declarasen la independencia de todo el departamento lo hicieran solamente del área de la ruta en la cual se construiría el canal interoceánico. «¿Cómo no lo vi antes? —se preguntó—. En lugar de la República del Istmo la nueva nación se llamará la República del Canal». En Baltimore, Bunau Varilla se apeó del tren para cerciorarse de que Amador Guerrero había recibido el mensaje de Jones. La telefonista le confirmó que el mensaje había sido entregado y que si quería le podía poner al huésped en el teléfono.

—Si lo puede hacer dentro de los próximos cinco minutos, se lo agradeceré mucho —respondió Bunau Varilla, temeroso de que el tren partiera sin él.

Transcurrieron apenas unos instantes antes de que la voz ansiosa de Amador Guerrero se escuchara del otro lado de la línea:

—Señor Jones, recibí su mensaje. ¿Hay algo más que quiera decirme?

—Tengo muy poco tiempo, doctor. Lo llamo desde la estación de Baltimore. Ahora son las cinco y veinte y llegaré a Nueva York dentro de una hora. Le agradecería si en lugar de mañana nos viéramos esta misma noche... digamos a las ocho y treinta. Podemos cenar en mi habitación.

Advirtiendo la excitación en la voz de Bunau Varilla el médico quiso saber más.

—¿Es que ha ocurrido algo nuevo?

—Hay mucho de que hablar, pero será esta noche. Ahora debo colgar porque el tren está por partir. Hasta pronto.

Convencido de que el éxito del movimiento separatista dependería en gran medida de cuán fielmente se cumpliera con los deseos del gobierno norteamericano, Philippe se dedicó durante lo que faltaba del trayecto a analizar el resto de su conversación con el secretario de

Estado, especialmente lo relativo a la premura con la que habría que actuar para el reconocimiento diplomático de la nueva república y la celebración del convenio canalero que reemplazaría el Herrán-Hay. Al descender en Grand Central Station su plan para la separación de Panamá ya estaba definitivamente trazado. «Mi primer objetivo es convencer a Amador», se dijo, temeroso de que la terquedad del anciano le impidiera ver con claridad el horizonte completo.

13

A las ocho y treinta en punto, consumido por la curiosidad, Manuel Amador Guerrero llamaba a la puerta de la habitación 1162 del Waldorf Astoria. Algo le decía que de esta reunión con el ingeniero francés dependía el futuro del Istmo.

—Buenas noches, doctor —saludó Bunau Varilla con una breve sonrisa—. He ordenado una cena ligera para que podamos dedicarnos de inmediato a la gran tarea que tenemos por delante.

—Estoy ansioso por escuchar lo que tiene que decirme. Si interpreto bien su premura, las cosas en Washington deben estar moviéndose con mucha rapidez.

—Así es, doctor, y lo mismo tendremos que hacer nosotros. Venga, sentémonos a despachar estas viandas frías mientras lo pongo al corriente de todo lo ocurrido.

Los dos hombres comenzaron a comer sin mucho entusiasmo y luego de unos cuantos bocados Bunau Varilla puso su servilleta sobre la mesa, se levantó de su silla y comenzó a hablar mientras recorría la habitación.

—Hoy al mediodía me entrevisté, finalmente, con el secretario de Estado, hombre que hace honor a su apodo de Canciller de Hierro. Aunque de maneras suaves, Hay es un hombre duro, más duro tal vez que el propio presidente Roosevelt, que es quien tiene la fama. Es decir, pues, que en la última semana me he reunido en tres ocasiones con el subsecretario Loomis y una vez con el presidente Roosevelt y con el secretario Hay. Haberlo logrado en tan pocos días le debe indicar a usted que no se equivocó al confiar en mí y que el tema del Canal de Panamá tiene prioridad absoluta en la agenda del actual gobierno de los Estados Unidos. A propósito, según pude enterarme, el famoso abogado Cromwell se embarcó ya para Francia y antes de hacerlo solicitó al Departamento de Estado que no desistiera en su empeño de que el Senado colombiano aprobara el tratado Herrán-Hay. Lo menciono para que usted vea que el despiste de Cromwell únicamente es superado por su cobardía. En fin, pasemos a lo que interesa.

Amador escuchaba en silencio y Bunau Varilla, antes de continuar, volvió a ocupar la silla frente a él.

—El plan que paso a exponerle surge por indicaciones directas del señor Hay quien, estoy seguro, cuenta con la anuencia del presidente. Yo me he limitado a darle coherencia de modo que el éxito del movimiento separatista quede asegurado. Lo primero que debemos coordinar es la manera de lograr que la declaratoria de independencia tenga lugar dentro de los próximos quince días... Veo que se asombra usted, igual que lo hice yo, pero permítame explicarle.

—Un momento —cortó Amador—. Es materialmente imposible que en dos semanas estemos listos para lanzar el movimiento. En primer lugar...

—Le ruego que me escuche, doctor. John Hay me ha dicho expresamente que si la separación no se concreta dentro de los próximos quince días, el gobierno de los Estados Unidos desistirá de apoyarla por la sencilla razón de que no quieren que el Congreso esté en pleno funcionamiento cuando los hechos se festinen en los periódicos. Recuerde usted que este país elegirá nuevo presidente en 1904. Insisto en que me permita exponerle el plan completo para luego discutirlo en detalle.

—Señor Bunau Varilla —reiteró Amador—, ¿cómo pretende usted que en dos semanas declaremos la independencia? El enviado de los conjurados soy yo y sin mi presencia en el Istmo ningún movimiento se puede iniciar.

—Así es, mi estimado doctor, y por esa razón me tomé la libertad de reservarle cupo en el vapor *Yucatán* que zarpa de Nueva York con destino a Colón el 20, es decir, el martes de la próxima semana. Para entonces nuestros planes deberán estar absolutamente listos de modo que cuando usted llegue disponga de una semana para ejecutarlos.

El doctor Amador, con resignación poco convincente, pidió a Bunau Varilla explicar la forma en que lograrían semejante hazaña.

—En cuanto a la falta de tiempo, el día antes de su salida le entregaré todos los documentos necesarios para la declaratoria de independencia, incluyendo un plan militar, una constitución, una bandera y un libro de claves para nuestras futuras comunicaciones.

Amador Guerrero, tomándose la cabeza entre las manos, se alisó los ralos cabellos y murmuró en voz apenas audible:

—Las cosas no funcionan así...

El francés o no lo escuchó o decidió no hacerle caso.

—Le ruego tomar en cuenta que *monsieur* Hay me ha prometido, formalmente, que si las cosas se hacen como hemos acordado, el movimiento separatista tendrá la protección y el apoyo de la Marina de guerra de los Estados Unidos, que es precisamente lo que usted vino a buscar. Ahora le ruego me permita continuar. Cuarenta y ocho horas después de que el cónsul norteamericano comunique al Departamento de Estado que la junta revolucionaria controla el gobierno, el territorio y la población de la nueva república, navíos de guerra estadounidenses arribarán a las ciudades de Panamá y Colón para impedir el desembarco de las tropas colombianas, todo ello, como hemos dicho antes, con base en el tratado de 1846. Esto significa que el primer objetivo de ustedes será controlar la porción del territorio que se declarará independiente de Colombia. Espero que en esto sí estemos de acuerdo.

—Por supuesto, por supuesto —respondió Amador, impaciente—. De eso se trata precisamente.

—Me alegro de que usted así lo entienda porque lo lógico entonces es que en un principio se declare independiente solamente el territorio comprendido en la concesión para la construcción del canal, es decir, la ruta actual del ferrocarril; lo que significa que ustedes tendrán que apoderarse, únicamente, de las ciudades de Panamá y Colón.

Amador quedó perplejo.

—Creo que no escuché bien. ¿Usted está insinuando que separemos solamente una faja de diez millas de ancho entre el Atlántico y el Pacífico y que nos olvidemos del resto del departamento?

—No lo estoy insinuando, doctor, lo afirmo porque es lo que esperan los señores del Departamento de Estado.

—Pero ¿qué clase de locura es esta? —explotó Amador—. ¿Qué ocurriría con las provincias de Chiriquí, Veraguas, Los Santos, Coclé y con el resto de las provincias de Panamá y Colón? ¿Seguirían perteneciendo a Colombia?

Bunau Varilla, quien comprendía y había anticipado la reacción airada de Amador, intentó calmarlo.

—Recuerde que dije que eso es lo que ocurriría al inicio del movimiento. Evidentemente, más adelante y ya bajo la protección de los Estados Unidos, la junta revolucionaria iría sumando los otros territorios.

—Si ese es su plan y el de *mister* Hay, siento mucho decirle que es inaceptable. Yo no lo acepto y estoy seguro de que los demás conjurados tampoco lo aceptarían... Es más, ni siquiera me atrevería a sugerirlo. Debe quedar claro que lo que se separará de Colombia será el departamento de Panamá, todo el departamento de Panamá, con los límites, población y territorio que hoy tiene en conformidad con la división política establecida en las leyes colombianas. Pero... ¿cómo se le puede ocurrir a alguien semejante absurdo? Parece que usted y el señor Hay desconocen por completo la historia del Istmo que en tres oportunidades ha intentado independizarse en vano. Es el mismo Istmo que en 1821 se independizó de España y se unió voluntariamente a Colombia. Su territorio en nada ha variado desde entonces y en nada variará cuando finalmente logremos nuestra independencia, con la ayuda de los Estados Unidos o sin ella.

Antes de terminar de hablar, Manuel Amador se había levantado de su silla para marcharse. Bunau Varilla insistió una vez más:

—No se deje guiar por las pasiones, doctor. Recapacite y acepte que todo se simplifica si el movimiento separatista se lleva a cabo en etapas. El secretario Hay ha prometido otorgar el reconocimiento inmediato al nuevo Estado y a su junta de gobierno, pero debe hacerlo cumpliendo con las normas internacionales: si no existe control de todo el territorio y toda la población no puede haber reconocimiento diplomático. Una vez reconocidos por los Estados Unidos, la protección *de facto* que brindarán al movimiento se convertirá en una protección *de jure*. Bajo esa protección ustedes procederían a incorporar al resto del territorio y de la población hasta que quede constituida la República del Istmo que todos anhelamos.

Pero Amador ya no escuchaba. Desde la puerta, y mientras la abría, se dio vuelta y dijo con amargura:

—He aguardado mucho para ahora sufrir tan grande desengaño. Esta no es la ayuda que esperábamos ni de usted ni de los Estados Unidos.

—Lo siento mucho, doctor, pero yo soy un hombre práctico. El plan que le ofrezco es el único viable en estos momentos. Le pido una vez más que trate de reflexionar sin que la emoción ofusque su criterio.

Amador salió dando un portazo.

14

Con un frío de comienzos de invierno que calaba los huesos y arrebujado en una esquina del asiento trasero del coche que lo conducía de vuelta a su hotel, Manuel Amador Guerrero rumiaba en silencio su fracaso. «Después de dos meses de angustias y privaciones ¿cómo decirle a mis compañeros de conjura que regreso al Istmo con las manos vacías? Este es el fin del movimiento».

Volvió a repasar su conversación con Bunau Varilla, preguntándose si realmente los señores de Washington serían los gestores de la absurda idea de separar de Colombia únicamente la franja de la ruta del proyectado canal. «Tal vez sean inventos del francés quien en su soberbia quiere que todo se haga conforme a sus designios». Pensó acudir él mismo a Washington para aclarar las cosas pero ¿a quién solicitaría audiencia? Seguramente Bunau Varilla le habría cerrado de antemano todas las puertas del gobierno norteamericano. De pronto una idea brilló en la lobreguez de sus pensamientos: «¿Por qué no jugar al mismo juego del francés?». Solamente haría falta decirle que aceptaba sus condiciones para una vez de vuelta en el Istmo declarar la independencia de todo el departamento, como seguramente exigirían los demás conjurados. En caso de ser cuestionado, él se limitaría a explicar que el asunto se le había salido de las manos y a Washington no le quedaría más remedio que aceptar el hecho cumplido. «Este es el camino y la manera de evitar que tanto esfuerzo se vaya por la borda», se dijo mientras le pedía al cochero que apurara el paso del caballo.

En su hotel, Amador pidió a la telefonista una comunicación urgente con el señor Bunau Varilla en la habitación 1162 del Waldorf Astoria.

—Dígale usted que es de parte de Smith.

Cinco minutos después la telefonista le avisaba que su llamada estaba lista.

—Señor Smith, me complace mucho su llamada. ¿Qué puedo hacer por usted?

Amador pasó por alto la condescendencia que se percibía en la voz de Bunau Varilla y dijo con una sumisión que estaba lejos de sentir:

—He pensado mejor lo que hablamos hace un rato y creo que es importante que volvamos a reunirnos.

—Con mucho gusto. Lo espero mañana a las nueve y treinta —respondió Bunau Varilla, como si hubiese estado esperando su llamada—. Confío en que ahora sí podremos concretar los términos de nuestro acuerdo.

—Allí estaré a la hora indicada. Hasta mañana.

—Hasta mañana, *monsieur* Smith.

15

El doctor Amador Guerrero entró nuevamente en la habitación 1162 del Waldorf Astoria dispuesto a no perder la calma y a superar todos los obstáculos. «Hoy debo salir de aquí con un plan concreto que me permita regresar al Istmo con esperanzas y la frente alta», fue su último pensamiento mientras se sentaba frente a quien en tan breve lapso había dejado de ser su aliado para convertirse en un obstáculo más en su lucha por la independencia de Panamá.

—¿Recapacitó usted, doctor? —preguntó Bunau Varilla sin más preámbulo.

—Sí. Luego de mucho meditar me convencí de que usted y los norteamericanos tienen razón y que todo se facilitará si, en una primera etapa, limitamos la separación a la ruta del futuro canal.

—No sabe cuánto me agrada escucharlo. Resuelto ese aspecto, dediquémonos ahora a concretar los detalles del movimiento. Si le parece, podemos proceder en el orden en el que se darán los acontecimientos.

Sin esperar respuesta y conforme ya era costumbre en él, Bunau Varilla comenzó nuevamente a pasearse por la habitación mientras iba detallando su plan.

—He escogido como fecha para el movimiento el 3 de noviembre, es decir, una semana después de que desembarque usted en Colón. La razón es muy sencilla: ese día habrá elecciones en los Estados Unidos en las que el pueblo norteamericano votará para gobernadores y senadores. La prensa estará entretenida cubriendo el resultado y la separación de la nueva república pasará inadvertida.

«A este hombre no se le escapa nada», pensó Amador mientras ensayaba una débil protesta:

—Me parece acertado el razonamiento, aunque debo señalar, una vez más, que no será fácil que todo esté dispuesto para una fecha tan próxima.

—Las cosas importantes y trascendentes nunca son fáciles, estimado doctor. Pero como ya le indiqué, yo me ocuparé de que usted llegue al Istmo con todo listo para proceder. ¿Continuamos...? Inmediatamente después de que declaren ustedes la independencia y tengan control absoluto de las ciudades de Panamá y Colón debemos trabajar en el logro del reconocimiento diplomático por parte de los Estados Unidos. Para ello designarán ustedes un ministro plenipontenciario que gestione en Washington ese reconocimiento y que, además, cuente con los poderes necesarios para las nuevas negociaciones del canal y para la firma del tratado, que es lo que interesa realmente a los norteamericanos. Si a usted le parece...

—En eso ya había pensado yo —interrumpió Amador—. Una vez instalada, la Junta de Gobierno enviará inmediatamente uno de sus miembros a Washington.

—Se perdería mucho tiempo, doctor —observó Bunau Varilla—. Además, debe usted saber que las autoridades de este país han dicho que verían con muy buenos ojos que ese nombramiento recayera en mi persona.

Advirtiendo sorpresa y desagrado en el rostro de su interlocutor, y temiendo una nueva explosión del anciano, Bunau Varilla se apresuró a explicar:

—Resulta lógico, doctor, que quien en un principio actuó como intermediario *de facto* de los complotadores istmeños ante el gobierno norteamericano sea el mismo quien, declarada la independencia, pase a ser enviado *de jure* del nuevo Estado ante ese mismo gobierno. ¿No le parece? Recuerde, además, que gozo de la confianza de los más altos dignatarios de esta nación.

—Pero, señor —respondió Amador, intentando controlarse—. Usted es francés. ¿Qué pensaría de la nueva república el resto del mundo si nuestro primer ministro en Washington ni siquiera fuera panameño?

—Lo mismo que pensaron cuando George Washington designó al marqués de La Fayette como general y comandante de las tropas insurgentes para combatir en favor de la independencia de las colonias americanas. La historia es rica en ejemplos de extranjeros que han luchado en beneficio de causas superiores al simple interés nacional; el Canal de Panamá, evidentemente, es una de esas causas que trascienden fronteras. Por ello, precisamente, estamos reunidos hoy aquí usted y yo tramando la separación del Istmo.

—Tendré que consultar con el resto de los conjurados —sugirió Amador para salir del paso, pero el francés insistió:

—Me temo, doctor, que mi designación inmediata como ministro pleniponteciario será una condición que habrá de cumplirse para que Washington apoye el movimiento. Usted y el resto de los conjurados deben confiar en mí.

—Está bien —murmuró el doctor dócilmente, pensando buscar más adelante la manera de zafarse de semejante compromiso—. Continuemos.

—Apenas se obtenga el reconocimiento diplomático procederé a celebrar con los Estados Unidos un convenio idéntico al rechazado por Colombia, que ustedes tendrán que ratificar en el acto. Como todos conocen bien el tratado Herrán-Hay, no habrá ninguna dificultad.

Bunau Varilla hizo una pausa para volver a ocupar su silla frente a Amador antes de proseguir.

—Hemos cubierto lo fundamental. Solamente nos queda por analizar detalles como la Declaración de Independencia, el diseño de la bandera, la redacción de la Constitución Política, el nombramiento de la Junta Provisional, la integración del resto del gobierno, la designación de las nuevas autoridades civiles y los mandos militares...

—Y la consecución del dinero necesario para los primeros desembolsos —intercaló Amador.

—Ya le prometí adelantar cien mil dólares. Cumplan ustedes sus obligaciones que yo cumpliré las mías. En cualquier caso, nos reuniremos otra vez aquí el próximo lunes, es decir, la víspera de su salida hacia el Istmo. Para entonces tendré preparada toda la documentación, incluyendo el libro de claves que servirá para comunicarnos sin despertar sospechas. ¿Estamos de acuerdo?

«Qué remedio queda», pensó Amador, poniéndose en pie para despedirse.

—Estamos de acuerdo —repuso finalmente, sin poder disimular del todo su frustración.

16

Un sentimiento de impotencia, que pronto devendría en una profunda depresión, acompañó a Amador durante el resto del fin de semana. A su hijo Raúl escribió una carta de despedida en la que trataba de aparentar optimismo frente a la jornada que se iniciaría con su regreso al Istmo y no terminaría hasta la separación definitiva de Colombia. Como si hiciera un acto de contrición, en la misiva exponía a grandes rasgos el plan esbozado por Bunau Varilla, con énfasis en que luego del reconocimiento norteamericano el resto del departamento se incorporaría a la nueva nación. El domingo en la tarde acudió a despedirse de su amigo Joshua para agradecerle nuevamente el apoyo que le había brindado durante estas largas y difíciles semanas pasadas en Nueva York y recordarle que contaban con él para asegurar el éxito del movimiento. «Usted será nuestros ojos y oídos en este país y nuestro contacto con el ingeniero francés, quien queda encargado de la ayuda norteamericana», había dicho el anciano estrechándole ambas manos con emoción. Lindo prometió acudir a despedirlo en el muelle.

Bunau Varilla, feliz en su nuevo papel de conspirador internacional y rezumando entusiasmo, tomó el tren rumbo a Highland Falls donde su familia y su anfitrión aguardaban con ansia su llegada. Subyugado por la belleza de la naturaleza a lo largo del trayecto, se inspiró en la explosión de colores otoñales para diseñar la bandera del nuevo Estado. Una vez en la mansión de John Bigelow, confió a su esposa y a la hija de este la delicada misión de confeccionarla con trozos de seda adquiridos por él con ese propósito. A su anfitrión relató con lujo de detalles sus reuniones en Washington con el secretario de Estado y el propio presidente y las dificultades para convencer de las bondades de su plan al anciano enviado por los istmeños. Durante el viaje de regreso trabajó arduamente de modo que al entrar de nuevo en su habitación del Waldorf Astoria traía en el maletín todo lo necesario para que los panameños se independizaran de Colombia. Le faltaba solamente elaborar el libro de claves, tarea a la que se abocó esa misma noche.

Conforme a lo convenido, Manuel Amador Guerrero acudió la tarde de ese lunes 19 de octubre a lo que él creía que sería su última cita con Bunau Varilla en la habitación 1162 del hotel Waldorf Astoria. Allí, el francés le mostró un proyecto de Declaración de Independencia, rimbombante e hiperbólico, como todo lo suyo; un proyecto de Constitución, calcada de la nueva Constitución de la recién inaugurada República de Cuba, y un libro de claves conforme al cual se deberían cursar todas las comunicaciones entre él y los rebeldes a través de Joshua Lindo. A lo anterior agregó un plan militar para la toma y posterior defensa de las ciudades de Panamá y Colón y de la ruta del ferrocarril. Cuando el viejo médico creyó que el francés había terminado, este, con ademanes similares a los del mago que de la nada saca un conejo, extrajo del fondo de su maleta el pabellón de la nueva nación. Pasmado, Amador contempló aquel trapo, muy similar a la bandera de los Estados Unidos, en el que sobre un fondo rojo las rayas blancas habían sido reemplazadas por rayas amarillas y las estrellas por dos soles también amarillos unidos por una cinta de igual color. Bunau Varilla permaneció de pie, la bandera desplegada frente a su diminuta figura, aguardando expectante la aprobación del istmeño.

—Muy hermosa —alcanzó a decir finalmente el doctor.

—Me complace que le guste. Mi esposa puso mucho empeño y cariño en su confección.

Impaciente por recoger todo aquello y despedirse de Bunau Varilla, el doctor Amador quiso saber acerca del dinero.

—Se lo haré llegar a través del banco que nuestro amigo Lindo tiene aquí en Nueva York, cuyo corresponsal en Panamá es el banco de Brandon. Yo depositaré los fondos acá para que ellos los pongan a su disposición allá. La señal que ustedes me enviarán de que están listos para recibirlos será este calograma.

Bunau Varilla puso un nuevo documento en manos de Amador en el que este leyó:

CALOGRAMA PARA SER ENVIADO POR MANUEL AMADOR GUERRRERO A PHILIPPE BUNAU VARILLA

El gobierno acaba de ser formado por aclamación popular. Su autoridad se extiende desde Colón hasta Panamá, ambas ciudades inclusive. Le solicito que acepte la misión de ministro plenipotenciario con el fin de obtener el reconocimiento de la República y la firma del Tratado del Canal. Usted tiene plenos poderes para designar un banco para la República en Nueva York y para abrir un crédito para los gastos urgentes.

Amador sintió que la sangre le hervía. Lentamente, haciendo un gran esfuerzo por controlarse, levantó la vista del papel al rostro de Bunau Varilla en cuyos ojos de águila percibió, una vez más, aquella mirada altanera y despectiva que tanto detestaba. «¿Hasta cuándo tendré que aguantar pedanterías de este hombre?», se preguntó. Pero nada dijo; lo único que le interesaba era marcharse cuanto antes de ese maldito cuarto. Finalmente se puso en pie y preguntó:

—¿Puede facilitarme alguna bolsa en qué trasladar la bandera y estos documentos a mi hotel?

—No hace falta —respondió Bunau Varilla, a quien el inusitado mutismo de Amador comenzaba a inquietar—. Yo me encargaré de llevarle todo al muelle mañana antes de zarpar; pienso que así será más seguro.

Luego de meditar un momento, y con el ánimo de congraciarse con el anciano, el francés añadió:

—¿No quisiera usted que revisáramos juntos la clave de modo que mañana pueda disponer usted de una versión definitiva? Estoy seguro de que tendrá algunos cambios que sugerir.

Amador iba a rehusar pero lo pensó mejor y resolvió seguir con la pantomima hasta el final.

—Me parece bien. Revisémosla.

17

Tres horas después, Manuel Amador Guerrero estaba de vuelta en su hotel, terminando de empacar los pocos bártulos que lo habían acompañado durante su prolongada estadía en Nueva York. A través de la mezquina ventana de su habitación contempló, a lo lejos, la arboleda del Central Park, sorprendiéndose de que hasta ese momento no se había percatado de la belleza de los colores otoñales. «Es un cuadro muy hermoso», se dijo, y pensó en María mientras una débil sonrisa, que anticipaba la felicidad de volver a abrazarla, se dibujaba en sus mejillas ajadas. El *Yucatán* partiría a las doce meridiano del día siguiente y, conforme a lo convenido, allí estaría Bunau Varilla para entregarle el paquete contentivo del «corazón de la nueva república», nombre odioso inventado por el francés para resaltar aún más la importancia de su aporte a la causa separatista. Amador lamentaba que su último recuerdo de Nueva York tuviera que ser aquel rostro en el que todo, la pose, la mirada, el bigote ridículamente engominado, reflejaban prepotencia, altanería y menosprecio por aquello que no se conformaba a los designios de su esclarecida e inefable inteligencia. Llevado por estos sentimientos, a la mente del viejo médico acudió una idea que quizás le ahorraría un nuevo encuentro con el francés.

Del teléfono del piso llamó inmediatamente a la telefonista para pedirle que le consiguiera al señor Bunau Varilla en la habitación 1162 del Waldorf Astoria.

—Dígale que es de parte de Smith —recalcó Amador.

Del otro lado de la línea le llegó la voz molesta de Bunau Varilla.

—¿Ocurre algo, señor Smith?

—No, nada sucede. Solamente que he estado meditando y me parece peligroso que nos vean juntos mañana en el muelle. Recuerde que nos vigilan y que por eso utilizamos los nombres de Smith y Jones. ¿Para qué arriesgarlo todo?

Bunau Varilla dejó transcurrir unos momentos en silencio y a regañadientes hubo de aceptar que el istmeño tenía razón.

—¿Qué propone usted, entonces?

—He pensado que me envíe usted al muelle el paquete con Lindo.

—Aunque Lindo es mi amigo y apoya el movimiento, prefiero que usted reciba los documentos directamente de mis manos.

—En ese caso, yo pasaré a recogerlos en el mismo coche que me llevará al muelle. Si le parece, nos encontramos en el vestíbulo a las diez y treinta.

—Me parece muy bien. Hasta mañana, Smith.

18

Martes 20 de octubre

Unos minutos pasadas las diez y treinta, el doctor Amador se apeó del coche y entró al vestíbulo del Waldorf Astoria. Bunau Varilla, sin embargo, no estaba por ninguna parte. Instantes después, un botones se acercó para preguntarle si él era el señor Smith y al obtener una respuesta positiva le indicó que se le esperaba en la habitación 1162. Exasperado, Amador consultó su reloj de bolsillo y tomó el ascensor. «¿Qué querrá este ahora?», se preguntaba mientras volvía a tocar aquella puerta.

Bunau Varilla abrió enseguida y lo invitó a pasar.

—Creí necesario extremar las precauciones —comentó—. Además, pensé que una última conversación sería conveniente. —El tono del francés era de una amabilidad insospechada—. Este pequeño sobre contiene una copia de la clave que he preparado para que usted se la entregue a Lindo y en este maletín de mano están los documentos originales y el emblema. Yo me quedo con una copia de todo, menos de la bandera, claro está.

Sucintamente, Bunau Varilla volvió a repasar, con claridad y método impecable, cada uno de los pasos, y terminó diciendo, casi con humildad:

—En ocasiones he debido parecerle brusco e inflexible, pero le aseguro que no era mi intención herirlo. Créame que aprecio en toda su dimensión lo que los conjurados istmeños, y usted en particular, están arriesgando en pro del bienestar de las futuras generaciones. Ustedes tendrán como recompensa inmediata la enorme satisfacción de ver nacer la patria que desde hace tiempo persiguen los panameños. Más adelante, cuando se escriba la historia de esta epopeya, el nombre de cada uno de esos conjurados será sinónimo de grandeza y patriotismo. Yo solamente aspiro a que los ciudadanos de mi país reconozcan los esfuerzos que en algún momento realicé en pro de la mayor gloria de Francia.

Enseguida, Bunau Varilla, aparentando una emoción que quizás esta vez sintiera, estrechó fuertemente a Amador Guerrero entre sus cortos pero aguerridos brazos mientras decía: «Buena suerte, doctor, buena suerte. De usted dependerá, en gran medida, que algún día el futuro del Istmo, de los Estados Unidos, de Francia y de la humanidad entera sea mejor».

Sin saber qué pensar y con poco entusiasmo, el anciano correspondió al abrazo; después tomó el maletín, hizo un gesto de despedida y en silencio abandonó la habitación.

19

Cuando Manuel Amador arribó al muelle empezaba a lloviznar y, a diferencia del día de su llegada a Nueva York, un cielo encapotado y gris lo acompañaba el día de su regreso al Istmo. «Espero que no se trate de un mal presagio», pensó el anciano.

Enfundado hasta las orejas en un sobretodo que casi le rozaba el sombrero, las manos en los bolsillos y dando pasos cortitos de un lado a otro para espantar el frío, Joshua Lindo esperaba junto a la escalera del barco, por la que algunos pasajeros habían comenzado a subir. Al ver a Amador, el banquero esbozó una sonrisa nerviosa:

—Creí que no llegarías nunca, Manuel. ¿Tienes todo listo?

—Eso espero, Joshua. Francamente me apena que hayas venido a despedirme con este frío. ¿Por qué no subes conmigo? En el barco hará más calorcito.

Mientras buscaban por los enrevesados pasillos el camarote de primera clase que, gracias a la generosidad de Lindo, Amador ocuparía durante la travesía, Joshua recordó que había sido precisamente el *Yucatán* el barco que llevara al presidente Roosevelt a Cuba durante la guerra de independencia. «¿No te parece interesante la coincidencia?», preguntó sonriendo.

Finalmente dieron con el pequeño camarote. Estaba en la primera cubierta, lo que contribuiría a que el anciano no se mareara tanto como en el viaje de venida. Tan pronto entraron, Amador cerró la puerta y sacó un sobre de su maletín de mano que entregó a Lindo, diciéndole:

—Esta es la clave que Bunau Varilla y los conjurados utilizaremos para comunicarnos. Como tú serás el intermediario, es necesario que la tengas y la estudies para que puedas seguir el desarrollo de los acontecimientos. El resto de los documentos está en este maletín, además de una bandera confeccionada por la esposa de Bunau Varilla. No sé dónde guardarlos… si se descubren sería la perdición.

—El hijo del capitán Beers es el sobrecargo de abordo —comentó Lindo—. ¿Lo conoces?

—Creo que sí, al menos de vista.

—Yo lo conozco muy bien. Si te parece lo buscamos y le pedimos que él guarde el maletín en lugar seguro.

—Creo que es una gran idea... aunque será difícil encontrarlo ahora que la nave está a punto de zarpar.

—Ven conmigo, que creo saber dónde se halla.

Amador siguió a Lindo por los pasillos y escalerillas del barco hasta que llegaron a un salón en el que algunos oficiales departían con un grupo de pasajeros muy distinguidos.

—Allí está —dijo Lindo, señalando a un hombre joven y muy alto—. Hace tiempo aprendí que en los barcos algunos oficiales tienen la misión de velar porque los pasajeros la pasen bien a bordo.

—Buenos días, oficial Beers —saludó Lindo, acercándose—, ¿podríamos hablar con usted un instante?

—Señor Lindo, no sabía que viajaba usted con nosotros. Me da mucho gusto tenerlo a bordo.

—En realidad no soy yo quien viaja, sino el doctor Amador Guerrero, buen amigo de su padre. Solamente quiero pedirle que lo ayude usted a guardar en sitio seguro el pequeño maletín que él carga consigo y contiene documentos de gran importancia.

—Enseguida procederé a ello —respondió Beers, estrechando la mano de Amador—. Un amigo de mi padre también lo es mío. ¿Es ese el maletín?

—Mucho gusto y muchas gracias, joven. Reconozco en usted no solamente las facciones sino la gentileza de su señor padre. Efectivamente, este es el maletín. Todavía no he terminado de revisar algunos de los documentos que aquí cargo, así es que si le parece bien esta noche antes de la cena se lo entregaré.

—Con mucho gusto, doctor. Estaré en este mismo salón después de las seis de la tarde. Ahora, con su permiso, debo atender a mis obligaciones. Lamentablemente, en breve tendrá que dejarnos, señor Lindo, porque zarparemos antes de media hora.

Amador acompañó a Lindo hasta la escalerilla y allí ambos compartieron un caluroso y sentido abrazo.

—Francamente, Joshua, no sé qué habría hecho sin tu apoyo. ¡Ojalá la vida me otorgue la oportunidad de recompensar tu generosidad!

—No digas, más, Manuel, que me dio mucho gusto lo poco que pude hacer. Lo más importante es que todo resulte bien y que pronto podamos celebrar el nacimiento de la nueva República de Panamá.

—¡Qué hermoso suena! La nueva República de Panamá —repitió el anciano, visiblemente emocionado—. En cuanto desembarque en el Istmo sabrás de mí.

—Adiós, Manuel —dijo Lindo iniciando el descenso.

Una vez en el muelle el banquero se dio la vuelta. Desde cubierta el viejo médico, intentando una sonrisa, le decía adiós con la mano.

—¡Buena suerte! —gritó Joshua, pero la sirena del barco se tragó sus palabras.

20

Tan pronto estuvo de vuelta en su oficina, Joshua Lindo abrió el sobre que le entregara el doctor Amador. Más de cien frases y palabras componían la clave diseñada por Bunau Varilla y Amador para sus futuras comunicaciones. Mientras leía, Lindo fue subrayando aquellas que le parecían más significativas.

Mañana en la madrugada se hará el movimiento	*Galveston*
El movimiento hecho con buen resultado sin desgracias	*Safe*
El movimiento hecho con más de 80 heridos y muertos	*Russia*
Hemos tomado algunos buques de guerra colombianos	*take*
Buque Bogotá	*wood*
Idem Padilla	*crowd*
Idem Boyacá	*female*
Idem Chucuíto	*small*
Tenemos noticias que llegan fuerzas colombianas	*news*
Pacífico	*good*
Atlántico	*bad*
Todos los amigos aprueban el plan	*sad*

Desanimación	*great*
Encuentro tropas desembarcadas	*tradition*
Más de doscientas	*tiger*
Este cable es para Jones, New York	*fate*
Se hará el movimiento dentro de	*United*
Días	*River*
Dos	*Ohio*
Cuatro	*Hudson*
Cinco	*Missouri*
Movimiento demorado por falta de armas	*Trouble*
Mande 500 rifles y 500 000 caps	*Sorry*
Pida a B. V. El resto hasta 100 000	*Ably*

Cuando terminó de leer, Joshua Lindo, a quien en la clave se le identificaba con el nombre de *Tower*, cayó en la cuenta por primera vez de la inmensidad del drama que estaba próximo a desarrollarse en el Istmo. En sus muchas conversaciones con Amador en ningún momento se había hablado de muertos o heridos, ni de la captura de barcos de guerra, ni de la necesidad de contar con instrumentos de muerte. Ahora tenía delante de él, en frases y palabras escogidas para comunicar fehacientemente lo que sucedería, evidencia clara de la riesgosa aventura a la que estaban abocados su amigo Amador Guerrero, los demás conjurados y el resto de los istmeños. Un escalofrío le estremeció el cuerpo al pensar que también a él le correspondería desempeñar un papel en aquel drama. Hombre religioso, Joshua elevó una plegaria al cielo rogando por el éxito del movimiento y por el bienestar de sus familiares y amigos.

21

El doctor Amador Guerrero se acodó en la baranda del *Yucatán* para contemplar el majestuoso espectáculo que ofrecía la ciudad de Nueva York con sus gigantescos edificios que, sin ningún temor, parecían desafiar la ley de la gravedad. Otros barcos salían o llegaban al puerto, rodeados de alegres remolcadores que parecían navegar de un lado a otro sin rumbo fijo, saludando a los que arribaban o despidiendo a los que partían con prolongados y monótonos silbatos. Cuando apareció por el lado de estribor la imponente figura de la estatua de la Libertad, simbólico regalo del pueblo francés al pueblo norteamericano, el viejo galeno sintió una profunda emoción. «Esa antorcha —se dijo— representa también el anhelo de los istmeños».

Casi dos meses habían transcurrido desde que Amador abandonara el Istmo en busca de apoyo para la causa separatista, dos meses de decepciones, de renovadas esperanzas, de monotonía y de actividad febril. Al emprender el regreso, sentía por primera vez que sobre sus hombros enjutos y cansados gravitaba el peso íntegro de la gesta separatista. «Todas nuestras esperanzas descansan en sus esfuerzos», le había escrito José Agustín Arango en su última carta. ¿Colmaría el resultado de sus gestiones las expectativas de sus compañeros de conjura? En lontananza la estatua de la Libertad se desdibujaba y detrás de ella la isla de Manhattan.

A Manuel Amador Guerrero le costaba conciliar el sueño. El azar había querido que junto a él regresaran a Panamá la esposa y el hijo mayor del conjurado Federico Boyd, y como aquella insistía en saber el resultado de su gestión y Amador quería evitar a toda costa cualquier indiscreción, decidió declararse indispuesto y se refugió en su camarote, lo que contribuía a agravar el mareo que le causaba el movimiento del barco. Su insomnio, sin embargo, obedecía, más que nada, a la gran incertidumbre que embargaba su espíritu ante los acontecimientos que se desencadenarían luego de su arribo a Panamá.

Tal vez el emisario de los conjurados dormiría mejor de haber sabido que mientras a bordo del *Yucatán* él navegaba hacia un futuro incierto, simultáneamente se hacían a la mar otros navíos, cuyo destino final también sería el Istmo de Panamá. En el puerto de San Francisco, el contralmirante Henry Glass, comandante en jefe del Escuadrón del Pacífico, recibió órdenes directas del secretario de la Marina de guerra de los Estados Unidos, William Moody, de trasladar la mayor parte de su flota hacia Acapulco. Esa orden iba acompañada de una instrucción secreta para que el destructor *U. S. S. Boston* continuara hasta San Juan del Sur, en las costas de Nicaragua, donde debería reaprovisionarse de carbón. Al mismo tiempo, en Brooklyn, el contralmirante Albert Barker, comandante en jefe del Escuadrón del Atlántico, recibía de Moody instrucciones de trasladar el *U. S. S. Dixie* a Guantánamo y el *U. S. S. Nashville* a Jamaica, ambos preparados para cualquier eventualidad.

22

En Bogotá, los políticos se preparaban para la próxima campaña electoral. El general Reyes, a pesar de la insistencia del presidente Marroquín, todavía no se decidía a aceptar la candidatura presidencial de los históricos en tanto en las huestes nacionalistas solamente faltaba que el doctor Joaquín Vélez decidiera quién sería finalmente su compañero de nómina. Para hacer mérito, Juan Bautista Pérez y Soto, quien después del rechazo del tratado Herrán-Hay se había quedado sin discurso, se dedicaba ahora, con la misma vehemencia, a pronosticar la próxima separación de Panamá si no se removía inmediatamente a De Obaldía de la gobernación del Istmo.

El tema del canal había pasado, pues, a segundo plano en la agenda nacional. Aunque el Senado pretendía enviar a Washington una comisión que negociara con los Estados Unidos un convenio que sustituyera el Herrán-Hay, privadamente existía el entendimiento tácito de que lo más conveniente era esperar el vencimiento de la concesión francesa, lo que ocurriría a mediados de 1904, para hacerse así con los cuarenta millones de dólares que pagarían los Estados Unidos. Algunos también hablaban de la conveniencia de otorgar una nueva concesión a un consorcio alemán. En Washington, mientras tanto, el secretario de Estado declaraba públicamente que los Estados Unidos no renegociarían nada con Colombia y que temía que la intención de ese país de cancelar la concesión de los franceses para otorgársela a los alemanes podría provocar la toma de medidas coercitivas por parte de Francia poniendo en peligro la ruta del canal transístmico que los Estados Unidos estaban obligados a defender.

23

Un día antes del arribo de Amador Guerrero a Panamá, el presidente Roosevelt llamó a su despacho al secretario de Estado y al de la Marina con el propósito específico de informarse acerca de la situación del Istmo. A las cinco en punto de la tarde del día 26 de octubre entraron ambos funcionarios a la Oficina Oval donde explicaron a Roosevelt, detalladamente, el estado de cosas. El presidente los escuchó con atención y luego les informó los verdaderos motivos que lo habían impulsado a convocar al Congreso para el día 9 de noviembre.

—La razón aparente de la convocatoria es la discusión del tratado Comercial con Cuba —explicó el presidente—. Sin embargo, como es muy probable que para esa fecha nuestras tropas ya estén en Panamá, anticipo que las sesiones serán sumamente interesantes. La Marina deberá estar alerta para entrar en acción según lo que ocurra en definitiva con el movimiento separatista: si los panameños se toman finalmente el poder, su misión se limitará a protegerlos de Colombia. De otra manera, nuestros hombres deberán proceder a ocupar militarmente la ruta transístmica. El mensaje para el Congreso justificando la acción bélica, que tú conoces John, reposa sobre mi escritorio desde hace una semana. ¿Alguna pregunta?

Moody y Hay se miraron. Ambos sabían que cuando Theodore Roosevelt tomaba una decisión, difícilmente daba marcha atrás. La suerte, pues, estaba echada. El único que habló fue el secretario de Estado, quien se limitó a comentar:

—Cursaré instrucciones a nuestro embajador para que tome vacaciones a partir del primero de noviembre. No me parece conveniente que permanezca en Bogotá mientras guerreamos con Colombia.

Roosevelt indicó con un movimiento de cabeza que estaba de acuerdo y dio por terminada la reunión.

III

1

Martes 27 de octubre (Panamá)

Herbert Prescott miró su reloj de bolsillo: diez y cuarto de la mañana. Dentro de aproximadamente veinte minutos el tren en que viajaba entraría en la estación de Colón, justo a tiempo para recibir al doctor Amador Guerrero quien arribaría a bordo del *Yucatán* a las once.

A fin de no levantar sospechas, los conjurados habían dispuesto que fuera Prescott el único que se desplazara a Colón para aguardar la llegada de Amador y acompañarlo en su regreso a Panamá en el tren de las doce. En el camino aprovecharía para ponerlo al día de los últimos acontecimientos acaecidos en el Istmo y en Bogotá durante su ausencia. Esa misma noche se reunirían todos para escuchar a Amador y tomar las decisiones a que hubiera lugar. A Prescott se le había escogido porque, además de ser subdirector del Ferrocarril, muy pronto quedaría unido a la familia de Amador Guerrero por lazos familiares.

Cuando Prescott descendió del tren y cruzó la calle del Frente, el *Yucatán* acababa de atracar en el muelle. A los pocos minutos colocaron la escalera y comenzaron a descender los pasajeros. Entre los primeros venía la esposa de Federico Boyd con su hijo mayor; Prescott se apresuró a saludarla y a preguntar por el doctor Amador.

—Allí detrás viene —respondió la señora Boyd, con un gesto de conmiseración—. El pobre se la pasó mareado y casi no salió de su camarote. ¿Está aquí Federico?

—No, me pidió que le dijera que le reservó billete para el tren que sale a las doce; él la esperará en la estación en Panamá. Me parece que se sentía indispuesto.

Terminaban de hablar cuando apareció Amador Guerrero en lo alto de la baranda. Al reconocerse intercambiaron saludos y cuando Amador pisó el muelle se estrecharon en un fuerte abrazo.

—Bienvenido, Manuel. Me dice doña Teodolinda que la pasaste muy mal a bordo.

—Ni tanto, Herbie. Siempre me mareo un poco, pero en realidad procuré no salir mucho de mi cuarto para no tener que hablar con ninguno de los pasajeros, especialmente la mujer de Federico que todo lo quiere saber. Anoche sí la pasé en vela, no por el mareo sino por el ansia de llegar y la incertidumbre de lo que ocurrirá con nuestra conjura.

El doctor dio unos pasos, se quedó contemplando el cielo gris que amenazaba lluvia y exclamó:

—¡Cuánto me alegra estar de regreso! No hay nada como el terruño.

—Es que fue mucho tiempo el que estuviste fuera, Manuel. Casi dos meses, ¿no?

—Así es, Herbie, dos meses que parecieron dos años. ¿Cómo está María? ¿Y Mamilla? ¿Ya hay planes de boda?

—Toda la familia está muy bien, aguardando tu llegada. De boda ya se habla, pero aún no tenemos definida la fecha en que me convertiré oficialmente en tu sobrino —dijo sonriendo Prescott.

En ese momento se acercó el hijo del capitán Beers con un pequeño maletín en la mano y entregándoselo al doctor dijo en voz baja:

—Aquí lo tiene, doctor, sano y salvo. Algún día espero que me cuente qué contenía lo que con tanto sigilo guardé.

—Muchas gracias, amigo Beers. Pronto sabrá de lo que se trata —respondió el doctor y luego, dirigiéndose a Prescott, añadió en un susurro:

—Aquí traigo los documentos de la revolución, una bandera incluida. Vamos por el resto de mis cosas que tengo muchas ganas de llegar a Panamá y de que me cuentes cómo anda todo.

2

Instalados cómodamente en el vagón privado del superintendente, Amador relató a Prescott, sin entrar en mucho detalle, el resultado de las gestiones de Philippe Bunau Varilla con el gobierno norteamericano y su decepción por no haber logrado entrevistarse personalmente con el presidente Roosevelt ni con el secretario Hay.

—El francés —explicó el doctor— se tomó muy en serio su papel de intermediario y prácticamente me mantuvo a mí alejado de Washington con la excusa de que mi presencia podría comprometer la confidencialidad del movimiento e inhibir a los Estados Unidos. Creo, sin embargo, que el plan que hemos concebido, con la aprobación de Washington, garantizará el éxito... A menos, claro está, que Bunau Varilla sea un mentecato o un falsario, lo que me sorprendería mucho.

Prescott permaneció un rato en silencio y finalmente comentó:

—Los conjurados esperan más que la simple palabra de un tercero.

—De eso hablaremos largo y tendido esta noche en la reunión. Ahora quiero que me cuentes todo lo que ha estado ocurriendo por acá.

—En realidad, hasta hace muy poco no pasaba nada, aparte de que nombraron a Nicanor de Obarrio como prefecto del departamento de Panamá. Te podrás imaginar lo mucho que nos ha convenido esa designación, sobre todo por la fuente de información que significa para el movimiento. Hace un par de días, sin embargo, se corrió el rumor de que una avanzada liberal proveniente de Centroamérica había desembarcado cerca de la desembocadura del río Calovébora y se dirigía a Penonomé. Se armó la corredera y el gobernador y Huertas enviaron un destacamento a repeler la invasión.

—Eso es muy grave —comentó enseguida Amador—. Si se enteran en Bogotá, inmediatamente enviarán tropas al Istmo y, entonces, ¡adiós independencia!

—Según sugiere el periódico esta mañana, es posible que ya el gobernador haya notificado al Ministerio de Guerra la existencia de la invasión.

—No puedo creer que José Domingo hiciera eso... Estoy seguro de que a estas alturas él tiene que sospechar que existe un movimiento separatista. Tendré que hablarle en cuanto lleguemos a Panamá. Supongo que todavía se hospeda en mi casa.

—Así es. Ayer almorcé en casa de ustedes y allí estaba el gobernador.

Como siempre que se tocaba ese tema, una pequeña inquietud, que el viejo médico se negaba a aceptar fueran celos, le aceleró el corazón. María era una mujer hermosa y De Obaldía un hombre aún joven. Pero no, el amor y la fidelidad de su esposa no dejaba espacio para dudar, y José Domingo era su amigo íntimo. Además, guardando las apariencias, su hijo Manuel vivía bajo el mismo techo.

—¿Quiénes más estaban allí? —quiso saber Amador.

—¿Dónde?

—En el almuerzo... ayer.

—María, Mamilla y Manuel —respondió Prescott sin alcanzar a comprender el motivo de la pregunta.

—Tan pronto nos bajemos del tren trataré de hablar con José Domingo para ver cómo evitamos que nos llegue un batallón de Colombia y dé al traste con nuestros planes.

—A pesar de la amistad que te une con el gobernador, no me parece prudente que te presentes tan pronto en el Palacio de Gobierno —observó Prescott.

—Tal vez tengas razón. Esperaré a que José Domingo llegue esta tarde a casa. Cuéntame ahora de Huertas. ¿Se habló ya con él?

—Francamente no lo sé. Ese es un tema que el maestro Arango se tiene muy callado. Supongo que en la reunión de esta noche lo sabremos.

—¿Dónde nos reuniremos?

—En la casa de Federico Boyd, a las siete.

Cuando el tren pasó por el poblado de Cruces se desató uno de esos aguaceros típicos de octubre en los que las nubes parecen no agotarse jamás. Arrullado por la lluvia, el viejo Amador se quedó profundamente dormido y el resto del trayecto transcurrió en silencio. Solamente se escuchaban, marcando un extraño compás, los ronquidos del anciano y el traqueteo de las ruedas del tren.

3

El doctor Amador Guerrero llegó a su casa a las dos y treinta de la tarde. María y Manuel lo esperaban con un suculento almuerzo de platillos panameños.

—Había olvidado lo sabrosa que es la yuca, el arroz con frijoles y las tajadas de plátano. En Nueva York nada de esto existe. Y José Domingo, ¿por qué no nos acompaña?

—Me pidió que te dijera que tiene muchos deseos de hablar contigo pero el enredo que se ha armado con la invasión nicaragüense lo trae muy ocupado. A las dos se reunía con los líderes liberales en el Palacio del Gobierno.

—Y yo también tengo que irme a atender mis asuntos —dijo Manuel poniéndose en pie antes de los postres—. Desde que José Domingo me nombró tesorero departamental no tengo vida propia. El problema es que ocupo mucho más tiempo tratando de encontrar fondos que cuidando que se utilicen bien los pocos de que dispone el departamento.

—¿Sigue tan mal la situación de tesorería? —preguntó el viejo Amador.

—Cada vez peor, papá —dijo Manuel volviendo a sentarse—. El administrador departamental de Hacienda, Eduardo de la Guardia, envió hace poco un memorándum confidencial al gobierno central en el que hace una evaluación de las finanzas públicas. Yo logré ver una copia y la situación es crítica. Según De la Guardia todos los bancos de la plaza le han cortado el crédito por incumplimiento en los pagos; a las tropas aún se les deben dos meses de sueldo; a la Panamá Railroad se le adeudan doce mil pesos oro y se niega a suministrar agua y carbón a la flotilla naval; al obispo también le deben, creo que diez mil pesos, y más de cien mil a otros acreedores particulares.

—Todo lo cual son buenas noticias para la conjura —comentó el doctor complacido.

—También yo lo entiendo así, papá. Lo malo es que el administrador departamental piensa igual y le ha escrito a Marroquín advirtiéndole que la mala situación de las finanzas del departamento está alimentando el descontento y las ansias separatistas.

—Eso significa que tenemos que proceder cuanto antes con el movimiento —concluyó Amador—. Veremos qué dice José Domingo esta tarde. ¿Cuánto sabe él?

—María te puede informar mejor que yo —dijo Manuel despidiéndose.

Ido el mayor de los hijos de Amador, María comentó que, aunque muy poco hablaban del tema, ella estaba segura de que José Domingo sospechaba la existencia del movimiento.

—Cuando llegaron aquí noticias procedentes de Nueva York en las que se afirmaba que en esa ciudad había un grupo de patriotas istmeños buscando apoyo para un movimiento separatista, José Domingo me comentó, bromeando, que el único istmeño que andaba por esos lares eras tú —dijo María.

—Por eso, y porque sé que él es tan separatista como tú y yo, me sorprende enormemente que haya comunicado a Bogotá la existencia de la invasión —observó Amador—. Vázquez Cobo, quien, a diferencia de Marroquín, de tonto no tiene un pelo, no tardará en enviar tropas… si es que no lo ha hecho ya.

—Suficiente de política —sentenció María—. Sé que después de que comiencen las reuniones con los conjurados es poco el tiempo del que dispondremos para estar juntos y hablar de nuestras cosas, así es que vamos a aprovechar lo que resta de la tarde.

4

Empezaban a sonar las campanadas del ángelus cuando desde el balcón de su casa Manuel Amador Guerrero contempló la distinguida figura del gobernador que subía por la carrera de Sucre. Poniéndose en pie lo llamó y saludó con un gesto de la mano que José Domingo de Obaldía correspondió mientras apuraba el paso. Manuel acudió a abrir la puerta y en el vano ambos se abrazaron con un prolongado y sentido abrazo.

—¡Bienvenido, Manuel, bienvenido! —exclamó el gobernador.

—Gracias, José Domingo. Sentémonos que es mucho lo que tenemos que hablar y el tiempo apremia —invitó Amador.

María, quien se había acercado a saludar, dejó a los dos hombres solos y se retiró a su recámara.

—Así es que Marroquín te nombró gobernador. Cuando José Agustín me lo escribió no lo podía creer. ¡Un separatista designado primera autoridad del Istmo! ¿Cómo lo lograste?

—Nada hice yo, Manuel. Sé que Lorenzo le sugirió el nombramiento a su padre y que, igual que a otros gobernadores de la costa, me nombraron para que trabajara en favor de la candidatura del general Reyes. La explicación de que se atrevieran a nombrar a un separatista es muy sencilla: los conservadores históricos quieren llevar a Reyes a la Presidencia para que este logre la aprobación del tratado del Canal y para ello necesitan dirigentes capaces de lograr el voto mayoritario de los diferentes departamentos. Estoy aquí por eso y porque creo sinceramente que el general Reyes es el único capaz de salvar a Colombia del caos en que se encuentra. Además, como tú bien sabes, en Bogotá nunca han sentido ningún temor de que Panamá se les separe porque saben que no contamos con la fuerza necesaria para resistir una contraofensiva del ejército colombiano.

Amador miró detenidamente a su amigo de tantos años: el momento de hablar sin tapujos había llegado finalmente.

—Supongo, José Domingo, que tú no ignoras que en Panamá se está gestando un movimiento separatista.

—Por supuesto que lo sé. En Panamá siempre ha habido movimientos separatistas —respondió De Obaldía, haciendo énfasis en la palabra siempre.

—Ahora es diferente, José Domingo. Esta separación está en marcha y nadie podrá detenerla…

—Hasta que el ejército colombiano vuelva a recuperar la joya más codiciada de la corona —interrumpió el gobernador.

—Insisto en que ahora es diferente. Lo que ahora está en juego no es solamente la suerte de Panamá sino el futuro del canal. Hay intereses muy poderosos que quieren que esa vía acuática se construya a través del Istmo.

—¿Te refieres a los Estados Unidos?

—Así es. Especialmente al presidente Roosevelt quien, como tú sabes, es hombre de armas tomar.

—¿Y tú crees que tomará las armas contra Colombia? Francamente que...

—No exactamente contra Colombia —cortó Amador quien, igual que De Obaldía, había ido bajando poco a poco la voz—. Más bien para proteger la ruta transístmica de conformidad con el tratado de 1846.

Las últimas palabras del doctor sumieron a José Domingo de Obaldía en una profunda meditación instalándose entre los dos hombres un prolongado silencio. El sol de la tarde casi se había apagado y María entró para encender un par de bujías. Se detuvo un momento al observar la preocupación reflejada en los rostros de Amador y de De Obaldía pero, sin emitir palabra, retornó a su habitación.

—¿A eso fuiste a Nueva York? —preguntó finalmente el gobernador—. ¿A obtener el apoyo de los norteamericanos?

—Fui como enviado de los conjurados para asegurarnos de que esta vez la separación será definitiva.

—¿Los conjurados?

—Los conjurados, sí. No conviene que entre en detalles pero todos son personas honorables y amigos tuyos. La mayoría pertenecemos al Partido Conservador pero los liberales también forman parte del movimiento.

—Me pones en un aprieto, Manuel —dijo al cabo de un momento De Obaldía, quien, dando muestras de un creciente nerviosismo, se había levantado de su silla y comenzaba a pasearse de un lado a otro.

—No era mi intención involucrarte, José Domingo. La consigna entre nosotros fue la de mantenerte al margen de todo hasta que estallara la revuelta. Pero a mi llegada al Istmo esta mañana Prescott me informó acerca de la invasión nicaragüense y me dijo que para repelerla habías pedido ayuda a Bogotá.

—En realidad no pedí ayuda a Bogotá. Lo que hice fue transmitirles las noticias que llegaban del interior y notificarles que había enviado un destacamento del Batallón Colombia en el vapor *Padilla* al mando del coronel Tascón para evitar que los filibusteros se tomen Penonomé.

—Para el caso es lo mismo, José Domingo. Seguramente que Vázquez Cobo prepara en estos momentos el envío de tropas que harían sumamente difícil que nuestro movimiento pueda llevarse a cabo.

—Tienes que entenderme, Manuel. Acabamos de salir de una terrible guerra civil en la que el Istmo quedó manchado con sangre de liberales y conservadores. Francamente que cuando se recibieron en la gobernación informes de los prefectos de Coclé y Veraguas en el sentido de que el general Federico Barrera, uno de los jefes liberales de la última contienda civil, había desembarcado en el norte de Veraguas y que marchaba rumbo a Penonomé, no me quedó más remedio que actuar. Después de todo, soy el gobernador de Panamá y como tal responsable del orden público en todo el departamento. Tú sabes cómo son esos liberales. Precisamente esta tarde me reuní con varios de sus líderes. Estaban, entre otros, Mendoza, los Díaz, Morales, Arosemena, Clement, Galindo, Chiari y Patiño, y todos me aseguraron que no conocen de ninguna invasión y mucho menos la apoyan. Les pedí una proclama pública y me prometieron sacarla hoy mismo. El presidente de Nicaragua, José Santos Zelaya, también ha desmentido que él haya lanzado o patrocine ninguna invasión al Istmo. ¿Qué más puedo hacer?

—Mucho, José Domingo, mucho. Es preciso que cuanto antes trates de evitar que el gobierno central ordene el envío de tropas.

—Me temo que es tarde para eso, Manuel —dijo pesaroso De Obaldía, mientras volvía a ocupar su silla—. Precisamente esta tarde en la gobernación se recibió un cable del Ministerio de Guerra en el que Vázquez Cobo me informa que había cursado órdenes al general Juan Bautista Tobar, jefe de la Flota del Atlántico, quien se halla en Barranquilla, para que se traslade inmediatamente al Istmo con un batallón. También me ordena que en el sector Pacífico aprovisione debidamente de carbón al *Padilla* y al *Bogotá* para que vayan a buscar tropas de refuerzo a Buenaventura.

—¡Si las tropas llegan sería el fin del movimiento! —exclamó Amador, alarmado—. Probablemente Tobar aún no ha zarpado. Es necesario que convenzas a Vázquez Cobo de que la situación está debidamente controlada y ya no hace falta el envío de tropas. Si no se puede evitar que las manden, por lo menos hay que intentar retrasar su salida hasta después de que el movimiento esté en marcha.

Sin pensarlo más, De Obaldía se levantó y dijo mientras se dirigía a la puerta:

—Lo haré ahora mismo. Enviaré un cable que aplacará cualquier inquietud.

Amador ni siquiera tuvo tiempo de agradecer a su amigo quien ya volaba escaleras abajo.

—¿Qué ha ocurrido? —preguntó María desde la puerta de su habitación.

—Algo sumamente grave. Parece que tendremos que apurar la declaratoria de independencia.

5

Diez minutos después de que las campanas de la Catedral dieron las siete, el doctor Manuel Amador Guerrero descendió las escaleras de su casa. Sabía que de su reunión con los conjurados dependería la suerte definitiva de la gesta separatista. De algún modo tendría que transmitirle al grupo confianza en el plan concebido por Bunau Varilla y explicarles por qué él no había podido entrevistarse personalmente con ninguno de los máximos dirigentes del gobierno norteamericano. No ocultaría nada para que al momento de tomar la decisión, cualquiera que ella fuera, todos lo hicieran con un conocimiento cabal de los hechos.

La residencia de Federico Boyd, una de las más hermosas de San Felipe, estaba a un costado de la plaza de la Catedral. Cuando camino de ella el doctor Amador pasó frente al Obispado, Herbert Prescott cruzó desde la plaza y se le unió.

—Pensé que era conveniente que conversáramos antes de entrar a la reunión —dijo a manera de saludo—. ¿Pudiste hablar con el gobernador?

—Sí. Hablamos largo y tendido. Me confirmó que había enviado informes a Bogotá acerca de la invasión y que de allá le avisaron el envío de tropas al mando del general Tobar... La situación es muy grave, pero a petición mía José Domingo debe estar enviando en este momento un cable al Ministerio de Guerra tratando de detener o, por lo menos, retrasar la venida de Tobar.

—¿Significa eso que De Obaldía está al corriente de todo?

—Así es. Aunque no le di detalles, era inevitable enterarlo de la existencia del movimiento. Después de todo, el hombre vive en mi casa y tiene ojos y oídos. —Tras meditar un momento, el doctor añadió—: Creo que por ahora no conviene informar al resto de los conjurados acerca del envío de las tropas colombianas. Esa información es confidencial y me la dio José Domingo por ser su íntimo amigo.

—Estoy de acuerdo —respondió Prescott mientras ascendían lentamente los peldaños que conducían a la residencia de Federico Boyd.

El mismo Boyd les abrió la puerta y tras darles la bienvenida abrazó fuertemente a Amador.

—¡Qué gusto verte, Manuel! Me dijo Teodolinda que la pasaste mal a bordo.

—Muy mal, Federico, pero en cuanto puse pie en el Istmo se me fueron casi todos los achaques... aunque con la humedad el reumatismo se me empeoró.

Uno a uno los conjurados fueron acercándose a saludar al recién llegado. El último en hacerlo fue José Agustín Arango quien, mientras lo abrazaba, le murmuró al oído:

—Te he pensado mucho, Manuel, y me alegro de verte tan bien.

Faltaban Manuel Espinosa Batista y Nicanor de Obarrio.

—Espinosa está enfermo —informó el maestro Arango— y De Obarrio es ahora prefecto de la Provincia por lo que no es conveniente que se le vea en estas reuniones; Carlos Constantino lo mantiene informado de todo. Creo que debemos comenzar de una vez. ¿Les parece si nos sentamos?

Los conjurados se fueron acomodando en un semicírculo alrededor de la silla que ocuparía el doctor Amador. Arango quedó justo enfrente de Amador a cuya derecha estaba Tomás Arias seguido de su hermano Ricardo; a su izquierda Federico Boyd y junto a él, Carlos Constantino Arosemena. Seguían después Prescott y el maestro. «El banquillo de los acusados», pensó el anciano mientras se sentaba.

—Supongo que todos están enterados de lo de Cromwell... —comenzó Amador.

—Prescott nos informó tan pronto regresó de Nueva York —dijo enseguida Arango—. Nos extrañó mucho y creo que es conveniente que todos conozcamos en detalle lo ocurrido.

—Pues bien. La misma tarde del primero de septiembre, día que desembarqué en Nueva York...

El doctor Amador Guerrero relató prolijamente sus visitas a Cromwell, las promesas de este, las angustiosas esperas a las que lo había sometido, las mentiras para negarse a recibirlo. Finalmente llegó al último encuentro.

—En vista de que Cromwell me engañaba diciendo que no estaba, me aposté fuera del edificio en el que tiene sus oficinas y tan pronto lo vi entrar me fui tras él. Aun pretendieron sus empleados negar que se encontraba pero cuando me planté en la recepción informándoles que no me iría hasta ser recibido, el abogado salió de su oficina hecho un energúmeno y, a empellones, entre él y sus empleados me echaron de allí. El resto ya lo saben: el cable a través de Lindo anunciando mi decepción...

A medida que el viejo hablaba, los demás iban comprendiendo cuán difícil había resultado el cumplimiento de la misión a él encomendada; y aunque Amador no lo dijera expresamente, en el ánimo de los conjurados iban calando su soledad, su angustia y su temor al fracaso. Cuando terminó de referir su desengaño con Cromwell, el maestro Arango, quien se sentía responsable, evidenció sorpresa y desilusión:

—Resulta inconcebible el proceder de Cromwell —dijo en tono que llevaba un *mea culpa*—. Nada puede justificar semejante grosería.

—Después del incidente —continuó Amador, añadiendo sal a la herida— Cromwell trató de convencer al gobierno norteamericano de que Colombia terminaría por ratificar el tratado; pero cuando vio que ningún caso le hacían, hizo lo del avestruz, solo que en lugar de enterrar la cabeza en la tierra se fue a pasear a París.

Sin pretenderlo, el doctor Amador había ido preparando el escenario para la entrada de Bunau Varilla. Luego de recordar a todos que el ingeniero francés era un hombre de gran influencia en ciertos sectores empresariales y políticos de los Estados Unidos, el médico, quien al hablar consultaba constantemente sus notas, fue relatando en orden cronológico y con lujo de detalles sus varias reuniones con el francés y las de este con los funcionarios norteamericanos. A través del relato hizo énfasis en sus repetidos intentos de reunirse personalmente con el presidente Roosevelt o con el secretario Hay y la negativa de estos quienes, para no comprometer diplomáticamente a los Estados Unidos en una aventura revolucionaria, preferían no recibirlo y continuar actuando a través de un intermediario extranjero.

—¿En ningún momento te viste con Roosevelt ni con Hay? —preguntó Tomás Arias.

—No. Ellos rehusaron verme.

—Según dice Bunau Varilla —recalcó Ricardo Arias.

—Recuerdo que en una ocasión —explicó Amador— aprovechando que el cónsul Grudger pasó por Nueva York, le pedí que tratara de concertarme una entrevista con *mister* Hay. Al cabo de varios días me llamó desde Washington para decirme que la reunión no podría concretarse porque el secretario estaba fuera de Washington. Poco después me enteré de que Duque sí había logrado ver a Hay.

—Es lo que iba a decir —insistió Tomás Arias—. ¿Cómo es que Duque, que ni siquiera es istmeño, sí logró la entrevista?

—Precisamente porque Duque es norteamericano y su presencia en el Departamento de Estado no levantaba sospechas. Sin embargo, por hechos que sucedieron más tarde, pude percatarme de que esa entrevista de Duque contribuyó a cerrarme, definitivamente, los despachos oficiales en Washington. No sé si Prescott se los informó, pero después de lo de Duque el ministro de Colombia en los Estados Unidos puso detectives a seguirme los pasos.

—¿Por qué no dejamos que Manuel termine de informarnos? —sugirió José Agustín Arango—. Después haremos las preguntas que estimemos convenientes.

El doctor llevó el relato hasta el momento en que Bunau Varilla le presentó los planes finales acordados con Washington. En ese punto prosiguió leyendo directamente de sus apuntes.

—Primero nos apoderamos de las ciudades de Panamá y Colón y de la ruta del ferrocarril y declaramos esa área independiente de Colombia. Enseguida...

—¿Qué es lo que acabas de decir? —cortó Ricardo Arias—. Que se declara independiente solamente...

—Déjenme terminar —mascculló Amador—. Después discutiremos cuanto sea preciso. Decía que tan pronto esto ocurra, los Estados Unidos enviarán sus barcos de guerra a ambas costas para evitar el desembarco de las tropas colombianas y transcurridas cuarenta y ocho horas reconocerán a la República del Istmo. Nosotros procederemos entonces a incorporar al nuevo Estado el resto del territorio. Conmigo traje el proyecto de declaración de independencia, el proyecto de la nueva Constitución y esta bandera que ideó el propio Bunau Varilla.

Diciendo esto, Amador sacó del maletín varios documentos y extendió ante la mirada atónita de los demás conjurados el rectángulo de seda roja y amarilla. El primero en explotar fue Tomás Arias.

—Todo esto me parece ridículo. Y esta bandera es un adefesio.

—A mí ahora mismo me importa poco cómo luzca la bandera —terció Ricardo Arias—. Lo que es absolutamente inaceptable es que no declaremos de una vez la independencia de todo el Istmo. Muchos de los que aquí nos encontramos tenemos fincas que están situadas fuera de lo que sería la nueva república... o sea que después de la independencia nuestros bienes quedarían en manos de Colombia. No veo cómo podemos justificar ante el resto del departamento y ante nosotros mismos semejante locura.

—El problema estriba —explicó Amador, intentando controlarse— en que los Estados Unidos exigen para otorgar su reconocimiento que tengamos control del territorio y de la población que se independizará de Colombia. A eso obedece el plan de hacerlo por etapas.

—En ese caso es mejor comenzar desde ahora a sumar al movimiento al resto de las provincias —sugirió Carlos Constantino.

—No hay tiempo para ello —respondió Amador—. Para que los Estados Unidos den su apoyo, el movimiento debe ejecutarse dentro de una semana.

—Pero eso no es posible —dijo el maestro Arango, quien por deferencia a su amigo Amador había permanecido callado—. Nosotros hemos señalado el 28 de noviembre como la fecha del golpe para que coincida con la de nuestra independencia de España. Antes de eso no estaremos preparados.

—El problema, José Agustín, es que el presidente Roosevelt ha citado al Congreso a reuniones extraordinarias el 9 de noviembre y quiere que para entonces todo esté consumado. Además, allá habrá elecciones el día 3 y si damos el golpe en esa fecha la noticia pasará inadvertida en los diarios norteamericanos.

—¿Se dan ustedes cuenta de lo que Manuel nos está pidiendo? —preguntó Tomás Arias, sin ocultar su exasperación—. Pretende que declaremos independiente una porción del Istmo de apenas diez millas, y que quedemos como un sándwich dentro de lo que seguiría siendo territorio colombiano; además, como si fuéramos Dios, debemos hacerlo en siete días sin estar preparados para ello. Todo basado en la palabra de un francés cuyo único interés es salvar la obra del canal pero al que estoy seguro no le importa un carajo lo que nos pase a cada uno de nosotros. Perdóname, Manuel, pero creo que hemos estado perdiendo el tiempo.

Un pesado silencio siguió a las palabras del mayor de los hermanos Arias, quebrado finalmente por el propio Amador Guerrero.

—Antes de responder a las observaciones de mi socio y amigo de tantos años, quisiera informarme de cómo están las cosas por acá; sobre todo si ya se ha hablado con los liberales y con Huertas.

—Yo he hablado varias veces con Carlos Mendoza —respondió el maestro Arango— quien me ha confirmado la participación de los liberales en el movimiento. También hablé con Huertitas en dos ocasiones. Aunque no le he planteado directamente la idea de la separación, él me ha dicho que simpatiza con los panameños y que recuerde que su esposa y su hijo —nacido hace menos de una semana— también son panameños. Por otra parte, Pastor Jiménez y Charles Zachrisson han estado tanteándolo constantemente, tal como acordamos antes de tu viaje, y ambos están convencidos de que cuando llegue el momento Huertas se plegará al movimiento.

—También es conveniente saber —terció Carlos Arosemena— que para rechazar la invasión nicaragüense Huertas envió a Penonomé al coronel Tascón, que es el único de la alta oficialidad del Batallón Colombia que ha declarado abiertamente que no aceptaría la separación de Panamá.

—Esa invasión es otro motivo para apresurar las acciones —dijo Amador, aprovechando la coyuntura—. Es muy probable que de Bogotá envíen tropas para controlarla y entonces las cosas se nos harían mucho más difíciles.

—En eso tiene razón Manuel —intervino Federico Boyd—. Debo decir, sin embargo, que he leído por encima los proyectos de Declaración de Independencia y Constitución que trajiste de Nueva York y los encuentro muy pobres.

—Lo sé, Federico, lo sé. Mi única intención al presentárselos hoy aquí fue que ustedes se percataran de lo avanzado que está el plan y hasta dónde llega el compromiso de Bunau Varilla. Lo mismo puedo decir del pabellón. Cuando suene la hora será responsabilidad de nosotros redactar los documentos pertinentes y diseñar una bandera con la que todos estemos de acuerdo.

—Todavía no hemos tocado el tema del dinero —recordó Ricardo Arias—. ¿Qué hay con eso, doctor?

—Comoquiera que los Estados Unidos utilizarán sus barcos para protegernos de los colombianos, ya no es mucho lo que requeriremos. El propio Bunau Varilla se ha comprometido a poner a nuestra disposición cien mil dólares para cubrir los primeros gastos, especialmente los sueldos atrasados del Batallón Colombia.

—¡Otra vez Bunau Varilla! —exclamó Tomás Arias.

A pesar de que su intención era contarlo todo, Amador Guerrero decidió callar que a cambio de los cien mil dólares el francés exigía que se le nombrara ministro plenipotenciario de la nueva república, pues resultaba obvio que la presentación del plan había causado una profunda desilusión. A los conjurados, quienes no habían enfrentado las dificultades encontradas por él en Nueva York, se les hacía muy difícil aceptar la palabra de un francés al que nunca habían conocido. Sin pensarlo más, Amador supo que era momento de tomar la gran decisión.

—Créanme que comprendo la decepción de cada uno de ustedes. Yo también pasé por ella. Cuando desembarqué a Nueva York, creí que podía entrevistarme con el presidente y el secretario de Estado de esa gran nación. Pero desde el inicio todo fueron desilusiones. El contacto en el que habíamos cifrado nuestras esperanzas, nos falló miserablemente y para entonces las puertas de Washington, si alguna vez estuvieron abiertas, se me habían cerrado definitivamente. Al amigo Joshua Lindo y a Herbie Prescott, quien durante esos días se presentó por allá, debo el aliento que me ayudó a seguir adelante. Cuando una vez más me iba a dar por vencido apareció Bunau Varilla, a quien conozco desde hace casi treinta años, cuando él fungía como director de las obras de la primera Compañía del Canal. Tal vez ustedes lo ignoren, pero fue gracias, en gran parte, a las gestiones de Bunau Varilla por lo que los Estados Unidos decidieron desechar la ruta de Nicaragua y aprobar la de Panamá. Bunau Varilla demostró entonces, y me lo confirmó ahora, que tiene amigos muy influyentes en los Estados Unidos. Él era mi última carta y decidí jugármela. Comprendo mejor que nadie el riesgo que estamos tomando, pero esta noche no les he venido a pedir que tengan confianza en Bunau Varilla, sino que la tengan en mí. Yo fui enviado a desempeñar una misión en representación de cada uno de ustedes y creo haber cumplido dentro de las limitaciones y las incertidumbres anejas a todo movimiento revolucionario. Yo también me he desvelado por cada una de las preocupaciones que ustedes han expresado esta noche, pero mi deber era confiarles lo ocurrido sin omitir nada y eso he hecho. Mis discusiones con Bunau Varilla fueron muy duras pero al final decidí confiar en él. La idea de separar solamente una franja de nuestro Istmo es absurda; yo lo sé mejor que nadie. Pero si eso es lo que tenemos que hacer, procedamos; en el camino las cosas absurdas quedan a la vera. Propongo que enviemos cuanto antes emisarios a los pueblos del interior para preparar el terreno y poder así proclamar la independencia de todo el territorio del Istmo. Si no lo hemos hecho ya, propongo también que enviemos a Colón, mañana mismo, gente de nuestra confianza para que todo esté preparado cuando suene la hora. El tiempo apremia, sobre todo porque los colombianos no demoran en enviar nuevas tropas al Istmo. Comencemos por redactar nuestra declaración de independencia y confeccionar una bandera que no sea una caricatura de la norteamericana, sino una que realmente refleje nuestra idiosincrasia. A primera hora de mañana, hablaré personalmente con Huertas. Pero, insisto, el tiempo es nuestro principal enemigo. Si vamos a proceder a separarnos de Colombia, esta vez para siempre, tenemos que hacerlo ya. ¡Ahora o nunca!

A pesar de sus dudas, las emotivas palabras de Amador Guerrero penetraron profundamente en el alma de cada uno de los conjurados, quienes comprendieron que el movimiento separatista finalmente contaba con un líder. Tomás Arias iba a decir algo, pero el reverente silencio de los demás terminó por silenciarlo a él también. Por unanimidad los conjurados decidieron continuar con el movimiento para que al amanecer el 4 de noviembre el sol alumbrara una nueva república.

6

Como era su costumbre, el general Esteban Huertas se despertó antes del alba. Desde el paseo de Las Bóvedas contempló la salida del sol y luego pasó revista a la guardia del día. A las seis y media entró a su despacho para tomar su primera taza de café y revisar las órdenes pendientes. En eso estaba cuando el ordenanza entró a avisarle que el doctor Manuel Amador Guerrero preguntaba por él.

—Conque regresó al fin nuestro médico —pensó en voz alta—. Hágalo pasar enseguida.

—Doctor —saludó Huertas, tan pronto Amador transpuso la puerta—, no sabe cuánto lo hemos extrañado. Ya ninguno de nosotros se atrevía a enfermarse.

—Pero si el doctor Gasteazoro es más joven y competente que yo —respondió Amador con la misma ironía—. Nada más ayer me bajé del barco y hoy quise venir muy temprano a decirle que estoy nuevamente a sus órdenes.

—Muchas gracias, muchas gracias doctor. ¿Se mejoró su hijo? —El tono de Huertas seguía siendo mordaz.

—Sí, por dicha Raúl ya está bien. Y usted, general, ¿cómo va esa salud?

—De la del cuerpo no me quejo. La del alma... eso ya es otra cosa.

—Pero ¿qué le ocurre? Me enteré que tuvo usted un hijo la semana pasada. Espero que todo ande bien con el niño y su señora.

—No hay problema, doctor. Lo que sucede es que ya estoy cansado de la situación en que nos tiene el gobierno de Bogotá. No sé si se habrá enterado de que pedí mis letras de cuartel.

El doctor no pudo reprimir un gesto de alarma ante la noticia de que Huertas se retiraba del cuerpo.

—¿Y eso? Usted es muy joven todavía.

—Hace meses que mis hombres no reciben paga. Además, no hay semana en que no me lleguen bochinches de Bogotá: que si viene el general Sarria a reemplazarme; que el que viene ya no es Sarria sino Tobar. Hasta en los periódicos se publican murmuraciones.

—El problema es que después del rechazo del tratado es poco el futuro que nos queda aquí en el Istmo y no será fácil encontrar empleo. Supongo que es por eso por lo que al llegar me he encontrado con tantos rumores separatistas.

El general miró a Amador de soslayo y sonrió.

—¿Y qué piensa usted de la separación, doctor?

—Que tal vez no nos quedará más remedio que intentarlo. Lo importante es qué piensa usted, general.

Antes de responder, Huertas desvió la mirada hacia la puerta, se miró la mano de madera y finalmente clavó sus ojos aindiados en los del anciano.

—Casualmente es la pregunta que me volvieron a hacer ayer, por separado, Pastor y Chale. Parece que todos quisieran saber lo mismo. Y mientras tanto los periódicos norteamericanos abanicando el fuego. Aquí el amigo José Gabriel Duque tuvo que sacar una aclaración en *La Estrella* negando haber afirmado que Panamá se independizaría de Colombia si no se aprobaba el tratado. Un diario de Nueva York fue el que dio la noticia. ¿Usted no vio por allá a Duque?

—Fuimos en el mismo barco, pero nos separamos cuando llegamos a Nueva York —respondió Amador, cansado de jugar al gato y al ratón—. Creo que es hora de que me sincere con usted, general.

—Le suplico que no lo haga, doctor. Yo estoy al tanto de todo lo que ocurre, pero no quiero que hablemos de ello todavía. Llegado el momento, no será difícil para mí saber hacia qué lado inclinarme.

Sin palabras con que responder, el doctor Amador se quedó mirando la cara de zarigüeya de Huertas. Finalmente se levantó para despedirse.

—Estoy seguro de qué lado se inclina su corazón, general. Ya volveremos a hablar.

—Hasta luego, doctor, y cuídese usted mucho.

7

—Esta mañana vienes más animado que anoche —dijo María cuando su esposo se sentó a desayunar con ella—. ¿Te fue bien con Huertas?

—Huertitas es un zorro y no ha querido soltar prenda. No obstante, me da la impresión de que cuando llegue la hora estará del lado nuestro. En realidad, más que el general me preocupan algunos de los conjurados.

No terminaba de hablar el doctor Amador cuando vinieron a avisarle que el señor Tomás Arias preguntaba por él.

—Díganle que suba.

—¿Qué querrá Tomás? —preguntó María, como si hablara consigo misma.

—Nada bueno, te aseguro. Tal como te dije, en la reunión de anoche era el menos entusiasmado.

Amador Guerrero apuró el café y se dirigió a la puerta a recibir a Tomás Arias. Luego de saludarse, ambos se sentaron en el balcón.

—¿Qué te trae por aquí tan temprano, Tomás? —preguntó el doctor, temiendo de antemano la respuesta.

—Perdona la intromisión, pero anoche me quedé pensando y dada la amistad que nos une creí mi deber hablarte cuanto antes. —Tomás Arias arrugó el entrecejo—. Tengo que confesarte, Manuel, que no quedé satisfecho con el resultado de nuestra reunión. Francamente, creo que es una locura que el movimiento tenga como única garantía la palabra de un francés que ninguna relación tiene con el Istmo ni con ninguno de nosotros. Me preocupa…

—La tiene con el canal, Tomás, que es un elemento de suma importancia en esta ecuación —interrumpió Amador.

—Te suplico que me dejes terminar —dijo Arias, algo molesto—. Lo que me preocupa es que, basado solamente en la palabra de Bunau Varilla, estoy arriesgándolo todo: mi vida, mis bienes, la tranquilidad de mi familia. El francés, en cambio, no arriesga nada, si acaso unos cuantos pesos. Bajo esas circunstancias no puedo seguir en el movimiento, Manuel.

Finalmente había llegado el momento que tanto temía el viejo Amador. Si uno de los conjurados se retiraba, pronto seguirían otros;

sobre todo si se trataba de Tomás Arias, el más influyente de los conservadores istmeños.

—Todos estamos arriesgando lo mismo, Tomás. Si nos mantenemos unidos no solamente tendremos más probabilidades de triunfar, sino que, si fracasamos, será más difícil que cuelguen a todos.

—Perdóname si te aclaro que tu situación y la de José Agustín Arango es muy diferente a la mía y a la de los demás conjurados. Ustedes han llegado a una edad en la que es poco lo que pierden si los ahorcan. Yo no quiero que me cuelguen joven, Manuel.

Amador Guerrero tuvo que hacer un esfuerzo para no largar a Tomás Arias de su casa. Aunque él, mejor que nadie, conocía la franqueza brutal de que era capaz su socio, nunca creyó que lo escucharía afirmar que el valor de la vida dependía del número de años vividos... Eso era ir demasiado lejos.

—Tal vez te interese saber —dijo Amador cambiando el tema— que esta mañana muy temprano hablé con Huertas y lo encuentro dispuesto a sumarse a nosotros cuando llegue el momento.

—Tampoco confío en Huertas —cortó Arias, secamente—. Ese es el gran problema: el éxito del movimiento depende de un aventurero francés y de un general ladino.

—¿Y qué quieres tú? —explotó Amador—. La única persona que ha logrado que las autoridades en Washington nos escuchen es Bunau Varilla; y en el Istmo el que controla las armas es Huertas. Lo que tendríamos que considerar como pasos positivos tú lo menosprecias. ¿Qué hacemos? ¿Nos armamos nosotros y salimos a combatir al Batallón Colombia, sin la ayuda de nadie, y después al resto del ejército colombiano?

Tomás Arias dejó transcurrir unos momentos de silencio y luego se puso en pie.

—No creo que esta conversación conduzca a nada bueno —dijo finalmente, enfilando sus pasos hacia la puerta.

Decidido a realizar un último esfuerzo, Amador siguió tras él.

—A estas alturas no podemos romper la unidad de los conjurados, Tomás —dijo en tono conciliatorio—. ¿Qué requieres para permanecer con nosotros? ¿Te bastaría si a través de Bunau Varilla logramos que los norteamericanos envíen desde ahora barcos de guerra a protegernos?

—Si logras eso, Manuel, cuenta conmigo —respondió Arias mientras comenzaba a bajar las escaleras.

—Entonces, te pido que en honor a nuestra amistad me des algunos días antes de tomar tu decisión final.

—Aunque mi decisión está tomada —recalcó Tomás Arias—, si vienen los barcos te prometo reconsiderarla. Por ahora el asunto queda entre tú y yo.

Cuando Manuel Amador regresó al comedor, María preguntó enseguida:

—¿Te abandona Tomás?

—Eso pretende, pero trataré de evitarlo. Salgo a verme con Herbie y regreso antes de mediodía.

Herbert Prescott se disponía a llamar por teléfono a Colón para comprobar la disponibilidad de carbón para las locomotoras cuando el doctor Amador entró a su despacho sin anunciarse.

—Manuel, vienes muy agitado. ¿Qué te trae por aquí tan temprano?

—Una conversación que acabo de sostener con Tomás Arias. Casi de madrugada se presentó a mi casa a decirme que se salía del movimiento.

—Desde ayer andaba inquieto —comentó Prescott—. ¿Qué piensas hacer?

—Después de la reunión de anoche me puse a pensar que va a ser necesario poner a prueba a nuestro amigo Bunau Varilla. Por una parte, es fácil entender la desconfianza que le tienen Tomás y los demás conjurados. Además, es muy probable que con todo este asunto de la invasión, el general Tobar ya venga camino al Istmo.

Prescott interrogó al anciano con la mirada.

—Enviaremos un cable urgente avisándole a Bunau Varilla la llegada de las tropas colombianas y pidiéndole el envío de buques de guerra norteamericanos —sentenció Amador.

Tras meditar un instante Prescott preguntó sin mucho entusiasmo:

—¿Qué ocurriría si no llegan los buques?

—No habría separación por ahora —respondió el anciano lacónicamente—. Pero no hay que perder la fe. Aquí traigo la clave acordada con Bunau Varilla y Lindo así es que procede a escribir.

Una a una Amador fue seleccionando las palabras que debería contener el cable e indicando a Prescott su verdadero significado.

—*From Smith... to Tower...* (que significa de Amador a Lindo)

—¿Escribo en inglés? —inquirió Prescott.

—Sí. Es más seguro. Continuamos. *Fate...* (que significa que el cable es para Bunau Varilla) *News...* (que significa que tenemos noticias del arribo de tropas colombianas) *Bad...* (que significa en el lado Atlántico) *Powerful...* (que significa en cinco días) *Tiger...* (que significa que son más de doscientos).

Amador se detuvo mientras revisaba afanosamente la clave.

—¡Caramba! —exclamó.

—¿Qué ocurre? —dijo Prescott.

—No existen en la clave palabras para decir que los norteamericanos deben enviar navíos de guerra a Colón.

—¿Y entonces?

—Lo escribimos tal cual. Agrega a lo anterior: *urge vapor Colón.*

—Ya está.

—Ahora lee el texto completo.

—*From Smith to Tower... Fate news bad powerful tiger urge vapor Colón* —leyó Prescott.

El doctor Amador comparó el texto con las palabras anotadas por él, escribió el significado y luego repitió en voz alta:

—*De Amador a Lindo... Este cable es para Bunau Varilla. Tenemos noticias del arribo de tropas colombianas en el lado Atlántico en cinco días. Son más de doscientas. Urge vapor Colón.*

—¡Perfecto! —exclamó satisfecho el anciano.

—¿Lo enviamos así?

—Asimismo, Herbie. Te pido que seas tú quien lo lleves cuanto antes a la oficina del telégrafo. Ahora veremos si Bunau Varilla puede tanto como dice.

8

Nueva York, jueves 29 de octubre

A las nueve y treinta de la mañana Joshua Lindo llegó a su oficina en el número 18 de Broadway, se sentó tras el escritorio que, como siempre, estaba repleto de papeles, y comenzó a revisar la correspondencia. Al leer el cable de la West India & Panamá Telegraph Co., que ningún sentido hacía, pensó que había ocurrido un error en la transmisión. Volvió a leerlo más detenidamente y de pronto recordó la clave de Amador que reposaba en su bóveda. Rápidamente cerró con llave la puerta del despacho y fue en busca de la clave. Al cabo de media hora terminó de descifrar el mensaje, lo escribió en una hoja de papel y llamó a Bunau Varilla al Waldorf Astoria. Cuando el francés se puso el teléfono, Lindo dijo con una voz que no parecía la suya:

—Señor Jones, le habla Tower. Tengo un mensaje urgente de Smith que creo que usted debe leer inmediatamente.

—Véngase para acá de una vez.

Media hora más tarde Lindo llamaba a la puerta de la habitación 1162.

—Adelante, Joshua, adelante. ¿Qué dice Amador?

Lindo entregó a Bunau Varilla el cable cifrado recibido de Panamá y su propia interpretación conforme a la clave, que el francés verificó cuidadosamente confrontándola con la suya.

—El asunto parece muy serio —reconoció al final Bunau Varilla—. Precisamente en la edición de *The World* de ayer venía la noticia de que Colombia enviaría tropas a Panamá para sofocar una invasión de insurgentes provenientes de Nicaragua. ¿Sabe usted algo de esa invasión?

—Absolutamente nada.

—Si las tropas colombianas llegan al Istmo antes de que se produzca el movimiento separatista, todo se habrá perdido. No hay tiempo que perder así es que tomaré el próximo tren para Washington. No conteste usted nada por ahora. Hablaremos a mi regreso.

Mientras empacaba una pequeña talega, Bunau Varilla llamó al Departamento de Estado para asegurarse de que Loomis estaría allí a su llegada y lo recibiría enseguida. El subsecretario vino al teléfono de inmediato y le sugirió que se encontraran «por casualidad» en la plaza La Fayette a las cuatro de la tarde.

Al día siguiente, un poco antes de la hora fijada, arribó el francés al parque dedicado a su famoso compatriota y empezó a recorrerlo parsimoniosamente; diez minutos después divisó a Loomis que cruzaba con prisa la avenida Pensilvania. Ambos se saludaron como si se sorprendieran de verse y se sentaron en la banca de una de las esquinas de la plaza. Bunau Varilla fue directo al tema:

—Perdona lo intempestivo de mi presencia, pero creo que en Panamá están a punto de ocurrir cosas sumamente graves que requerirán la atención inmediata de tu gobierno. Habrás leído en los periódicos que en el Istmo ha desembarcado una invasión proveniente de Nicaragua.

—Algo leí y envié mensaje a Beaupré para que se cerciorara de lo que está sucediendo. También hablé con el embajador Herrán quien dice no tener ninguna información oficial al respecto.

—Acabo de recibir un cablegrama cifrado de Amador en el que confirma el envío de las tropas colombianas y solicita el envío urgente de un buque a Colón.

Loomis vaciló un momento.

—El rumor de una invasión no es motivo suficiente para enviar una nave de guerra a Panamá —afirmó—. Algo muy serio tiene que estar ocurriendo en la ruta transístmica para que nosotros decidamos enviar soldados. Es lo que históricamente hemos hecho.

—A veces demasiado tarde. Tú tal vez no lo supiste nunca, Francis, pero en 1885 se desató una revuelta en el Istmo. Quienes entonces dirigían la política exterior de este país no creyeron que el asunto fuera serio y demoraron en enviar las naves de guerra. El resultado fue que cuando el *U. S. S. Galena* finalmente echó anclas frente a Colón ya la ciudad no existía: los revoltosos la habían quemado íntegra. Te lo cuenta alguien que presenció personalmente los acontecimientos y que sabe que cuando de revoluciones se trata los istmeños no lo piensan dos veces antes de recurrir a las armas. Sería catastrófico para el prestigio político del presidente Roosevelt que hoy, casi veinte años después, la historia vuelva a repetirse.

—¿Tú crees realmente que algo parecido puede ocurrir ahora? —preguntó Loomis incrédulo.

—No solamente lo creo. Es que además estoy seguro de que, independientemente de lo que acontezca, los istmeños se verán obligados a lanzar el movimiento antes de que lleguen las tropas colombianas. En ese momento los buques de guerra deben estar próximos a Colón o me temo que no habrá separación.

—Yo solo no puedo tomar la decisión, Philippe. ¿Estás en el New Willard?

—Así es.

—Te llamaré en cuanto pueda.

La esperada llamada del subsecretario de Estado no se produjo hasta el final de la tarde del día siguiente. En su habitación Bunau Varilla, impaciente, hacía planes de contingencia ante cualquier eventualidad, cuando le avisaron que lo solicitaban en el teléfono. «No repetiremos el mismo error que hace veinte años se le achacó al presidente Cleveland», se limitó a decir Loomis. «Gracias por avisarme», respondió Bunau Varilla, seguro de haber logrado su objetivo.

A las diez de la mañana del 31 de octubre el francés tomaba el tren de regreso a Nueva York. Durante el trayecto se dedicó a calcular cuánto le tomaría a un navío de guerra trasladarse a Colón desde Kingston, Jamaica, sitio en que las noticias marítimas situaban a los cruceros *U. S. S. Dixie* y *U. S. S. Nashville*. Tomando en cuenta el tiempo de preparación para zarpar, la distancia y la velocidad promedio, llegó a la conclusión de que el primer buque norteamericano arribaría a Colón en aproximadamente dos días y medio. En la estación de Baltimore se apeó y envió el siguiente mensaje en clave a Piza, Nephews & Company. «Todo bien... llegará en dos días y medio a Panamá... este cablegrama es para Smith de parte de Jones». De vuelta en el tren, el pensamiento de lo que un fallo en sus cálculos podría significar para los conjurados istmeños cruzó por su mente, pero solo por un instante: su amor propio no le permitía aceptar la posibilidad de equivocarse.

9

Bogotá, miércoles 28 de octubre

Esteban Jaramillo, ministro de Gobierno, Alfredo Vázquez Cobo, ministro de Guerra, y Luis Carlos Rico, ministro de Relaciones Exteriores, descendieron en amena conversación las escalinatas del Palacio de San Carlos, luego de finalizar su reunión con el presidente Marroquín. Durante el almuerzo y la sobremesa se había discutido ampliamente la estrategia ante la próxima reunión secreta del Senado, convocada por los nacionalistas con el propósito de sacar provecho político de los recientes acontecimientos acaecidos en el Istmo. Los tres funcionarios habían sido citados para rendir cuenta a los senadores de las actuaciones del gobierno frente a la invasión que, proveniente de Nicaragua y con el apoyo del presidente de aquel país, José Santos Zelaya, acababa de desembarcar en la costa Atlántica del departamento de Panamá. Faltaban escasos minutos para las tres de la tarde, hora de la convocatoria, cuando los ministros abandonaron la Casa de Gobierno y cruzaron la calle para entrar en el edificio del Congreso Nacional. En el recinto fueron recibidos amablemente por el presidente del Senado, Rodolfo Zárate, quien los acompañó a sus respectivos asientos en la mesa principal. Inmediatamente se hizo silencio en la Cámara y la voz mecánica del secretario Peñarredonda indicó que siendo las tres y quince de la tarde del 28 de octubre de 1903 el Senado daba inicio a su sesión secreta.

Como estaba previsto, el senador Uricochea se puso en pie y, tras de unas palabras de bienvenida y agradecimiento a los ministros, expresó:

—Conscientes de nuestro deber para con los ciudadanos colombianos, hemos pedido esta sesión secreta para que los señores ministros informen al Senado sobre lo que se dice que está ocurriendo en relación con la independencia del Istmo de Panamá, proclamada ya.

—Para que no nos enfrasquemos en discusiones inútiles —respondió Jaramillo enseguida—, permítame aclarar de salida que no es cierto que el departamento de Panamá haya proclamado su independencia, tal como se afirma en los corrillos públicos y en algunas publicaciones. El general Vázquez Cobo, ministro de Guerra, les informará en detalle la naturaleza de los hechos.

—No quiero ocupar más tiempo del necesario, porque sé lo valioso que es el de los honorables senadores —continuó, con voz profunda y sin matices, el general Vázquez Cobo—. Así, pues, me referiré, sin más preámbulo, al motivo de nuestra presencia aquí esta tarde. El día 25 de este mes se recibió en el Ministerio de Guerra el cablegrama urgente enviado por el gobernador del Istmo de Panamá que procedo a leerles: «Norte Veraguas desembarcó invasión nicaragüense mando Federico Barrera constante setenta hombres; dirígese Penonomé. Envío en *Veintiuno* fuerzas mando Tascón. Conceptúo movimiento guerrillero sin apoyo liberal istmeños importantes». Al día siguiente llegó otro cablegrama en el que el gobernador informaba: «Batallón Colombia llegó Penonomé ayer noche. Envío Veraguas. Zelaya niega ayuda. Tenemos elementos. Juzgo plan fracasado. Liberales aquí condenan invasión. Tengo absoluta confianza sostener gobierno». Tan pronto recibimos tan alarmantes noticias, procedimos a ordenar que las tropas del Pacífico, estacionadas en Buenaventura, se trasladasen a Panamá. Igualmente instamos al general Juan B. Tobar, que se encuentra en Barranquilla, que precipitara la marcha ya emprendida por él rumbo a la costa Atlántica del Istmo. Con estas medidas, el conato de rebelión será debelado sin ninguna consecuencia que lamentar.

Al concluir la breve exposición del ministro de Guerra, varios senadores expresaron su interés en hacer uso de la palabra que finalmente le fue concedida a Marcelino Arango.

—¿Piensan los señores ministros que el «conato de rebelión», como ha denominado la invasión nicaragüense el ministro de la Guerra, es obra de los liberales?

—No, no lo creemos, senador. El gobernador De Obaldía nos ha asegurado que los liberales del Istmo se oponen abiertamente a la invasión.

—¿Sabemos cuál es la actitud de los norteamericanos? —siguió preguntando Arango.

—No creemos que la invasión provoque ninguna reacción por parte de los norteamericanos —respondió el ministro de Relaciones Exteriores—. Como dije en este mismo recinto hace algunos días, no tenemos evidencia de una actitud hostil hacia nuestro país por parte de los Estados Unidos.

Desde el inicio de la sesión el senador Pérez y Soto mantenía en alto y agitaba la mano derecha exigiendo el reconocimiento de la presidencia hasta que finalmente la palabra le fue concedida.

—Quisiera que el ministro de Gobierno me dijera —expresó el senador por Panamá, tratando de aparecer calmado— si el Ejecutivo tiene hoy la misma confianza en el gobernador De Obaldía que tenía hace ocho días. Formulo la pregunta porque pienso que el movimiento que se está dando en el Istmo es separatista y cuenta con la colaboración del gobernador De Obaldía.

—El gobierno nacional, hoy igual que ayer, tiene plena confianza en el gobernador De Obaldía —respondió lacónicamente el ministro.

Pérez y Soto golpeó con violencia el pupitre y apuntando hacia Esteban Jaramillo un dedo acusador, bramó:

—¡Pues entonces a usted lo hago personalmente responsable de la pérdida del Istmo!

Tras tan dramática escena, que entre los ministros no provocó sino risas, el senador Zárate se apresuró a darles las gracias por su comparecencia y dio por terminada la sesión secreta que a lo sumo había durado cuarenta y cinco minutos.

Tan pronto abandonaron el recinto, los ministros cruzaron la calle una vez más para regresar al despacho del presidente. En el camino se felicitaron mutuamente por el resultado de la sesión y resolvieron plantear a Marroquín la conveniencia de acudir esa misma tarde a la Cámara de Representantes, en la que el partido gobernante disfrutaba de una mayoría, para dar allí las mismas explicaciones y lograr un voto de aprobación a la conducta del gobierno ante la crisis suscitada en el Istmo. El presidente acogió con entusiasmo la idea y a las ocho de la noche los tres ministros entraban sin previo anuncio al recinto de la Cámara de Representantes donde, antes de iniciar la sesión, se les concedió la cortesía de la sala y el ministro de Guerra volvió a exponer, con lujo de detalles, las medidas adoptadas por el gobierno para preservar la integridad del suelo colombiano. Tomados de sorpresa e ignorantes de lo ocurrido esa tarde en el Senado, los representantes, por unanimidad, emitieron un voto de felicitación al gobierno nacional y, muy especialmente, al ministro de Guerra, por la forma tan eficiente y enérgica como habían debelado el conato de rebelión en el Istmo. Las palabras textuales consignadas en el Acta fueron: «La Cámara de Representantes... se complace en reconocer el celo desplegado por el supremo gobierno en guarda del decoro, la integridad, la honra nacional y la paz pública... Comuníquese al Honorable Senado y publíquese».

10

Sábado 31 de octubre

Tan pronto los senadores nacionalistas tuvieron conocimiento de la generosa e inmerecida resolución emitida por la Cámara Baja en favor del gobierno, volvieron a la carga y decidieron que era necesario debatir nuevamente en la Cámara Alta el tema de Panamá antes de la clausura del Congreso, prevista para el último sábado de octubre. Así, en la sesión del jueves 29, a moción del senador Pérez y Soto, secundada por el senador Caro, la mayoría aprobó una nueva citación para el ministro de Guerra.

Cuando esa noche el general Vázquez Cobo entró al recinto senatorial, se sorprendió al observar que, a diferencia de la última sesión, esta vez las graderías estaban atestadas de público. Por lo bajo preguntó al presidente del Senado si, dado lo sensitivo del tema, la deliberación no debería ser secreta, como la anterior.

—Hemos creído más democrático —respondió Zárate— que a esta, que será la última sesión del Senado, se permita la asistencia del público. Además, el tema de la invasión de Panamá es ya de conocimiento público.

Luego de algunas intervenciones intrascendentes en las que los senadores, más que referirse al problema de Panamá, aprovecharon para despedirse del público y de sus colegas, le correspondió el turno al senador Juan Bautista Pérez y Soto.

—Quiero que usted sepa, señor ministro, que he sido yo quien presentó la petición de que se le citara de nuevo a este sagrado recinto. Lo hice para que nos diga en qué ha quedado el asunto de Panamá, pues no es posible que el Senado se disuelva en medio del silencio gubernamental en torno a los graves sucesos que ocurren en el Istmo.

—El gobierno no ha guardado ningún silencio a ese respecto —replicó el ministro—. Antes por el contrario, fuimos voluntariamente a la Cámara de Representantes a exponerles a los más genuinos representantes del pueblo todo lo ocurrido. Además, nadie ignora que esta es la segunda vez que hablo del tema ante el Senado.

Una polémica estéril se trabó entre el senador por Panamá y el ministro de Guerra hasta que aquel preguntó por el destino del general Tobar y la razón de su demora en arribar al Istmo, a pesar de que se le había enviado con carácter de urgencia.

—El general Tobar —respondió Vázquez Cobo— tuvo que desviar su camino y seguir a la Guajira a perseguir un contrabando.

—Pero, señor ministro, ¿qué contrabando puede ser más importante que Panamá? —insistió Pérez y Soto.

—Nosotros no creíamos que lo de Panamá ocurriría tan pronto.

No bien terminó de pronunciar estas palabras, el ministro de Guerra se dio cuenta de la barbaridad que había dicho y trató de enmendarla. Pero Pérez y Soto, implacable, en un santiamén cayó sobre su presa herida y preguntó con sorna:

—Y ¿para cuándo esperaba Su Señoría que debía ocurrir lo de Panamá?

Vázquez Cobo ensayó una respuesta, pero sus palabras fueron ahogadas por los gritos de la barra y las carcajadas del resto de los senadores. Para disimular su frustración, el ministro de Guerra rio también.

Con esta nota de hilaridad y sin haber vuelto a debatir y mucho menos resolver el tema del tratado canalero, el Senado colombiano clausuró las sesiones extraordinarias para las cuales había sido convocado por el presidente Marroquín.

11

Panamá, sábado 31 de octubre

Tan pronto tuvo en sus manos el cablegrama de Bunau Varilla que anunciaba la llegada de una nave de guerra norteamericana dentro de los próximos tres días, Manuel Amador Guerrero convocó una nueva reunión del grupo de conjurados a las ocho de la noche en su propia casa. La tarde de ese mismo día, José Domingo de Obaldía lo puso al corriente de los esfuerzos realizados por él para tranquilizar a las autoridades de Bogotá.

—No sé cuánto efecto hayan tenido los últimos cablegramas que le envié al ministro de Guerra informándole que la situación estaba controlada y que todo estaba en calma, incluyendo a los liberales. Hoy me llegó esta nueva comunicación en la que Vázquez Cobo me ordena enviar al *Padilla* y al *Bogotá* a Buenaventura a recoger más de mil hombres que vienen a reforzar la guarnición de Panamá. Tendremos que idear algo que me permita demorar el cumplimiento de la orden sin despertar sospechas.

Amador reflexionó un momento y sugirió:

—Creo que lo mejor será hablar con la empresa del ferrocarril para que se nieguen a suministrar carbón a los buques. Herbie y José Agustín pueden encargarse de eso. Mientras tanto volveré a comunicarme con Bunau Varilla para informarle que es preciso que también se envíen navíos de guerra norteamericanos al sector Pacífico.

—¿Estás seguro de que el francés logrará el envío de los buques?

—Seguro no estoy de nada, José Domingo. De lo que estoy convencido es que la mayoría de los conjurados no van a querer iniciar el movimiento hasta tener la seguridad de que los buques americanos nos protegerán del ejército colombiano. Sin embargo, en estos momentos Bunau Varilla es nuestra única esperanza... más que Bunau Varilla, el interés que tiene Roosevelt de iniciar cuanto antes la construcción del canal por Panamá.

—La situación es muy incierta, ¿no te parece?

—No conozco ningún movimiento revolucionario que no se haya iniciado en medio de una gran incertidumbre. Pero trataremos de atar todos los cabos que sea posible.

—¿Y el *Mocho* Huertas? —quiso saber el gobernador.

—En él tengo confianza. Ya el coronel Tascón, quien de los oficiales es el más leal a Colombia, está fuera del escenario, en Penonomé, con una parte sustancial del Batallón Colombia. El resto de los hombres son muy leales a Huertas y este hace tiempo que está resentido con el gobierno. Además, el general sabe muy bien que hay la intención de sustituirlo. Yo hablé con él antes de ayer y esta mañana volví a mandarle a Pastor Jiménez para que le informe que el general Tobar viene para el Istmo con instrucciones de reemplazarlo definitivamente en el mando. Mañana o pasado mañana José Agustín y yo volveremos a reunimos con Huertitas.

—¿Cuáles son los próximos pasos?

—Esta noche lo decidiremos en una reunión en mi casa. Lamento pedirte que te ausentes por unas horas; no creo prudente que estés por aquí mientras discutimos la separación del gobierno que te nombró —dijo Amador sonriendo.

—Veré a quién invito a cenar. El problema es que los amigos que me vienen a la mente ya tienen compromiso contigo esta noche —respondió el gobernador, con una sonrisa aún más amplia que la de su amigo.

12

Por primera vez desde la partida del doctor Amador para Nueva York, volvió a reunirse esa noche el grupo completo de los conjurados. Hasta el prefecto de la Provincia, Nicanor de Obarrio, presintiendo que el momento del desenlace se aproximaba y que era inútil guardar las apariencias, insistió en asistir.

Amador Guerrero comenzó la reunión mostrando a cada uno de los conjurados el cable original enviado por él a Bunau Varilla y la respuesta de este. Circuló primero el mensaje en clave y luego, de su puño y letra, el verdadero significado. Con anterioridad a la reunión, los había hecho leer por Tomás Arias quien, aunque todavía aprensivo, había aceptado continuar participando en el movimiento.

—A través de José Domingo me he enterado de que Colombia también enviará tropas desde Buenaventura —comenzó diciendo Amador—. En consecuencia, esta misma tarde volví a enviar mensaje a Bunau Varilla poniéndolo al corriente y solicitándole que también se envíen buques norteamericanos a custodiar la bahía de Panamá. No tengo ninguna duda de que obtendremos una respuesta positiva. Además, en conversaciones que sostuve esta tarde con Prescott y José Agustín, acordamos tomar las medidas necesarias para impedir el aprovisionamiento de carbón a los buques colombianos y evitar que esas tropas lleguen o por lo menos retrasarlas lo más posible. En realidad, pensamos que el *Padilla*, bajo el mando del coronel Varón, se sumará inmediatamente al movimiento, así es que tal vez a ese sí le suministraremos combustible, pero no al *Bogotá*. Sabemos que el coronel Tobar, quien lo comanda, jamás se pondría de nuestro lado porque es sobrino del general Tobar. Oportunamente veremos qué hacer para neutralizarlo.

A medida que hablaba, se acentuaba el liderazgo del doctor Amador entre los conjurados. El maestro Arango, convencido de que ello era conveniente para el movimiento separatista, se mantenía ahora en un discreto segundo plano mostrando su conformidad con un movimiento de cabeza y apoyando en sus intervenciones las propuestas y planes de Amador. Esa noche se convino en enviar hacia el interior del Istmo al magistrado del Tribunal Departamental, Ramón Valdés López, con el propósito de despertar entusiasmo en las áreas rurales en favor de la separación. También se resolvió citar a la capital a los líderes colonenses Porfirio Meléndez y Orondaste Martínez, a fin de planificar las acciones que se desarrollarían en la ciudad de Colón. Para entonces habían varios cabecillas liberales incorporados al movimiento que ya empezaba a generar su propia dinámica.

13

Domingo 1 de noviembre

En el cuarto número 111 del hotel Central establecieron los conjurados su cuartel revolucionario. Era tanta la actividad por desarrollar, las reuniones que sostener y las consultas que efectuar, que la prudencia les aconsejó no continuar utilizando ninguna de sus residencias.

La pequeña habitación estaba en el primer alto y daba sobre la plaza de la Catedral de modo que quienes allí se reunían podían observar cualquier movimiento anormal que sugiriera peligro. Allí se citaron el primer domingo del mes, luego de atender el servicio religioso de las siete de la mañana, el doctor Amador Guerrero y José Agustín Arango para determinar, entre otras cosas, el día definitivo del levantamiento y revisar en detalle los planes revolucionarios previamente acordados por el grupo. Tras discutir varias fechas, quedó descartado el 28 de noviembre por el peligro que implicaba esperar tanto, dado el deseo manifiesto del gobierno de enviar cuanto antes tropas al Istmo. Para dar tiempo a organizar el alzamiento y a que llegaran las naves de guerra norteamericanas, el 3 de noviembre, fecha acordada por Amador con Bunau Varilla, también fue descartado.

—El 3 había sido escogido —comentó Amador— porque ese día las elecciones en los Estados Unidos acapararán la atención de los diarios y la separación del Istmo quedaría, cuando más, en un segundo plano. Pero realmente no creo que un día haga mucha diferencia. El 4 de noviembre es la mejor fecha.

El maestro Arango estuvo de acuerdo y sugirió que procedieran de inmediato a revisar las acciones que se llevarían a cabo en Panamá el día del alzamiento. Recordó que José Gabriel Duque se había comprometido a tener listos doscientos cincuenta hombres que reclutaría con la excusa de incorporarlos al Cuerpo de Bomberos.

—Desafortunadamente —prosiguió— no se han podido obtener armas para todos y solamente unos cien tendrán ese día pistolas. Esos, junto a los del Batallón Colombia que se nos unan desde el comienzo, serán los encargados de poner presos antes de que amanezca a todos los que ostentan cargos, civiles o militares, del gobierno central y que no se hayan plegado todavía a nosotros.

—Incluyendo al gobernador —observó Amador.

—Incluyendo al gobernador —reiteró Arango—, quien supongo estará debidamente advertido por ti.

—Así es.

—Creo que el que dará más problemas será el general Francisco de Paula Castro, jefe militar de la plaza —opinó Arango.

—De ese y de los demás militares tendrá que hacerse cargo el Batallón Colombia —dijo Amador.

—Si es que Huertas decide finalmente apoyarnos.

—Nos apoyará, José Agustín, nos apoyará. Si no fuera esa su intención ya lo sabríamos. No quiere decirlo todavía por temor a que se corra la voz afectando la disciplina de sus hombres.

—Tendremos que volver a hablar con él.

—Lo citaré aquí mismo mañana temprano.

—¿Qué hacemos con el general Leonidas Pretelt, jefe de la Flota del Pacífico? —preguntó Arango.

—Si está en tierra, De Obarrio, quien es su amigo, se ocupará de él.

—Quedan otros colombianísimos que no aceptarán la nueva república.

—Los que no tienen ningún cargo, los dejamos tranquilos hasta que estemos debidamente organizados —sugirió Amador—. Lo importante es que desde el primer momento amarremos a los que ostentan algún rango militar y puedan influir sobre la tropa.

—¿Y el coronel Tascón y sus doscientos hombres, que están en Penonomé? A estas alturas ya debe saber que lo de la invasión nicaragüense fue una falsa alarma.

—Los dejamos allá por ahora. Sin un buque que los traiga no hay forma de que puedan regresar antes de dos semanas. Después ya veremos.

Amador y Arango continuaron analizando las medidas que deberían tomarse y las acciones de gobierno que sería necesario emprender tan pronto se diera el golpe. Anotaron que Carlos Mendoza tendría a su cargo la redacción del Acta de Independencia; que el Concejo Municipal se reuniría enseguida para proclamarla y llamar a un Cabildo Abierto en el que participarían todas las fuerzas vivas del país; que se notificaría a todos los cónsules acreditados en Panamá y a las autoridades eclesiásticas el nacimiento de la nueva república.

—¿Cómo gobernaremos los primeros días? —inquirió Arango—. ¿Formaremos una Junta Provisional, como opina la mayoría de los conjurados, o designamos un jefe de Estado?

—Me inclino, como la mayoría, por la Junta Provisional de Gobierno. Es más democrático y le agradará más al pueblo.

—¿Integrada por quiénes?

—Por ti, por Federico y Tomás, con los que ya hablé.

—Veo que tienes todo bien pensado. Manuel, ¿y dónde quedas tú?

—Yo creo que debo regresar lo antes posible a los Estados Unidos, tal vez como ministro plenipotenciario, para adelantar todo lo concerniente al tratado. Después de la separación, a Bunau Varilla no se le puede dejar solo en Washington porque para entonces los intereses que él representa y los nuestros ya no coincidirán.

—Me parece bien, Manuel. Hablemos un poco de la parte política, que no deja de tener importancia. Lo mismo que dices tú que ocurrirá con Bunau Varilla sucederá también entre los liberales y los conservadores: después de la independencia nuestros intereses serán menos coincidentes.

—Es verdad, José Agustín. Además, los liberales seguirán controlando la masa. Yo creo que debemos plantear la creación de un nuevo partido político que recoja a todos los que se sienten más istmeños que liberales o conservadores.

Arango meditó un momento antes de afirmar:

—Suena muy bien, pero no será fácil que los liberales dejen a un lado su perenne ambición de quedarse con el gobierno.

—Se quedarán con parte de él desde un principio. Aunque tú y Tomás son conservadores, Federico pasa por liberal, así es que en la Junta existirá un balance. Además se les dará participación en el Gabinete Ministerial... Después de todo —recordó Amador— el general Domingo Díaz y su hermano Pedro serán los encargados de dirigir al pueblo el día del alzamiento, lo que les dará una gran influencia desde el inicio de la nueva república.

—Creo que debemos repasar una vez más la lista de aquellos que, aparte de los que hemos mencionado, se han incorporado recientemente a la conjura —dijo Amador—. ¿La tienes contigo?

—Sí, aquí está.

José Agustín Arango sacó del bolsillo interior del chaleco un papel, lo desdobló sobre la mesa y comenzó a leer:

—Carlos Clement, Guillermo Andreve, Generoso de Obaldía, Gil Sánchez, Antonio y Héctor Valdés, Maximino Almendral, Rafael Alzamora, Agustín Argote, Archibald Boyd, Pedro J. de Icaza, Antonio Díaz, Alcides de la Espriella, Juan Antonio Jiménez, Octavio A. Díaz, Mario Galindo.

—En su mayoría liberales —observó Amador.

—Así es, pero todos sin excepción han jurado lealtad al movimiento. También están en mi lista Nicolás Justiniani, Arturo Müller, Juan B. Sosa, José Antonio Zubieta, Víctor Alvarado, Raúl Chevalier, Antonio Burgos, Juan Antonio Henríquez, Raúl Calvo, Juan J. Méndez, José M. López y Lino Clemente Herrera. Hay otros que todavía no he anotado pero que ya están avisados.

—Además de tu sobrino Fernando Arango, primer jefe de policía; Félix Álvarez, segundo jefe de la misma, y mi cuñado Francisco Ossa, alcalde de Panamá. Con estas autoridades, el *Mocho* Huertas y todos los nombres que has leído no veo cómo podemos fracasar.

José Agustín Arango, como si de pronto recordara algo muy importante, exclamó como si pensara en voz alta:

—¡Nos hemos olvidado de la bandera! La de Bunau Varilla fue descartada por todos.

—Yo no me olvidé, José Agustín. Mi hijo Manuel hizo un diseño precioso que Mary y su sobrina están terminando de confeccionar. Son dos cuadros blancos cada uno con una estrella, una azul y roja la otra, un cuadro azul y un cuadro rojo, de modo que junto al asta quedan el blanco con la estrella y el azul. Cada color significa un partido y el blanco la paz.

—Suena muy hermoso.

—Estoy seguro que esta sí les gustará a todos.

Terminaba de hablar Amador cuando se escucharon unos golpes discretos en la puerta.

—Deben ser los colonenses —dijo Arango mientras acudía a abrir.

14

Cuando Porfirio Meléndez y Orondaste Martínez entraron, la pequeña habitación pareció oscurecerse con sus voluminosas figuras. Ambos sudaban copiosamente mientras trataban de recuperar el aliento.

—No pudimos encontrar coche en la estación y para no llegar demasiado tarde decidimos caminar —se excusó Meléndez—. Por fortuna alcanzamos uno libre a la altura del mercado público.

Los dos ancianos intercambiaron efusivos saludos con los recién llegados, mientras Arango les aseguraba que estaban muy a tiempo. Enseguida, el doctor Amador comenzó a explicar el motivo de la reunión:

—Como ustedes ya saben, en breve se iniciará el movimiento separatista con acciones simultáneas en Panamá y Colón. Para los efectos del reconocimiento diplomático por parte de los Estados Unidos es indispensable que controlemos ambas ciudades al mismo tiempo. Ustedes serán los líderes del movimiento en el sector Atlántico que será, quizás, el más difícil.

Martínez y Meléndez se miraron sin decir nada.

—Lo primero que deben saber —prosiguió Amador— es que tendremos la protección de buques de guerra norteamericanos que en estos momentos navegan rumbo a Colón. Sin embargo, también han llegado noticias que de Cartagena viene un contingente de soldados al mando del general Tobar, aunque ignoramos el momento preciso en que arribarán a Colón. Por lo tanto, es necesario que tengamos listo nuestro plan de acción. ¿Qué han pensado ustedes?

Los dos gordos volvieron a mirarse y fue Martínez quien respondió.

—Lo primero que queremos recomendar es que se espere hasta después del 3 para dar el golpe. Ese es el día que sale de Colón para Cartagena el buque de la Mala Real francesa con el correo. Si actuamos antes de que zarpe, podría informar lo ocurrido tan pronto lleguen a tierra colombiana. De otra manera, las autoridades colombianas no se enterarían de la separación hasta cuando sea demasiado tarde. En cuanto a la situación de Colón, aunque tenemos de nuestro lado al coronel Alejandro Ortiz, segundo jefe del cuerpo, no estamos seguros de la actitud que asumirá la policía, que allá cuenta con ciento cincuenta efectivos. También está con nosotros el capitán Achurra, jefe del ejército, integrado por una veintena de hombres, algunos de los cuales se nos unirán desde el principio. El prefecto Cuadros y el alcalde son leales a Colombia, así que no contamos con ellos.

—Hemos pensado —intervino Meléndez— que será necesario reclutar por lo menos trescientos voluntarios, para los cuales disponemos de rifles y pistolas. Ya hemos comenzado a buscarlos pero se nos está haciendo muy difícil encontrarlos. Lo que pensamos hacer, si ustedes están de acuerdo, es reclutarlos a lo largo de la vía entre los hombres que trabajan para el ferrocarril. Orondaste se encargará, haciendo ver que se contratan para ser enviados a trabajar con la compañía bananera en Bocas del Toro que está abriendo plazas nuevas de trabajo con muy buenos salarios. Con esa excusa los traeremos a todos a la ciudad y allí les suministraremos las armas.

—¿Han hablado de esto con Shaler? —preguntó Arango.

—No, maestro. No sabemos hasta dónde el superintendente está comprometido con el movimiento. Por eso quisiéramos pedirle a usted que lo haga.

Arango prometió hablar con Prescott para que este le avisara a su jefe.

—Lo citaremos aquí esta tarde —corroboró Amador—. ¿Qué harán después?

—Tan pronto nos den la orden de proceder —respondió Meléndez— amarraremos a las autoridades civiles y militares y nos tomaremos el Cuartel de Policía, la Alcaldía y la Capitanía del Puerto. Veremos qué hacen los norteamericanos, si desembarcan o no. Por supuesto que si las tropas colombianas llegan primero tendríamos que alterar los planes.

—Esperemos que eso no suceda —musitó Amador—. En cualquier caso ustedes esperarán nuestra señal para proceder. Lo más probable es que el movimiento se inicie en la madrugada del 4. Sea como sea, nos comunicaremos a través del teléfono que tiene la empresa ferroviaria. Si no, utilizaremos el telégrafo, del cual también tendrán que apoderarse tan pronto empiece el movimiento.

—Ya lo habíamos contemplado —dijo Martínez, y luego agregó—: Hay algo más. El control de los carros del ferrocarril es fundamental para coordinar las acciones entre Colón y Panamá porque es el único medio de comunicación rápido y eficiente. Es algo que tenemos que definir con la gente del ferrocarril.

—Ya lo hablamos entre nosotros —replicó Arango—. Prescott pedirá a Shaler autorización para trasladar los carros a Panamá. Esto es importante porque, aparte de los voluntarios, nosotros contaremos con el apoyo del Batallón Colombia y de la policía y, si fuera necesario, podríamos enviar refuerzos a Colón rápidamente.

—No quiero parecer pesimista —observó Martínez—, pero algún carro tendrá que permanecer allá para el caso de que nosotros y nuestra gente tuviéramos que buscar refugio a lo largo de la vía o en Panamá.

—Todo hay que preverlo —aceptó Amador—. Lo tomaremos en cuenta.

—No hemos hablado del dinero —dijo Meléndez con cierta reticencia.

—No disponemos de casi nada todavía —respondió Arango—, pero en cuanto llegue la primera remesa les haremos llegar unos diez mil pesos. Al principio tendremos que recurrir al crédito y al patriotismo. Las revoluciones siempre se sobregiran, en dinero y en valor.

Los conjurados siguieron conversando sobre los últimos acontecimientos políticos acecidos en Colombia y en el Istmo. Cuando los colonenses quisieron saber acerca de la participación del gobernador en el movimiento separatista, Amador Guerrero les aseguró que De Obaldía no sabía nada.

—Aunque en estos días no hay panameño que no sospeche que algo está a punto de ocurrir en el Istmo —agregó.

A la una los meseros del hotel subieron el almuerzo, alegrándole el alma a los líderes colonenses quienes, luego de despachar los alimentos a una velocidad nunca antes vista por los dos ancianos, se levantaron, apurados por alcanzar el tren de las cuatro. Mientras se despedían en la puerta, Meléndez preguntó por la señal que les indicaría que el movimiento se había iniciado. Recordando el almuerzo que acababan de devorar, Amador dijo, socarronamente:

—Cualquier frase fuera de lo corriente. ¿Qué les parece «el sancocho está a punto de empezar»?

—Una contraseña muy apropiada —rio Orondaste, escarbándose los dientes con un palillo—. Esperamos recibirla muy pronto.

15

Washington, domingo 1 de noviembre

En el momento en que John Hay, Francis Loomis y Charles Darling entraron en el despacho presidencial, Theodore Roosevelt se entretenía haciendo girar un enorme globo terráqueo colocado a un lado de su escritorio.

—John, Francis, Charles, buenas noches y gracias por venir aquí hoy domingo y tan tarde. Precisamente analizaba la importancia que el Canal de Panamá tendrá no solamente para nuestra Marina de guerra, sino para el comercio mundial. ¿Han observado cómo facilitará el intercambio entre el Lejano Oriente y la costa Este de los Estados Unidos? Lo mismo puede decirse de Europa. Ese canal que los malditos colombianos no quieren que construyamos contribuirá enormemente al desarrollo de la economía mundial.

El presidente Roosevelt tomó asiento detrás del amplio escritorio invitando a sus colaboradores a hacerlo en los sillones de enfrente.

—¿Qué me cuentan de Panamá? —preguntó mostrando los dientes.

Aunque los subsecretarios Loomis, de Estado, y Darling, de la Marina, tenían a su cargo el seguimiento diario de la situación, por respeto al superior dejaron que fuera Hay quien respondiera.

—Tenemos informes no muy claros y sin confirmar de que al Istmo ha llegado una invasión procedente de Nicaragua. Este rumor nos ha dado pie para enviar enseguida al *U. S. S. Nashville* a Colón con la excusa de proteger el libre tránsito. Todo parece indicar que en cualquier momento se producirá el levantamiento separatista y los patriotas istmeños han solicitado a través de Bunau Varilla el envío de un buque de guerra para proteger el movimiento.

—¿Cuándo arribará el *Nashville*? —preguntó el presidente.

Hay miró a Loomis, quien se apresuró a responder:

—Nuestros cálculos indican que llegará mañana alrededor de las seis de la tarde.

—¿Se le han impartido órdenes precisas al comandante del *U. S. S. Nashville*?

—Así es, señor presidente —respondió ahora Darling—. Se le ha dicho expresamente que debe mantener el tránsito ininterrumpido.

—Y los colombianos ¿qué hacen?

—Tenemos informes confirmados de que han despachado quinientos hombres que salieron de Cartagena esta tarde rumbo a Colón —dijo Loomis.

—Y esos ¿cuándo llegarán?

—Aunque desconocemos la velocidad exacta del navío, pensamos que arribará a Colón unas doce horas después que el *Nashville* —contestó Darling.

El presidente meditó un momento y luego dijo, dirigiéndose a Hay:

—Entonces las órdenes al comandante del *Nashville* deben adicionarse. No debe permitirse a los colombianos desembarcar.

—Lo habíamos discutido entre nosotros pero creímos necesario que usted estuviera enterado antes de ordenar una medida que podría conducir a un enfrentamiento armado con los colombianos.

El presidente fulminó a Loomis con la mirada como si le costara trabajo asimilar las palabras que este acababa de pronunciar.

—Pensé que mis instrucciones estaban muy claras —dijo con impaciencia—. Si tenemos que guerrear con Colombia para construir el canal, lo haremos. Ningún país de pacotilla va a impedir que el mundo se beneficie con la apertura de una vía acuática a través de su territorio. Los Estados Unidos construirán el canal en Panamá, con tratado o sin él. Si los panameños tienen éxito en su independencia, ¡aleluya! Celebraremos un tratado con ellos. Y si esa independencia requiere de nuestra ayuda y la podemos prestar sin comprometer nuestra dignidad diplomática, los apoyaremos con todos los recursos que sean necesarios.

El presidente caviló un momento y luego ordenó, dirigiéndose a Darling:

—Envíen instrucciones precisas al comandante del *U. S. S. Nashville* para que no permita el desembarco de tropas colombianas en el Istmo. —Luego preguntó—: ¿Qué está ocurriendo en el Pacífico?

—No tenemos noticias todavía —contestó Darling—. Pensamos que de Buenaventura también enviarán eventualmente tropas a la ciudad de Panamá, pero les tomaría por lo menos una semana llegar.

—Y nuestros barcos ¿dónde están?

—En Acapulco unos y otro rumbo a San Juan del Sur, en Nicaragua.

—Quiero que todos sigan rumbo a Panamá enseguida y que tan pronto lleguen frente a la ciudad aguarden instrucciones —ordenó el presidente, añadiendo como si hablara consigo mismo—: Vamos a darle oportunidad a los panameños de actuar. Es lo menos que podemos hacer. —Luego, elevando el tono de voz, sentenció—: Quiero el asunto de Panamá resuelto de una manera u otra antes de que se reúna el Congreso el próximo 9 de noviembre. Si para el 8 los panameños no han actuado, actuaremos nosotros unilateralmente. ¿Está claro?

—Muy claro, señor presidente, muy claro —contestó Hay, quien había seguido el diálogo en silencio y pensativo.

Después de despedirse y mientras caminaba por el pasillo de la Casa Blanca, convencido de que en menos de una semana los Estados Unidos estarían en guerra con Colombia, John Hay se preguntaba qué habría querido decir el presidente con aquello de «dignidad diplomática». Sonriendo se prometió que la próxima vez que estuviera a solas con Theodore lo averiguaría.

16

Panamá, lunes 2 de noviembre

—Mi general: acaba de llegar un mensajero del Palacio de Gobierno que dice que el señor gobernador desea verlo tan pronto como sea posible.

—¿Está allá afuera todavía el mensajero? —quiso saber Huertas.

—Sí, mi general. Está esperando una respuesta.

—Dígale que estaré allá en media hora.

Luego que el ordenanza abandonó el despacho, Huertas se quedó pensando qué podría querer De Obaldía. A últimas horas de la tarde del día anterior se había sabido que la cacareada invasión de nicaragüenses no eran más que bolas y el propio Huertas así lo había comunicado personalmente al gobernador. Resultaba extraño que quisiera verlo otra vez tan pronto. Como la mañana estaba soleada, decidió ir caminando hasta la Casa de Gobierno, donde lo hicieron pasar enseguida a la oficina del gobernador. Apenas anunciaron su llegada, De Obaldía salió a la antesala a saludarlo.

—Me alegra que haya podido venir, general.

—Sus deseos son órdenes, señor gobernador.

—Venga acá —dijo De Obaldía, abriendo la puerta de la estancia contigua.

Huertas se sorprendió al encontrar allí al doctor Amador Guerrero, quien se levantó para estrecharle la mano.

—Perdóneme la encerrona, general, pero considero muy importante que conversemos los tres —se excusó el gobernador.

—Para mí siempre es un placer conversar con nuestro querido médico. Usted dirá, señor gobernador.

Amador y De Obaldía intercambiaron miradas, y, como obedeciendo a un plan preconcebido, el gobernador comenzó:

—Tenemos noticias confirmadas de que el gobierno está enviando al general Juan Bautista Tobar al Istmo al mando de quinientos hombres para relevarlo a usted. No me extrañaría que también viniera con instrucciones de reemplazarme en la gobernación.

—No sé qué piense usted, señor gobernador, pero lo que es a mí no me extraña nada que se mande mi reemplazo. Tal como le manifesté tan pronto se hizo cargo de la gobernación, hace tiempo que pedí mis letras de cuartel.

—El asunto es que Tobar viene a sofocar el movimiento separatista —soltó Amador sin ambages.

Huertas se mostró asombrado.

—¿De qué movimiento habla usted, doctor? —preguntó.

—Del que estamos a punto de iniciar con el apoyo de los Estados Unidos y en el cual esperamos que usted participe —respondió Amador.

Huertas hizo un gesto de desagrado antes de advertir, dirigiéndose a De Obaldía:

—Me coloca usted en una situación muy difícil, señor gobernador. Yo soy responsable por la estabilidad del gobierno departamental, bajo su jefatura, y, a pesar de ello, me ha traído a su despacho para que el médico de mi batallón me proponga formar parte de una sublevación. ¿No les parece que la situación es sumamente anómala?

Amador se quedó viendo el rostro inexpresivo del militar, preguntándose cuán en serio hablaría Huertas. En ese momento intervino De Obaldía:

—Escúcheme, general. Voy a ser muy franco con usted. Aunque yo no estoy tomando parte en este asunto, el doctor Amador es mi íntimo amigo. Al momento de mi nombramiento manifesté públicamente que si el rechazo del tratado del Canal traía como consecuencia la separación de Panamá, yo estaría del lado de la tierra que me vio nacer, que es la misma que vio nacer a su esposa Joaquina y a su hijo. Los norteamericanos, con Roosevelt a la cabeza, construirán el canal por aquí aunque para ello tengan que tomarse el Istmo. Antes de que tal cosa ocurra, Panamá debe aprovechar la oportunidad para declarar la independencia que desde hace tanto tiempo anhelan los istmeños. Manuel acaba de regresar de los Estados Unidos donde viajó para arreglar todo lo concerniente al apoyo de esa gran potencia. A usted no le quedará más alternativa que ayudar al Istmo a independizarse o combatir contra el ejército más poderoso del mundo.

—La historia está llamando a su puerta, general, y usted tiene que abrirla. —Intercaló Amador—. Rara vez se le presenta a un individuo la oportunidad de convertirse en héroe y pasar de comandante de un batallón a jefe supremo de un ejército.

Un largo silencio siguió a las palabras de Amador hasta que finalmente Huertas dijo:

—Tal como le manifesté antes, doctor, desde hace tiempo, a través de mis amigos Pastor Jiménez y Charles Zachrisson, vengo recibiendo mensajes de los separatistas. Si no me he comprometido no es porque no quiera a esta tierra, sino porque en estas cosas hay que andar con pies de plomo. Como ustedes sin duda comprenden, no es suficiente que yo, el jefe del Batallón Colombia, me sume al movimiento porque si no se suman también los demás oficiales y la tropa arriesgamos perderlo todo. Fue por eso por lo que cuando la famosa invasión a Penonomé, envié para allá al coronel Tascón. De todos los oficiales que he sondeado, él es el único que reaccionó adversamente cuando le hablé de la independencia. Los doscientos hombres que se llevó le son más leales a él que a mí. ¿Aprecian ustedes el problema?

Si se corriera antes de tiempo la voz de que Huertas está de parte de los separatistas y algunos otros oficiales no estuvieran de acuerdo con la separación, bien podría verme yo frente a un motín y un pelotón de fusilamiento. Así que sigan ustedes en lo que están, que yo seguiré en lo mío.

—Pero, general —reclamó Amador impacientándose—, el golpe está a punto de darse y no podemos seguir adelante si usted no nos apoya. Hacerlo provocaría una nueva guerra civil que nadie quiere. Usted puede decirles a sus oficiales y tropas que tan pronto se proclame la nueva república, nosotros nos encargaremos de abonarles, por lo menos, hasta el último peso de sus sueldos atrasados.

—La parte económica es muy importante, pero todavía no me atrevo a asegurar que todos los oficiales y tropas del Batallón Colombia se plegarán al movimiento separatista.

—¿Cuándo lo sabrá usted, general? Recuerde que en cuestión de horas llegarán las tropas colombianas.

—Pierda cuidado, doctor, que yo les avisaré en el momento preciso.

Mientras Huertas se levantaba, el gobernador De Obaldía, quien hacía rato no abría la boca, volvió a insistir:

—Los istmeños contamos con usted, general. Conviértase, como dijo Manuel, en el héroe de una nueva patria y jefe de su ejército.

—Espero que, igual que yo, ustedes prefieran un héroe vivo que un pendejo muerto. Confíen en mí, que yo sé lo que hago y por qué lo hago. Cuando se tienen las armas, señores, hay que actuar con mucha, pero mucha discreción.

Después de que Huertas salió del despacho, Amador y De Obaldía se quedaron largo rato comentando la actitud del militar.

—El hombre no suelta prenda —dijo Amador, visiblemente contrariado—. Igual se escabulló durante mi conversación anterior con él. ¿Qué crees tú, José Domingo?

—Francamente no sé qué pensar. Sin duda, Huertas simpatiza con los istmeños pero no quiere dar pasos en falso. Creo que el arribo de los buques norteamericanos contribuiría a convencerlo. El movimiento tendrá que esperar a ver cómo se presentan las cosas.

—Pero es que sin el Batallón Colombia todos nuestros planes se irían al diablo —se lamentó Amador—. Para que los norteamericanos nos apoyen y reconozcan diplomáticamente al nuevo país, la separación debe lograrse sin mayores enfrentamientos y sin derramamiento de sangre. Si de aquí a mañana al mediodía Huertitas no me ha dado una respuesta, volveré a presionarlo.

17

Esa misma tarde, un poco después de las seis, Herbert Prescott recibió un telegrama de Shaler avisándole que el *U. S. S. Nashville* estaba a la vista en la bahía de Limón. Diez minutos después, con el documento en la mano, llamaba a la puerta de Amador para comunicarle la tan esperada noticia. En el vano, pletóricos de emoción, ambos hombres se abrazaron y salieron de una vez a comunicar la buena nueva al resto de los conjurados. Bunau Varilla había cumplido su promesa y la revolución ya estaba en marcha.

La noticia de la llegada del *U. S. S. Nashville* a Colón se regó como pólvora por las calles de la ciudad, cuyos habitantes la comentaron con avidez dando la impresión de que la hubieran aguardado desde siempre. Como de costumbre, se exageraron los hechos y al cabo de unas horas la versión que más se escuchaba era que el navío de guerra norteamericano venía cargado con armas que en breve se entregarían al pueblo. El jolgorio duró hasta casi la medianoche, cuando poco a poco los parroquianos fueron retirándose a sus hogares con la idea de que al día siguiente una nueva patria despertaría con ellos.

A esa misma hora, a bordo del *Cartagena*, los generales Juan Bautista Tobar y Ramón Amaya discutían las acciones que emprenderían tan pronto desembarcaran en el Istmo.

—Lo primero será sustituir a Huertas, desbandar el Batallón Colombia y encargarme de la Jefatura Militar del Istmo —decía Tobar—. Después veremos qué hacemos con el gobernador. ¿Tenemos ya la hora aproximada de llegada?

—Así es, Juan Bautista, el *Cartagena* estima llegar a Colón a las dos de la madrugada de mañana, 3 de noviembre.

LA CRUZ

La fuerza jamás oprime una idea durante mucho tiempo, pues una idea oprimida no tarda en ser generadora de fuerza.

GUSTAVE LE BON

París

Abril de 1937

Como de costumbre, Henry Hall se sentó en la banca más recóndita de la square Lamartine y comenzó a escribir su próxima entrega periodística. Desde el lado opuesto le llegaba el rumor de risas y gritos infantiles que, junto al verde de los árboles y la profusión de flores, confirmaban que una vez más la primavera visitaba París. El más robusto de los castaños resguardaba de los rayos de sol del mediodía la banca que ocupaba el periodista.

Después de que el corazón le fallara, Henry se había visto obligado a reemplazar sus largos paseos vespertinos en los Champs Elysées por el breve recorrido que separaba la pequeña glorieta del número 62 de la rue Belles Feuilles. Cada año esperaba con fruición que el invierno hiciera mutis para regresar a su pequeño y umbroso rincón, en el que, acariciado por una leve brisa, escribía al amparo de aquel árbol, tan añoso como él, cuyas hojas le brindarían su sombra hasta bien entrado el otoño.

En un principio había rehusado la oferta de *Le Matin* para escribir una columna diaria. «No quiero terminar mis días laborando en el diario de los Bunau Varilla», repetía con obstinación, hasta que finalmente la paciencia y buenas razones de quien ahora compartía su vida lo obligarían a cambiar de parecer. Henry sabía que volver a su oficio de siempre había significado su salvación y, aunque le costara reconocerlo, sentía por ello una deuda de gratitud impagable hacia *madame* Bunau Varilla; no poder expresarlo se había constituido en fuente de permanente desasosiego. Sin embargo, todavía no había encontrado el valor necesario para hablar con sinceridad y hacerle saber lo mucho que apreciaba cuanto había hecho por él.

Esa mañana, Henry tenía pensado retomar en su columna el tema de Hitler y el peligro que el nacional-socialismo representaba no solamente para Alemania sino para el resto de Europa y el mundo. Advertiría que una nueva gran guerra era inminente a menos que los líderes europeos se decidieran, de una vez por todas, a enfrentar al monstruo que surgía en el país germánico. Por alguna razón, sin embargo, el periodista no conseguía que la pluma le obedeciera y la hoja de papel permanecía en blanco sobre su regazo. Alentado, tal vez, por la constante renovación que veía a su alrededor, meditó en torno a la gran paradoja que había sido su vida: «para darme cuenta de que el corazón existía fue necesario que me fallara; solamente así logré descubrir que allí habitaban desde siempre sentimientos hasta entonces insospechados». Sin proponérselo, se fue llenando de recuerdos y volvió a verse en el lecho de enfermo, frente a aquella amable señora que con sonrisa cómplice le revelaba que había encontrado a Christine.

Después de semejante revelación, Henry había permanecido largo rato sin emitir palabra. Su mente estaba en blanco y por más que se esforzaba no lograba recuperar el recuerdo de Christine. Procurando no afectar al enfermo, *madame* Bunau Varilla había roto finalmente el silencio:

—No tiene que decirme nada ahora, *monsieur* Hall. Piénselo usted con calma y volveremos a hablar durante mi próxima visita.

Poco tiempo le tomaría a Henry decidir que no quería saber nada de Christine. El tono de la señora Bunau Varilla y el simple hecho de haber traído su nombre en momentos en que su soledad era más evidente sugerían que probablemente también ella estaría sola. Pero, si no la había buscado tan pronto regresó a París, ¿por qué y para qué tratar de encontrarla ahora que era un hombre enfermo? Mas, la semilla de la curiosidad había prendido y sus horas vacías de hospital las llenaba pensando en su único amor. ¿Cómo habría transcurrido su vida? ¿Habría sido feliz? ¿Tendría hijos y nietos? ¿Sería aún hermosa en su vejez? ¿Pensaría en él alguna vez? Henry concluía sus cavilaciones maldiciendo la absurda iniciativa de *madame* Bunau Varilla quien, sin siquiera consultarle, lo enfrentaba a un pasado que no quería recordar y mucho menos se atrevía a revivir. Pero el tiempo transcurría ahora menos indiferente y Marie, quien le robaba minutos al día para visitar a Henry todas las tardes, se preocupaba ante el creciente ensimismamiento del enfermo. «La depresión es una de las consecuencias del infarto», respondían los médicos a su inquietud, sin saber la verdadera causa del hermetismo del periodista.

Ida Bunau Varilla dejó pasar una semana antes de regresar al hospital. Entró en la habitación con su sonrisa de siempre y evitó mencionar siquiera el nombre de Christine. Fue durante esa visita cuando le habló por primera vez de *Le Matin*.

—El periodista norteamericano que escribía en el periódico de la familia acaba de renunciar para regresar a los Estados Unidos —había dicho con indiferencia—. Mi cuñado Maurice, quien lo dirige, está buscando un reemplazo, alguien con experiencia, familiarizado con los temas de ese país.

Y ya no dijo más.

«¿Qué pretende esta señora ahora?», pensó Henry Hall. Pero al percatarse de que ella se despedía sin aclarar el tema de Christine, se olvidó de sus loables propósitos y dijo, casi con brusquedad:

—Aunque usted ha evitado mencionarla, he pensado en Christine. No sé con qué fin la buscó usted ni cómo dio con ella; lo que sí sé es que no quiero verla y mucho menos que ella me vea así. De mi parte, sería añadir otra injusticia a la que cometí hace treinta años. Es posible que deba agradecerle lo que ha hecho, pero no puedo; más bien le reprocho el que usted haya pretendido inmiscuirse de tal manera en mi vida.

Ida Bunau Varilla contempló detenida y serenamente el rostro demacrado de Henry y volvió a sentarse junto al lecho.

—La primera vez que cenó usted en nuestro hogar —le recordó—, habló de Christine Duprez, señor Hall. Si la memoria no me falla, sus palabras fueron: «A veces pienso en ella y me maldigo por haberla perdido. Pero ¿cómo encontrarla de nuevo? Y ¿cómo lograr su perdón?». Me pareció entonces que más que la pérdida de Christine le atormentaba a usted un sentimiento de culpabilidad por haberla abandonado. Luego que enfermó de gravedad, creí que tal vez quisiera quitarse de encima aquel cargo de conciencia...

—Mi conciencia está tranquila —cortó Henry secamente—. No menosprecie los efectos del buen vino con el que suelen ustedes acompañar sus cenas.

La señora Bunau Varilla lo miró con ojos que más que el semblante parecían examinarle el alma.

—Entonces, señor Hall, le pido disculpas al tiempo que le aseguro que lo único que hice fue localizar el paradero de Christine. Se dónde trabaja pero nada más. Era mi intención solicitar su anuencia para...

—Pues no la tiene. —Volvió a cortar el periodista. Pero al observar la expresión dolida de aquel rostro bondadoso, agregó a manera de disculpa—: En cualquier caso, agradezco su interés.

Durante los días subsiguientes, Henry Hall trató de no pensar en Ida Bunau Varilla y mucho menos en Christine; pero el gusanillo de la curiosidad había comenzado a roer su determinación y la víspera del día que finalmente lo darían de alta pidió a Marie que avisara a *madame* Bunau Varilla que antes de abandonar el hospital deseaba discutir con ella la cancelación de su deuda. La camarera de Au Bon Pain ignoraba la existencia de Christine Duprez y pensaba que el tema económico era el único del que conversaban la distinguida señora y el periodista.

La mañana del 18 de enero de 1933, mientras esperaba las últimas recomendaciones del médico, apareció finalmente la señora Bunau Varilla. Traía una cesta con frutas y aquella sonrisa extraña, apacible y bondadosa, que tan fácilmente desarticulaba las defensas de Henry.

—Marie, esta es la señora de quien tanto hemos hablado. *Madame* Bunau Varilla le presento a mi amiga Marie... —Avergonzado, Henry se dio cuenta de que ni siquiera conocía el apellido de la camarera que con tanto cariño y abnegación había cuidado de él.

—... Lancome —vino en su ayuda Marie, sin inmutarse—. Mucho gusto en conocerla. Los dejo solos para que puedan hablar.

—Gracias por atender a mi llamado, *madame*... y por las frutas. —Empezó Henry, tan pronto Marie traspuso la puerta.

—Pensaba venir aunque usted no me lo pidiera —respondió ella—. Muy agradable su amiga.

—Marie es la camarera de un restaurante en el que acostumbro hacer mis comidas —aclaró Henry, como si la existencia de otra mujer traicionara el secreto que compartían—. Le pedí a usted venir para dejar debidamente establecida la forma como cancelaré mi deuda. Contrario a lo que me informaron anteriormente, la administración del hospital rehúsa extenderme crédito e insiste en que ustedes paguen como garantes. He pensado que…

Madame Bunau Varilla escuchó pacientemente al periodista proponerle el pago de un mínimo de cuatrocientos francos mensuales durante dos años, al cabo de los cuales la obligación y sus intereses calculados al seis por ciento quedarían saldados. Si en el ínterin lograba ingresos adicionales a los de su pensión, los abonaría también para saldar la deuda lo antes posible.

—Me parece muy bien, señor Hall. Sin embargo, no olvide usted que en *Le Matin* requieren los servicios de un reportero con sus cualidades. Según entiendo, los emolumentos que están dispuestos a pagar mensualmente superan con creces la suma que usted ofrece abonar a su deuda. Si decide aceptar podría cancelarnos en un lapso mucho más breve… Aunque por supuesto, en vista de que usted reconocerá intereses, el asunto deja de tener tanta importancia.

Mientras escuchaba, Henry Hall luchaba por decidir cuál sería el menor de los dos males: continuar en deuda con los Bunau Varilla o trabajar para ellos. Sin lugar a dudas, *Le Matin* era el periódico más importante de Francia y de aceptar el trabajo su relación sería estrictamente profesional. Además, el director del diario no era Philippe sino Maurice Bunau Varilla, a quien ni siquiera conocía. Su deuda, en cambio, sí era directamente con Philippe Bunau Varilla y no quería vivir y mucho menos morir con la angustia de deberle dinero a quien tanto despreciaba. Sin pensarlo más y, dándose, finalmente, por vencido, decidió aceptar.

—¿A quién debo ver para el trabajo?

—A mi cuñado Maurice. Ya le hablé de usted y le encanta la idea de tener un antiguo reportero de *The World* entre los colaboradores de *Le Matin*.

—¿Aunque ese reportero sea el mismo que en alguna ocasión esgrimiera la pluma para atacar a su hermano? —preguntó Henry con desazón.

—Esa es historia antigua, señor Hall. —La voz de Ida Bunau Varilla se había dulcificado aún más—. Hoy todo aquello carece de importancia y pertenece al olvido. Le aseguro que así piensan mi esposo y mi hijo. Deséchela usted también y dedíquese a orientar a los lectores acerca de los retos que enfrenta el hombre ante el futuro. Créame que me llena de satisfacción que acepte usted colaborar en *Le Matin.*

Madame Bunau Varilla se despidió y Henry la acompañó para abrirle la puerta de la habitación. Al estrechar la mano que le extendía la anciana, no pudo resistir más y preguntó sin ocultar su ansiedad:

—Si acaso decido buscarla, ¿dónde puedo encontrar a Christine?

Ida Bunau Varilla sonrió y dos chispas fulguraron en sus ojos celestes.

—Tiene un pequeño negocio no muy lejos de aquí en el que vende objetos antiguos. Se llama Les Jolies Années y queda en el número 34 de la calle de La Fontaine.

Casi dos meses dejaría transcurrir Henry Hall antes de decidirse a enfrentar el fantasma que por más de treinta años ocupara casi totalmente el pequeño espacio de sus recuerdos. Hacia el final de una hermosa tarde primaveral descendió de un taxi frente al número 34 de La Fontaine. En lugar del típico comercio de revender cachivaches, cuyo único valor es el de ser más antiguos que sus propietarios, el periodista se encontró frente a un establecimiento lujoso y muy bien puesto en el que bajo el nombre comercial de la empresa se leía *Christine Duprez. Propriétaire.* «Si figura como propietaria significa que está sola», se dijo Henry, pero, habituado a no alimentar esperanzas, enseguida descartó el pensamiento. Algo cohibido se detuvo en la acera y acercándose al escaparate trató de divisar el interior del local en el que solamente alcanzó a distinguir el brillo de los objetos de plata y algunas sombras que se movían entre ellos. La vitrina le devolvió también la imagen de un hombre encorvado, vencido por los años, cuyo rostro llevaba permanentemente impreso un gesto de pesadumbre. «¿Qué hago aquí? —se preguntó—. ¿Por qué sigo pensando en ella?». Volvió a contemplar su rostro envejecido y convenciéndose de que era imposible que lo reconociera, decidió entrar.

Una vez dentro, Henry no se atrevía a desviar la mirada de los objetos. De vez en cuando tomaba uno entre las manos y fingía examinarlo con interés para luego devolverlo a su sitio y seguir buscando. Al cabo de un rato una voz alegre y solícita preguntó a sus espaldas:

—¿Lo puedo ayudar?

Pensando que finalmente había llegado el momento tan esperado y temido, Henry se dio la vuelta para encontrarse con el rostro hermoso y sonriente de una joven que no podría tener más de treinta años.

—Busco algún regalo para unos amigos muy queridos —mintió Henry—. Si encuentro uno apropiado le avisaré.

En ese momento otra voz, que a Henry le sonó muy parecida a la de la dependiente, llamó desde el fondo del establecimiento:

—Christine, ven acá un momento, por favor.

—Voy enseguida, mamá —respondió la joven y, excusándose, se alejó.

En ese instante Henry Hall sintió que algo se hacía añicos en su interior. Algo que no podía discernir pero que había vivido con él perennemente; algo, un sentimiento, una inquietud, que había logrado mantener encendida la llama pequeñita de su fe; algo, un recuerdo, una obsesión, a la que, sin sospecharlo, se había aferrado con anhelo de días hermosos y que ahora, finalmente, se escapaba para siempre de sus manos cansadas. ¡Christine sí había logrado la felicidad! Aquella preciosa mujer era hija de ella y seguramente otros hijos y algunos nietos completaban su felicidad. Para Henry era el fin de un largo camino que solamente entonces supo que había recorrido. Obedeciendo a un impulso irresistible, el periodista dirigió la mirada hacia el sitio en el que la joven dependienta conversaba con su madre. Era preciso acercarse un poco más para distinguir sus facciones, mirarla directamente a los ojos. Como un autómata, enrumbó hacia allá sus pasos.

Aunque le daba la espalda, ahora casi podía tocarla. Intentó hablar, llamar de algún modo su atención; pero se limitó a escuchar la conversación en que estaba enfrascada con su hija. «Recuerda que te espero con Jean Francois y los niños a cenar esta noche», alcanzó a oír. En ese momento la hija advirtió la presencia de Henry y con la misma sonrisa angelical de antes volvió a indicarle que pronto estaría con él. En el momento que Christine comenzó a darse vuelta para saludar, Henry dijo que regresaría al día siguiente y dando la espalda se alejó para siempre de aquel lugar, de aquel recuerdo, de aquella mujer que por tanto tiempo ocupara, sin pretenderlo y mucho menos saberlo, el inhóspito paraje de sus sueños.

El periodista dejó a un lado sus recuerdos y, como si evocar le hubiera dado nuevos bríos, comenzó a escribir febrilmente sobre la guerra que se avecinaba; sobre la necesidad de que los líderes del mundo libre exigieran cuanto antes respeto para las minorías judías; sobre el trascendental papel que a los Estados Unidos de América les correspondía desempeñar en este momento en que estaba por decidirse el futuro de la humanidad. Cerró con un párrafo llamando a los franceses a imitar el ejemplo de aquellos héroes que durante la Gran Guerra defendieron el honor y la integridad de la patria. Después, guiado por un sentimiento de equidad y justicia que desde hacía años le perturbaba el espíritu, Henry Hall concluyó diciendo: «Hombres como el coronel Philippe Bunau Varilla deben servir de paradigma para esta y las futuras generaciones de franceses. Así lo han comprendido en buena hora el pueblo y el gobierno de Francia al otorgarle ayer la Gran Cruz de la Legión de Honor, en reconocimiento tardío de todo cuanto el distinguido ingeniero y pundonoroso militar ha realizado en provecho de su patria y el mundo».

Hall releyó y corrigió lo escrito y al llegar al párrafo referente a su antiguo enemigo no pudo evitar una sonrisa. El mismo sentimiento de ecuanimidad lo estimuló a escribir una breve esquela a *madame* Ida Bunau Varilla en la que adjuntaba la columna que aparecería al día siguiente en *Le Matin*. «Aunque hace mucho tiempo pagué el dinero que tuvieron a bien facilitarme con motivo de mi enfermedad, creo que no es sino ahora cuando verdaderamente siento haber satisfecho mi deuda para con ustedes».

Para cuando escribía estas líneas, Henry Hall tenía más de cinco años de no ver a ninguno de los Bunau Varilla. A Maurice lo había conocido brevemente el día que inició sus labores en el periódico y desde entonces tampoco se habían vuelto a encontrar. Pero Henry Hall había agotado finalmente la fuente de su rencor. Su vida giraba en torno a su nueva actividad periodística y, sobre todo, a la mujer que ahora compartía su vida. Junto a Marie Lancome había encontrado la paz y el sosiego que, sin saberlo, buscaba desde hacía tanto tiempo. Era ella quien mantenía encendida la chispa de su existencia con un amor que no requería de palabras ni de promesas. Gracias a lo que Henry producía en su nuevo trabajo y algunos reportajes especiales que le solicitaban diarios norteamericanos, Marie había podido dejar su empleo en Au Bon Pain. Sin ocultar su felicidad y su orgullo, ahora respondía a quien le preguntaba que su único comensal era el gran periodista Henry Hall.

En el pequeño apartamento de la calle Belles Feuilles, la antigua camarera mantenía una pulcritud impecable. Los archivos de Henry Hall se guardaban en perfecto orden igual que las copias de todos sus escritos. En una de las gavetas reposaba, todavía inconclusa, la nueva historia de la independencia de Panamá.

Primeros días de mayo de 1940

—Es hora de abandonar París.

Las terribles palabras que Marie tanto temía habían salido por fin de labios de Henry Hall.

—¿No hay esperanzas de una contraofensiva? ¿Y los aliados... qué hacen que no defienden París?

—Desconozco sus planes pero estoy seguro de que entre ellos no está el de proteger París. Militarmente, no tendría ningún sentido. El propio ejército francés ha decidido evitar combates que pongan en peligro la integridad de la ciudad. Espero que los alemanes también sepan apreciar la belleza y la importancia histórica de sus monumentos.

Al observar que dos lágrimas se deslizaban por las mejillas aún lozanas de Marie, Henry se levantó de su silla para abrazarla. El periodista caminaba con la dificultad que los años y un corazón disminuido traen consigo.

—Todo estará bien. Prometo que regresaremos en cuanto termine la guerra. Pero sabes que no puedo permanecer aquí... ya lo hemos hablado antes. He combatido tanto a los nazis que me matarían o, peor aún, me dejarían podrirme en una celda. Comenzaré a preparar lo necesario para nuestro traslado a Canadá.

Desde el inicio de la guerra, Henry Hall había vuelto a estrechar lazos con su hermana Janet; se escribían regularmente y de vez en cuando hablaban por teléfono. Su cuñado y sus dos sobrinos varones se habían alistado en el ejército canadiense y aunque aquel permanecía en Otawa trabajando tras un escritorio, los muchachos se encontraban combatiendo en alguna parte del frente africano. «Me encantará volver a verte después de tantos años y tenerte aquí con nosotros», había dicho su hermana por teléfono hacía una semana. «Nos sobra espacio en la casa y una buena pluma periodística es bienvenida en cualquier diario, así es que trabajo no te faltará; Marie me ayudaría en el manejo de la casa». Henry, quien comprendía lo difícil que sería para Marie abandonar Francia, había ido dejándoselo saber poco a poco y con esa ternura tardía que en los últimos años la antigua camarera había despertado en él.

—Debes llamar a *madame* Bunau Varilla para decirle que nos vamos —sugirió Marie.

A pesar de que todavía no cruzaba palabras con Philippe, Henry, acosado por Marie, había reanudado lazos con los Bunau Varilla. Conversaba en el teléfono con Ida y alguna vez esta y Marie salían juntas de compras: las estrecheces de la guerra habían determinado que la distancia entre los muy ricos y los que poco tenían se acortara considerablemente. Por la señora Bunau Varilla, y a veces por Maurice, Henry se mantenía enterado del decaimiento de Philippe ante el avance incontenible de los alemanes.

Cuando, al día siguiente de aquella conversación, Henry llamó a los Bunau Varilla, se enteró por Pierre, el mayordomo, que el coronel estaba muy enfermo y había sido preciso internarlo en el hospital Americano. La señora permanecía constantemente a su lado.

—Debo ir a verlo —dijo a Marie, sin pensarlo mucho, y esa misma tarde acudía a visitar al enfermo. En la estación de enfermeras le indicaron que, dada su gravedad, el coronel Bunau Varilla no podía recibir visitas.

—¿Y sus familiares?

—Si espera en la salita de aquí al lado, la enfermera les avisará que está usted aquí.

Unos minutos más tarde, Ida Bunau Varilla venía a saludarlo.

—Señor Hall, qué amable es usted. Philippe estará encantado con su visita.

Aunque visiblemente afectado por la angustia y los desvelos, de alguna manera el rostro de *madame* Bunau Varilla lograba mantener la serenidad y la dulzura que tanto impresionaban al periodista.

—Me informó la enfermera que no se le puede visitar —dijo Henry, en cuyo interior libraban combate el deseo y la aprensión de volver a ver al francés.

—Usted sí puede, señor Hall. Estoy segura de que a Philippe le hará bien.

Mientras caminaban por el largo corredor, Henry quiso saber cuán grave era la condición del enfermo.

—Me temo que es muy seria, más que nada porque Philippe ya no tiene deseos de vivir. Él sabe que no pasará mucho tiempo antes de que los alemanes ocupen París y no quiere vivir para presenciar semejante ignominia. En realidad no lo culpo. Toda su vida ha odiado y desconfiado de los alemanes y ahora el salvajismo de Hitler y los nazis han confirmado que sus temores eran fundados. Además, a los ochenta años cualquier enfermedad es grave.

En la semipenumbra del cuarto, cuya única ventana daba al poniente, a Henry Hall le costó trabajo reconocer en aquel anciano al famoso ingeniero cuya autosuficiencia y excesiva soberbia tanta animadversión y desprecio despertaran en él años atrás. Reclinado en el lecho, el enfermo respiraba con dificultad. Al sentir que alguien entraba preguntó quedamente:

—¿Eres tú, Ida?

—Sí, *mon petit*, soy yo. Conmigo está el señor Hall. ¿Lo recuerdas, verdad?

Al escuchar el nombre, Philippe Bunau Varilla abrió los ojos y pidió más luz.

—Cómo no recordarlo… —dijo intentando una sonrisa—. ¿Viene usted a despedirse, Henry?

—Así es, Philippe. En breve partiré para Canadá.

—No era esa la despedida a la que me refería, *mon ami*, pero no lo culpo. Los nazis estarán en París en breve y no creo que sus escritos les hayan hecho mucha gracia. Yo también partiré antes que verlos oscurecer la Ciudad Luz… pero mi viaje será diferente.

Aunque la mirada de águila ya no estaba allí y los ojos habían perdido la intensidad del azul, aquel rostro descarnado todavía conservaba la dignidad de antaño. Los párpados habían vuelto a cerrarse.

—Lástima que nunca termináramos de escribir aquella historia —dijo Bunau Varilla saliendo de su sopor.

—¡Claro que terminamos! —exclamó Henry suavemente, fingiendo entusiasmo—. En mi próxima visita traeré conmigo el manuscrito; lo dejaré con su esposa y dentro de dos semanas regresaré para que lo discutamos... Le agradará comprobar que seguí sus consejos.

Philippe Bunau Varilla volvió a ensayar una sonrisa y dijo en voz que era apenas un susurro.

—Me temo que ya no tendremos tiempo para discusiones. Acepto su palabra, Henry...

Ida Bunau Varilla cerró suavemente las persianas y el cuarto quedó sumido en la oscuridad.

I

1

Panamá, martes 3 de noviembre

Nicanor de Obarrio ya estaba despierto cuando escuchó que tocaban suavemente a la puerta de su habitación. Al abrir se encontró con la muchacha del servicio quien se disculpaba diciendo que en la sala esperaba el capitán Félix Álvarez con un asunto tan urgente que le había pedido que despertara al señor prefecto. De Obarrio se vistió tan rápido como pudo, tratando de imaginarse qué podría ser tan grave para que Álvarez se hubiera visto precisado a acudir a su residencia a las seis de la mañana.

En la sala, el capitán Álvarez, segundo al mando de la policía de la provincia de Panamá, se puso en pie y mientras se excusaba entregó a De Obarrio el telegrama que traía en la mano.

—Perdone la hora, pero el asunto es grave.

El telegrama provenía del general Cuadros, prefecto de la provincia de Colón, y en él le comunicaba que en la madrugada había llegado a Colón el crucero *Cartagena* de la Marina de guerra colombiana con los generales Juan Bautista Tobar y Ramón Amaya acompañados de quinientos hombres del Batallón Tiradores bajo el mando del coronel Eliseo Torres.

—Regresa tú al cuartel, Félix, que yo voy a corroborar la información —dijo De Obarrio, dirigiéndose enseguida a la casa de Herbert Prescott.

El asistente del superintendente del ferrocarril estaba desayunando en el momento en que De Obarrio le enseñó el telegrama y le pidió que utilizara su línea telefónica para llamar al superintendente del ferrocarril en Colón a fin de que les confirmara la veracidad de la noticia.

—El barco llegó en la madrugada —corroboró Shaler en su difícil español—. En este momento hacen maniobras para atracar en el muelle y no veo que el *U. S. S. Nashville* haga nada para impedirlo.

Prometiendo que volverían a llamar, De Obarrio y Prescott recorrieron rápidamente las tres calles que los separaban de la casa del doctor Amador donde llegaron antes de las siete. Cuando ingresaron al zaguán, se encontraron al viejo médico que salía para su ronda habitual en el hospital Santo Tomás.

—Lea esto, doctor —dijo Prescott entregándole el telegrama.

—Debemos reunir a los conjurados enseguida para tomar acción —exclamó Amador alarmado y, dejando el maletín a un costado de la escalera, salió para la casa de José Agustín Arango tan rápido como se lo permitían sus piernas.

2

A la misma hora que esto sucedía, en el Cuartel de Chiriquí el general Esteban Huertas recibía otro telegrama de idéntico contenido de parte del jefe militar de Colón, capitán Achurra. En ese momento el jefe del Batallón Colombia supo que la hora de la decisión final había llegado.

La noche anterior, después de tomarse unos cuantos tragos de más en la cantina de Lopolito, el jefe del Batallón Colombia había decidido que para prevenir cualquier eventualidad era necesario distribuir el parque del cuartel en las diferentes guarniciones de la ciudad. A esa hora Francisco Lopolito, que también tenía el negocio de alquilar carretas, puso un par de ellas con sus respectivas mulas a las órdenes del general para conducirlas al cuartel, llenarlas de rifles, revólveres y municiones y distribuir su contenido en las guarniciones de Perejil, La Boca, La Loma de Gilberto y Pueblo Nuevo.

Ahora que finalmente arribaban los generales colombianos a relevarlo en el mando, su acción precipitada de la noche anterior lo llenaba de temor. ¿Qué explicación podría dar cuando ni él mismo estaba seguro de por qué lo había hecho? Aunque los soldados que ejecutaron las órdenes eran de su entera confianza, nada le garantizaba que no cumplirían con el deber de informar a los nuevos jefes que el movimiento del parque a puntos estratégicos de la ciudad se había realizado de noche y sin previo aviso. Huertas ya no solamente temía por su cargo sino también por su vida. Aunque su decisión fuera la de apoyar al movimiento separatista, sus ciento cincuenta hombres no eran suficientes para enfrentar a los quinientos que traía Tobar. «Aquí no puede haber ninguna revolución sin la masa liberal», se dijo, y tomó la resolución de ir a parlamentar con el líder indiscutible de ella.

Al despuntar el 3 de noviembre, el general Domingo Díaz desayunaba en casa de su hermano, Pedro, donde se celebraba un conciliábulo de líderes liberales para discutir el asunto de la separación.

—El general Huertas acaba de llegar y quiere hablarte —informó Pedro a su hermano.

—Salgo a verlo. No conviene que sepa que estamos aquí reunidos.

Aunque de pequeña estatura, Domingo Díaz le llevaba a Huertas casi una cabeza.

—Buenos días, general, ¿qué lo trae por aquí a estas horas?

—Verá usted —repuso Huertas—. Me acaban de avisar que a Colón llegó el general Tobar con quinientos hombres. Creo que es hora de que usted y yo hablemos porque el enfermo se nos está poniendo muy grave.

—A ese enfermo le daría mi sangre si fuera necesario, general. ¿Usted no?

—A eso vengo, don Domingo, a eso vengo. A la hora de los tiros los únicos que contamos somos usted con su gente y yo con mi ejército. Pero tendríamos que actuar juntos.

—Mi gente y yo estamos listos.

—Entonces espere que yo le mande a avisar.

—Esperaré hasta que sea preciso actuar, general. Y no le quepa ninguna duda de que actuaremos.

Huertas regresó al cuartel convencido de que Domingo y Pedro Díaz lanzarían a su gente a la calle en cuestión de horas. ¿Qué haría él? Sin duda le resultaría más fácil vencer a mil civiles mal armados que a quinientos soldados bien equipados y entrenados.

3

—José Agustín, tenemos que hablar.

—¿Qué ocurre Manuel?

—Llegaron las tropas colombianas a Colón. Son quinientos hombres al mando de los generales Tobar y Amaya.

—¿Quién te avisó?

—Se lo comunicaron oficialmente a De Obarrio, y él y Prescott lo confirmaron con Shaler.

—¿Y los norteamericanos?

—No sé si han hecho algo. Aparentemente les están permitiendo desembarcar.

—Entonces la situación es muy grave, Manuel. Contra quinientos hombres bien armados es poco lo que podremos hacer.

—Por lo pronto seguiremos en contacto con Shaler. Yo voy a avisarle a Tomás, a Federico y a Espinosa. Avísale tú a Carlos Constantino. Nos reuniremos a las nueve en la planta eléctrica para discutir qué haremos.

Diez minutos después de que Amador saliera de la residencia de Arango, este llamó por teléfono a Carlos Constantino y le pidió que lo esperara en los bajos de su casa a las siete y media. Solamente con observar el ceño adusto y la mirada inquieta del maestro Arango el joven Arosemena comprendió que algo muy grave sucedía.

—¿Qué ocurre, maestro?

—Estamos muy mal parados. Amador me acaba de informar que llegaron los colombianos. Son quinientos hombres al mando de los generales Tobar y Amaya. No sé qué haremos ahora.

—¡Amarrarlos! —exclamó Carlos Constantino—. Si quinientos hombres nos van a meter en un zapato entonces no merecemos ser independientes.

—El empuje de la juventud... —murmuró Arango—. Vete a ver a Amador a ver qué han decidido los otros conjurados.

En el lapso de una hora Manuel Amador Guerrero había dado la terrible noticia a cada uno de los demás conjurados, cuya reacción inmediata fue la de que ya no había nada que hacer. «Si los norteamericanos no han actuado después de tantas promesas, es poco lo que podremos hacer nosotros contra quinientos hombres bien armados», fue el comentario general.

Manuel Amador Guerrero, abatido y decepcionado, regresó a su residencia un poco antes de las nueve de la mañana. Al verlo entrar cabizbajo y con el bigote más caído que de costumbre, María supo enseguida que algo marchaba muy mal. Caminando lentamente Amador pidió a su esposa que le hiciera llevar una taza de café a la hamaca.

—¿Qué ha ocurrido? —preguntó mientras el viejo se acostaba.

—Llegaron las tropas colombianas a Colón, Mary, y los conjurados no se atreven a luchar; me han abandonado.

—¿Y José Agustín?

—También muy desanimado, aunque creo que seguiría hasta el final.

—¿Y los norteamericanos? ¿No han hecho nada?

—Todo indica que los dejarán desembarcar.

Sin pensarlo dos veces, María Ossa sugirió enseguida:

—Si se les retiene en Colón todavía habrá oportunidad de dar el golpe en Panamá.

—Pero en Colón ni siquiera estamos seguros del apoyo de la policía. ¿Quién los va a retener?

—El ferrocarril. Dile a Herbie que no los transporte.

En los ojos del anciano brilló una chispa de entusiasmo, pero solo por un instante.

—Es poco lo que puedo hacer yo solo. Tal vez tenías razón, después de todo: estoy muy viejo para revoluciones.

—No me vengas con eso ahora —respondió María con el tono autoritario que tanto admiraba Amador—. Ya han ido demasiado lejos en esto; si el ejército colombiano se toma Panamá los fusilarán a todos. Antes de que los maten en una hamaca, es mejor que caigan peleando en las calles. Así es que anda, levántate a luchar que yo te apoyaré. No permitas que la bandera que diseñó tu hijo y que yo misma cosí se quede sin ondear. Ahora lo más importante es pedirle a Shaler que no les permita tomar el tren para Panamá.

Sin saber si lo hacía por complacer a María o porque aún abrigaba esperanzas de éxito, el doctor Amador se levantó de la hamaca, dio un beso a su mujer y se despidió prometiendo que la mantendría informada de todo.

En la plaza de la Catedral se encontró con Charles Zachrisson y Herbert Prescott quienes iban a buscarlo a él para informarle que Carlos Constantino había ido a hablar con su tío Domingo Díaz para ponerlo al corriente de lo ocurrido y planificar los pasos siguientes.

—Lo más urgente ahora —dijo Amador— es hablar con Shaler para que no transporte a los soldados. Vamos a tu casa a usar el teléfono, Herbie.

—Vamos. Pero cuando hace un rato hablé con Shaler para saber cómo marchaba todo, me dijo que ya los soldados habían desembarcado sin ningún impedimento y que él trataría de mantenerlos en Colón. Me recordó que con ese propósito habíamos hecho transferir casi todos los carros para Panamá.

—En cualquier caso, vamos a hablar con él para cerciorarnos bien de lo que está ocurriendo en Colón. Después hablaré con Huertas y con Domingo Díaz.

4

Colón, ocho de la mañana

A través de la ventana de su oficina, que daba al muelle, el coronel Shaler, superintendente del ferrocarril, observó atentamente mientras los generales y su Estado Mayor descendían del crucero colombiano que acababa de atracar en el muelle. Eran las ocho en punto de la mañana y dentro de media hora debería partir el primer tren de pasajeros. En ese momento se le ocurrió la manera de evitar que la tropa, que aún no comenzaba a bajar, se desplazara hacia Panamá. Discretamente llamó a su jefe de operaciones y le ordenó que añadiera el carro especial de la superintendencia al tren de las ocho y treinta y que lo hiciera rodar hasta el muelle.

—¿Como si fuera un carguero? —preguntó sorprendido el empleado.

—Exactamente. Quiero que recoja a los generales colombianos que acaban de llegar. Así me lo ha pedido el gobernador.

Cuando el superintendente Shaler se acercó al muelle para dar la bienvenida a los generales Tobar y Amaya, ya se encontraban allí el general Pedro Cuadros, prefecto de Colón, su secretario Benjamín Aguilera, el capitán Alejandro Ortiz, jefe de la policía portuaria, y otros a quienes el jefe ferrocarrilero no reconoció.

—Buenos días, generales. Bienvenidos a Colón —saludó Shaler, en un español que obligó a los colombianos a disimular la risa—. Soy James Shaler, superintendente del Ferrocarril, y tengo órdenes del gobernador de Panamá de enviarlos para allá en un vagón especial.

—Buenos días —respondió Amaya—. Nosotros esperaremos a que desembarque la tropa. Cuando esto ocurra le avisaremos para que nos transporte a todos juntos.

—El problema es que ahora no tengo carros para los soldados. Como no sabíamos que vendrían hoy, no estábamos preparados. Podemos enviarlos a ustedes por delante y los soldados irán después a la una de la tarde.

Mientras recibía los saludos y parabienes de las autoridades colonenses, a las que ahora se había sumado el coronel Eleázar Guerrero, alcalde de Colón, Juan Bautista Tobar seguía con atención el diálogo de su compañero de armas con aquel viejo alto, huesudo y peliblanco, que tan pintorescamente hablaba el castellano.

—No podemos separarnos de la tropa —insistía Amaya—. Tendrá que ver cómo nos pone a disposición los carros lo antes posible ya que el general Tobar viene a cumplir una misión importante y urgente.

—Pero usted no me ha entendido. Los carros no están en Colón; tengo que traerlos del lado del Pacífico.

—El problema, mi amigo —intervino Tobar— es que los generales colombianos no abandonan a su tropa.

En el momento que Tobar terminaba de hablar, se escuchó el silbato de una locomotora y el vagón especial ordenado por Shaler comenzó a rodar lentamente hacia donde se encontraba el grupo reunido, deteniéndose justamente frente a ellos. Era un hermoso vagón.

—¡Aquí tienen su carro, señores! —exclamó orgulloso Shaler.

Tobar y Amaya discutieron un momento y aquel preguntó:

—¿A qué hora estarán disponibles los carros para la tropa?

—A la una en punto, general.

—Yo velaré porque así sea —ofreció el prefecto Cuadros.

—Entonces no creo que haya nada de malo en que aprovechemos la amabilidad del señor…

—Shaler.

—Sí, Shaler.

El general Tobar le pidió a uno de sus ayudantes que fuera enseguida por el coronel Eliseo Torres, quien todavía permanecía con la tropa a bordo del *Cartagena*. Diez minutos después este se cuadraba ante su superior.

—Coronel, el general Amaya y yo seguimos para Panamá con el Estado Mayor. Parece ser que hasta la una de la tarde no habrá carros para transportar a la tropa así es que usted queda a cargo. Asegúrese de que se movilizan a la una con todo el parque y el resto de nuestro equipaje que también queda a su cuidado. El general Cuadros, prefecto de Colón, tiene instrucciones de colaborar para que estas órdenes se cumplan.

—Entendido, mi general —respondió Torres volviendo a cuadrarse y chocando los talones. —¿Pueden desembarcar las esposas y los niños que vienen en el *Alexander Bixio*?

—Sí, por supuesto, coronel. También la tropa puede comenzar a desembarcar y a prepararse para partir en el tren.

En ese momento Shaler, con un enorme reloj de bolsillo en la mano, se acercó a Tobar y dijo, invitándolo a subir:

—Les ruego que se apuren. Este tren debió salir con pasajeros que aguardan desde las ocho.

El general Tobar entró primero y tras él subieron el general Ramón G. Amaya, el general Ángel M. Tobar, el general Joaquín Caicedo Albán y el coronel José N. Tobar. Luego de que ocuparon sus respectivos asientos, Amaya insistió en quedarse con sus soldados y, mientras él y Tobar discutían, Shaler, quien presenciaba la escena, sonó su silbato y se despidió mientras el tren empezaba a rodar con los generales a bordo. Segundos más tarde el superintendente decía adiós con una mano mientras con la otra consultaba su reloj: eran las nueve y quince.

Desde la calle del Frente, en el lado opuesto del muelle, Porfirio Meléndez y Orondaste Martínez, quienes disimuladamente habían observado cada detalle de lo ocurrido, se dirigieron rápidamente a la oficina de telégrafo.

5

Panamá, nueve y media de la mañana

En la planta eléctrica, donde cuatro meses atrás habían tenido la primera reunión plenaria, volvieron a encontrarse los conjurados aquella mañana en la que el desembarco de las tropas colombianas había puesto caras largas y miradas esquivas en los rostros. No acudieron Tomás Arias ni Federico Boyd.

—Aunque comprendo que todos estamos desanimados por la llegada del general Tobar con el regimiento de Tiradores —comenzó diciendo Amador—, es necesario que perseveremos. La buena noticia es que Prescott, quien no está aquí porque le pedí que permaneciera en su casa comunicándose constantemente por teléfono con Shaler, me informó hace poco que los generales y su Estado Mayor abordaron el tren hace media hora pero la tropa se quedó en Colón. Shaler dice que él retendrá a los soldados mientras pueda, dándonos así oportunidad de actuar. No hay que perder las esperanzas; todavía podemos triunfar.

Aunque procuraba que su voz sonara animada, el viejo galeno no podía disimular el desaliento que también a él lo embargaba.

—Esta mañana hablé con Tomás quien está muy descorazonado —prosiguió—. Me dijo que en su opinión todo está perdido y que no acudiría a esta reunión porque tenía algo urgente que atender, aunque accedió a darme las llaves de su despacho para que pudiéramos celebrarla aquí.

—Descorazonados estamos todos —dijo Ricardo Arias—. Muy poco duró la dicha ayer cuando nos avisaron que finalmente había llegado la nave de guerra enviada por los norteamericanos para protegernos de los colombianos.

—Debo comunicarles que don Federico no está aquí porque se encuentra indispuesto —informó Carlos Constantino—. Yo lo visité esta mañana y me pidió que le dijera al doctor Amador que él acataría lo que se dispusiera.

—En realidad, no veo qué podemos hacer nosotros a estas alturas —intervino Espinosa Batista—. Lo que se avecina es una confrontación militar, si es que nuestra gente decide combatir, y ninguno de los que estamos aquí está para eso.

—A mí déjeme por fuera de sus cálculos —reclamó Carlos Arosemena—. Si hay que luchar en las calles, yo, igual que muchos otros, lo haré.

—Igual digo yo —afirmó De Obarrio—. Es preferible que nos peguen un tiro combatiendo en defensa de nuestra independencia a que nos cuelguen por conspiradores.

José Agustín Arango, quien había permanecido taciturno y callado, habló para decir que no se trataba de hacerse matar así nada más.

—Yo apoyaré el movimiento hasta el final —continuó—, aunque estoy consciente de que, como dice Espinosa, ya no puedo batirme a tiros en la calle. Manuel ha dicho algo que tiene mucho sentido: es probable que las tropas no lleguen hoy a Panamá, en cuyo caso tendremos todo el día para dar el golpe.

—Si es que Huertas no nos falla —observó Ricardo Arias.

—No se trata solamente de Huertas, sino también del general Domingo Díaz —sentenció Amador—. Sin el apoyo del pueblo nada podremos lograr. Me propongo ir inmediatamente a hablar con ambos y tratar de coordinar las acciones. Sugiero que cada uno de ustedes permanezca cerca de su casa para que podamos comunicarnos sin dificultad.

—¿Qué hacemos con el gobernador? —preguntó Espinosa.

—Para nadie es un secreto que José Domingo simpatiza con nuestra causa. Él no hará nada por entorpecer el movimiento sino que más bien procurará ayudarnos dentro de lo que sea prudente —respondió Amador.

—¿En qué quedamos por fin? —exclamó Arosemena, impaciente ante la apatía que mostraba la mayoría de los conjurados.

—Como les dije, hablaré con Huertas y con Domingo Díaz y en caso de cualquier novedad les mandaré aviso con una persona de confianza.

—¿Qué misión me encomienda a mí? —insistió Arosemena.

—Necesitamos que alguien se apodere del telégrafo en cuanto se dé el golpe. Hazlo tú; además, mantente cerca de tu tío Domingo y déjate ver con frecuencia en Santa Ana para que se sepa que seguimos con el movimiento.

—¿Y yo? —inquirió De Obarrio.

—Tú deberías tener mucho cuidado —aconsejó el maestro Arango—. No olvides que eres funcionario del gobierno, nadie menos que prefecto, y que si las cosas salen mal te cuelgan de primero.

—Ya no soy prefecto de nada. Apenas salga de aquí me voy donde el gobernador a presentar mi renuncia. Después buscaré a mi amigo el coronel Pretelt para evitar que se ponga a dar órdenes contrarias a los buques bajo su mando.

—Así quedamos entonces —concluyó Amador, apurado por ir a entrevistarse con Huertas—. No creo que nos reuniremos otra vez antes del golpe. ¡Que Dios nos acompañe!

6

No bien emergió de la reunión de los conjurados, Manuel Amador Guerrero encaminó sus pasos hacia el Cuartel de Chiriquí. Al llegar observó que había más soldados que de ordinario custodiando la gran puerta que daba acceso a la sede del Batallón Colombia. Como siempre, lo dejaron pasar hasta el despacho del comandante sin mayores formalidades.

—Buenos días, viejito. Parece que llegó finalmente mi reemplazo —dijo Huertas a manera de saludo.

—Y con quinientos hombres —respondió Amador—. Ahora sí que se nos agotó el tiempo. He recibido confirmación del superintendente Shaler de que los generales vienen acompañados únicamente de su Estado Mayor y de que la tropa permanece en Colón sin poder movilizarse por falta de trenes.

A Huertas se le iluminó el rostro pero no dijo nada.

—La suerte del Istmo está en sus manos, general. Llegó el momento de cubrirse de gloria y de entrar con paso firme en la historia de la nueva república que hoy fundaremos.

Huertas siguió en silencio. Contemplaba, sin verlo, el rostro avejentado del médico de su batallón.

—¿Qué me dice, general? —preguntó Amador impacientándose.

—Que hay que pensar muy bien las cosas. Un paso en falso de mi parte puede costar mucha sangre.

—General, usted es tan istmeño como yo. Su mujer y su hijo vieron la luz por primera vez en esta tierra. Tiene que unírsenos y convertirse en jefe del ejército de la nueva república; si no lo hace, entonces sí que correrá la sangre.

En ese momento se presentó al despacho un ordenanza portando un telegrama urgente. Huertas lo leyó parsimoniosamente y luego dijo:

—Tenía usted razón, viejito. Aquí me avisan que los generales vienen sin la tropa. A lo mejor piensan que aquí no pasará nada o que se bastan y sobran para lo que pudiera ocurrir. Váyase tranquilo, doctor, que ahora tengo que preparar una escolta para ir a recibirlos con todos los honores.

Manuel Amador se despidió, frustrado una vez más en su intento de obtener de Huertas un compromiso firme y definitivo de apoyo al movimiento separatista. «Habrá que forzar las cosas», pensó mientras buscaba un coche que lo llevara a la casa del general Domingo Díaz.

7

En el trayecto, Amador pidió al cochero que pasara por la casa de Prescott y allí se apeó para indagar por la situación de Colón.

—Acabo de hablar con Shaler y dice que por ahora todo está tranquilo —le informó Herbie—. Él piensa que las cosas comenzarán a complicarse a partir de la una de la tarde, cuando el coronel Torres se dé cuenta de que todavía no hay carros para transportar a la tropa a Panamá.

Satisfecho, el doctor Amador siguió rumbo a la casa de Domingo Díaz donde le informaron que este no se hallaba pero que lo podría encontrar en Santa Ana junto a su hermano Pedro. En la plaza comenzaba a reunirse un grupo de personas entre las cuales distinguió Amador a los hermanos Díaz. La figura del general Domingo Díaz era inconfundible: bajito y narizón, de pelo muy blanco, calzaba siempre botas y polainas.

—Me alegro de encontrarlo, general. Necesito hablar con usted —dijo Amador, a quien el pueblo santanero, a pesar de su filiación conservadora, respetaba mucho por su labor en el hospital Santo Tomás.

—Vamos a la barbería de Rodríguez —indicó el general.

En el camino, Amador enteró a Díaz de que las tropas colombianas permanecían en Colón y de que Prescott se mantenía en continua comunicación telefónica con Shaler para monitorear la situación.

—¡Ojalá no se dañe la línea! —exclamó el general, sonriendo.

En la barbería de José Rodríguez, amigo íntimo del general, ambos ancianos fueron conducidos por su propietario a la trastienda para que hablaran sin perturbaciones.

—La situación es la siguiente —indicó Amador—: En Colón han desembarcado aproximadamente quinientos hombres del Batallón Tercero de Tiradores, que es uno de los más afamados de Colombia.

—Ya combatí una vez contra ellos en la guerra civil —interrumpió Díaz.

—El Tiradores está varado en Colón y hacia Panamá vienen únicamente los generales Tobar y Amaya con su Estado Mayor. En la bahía de Colón también se encuentra la cañonera norteamericana *U. S. S. Nashville*; no sabemos, sin embargo, cuántos hombres hay a bordo ni cuáles son sus órdenes precisas. Yo creo que, como siempre ha ocurrido, les ordenarán mantener libre de conflictos la vía del ferrocarril, lo que quiere decir que no permitirían a los soldados colombianos trasladarse a Panamá.

—Esas cañoneras normalmente no cargan más de cincuenta hombres —observó el general—. La cosa no será fácil si allá comienzan los tiros.

—Los norteamericanos también lo saben y estamos seguros de que vienen más barcos y más hombres —replicó Amador—. El principal problema lo tenemos ahora mismo aquí en Panamá: la mayoría de los conjurados me han abandonado y Huertas, con quien acabo de hablar, aún no se decide a actuar.

—Yo no abandono el movimiento, doctor. Ya he ordenado a mis lugartenientes que comiencen a reunir al pueblo en la plaza de Santa Ana después del mediodía. Yo también hablé con Huertas esta mañana temprano y él quedó de avisarme a qué hora damos el golpe para...

—¿Significa eso que Huertas ya está decidido? —interrumpió Amador.

—Con Huertas, que es muy taimado, uno nunca está seguro, doctor. Lo cierto es que su posición es delicada porque el Batallón Colombia se le puede voltear si no actúa inteligentemente. A la hora de la verdad, no se sabe cómo reaccionarán una oficialidad y unos soldados a quienes se les pide cambiar de bando. El problema que confronta Huertas es que tendrá que pedir a sus hombres que combatan en contra de sus propios compañeros de armas. Lo que yo creo es que si Huertas piensa que las fuerzas se inclinan a favor de la separación y que los norteamericanos realmente actuarán en favor del movimiento, él también se plegará. Pero no tomará partido hasta el último momento. Es por eso por lo que tenemos que aprovechar que Tobar cometió la imprudencia de venirse sin su tropa para dar el golpe cuanto antes.

—Algunos piensan que debemos hacerlo apenas los generales desembarquen en la estación del tren —sugirió Amador.

—Eso será dentro de las próximas dos horas y no tenemos nada listo. Creo que el golpe debe darse como a las cinco de la tarde. Esta barbería será mi centro de operaciones.

—Me parece bien, general, y me tranquiliza verlo tan decidido. Le he pedido a su sobrino, Carlos Constantino, que se mantenga cerca de usted para coordinar las acciones. Yo, por lo pronto, volveré más tarde al cuartel para seguir presionando a Huertas.

A la salida de la barbería, un grupo numeroso de liberales, interesado en saber a qué hora se daría el golpe, rodeó a los dos ancianos.

—Mi hermano Pedro, o yo, daremos la señal. Quédense por aquí sin armar mucho alboroto; no queremos llamar la atención de las autoridades antes de tiempo.

Al notar la forma tan dócil como aquella muchedumbre acogía la palabra del general Díaz, por la mente de Amador cruzó de manera fugaz la preocupación exteriorizada por Tomás Arias en cuanto a que la independencia favorecería al Partido Liberal. Pero no era el momento de pensar en política.

En el camino de vuelta, Manuel Amador Guerrero observó que comenzaba el cierrapuertas en los comercios y que una tensa calma se había apoderado de la ciudad. En ese momento comprendió que ya no había marcha atrás y una sensación de angustia recorrió aquel cuerpo vapuleado por los años.

8

Panamá, once y media de la mañana

El tren que transportaba a los generales colombianos entró a la estación a la hora prevista. Allí aguardaba una multitud entre la que se destacaban el gobernador De Obaldía, el alcalde, José Ossa; el vicecónsul norteamericano, Félix Ehrman; el administrador de Hacienda, Eduardo de la Guardia; el secretario de Gobierno, Julio Fábrega; el secretario del Tesoro, Manuel E. Amador; el secretario de Instrucción Pública, Nicolás Victoria; el jefe militar de la plaza, general Francisco de Paula Castro; el general Luis Alberto Tobar, comandante del buque *Bogotá*; el coronel José María Tobar, segundo al mando en la jefatura militar del departamento, y una escolta del Batallón Colombia bajo el mando del general Esteban Huertas.

Cuando los generales descendieron del tren y se encontraron con tan entusiasta y concurrido recibimiento, Tobar golpeó con el codo a Amaya y sonriendo le susurró muy cerca del oído:

—Te dije que nada pasaría. Este recibimiento no puede ser una comedia.

Después de los saludos y solemnidades de rigor, los generales subieron con el gobernador a su carroza para dirigirse al Palacio de Gobierno. Seguían unos diez coches más con el resto de los funcionarios departamentales y más atrás marchaba un destacamento del Colombia con Huertas al frente. Durante el recorrido, De Obaldía puso a los generales al corriente de los últimos acontecimientos.

—No sé si saben que lo de la invasión nicaragüense resultó una falacia.

—En realidad no lo sabíamos —dijo el general Tobar—. Cuando salimos de Cartagena pensábamos que esa sería nuestra primera tarea.

—Por lo menos el incidente sirvió para que los liberales protestaran su inocencia y manifestaran su rechazo de cualquier invasión al Istmo.

—Y en cuanto al movimiento separatista —quiso saber Tobar—, ¿hay algo de serio en eso? Se percibe tensión en el ambiente.

—Más que tensión, expectativa por su llegada. Usted sabe, general, que los istmeños siempre han hablado de separarse de Colombia, incluyéndome a mí antes de ocupar el cargo de gobernador. Pero le puedo garantizar que, aparte de algunas publicaciones de periódicos, muy esporádicas, todo está normal y en calma; no hay nada que deba preocupar a Bogotá.

En el Palacio de Gobierno el gobernador brindó con champaña a la salud de los recién llegados y luego, en una improvisada reunión de trabajo, les mostró los diferentes telegramas recibidos del interior en los que se informaba que todo estaba en calma y que la cacareada invasión jamás se había producido. Un toque de dianas hizo salir a los generales y al gobernador al balcón del Palacio para ver desfilar al Batallón Colombia a cuyo frente marchaba la diminuta figura del general Esteban Huertas, rindiendo honores militares a los recién llegados.

—Creo que debemos ir al cuartel para que la tropa nos reconozca —sugirió Amaya, y él, Tobar, y su Estado Mayor siguieron por la misma ruta que acababa de recorrer el Colombia.

En la calle los curiosos saludaban y algunos vitoreaban a aquellos militares tan elegantemente vestidos, lo que motivó que Tobar volviera a reprocharle a Amaya su pesimismo.

—¿Todavía crees que esta gente está tramando una revolución? Para serte franco, Ramón, me siento aquí más tranquilo y seguro que en las calles de Bogotá.

En el Cuartel de Chiriquí los generales, después del reconocimiento de la tropa, fueron agasajados, también con champaña, por Huertas, quien allí mismo fue informado por Tobar que traía los fondos necesarios para pagar las sumas adeudadas a los soldados, noticia que Huertas recibió con beneplácito y que mereció un nuevo brindis. Como era ya casi la una de la tarde, Tobar recordó a Amaya la invitación a almorzar en casa de la familia Jované.

9

No bien salieron los generales del Cuartel de Chiriquí, el doctor Amador Guerrero, que desde la casa de Charles Zachrisson, que quedaba enfrente, espiaba sus movimientos, cruzó apresuradamente la calle para volver a reunirse con Huertas. El comandante del Colombia, quien en ese momento se proponía almorzar, invitó al médico a compartir su rancho, pero este, diciendo que ya había comido, ofreció esperarlo en el salón de las banderas. Media hora después entraban juntos al despacho de Huertas.

—Debo admitir que usted es un hombre muy persistente, doctor. Menos mal que no llegó cuando estaban los generales pasando revista a la tropa y al parque.

—Vengo a informarle que en Santa Ana y en otros sitios de la ciudad ya se está reuniendo la gente. El general Díaz se encuentra listo para marchar al frente de sus huestes y los voluntarios del Cuerpo de Bomberos esperan órdenes para incorporarse al movimiento que todos opinamos no puede pasar de hoy. Vengo a que nos pongamos de acuerdo en la hora, general.

Con una media sonrisa en los labios, Huertas se quedó mirando a aquel anciano tan testarudo y finalmente dijo:

—Si decidiéramos dar el golpe el mejor momento sería esta noche a las ocho en la plaza de la Catedral durante la retreta en honor de los generales.

—¿Por qué no esta tarde? —preguntó Amador.

—Porque ya se dispersaron y no podemos amarrarlos de uno en uno. Esta noche los tendremos juntitos y desprevenidos, celebrando la lealtad de los istmeños.

—Entre más esperemos más probabilidades habrá de que la tropa se tome los trenes por la fuerza y se vengan para Panamá.

—¿Y cuál es la situación ahora mismo?

—Siguen esperando tren, pero Shaler no se los dará.

—¿Y los yanquis?

—Están aguardando refuerzos que no tardan el llegar —mintió Amador.

—Vuelva donde el general Díaz y dígale que se aliste para esta noche. Si todo sigue como hasta ahora, daremos el golpe.

Aunque Huertas cada vez parecía acercarse más a una decisión, sus manifestaciones no eran rotundas, sino más bien tibias, dejando siempre abierta una puerta de escape. Esta vez, sin embargo, Amador tuvo la certeza de que sí los apoyaría.

A esa hora los únicos otros conjurados que continuaban activos eran Arosemena y De Obarrio. Este último acababa de tener una pequeña confrontación con el gobernador con motivo de su renuncia. «¿A qué viene esto ahora?», había preguntado De Obaldía. «A que hoy mismo se dará el golpe y no quiero ostentar ningún cargo público cuando ello ocurra», fue la respuesta.

De Obaldía, que estimaba a De Obarrio, trató de razonar con él.

—Los generales acaban de llegar con quinientos hombres. Es el peor momento para pensar en un golpe.

—A Panamá solamente llegaron los generales porque la tropa aún está en Colón y allá se quedará hasta que declaremos la independencia. Después ya veremos. Lo más probable es que los norteamericanos ocupen la vía y no nos permitan combatir.

—Dígale al doctor Amador que tenga mucho cuidado con lo que hace. Por las preguntas que me formularon, creo que los generales sospechan que se prepara un golpe. —Luego de un momento de vacilación el gobernador añadió—: De más está decirle que ayudaré en lo que esté a mi alcance, aunque por ahora creo que lo mejor que puedo hacer es permanecer en el cargo; si las cosas salen mal los conspiradores necesitarán de alguien que los defienda.

Carlos Constantino, por su parte, visitaba periódicamente la telegrafía donde el empleado, quien se había pasado ya a los revolucionarios, lo mantenía al corriente de cualquier información de interés. Además, no le perdía la pista a su tío, el general Díaz, y a cada rato asomaba su cara por Santa Ana, donde cada vez se reunía más gente.

José Agustín Arango, quien ya no soportaba seguir encerrado en su casa, había enviado a su hijo Belisario a decirle a Amador que contara con él para lo que fuera menester y que se mantendría por los alrededores de la Catedral hasta las cinco de la tarde, cuando iría con sus hijos a acompañar al general Díaz. Con el mismo Belisario Arango el doctor envió mensaje a los demás conjurados asegurándoles que el golpe se daría antes de que terminara el día. «A Tomás Arias y a Federico Boyd les dice que se preparen porque pronto formarán parte de la Junta de Gobierno».

10

Washington, martes 3 de noviembre

Siguiendo instrucciones del presidente Roosevelt, Charles Darling, subsecretario de la Marina encargado, y Francis Loomis, subsecretario de Estado, se habían instalado en las oficinas del departamento de Marina desde las siete de la mañana del día siguiente al arribo del *U. S. S. Nashville* a Colón. Tenían órdenes precisas de seguir paso a paso los acontecimientos próximos a desencadenarse en Panamá. Lo que más los preocupaba en ese momento era la llegada del crucero colombiano con quinientos hombres a bordo, lo que en caso de un conflicto armado colocaría a los marinos del *U. S. S. Nashville* en una posición de desventaja de diez contra uno, principal razón por la cual la tarde del día anterior Darling había cursado instrucciones a su comandante, John Hubbard, para que no permitiera el desembarco de las tropas colombianas. El subsecretario sabía que en el agua la cañonera norteamericana podía reducir al crucero colombiano sin ninguna dificultad pero, una vez en tierra, los soldados colombianos estarían en una posición sumamente favorable frente a los hombres de Hubbard. Por dificultades técnicas, este mensaje, sin embargo, había tenido que enviarse al cónsul de los Estados Unidos en Colón,

Oscar Malmros, para ser entregado a Hubbard tan pronto arribara a Colón el *U. S. S. Nashville*; por razones incomprensibles, el cónsul había demorado la entrega hasta después que ya las tropas colombianas estaban en tierra.

El mismo día 2, Darling había ordenado también al *U. S. S. Dixie*, surto en Guantánamo, proceder rumbo al Istmo a toda máquina, lo mismo que a los cruceros *U. S. S. Boston* y *U. S. S. Marblehead*, que se aproximaban al Istmo por la costa del Pacífico. En las instrucciones de este último se había añadido la de ocupar y artillar el Cerro Ancón, si lo consideraba necesario para evitar que se interrumpiera el libre tránsito.

Loomis y Darling permanecían a la espera de noticias y solamente se separaron brevemente para que cada uno pudiera votar en las elecciones parciales que ese día se celebraban en los Estados Unidos. A las once de la mañana les fue entregado el cablegrama cifrado de Hubbard cuyo contenido los llenó de inquietud.

> *Avísole recibo de su telegrama del 2 de noviembre. Antes de recibirlo ya habían desembarcado del* Cartagena *en la mañana de hoy como 400 hombres del gobierno de Colombia. Ninguno se ha pronunciado en el Istmo todavía ni hay disturbios. La Compañía del Ferrocarril ha rehusado el transporte a Panamá de las tropas desembarcadas mientras no lo solicite el gobernador. Tal solicitud no se ha hecho. Posiblemente esta noche tendrá lugar el movimiento para declarar la independencia. La situación se pondrá crítica si llegan a actuar los revolucionarios.*

Tan pronto terminaron de leer el telegrama, Loomis y Darling comprendieron que la situación en Colón se había tornado muy comprometida para los Estados Unidos.

—Nuestros hombres están en peligro —masculló Darling—. ¿Qué demonios le pasó a Malmros que no entregó el mensaje a tiempo?

—Por más peligro que enfrenten, su misión es evitar que esas tropas lleguen a Panamá —afirmó Loomis—. Vamos a reiterar a Hubbard instrucciones en ese sentido.

—Son cincuenta contra cuatrocientos —recordó el subsecretario de la Marina, preocupado por su gente.

—Tendrán que bastarse y utilizar, si fuera preciso, los cañones del *Nashville*.

—¿Informamos al secretario Hay? —inquirió Darling.

—No, todavía no tenemos nada definitivo que informar. Esperaremos a ver qué ocurre.

11

Colón, once y treinta de la mañana

La oficina del superintendente Shaler se había convertido en el centro de operaciones de los actores del drama. Con Shaler se reunían el cónsul Malmros, el comandante Hubbard y los jefes revolucionarios de Colón: Meléndez y Martínez. El principal problema que confrontaban todos era la incertidumbre de lo que ocurría en la capital del Istmo. A pesar de que el superintendente mantenía comunicaciones frecuentes con Prescott en Panamá, este tampoco sabía a ciencia cierta cuándo se daría el golpe. Para cubrirse las espaldas, Shaler había solicitado al comandante Hubbard que en nombre del gobierno norteamericano le prohibiera expresamente por escrito movilizar a los soldados colombianos en el tren. Con igual propósito había solicitado a los jefes revolucionarios de Panamá, a través de Prescott, una carta similar y la garantía de que la concesión del ferrocarril no sería afectada una vez se independizara el departamento. Aunque Shaler, quien en sus tiempos había participado en varios combates, disfrutaba ayudando a la causa separatista, siempre mantenía muy claro en su mente que el objetivo de todo aquello era salvar a la Compañía del Canal y, como consecuencia, a la del Ferrocarril, propiedad de aquella.

—Yo puedo negarme a transportar a los soldados, pero no puedo evitar que capturen el ferrocarril —dijo Shaler en su enrevesado español.

—Lo sabemos y por eso estamos aquí —respondió Meléndez—. Tenemos que hacer planes de contingencia porque veo difícil que los pocos hombres que están a bordo del *Nashville* puedan contener al

Batallón Tiradores. Se produciría una matanza y las instrucciones que nosotros tenemos de los conjurados panameños son las de evitar derramamientos de sangre.

—Me temo que sangre habrá —dijo lacónicamente el viejo Shaler.

—Nosotros hemos pensado —el que hablaba era Martínez— para no arriesgarnos a una confrontación armada que pondría en peligro el movimiento separatista en Panamá y el resto del Istmo, que si Torres se pone muy duro y amenaza con tomarse el ferrocarril, sería mejor facilitarle los carros, con la condición de que, por razones de seguridad, los armamentos vayan todos en el último vagón carguero. Nosotros tenemos voluntarios que esperarían en Lion Hill, donde el tren sube muy despacio, para desenganchar el último vagón de modo que los soldados sigan sin armas. Después, o los dejamos en la selva a medio camino o los apresamos en Panamá.

—La idea me parece buena —dijo Shaler divertido—. Yo le prestaría uno de mis hombres experto en estas cosas.

—El otro asunto es que necesitamos que nos envíen de Panamá al coronel Jeffries para que organice un comando que se tome el *Cartagena* —sugirió Meléndez—. Esto es en caso de que el primer plan no se dé y que los soldados permanezcan aquí. Si nos tomamos su barco, estoy seguro de que Torres aceptaría deponer las armas a cambio de que les permitamos embarcarse de vuelta para Cartagena.

—Puedo avisarle a Prescott por teléfono —sugirió Shaler.

—No queremos arriesgarnos a una infidencia que podría dar al traste con el desarrollo de los planes en Panamá. Si usted no tiene objeción, mi hija Aminta, quien no despierta sospechas, puede desplazarse a Panamá en el próximo tren carguero y entregarle una carta mía personal al doctor Amador en la que también mencionaré otras necesidades que tenemos acá.

—El carguero no sale hasta la seis de la tarde, así es que su hija tendría que viajar de noche y junto al maquinista.

—Eso no importa, señor Shaler. Antes de las seis estará aquí para que usted le indique cómo proceder. Y ahora debo irme a ver cómo marchan las cosas con el coronel Torres.

12

Panamá, dos de la tarde

Un torrencial aguacero había comenzado a caer sobre la ciudad un poco después de la una de la tarde, dejando las calles momentáneamente desiertas, circunstancia que los patriotas aprovecharon para ir a sus casas a tomar un bocado e informar a sus familiares el estado de cosas.

Para esa hora ya se comentaba por toda la ciudad la noticia del levantamiento y, pasada la lluvia, en cada esquina se formaban corrillos donde los que pretendían estar más al corriente transmitían informaciones recogidas al desgaire que contribuían a soliviantar los ánimos. Algunos juraban que en Colón se había iniciado un combate entre los soldados norteamericanos y los colombianos y que ya los muertos pasaban de cien. Otros aseguraban que los generales colombianos habían puesto preso a Huertas y que el Batallón Colombia estaba en pie de guerra. Lo cierto es que los rumores de que algo grave estaba a punto de ocurrir no demoraron en llegar al Cuartel de Chiriquí, donde Huertas observaba aprehensivo las conversaciones a media voz y el rostro de preocupación de sus hombres. A las dos de la tarde resolvió que había llegado el momento de informar a su gente y en el salón de las banderas reunió a la más alta oficialidad, todos hombres de su confianza.

—Es preciso que ustedes sepan que los generales que han llegado esta mañana están aquí para dislocar el Batallón Colombia y reemplazarme a mí en el mando. Hay quienes dicen que hasta me meterán preso. Los he reunido no para que me defiendan sino para participarles que debido a la actitud de esos generales se está gestando un movimiento separatista al cual yo me uniré. Prefiero vivir en una nueva patria libre con mi mujer y mi hijo que seguir soportando el abandono y las inquinas de Bogotá. El que quiera unirse a mí y marchar hacia la gloria, puede hacerlo. Si alguno de ustedes prefiere seguir obedeciendo a los falsos líderes que envían órdenes desde Bogotá, es el momento de decirlo.

Un pesado silencio descendió sobre los presentes. Finalmente, el capitán Marco Salazar, con el que Huertas había conversado previamente, se puso en pie, se cuadró y exclamó:

—¡Con usted hasta la muerte, general!

—Entonces, velen porque sus hombres nos sigan como uno solo cuando yo dé la orden.

Mientras Huertas exhortaba a sus hombres, ya Manuel Amador Guerrero había sostenido varias conversaciones con los dirigentes liberales. A Carlos Mendoza se le había encargado la preparación del Acta de Independencia y a Eusebio Morales el Manifiesto al País, documentos que haría falta tener a mano cuando finalmente se diera el golpe. Amador había enviado a su hijo Manuel a informarle a De Obaldía que la posición de Shaler frente a los generales sería la de no enviar a las tropas a menos que recibiera una orden del gobernador, pues así se lo imponían los reglamentos. Le suplicaba al amigo demorar la orden hasta el último momento, sin poner, por supuesto, en peligro su vida o su libertad.

En el consulado norteamericano, Hermán Grudger, hijo del cónsul general, de vacaciones en los Estados Unidos, conforme lo había instruido el vicecónsul Félix Ehrman, se mantenía atento a los despachos cablegráficos provenientes del Departamento de Estado. Ehrman, por su parte, encargado de suministrar los fondos del Tesoro colombiano tan pronto se consolidara la revuelta, permanecía despachando en el banco que llevaba su nombre, convenientemente localizado enfrente de la plaza de la Catedral. Un poco pasadas las dos, la máquina telegráfica comenzó a teclear y Grudger, quien no conocía la clave, corrió con el mensaje para donde el vicecónsul. El mensaje provenía de Loomis y decía que acababa de tener noticias de un levantamiento en el Istmo y que informara inmediatamente al Departamento. Temiendo que sin ellos saberlo en Colón hubieran comenzado las hostilidades, Ehrman salió disparado para la casa de Prescott a confirmar la noticia.

—Acabo de hablar con Shaler hace cinco minutos —dijo Prescott—. Lo único que está ocurriendo es que el prefecto Cuadros y el coronel Torres están presionando por carros; para ganar tiempo, Shaler les ha prometido que tan pronto reciba instrucciones del gobernador arreglará lo del transporte de la tropa.

Con esta información, Ehrman respondió a Loomis que todavía no había levantamiento aunque se reportaba que ocurriría en la noche. «La situación es crítica», rezaba la última frase del cablegrama.

13

Mientras los conspiradores iniciaban la ejecución de sus planes y Huertas consolidaba su liderazgo con la oficialidad y tropa del Batallón Colombia, los generales Juan Bautista Tobar y Ramón Amaya disfrutaban de un delicioso almuerzo panameño en la casa de la familia Jované. La invitación se la había hecho a su tío Juan Bautista el general Luis Alberto Tobar, quien hacía poco había contraído nupcias con una de las descendientes de esa distinguida familia. Presidía la mesa el anciano sacerdote, monseñor Fermín Jované, tío político del joven general, muy querido en la comunidad y famoso porque a la hora de hablar lo hacía sin cortapisas. La conversación de sobremesa giró en torno a los afanes separatistas de los panameños que habían determinado que Tobar y Amaya fueran enviados al Istmo.

—Aunque mi compañero de armas ve fantasmas por todas partes, hasta ahora todo nos parece normal —decía Tobar—. Dudo que los istmeños tengan planes concretos para separarse de Colombia.

—No será por falta de causas —apuntó monseñor Jované, a quien un reciente accidente mantenía con un brazo entablillado—. Desde que Rafael Núñez reimplantó el centralismo en Colombia, a los istmeños se les ha venido tratando como parias. Hasta que colocaron a De Obaldía en la gobernación, eran pocos los nombramientos de istmeños en el gobierno departamental. Bogotá no se gasta un real en el Istmo: hace más de veinte años que aquí no se construyen escuelas, ni hospitales, ni vías de comunicación, ni nada. Y para colmo rechazan el tratado del Canal, última oportunidad que le quedaba al Istmo para salir de penurias.

—Veo que el monseñor es separatista —apuntó Tobar con ironía.

—En realidad, general, hay muy pocos istmeños que no lo son —replicó Benigna, suegra de Luis Alberto Tobar.

En ese momento, pidiendo excusas por la intromisión, entró al comedor el general José María Núñez Roca, de servicio en el Istmo, y le entregó una nota al general quien la leyó rápidamente y la guardó en el bolsillo de su uniforme.

—Precisamente me informa el general Núñez Roca que nuestro arribo ha provocado alarma en la población y que hay grupos reuniéndose con intenciones no muy claras. ¿Qué cree usted, monseñor, hay razones para alarmarse?

—No soy experto en estas cosas, general, pero con los quinientos hombres que trajo usted consigo no creo que haya muchos motivos de preocupación.

Las palabras del monseñor recordaron a Tobar que sus tropas todavía permanecían en Colón. Luego de consultar su reloj llamó a uno de sus ayudantes para que fuera a averiguar si, tal como había prometido el superintendente, ya el Batallón Tiradores había salido.

No había reanudado aún el diálogo con Papá Fermín, como todos sus familiares llamaban al monseñor, cuando se presentó otro ayudante con una nueva esquela. La preocupación que reflejaba el rostro de Tobar indicó a los presentes que algo grave sucedía.

—Gracias por tan agradable almuerzo —dijo Juan Bautista Tobar poniéndose en pie—. Parece que el asunto es más serio de lo que imaginaba así que debo cumplir con mis obligaciones. Espero que monseñor me permita visitarlo para continuar nuestra conversación.

—Por supuesto, general, no faltaba más. ¡Que Dios lo cuide y lo bendiga! —replicó Papá Fermín sonriendo.

14

De la residencia de los Jované el general Tobar fue a la comandancia, en el límite de San Felipe y el arrabal, cerca de la plaza de Santa Ana, donde se enteró por boca del jefe militar del Istmo, general Francisco de Paula Castro, que ni el prefecto Nicanor de Obarrio, ni el jefe de la policía José Fernando Arango habían acudido a recibirlo a la estación esa mañana. «Ambos son istmeños y separatistas», explicó Castro. Poco después, el mismo Castro trajo a uno de sus espías para que informara al general Tobar lo que acababa de ver y oír en las inmediaciones de Santa Ana. «Hay mucha gente en la plaza y se habla abiertamente de que esta tarde se producirá el movimiento separatista», dijo el informante. Y cuando su ayudante, el coronel Campuzano, regresó con la noticia de que Shaler se rehusaba a transportar a los soldados colombianos sin una orden expresa del gobernador, Tobar comprendió que algo muy serio estaba a punto de ocurrir y decidió tomar inmediatamente cartas en el asunto.

—Vamos a ver a Huertas —anunció.

En el coche que los conducía al Cuartel de Chiriquí, los generales llegaron a la conclusión de que era preciso actuar cuanto antes. Uno de los miembros del Estado Mayor había marchado rumbo a la Casa de Gobierno para decirle a De Obaldía que ordenara enseguida a Shaler que transportara al Tiradores.

—Creo que De Obaldía no hará nada —comentó Amaya.

—En ese caso no solamente me declararé de inmediato jefe civil y militar del Istmo sino que lo haré poner preso —sentenció Tobar—. Y si descubro que Huertas simpatiza con los separatistas le seguiré consejo de guerra y lo más probable es que termine sus días frente a un pelotón de fusilamiento.

Cuando los generales y su séquito traspusieron la gran puerta del Cuartel de Chiriquí, encontraron a Huertas en el patio rodeado de su oficialidad.

—General, ¿ocurre algo? —preguntó Tobar.

—No, no ocurre nada. Nos han avisado que en Santa Ana se llevará a cabo un mitin esta tarde e impartía instrucciones a la oficialidad para que los soldados ayuden a la policía a mantener el orden.

—Y ese mitin ¿tiene algo que ver con el movimiento separatista?

—No, mi general. Según me informan se trata de una manifestación de los liberales para protestar por su arribo al Istmo.

—¿Y eso por qué?

—La política no es mi fuerte, general Tobar. Pero el rumor que circula es que usted ha venido para hacerse cargo del gobierno civil y militar. A mí no me preocupa porque hace tiempo pedí mis letras de cuartel, pero el pueblo... nadie sabe cómo reacciona.

—Entonces enséñeme el parque y vamos a evaluar juntos la línea de defensa contra una posible insurrección.

La siguiente hora fue dedicada por Huertas y Tobar a examinar el armamento y a recorrer la muralla de Las Bóvedas, que rodeaba por el sur el cuartel, seleccionando los sitios más estratégicos para armar la defensa. Desde allí contemplaron también los navíos de guerra *Padilla*, *Bogotá* y *Chucuíto*, flotando plácidamente en la bahía. Terminado el recorrido, Tobar ordenó que se colocara una ametralladora en la puerta de acceso al cuartel y luego se sentaron en el salón de banderas a analizar la situación. Era el juego del gato y el ratón en el que Tobar procuraba que Huertas le diera algún motivo para mandarlo arrestar. El jefe del Batallón Colombia, por su parte, fingía una gran preocupación por la integridad del territorio colombiano. Mientras conversaban se presentó el secretario de Gobierno Julio Fábrega, a informarle a Tobar que por más que el gobernador había impartido las órdenes necesarias para el traslado de la tropa a Panamá, el superintendente Shaler se rehusaba porque el gobierno le adeudaba al ferrocarril una suma cuantiosa de dinero y de acuerdo con sus reglamentos los soldados tenían que pagar en efectivo el precio de su billete.

—¡Pero ¿qué le pasa a este viejo loco?! —explotó Tobar—. Luis Alberto y Ángel María: vayan ustedes con el secretario Fábrega a hablar con el gobernador para que enseguida, repito, enseguida, tome las medidas del caso. Comuníquenle que no nos gustan los rumores inquietantes que circulan y que en el término de la distancia quiero que se transporte al Batallón Tiradores a la capital. Dígale que yo personalmente me hago responsable por el valor del flete, pero que no demoren más el asunto.

Los generales salieron presurosos a cumplir sus instrucciones y Tobar comenzó a pasearse por el patio del cuartel, mascullando en voz baja:

—Me prometieron que saldrían a la una; ahora son las cuatro de la tarde y todavía están dando largas.

15

No bien terminó de decir estas palabras, el general Tobar comprendió a cabalidad la gravedad de su situación. Tal vez todo aquel que tenía mando formaba parte de la conspiración: Huertas, De Obaldía, el superintendente del Ferrocarril, el prefecto de Panamá, el jefe de la policía. Reaccionando instintivamente decidió atacar primero.

—General Huertas —ordenó—. Como no podemos confiar en la policía, prepare usted una escolta y un pelotón para salir inmediatamente a poner orden en la ciudad.

—Enseguida, mi general —replicó Huertas—. Yo mismo iré con usted. Permítame retirarme un momento para escoger los mejores hombres.

Huertas dejó a Tobar, a Amaya y a sus tres ayudantes en el patio y se retiró a su despacho, donde enseguida mandó llamar al capitán Salazar.

—¿Recuerda nuestra conversación de esta tarde, capitán? —preguntó Huertas, y prosiguió sin esperar respuesta—: Pues el momento de la inmortalidad ha llegado y a nadie más me atrevo a confiar la misión más importante que haya encomendado a un subalterno en toda mi carrera militar. Capitán Salazar, esos generales recién llegados no son realmente nuestros superiores: son nuestros enemigos y han venido aquí para dislocar el Batallón Colombia que tantas páginas gloriosas ha escrito en la historia militar de nuestra patria. Después, nos humillarán. Capitán Salazar: le ordeno seleccionar a sus hombres de más confianza y tomar prisioneros a esos generales que están sentados allá fuera.

—¿A los generales Tobar y Amaya, señor?

—A esos dos y a los otros tres oficiales que los acompañan. Esos son nuestros enemigos. Después los conduce usted arrestados al Cuartel de la Policía y se los entrega al comandante Arango. Su misión incluye velar por la seguridad personal de los detenidos. No queremos linchamientos.

—¡A sus órdenes, mi general! —exclamó Salazar cuadrándose ante su superior.

Diez minutos después, acompañado de una escolta de ocho hombres, el capitán Salazar ingresaba al patio del cuartel en el momento en que los generales intercambiaban criterios para definir la estrategia que seguirían mientras llegaba de Colón el Tiradores. Al verlos llegar, Amaya comentó por lo bajo:

—¿Qué estará pensando Huertas? Espero que esta sea solamente la avanzada porque con ocho hombres no podremos controlar la ciudad.

La escolta rodeó las bancas en las que los generales permanecían sentados y ante una señal de Salazar, quien se había colocado frente a Tobar, les apuntaron con sus rifles.

—¡Caballeros, están ustedes presos! —conminó el capitán.

El rostro de los generales pasó en un segundo de la sorpresa al temor. El primero en reaccionar fue el propio Juan Bautista Tobar quien intentó ponerse en pie mientras vociferaba:

—¿Presos nosotros? Atrevido. ¿Desconoce usted la autoridad del general jefe de los Ejércitos del Atlántico?

—Nunca me la han hecho reconocer —respondió Salazar.

De pie frente a su subordinado, Tobar hizo un amago de agredirlo. En ese momento el resto de la escolta acercó aún más las bayonetas a los detenidos y Salazar sacó su espada y la apoyó con decisión sobre un costado del general.

—¡Huertas! —gritó Tobar—. ¿Dónde está Huertas?

Pero sus palabras quedaron flotando en el vacío. El jefe del Batallón Colombia observaba la escena desde la ventana del despacho; su única preocupación en ese momento era evitar un arranque de lealtad por parte de otros elementos del batallón.

—¡Huertas! —volvió a gritar Tobar, pero ya en su voz el timbre de autoridad había dado paso a uno de desesperación. «Nos van a fusilar aquí mismo», pensó.

—Aquí no hay Huertas que valga, general. Tengo mis órdenes y las voy a cumplir. Así que ¡andando! —ordenó Salazar.

—Estamos presos, general —murmuró Amaya—. No es el momento de resistir porque a cualquiera de estos exaltados se le puede escapar un tiro.

Mientras a punta de bayoneta los generales eran conducidos fuera del patio para iniciar la marcha hacia el Cuartel de Policía se escuchó la voz de Esteban Huertas quien desde la puerta que daba al patio gritó a Salazar:

—Justicia es justicia. ¡Cumpla usted la orden, capitán!

Después de enviar otra escolta en apoyo de Salazar, Huertas fue al teléfono y llamó al comandante Arango al Cuartel de Policía.

—Don Fernando, le estoy enviando un regalito. Para allá sale en estos momentos un piquete conduciendo a los generales Tobar, Amaya y a los demás, a quienes acabo de hacer arrestar. Guárdemelos usted con celo y tenga en cuenta el rango que ostentan. Somos patriotas pero no descorteses.

Arango, a quien la noticia tomó totalmente desprevenido, comenzó a impartir las órdenes pertinentes. A uno de sus policías de confianza lo mandó a darle la noticia a su tío José Agustín.

16

En la calle, con Tobar y Amaya a la cabeza, los prisioneros fueron alineados uno detrás del otro y así, rodeados por el piquete, que ahora constaba de treinta soldados, empezaron a caminar lentamente hacia el Cuartel de Policía. Tan pronto entraron en la carrera de Ricaurte, los habitantes de San Felipe comenzaron a asomarse a sus balcones y a colmar las aceras. Cuando la patrulla llegó frente a la plaza de la Catedral, en una de cuyas calles laterales estaba la policía, se contaban por cientos las personas que la acompañaban. La noticia, como una libélula, comenzó a volar de balcón en balcón y de puerta en puerta por toda la ciudad: «Arrestaron a los generales», corría la voz.

Muy pronto la nueva llegó también a oídos de los generales Luis Alberto y Ángel María Tobar, quienes regresaban de cumplir su misión en el Palacio de Gobierno. Preocupados por la suerte que pudiera correr su tío llegaron a toda velocidad hasta la plaza para encontrarla repleta de gente que vitoreaba a Huertas y coreaba consignas en contra de Colombia y de los generales recién llegados. Los militares se miraron y sin necesidad de palabras comprendieron que su deber era estar al lado de sus superiores. Abriéndose paso a empellones se colocaron frente de los soldados y Luis Alberto conminó al jefe del piquete:

—¡Respete a sus superiores jerárquicos!

—¡Ustedes también van presos! —ripostó Salazar—. Entreguen sus armas.

El círculo de curiosos que rodeaba a los generales se alejó instintivamente, pero una vez incorporados a la fila los nuevos detenidos, comenzó a estrecharse una vez más. Temiendo por la seguridad de sus prisioneros, el capitán Salazar apresuró el paso y unos minutos más tarde los ponía, sanos y salvos, a la disposición del jefe de la policía, Arango, y del capitán Félix Álvarez, segundo al mando, quienes, con una veintena de agentes bien armados, esperaban en la puerta.

Mientras entraba al cuartel, Tobar, quien conocía muy bien a Arango, lo increpó:

—¿Qué significa esto, comandante?

—Usted lo está viendo, general —respondió el jefe de policía calmadamente, para luego ordenar, dirigiéndose a sus subalternos—: Conduzcan a los prisioneros a las habitaciones superiores. Además de los guardias pongan a su disposición tres ordenanzas que los asistan en lo que sea menester.

Al escucharlo, Amaya y Tobar se miraron aliviados. Por ahora estaban a salvo de la turba y del pelotón de fusilamiento.

La noticia del apresamiento de los generales y de su Estado Mayor —«la Comitiva de los Tobar», como la había bautizado el pueblo— llegó a oídos de José Agustín Arango con tiempo suficiente para permitirle presenciar desde el altozano de la Catedral el ingreso en calidad de prisioneros de los Tobar, Amaya, Campuzano y Caicedo al Cuartel de Policía. Comprendiendo que el Istmo iniciaba desde ese momento el camino hacia su liberación definitiva, el maestro Arango, con lágrimas en los ojos, gritó con toda las fuerzas de que era capaz a sus setenta años:

—¡Viva la República de Panamá!

Y aunque su voz se apagó entre la multitud, aquellos que se encontraban más cerca de él la corearon con un «Viva», el primero de los muchos que se escucharían durante el resto de la jornada.

17

En Santa Ana, sin saber lo ocurrido, el general Domingo Díaz se preparaba para conducir a su gente hacia el Cuartel de Chiriquí. Había enviado dos emisarios a Huertas dejándole saber que no era posible esperar más. «Adviértanle que yo no espero hasta la noche; a las cinco de la tarde comenzaremos las acciones».

La plaza rebosaba de gente y se acercaba más por las calles aledañas. En la plaza de la Catedral, José Gabriel Duque había reunido ya a los doscientos voluntarios del Cuerpo de Bomberos y la carrera de

Bolívar, que comunicaba ambas plazas, también se iba colmando de istmeños. Se improvisaban discursos patrióticos y con la ayuda de Carlos Clement y Juan Antonio Jiménez, sus antiguos lugartenientes de la guerra civil, el pequeño general Domingo Díaz, subido sobre una banca, hacía esfuerzos por controlar a los más exaltados. En ese momento distinguió la robusta y sudorosa figura de Archibald Boyd quien a codazos procuraba llegar hasta él.

—¡Abran paso a Boyd! —ordenó el general, a quien la expresión del rostro del recién llegado le indicaba que algo muy importante había ocurrido.

—Don Domingo, su hermano Pedro, quien está en Catedral, me envía a informarle que acaban de llevarse presos a los generales.

Aunque Boyd había procurado hablar bajo, el mensaje se regó rápidamente entre la masa, y el general Díaz, consciente de que le sería imposible controlarla, gritó:

—¡Síganme al Cuartel de Chiriquí!

A Clement le pidió que permaneciera en Santa Ana organizando a aquellos que se sumarían al escuchar la noticia que despejaba el camino hacia la separación.

Unos minutos más tarde, como una oruga gigante, la marea humana se desplazaba por la carrera de Bolívar. Los más pudientes, que habían pasado casi toda la tarde encerrados en sus casas, abrieron los balcones para saludar y lanzar vítores y muchos bajaron las escaleras para incorporarse al improvisado desfile. En la plaza de la Catedral, junto a Pedro Díaz, esperaban el maestro Arango con sus hijos Belisario, Ricardo y José Agustín. Invitados por el general Díaz, se sumaron a la cabeza del grupo.

—¡Esta es la gran marcha de la independencia! —gritó el maestro Arango con lo poco que le restaba de voz.

Cuando la multitud entró a la carrera de Ricaurte, los que seguían a Carlos Clement en la segunda oleada se habían unido al desfile y la arteria principal de San Felipe, desde Santa Ana hasta las proximidades del Cuartel de Chiriquí, se vio colmada de istmeños que lanzaban vivas al Partido Liberal y a la nueva república.

Dentro del cuartel, Huertas, quien por precaución había redoblado la guardia, se asombró y atemorizó ante la enorme muchedumbre que ya estaba a menos de cien metros de la gran puerta que impedía el acceso al fortín. Sin poder distinguir a los líderes, el comandante del Batallón Colombia vacila. El pueblo sigue avanzando y de pronto se detiene bruscamente al advertir que los soldados se hincan y en posición de combate apuntan sus rifles hacia la multitud. Algunos se repliegan mientras los más osados lanzan órdenes de seguir avanzando. El general Díaz no sabe lo que ocurre. «¿Se arrepentiría Huertas?», se pregunta, y decide averiguarlo. Acompañado de Clement se adelanta a la multitud para que desde el cuartel lo puedan reconocer. Tras un momento de silencio expectante se escucha la voz de Huertas.

—¡Descansen armas! —ordena a sus hombres que, sin saber lo que está ocurriendo, obedecen en el acto.

Huertas salió del cuartel, se abrazó emotivamente con el general Díaz y ordenó abrir las puertas al pueblo; él mismo rompió el candado que daba acceso al parque. En medio de un jolgorio indescriptible, los istmeños de todas las capas y todos los colores se abalanzaron sobre las armas y las municiones. Minutos más tarde, entre vivas y risas, un improvisado ejército, el primero de la nueva república, emergió del cuartel ante la mirada atónita de los soldados del Colombia.

18

Manuel Amador Guerrero y José Agustín Arango, confundidos entre la multitud, vieron aparecer a los primeros hombres con armas en las manos. Aunque ignoraban los detalles de lo ocurrido, sabían que el golpe había sido consumado; espontáneamente y luchando por contener las lágrimas, los dos ancianos se abrazaron.

—Tenemos que comenzar a organizar el gobierno —dijo finalmente Arango—. Vamos al hotel Central para citar a los demás conjurados.

—Primero quiero hablar con Huertas y cerciorarme de que todo marcha bien. Te encontraré allá dentro de una hora.

Cuando el doctor Amador llegó al cuartel, todavía la euforia no había cesado. Los soldados del Colombia, sonriendo, conversaban con los improvisados revolucionarios. Huertas, quien vio al médico de lejos, vino a su encuentro y ambos se abrazaron.

—Le dije que no se preocupara, viejito, que todo saldría bien.

—Respondió usted al llamado de la gloria, general.

—Todavía no podemos cantar victoria, doctor. Nadie sabe lo que puede pasar en Colón y aquí hay que organizar el nuevo gobierno y mantener el orden.

—Ya estamos en eso. Dentro de poco se instalará la Junta y se harán los primeros nombramientos. Después discutiremos con usted y con el general Díaz los planes para Colón.

—¿Quiénes integrarán la Junta? —quiso saber Huertas.

—José Agustín Arango, Federico Boyd y Tomás Arias.

—¿Tomás Arias? ¿Qué méritos tiene él para estar allí? ¿Y por qué no está usted, que es quien más ha hecho por la causa?

Consciente de las desavenencias entre el general y su amigo Tomás, Amador restó importancia al asunto.

—Tomás está por sus conexiones con Colombia. En cuanto a mí, creo que regresaré a Washington a arreglar lo del tratado.

—¿Conexiones con Colombia?, si lo que queremos es desconectarnos —rezongó Huertas. Pero no insistió más.

19

Panamá, siete de la noche

En el patio interior del hotel Central, donde se había improvisado el centro de operaciones de los dirigentes del movimiento, se reunieron al final de la tarde Manuel Amador Guerrero, José Agustín Arango, Carlos Arosemena, Ricardo Arias, Nicanor de Obarrio y Federico Boyd, del grupo original de los conjurados, a los que se habían sumado el general Domingo Díaz y Víctor Manuel Alvarado. Luego de las felicitaciones y de brindar por la nueva república, el doctor Amador pidió que escucharan al general, porque lo prioritario ahora eran las acciones militares encaminadas a consolidar el movimiento.

—Antes que nada, Alvarado está aquí porque lo he designado jefe del día —afirmó el general, y, sin más preámbulo prosiguió—: Es urgente que tomemos las siguientes medidas: primero hay que arrestar a todo aquel que pueda intentar una contraofensiva. Por fortuna son pocos. El más importante, por el mando que ostenta sobre la flota, es el coronel Pretelt.

—Yo me encargué ya de él —interrumpió De Obarrio—. Fue arrestado sin ofrecer resistencia y actualmente tiene la casa de Eduardo Icaza por cárcel.

—También fue arrestado el gobernador —informó Arango—. Antonio Valdés lo traía para la Prefectura pero, sabiendo que es tan separatista como nosotros, lo llevé a la casa de Manuel para que siga habitando allí, ahora como prisionero.

—De Obaldía no ofrecía ningún peligro —comentó el general Díaz.

—Se trataba de una formalidad necesaria. Él sabía que así ocurriría —observó Amador.

—Bien —convino Díaz—. Hay que estar atentos para detectar cualquier movimiento sospechoso en los cuerpos armados. Esa tarea se la encomendaremos a quienes, aunque pertenecen a esos cuerpos, han venido apoyando el movimiento desde el principio. En segundo lugar, hay que mantener el orden a toda costa. Esos tiros que estamos escuchando allá afuera, por ahora son al aire pero después de los tragos nadie sabe lo que puede ocurrir. Acabo de salvarle la vida al mayor Pioquinto Cortés, al que un grupo de exaltados quería linchar.

—No le perdonan la paliza que le dio al poeta Soto. Fue él quien lo mató —comentó Boyd.

—Eso es cierto, pero no es el momento de ajusticiar a nadie. Tenemos que cuidar a los que se oponen al movimiento, istmeños o no. Lo mejor será organizar al pueblo militarmente para poder exigirle disciplina. De eso se encargarán Andreve y Jiménez. ¿Estamos de acuerdo?

Al no recibir ninguna respuesta, el general continuó:

—Volviendo a la flota, lo tercero es neutralizarla. Entiendo que el *Chucuíto* se encuentra averiado y que el *Padilla* está del lado nuestro, no así el *Bogotá*.

—Lo del *Bogotá* es más serio —dijo Arosemena—, porque uno de los Tobar que están presos, Luis Alberto, es su comandante. Camino para acá escuché que el segundo de a bordo, el capitán Martínez, amenazó con bombardear la ciudad si no lo devolvían en una hora.

—Yo escuché lo mismo —acotó Arango.

—¿Y cuándo fue esto? —preguntó el general.

—En realidad no lo sé —respondió Arosemena.

—Entonces es de suma urgencia enviar mensaje al *Padilla* para que el coronel Varón intente neutralizar al *Bogotá* —sugirió De Obarrio.

—Aunque para ello tenga que hundirlo —sentenció el general.

—Así es. Pero ¿cómo lo hacemos? Aunque se le envió señal desde el cuartel para venir a tierra, Varón todavía no ha respondido —dijo Amador.

—Si hubiera marea podríamos enviar un bote —observó Arias.

—Por el lado de la playa de Santo Domingo siempre hay manera de echar un cayuco —dijo Arosemena—. Yo lo he hecho varias veces así es que me ofrezco de voluntario para transmitirle las instrucciones al *Padilla*.

—Bien, sobrino. Entonces tienes que irte enseguida —indicó el general Díaz.

—Antes quiero decirles —Carlos Constantino se puso en pie para irse— que ya el telégrafo está bajo nuestro control. Yo mismo lo tomé y encargué a Dick y Herbie Prescott de filtrar todos los mensajes.

—Ese era mi próximo punto; me alegro que ya esté resuelto. Hablemos ahora del coronel Tascón quien, ignorante de todo, aguarda con ciento cincuenta hombres en Penonomé. Debemos evitar que el *Bogotá* vaya por ellos y que juntos regresen para contraatacar.

—Huertas me dijo que él ya envió mensaje a Tascón para que se sume —acotó Amador—. Creo que el portador es Antonio Burgos quien, en cuanto haya marea, saldrá esta misma noche en una lancha de gasolina.

—Además —añadió Arango—, yo mismo me cercioré de que al *Bogotá* no se le suministrara carbón. Con el que tiene, difícilmente le alcanzará para regresar a Buenaventura.

—Entonces —concluyó el general Díaz— solamente me queda hablar de la situación de Colón: mientras no controlemos esa plaza la separación no estará consolidada. En cualquier caso, debemos prepararnos para enfrentar al Tiradores. Guillermo Andreve tiene instrucciones de marchar mañana temprano a Miraflores con mil hombres para remover un tramo de la vía y atacar cuando el tren se detenga. Así evitaremos que el combate se dé en la ciudad.

—Tendremos que esperar a ver si se resuelve lo de Colón. Tal vez logremos que Torres acepte regresar a Cartagena cuando sepa que Tobar y Amaya están presos y que los norteamericanos nos apoyan —apuntó Amador.

—Lo dudo mucho, doctor. Si es un buen oficial no se irá a menos que se lo ordenen sus superiores.

—Allá la cosa es seria —dijo De Obarrio—. Son quinientos colombianos contra cincuenta yanquis.

—A propósito —quiso saber Arango—, ¿ya Orondaste y Porfirio están enterados de lo que ocurrió esta tarde?

—A esta hora deben haber recibido el telegrama que les envié con Prescott —informó Amador, sonriendo al recordar su contenido.

—Bueno, no creo que en el aspecto militar podamos hacer más por ahora —concluyó el general Díaz—. Cedo la palabra a los políticos.

—Las medidas que tomaremos —dijo el maestro Arango— son las siguientes: dentro de poco se reunirá el Concejo Municipal para declarar formalmente nuestra independencia de Colombia. El propio presidente Demetrio Brid lo está convocando. El Concejo citará a un Cabildo Abierto para mañana en la tarde en el que participarán todas las fuerzas vivas de la nueva república. Para entonces tendremos definida y acordada la integración de la Junta Separatista, la composición del gabinete ministerial y demás puestos importantes. En la mañana temprano Manuel se presentará en el Cuartel de Chiriquí para arengar junto a Huertas al Batallón Colombia y asegurar su lealtad. Como gesto de buena voluntad pagaremos a los soldados y oficiales todos los sueldos atrasados.

—¿Con qué dinero? —quiso saber Domingo Díaz, consciente de la pobreza franciscana del departamento.

—Hay algo en la tesorería —respondió Arango—. El banco Ehrman y el de Brandon se han ofrecido también a adelantarnos lo indispensable mientras conseguimos fondos en los Estados Unidos. El otro asunto, muy importante, es empezar a trabajar en el reconocimiento norteamericano. Aunque sabemos que no vendrá hasta tanto resolvamos lo de Colón, estamos dando los pasos para tenerlo todo listo.

Terminaba de hablar el maestro Arango cuando se escuchó una fuerte explosión. La alarma se apoderó de los conjurados que se miraban sin reaccionar.

—¡Son los cañones del *Bogotá*! —exclamó el general Díaz.

Las explosiones se sucedían cada dos minutos.

—¿Qué hace Huertas que no responde al fuego?

—Y el *Padilla* que no contraataca.

—Si no se hace nada, ese barco puede acabar con la ciudad.

Los comentarios de los conjurados continuaron hasta que cesaron las bombas. En opinión de De Obarrio la última detonación había provenido de la artillería del Cuartel de Chiriquí y tal vez había impactado al *Bogotá*.

—¡Ojalá Carlos Constantino esté a salvo! —exclamó recordando la misión encomendada a su amigo.

Transcurridos varios minutos sin que se escucharan más explosiones, el general Díaz sugirió que pusieran fin a la reunión para ir a comprobar los daños causados por el bombardeo. Se sentía olor a pólvora, las calles de la ciudad habían quedado desiertas y, aunque en el ánimo de los dirigentes de la conjura la preocupación por la guerra había sustituido la euforia, no había transcurrido mucho tiempo cuando los istmeños, ansiosos de seguir celebrando el nacimiento de su nueva patria, de nuevo volvían a colmar las calles y plazas de vivas, risas y gritos.

20

Washington, nueve y treinta de la noche

Francis Loomis y Charles Darling permanecían aún en el Departamento de la Marina aguardando noticias de Panamá. Durante el curso de la tarde Hay había llamado varias veces para saber si existía alguna novedad.

—El presidente acaba de telefonear desde Oyster Bay, donde fue a depositar su voto —manifestó el secretario de Estado en su última llamada—. Está preocupado y quiere saber si hemos tomado todas las medidas a nuestro alcance para que las cosas salgan bien.

—No hay nada más que podamos hacer por ahora —respondió Loomis—. El *Nashville* está en Colón y el *Dixie* llegará con refuerzos dentro de las próximas cuarenta y ocho horas. Por el Pacífico van hacia Panamá el *Boston* y el *Marblehead*. Las comunicaciones con Colombia a través del cable submarino han sido interrumpidas hasta nueva orden, por lo que probablemente en Bogotá no se sabrá nada hasta que todo haya terminado.

—Me parece muy bien. En cualquier caso, el presidente me pidió que le informara tan pronto se tengan noticias, no importa la hora. Avísenme a mi casa si ocurre algo antes de la medianoche.

Algunos rumores que llegaban por otros conductos indicando que el golpe ya se había dado, resultaron infundados, lo que aumentó el pesimismo de los subsecretarios. Particularmente les preocupaba la situación de John Hubbard y sus hombres, pues sabían que al *U. S. S. Dixie* le tomaría aún dos días llegar con los refuerzos a Colón.

—Si no ha ocurrido todavía, me temo que no sucederá hoy —comentó Darling cuando dieron las nueve—. En cualquier caso, tengo hambre y como parece que estaremos aquí largo rato te sugiero comer alguna cosa.

En el momento en que Darling hacía uso del teléfono para ordenar la cena, un ordenanza entró al despacho con un telegrama en la mano.

—¿De Panamá? —preguntó Darling.

—Sí, señor.

El telegrama, firmado por el vicecónsul Ehrman, estaba dirigido al secretario de Estado.

Ocurrido el levantamiento esta noche, a las 6; sin derramamiento de sangre. Presos los oficiales del Ejército y la Marina. Se organizará el gobierno esta misma noche; consistirá de tres cónsules y un Gabinete. Los soldados se cambiaron. Supónese que idéntico movimiento se efectuará en Colón. Hasta ahora no se ha alterado el orden. La situación es seria. Cuatrocientos hombres desembarcaron hoy procedentes de Barranquilla.

Loomis y Darling se felicitaron y enseguida comunicaron a Hay la noticia.

—Quedan algunos problemas por resolver en Colón, pero ya los panameños iniciaron las acciones —confirmó Loomis a su jefe.

—Asegúrense que lo de Colón quede resuelto cuanto antes —ordenó Hay.

Dos horas más tarde, cuando ya Loomis y Darling habían salido para sus hogares, llegaba un nuevo telegrama de Panamá, dirigido al presidente de los Estados Unidos. Lo firmaba el presidente del Concejo Municipal, Demetrio H. Brid, y en él se informaba al mandatario que:

> *La municipalidad de Panamá está reunida ahora, que son las 10 p.m., en sesión solemne, para adherirse al movimiento de separación del Istmo de Panamá del resto de Colombia. Al mismo tiempo espera el reconocimiento de nuestra causa por vuestro Gobierno.*

Dos días más tarde, después de leer el telegrama, Hay había comentado a Loomis, en broma y en serio, lo rápido que andaban los istmeños: «Cuán diferentes son de sus vecinos colombianos. Ahora sí estoy seguro de que Roosevelt construirá su canal».

21

Nueva York, once y media de la noche

Philippe Bunau Varilla recibió la anhelada llamada de Joshua Lindo un poco después de las diez.

—Señor Jones, le habla Tower —bromeó Lindo—. Creo que ya podemos celebrar.

—Cuénteme, cuénteme —pidió Bunau Varilla excitado.

—No tengo detalles. Solamente sé lo que me informa Brandon en su telegrama: a las seis de la tarde tuvo lugar el movimiento y, aunque en Colón todavía hay problemas, en Panamá todo está bajo control.

—Colón es un volcán —dijo Bunau Varilla—. Siempre lo ha sido. Pero allá está el *Nashville* y pronto llegará el *Dixie*. Véngase para acá, *mon ami*, que tenemos que celebrar.

En el elegante bar del Waldorf Astoria, faltando unos minutos para la medianoche, Joshua Lindo y Philippe Bunau Varilla descorcharon una botella de la mejor champaña para brindar por la nueva república. Con el dramatismo que lo caracterizaba, el francés se puso en pie, alzó su copa y sentenció:

—Este día, que está a punto de terminar, pasará a la historia como aquel en que hombres de diferentes nacionalidades y latitudes, de común acuerdo y animados por loables propósitos que los enaltecen, dieron un paso gigantesco en beneficio de la humanidad. Saludo con emoción el nacimiento de una república, pequeña en extensión pero grande en el papel que le tocará jugar en el universo. Saludo con respeto el patriotismo de sus fundadores, el valor de sus hijos. ¡Salud, amigo Lindo!

II

1

Colón, miércoles 4 de noviembre, siete de la mañana

Desde el puente del *U. S. S. Nashville*, el comandante John Hubbard contempló el despertar de la ciudad de Colón. Parte del muelle, las plazas y las calles principales estaban invadidas por toldas de campaña levantadas por los soldados del Batallón Tercero de Tiradores. Cada cincuenta metros un centinela montaba guardia y a esa hora en que los rayos del sol empezaban a calentar reinaba una tranquilidad absoluta. Hubbard sabía que en breve el coronel Torres reanudaría las gestiones para el traslado de sus hombres a Panamá y que esta vez Shaler no le diría que no había carros, o que debía pagar en efectivo el precio del billete: el superintendente tenía ahora instrucciones expresas del comandante del navío de guerra norteamericano de no transportar tropas entre Colón y Panamá que podrían poner en peligro el libre tránsito a través del Istmo. Una nota similar aguardaba en el escritorio de Hubbard para ser enviada directamente al jefe del ejército colombiano en el momento en que fuera oportuno, pues por ahora Torres ignoraba que en la capital sus jefes habían sido encarcelados y que el Istmo había proclamado su independencia de Colombia. De ahí que Colón amaneciera en calma.

El comandante Hubbard sabía igualmente que en caso de un enfrentamiento sus cincuenta hombres no serían suficientes para contener a los casi quinientos colombianos. Y aunque los líderes del movimiento en Colón habían ofrecido su apoyo, este era incierto y no cambiaría la proporción de las fuerzas. Si lo peor ocurría, tendría que recurrir a los cañones del *U. S. S. Nashville* y terminaría por matar gente inocente, destruyendo, de paso, la ciudad. Además, estaba el *Cartagena* que aunque mal apertrechado alguna resistencia ofrecería también. No, la situación no era fácil. Si las instrucciones del Departamento de Estado hubieran llegado a tiempo, habría podido evitarse el desembarco de los soldados colombianos; inexplicablemente, el cónsul Malmros se había demorado en transmitirle el mensaje. Otro motivo de preocupación eran los muchos civiles norteamericanos que habitaban en la ciudad, cuyas vidas quedarían expuestas en el momento en que se suscitara una confrontación bélica.

Para complicar más las cosas, en la madrugada había recibido un nuevo mensaje del subsecretario Darling indicándole que en el sector Pacífico naves de guerra colombianas estaban bombardeando la ciudad e instruyéndolo a enviar piezas de artillería que ayudaran a repeler la agresión. Evidentemente, Darling no estaba enterado de lo grave de la situación en Colón, y Hubbard había tenido que excusarse de cumplir la comisión.

Antes de retirarse del puente, Hubbard hizo venir al capitán Witzel, su segundo a bordo.

—Capitán, prepare a los hombres para un posible desembarco. Deben bajar con sus armas y llevar raciones para un día. Asegúrese de que los botes están en orden y preparen los cañones.

2

Ocho de la mañana

Muchos años hacía que el coronel Shaler se había retirado de la vida militar, pero la situación que ahora enfrentaba lo obligaba a recordar sus días de combate. En cualquier momento se rompería la tensa calma que se respiraba en la ciudad y los quinientos hombres de Torres quedarían enfrentados con los cincuenta de Hubbard.

Aunque al final de la tarde del día anterior Shaler había tomado la decisión de transportar a los soldados colombianos hacia la capital para evitar que ocurriera una matanza en Colón, las órdenes emitidas por Hubbard, en acatamiento de las del Departamento de Estado, habían sido claras y terminantes: el transporte de tropas en el ferrocarril quedaba prohibido. Reafirmando lo anterior, tenía en sus manos dos telegramas recibidos de la Junta que ahora gobernaba en Panamá, cuyo envío él mismo había solicitado a Prescott. El primero informaba acerca del surgimiento de la nueva República de Panamá, asegurándole que esta respetaría los términos de la concesión ferrocarrilera y relevándolo de responsabilidad. El segundo, que acababa de llegarle, repetía la orden impartida por Hubbard pero añadía un factor importante que mantenía pensativo a Shaler. «Esta Junta de Gobierno —expresaba el telegrama— tiene conocimiento de que las fuerzas militares que condujo a Colón el vapor *Cartagena* han solicitado de Ud. trenes para transportarse a esta ciudad, y como ese acto podría ser de graves consecuencias para la compañía que Ud. representa, excitamos a Ud. para que no acceda a tal solicitud porque la Junta de Gobierno se verá obligada a atacar con sus fuerzas los trenes en cualquier lugar de la línea férrea». Firmaban el telegrama José A. Arango, Federico Boyd y Tomás Arias.

Terminaba Shaler de releer el telegrama cuando observó que el coronel Torres venía nuevamente en dirección a su oficina. Temeroso de que dispusiera requisarla y se enterara de lo ocurrido en Panamá, salió a encontrarlo a medio camino.

—Señor Shaler, vengo a insistir una vez más que me facilite los medios de transportar mi tropa a Panamá.

—Coronel, entienda que nada puedo hacer yo. A menos que usted pague en efectivo, no puedo darle los carros para su gente.

—¡Esto es inaudito! —vociferó Torres—. Ayer se me dijo, primero, que no había vehículos; luego que el gobernador no había dado la orden y, finalmente, que tenía que pagar en efectivo. En estos momentos yo represento al gobierno de Colombia y exijo que se me permita viajar a crédito, como siempre ha hecho el ejército. Le repito que si no se cumple con esta petición me veré obligado a tomar los trenes por la fuerza.

Acostumbrado a las bravuconadas de Torres, el viejo Shaler prometió, una vez más, que vería qué podía hacer.

—Mientras tanto acepte usted que lo invite a desayunar. Acompáñeme al hotel Astor, que yo voy para allá.

Frustrado, el coronel aceptó a regañadientes. Dados los pocos alimentos que había ingerido desde el desembarco, un buen desayuno no le caería nada mal. Y aunque él y sus hombres estaban al garete, sin provisiones ni dinero en esa maldita ciudad, justo era reconocer que desde el día anterior habían recibido muestras de aprecio de los habitantes que parecían preocuparse porque los soldados la pasaran lo menos mal posible. Damas muy distinguidas distribuían café y panecillos a la tropa y en la noche habían preparado una muy apetitosa y oportuna sopa de carne y verduras.

3

Nueve y treinta de la mañana

Desde la ventanilla del tren, Carlos Clement observó el extraño espectáculo que se ofrecía a su vista: la ciudad de Colón estaba colmada por toldas de campaña que como paraguas de sapo parecían surgir por todas sus calles y plazas. A su lado Juan B. Sosa y Héctor Valdés, con más sorpresa que aprensión, comentaron casi al unísono:

—Colón está ocupado militarmente.

Junto a ellos, luego de una noche azarosa en la recién liberada Ciudad de Panamá, regresaba también Aminta, la hija de Porfirio Meléndez. La muchacha había llegado a la capital en el mismo instante en que estallaban los bombazos del *Bogotá* y hubo de permanecer refugiada en la estación hasta que retornó la tranquilidad. Al dirigirse al hotel Central para entregar al doctor Amador el mensaje que enviaba su padre, se vio envuelta en los varios desfiles y manifestaciones espontáneos con que los istmeños celebraban la independencia. Una gran emoción la embargó al contemplar por primera vez la nueva bandera de la patria ondeando al extremo de un improvisado portaestandarte. Finalmente, luego de mil vueltas, Aminta pudo entregar su mensaje a don José Agustín Arango quien a su vez se lo mostró a

Amador. Como resultado de esa gestión ahora regresaban con ella los enviados de la Junta Separatista para ayudar a los líderes colonenses.

En la estación esperaban Porfirio Meléndez y Orondaste Martínez. Gran alivio y alegría reflejó el rostro de Meléndez al ver que su hija regresaba sana y salva de la aventura. Después de intercambiar saludos, los revolucionarios se dirigieron a la oficina de don Porfirio, situada en un costado de la calle del Frente.

—Del lado nuestro —había informado Meléndez en el camino— están el capitán Achurra, comandante de la guarnición, y el general Alejandro Ortiz, jefe de la policía. Ambos son istmeños. El problema es que si hubiera que tomar las armas, ellos mismos ignoran cuál será la actitud de sus hombres, entre los que se cuentan no pocos colombianos. También tenemos como colaboradores cercanos a Juan Antonio Henríquez, Luis Estenoz y José Lefevre. A todos ellos los enteré hoy temprano de lo ocurrido ayer en Panamá y están esperando en mi oficina.

Una vez instalados en el despacho de Meléndez, que servía de cuartel de operaciones a los revolucionarios de Colón, y luego de las felicitaciones de rigor, Clement procedió a informar a los presentes el objeto de su misión.

—Soy portador de una proposición que la Junta de Gobierno envía al coronel Torres para ver si esto termina sin derramamiento de sangre. Si no la acepta, la decisión es atacarlo cuanto antes.

—¿Y el coronel Jeffries? —interrumpió Martínez.

—Jeffries vive en Chepo y allá mandamos a buscarlo —respondió Valdés—. En cuanto se presente en Panamá se le enviará a Colón. Si no llega antes de esta noche las órdenes son tomarnos nosotros mismos el *Cartagena* y sacarlo de la bahía; en ese caso, yo mismo dirigiré la operación y de ser necesario pediremos ayuda al comandante del *Nashville*.

—Si dejamos a Torres sin barco estoy seguro de que capitula —insistió Meléndez.

—Las órdenes son tratar de persuadirlo por las buenas —señaló Clement—. Aquí traigo la comunicación oficial que le envía la Junta a don Porfirio. Se las leo:

Informe jefe de tropas venidas Cartagena *lo ocurrido en la ciudad ayer tarde, que pueblo en masa apoya movimiento, generales Tobar y Amaya presos, así como sus ayudantes, siendo inútil toda resistencia y deseando evitar sacrificios personales. Junta de Gobierno propónele pagar raciones vencidas, auxilios marcha y darles pasajes de regreso a Barranquilla, siempre que entreguen armas. Véase capitán buque de guerra americano, coronel Shaler y comunique resultado.*

—Apenas Torres sepa que los generales están presos romperá los fuegos —comentó Lefevre.

—Opino que debemos comunicar también la propuesta al prefecto Cuadros, que es el jefe militar de Colón —dijo Meléndez, para luego añadir—: Creo que él no tiene ganas de pelear y puede influir en el ánimo de Torres. Para que ustedes estén al tanto, la estrategia que desde ayer Orondaste y yo decidimos utilizar con Torres es la de intentar ganárnoslo poco a poco. Esos pobres soldados están aquí sin cuartel, sin alimentos, sin letrinas. Anoche no les quedó más remedio que acampar en plena ciudad y ya comienzan a sentirse los malos olores. Nuestras señoras han tenido que prepararles alimentos y atender a las quince esposas y a los niños que desembarcaron con ellos. Por eso creo que con persuasión tarde o temprano Torres decidirá irse sin combatir. Él sabe que si se desencadena la guerra morirá gente inocente, la misma que lo ha ayudado.

—El problema —aclaró Sosa— es que no disponemos de tanto tiempo. El mensaje de la Junta y del doctor Amador es que mientras Colón no pase a nuestro control, los norteamericanos no podrán reconocernos y más tiempo habrá para que las maniobras diplomáticas terminen dando al traste con lo que tanto trabajo ha costado.

—¿Y cuál es la situación en Panamá? —quiso saber Meléndez.

—De absoluta calma —contestó Clement—. El *Bogotá* disparó unas cuantas bombas ayer pero no hubo mayores daños. Nada más murió un pobre chino. Contamos ahora mismo con una fuerza de más de mil hombres bien armados y estamos dispuestos a someter a Torres por la fuerza si fuera necesario.

Meléndez y Martínez intercambiaron miradas y luego aquel sugirió:

—Creo que los que deben ir a ver al prefecto Cuadros y al coronel Torres son Clement, como enviado de la Junta de Panamá, y Orondaste, como representante de la Junta de Colón. Yo me quedo aquí para no perder la relación personal que ya he desarrollado con Torres.

Una hora después, Carlos Clement y Orondaste Martínez entraban al despacho del general Cuadros, donde esperaba el coronel Eliseo Torres. Luego de un breve y forzado intercambio de saludos, Clement entregó el mensaje de la Junta al prefecto, quien lo leyó y lo pasó al coronel.

—¡Qué clase de traición es esta! —explotó Torres, cuando terminó la lectura—. Me retuvieron aquí con toda clase de subterfugios mientras apresaban a mis superiores y ahora me piden entregar las armas. Ustedes deben estar locos si creen que...

—No es traición —cortó secamente Clement—. Nos hemos independizado de Colombia y ya la palabra traición no cabe aquí. Ante el hecho cumplido, le ofrecemos una salida honorable que evitará derramamientos de sangre.

—Honorable sería que en este mismo instante los hiciera fusilar a todos por renegar de su patria.

Observando que la situación se agravaba y que tanto Clement como Martínez también estaban armados, Cuadros intervino:

—Le sugiero no perder la calma, coronel. ¿Cuándo se requiere una respuesta?

—Hoy antes del mediodía —respondió Clement.

—Mi respuesta será tomar por la fuerza el ferrocarril para ir a liberar a los generales Tobar y Amaya —mascculló Torres mientras salía de la habitación dando un portazo.

—General Cuadros —dijo Martínez—, usted ha vivido entre nosotros, no así el coronel Torres, cuya indignación comprendemos. Esta separación es un hecho consumado; para garantizarla está anclado en la bahía un navío norteamericano y otros vendrán como refuerzos. Aconseje a su compatriota que acepte lo que se le ofrece para que no haya pérdida de vidas que lamentar. Nosotros seremos amplios con ustedes y con los otros colombianos que rechacen la independencia.

—Veré si puedo lograr algo —prometió Cuadros.

Al salir de la Prefectura, Clement y Martínez fueron a recoger a Meléndez para dirigirse a la oficina de Shaler y ponerlo al corriente de lo sucedido.

—Esto no demora en estallar —sentenció el superintendente, moviendo la cabeza con resignación.

4

Cuando Torres regresó a su improvisado campamento, lo esperaba un ordenanza del *U. S. S. Nashville*, portador del mensaje del comandante Hubbard en el que le notificaba la prohibición de mover sus tropas hacia Panamá. Después de leerlo, el jefe del Batallón Tercero de Tiradores, consciente de que sus hombres observaban, gritó al asombrado ordenanza:

—¡Dígale a su comandante que ni él ni ningún oficial norteamericano tiene jurisdicción en suelo colombiano y que su mensaje lo doy por no recibido!

Lo cierto es que en la cabeza del coronel Torres comenzaba a formarse un volcán. Aunque sus tropas eran suficientes para tomar y retener Colón por la fuerza, el *Cartagena* no podía hacerle frente a la cañonera yanqui. Dudaba que el comandante Hubbard se atreviera a disparar los cañones del *Nashville* contra sus hombres por miedo a destruir la ciudad, pero también temía a los refuerzos que llegarían después. Si tomaba el ferrocarril por la fuerza para ir a liberar a los generales, corría el riesgo de una emboscada en plena línea. En su agitada cabeza comenzaba a germinar una idea cuando Orondaste Martínez se presentó ante él con su sonrisa bonachona de siempre.

—Coronel, no hay que perder las buenas maneras ni la calma. Le propongo que nos tomemos una copa de vino y conversemos sobre cómo solucionar este asunto de forma que todos salgamos ganando.

El coronel Torres, a quien el cuerpo y la mente le pedían un trago a gritos, sin dejar de fruncir el ceño, estuvo de acuerdo.

—Acepto porque todavía ambos somos colombianos.

Después del tercer trago, Martínez comenzó sus intentos por ablandar a Torres. Sin llegar a ofrecerle dinero, dejó la idea flotando en el ambiente, al tiempo que le alababa el gran sentido humanitario del militar al no querer hacer daño al pueblo colonense que tan bien lo había tratado. A lo largo del diálogo, el comentario favorito del coronel era «No sé por qué todavía no le he pegado a usted un tiro», pero cada vez lo decía con menos vehemencia. De pronto, sin embargo, aquella idea que había comenzado a germinar en su cerebro floreció plenamente y vio con claridad lo que tenía que hacer para superar la crisis. Animado por el vino, dijo a viva voz:

—Dígale a su Junta Revolucionaria que si antes de las dos de la tarde no han soltado y mandado para acá a los generales Tobar y Amaya y a su Estado Mayor, quemaré la ciudad y mataré a todos los norteamericanos, civiles y militares, que vivan aquí.

—¡No diga eso, coronel! —suplicó Martínez, asustado por las consecuencias de semejante amenaza.

—Lo digo y lo repito. Además, enviaré el mismo mensaje al comandante del *Nashville*. Tienen hasta las dos de la tarde. Si a esa hora no están aquí mis superiores, arderá Colón.

5

Panamá, miércoles 4 de noviembre, doce del día

En Panamá los sucesos seguían desarrollándose vertiginosamente, como si el movimiento de independencia hubiera adquirido vida propia. Para imponer disciplina, desde muy temprano se formaron los cuerpos armados que habrían de defender la independencia de la nueva república. El general Huertas quedó al mando del Batallón Primero del Istmo, integrado por los antiguos miembros del Batallón Colombia, y el general Domingo Díaz, cuya sede quedó establecida en el Cuartel de las Monjas, quedó a cargo del Batallón Segundo del Istmo, integrado por los voluntarios que, prescindiendo de diferencias sociales o políticas, se alistaban para defender la nueva patria. Tal como había sido convenido, el doctor Amador marchó muy temprano esa mañana al Cuartel de Chiriquí para arengar a los que habían sabido respaldar a su jefe en un momento tan decisivo. Subido en la misma banca en la que la víspera fuera hecho prisionero el general Tobar, con voz que se quebraba por la emoción y el cansancio, proclamó:

> *Soldados, hemos llevado a cabo por fin nuestra espléndida obra. Nuestro heroísmo es el asombro del mundo. Ayer no éramos más que esclavos de Colombia; hoy somos libres. No temáis. El presidente Roosevelt merece bien de nosotros, pues ¿no están allí, como sabéis, los cruceros que nos defienden e impiden toda acción por parte de Colombia? Esos cruceros están obrando con suma destreza para evitar el derramamiento de sangre colombiana: no de otro modo podría ayudarnos el gobierno americano. Hombres libres de Panamá, yo os saludo. Hoy mismo, tal como hemos prometido, nuestra Junta de Gobierno les pagará al fin todos los sueldos caídos que por tanto tiempo su gran comandante, el general Huertas, luchó por obtener. ¡Viva la nueva República! ¡Viva el presidente Roosevelt! ¡Viva el gobierno de los Estados Unidos!*

Después de Amador habló Huertas para agradecer la confianza depositada en él por la Junta de Gobierno y prometer una nueva era de felicidad en la patria que, gracias a la acción de los soldados de su batallón, hoy nacía plena de vigor y entusiasmo. No había terminado de hablar, cuando dos carretas entraron al patio del cuartel y se acomodaron a un costado. Tan pronto concluyó Huertas, los soldados de la tropa fueron llamados al sitio donde permanecían las carretas y uno a uno recibieron cincuenta pesos de plata, cantidad que representaba los sueldos dejados de pagar por Bogotá. A los oficiales se les pagaría posteriormente.

Las celebraciones que poco a poco se habían ido apagando la noche anterior habían retomado nuevos bríos trasladándose al Cuartel de Chiriquí, donde los vítores a la República de Panamá se confundían con aquellos lanzados en favor de los Estados Unidos, del presidente Roosevelt, del doctor Amador, del Batallón Colombia y del general Huertas. Pasadas las once de la mañana, los más exaltados por la emoción y el licor sentaron al pequeño general en una silla y a hombros lo pasearon por las calles de San Felipe. Frente a la plaza de la Catedral un torrencial aguacero puso fin al jolgorio y los más allegados a Huertas se trasladaron a la cantina del hotel Central. Mientras esto sucedía, se presentó Prescott buscando afanosamente al doctor Amador y a los miembros de la Junta que se encontraban en la habitación número 111 discutiendo los pormenores del Cabildo Abierto que se celebraría esa tarde.

—Herbie, ¿por qué vienes tan agitado? —exclamó Amador al ver a su futuro sobrino político pálido y sudando copiosamente.

—Vine corriendo del telégrafo. Parece que lo de Colón se está complicando. Dice Meléndez que hace diez minutos el coronel Torres se presentó en el consulado norteamericano a dar un ultimátum: o devolvemos sanos y salvos a los generales o quema Colón y pasa por las armas a cuanto norteamericano encuentre en la ciudad.

—Se volvió loco —comentó Tomás Arias.

—Meléndez considera que una llamada de la Junta podría ayudar a solucionar el dilema —añadió Prescott.

—¿Pero hablaría Torres con nosotros? —preguntó Federico Boyd.

—Nadie lo sabe con seguridad pero me parece que hay que intentarlo —dijo Amador.

—Salgo para allá enseguida. Yo mismo le hablaré como presidente de la Junta —anunció el maestro Arango—. Sigan ustedes en lo que están que yo voy con Herbie.

6

La llamada de Arango para Torres llegó media hora después y Shaler envió enseguida por el coronel.

—Es el presidente de la Junta de Gobierno —le dijo Meléndez cuando este se presentó.

—Aquí habla el coronel Eliseo Torres, comandante del Batallón Tercero de Tiradores.

—Y aquí le habla José Agustín Arango, presidente de la Junta de Gobierno de la República de Panamá.

—Yo no reconozco ninguna República de Panamá ni tampoco a la Junta que usted preside.

Hubo un momento de silencio.

—No se trata de lo que opina cada uno, coronel —dijo Arango, conciliador—. De lo que se trata es de superar una situación de hecho que tenemos por delante y que puede costar muchas vidas inocentes.

—Por culpa de ustedes que se han atrevido a apresar a los generales Tobar y Amaya junto con su Estado Mayor.

—Ya la Junta que presido le envió una proposición para que pongamos fin a esta crisis sin derramar sangre inocente.

—Proposición que yo no acepto, señor. Antes de cualquier consideración exijo la liberación de mis superiores.

—Me temo, coronel, que no está en posición de hacer exigencias. Para evitar peores consecuencias para usted, sus generales y su tropa le ofrecemos que deponga las armas, acepte la ayuda que le daremos para su traslado y se embarque de vuelta para Colombia con su gente.

—Ya le dije, señor, que lo que soy yo no me muevo sin mis generales. He dado las dos de la tarde como plazo pero estoy dispuesto a extenderlo hasta las cuatro.

—Yo no acepto ningún plazo, coronel.

—Entonces será la guerra.

—Es una lástima que insista usted en sacrificar a sus hombres. Pronto llegarán refuerzos a bordo de otra nave de guerra de los Estados Unidos, así es que le recomiendo que recapacite.

—Antes de que lleguen esos refuerzos no existirá Colón y habré pasado por las armas a todos los norteamericanos que están por acá. Después marcharé sobre Panamá.

—Los que atacaremos seremos nosotros. Eso lo puede tener por seguro. Si antes de las cuatro de la tarde no se ha embarcado usted con sus hombres ordenaré un ataque contra sus fuerzas.

—Aquí lo estaré esperando. De Colón no me saca nadie con vida.

Y el coronel tiró el teléfono. Meléndez y Shaler, que presenciaban la escena, supieron que la guerra estaba a punto de estallar.

En Panamá, Arango se arrepintió de haber sido tan drástico y de haber puesto en peligro la vida de los colonenses. Después de conferenciar brevemente con Prescott, redactó él mismo el siguiente telegrama para Torres:

La última concesión que le hacemos es dejarlo embarcar sus fuerzas y una vez embarcadas nos comprometemos a complacerlo y mandarle de aquí a los generales que tenemos prisioneros. Le damos hasta las cuatro de la tarde para que resuelva.

—Envíalo cuanto antes, Herbie. Por lo menos la historia reconocerá que hicimos cuanto estuvo a nuestro alcance por evitar una tragedia —dijo el maestro.

7

John Hubbard se encontraba almorzando a bordo del *Nashville* cuando vinieron a avisarle que en la estación del ferrocarril la bandera norteamericana ondeaba a media asta, señal convenida para que él acudiera urgentemente a tierra. Shaler lo esperaba en el muelle y tan pronto descendió del bote lo puso al corriente de los recientes acontecimientos.

—Me temo que el asunto se nos está saliendo de las manos —dijo el superintendente—. Torres finalmente explotó y está amenazando con quemar la ciudad y pasar por las armas a todos los norteamericanos si no se libera a los generales. Acaba de hablar por teléfono con el jefe de la Junta de Panamá sin ningún resultado.

—¿Cuánto tiempo tenemos?

—No mucho. El ultimátum vence a las dos de la tarde.

—Haga venir a Malmros y a los líderes colonenses —ordenó Hubbard—. Yo voy a dar la orden de desembarco y nos encontramos en su oficina en media hora.

Cuando regresó del buque, Hubbard tenía trazado su plan de acción. Ordenó que se refugiaran en el edificio del ferrocarril todos los norteamericanos, con excepción de las mujeres y los niños que serían transferidos a dos barcos mercantes neutrales que se hallaban atracados en el muelle.

—Obtengan todas las armas que puedan para distribuirlas entre los que sean aptos para combatir. Usted, señor Meléndez, consiga algunos voluntarios. No tengo que decirle que estamos en desventaja de diez contra uno. Yo haré que mis hombres rodeen el edificio y que instalen una ametralladora en cada costado. Si Torres ataca, tenemos que resistir hasta que llegue el *Dixie*.

Una hora más tarde las órdenes de Hubbard se habían cumplido. Torres, quien observaba con atención los movimientos del comandante del *Nashville*, ordenó a sus hombres tomar las armas y rodear el edificio donde los norteamericanos se habían hecho fuertes. Ambos bandos quedaron enfrentados con solamente una calle y el patio del ferrocarril de por medio. Clement, Meléndez y Martínez habían conseguido cuarenta voluntarios quienes en posiciones estratégicas se apostaron ocultos detrás de los colombianos. Un silencio de muerte descendió sobre la ciudad, que quedó paralizada en el tiempo. El *Nashville* alistó sus cañones y comenzó a aproximarse al *Cartagena*.

8

Panamá, miércoles 4 de noviembre, tres de la tarde

En el mismo instante en que los soldados colombianos del Tercero de Tiradores pulsaban fuerzas con los marinos del *U. S. S. Nashville*, se iniciaba en la plaza de la Catedral, frente a la sede del municipio capitalino, el Cabildo Abierto convocado por el Concejo para proclamar la nueva república. La lluvia del mediodía había despejado la atmósfera y un cielo azul sin nubes cobijaba el acto.

El presidente del Concejo Municipal llamó al estrado al doctor Carlos Mendoza quien leyó con emoción el Acta por él elaborada en la que el Concejo Municipal declaraba la separación de Colombia «para formar con las demás poblaciones del departamento de Panamá una república con gobierno independiente, democrático, representativo y responsable que propendiera a la felicidad de sus habitantes». Seguidamente se encomendó la administración provisional del país a una Junta de Gobierno integrada por José Agustín Arango,

Federico Boyd y Tomás Arias, entre cuyas obligaciones estaba la de convocar cuanto antes una Asamblea Constitutiva que organizaría la nueva nación y elegiría su primer presidente. A petición del propio Concejo, el pueblo reunido en la plaza aprobó el Acuerdo por aclamación. Frente a ese mismo pueblo firmaron el Juramento de Fidelidad a la Nueva República los miembros de la Junta Separatista, el comandante del antiguo Batallón Colombia, el alcalde del Distrito y el personero municipal. Después, en medio de un solemne silencio, se izó el pabellón tricolor del nuevo Estado y un documento de Adhesión Popular fue abierto a la firma de todos los asistentes al Cabildo, quienes en respetuoso silencio desfilaron durante el resto de la tarde ante el secretario del Concejo, Ernesto Goti, para estampar su firma en el histórico documento.

Al final de esa hermosa tarde se comunicó al pueblo el Decreto Número Uno, emitido por la Junta, por medio del cual se nombraba el siguiente Gabinete de Gobierno: secretario de Gobierno, doctor Eusebio Morales; de Relaciones Exteriores, don Francisco de la Espriella; de Justicia, doctor Carlos A. Mendoza; de Guerra y Marina, don Nicanor A. de Obarrio; de Hacienda y Tesoro, don Manuel E. Amador, y de Instrucción Pública, doctor Julio Fábrega. El nuevo gobierno entregó entonces al país el hermoso Manifiesto preparado por el doctor Morales en el que se recogían los motivos determinantes del acto separatista.

9

Ningún istmeño se extrañó de que Manuel Amador Guerrero, líder indiscutible de la jornada separatista, no figurara en la lista de gobernantes provisionales: todos daban por sentado que a él le correspondería ser el primer presidente de la República. Así, cuando con las últimas luces del día, concluidos los actos oficiales, se iniciaban nuevamente las festividades, y mientras sus compañeros de conjura se reunían a discutir las acciones de gobierno, el viejo médico se retiró a su hogar. Necesitaba ese reposo que solamente la compañía de su esposa podía darle. Herbie Prescott lo acompañó hasta el zaguán y allí se despidieron con un silencioso abrazo.

Con un abrazo y un beso lo recibió también María.

—Ya era hora de que vinieras a casa; me preocupa tu salud. —En la voz de la esposa había una dulzura desconocida que luego se transformó en admiración—: Cumpliste con tu deber, Manuel. Debes sentirte muy satisfecho.

—Cumplimos, Mary, cumplimos. Sin tus palabras de aliento no sé qué hubiera hecho. Fue tanto el desánimo...

—Ahora ya todo pasó. Ven, vamos a descansar.

—Aún nos queda Colón. Mientras no saquemos al Tiradores los norteamericanos no nos reconocerán. Acabo de solicitarle a Herbie que llame a Shaler para saber qué ocurrió esta tarde mientras se instalaba el nuevo gobierno.

—¿Qué planes tienen?

—Si no se van mañana, la decisión es atacarlos con nuestras fuerzas.

—¿Has hablado con los generales? Siempre has tenido una buena amistad con Amaya; quizás si razonas con él, acepte que lo de Panamá ya no tiene remedio.

—Hablé con los dos esta tarde, Mary. Fue lo primero que se me ocurrió para evitar un enfrentamiento. Primero me entrevisté con Amaya, porque, como bien dices, con él me unen lazos de amistad. Pero me dijo que nada podía hacer y que si era su amigo no le pidiera algo que significaría traicionar su uniforme y su patria. Después me reuní con Tobar, y la conversación fue más estéril. Por más que le expliqué que esta vez la separación era definitiva porque los norteamericanos nos apoyan, no quiso siquiera discutir el tema. Me temo que un enfrentamiento es inevitable.

—Pero, ¿y los norteamericanos?

—No sé qué esperan para romper su neutralidad. De cualquier manera, el ataque de nuestras fuerzas los obligará a actuar con el pretexto de mantener el libre tránsito.

Cuando entraron en la habitación, el doctor Amador extrajo del bolsillo un documento y se lo entregó a María.

—¿Qué documento es ese?

—Es el Manifiesto a la Nación preparado por Eusebio Morales. En realidad, por la forma como se precipitaron los acontecimientos, hasta hace un momento yo mismo no lo había leído. Es lo más hermoso que se ha escrito sobre nuestra independencia; lo traje para que tú también lo leas y lo guardes.

Poco dada a lecturas patrióticas, María se sentó bajo la lámpara y comenzó a leer:

El acto trascendental que por movimiento espontáneo acaban de ejecutar los pueblos del Istmo de Panamá es consecuencia inevitable de una situación que ha venido agravándose día por día.

Larga es la relación de los agravios que los habitantes del Istmo hemos sufrido de nuestros hermanos de Colombia; pero esos agravios hubieran sido soportados con resignación en aras de la concordia y de la unión nacional, si su reparación hubiera sido posible y si hubiéramos podido abrigar fundadas esperanzas de mejoramiento y de progreso efectivos bajo el sistema a que se nos tenía sometidos por aquella República. Debemos declarar solemnemente que tenemos el convencimiento sincero y profundo de que era vana toda esperanza e inútil todo sacrificio de nuestra parte.

El Istmo de Panamá fue gobernado por la República de Colombia con el criterio estrecho que en épocas ya remotas aplicaban a sus colonias las naciones europeas: el pueblo y el territorio istmeños eran una fuente de recursos fiscales y nada más. Los contratos y negociaciones sobre el ferrocarril y el Canal de Panamá y las rentas nacionales recaudadas en el Istmo han producido a Colombia cuantiosas sumas que no enumeramos para no aparecer en este escrito destinado a la posteridad como impulsados por un espíritu mercantil, que no ha sido ni es nuestro móvil; y de esas cuantiosas sumas el Istmo no ha recibido el beneficio de un puente para ninguno de sus numerosos ríos; ni el de la construcción de un camino entre sus poblaciones, ni el de un edificio público, ni el de un colegio, ni ha visto tampoco interés alguno en fomentar sus industrias, ni se ha empleado la ínfima parte de aquellos caudales en propender a su prosperidad.

Ejemplo muy reciente de lo que a grandes rasgos dejamos relatado es lo acontecido con las negociaciones del Canal de Panamá, consideradas por el Congreso y desechadas de un modo sumario.

No faltaron hombres públicos que declararon su opinión adversa fundados en que solo el Istmo de Panamá sería favorecido con la apertura de la vía en virtud de un contrato con los Estados Unidos, y que el resto de Colombia no recibiría beneficios directos de ningún género con aquella obra, como si esa razón, aun teniéndola por evidente justificara el daño irreparable y perpetuo que se le causara al Istmo con la improbación del tratado en la forma en que lo fue, que equivalía a cerrar la puerta a futuras negociaciones.

El pueblo del Istmo, en vista de causas tan notorias, ha decidido recobrar su soberanía, entrar a formar parte de la sociedad de las naciones independientes y libres, para labrar su propia suerte, asegurar su porvenir de modo estable y desempeñar el papel a que está llamado por la situación de su territorio y por sus inmensas riquezas. A eso aspiramos los iniciadores del movimiento efectuado, que unánime aprobación ha obtenido. Aspiramos a la fundación de una república verdadera donde impere la tolerancia, en donde las leyes sean norma invariable de gobernantes y gobernados, en donde se establezca la paz efectiva que consiste en el juego libre y armónico de todos los intereses y de todas las actividades; y en donde, en suma, encuentren perpetuo asiento la civilización y el progreso.

Al principiar la vida de nación independiente, bien comprendemos las responsabilidades que ese estado implica, pero tenemos fe profunda en la cordura y en el patriotismo del pueblo istmeño que posee además las energías suficientes para labrarse por medio del trabajo un porvenir venturoso y sin azares ni peligros.

Al separarnos de nuestros hermanos de Colombia, lo hacemos sin rencor y sin alegría. Como un hijo se separa del hogar paterno, el pueblo istmeño al adoptar la vía que ha escogido lo ha hecho con dolor, pero en cumplimiento de supremos e imperiosos deberes: el de su propia conservación y el de trabajar por su propio bienestar.

Entramos, pues, a formar entre las naciones libres del mundo, considerando a Colombia como nación hermana, con la cual estaremos siempre que las circunstancias lo demanden y por cuya prosperidad hacemos los más fervientes y sinceros votos.

—Ciertamente que se trata…

Al observar que su esposo roncaba plácidamente, María se guardó los comentarios.

10

Colón, miércoles 4 de noviembre, tres de la tarde

Durante diez angustiosos minutos los soldados colombianos mantuvieron sus rifles apuntando a los marinos que custodiaban el edificio de mampostería que albergaba las oficinas de la Compañía del Ferrocarril. Sabiendo que sus hombres se cansaban y temiendo una imprudencia, el coronel Torres ordenó bajar las armas.

Frente a ellos, una treintena de marinos norteamericanos, parapetados detrás de pacas de algodón colocadas alrededor del edificio, también apuntaban con sus rifles; el resto permanecía junto al comandante Hubbard protegiendo a los civiles que se refugiaban en el interior. A través de los bultos y vigilando cada uno de los costados del inmueble, asomaba el cañón amenazante de sendas ametralladoras.

El coronel Eliseo Torres no sabía qué hacer. Tenía al enemigo rodeado y el resto de la ciudad ocupada, pero le preocupaban los cañones del navío norteamericano que acababa de maniobrar para apuntarlos sobre la nave colombiana. Si la hundían, el Tercero de Tiradores quedaría sin posibilidades de escapar de allí. En eso pensaba cuando el *Cartagena* inició un desplazamiento. En un principio Torres creyó que se acomodaba para responder a las amenazas del *Nashville*, pero cuando el navío puso proa rumbo al mar abierto y comenzó a alejarse a toda máquina, comprendió que algo malo sucedía. Quince minutos después la popa del *Cartagena* apenas se divisaba en el horizonte. ¿Cómo era posible que su propia gente lo hubiera abandonado? ¡Maldito general Barrero, siempre sospechó que era un cobarde!

Habiendo superado los efectos del vino, Torres se convenció de que a pesar de la ventaja numérica, con la partida del *Cartagena* la situación no le favorecía y decidió parlamentar. Se despojó de su arma, franqueó su propia línea de combate y caminó resueltamente los cincuenta pasos que lo separaban del edificio del ferrocarril. Hubbard salió a su encuentro y lo invitó a pasar a la oficina de Shaler.

—Debo decirle —expresó Torres sonriendo a medias— que ha habido un mal entendido y que no hay necesidad de que las mujeres y los niños norteamericanos se refugien en los barcos; no es nuestra intención hacerles daño a los civiles.

—No fue eso lo que me informó el cónsul —contestó Hubbard.

—Ambos nos exaltamos, pero eso ya pasó. Ahora tengo una proposición que hacerle, pero necesito que también la escuchen el superintendente y el líder de los rebeldes.

Un cuarto de hora después, en presencia de Shaler y Meléndez, Torres propuso enviar un emisario de confianza a Panamá con una nota de él para el general Tobar, solicitando órdenes. En cuanto el emisario saliera en el tren para Panamá y hasta tanto volviera con la respuesta de Tobar, él se retiraría con sus hombres a Monkey Hill, en las afueras de la ciudad, y Hubbard regresaría con los suyos al *Nashville*. Aunque no comprendía lo que Torres buscaba con semejante petición, Meléndez estuvo de acuerdo con poner fin a aquel enfrentamiento que podía terminar en una verdadera matanza. Hubbard también dio su aprobación y Shaler puso a disposición un tren expreso. Una hora después, acompañado por Carlos Clement, a quien Meléndez le pidió informar a la Junta la situación de Colón, el general Eleázar Guerrero, alcalde de Colón, partía hacia Panamá con dos cartas para el general Tobar: la del coronel Torres y otra de las mujeres colonenses en la que apelaban al sentido humanitario del militar colombiano para evitar la muerte de gente inocente y la destrucción de la ciudad. Las tropas colombianas y norteamericanas se retiraron conforme a lo prometido y una precaria calma volvió a Colón.

11

Panamá, siete de la noche

Enterado de la misión del alcalde Guerrero, el doctor Morales, secretario de Gobierno, acudió a recibirlo personalmente a la estación del tren de donde lo llevó directamente al Cuartel de Policía. Tobar se animó al ver a Guerrero y enseguida le preguntó por la situación en Colón.

—Las cosas no se ven muy bien, mi general —respondió el alcalde—. Pero aquí le traigo esta carta de Torres que supongo lo explicará todo detalladamente.

Hoy a la 1:00 p.m. supe de boca del prefecto que Uds. han sido reducidos a prisión y la misma persona propúsome hacer entrega de armas y municiones en la seguridad de que se me proporcionarían los medios de regresar a Cartagena con mi gente. Pero puede Ud. estar persuadido de que ni yo ni el regimiento a mis órdenes habremos de ceder un ápice dejándoles a Uds. en condición de presos. Y así, aunque Arango, el dirigente separatista en esa ciudad, haya conferenciado conmigo por teléfono sobre esto exhortándome a que aceptase la propuesta o de no hacerlo sería atacado inmediatamente, le contesté que mis tropas estarían prontas a resistir cualquier ataque antes que ser traidoras. Va el alcalde a parlamentar en mi nombre con los representantes del nuevo gobierno en orden a obtener la libertad de Uds. El mismo alcalde lleva, por indicación mía, petición de las familias principales de Colón, con el objeto de hacer que ese gobierno los restituya a Uds. a mí de viva voz; será ocioso por tanto mandarme instrucciones escritas. Yo no temo ningún ataque de las fuerzas traidoras; pero me anticipo a advertirles que en último recurso pereceremos entre las llamas de la ciudad incendiada. En todo caso pueden Uds. contar con que yo sabré mantener el honor de las armas.

Su adicto y fiel servidor y subalterno,

Eliseo Torres G.

Nota: El subteniente Jiménez los acompañará a Uds. en su regreso a esta ciudad; de lo que dependen sola y exclusivamente o la ruina total de ella o su salvación; pues que en no viniendo Uds. procederé a obrar sin pérdida de tiempo.

Eusebio Morales aguardaba expectante la reacción de Tobar mientras este terminaba de descifrar la letra de su subordinado.

—¿Me permite hablar a solas con el general Guerrero? —solicitó Tobar al ministro de Gobierno.

—Tómese el tiempo que necesite, general —respondió Morales, abandonando la habitación.

—Torres me pide que le imparta instrucciones, pero difícilmente puedo hacerlo sin una cabal comprensión de la situación. ¿Qué piensa usted, Guerrero?

—Si debo decirle la verdad, como están las cosas creo que cualquier sacrificio será inútil y que si se producen los combates lo único que conseguiremos será la destrucción de Colón. Estoy seguro de que los refuerzos norteamericanos no tardan en llegar y además el *Cartagena* se fue.

—¿Cómo dice usted?

—Que el *Cartagena* levó anclas y dejó a Torres y a sus hombres abandonados. ¿No se lo informa Torres en su carta?

—Torres no menciona al *Cartagena* —respondió Tobar meditativo.

—Tal vez la escribió antes de que el *Cartagena* partiera —insinuó Guerrero.

—Pero pudo haber puesto otra posdata —masculló Tobar exasperándose—. ¿Cuándo regresa usted a Colón?

—Mañana, general.

—Entonces venga temprano que tendré lista una respuesta.

Esa noche el general Guerrero pernoctó en la residencia del secretario de Gobierno. Aunque ninguno de los dos hizo el comentario, ambos debieron pensar en los contrasentidos de aquella revolución: un día después de dado el golpe, el secretario de Gobierno hacía las veces de anfitrión de un alcalde leal al gobierno depuesto.

12

Panamá, jueves 5 de noviembre, siete de la mañana

Muy temprano al día siguiente, el alcalde Guerrero fue conducido nuevamente por Morales ante el general Tobar, a quien encontró de muy mal humor.

—Me he desvelado toda la noche pensando qué respuesta dar a la petición de Torres y, después de mucho meditarlo, he llegado a la conclusión de que el comandante del Tercero de Tiradores tiene que tomar su propia decisión. Yo no puedo darle instrucciones desde prisión, y mucho menos si desconozco de primera mano una situación que día a día adquiere nuevas características. Así es que dígale usted de mi parte al coronel Torres que él está al mando y que confío en su buen criterio.

Cuando el general Eleázar Guerrero llegó de vuelta a Colón, el cuadro que presenciaron sus ojos fue una reproducción idéntica de lo ocurrido la tarde del día anterior: ambos bandos enfrentados, los colombianos rodeando el edificio y los marinos defendiéndolo. Nervioso por lo que pudiera ocurrir, y luego de obtener un salvoconducto de Shaler, buscó al coronel Torres quien al verlo vino a su encuentro, impaciente por conocer las instrucciones de sus superiores.

—Dice el general Tobar que decida usted mismo, coronel —le espetó Guerrero sin más preámbulo.

—¿Eso dijo? —preguntó Torres incrédulo.

—Así es. Según él, usted es quien conoce de primera mano la situación y el único que puede tomar una decisión. ¿Qué pasó que están otra vez en posición de combate?

—Un malentendido —respondió Torres de mala gana—. Mis tropas no pudieron pasar la noche en Monkey Hill por lo insalubre del lugar y la gran cantidad de mosquitos. Los traje de vuelta al pueblo y el comandante yanqui consideró que había violado el pacto y volvió a bajar a sus hombres. Otra vez subieron a las mujeres y a los niños a bordo de los vapores *Marcomania* y *City of Washington* en tanto los marinos se parapetaban alrededor del edificio del ferrocarril. Yo les seguí el mismo juego y los tengo otra vez rodeados. —Después de una breve pausa, Torres preguntó—: ¿Le informó usted a Tobar la partida del *Cartagena*?

—Sí, por supuesto.

—¿Y aún así rehúsa darme instrucciones? —preguntó el coronel hablando consigo mismo.

Después, mascullando palabras ininteligibles, se marchó hasta donde estaba su segundo al mando y le dio instrucciones de levantar el cerco y ocupar en cambio las calles de la ciudad.

Meléndez, quien contemplaba la escena desde su oficina en la calle del Frente, creyó llegado el momento de actuar y salió en busca del militar.

—¿Me permite hablarle, coronel? —preguntó mientras se acercaba.

—¿Qué quiere usted ahora? ¿Que le pegue un tiro?

—Aunque usted no lo crea, quiero ayudarlo. Vengo a comunicarle que a bordo del vapor que acaba de llegar, el *Jenny*, se encuentra el general Pompilio Gutiérrez con otros oficiales del ejército de Colombia.

A Torres se le iluminó el rostro.

—Ya les hablé —prosiguió Meléndez— y pienso que usted también debería hacerlo. Ellos comprenden lo desesperado de la situación en que usted se encuentra, sobre todo por el inminente arribo de los buques de refuerzo norteamericanos.

Sin querer escuchar una palabra más, el coronel Torres se dirigió apresuradamente al muelle para abordar el *Jenny*.

Meléndez sabía por su conversación previa con el general Gutiérrez, cuya presencia en Colón era accidental y nada tenía que ver con la separación de Panamá, que este aconsejaría a Torres aceptar la oferta de los rebeldes para evitar un baño de sangre inútil. Al cabo de dos horas de paciente espera, Torres bajó del barco con el ceño más fruncido que antes y Meléndez lo invitó a tomar una copa al hotel Astor; como siempre, el coronel aceptó de mala gana.

Después del cuarto trago, el líder de los separatistas colonenses, con un tacto exquisito, propuso a Torres conseguirle pasaje en el *Orinoco*, buque correo que partiría esa tarde para Barranquilla, y suministrarle, además, ocho mil pesos para los gastos imprevistos.

—¿Me está sobornando usted? —preguntó airadamente el militar.

—En lo absoluto. Le estoy proponiendo que aborde el último buque que puede sacarlo a usted y a sus hombres de aquí antes de que llegue el próximo navío de guerra de los norteamericanos. Comoquiera que el *Orinoco* es un buque comercial, necesitará fondos para el pasaje y los gastos. Eso es todo.

—Yo no me voy sin los generales —bramó Torres, achispado.

—Piénselo, coronel. Entre tanto, veré qué puedo hacer para que la Junta Separatista acceda a que los generales se vayan con usted hoy mismo.

A las tres de la tarde, después de conferenciar con Hubbard y Shaler, Meléndez pidió a Prescott que se preparara para traer a los generales a Colón a fin de embarcarlos con Torres y sus hombres en el vapor *Orinoco* que zarparía a las siete de la noche. Dos horas después, los generales Tobar y Amaya con su Estado Mayor aguardaban sentados en un vagón especial para ser trasladados a Colón, donde Torres aún no daba su brazo a torcer.

En ese momento, del *U. S. S. Nashville* avisaron a Shaler que acababan de avistar al *U. S. S. Dixie* y que en aproximadamente una hora estaría echando anclas en la bahía de Limón. Tan pronto lo supo Meléndez corrió donde Torres a darle la noticia, que este rehusó creer. Media hora después, sin embargo, la amenazadora silueta del *U. S. S. Dixie* se divisaba a simple vista y Torres, finalmente, comunicó a Meléndez que aceptaba su oferta.

Como los generales colombianos todavía aguardaban en la estación del tren en Panamá, Meléndez, Shaler y Hubbard decidieron que no se podía esperar. A las siete de la noche, bajo un torrencial aguacero, mientras del *U. S. S. Dixie* empezaban a descender los botes con las tropas de refuerzo, el coronel Eliseo Torres y el Tercero de Tiradores se embarcaban en el *Orinoco*.

En Panamá, los generales fueron devueltos a prisión y se iniciaron de nuevo las celebraciones: con Colón bajo el control de los separatistas, la independencia quedaba sellada para siempre. Mientras tanto, en Penonomé, el magistrado Ramón Valdés leía, con entusiasmo, el telegrama que acababa de recibir del doctor Amador Guerrero en el que decía, simplemente: «Llegó Matea».

13

Washington, jueves 5 de noviembre

El último en llegar a la reunión convocada por Roosevelt en la Casa Blanca fue el senador por el Estado de Ohio, Mark Hanna, líder de los republicanos en el Senado y ardiente defensor de la ruta de Panamá, a cuyos esfuerzos se debía, en gran medida, el rechazo de la vía de Nicaragua.

Cuando Hanna entró en la Oficina Oval, esperaban allí el secretario Hay y los subsecretarios Loomis y Darling. Dos minutos más tarde, sonriendo y bromeando con su proverbial jovialidad, entró el presidente Roosevelt.

—El tema que nos reúne esta mañana es Panamá. Cuéntenos cómo marchan las cosas, Francis —dijo mientras se sentaba.

—Los separatistas han encarcelado a las autoridades colombianas en el Istmo, entre ellos dos generales recién llegados; se han apoderado de la ciudad de Panamá y con el concurso del comandante militar de la plaza y del ejército colombiano, que se pasó a los rebeldes, han establecido una Junta de Gobierno y un Gabinete Ministerial. En el sector Atlántico todavía queda el problema de las tropas colombianas, dejadas por los generales en Colón cuando arribaron al Istmo. Son quinientos hombres que están acampados en la ciudad. El comandante del *Nashville*, John Hubbard, tiene instrucciones de no permitir que se trasladen a la Ciudad de Panamá y de ocupar la línea del ferrocarril en caso necesario. El problema es que Hubbard cuenta solamente con cincuenta hombres, además de los cañones del *Nashville.* Aunque la situación se mantiene muy tensa, hasta ahora no se reportan enfrentamientos.

—¿Qué estamos haciendo para ayudar a Hubbard y resolver el dilema? —preguntó Roosevelt.

—El *Dixie* se encuentra en camino con quinientos hombres y debe llegar a Colón a últimas horas de la tarde de hoy. Los panameños, por su parte, según me asegura Bunau Varilla, están listos para atacar a Torres si fuera necesario. Ellos cuentan con unas doscientas tropas regulares y algo más de mil voluntarios.

—Difícilmente podremos permitir —arguyó Hay— que el ejército de los rebeldes utilice el ferrocarril cuyo uso le estamos negando a los colombianos.

—Ellos lo tomarían por la fuerza... con nuestro consentimiento —respondió cínicamente Loomis; Roosevelt sonrió.

—El caso, Mark —dijo el presidente dirigiéndose al senador Hanna—, es que tenemos que prepararnos para el debate que se suscitará en el Senado una vez reconozcamos al nuevo gobierno y celebremos con ellos el tratado que los malditos colombianos rechazaron. ¿Cómo piensas que debemos manejarnos?

—Señor presidente, aunque tendré que pensar en ello un poco más, de salida le digo que tendremos que trabajar arduamente en su próximo mensaje al Congreso.

—Ya estoy en eso —aclaró Roosevelt—. Antes de que te vayas te entregaré una copia. Básicamente, el informe justifica lo actuado en Panamá con razones jurídicas e históricas. Las jurídicas son las que aparecen en el memorándum del profesor Moore, que tú conoces; las históricas, un recuento de la lucha permanente de Panamá por liberarse del yugo colombiano. ¿Sabías tú que por lo menos en tres ocasiones durante el siglo pasado se declararon independientes? Pero debido a la superioridad de sus fuerzas Colombia los volvió a someter.

—No lo sabía, pero es importante decirlo porque justifica moralmente nuestro comportamiento.

—Bien. El Congreso se reúne el 9, es decir, el próximo lunes. Para entonces el Istmo deberá ser una nueva república, debidamente reconocida por los Estados Unidos. Eso significa que Colón debe estar bajo el control del nuevo gobierno. Si es preciso, utilizaremos la fuerza para lograrlo. ¿Alguna objeción?

Los presentes cruzaron miradas y, finalmente, Hay señaló:

—El plan original consistía en separar únicamente las ciudades de Panamá y Colón y la ruta transístmica y constituir allí la nueva república. Los panameños han declarado la independencia de todo el departamento, aunque sabemos que en el interior del país ni siquiera están enterados de lo ocurrido en la capital. Ahora tendremos que reconocer diplomáticamente un gobierno que solamente controla una ínfima porción de su territorio.

—No sé a quién se le ocurrió ese absurdo —dijo Roosevelt—. Por supuesto que los panameños desean la independencia de todo su territorio. Lo mismo habría hecho yo. Cuando llegue el momento, reconoceremos el antiguo territorio del departamento del Istmo, en su totalidad. Ahora quiero que Mark se quede a fin de que analicemos con más detalle cómo proceder en el Senado para torear al testarudo senador Morgan.

Mientras él, Loomis y Darling se levantaban, Hay, quien había enrojecido ligeramente, murmuró en voz apenas audible:

—En realidad, era poco lo que podíamos hacer desde tan lejos.

III

1

Panamá, viernes 6 de noviembre, nueve de la mañana

Manuel Amador Guerrero descendió los escalones de su residencia para recorrer a pie el corto trayecto que lo separaba de la Casa de Gobierno. El camino era el mismo que transitara cuatro meses atrás cuando los conjurados celebraron su primera reunión plenaria en las instalaciones de la planta eléctrica. Ahora se reunirían nuevamente para la primera sesión formal del gobierno, sin clandestinidad y como máximas autoridades de la nueva república.

En el vecindario, donde la legendaria figura de Amador era de todos conocida por su prolongada labor como director del hospital Santo Tomás, los saludos ya no se dirigían solamente al médico, sino al líder de la separación y futuro presidente de Panamá. En la calle y desde los balcones le llegaba el reconocimiento de quienes lo veían pasar rumbo a la Casa de Gobierno.

Aunque Amador Guerrero no ocupaba cargo que justificara su presencia en la reunión del Gobierno Provisional, desde un inicio se había acordado su participación en todas las sesiones. Al galeno le interesaba, sobre todo, regresar a Washington a negociar el nuevo tratado con los Estados Unidos. Para el viejo médico más importante que ocupar la presidencia de la nueva república era estampar su firma en ese histórico documento.

Cuando llegó el doctor Amador, en el salón de reuniones del Palacio de Gobierno ya estaban congregados los miembros de la Junta y los secretarios del gabinete. Antes de dar inicio formal a la reunión, por sugerencia del propio Amador se resolvió dejar como último punto el tema del reconocimiento de los Estados Unidos y el nombramiento de Bunau Varilla. Aunque era el más urgente e importante, sería también el más largo y comprensivo de la agenda y la estrategia por definir estaba íntimamente vinculada al informe que rendirían los secretarios.

José Agustín Arango declaró abierta la sesión y pidió a cada uno rendir informe.

—Empezaremos con el secretario de Gobierno. Adelante, doctor Morales.

—Bien, ya sabemos todos que Colón está bajo nuestro control. En este preciso momento deben estar izando frente a la Gobernación el pabellón nacional, cuyo hermoso diseño debemos a nuestro secretario del Tesoro, a quien aprovecho para felicitar.

El hijo mayor de Amador Guerrero sonrió y agradeció con una inclinación de cabeza.

—Porfirio Meléndez —continuó Morales— tomará posesión como gobernador de la provincia y después someterá a nuestra consideración los demás nombramientos importantes. Estamos enviando delegaciones a cada una de las provincias restantes para incorporarlas formalmente a la nueva república, para lo cual hemos comisionado al buque *Veintiuno de Noviembre,* antiguo *Almirante Padilla.* Por el doctor Amador sabemos que ya el magistrado Ramón Valdés se ha encargado del asunto en la provincia de Coclé. Pasando a otro tema, y para terminar, la policía nacional está debidamente organizada y José Fernando Arango continúa como comandante.

—El señor ministro de Guerra y Marina —dijo Arango, invitando a Nicanor de Obarrio con un gesto.

—Bueno, señores, la fuerza pública ha sido reorganizada. El general Huertas es el comandante general del ejército de la República y el general Díaz es el comandante general de la División Colón. En la medida que sintamos que el peligro de un contragolpe ha sido conjurado, reduciremos el número de efectivos a lo que había antes. Para traer de Pescaderías al coronel Tascón y a sus hombres hemos arrendado a la Compañía del Ferrocarril el vapor *Bolívar* que debe regresar esta tarde. En cuanto desembarque Tascón, el presidente de la Junta le explicará las razones del golpe y esperamos que se adhiera inmediatamente a la nueva república. Por otra parte, el *Bogotá* abandonó nuestras aguas y sus disparos no causaron mayor daño. Solamente sabemos de la muerte de un asiático de nombre Wong Kong Yee, en una de las viviendas afectadas en Salsipuedes. Contamos con dos naves de guerra, el *Chucuíto* y el *Veintiuno de Noviembre*, y sabemos que dentro de poco arribarán al sector Pacífico otros buques de la Marina de los Estados Unidos para protegernos de cualquier ataque por parte de Colombia. Salvo alguna pregunta, eso es todo por el momento.

—El señor secretario de Justicia —indicó Arango.

Carlos Mendoza explicó brevemente que por ahora se mantendrían vigentes las leyes y los códigos de Colombia en cuanto no se opusieran a la nueva situación jurídica; que los cargos principales en la administración de justicia estaban debidamente ocupados y que los demás se llenarían poco a poco, a medida que se determinara qué funcionarios se adherían al movimiento y cuáles seguían leales a Colombia.

Correspondió entonces el turno al secretario del Tesoro, quien hizo un recuento general de los desembolsos efectuados y las fuentes de fondos.

—La mayoría de los fondos —explicó el hijo de Amador— fueron suministrados por los bancos de Ehrman y Brandon y actualmente trabajamos con el doctor Amador Guerrero para obtener fondos adicionales de Bunau Varilla, porque, como todos saben, las arcas están vacías. Creemos que se puede arreglar un crédito contra los futuros ingresos que recibiremos por la concesión del canal. Mientras tanto, aparte de esos bancos, le debemos dinero también a la Compañía del Ferrocarril pues fue Shaler el que a última hora facilitó los ocho mil pesos que se llevó el coronel Torres. Estoy ahora mismo trabajando con Eduardo Icaza, que fue el pagador del ejército, para rendir un informe detallado de los desembolsos, tarea muy difícil porque en la confusión de los primeros días hubo mucha liberalidad y poco control en la forma como se distribuyeron los pesos entre la tropa y los oficiales del Batallón Colombia. En cualquier caso, lo intentaremos.

—Es conveniente que todo eso quede claro para que después no se nos acuse de malversadores —señaló Federico Boyd.

—En eso estamos, pero no será fácil. Faltan comprobantes y algunas cuentas no concuerdan, pero, como dije, haremos el intento —respondió el secretario del Tesoro.

Habló luego el secretario de Instrucción Pública, Nicolás Victoria J., quien se limitó a explicar que a partir de la semana siguiente reabrirían las escuelas públicas y que oportunamente presentaría sus planes para mejorar la educación en el Istmo.

—Nos corresponde ahora tratar —señaló Arango— el tema de las relaciones internacionales, que es el más importante que tenemos entre manos porque mientras no logremos el reconocimiento de los demás países no seremos Estado. Pediremos al secretario de Relaciones Exteriores un informe de lo hecho por él hasta ahora y luego el doctor Amador Guerrero podrá ilustrarnos más sobre las gestiones encaminadas a que los Estados Unidos nos reconozcan lo antes posible.

—Es poco lo que tengo que decir —comenzó De la Espriella—. Hemos cursado notas a la Iglesia católica y a los cónsules extranjeros informándoles que somos un país independiente. Como hasta anoche la situación era incierta, consideramos prudente, en acuerdo con el doctor Amador, aguardar el reconocimiento de los Estados Unidos para luego emprender una campaña tendiente a lograr el de los demás países. El doctor Amador, como bien dijo el presidente de la Junta, puede informarles mejor que yo acerca de las comunicaciones con el Departamento de Estado norteamericano y con Philippe Bunau Varilla.

—Existen dos situaciones, íntimamente relacionadas, que debemos considerar y resolver —indicó el doctor Amador Guerrero—. La primera es el reconocimiento diplomático, que ya se ha mencionado aquí, y la otra el nombramiento de nuestro primer embajador en los Estados Unidos. El cónsul norteamericano encargado, Félix Ehrman, se ha estado comunicando por cablegrama con el Departamento de Estado, informándole acerca del progreso del movimiento. Hasta ayer no había recibido instrucciones en cuanto a cómo proceder, aunque según me dijo anoche, después de que se fueron los soldados colombianos, él cree que ahora sí lo autorizarán a entrar en relaciones. Por otra parte, Philippe Bunau Varilla, a quien hemos solicitado el envío de más dinero, insiste en que cumplamos primero el compromiso de nombrarlo embajador plenipotenciario de la República en los Estados Unidos. Nosotros lo que hemos hecho, por recomendación mía, que conozco las ambiciones de Bunau Varilla, es nombrarlo agente confidencial ante el gobierno norteamericano para que gestione el reconocimiento de la nueva república y negocie un empréstito de hasta doscientos mil dólares que deben ser remitidos acá a través de Piza, Nephews & Company, la empresa neoyorquina de Joshua Lindo, que tanto nos ha ayudado. Ahora nos acaba de ser entregada la siguiente respuesta de Bunau Varilla. —Amador sacó de su bolsillo un cablegrama y leyó:

Primero: no puedo actuar con provecho si no me nombran ministro plenipotenciario de la República de Panamá ante los Estados Unidos. Segundo: si así lo deciden notifíquenme por cable mi nombramiento e informen oficialmente al cónsul Americano en Panamá, de modo que él pueda cablegrafiar a Washington la clase de poderes que se me han conferido. Tercero: denme también el poder de nombrar al banquero oficial de la República en Nueva York, para que yo pueda abrir un crédito de inmediato.

—Ahí tienen el dilema —prosiguió Amador—. Si no lo nombramos ministro con amplios poderes no podrá gestionar el reconocimiento de los Estados Unidos; pero si lo nombramos le estaremos dando autoridad para negociar el tratado, que sospecho es lo que él quiere.

—Y es también lo que queremos nosotros —acotó Tomás Arias.

—Por supuesto, Tomás, pero no queremos que lo negocie un francés —respondió Federico Boyd.

—Así es —convino Arango—. O sea, que estamos en un aprieto.

En ese momento tocaron a la puerta y un secretario anunció que el cónsul Ehrman solicitaba hablar con la Junta.

—Que pase enseguida —dijo Arango.

El rostro de Ehrman lo expresó todo sin necesidad de palabras. Agitando un papel entró al salón y lo entregó a Arango, quien procedió a leer en voz alta:

Cónsul americano, Panamá. El pueblo de Panamá, mediante un movimiento aparentemente unánime, ha roto sus vínculos políticos con la República de Colombia y ha reasumido su independencia. Cuando Ud. vea que se ha establecido allí un gobierno de facto, *de firma republicana, y sin fuerte oposición por parte de los habitantes, entre en relaciones con él como el legítimo gobierno del país y exíjale la debida protección de las personas y las propiedades de los súbditos de los Estados Unidos y el libre tránsito por el Istmo, en conformidad con las obligaciones de los tratados vigentes que rigen las relaciones de los Estados Unidos con ese territorio. Comunique este despacho a Malmros quien deberá regirse por estas instrucciones al relacionarse con las autoridades locales.*

—El cablegrama lo firma John Hay, secretario de Estado. Señores, ¡hemos sido reconocidos!

Todos los presentes intercambiaron felicitaciones y apretones de mano mientras el maestro Arango y el médico Amador se abrazaban emocionados.

—Parece que no estábamos tan viejos —murmuró Amador.

Minutos después, mientras volvían a ocupar sus puestos, el secretario de Relaciones Exteriores advirtió que aún faltaba el reconocimiento *de jure.*

—Para ello necesitamos todavía designar un embajador —concluyó.

—¿Qué diferencia hace? —preguntó Arias.

—Mucha —respondió De la Espriella—. Ahora mismo todo sucede de hecho pero no de derecho, incluida la protección de los Estados Unidos. Para legitimar esa protección y asegurarnos de que Colombia será mantenida a raya es preciso entrar en relaciones formales.

—Nombremos entonces de una vez a Bunau Varilla —sugirió Arias.

—Si lo hacemos, alguien tiene que partir inmediatamente hacia Washington a ver lo del tratado —afirmó Amador.

—Ese no puede ser otro que tú mismo —opinó Arango—. Pero esta vez no irás solo. Mandaremos contigo a un miembro de la Junta y a Carlos Arosemena como secretario de la Legación. Ya se lo habíamos anunciado, pero tendrá que irse antes de lo que pensaba.

—El próximo vapor para Nueva York zarpa el 10 de noviembre, es decir, el próximo martes —indicó De Obarrio.

—Lo tomaremos y estaremos en Washington a más tardar el 17 en la noche —aseguró Amador—. Supongo que ni siquiera Bunau Varilla puede negociar un tratado en dos semanas. Además, tiene que gestionar el crédito bancario que él mismo sugiere.

Esa misma noche recibía Philippe Bunau Varilla un cable muy similar a aquel cuyo contenido él le había entregado a Amador el día que este zarpara para Panamá. En diecisiete días el francés había pasado de ser un aventurero sagaz y atrevido a «Enviado Extraordinario y Ministro Plenipotenciario ante el Gobierno de los Estados Unidos de América con plenos poderes para negociaciones políticas y financieras». Por insistencia del doctor Amador Guerrero se había omitido expresamente la facultad de firmar convenios, la cual únicamente sería incluida en las Cartas Credenciales que la delegación llevaría consigo a Washington. También se acordó instruir a Bunau Varilla que todo lo concerniente al tratado del Canal debería ser consultado previamente con Federico Boyd y Manuel Amador Guerrero.

2

Bogotá, viernes 6 de noviembre, tres de la tarde

Al salir del Palacio de San Carlos, José Manuel Marroquín contempló el cielo grisáceo y rogó que no lloviera. Luego caminó hasta el altozano de la Catedral, frente a la plaza Bolívar, donde lo esperaban Lorenzo Marroquín, el presbítero, su hija Manuela y varios de sus nietos.

—Llegas a tiempo, papá —dijo Lorenzo.

Unos minutos más tarde, se elevaba del centro de la plaza un inmenso globo, un *montgoflier* pintado de amarillo, verde y rojo. Al sobrepasar la altura de la torre de la Catedral, el globo llegó al extremo de la soga que lo sujetaba a tierra y se detuvo. De la canasta que guindaba en la parte inferior emergió un hombre que con agilidad sorprendente quedó colgado de una vara sujeta a la canasta por dos cabos. Los miles de personas que rebosaban la plaza y las calles aledañas, lanzaron un suspiro y luego presenciaron en expectante silencio mientras el acróbata hacía maromas inverosímiles. Después de que en medio de los vivas y aplausos frenéticos de la concurrencia el acróbata regresó a la canasta, el presidente Marroquín sacó del bolsillo un pedazo de papel y se lo entregó a su hijo Lorenzo sin decir nada.

Alarmado, Lorenzo leyó varias veces el contenido del telegrama:

Urgentísimo, Quito, 4 de noviembre de 1903. Señor ministro de Relaciones Exteriores. Comunican de Panamá que ayer a las 6 p.m. efectuóse allí movimiento separatista proclamando independencia del Istmo; que gobernador y generales Tobar y Amaya están presos; que se han apoderado de buques del Pacífico y esperan ocupar hoy a Colón y tomar el vapor Cartagena. *Suplícase a autoridades del tránsito enviar por posta este telegrama allí donde el telégrafo esté interrumpido. Isaza, embajador de Colombia en Quito.*

—Esto es gravísimo, papá. ¿Cuándo se recibió?

—Rico me lo llevó personalmente hoy al mediodía.

—Pero ¿será cierto?

—Intenté confirmarlo, pero el cable submarino entre Buenaventura y Panamá sigue dañado. Me temo que Isaza no enviaría una noticia como esta sin cerciorarse de su veracidad.

—Pero, entonces, ¿qué has pensado hacer?

—Creo que antes de que se corra la voz debemos hablar con el ministro de los Estados Unidos. Tan pronto llegó el telegrama le pedí al general Reyes que me fuera a ver. Quiero que me acompañes a esa reunión, que será a las cuatro.

—Por supuesto. ¿Qué ha dicho Vázquez Cobo?

—Nada, porque nada le he preguntado. Necesito tiempo para actuar antes de que la noticia sea *vox populi.*

—Ya son pasadas las cuatro, papá.

—Así es. Vamos allá.

Diez minutos después, en el despacho presidencial, los Marroquín se sentaban a comentar con Reyes y el ministro Rico los acontecimientos que se reportaban de Panamá. La actitud del general fue de absoluta incredulidad, especialmente la parte que se refería al apresamiento de Tobar y Amaya.

—Conozco a ambos y sé que se dejarían matar antes que quedar presos.

Luego de discutir las alternativas, llegaron a la conclusión de que había que solicitar ayuda inmediatamente a los Estados Unidos, país que por el tratado de 1846 estaba obligado a defender la soberanía colombiana.

—¿Qué ofrecemos a cambio? —preguntó el general Reyes, a quien se le había solicitado entrevistarse esa misma tarde con el ministro Beaupré.

—El tratado —respondió el presidente sin titubear—. Dígale que declararemos la ley marcial y lo aprobaremos por decreto. O, si lo prefieren, convocaré un nuevo Congreso para hacerlo ratificar sin demoras.

A las cinco y treinta de la tarde, sin previo aviso, el general Rafael Reyes se presentó a la Legación de los Estados Unidos. Para sorpresa suya, Beaupré ignoraba lo ocurrido en el Istmo. Luego de un extenso alegato, el general pidió al ministro norteamericano comunicar formalmente a su país la propuesta sugerida por Marroquín, añadiendo que si los Estados Unidos así lo deseaban, Colombia estaba presta a enviar mil hombres al Istmo para coadyuvar con los norteamericanos en la defensa de la soberanía colombiana. Ignorante de lo ocurrido y pleno de entusiasmo, Beaupré transmitió enseguida la propuesta al Departamento de Estado.

3

Bogotá, sábado 7 de noviembre

Misteriosamente, tal como se había descompuesto, el cable submarino entre Panamá y Buenaventura comenzó transmitir mensajes al despuntar del día 7. Entonces Marroquín y su gobierno comprendieron que la situación era aún más grave de lo que originalmente habían pensado: la independencia de Panamá había contado con el apoyo de la flota de guerra norteamericana.

La noticia de la separación comenzó a propagarse rápidamente, y aunque algunos diarios afirmaban que se trataba de simples especulaciones y los colombianos estaban todavía demasiado estupefactos para actuar, el presidente dictó un decreto declarando perturbado el orden público en Panamá y en el departamento del Cauca, donde al parecer también soplaban vientos separatistas. En ese mismo decreto se elevó el ejército a cien mil hombres y se nombró como su comandante al generalísimo Rafael Reyes, quien al final de esa misma tarde volvió a visitar a su amigo el ministro Beaupré.

En la Legación el embajador había recibido finalmente el calograma de John Hay informándole que los Estados Unidos habían reconocido *de facto* el nuevo gobierno del Istmo y pidiéndole que se lo hiciera saber al gobierno colombiano. Así se lo informó Beaupré a Reyes en cuanto se vieron y este preguntó, cándidamente:

—¿Significa eso que los buques de guerra norteamericanos no permitirán el desembarco de mis tropas en el Istmo?

—Me temo que así sea —respondió Beaupré.

—Entonces le pido que informe a su gobierno que el 10 de este mes salgo para Panamá con instrucciones precisas de arreglar la situación y que deseo y espero la cooperación de los Estados Unidos, pues voy en misión de paz. Acordaremos también con Panamá el asunto de la aprobación del tratado. Lo único que pido de su país es que mantenga la neutralidad y que no tome determinaciones finales hasta darme la oportunidad de llegar a un acuerdo con los insurgentes.

—Así lo haré, general —prometió Beaupré.

4

Bogotá, domingo 8 de noviembre

La noticia de la separación de Panamá amaneció confirmada en casi todos los diarios y desde muy temprano los bogotanos salieron a protestar en la calle. Se improvisaron mítines en los que los oradores culpaban del desastre al gobierno de Marroquín y, arengada por los más radicales, la turbamulta cogió rumbo al Palacio de San Carlos gritando a coro «¡Abajo Marroquín!». Allí fueron repelidos a bayonetazos y la sangre derramada caldeó más los ánimos de la multitud que la emprendió contra los comercios, que fueron saqueados, y las mansiones de los ricos, que fueron apedreadas, siendo la de Lorenzo Marroquín el blanco favorito. Un pelotón custodiaba la Legación norteamericana desde cuyo interior Beaupré seguía con preocupación el desarrollo de los acontecimientos. Al final del día el presidente declaró perturbado el orden público en la capital colombiana y las calles fueron ocupadas por las tropas. Esa misma noche citó al general Reyes, al ministro de Relaciones Exteriores, al ministro de Gobierno y a su hijo Lorenzo a una reunión urgente que se llevó a cabo a las nueve de la mañana del día siguiente, víspera de la partida de Reyes. En el despacho presidencial, las caras largas de los asesores más íntimos de José Manuel Marroquín reflejaban la gravedad de la situación.

—Como todos sabemos —empezó el presidente— mañana sale en una importantísima misión, a la vez militar y diplomática, el general Reyes. Su primer destino es Panamá, donde tratará de razonar con los istmeños para que reconsideren su decisión de independizarse. Nos toca analizar la situación, que todavía se presenta confusa, y tomar decisiones.

—Si algo positivo ha salido de todo esto es que los colombianos se están uniendo alrededor de la tragedia —comentó el ministro Rico—. Tengo informes de que los generales Benjamín Herrera y Rafael Uribe Uribe harán una proclama y ofrecerán sus servicios al gobierno para que Colombia enfrente como un solo hombre la agresión norteamericana.

—Esas son astucias de los liberales —observó molesto Lorenzo Marroquín—. Colombia puede luchar como un solo hombre sin ellos.

—No hay que desperdiciar la oportunidad política que se nos presenta —terció el general Reyes—. Si logramos mantener la emoción patriótica hasta la fecha de las elecciones, no hay duda de que triunfaremos.

—Pero ¿cree usted realmente que esto aguanta tres meses? —cuestionó, incrédulo, el presidente.

—Conviene que se sepa de una vez —respondió Reyes— que si, como parece haber ocurrido, los norteamericanos han apoyado el movimiento separatista para conseguir de los panameños el tratado que nosotros rechazamos, la solución militar no será posible... lo cual no significa que no debamos intentarla —aclaró enseguida—. Pero tenemos que tener muy presente que si vamos a la guerra con los Estados Unidos, podemos perder también los departamentos de la costa. Ya escuché rumores de que el gobernador de Bolívar enviará una delegación a parlamentar con los istmeños; no me extrañaría que quieran explorar la posibilidad de unirse a Panamá y formar una sola nación.

Las palabras de Reyes provocaron un pesaroso silencio, interrumpido finalmente por el ministro de Gobierno.

—¿Qué sugiere usted entonces, general? El gobierno no puede cruzarse de brazos.

—Por supuesto que no, amigo Jaramillo. Debemos llevar a cabo todos los preparativos necesarios para ir a la guerra... aunque después decidamos no guerrear. Mientras tanto, yo trataré de convencer a los panameños de que el gobierno reconsiderará el rechazo del tratado y les mostraré evidencia de que ya hemos ofrecido a *mister* Hay ratificarlo tal cual lo aprobaron en el Senado norteamericano.

—Me parece bien —dijo el viejo Marroquín, pensativo—. ¿Qué hacemos en el campo político? Ya Joaquín Vélez y los nacionalistas están constituyendo una Junta Consultiva de Notables, que seguramente él mismo presidirá y que hará recomendaciones a mi gobierno. Caro y Pérez y Soto comienzan también a agitarse. No debemos permitir que ellos tomen la iniciativa.

—¿Por qué antes de entrar en el terreno de política interna no continuamos con el aspecto diplomático de la misión del general? —propuso Rico.

—Es lo que iba a sugerir —acotó Reyes—. Hasta ahora los Estados Unidos han reconocido a la nueva república *de facto* únicamente. No pueden reconocerla *de jure*, es decir, diplomáticamente, que es lo que cuenta, hasta tanto los panameños nombren un embajador que presente en Washington sus Cartas Credenciales. Dígame si me equivoco, ministro Rico.

—Lo expresa usted muy bien —confirmó el aludido.

—Bien —dijo Reyes, retomando el hilo de su pensamiento—. Mi misión consiste en evitar a como dé lugar que ese reconocimiento diplomático se produzca antes de mi llegada a Washington. Si logro convencer a los panameños, allí terminaría todo. Si no, tengo que llegar a la capital norteamericana antes que sus enviados para hacerle ver a *mister* Hay que un arreglo con Colombia en torno al canal y a la cuestión del Istmo es mucho más conveniente que una guerra, sobre todo por las repercusiones políticas que tendrá en la opinión pública a menos de un año de las elecciones en las que Roosevelt aspira a la reelección.

Había sido tan clara la exposición de Reyes que los demás guardaron un silencio aquiescente.

—Estamos de acuerdo entonces —afirmó el presidente—. Pasemos al tema político.

—Lo primero que debe hacerse —intervino Lorenzo— es preparar una proclama presidencial llamando a la unidad de Colombia y manteniendo vivas las esperanzas de recuperar el Istmo. Tenemos que ganarle la iniciativa a los nacionalistas.

—Para eso es preciso —sugirió Jaramillo— continuar las gestiones para elevar el número de efectivos en el ejército y llamar a los voluntarios que quieran inscribirse.

—Así es —corroboró Reyes—. Como dije antes, aunque al final no peleemos, hay que tomar todas las medidas necesarias para ir a la guerra. —Reyes vaciló un momento—. Lo otro es que, en vista de la misión a mí encomendada, en la que representaré a toda Colombia, debo renunciar públicamente a mi candidatura.

—¿Cómo? —exclamó el presidente—. Entonces ¿para qué estamos haciendo planes?

—El general tiene razón —dijo sonriendo el más joven de los Marroquín—. Después de ese gesto tan patriótico será imposible que pierda las elecciones.

Reyes sonrió también y el presidente se lamentó de que las maromas políticas estuvieran más allá de su inteligencia campesina. Luego, dando por terminada la reunión, se puso en pie y le pidió a Lorenzo que se quedara un momento.

—¿Algo más, padre? —preguntó el senador cuando estuvieron solos.

—Solamente quería comentarte que debimos escuchar a Herrán. Las cosas han ocurrido tal como él las predijo.

—Herrán y el histérico de Pérez y Soto. Me dicen que anda por todas partes enseñando copia de las cartas en las que nos advertía que con el nombramiento de De Obaldía en la gobernación, el Istmo se perdería.

—Lo de Pérez y Soto es diferente, Lorenzo. Herrán negoció un buen tratado cuya aprobación nos hubiera ahorrado estos dolores de cabeza. Pérez y Soto logró que ese tratado se rechazara y el resultado fue la pérdida del Istmo. Él pasará a la historia como uno de los grandes culpables. Ahora ayúdame a preparar la proclama al país.

El 10 de noviembre, día en que, plenos de fervor patriótico, los bogotanos despidieron al general Rafael Reyes, quien marchaba a rescatar el honor de la patria, el presidente Marroquín hizo publicar en los diarios y desplegar en todas las esquinas de Bogotá su inspiradora proclama:

> *¡Colombianos! En este momento, el más solemne acaso después de constituida la República, fortifica y consuela la actitud altamente patriótica de todos los hijos de Colombia, ya que se han apresurado a ofrecer al gobierno su decidido apoyo en la defensa del territorio patrio. Para corresponder a esa actitud del pueblo colombiano, el gobierno, aunando la prudencia con la energía, hará cuanto sea dable para mantener incólumes la honra del país, los intereses generales de la sociedad y la integridad del territorio.*

5

Washington, lunes 9 de noviembre

Tan pronto recibió el calograma de Panamá en el que le comunicaban el anhelado nombramiento de embajador extraordinario y plenipotenciario, Philippe Bunau Varilla lo notificó al secretario de Estado en una exaltada esquela. Ahora, mientras esperaba que fueran las doce y treinta, hora señalada para que el primer embajador de la nueva república fuera recibido por él oficialmente, John Hay volvió a leer aquella nota, la cual había llegado el día antes, que de manera tan elocuente retrataba al personaje con el que le correspondería negociar la convención que sustituiría al tratado Herrán-Hay. Dos párrafos eran sus favoritos: el primero, donde el francés afirmaba que «al escoger la República de Panamá como ministro extraordinario y plenipotenciario a un veterano de la causa del Canal de Panamá, mi gobierno ha querido sin duda significar que tiene por un solemne deber a la vez que como fin esencial de su propia existencia el ponerse leal y seriamente al servicio de dicha causa, concepción suprema del genio». Y el otro, aquel con el que cerraba la nota: «Acogiendo bajo sus alas protectoras el territorio de nuestra República, el águila yanqui lo ha santificado, lo ha rescatado de la barbarie en que lo tenían sumido guerras civiles, innecesarias y ruinosas, para consagrarlo al fin a que lo destinó la Providencia: al servicio de la humanidad y al progreso de la civilización».

—¡De veras que este francés se las trae! —comentó Hay en voz alta. Y luego pensó: «Teddy podría aprovechar para sus discursos algo de lo que ha escrito nuestro flamante y novedoso embajador. ¿No te parece, Adalbert?».

Philippe Bunau Varilla, quien desde la víspera había instalado su residencia en el hotel New Willard, a escasas cuatro cuadras de la Casa Blanca y del Departamento de Estado, llegó a su cita, como lo exigía el protocolo, quince minutos antes de la hora fijada. No tuvo que esperar porque Hay lo hizo pasar enseguida al comedor reservado al secretario de Estado. Bunau Varilla se sorprendió muy favorablemente al advertir que solo habían dos puestos en la mesa.

—Es mucho lo que tenemos que hablar, excelencia —dijo Hay a manera de saludo, mientras estrechaba la mano que le tendía el francés.

—Gracias por recibirme tan pronto, señor secretario. Ciertamente que el camino que queda por recorrer es arduo e importante para nuestros respectivos gobiernos.

Las frases corteses y amables siguieron por unos minutos hasta que John Hay extrajo un papel del bolsillo interior de su saco y, enseriándose, preguntó:

—¿Sabía usted acerca de lo que aquí me informa Ehrman?

El francés leyó el cablegrama y exclamó, alarmado.

—¡Esto complicará todo! Si Amador y Boyd intervienen en la negociación del nuevo tratado, ocurrirá lo mismo que en Colombia. No hay que olvidar que hasta hace una semana ellos también eran colombianos.

—Es lo que me temo y es de lo que quisiera que habláramos durante el almuerzo.

—De acuerdo, señor secretario, pero no olvide usted que todavía no he sido reconocido formalmente como embajador.

—Eso ya está programado, su excelencia. El día 13 entregará usted al presidente Roosevelt sus Cartas Credenciales.

Bunau Varilla meditó un momento.

—Cartas Credenciales, propiamente, no poseo. Solo cuento con el cable en el que la Junta de Gobierno me notifica oficialmente mi designación.

—Entonces ese documento hará las veces de Cartas Credenciales. Tráigalo usted el 13. Aclarado ese tema, volvamos al tratado. Yo estoy trabajando en una versión corregida del Herrán-Hay y, si le parece, mañana se la puedo hacer llegar a su hotel.

—Me parece bien. Según el cable que me acaba de mostrar, la delegación saldrá de Panamá mañana 10, lo que significa que el martes 17 arribarán a Nueva York. O sea, pues, señor secretario, que disponemos de una semana para concluir aquello a lo que tanto esfuerzo hemos dedicado.

—No dudo de que lo lograremos, señor ministro. Por el bien de Panamá, de los Estados Unidos y de Francia.

—De la humanidad entera —señor secretario.

—Así es. Ahora lo invito a compartir el almuerzo, advirtiéndole de antemano que no pretenda compararlo con la afamada cocina francesa.

Esa noche en su habitación del New Willard, Philippe Bunau Varilla recibió un extenso cablegrama firmado por la Junta de Gobierno y el ministro de Relaciones Exteriores en el que le ordenaban discutir previamente con los delegados Manuel Amador Guerrero y Federico Boyd todas las cláusulas del nuevo tratado. Además le indicaban algunas aspiraciones jamás mencionadas antes por los panameños, tales como la reversión de las tierras no ocupadas por el ferrocarril y la Compañía del Canal en las ciudades de Panamá y Colón; participación en el pago que recibirían los franceses; la inclusión de jueces panameños en los tribunales de la Zona del Canal y la facultad de cobrar impuestos en la importación de tabaco, bebidas alcohólicas y opio.

«¿Quiénes se han creído estos que son? —exclamó para sí el francés cuando terminó de leer el documento—. ¿Es que acaso no comprenden que si insisten en sus pequeñeces arruinarán todo?».

Indignado, escribió una breve nota confidencial a John Hay en la que le informaba que acababa de recibir la noticia oficial de la próxima llegada de la comisión encabezada por el doctor Amador Guerrero y que la situación era aún peor de la anticipada por ellos durante el almuerzo. La nota terminaba diciendo:

La situación puede salvarse con la firmeza de la decisión y con la rapidez de un relámpago en la actuación. Es necesario no dejarle tiempo al enemigo para que perfeccione sus planes. Es necesario atacar, atacar una y otra vez, mantenerse golpeando y obtener la victoria, antes de que el enemigo tenga tiempo de cerrarnos el paso.

A la Junta de Gobierno en Panamá envió también un mensaje urgente en el que expresaba su preocupación por la noticia recibida, que sin duda circularía en los periódicos causando desasosiego en el Departamento de Estado, inhabilitándolo a él para seguir actuando en pos del reconocimiento *de jure* y en defensa de los mejores intereses de la República de Panamá. Insinuaba también que ya los enemigos de la ruta de Panamá empezaban a agitarse y que el ministro de Colombia en Washington anunciaba la próxima llegada de una delegación encabezada por el general Reyes que ofrecería a los Estados Unidos la aprobación inmediata del tratado Herrán-Hay. Por ello, concluía, debo actuar rápidamente y sin condiciones en la negociación del nuevo tratado.

Su amenaza surtió el efecto deseado y al día siguiente recibía con satisfacción otro cablegrama de la Junta informándole que Amador y Boyd no tenían misión ante el gobierno americano, excepto la de asesorarlo a él. El camino quedaba allanado para culminar con éxito la tarea que la Providencia le había encomendado.

6

Panamá, lunes 9 de noviembre, ocho de la noche

Luego de revisar conjuntamente con Federico Boyd, Carlos Arosemena, José Agustín Arango y Tomás Arias los objetivos primordiales de su próximo viaje a Washington, Manuel Amador Guerrero descendió las escaleras del Palacio de Gobierno para recorrer a pie el corto trayecto que lo separaba del hogar. Como ya se había corrido la voz de su viaje, todos los conocidos que se topaba preguntaban cuándo partiría a firmar el tratado y le deseaban buena suerte. Ahora se dirigían a él llamándolo «señor presidente», título al que Amador se había ido acostumbrando durante los últimos días.

Para todos los efectos prácticos la obra de la independencia estaba consumada. En las cárceles, aparte de los generales y su Estado Mayor, solamente sesenta prisioneros políticos que habían rehusado aceptar la independencia aguardaban para ser enviados en breve hacia Colombia. La inquietud que después del bombardeo de la ciudad mantuvo en vilo a la población por la falta de protección en el sector Pacífico había quedado disipada con la llegada del *U. S. S. Boston*, que el 7 de noviembre amaneció anclado en la bahía de Panamá.

El día 9 en la mañana comenzaron a llegar las noticias dando cuenta de la violenta reacción que la declaratoria de independencia del Istmo había provocado en Colombia. Circulaban toda suerte de rumores, siendo el que más se escuchaba que los colombianos estaban preparando un ejército de cien mil hombres para invadir y recuperar el Istmo. Dispuestos a todo, los panameños acudían al Cuartel de Chiriquí a ofrecerse como voluntarios para defender su recién adquirida libertad. La presencia del buque de la Marina norteamericana en la bahía y las publicaciones en *La Estrella de Panamá* informando que otros navíos llegarían más adelante para defender las ciudades de Panamá y Colón, calmaron los ánimos y devolvieron a los istmeños el espíritu festivo que se había iniciado la tarde del 3 de noviembre.

—Buenas noches, Mary —saludó el viejo Amador a su esposa—. ¿Me ayudas a empacar?

—Ya empecé a hacerlo, Manuel. Me preocupa que, aparte del sobretodo, no tienes nada de invierno. Tendrás que comprar ropa tan pronto llegues a Nueva York.

El doctor Amador pareció no escuchar la recomendación de su esposa y se sentó a repasar algunas notas.

—¿Qué lees con tanto interés? —preguntó María al cabo de un rato.

—Los cambios que vamos a sugerir al tratado.

—Espero que ahora no harán como el Senado colombiano que por pedir la luna y las estrellas se quedaron sin tratado, sin canal y sin Istmo.

El doctor Amador sonrió.

—Es lo mismo que dijo Tomás. Nosotros sabremos cómo y qué pedir; además, vamos dispuestos a traer de vuelta un tratado aunque tengamos que aceptar los mismos términos del Herrán-Hay.

—Todavía no entiendo por qué tienen que salir tan apurados para los Estados Unidos. Aquí las cosas no están del todo claras y tu presencia en estos momentos es importante.

—Acá quedan José Agustín, Tomás y el resto del gobierno, que se encargarán de vigilar a los liberales y de que todo marche bien. El problema es que nadie le tiene confianza a Bunau Varilla y queremos llegar antes de que tenga tiempo de negociar el tratado. Aunque no se atrevería a firmarlo sin nuestra presencia, después de que se adelanten las negociaciones será difícil retrotraerlas. El otro problema, del que acabamos de enterarnos esta tarde, es que el gobierno de Marroquín está enviando una misión, presidida por el general Reyes, que vendrá primero al Istmo y seguirá después a Washington; si llega allá antes que nosotros nos puede enredar las cosas. Tomás tiene instrucciones de recibir y entretener aquí a Reyes el mayor tiempo posible.

María Ossa permaneció en silencio unos instantes y luego preguntó:

—¿Cuándo piensas regresar?

—Apenas concluyamos el tratado y los arreglos financieros que tenemos que hacer para echar a andar el país. Allá quedará Carlos Constantino como secretario de la Legación, esperando a su tío Pablo Arosemena quien sustituirá a Bunau Varilla tan pronto se firme el convenio y quede debidamente garantizada la independencia de Panamá.

Al día siguiente, una entusiasta multitud se dio cita en la estación del ferrocarril para despedir a los líderes de la nueva república que salían rumbo a Washington con la misión de asegurar que los Estados Unidos construirían muy pronto el canal y que una época de bonanza, mayor aún que la que en su momento trajo el inicio de la construcción del canal francés, arrancaría al Istmo de las garras de la miseria en que lo había sumido Colombia.

7

Washington, viernes 13 de noviembre

Tal como había sido programado por el secretario de Estado, el 13 de noviembre a las nueve y treinta de la mañana, con gran pompa y ceremonia, Philippe Bunau Varilla, vestido de paletó levita y con un sombrero de copa en la mano, arribaba a la Casa Blanca para presentar sus Cartas Credenciales al presidente de los Estados Unidos. Por deferencia especial del mandatario, que sentía una simpatía muy especial por los niños, al ministro de la nueva República de Panamá le fue otorgada la gracia de llevar consigo, como testigo del acto, a su hijo de trece años, Etienne, que había venido desde Highland Falls especialmente para el evento.

En el Salón Azul, con una amplia sonrisa en el rostro, esperaban Theodore Roosevelt y John Hay. Cumpliendo estrictamente con las normas señaladas por el protocolo, el francés pronunció un breve discurso y entregó al presidente el sobre con sus Cartas Credenciales que este, sabiendo que contenía un calograma con el sello de la Southern Telegraph, no abrió. Luego invitó a Bunau Varilla a sentarse e inició el diálogo felicitándolo por la independencia recién lograda por su joven país.

—Fue una lucha ardua, organizada impecablemente por mí y ejecutada con arrojo y astucia por los panameños —respondió Bunau Varilla.

Roosevelt miró a Hay y peló los dientes.

—Supongo que usted está enterado —dijo el presidente— de que nuestros buques de guerra tuvieron que desplazarse hacia el Istmo para cumplir con la obligación que tenemos de preservar el libre tránsito.

—Así es, señor presidente —afirmó Bunau Varilla sin mayor comentario.

—Y también habrá leído la campaña plagada de infundios que los periódicos han desatado contra mí y de paso contra usted.

—La he leído sin sorpresa porque conozco el afán de escandalizar de algunos medios de prensa que con tal de aumentar sus ventas no tienen reparos en mentir y calumniar. Acontecimientos como el de la separación de Panamá y la culminación de las obras de la vía interoceánica iniciada por De Lesseps solamente puede juzgarlos la historia y no aquellos cuya única perspectiva es el presente.

Roosevelt volvió a mostrar los dientes y John Hay movió la cabeza en señal de aprobación. Desde la silla que ocupaba al lado de su padre, Etienne se dedicaba a escudriñar cada uno de los objetos que adornaban el hermoso salón.

Media hora después la ceremonia había concluido y cuando Bunau Varilla se levantó para despedirse, John Hay, ignorando el protocolo que con tanta precisión había cumplido el ministro de Panamá, se ofreció a acompañarlo.

En el pasillo, el secretario de Estado sugirió a Bunau Varilla que se reunieran en su despacho el día 15 para discutir el tratado.

—Además del proyecto que le envié el día 10, tengo algunas nuevas sugerencias que creo deben quedar incluidas en el documento —expresó Hay.

—Su proyecto me ha parecido importante —replicó Bunau Varilla—. Sin embargo, yo también tengo observaciones que formular. Ahora que he sido reconocido oficialmente como ministro extraordinario y plenipotenciario es preciso acelerar el proceso; de Panamá me han informado que Amador y Boyd zarparon de Colón el 10, como estaba previsto.

—Entonces lo espero el día 15 a las once de la mañana.

Tan pronto estuvo de vuelta en el hotel New Willard, ahora residencia oficial del ministro de Panamá, Philippe Bunau Varilla envió un nuevo cable a la Junta de Gobierno anunciando que el viernes 13 de noviembre sería una fecha de grata recordación en la historia porque a partir de ese día «nuestra querida República entra a la Familia de las Naciones y el gobierno deja de ser *de facto* para convertirse en un gobierno *de jure*».

Mientras Bunau Varilla lograba en tiempo excepcional el reconocimiento de la República de Panamá por parte del gobierno de los Estados Unidos, a bordo del vapor *City of Washington*, Amador, Boyd y Arosemena formulaban planes para el mejor desempeño de la misión a ellos encomendada. En la bóveda del barco reposaban las Cartas Credenciales de Philippe Bunau Varilla.

Mientras tanto, en la Legación de Colombia, Tomás Herrán, que desesperadamente había intentado evitar el reconocimiento de la nueva nación, lleno de amargura escribía en una de sus tantas cartas:

> *La pérdida definitiva de la bastarda república para nosotros es ya irrevocable, y la ayuda traicionera que el gobierno de los Estados Unidos presta al movimiento separatista cuenta con el consentimiento, si no de la aprobación explícita, de las potencias europeas. Permítame la estéril satisfacción de haber previsto y anunciado oportunamente a nuestro gobierno todo lo que ha ocurrido, pero mis reiterados anuncios los recibieron con incredulidad o con desdeño, y ni les dieron respuesta.*

8

Bogotá, sábado 14 de noviembre

Tan pronto se recibió la noticia de la presentación de las Cartas Credenciales por parte de Philippe Bunau Varilla ante el presidente de los Estados Unidos, José Manuel Marroquín convocó a una sesión urgente del Consejo de Ministros.

En Colombia los sentimientos individuales de frustración y furia suscitados por la separación del departamento de Panamá habían sido sustituidos por un fervor patriótico colectivo que clamaba por la recuperación de la oveja descarriada a través del uso de la fuerza. En un gesto que pretendía destacar la unidad de Colombia por encima de banderías políticas, Marroquín designó la Junta Consultiva de Notables que eligió como su presidente al doctor Joaquín Vélez, representante máximo de los enemigos políticos del régimen. Surgieron entre los patriotas colombianos dos bandos: el de los gavilanes, que propugnaban por una solución inmediata y violenta de la situación, y el de los palomos, que pensaba que la solución pacífica y negociada era más conveniente a los intereses de Colombia. La Junta Consultiva se inclinó por la solución del ave de rapiña y reunida en el Palacio de San Carlos emitió la siguiente resolución:

LA JUNTA CONSULTIVA
Resuelve:

Que el Poder Ejecutivo de Colombia debe inmediatamente declarar a la Nación que el gobierno de los Estados Unidos ha violado el Tratado celebrado entre Colombia y los Estados Unidos en 1846, y al apoyar la tración de un jefe militar, ha ejecutado un acto de agresión contra Colombia.

Que el Poder Ejecutivo de Colombia debe enviar sus pasaportes al ministro de los Estados Unidos y retirar la Legación de Colombia en Washington.

Que el Poder Ejecutivo de Colombia debe ordenar la prosecución de las operaciones militares emprendidas con el fin de reducir a la obediencia al Departamento de Panamá.

Que el Poder Ejecutivo de Colombia debe presentar inmediatamente su protesta ante el mundo contra los procedimientos del gobierno de los Estados Unidos en los últimos acontecimientos del Istmo de Panamá.

Que el Poder Ejecutivo de Colombia debe proseguir, por cuantos medios estén en la esfera de sus facultades, la defensa de los derechos imprescriptibles de Colombia.

El gobierno de Colombia hará uso de este concepto en la oportunidad que estime conveniente.

Palacio de San Carlos, 12 de noviembre de 1903

Por su parte, los seguidores del general Reyes, quien ya había partido en su misión de paz rumbo a Panamá y Washington, se manifestaban a favor de la solución de la tórtola mensajera.

Luego de un intenso debate, el Consejo de Ministros optó por la vía de los palomos y envió al general Reyes un telegrama urgente señalándole que en opinión del Consejo de Ministros él debía trasladarse «a la mayor brevedad a ofrecer a los panameños... completa autonomía, en virtud de la cual pueden constituirse en Estado Federal como en 1857 y disponer de todas sus rentas y de los millones que por el tratado Herrán-Hay correspondían a Colombia... la acción diplomática en Panamá debe ser apoyada con la acción diplomática en Washington. No hemos querido romper relaciones con los Estados Unidos justamente para dejar abierta esa puerta... Usted está en mejores condiciones para determinar la manera como se debe proceder según lo indiquen las circunstancias, las cuales son imposibles de prever desde aquí».

Luego de concluido el Consejo de Ministros, el presidente Marroquín había hecho llamar a su hijo Lorenzo para comentar con él la decisión alcanzada.

—Como dije antes, estoy de acuerdo con lo que se ha hecho porque de otra manera nos arriesgamos a perder también los departamentos de la costa —afirmó Lorenzo.

—¿No te parece curioso cómo varía de opinión la gente? —preguntó el presidente—. Vázquez Cobo, quien antes de ayer gritó eufórico ante una multitud enardecida que Colombia ofrecería a los ojos asombrados del mundo una «protesta de cadáveres», estuvo muy tranquilo durante la reunión de ministros.

—No solo él ha cambiado, padre. En otro mitin nuestro beligerante senador Caro promovió una resolución para pedir al gobierno la convocatoria de una convención con el propósito de reformar la Constitución y hacer posible la inmediata ratificación del tratado.

—Es cierto. Por aquí la guardo entre los miles de mensajes de apoyo que se han recibido —respondió el viejo Marroquín, sonriendo con amargura—. Parece que el único que permanece inalterable en sus propósitos es el amigo Pérez y Soto. Se ha dedicado con alma y vida a promover un movimiento para reclutar voluntarios y enviarlos a pelear a Panamá. Dice que él mismo marchará al frente.

IV

1

Nueva York, 17 de noviembre

Un frío intenso y húmedo recibió a los viajeros del *City of Washington.* En el muelle, con una sonrisa de oreja a oreja, Joshua Lindo abrazó al doctor Amador Guerrero y luego estrechó efusivamente las manos de Federico Boyd y Carlos Arosemena. Enseguida les presentó al hombre que contemplaba la escena a su lado.

—Este es el señor Roger Farham, colaborador estrecho del abogado Cromwell.

Al escuchar aquel nombre, Amador hizo un gesto de disgusto que no pasó inadvertido al norteamericano.

—Permítanme felicitarlos por lo que han logrado, señores —dijo Farham—. Todos los periódicos de Nueva York, sin excepción, desean hablar con ustedes para aclarar las noticias contradictorias que aquí han circulado alrededor de la separación de Panamá. El señor Cromwell...

—No creemos conveniente dar declaraciones a la prensa —cortó Amador, secamente—. Tenemos otras prioridades que atender y cuando concluyamos la misión que nos trajo, quizás entonces daremos las explicaciones que sean necesarias.

Farham, quien tenía muy presente la reyerta de Amador con su jefe, insistió:

—Comprendo sus razones, doctor. Lo que intentaba decir es que el señor Cromwell llegará procedente de Europa hoy al mediodía en el vapor *Kaiser Wilhem der Grosse*. Él está al tanto de la llegada de ustedes y me ha pedido que me ponga a sus órdenes para lo que se les ofrezca. Por lo pronto tengo un automóvil esperando para llevarlos a su hotel.

—¿Un automóvil? —preguntó Carlos Constantino.

—Así es. Hay varios de ellos circulando por las calles de Nueva York.

Amador aceptó de mala gana la hospitalidad del empleado de Cromwell. También él sentía curiosidad por subirse en uno de esos novedosos vehículos.

Camino del hotel de la avenida Quinta, en medio del entusiasmo que la máquina despertaba entre los istmeños, Farham dejó caer suavemente una invitación de Cromwell a visitarlo en sus oficinas a las cuatro de esa tarde.

—Tenemos prisa por llegar a Washington —respondió Amador enseguida—. Según nos dijo Lindo, Bunau Varilla le pidió que lo excusáramos por no haber acudido a recibirnos, pero se encuentra muy ocupado trabajando en el asunto del nuevo tratado y nosotros tenemos como misión asistirlo en ese tema.

Farham no insistió, pero cuando llegaron al hotel los esperaba una llamada de Bunau Varilla, quien, luego de excusarse nuevamente por no haber estado en el muelle, le dijo a Amador que era de suma importancia aprovechar la estadía de ellos en Nueva York para hacer los arreglos financieros necesarios que les permitieran remitir cuanto antes al Istmo los fondos que estaba solicitando la Junta de Gobierno con urgencia; que quien mejor podía ayudarlos en ese tema era William Nelson Cromwell, por ser amigo personal y abogado del más famoso de los financistas norteamericanos, Jean Pierpoint Morgan.

Concluida la conversación con Bunau Varilla, Amador explicó la sugerencia del francés a Boyd y a Arosemena, quienes estuvieron de acuerdo, sobre todo porque en Panamá urgían recursos financieros. Cuando Amador trató de excusarse de asistir a la reunión con Cromwell, Federico Boyd le recordó que a bordo habían convenido actuar juntos en todo y que era preciso superar cosas pasadas en aras del bienestar de la patria. Así, pues, a las cuatro de la tarde, Manuel

Amador Guerrero volvió a las oficinas de las que dos meses antes había sido sacado a empellones y donde había jurado no regresar jamás. Como la primera vez, William Nelson Cromwell en persona salió a recibirlos a él, a Boyd y a Arosemena.

Tras intercambiar saludos, el abogado intentó explicar al futuro presidente de la República de Panamá su anterior comportamiento, pero el doctor Amador, cortándolo, le pidió que olvidara el asunto, que ya él lo había olvidado.

Esa tarde los panameños presenciaron de primera mano el profesionalismo y eficiencia que habían llevado a William Nelson Cromwell a la cima de su profesión y quedaron convencidos de que nadie cuidaría mejor los intereses de la nueva república que el abogado neoyorquino. Cuando salieron de su oficina a últimas horas de la tarde, tenía concertada con la Banca Morgan una cita para las once de la mañana del día siguiente, cita a la que él los acompañaría, dándoles tiempo de abordar el tren de las tres de la tarde para Washington. Como una cortesía más, Cromwell les había ofrecido boletos para escuchar al famoso tenor italiano Enrico Caruso, que el 21 de noviembre haría su muy esperado debut en el Metropolitan Opera de Nueva York. Boyd y Arosemena quedaron encantados con Cromwell y el propio Amador hubo de reconocer que cuando se lo proponía el individuo podía ser sumamente simpático.

2

Washington, 17 de noviembre, siete de la noche

A la misma hora que Amador, Boyd y Arosemena abandonaban las oficinas de Sullivan & Cromwell, Philippe Bunau Varilla y John Hay se reunían en el despacho privado del secretario de Estado frente a la plaza La Fayette para ultimar los detalles del tratado del Canal. Durante los días previos habían estado intercambiando notas y celebrando breves reuniones para adecuar el documento y acordar la mejor manera de proceder.

Ambos habían convenido en la necesidad de incorporar al tratado Herrán-Hay todas aquellas objeciones señaladas por el senador John Tyler Morgan durante la discusión del pacto en el Senado norteamericano, objeciones que el campeón de la ruta de Nicaragua sabía que de ser aprobadas darían al traste con el canal por Panamá porque Colombia jamás las habría aceptado. Los puntos en los que todavía había desacuerdo fueron dejados para el final y en ellos concentraban ahora su atención Hay y Bunau Varilla.

—Hablemos del pago, señor secretario, que en su último proyecto todavía permanece en blanco.

—Así es. Lo he dejado abierto porque todavía pienso que si le damos a Colombia una parte importante de esa suma ayudaríamos a resolver el problema diplomático que se avecina.

—No creo que Colombia deba recibir nada, al menos no a través de este tratado. No se trata de una cuestión monetaria únicamente; creo que pagar algo a Colombia significaría admitir que los Estados Unidos actuaron indebidamente con motivo de la separación de Panamá. Sin resolver un problema estaríamos creando uno más grande.

—Tal vez tenga usted razón, señor ministro. Sigamos.

—Es preciso excluir las ciudades de Panamá y Colón de la concesión del canal —continuó Bunau Varilla—. Estoy seguro de que los panameños no lo aceptarían, como tampoco aceptarían la comercialización de la futura Zona del Canal. Aparte de estas observaciones solo me queda solicitarle que incluyamos una cláusula sujetando el canal a las disposiciones del tratado Hay-Pauncefote, tan hábilmente renegociado por el señor secretario, para asegurar que la vía acuática será neutral y estará abierta a todas las banderas del mundo. Estoy seguro de que la comunidad internacional vería con sumo agrado esta cláusula.

—Si accedo a lo que me propone, señor secretario, ¿qué estaría dispuesto a concederme usted a cambio?

—Algo muy importante, a mi entender —respondió inmediatamente Bunau Varilla, como si hubiera anticipado la pregunta—. Para el mejor entendimiento entre las partes y para que el tema no se preste a futuras controversias estoy dispuesto a añadir una cláusula mediante la cual la República de Panamá concedería en bloque a los Estados Unidos la soberanía sobre la Zona del Canal.

—¿Tiene usted la redacción de ese artículo?

—Aquí lo tiene usted. Leo: «La República de Panamá concede a los Estados Unidos todos los derechos, poder y autoridad en la Zona mencionada los cuales poseerían y ejercitarían los Estados Unidos si fueran los soberanos del territorio en que dichas tierras y aguas se encuentran situados con entera exclusión de la República de Panamá en el ejercicio de tales derechos soberanos, poder y autoridad». ¿Qué le parece?

—¿Me permite verlo? Leo mejor de lo que escucho.

Terminada la lectura, el secretario Hay sonrió y dijo:

—Me parece una buena fórmula, señor ministro. No creo que yo hubiera podido concebirla y redactarla mejor. Con esta cláusula aseguramos que no habrá problemas de interpretación en el futuro.

—Muchas gracias, señor secretario. Debemos darle crédito también al abogado Frank Pavey, quien me ha asesorado en estos asuntos.

A las ocho de la noche terminó la reunión y Hay indicó a Bunau Varilla que aunque él personalmente estaba de acuerdo con el contenido final del documento, tenía la obligación de someterlo a la consideración de otros altos funcionarios del gobierno.

—No olvide que mañana llegarán los delegados panameños —recordó Bunau Varilla.

—Lo tengo muy presente —respondió Hay, quien había decidido no informar al ministro de Panamá acerca de la conversación que esa tarde había sostenido con el abogado Cromwell solicitándole retener a los panameños en Nueva York todo el tiempo que le fuera posible.

El proyecto de tratado convenido por Hay y Bunau Varilla la noche del 17 de noviembre modificaba sustancialmente en favor de los Estados Unidos el fracasado tratado Herrán-Hay, del cual solamente la mitad de los artículos permanecían en el nuevo texto. El resto se suprimió o rescribió y otros artículos se adicionaron. La Zona del Canal se ampliaba de diez kilómetros a diez millas; Panamá se obligaba a poner a disposición de los Estados Unidos las tierras y aguas adicionales que hicieran falta para la construcción, mantenimiento y protección del canal; en ninguna parte se reconocía la soberanía de Panamá sobre los territorios concedidos; se sustituían los tribunales de justicia mixtos por tribunales norteamericanos; se obligaba a Panamá a pagar el costo total de dotar de agua potable y alcantarillado a las ciudades de Panamá y Colón; se autorizaba expresamente a los

Estados Unidos para construir fortificaciones en la Zona y establecer estaciones navales en ambas costas, con lo que el área del canal quedaría convertida en un gran establecimiento militar. Por último, el concepto de arrendamientos prorrogables a la exclusiva voluntad de los Estados Unidos se sustituía por el de concesión a perpetuidad.

Como contrapartida de todas estas canonjías adicionales, se establecía en el primer artículo del proyecto que los Estados Unidos garantizarían y mantendrían la independencia de Panamá.

3

Washington, miércoles 18 de noviembre, mediodía

El último en llegar a la residencia de John Hay fue el secretario de Guerra, Elihu Root, quien justificó su tardanza quejándose de la cantidad de trabajo encontrado sobre el escritorio al regresar de Londres diez días antes. «Lo de Panamá no ha contribuido a aligerar la carga», había añadido sarcásticamente, con intención de molestar a su amigo y anfitrión.

Con Hay en el estudio esperaban Leslie Shaw, secretario del Tesoro, y Philander Knox, procurador general; es decir, el Estado Mayor civil del gobierno del presidente Theodore Roosevelt.

—Es muy posible —comenzó diciendo el secretario de Estado— que en las próximas horas firme con el ministro de Panamá el nuevo tratado del Canal. Para ser muy franco, la premura obedece a que esta noche o mañana llegará a Washington una delegación panameña y queremos evitar que compliquen las cosas. Sin embargo, antes de firmar es necesario que aquellos que después tendremos que defender el pacto ante la opinión pública y en el Congreso estemos de acuerdo con sus términos.

Seguidamente Hay hizo un recuento de los cambios introducidos al convenio Herrán-Hay, aclarando que la mayoría de ellos había sido sugerida por el senador Morgan al momento de la discusión del pacto canalero en el Senado.

—Morgan tendrá que forzar mucho su imaginación para encontrar en el nuevo tratado algo que no le guste —dijo para terminar.

—¿Aceptó Bunau Varilla todos esos cambios? —preguntó Root.

—Hizo algunas modificaciones a mi proyecto original, que yo acogí, pero otras, como la de la concesión de la soberanía en bloque, las sugirió él mismo —explicó Hay.

—No hay que olvidar —observó Knox— que como súbdito francés y accionista de la Nueva Compañía del Canal de Panamá, lo que le interesa al estrambótico ministro de Panamá es que los Estados Unidos concluyan la transacción con esa empresa.

—Es cierto —convino Hay— pero ahora que lo conozco más a fondo estoy convencido de que también anhela salvar el nombre de De Lesseps y la gloria de Francia. Nuestro pequeño ingeniero es un hombre multifacético y sumamente inteligente.

—La independencia de Panamá es una prueba muy clara de ello —acotó Shaw.

—¿No temen ustedes al juicio de la historia? —preguntó inopinadamente Root, sumiendo a todos en un profundo silencio.

—La historia siempre condena a las grandes potencias —respondió finalmente John Hay—. La alternativa era apoderarnos del Istmo por la fuerza, guerrear con Colombia y construir el canal. Todos los aquí presentes sabemos que Roosevelt estaba listo para proceder así. Al apoyar la separación de Panamá hemos maquillado a la mujer del César. Tampoco hay que olvidar que los istmeños en varias ocasiones habían intentado abandonar sin éxito la tutela colombiana.

—No me refería solamente a eso, John —insistió Root— sino a que hemos aprovechado al máximo las circunstancias para imponer a un país en pañales un pacto injusto, completamente favorable a nosotros. Ni siquiera estamos permitiendo que ningún panameño lo revise.

—Panamá no es realmente un país —dijo Hay despectivamente—. Es un protectorado de los Estados Unidos porque ellos así lo han querido para protegerse de Colombia, y me temo que lo seguirán siendo para siempre. En realidad, Elihu, estamos celebrando un tratado con nosotros mismos y decidiendo la mejor manera de disponer de los recursos. Como consecuencia del tratado, los habitantes de ese protectorado tendrán, además de nuestro amparo, una economía próspera, ciudades saneadas de enfermedades, con agua potable y alcantarillado; en fin, vivirán mejor y más felices.

—A menos que un día se despierten con ansias de libertad y deseos de zafarse del yugo norteamericano igual que lo hicieron del colombiano —observó Shaw—. Pero ese sería un problema que le corresponderá enfrentar a otro gobierno.

—¡Exactamente! —exclamó Hay—. Nuestro deber ahora es lograr las mejores condiciones para construir, mantener y defender ese canal.

Hay distribuyó a cada uno de los presentes una copia del proyecto y salió a ordenar el almuerzo. Quince minutos después, mientras se sentaban a la mesa, Root dijo que jurídicamente el documento, aunque poco ortodoxo, parecía impecable salvo una pequeña inconsistencia.

—No es lógico —explicó— que por un lado se estén otorgando a los Estados Unidos prerrogativas del soberano territorial y en la cláusula segunda se mantenga el concepto de arrendamiento perpetuo. Creo que en lugar del término «arrendamiento», que tiene connotaciones muy precisas, se debe utilizar el concepto «concesión».

—Es una observación muy oportuna —recalcó Hay enseguida—. Aparte de ese cambio, ¿hay algún otro?

—Si en lugar de pagarles nosotros a ellos una anualidad pudiéramos hacer que fuera Panamá la que nos pagara a nosotros por el favor tan grande que le estamos haciendo... —Al observar que la broma no había surtido el efecto deseado, Knox aclaró enseguida—: Era solamente un chiste.

A las cinco y media de la tarde Philippe Bunau Varilla recibió una llamada de Lindo indicándole que la delegación panameña había salido para Washington en el tren de las tres y cuarenta y cinco, que llegarían alrededor de las nueve y que sería conveniente que el ministro los recibiera en la estación. Alarmado, llamó enseguida a casa de Hay para ponerlo al corriente, insistiendo en que él estaba listo para firmar. «Si usted lo está, también yo. Lo espero en mi casa a las seis de la tarde», respondió el secretario de Estado.

A esa hora en punto llegó Bunau Varilla, y Hay lo hizo pasar inmediatamente al estudio. Sobre el gran escritorio de caoba esperaban dos originales del convenio.

—No creo que sea necesario volver a leer el documento —sugirió el ministro de Panamá.

—Tampoco yo lo creo, su excelencia —replicó Hay—. Sin embargo, es preciso que usted sepa que he introducido una pequeña modificación en el artículo segundo que mejora el convenio y el concepto introducido por usted en el artículo tercero. Se trata de sustituir la palabra «arrendamiento» por «concesión», que...

—¡Pero qué coincidencia! —exclamó el francés—. Yo había pensado lo mismo.

—¿Procedemos entonces?

—Estoy listo para firmar, señor secretario.

Uno al lado de otro se sentaron frente al escritorio para estampar sus firmas. Mientras lo hacían, el secretario de Estado observó:

—Le complacerá saber que el tintero en el que hemos mojado la pluma fue utilizado por el presidente Lincoln, quien me lo obsequió.

—Es un verdadero honor. Imagino lo interesante que resultaría para usted haber actuado como su secretario personal.

Al momento de adherir el lacre, Hay preguntó a Bunau Varilla.

—¿Tiene usted un sello, Excelencia?

—No, no he tenido tiempo de preparar uno, señor secretario.

—Entonces le ofrezco uno de los míos. Escoja entre este, que perteneció a Lord Byron, y este otro, que es el tradicional de mi familia.

Bunau Varilla contempló los dos anillos y, por deferencia, escogió el anillo que ostentaba el sello heráldico del bardo inglés. Unos minutos antes de las siete de la noche, con un solemne apretón de manos, la ceremonia había concluido.

De la plaza La Fayette, Bunau Varilla se dirigió rápidamente al New Willard para hacer depositar en la caja fuerte del hotel el histórico documento. Luego cenó algo ligero y antes de tomar el coche para dirigirse a la estación, envió a Panamá el siguiente mensaje:

De la Espriella, Ministro de Relaciones Exteriores, PANAMÁ.

Hoy miércoles, a las 6 y 40 de la tarde he firmado con el secretario Hay Tratado Canal de Panamá, obteniendo mismas condiciones políticas y financieras que en el Tratado Herrán-Hay con las simplificaciones necesarias de jurisdicción y estipulaciones análogas.

Amador, Boyd y Arosemena salieron de Nueva York para Washington a las 4 y 50. Llegarán aquí dentro de dos horas. Felicito Vuecencia, Gobierno y pueblo feliz terminación tan gran acontecimiento.

4

Nueve y treinta de la noche

Cuando los delegados de Panamá descendieron del tren, Philippe Bunau Varilla esperaba en el andén. Al contemplar al hombre pequeñito, de bigotes encerados, que, caminando casi en puntillas y muy erguido, se acercaba a ellos con la mano extendida, Carlos Constantino, el único de los tres que no lo conocía personalmente, no pudo evitar una sonrisa ante el singular aspecto del ministro de Panamá.

—¡Buenas noticias! —exclamó Bunau Varilla, mientras estrechaba la mano de Amador—. Desde este momento la República de Panamá está bajo la protección formal de los Estados Unidos. Acabo de firmar el tratado del Canal.

A los tres panameños se les borró la sonrisa y Amador tuvo que sujetarse del brazo de Arosemena para no caer. El primero en reaccionar fue Federico Boyd quien, levantando la mano en un gesto amenazador, increpó al francés:

—Pero ¿qué clase de traidor es usted que ni siquiera ha tenido la decencia de esperar nuestra llegada?

—Mi misión nunca hubiera estado cumplida si no firmaba el tratado —respondió Bunau Varilla, haciéndose a un lado prudentemente—. Recibí instrucciones en tal sentido de la Junta de Gobierno y no he hecho más que cumplirlas.

—No mienta usted —masculló Amador, recuperado ya de la noticia que echaba por tierra el sueño de estampar su firma en el tratado—. La Junta le envió a usted instrucciones muy precisas en el sentido de consultar con nosotros antes de firmar ningún tratado. Además, ese documento es nulo porque usted no tenía, ni tiene, autoridad para firmar nada. Yo mismo redacté el cablegrama con su designación y sus poderes y me cuidé mucho de no permitir lo que usted pretende hacer.

—Yo no pretendo hacer nada, doctor. Ya lo hice. El tratado está firmado por mí y por el secretario de Estado Hay, quien encontró mis credenciales satisfactorias. En cuanto lleguemos al hotel les mostraré el documento; estoy seguro que en cuanto lo lean terminarán sus resquemores.

Carlos Constantino, observando el grupo de curiosos que se acumulaba alrededor, sugirió continuar la discusión en el hotel.

En el New Willard, Bunau Varilla se fue derecho a la recepción y entró en el pequeño cuarto lateral que contenía la bóveda. Unos minutos después salía con el documento en la mano.

—Regístrense y suban después para que juntos leamos el documento. Mi habitación es la 315.

Quince minutos más tarde estaban nuevamente todos reunidos y Bunau Varilla, con gestos dramáticos, extrajo el documento de un sobre y lo mostró a los delegados panameños, haciendo hincapié en la página que contenía las firmas y los sellos lacrados. Después empezó a leer el documento en voz alta, cláusula por cláusula, enfatizando los párrafos que según su criterio beneficiaban más a Panamá y deteniéndose a ratos para comentar el significado y alcance de otros. Cuando terminó, los panameños no sabían cómo reaccionar. Boyd, quien no conocía bien el tratado Herrán-Hay, pensaba que ciertamente el convenio contemplaba todo lo que para Panamá era importante; Carlos Constantino permanecía atento a la reacción de Amador, y este, quien poco a poco iba aceptando el desengaño de que el tratado no llevaría su nombre, permanecía mudo.

—¿Qué les parece? —insistió el francés—. ¿No contiene todo lo que ustedes anhelaban?

—Será menester leerlo con más detenimiento —musitó Amador, a quien el cansancio parecía haber doblegado—. Por lo menos se acabará la fiebre amarilla en Panamá. Creo que ahora debemos ir a dormir y mañana volveremos a hablar del asunto.

Mientras salían de la habitación, Bunau Varilla les informó que a las tres de la tarde del día siguiente serían recibidos por el secretario de Estado y el viernes por el presidente Roosevelt.

—Sugiero que nos reunamos lo antes posible para planificar los siguientes pasos.

—¿A qué pasos se refiere usted? —preguntó Amador desde la puerta.

—A la ratificación del tratado por parte de ustedes, que son los comisionados de la Junta de Gobierno.

—Nosotros no ratificaremos nada —rezongó el viejo médico mientras en compañía de Boyd y Arosemena se alejaba por el pasillo.

5

Colón, jueves 19 de noviembre, nueve de la mañana

En la estación de Colón descendieron de un tren expreso especial Tomás Arias, Carlos A. Mendoza, Nicanor de Obarrio, Constantino Arosemena y Antonio Zubieta, integrantes de la delegación panameña designada por la Junta de Gobierno para entrevistarse con la misión diplomática enviada por el gobierno colombiano con el fin de persuadir a los panameños de reconsiderar su declaratoria de independencia. Se celebraría la reunión a bordo del vapor *Canadá*, en el que se habían trasladado al Istmo los colombianos, porque los panameños rehusaban que los miembros de una misión extranjera pisaran el territorio nacional sin las debidas credenciales en las que se tendría que reconocer la jurisdicción y autoridad del nuevo gobierno istmeño.

Dos días antes también habían tenido que viajar a Colón Arias, Morales y Arosemena para entrevistarse con otra comisión enviada por el gobernador del estado de Bolívar con igual propósito. Por deferencia de su comandante, la conferencia se llevó a cabo a bordo del *U. S. S. Mayflower*, recién llegado a reforzar el poderío naval norteamericano en el sector del Atlántico. Muy pronto se dieron cuenta los bolivarenses de lo inútil de su gestión y regresaron a Barranquilla y Cartagena sin pena ni gloria.

Pero la misión enviada por Marroquín venía presidida por nadie menos que el general Rafael Reyes, amigo de muchos de los conservadores istmeños y hombre de reconocida fama dentro y fuera de Colombia. Lo acompañaban los generales Jorge Holguín, Pedro Nel Ospina y Lucas Caballero, de cuyo prestigio nadie dudaba.

Mientras surcaban la bahía de Limón en la pequeña embarcación que los trasladaba al sitio donde estaba surto el *Canadá*, los delegados panameños observaron, con alivio y algo de vergüenza, el poderío naval desplegado por los Estados Unidos frente a la ciudad de Colón. Además del *U. S. S. Nashville*, se encontraban también fondeados el *U. S. S. Mayflower*, buque insignia de la flota norteamericana en el Atlántico, el *U. S. S. Atlanta*, el *U. S. S. Dixie*, el *U. S. S. Maine* y el *U. S. S. Hamilton*. En el sector Pacífico los istmeños habían convertido en costumbre acudir en las tardes a los paseos costeros para presenciar la Marina de guerra que los norteamericanos habían colocado en la bahía de Panamá en cuyas aguas se mecían suavemente el *U. S. S. Boston*, el *U. S. S. Marblehead*, el *U. S. S. Concord* y el *U. S. S. Wyoming*.

—Impresionante despliegue de poderío bélico —comentó Nicanor de Obarrio, expresando lo que todos pensaban.

—Con cuatro barcos de guerra en el Pacífico y seis en el Atlántico el Istmo es inexpugnable —musitó Tomás Arias.

Los panameños subieron a bordo del *Canadá* a las once de la mañana y luego de los saludos protocolares se dio inicio a la reunión, de la cual Reyes se excusó de participar. El primero en hablar fue Tomás Arias, amigo personal de Holguín y Ospina, quien luego de darles la bienvenida a la nueva República de Panamá explicó con cordialidad, pero con firmeza, las razones que habían determinado la separación del departamento de Panamá.

—Les ruego leer —dijo Arias para terminar— el manifiesto que lanzamos al país el día que nos independizamos y que es obra del doctor Morales, aquí presente. Se los dejo para que puedan asimilar cabalmente por qué nos vimos obligados a independizarnos. Llamo especialmente la atención de ustedes al párrafo donde se afirma que al separarnos de nuestros hermanos de Colombia lo hacemos sin rencor y sin alegría, como un hijo que deja el hogar paterno.

Por parte de los colombianos intervino entonces el general Ospina ofreciendo a los panameños todo lo que el Consejo de Ministros lo había autorizado a proponer: que la capital de Colombia se trasladaría a Panamá, que el tratado sería aprobado por decreto, que el Istmo volvería a ser autónomo y conservaría todos los ingresos provenientes del canal. Sinceramente emocionado concluyó diciendo que él sentía un cariño especial por Panamá pero que «desde el 3 de noviembre en adelante para querer al Istmo había que quererlo en inglés y él no conocía ese idioma».

Siguió la conferencia sin que los delegados variaran sus posiciones y los panameños aprovecharon para solicitar a Colombia, por boca de Antonio Zubieta, la celebración de un tratado de Paz y Comercio, a lo que se rehusaron los colombianos vehementemente.

—Si Colombia no ha reconocido a Panamá, mal podemos celebrar con ustedes ningún tratado —afirmó el general Holguín. Y después añadió—: Me temo que ese reconocimiento no se produzca nunca.

—Es por eso —dijo De Obarrio— por lo que escribí una carta personal a mi amigo el general Reyes advirtiéndole que sería inútil la misión. Pero aunque anticipábamos que a nada positivo llegaríamos, hemos venido aquí como caballeros y hombres de honor.

—Y así esperamos que concluya esta conferencia —corroboró Mendoza—. Sinceramente lamentamos las circunstancias bajo las cuales se realiza este encuentro de viejos amigos. Pero aunque seguimos siendo amigos, ya no somos compatriotas. Si los distinguidos visitantes no tienen más observaciones que formular, propongo que terminemos ahora la conferencia y levantemos el Acta correspondiente.

Convencidos todos de la inutilidad del esfuerzo, la moción fue aceptada y se levantó el Acta, que redactaron Mendoza y Caballero, dejando constancia, de manera sobria y elegante, de que la separación de Panamá era un hecho irrevocable y de que las concesiones especiales ofrecidas por los comisionados de la República de Colombia habían sido rechazadas con honda pena por los panameños. Mientras se despedía de los panameños, el general Reyes devolvió los ocho mil pesos entregados al coronel Torres.

En el tren que los llevaba de regreso a la capital, Tomás Arias señaló a los demás la necesidad de avisarles enseguida a Amador y a Boyd el peligro que representaba para Panamá el próximo arribo de la misión Reyes a los Estados Unidos.

—Si han sido tan generosos con nosotros —sentenció Arias— es de esperarse que lo sean mucho más con la potencia norteña. No me extrañaría que con tal de recuperar a Panamá le ofrecieran al presidente Roosevelt el canal gratis.

6

Washington, jueves 19 de noviembre, tres de la tarde

Precedidos por el ministro extraordinario y plenipotenciario de Panamá, los comisionados Manuel Amador Guerrero, Federico Boyd y Carlos Constantino Arosemena entraron al imponente despacho del secretario de Estado. Bunau Varilla hizo las presentaciones, anunciando a John Hay que el doctor Amador, patriota a cuyos esfuerzos se debía en gran parte que hoy existiera la República de Panamá, sería sin duda su próximo presidente.

—Eso es algo que tendrá que decidir la Convención Constituyente —aclaró Amador, que de los tres delegados era el que hablaba con menos fluidez la lengua de Shakespeare.

Desde esa mañana, mientras los panameños estudiaban el tratado, Bunau Varilla había llamado a su amigo Loomis para que advirtiera a Hay que la actitud de los delegados de Panamá respecto del convenio no era positiva y que, además, rehusaban asumir la responsabilidad de ratificarlo.

—Sería oportuno que Hay aprovechara la visita para ponerles un poco de presión —sugirió el ministro de Panamá al subsecretario.

Así, pues, luego de indagar acerca de los planes futuros de la nueva república, John Hay fue directo al grano y preguntó:

—¿Qué opinión les merece el tratado?

El gesto de disconformidad que desde el inicio de la reunión habían exhibido los delegados panameños se acentuó. Fue Arosemena quien, siguiendo la estrategia acordada entre ellos, respondió:

—Para serle franco, señor secretario, no esperábamos que el tratado se firmara sin consultar previamente con nosotros. A eso vinimos y nos encontramos con que el convenio sobre un tema tan vital que motivó la separación definitiva del Istmo, había sido firmado dos horas antes de nuestra llegada.

—Supongo que su excelencia, el señor ministro de Panamá le explicaría las razones que tuvimos para andar con tanta prisa —respondió Hay calmadamente—. Como ustedes saben, en los Estados Unidos se ha levantado una gran campaña de prensa contra la separación de Panamá y contra nuestra actuación en ese episodio tan importante para el futuro de todos ustedes. Además, se ha creado una gran expectativa con la llegada dentro de una semana de la misión colombiana que preside el general Reyes. Lo anterior ha determinado que el presidente Roosevelt, que debe presentar su informe anual al Senado los primeros días del mes de diciembre, quiera tener el asunto del canal debidamente solventado para poder incluirlo en ese informe como un hecho cumplido. Esa es la razón que nos obligó a proceder con la celeridad que lo hicimos y la que me mueve ahora a pedirles a ustedes que ratifiquen cuanto antes el pacto que firmamos ayer el ministro Bunau Varilla y yo.

Los panameños se miraron desorientados y Amador respondió:

—Señor secretario, es mi deber informarle que nosotros tenemos instrucciones de nuestro gobierno de obtener ciertas concesiones que no han sido incluidas en el tratado.

Hay y Bunau Varilla intercambiaron miradas, felicitándose en silencio por haber anticipado la intención de los panameños.

—Además —continuó Amador— nosotros carecemos de la autorización necesaria para ratificar el convenio. Esto solamente puede hacerlo el gobierno de mi país.

—Doctor Amador, créame que comprendo su frustración —respondió Hay—. Pero también usted debe entender que las circunstancias bajo las cuales se ha producido la negociación y firma del tratado han sido, por decir lo menos, extraordinarias. Colombia ha llegado a un paso de declararnos la guerra... en realidad, aún temo que lo harán. En el Senado norteamericano y en la opinión pública todavía existen defensores de la ruta por Nicaragua quienes alegan que hemos violado la ley Spooner que obligaba al presidente de los Estados Unidos a negociar con este país en caso de que Colombia rechazara el tratado. Créame que esos señores dejarán oír su voz y habrá quienes la escuchen. Era necesario, pues, cerrar cuanto antes esa puerta y es precisamente lo que hemos hecho su ministro y yo, guiados por las mejores intenciones de salvar el canal y la República de Panamá.

Bunau Varilla escuchaba extasiado la retórica del secretario de Estado, por quien cada día sentía mayor admiración. Pero se maravilló aún más cuando lo escuchó decir:

—En cuanto a las disposiciones del tratado, nosotros sabemos que son susceptibles de ser modificadas. Estoy seguro de que vendrán tratados adicionales y canjes de notas para enmendar y aclarar lo que ha quedado consignado en el tratado Bunau Varilla-Hay.

Amador Guerrero no pudo evitar un gesto de disgusto al escuchar que se designaba el tratado con un nombre que no era el suyo.

—Insisto en que nosotros no podemos ratificar el convenio —dijo de mal talante—. Tendremos que enviarlo a Panamá a la consideración de la Junta. —Después rezongó por lo bajo—: Es lo menos que podemos hacer.

Bunau Varilla, quien durante toda la entrevista había permanecido callado, juzgó necesario intervenir.

—Le aseguro al señor secretario que haremos lo necesario para que el presidente Roosevelt pueda incluir el tema del tratado en su mensaje al Congreso y que usted pueda decirle al general Reyes que ya Colombia no tiene nada que proponer a los Estados Unidos.

—No ofrezca usted nada que no podamos cumplir —objetó Boyd—. El señor Hay sabe mejor que nadie que las formalidades deben observarse.

Visiblemente molesto, Hay preguntó:

—¿De qué formalidades habla usted? Panamá tiene un gobierno de hecho y pasará mucho tiempo antes que deje de serlo.

—Ese gobierno ha sido reconocido por muchos países además de los Estados Unidos —respondió Boyd—. La Junta de Gobierno, a la cual pertenezco, conjuntamente con el Gabinete Ministerial, ha recibido directamente del pueblo su legitimidad. Es ese gobierno, y no nosotros tres, el que tiene la última palabra para aprobar convenios.

Hay se puso abruptamente en pie dando por terminada la entrevista y, sin ocultar su frustración, se despidió de los panameños.

Una vez fuera del majestuoso edificio que albergaba las oficinas del Departamento de Estado, Bunau Varilla reprochó airadamente a los panameños su pobre comportamiento.

—Ustedes parecen no entender que los peligros son graves. Su actuación de hoy ante el secretario de Estado, quien es el funcionario más importante del Gabinete, ha contribuido a incrementar esos peligros. Espero que su conducta no deje tanto que desear cuando se reúnan mañana con el presidente Roosevelt.

—Nosotros no somos niños de pecho, señor Varilla —respondió Amador—. No nos hemos jugado el pellejo para que usted nos diga qué hacer o cómo actuar.

A partir de ese momento, Philippe Bunau Varilla supo que para lograr la ratificación del tratado tendría que buscar maneras más efectivas de presionar a los delegados de Panamá y a la Junta de Gobierno.

7

Washington, viernes 20 de noviembre

La reunión de los delegados panameños con Theodore Roosevelt en la Casa Blanca fue solo protocolar. Durante la conversación, el presidente se mostró genuinamente interesado por conocer más a fondo las características geográficas y étnicas de Panamá y los planes que tenían los istmeños para desarrollar el país que acaban de independizar. El único punto que incomodó un tanto a los comisionados fue la referencia que hizo Roosevelt al general Rafael Reyes.

—Se trata de un hombre muy interesante cuya historia conozco bastante bien. ¿Sabían ustedes que como explorador fue el primero en recorrer el río Amazonas desde la desembocadura hasta su nacimiento? En esa trágica aventura casi pierde la vida y le tocó ver cómo los caníbales devoraban a uno de los dos hermanos que lo acompañaban en la aventura. Hace dos años le escribí solicitándole que diera a la luz las memorias de su exploración amazónica y lo hizo en una conferencia que pronunció en Ciudad de México. Además, como militar ha sido imbatible y ha tenido el suficiente sentido común como para rechazar dos veces la Presidencia que le ofrecían sus compatriotas. Sin duda, es un hombre muy especial el general Reyes. Ya le he dicho a John Hay que cuando llegue a Washington quiero conocerlo personalmente. Un buen enemigo puede ser tan agradable como un buen amigo.

La entrevista con el presidente duró algo más de lo señalado por el protocolo y aunque fue una sesión plena del buen humor y la espontaneidad características de Roosevelt, los delegados panameños salieron de ella sumamente preocupados.

Era evidente que Roosevelt sentía una gran admiración y simpatía por la figura del general Reyes, lo que facilitaría la misión de este. ¿Hasta dónde influiría en el presidente su buena disposición hacia el enviado de Colombia? ¿Cuánto estaría dispuesto a concederle? ¿Sacrificaría a la recién nacida república en caso de que Reyes le ofreciera el cielo y la tierra como informaban de Panamá que había hecho allá? Todas estas preguntas se las formulaban Amador, Boyd y Arosemena, reunidos en el bar del New Willard. Tal vez tenían razón Hay y el odioso Bunau Varilla y lo prudente era proceder con la ratificación inmediata del convenio.

8

Mientras los panameños cavilaban, el ministro plenipotenciario de Panamá no descansaba. Escribía dos y tres cablegramas diarios al Gobierno Provisional, advirtiéndole de los problemas financieros que surgirían en caso de que no se ratificara el tratado antes del primero de diciembre y calificando la misión de Reyes como un peligro inminente para la nueva nación.

Una llamada suya a Loomis durante esos días, motivó que el domingo 22 saliera publicado con gran despliegue en algunos diarios de Washington que el presidente Roosevelt estaba considerando excluir de su mensaje al Congreso el tema del Canal de Panamá por no haberse producido aún la ratificación del convenio recientemente firmado entre el ministro de Panamá y el secretario de Estado. El mismo día, por pura coincidencia, salían también las declaraciones del senador de Alabama, John Tyler Morgan, criticando duramente al gobierno por no haber cumplido con la ley Spooner.

Todo parecía confabularse para doblegar la voluntad de los delegados panameños. El mismo domingo en que aparecieron las noticias que tanto los habían consternado, Bunau Varilla los invitó a almorzar a uno de los restaurantes más lujosos de la capital federal. Allí les informó que la llegada de Reyes estaba confirmada para el viernes 27 y que Hay lo recibiría el 2 de diciembre. «¿Leyeron el *Washington Post* de esta mañana? —preguntó después—. Me temo que estamos perdiendo la batalla por falta de ratificación. Sin embargo, he concebido un plan que puede salvarlo todo».

—¿De qué se trata? —preguntó Amador, desconfiado.

—En vista de que ustedes carecen de facultades para ratificar el tratado, lo enviaré a Panamá en el vapor *City of Washington* que zarpa el martes 24. Comoquiera que no llegará a tiempo para ser aprobado por la Junta antes del primero de diciembre, he pensado lograr una aprobación anticipada de ellos.

—¿De qué habla usted? —preguntó Federico Boyd, quien día a día sentía más antipatía hacia el engominado francés.

—De que la Junta de Gobierno me informe vía cable que tan pronto llegue el tratado procederán a ratificarlo sin modificaciones.

—Pero eso es inaudito. Ellos jamás aprobarán algo que ni siquiera han visto —insistió Boyd.

—Estoy de acuerdo. Pero sí lo aprobarían si ustedes, que son los ojos de la Junta aquí, les dicen que están de acuerdo con el documento.

—Yo ya les escribí ayer lo contrario —señaló Amador, pensativo.

—Pero ¿por qué siempre se precipita usted? —recriminó Bunau Varilla—. ¿Envió un cable?

—No, una carta.

—Entonces la situación es salvable. ¿Qué es lo que tanto le disgusta del tratado, doctor? Se garantiza la independencia de la República; los Estados Unidos se comprometen a construir el canal por Panamá; se reciben los mismos pagos que habrían correspondido a Colombia. ¿No es eso lo que anhelaban?

—En el tratado existe un problema con la soberanía de Panamá sobre la Zona del Canal; ni siquiera se menciona —indicó Arosemena.

—Señores, permítanme ser muy sincero porque no tenemos tiempo para eufemismos —respondió Bunau Varilla, autoritario—. Ustedes me instruyeron para que yo lograra que los Estados Unidos garantizaran y mantuvieran la independencia de la República de Panamá. No pueden pretender convertirse en un protectorado y al mismo tiempo aspirar a mantener la soberanía.

Luego de un prolongado silencio, Amador, cuyo destino parecía ser el de ceder siempre a los antojos de Bunau Varilla, capituló.

—Díganos ¿cómo quiere proceder usted?

—Solamente les pido que envíen un cablegrama indicando que el tratado será enviado por mí a Panamá el martes 24 y que ustedes no lo han firmado por falta de autorización, aunque están de acuerdo con su contenido.

—En realidad, yo sí podría firmar como miembro de la Junta de Gobierno —observó Boyd.

—Mejor aún. En cuanto lleguemos al hotel usted puede estampar su firma.

En uno de sus típicos excesos de dramatismo, Bunau Varilla ordenó una botella de champaña para brindar por este nuevo entendimiento «que abrirá las puertas para que finalmente el canal se lleve a feliz término».

El 23 de noviembre, Manuel Amador Guerrero envió a Panamá el cable prometido en el que anunciaba que el día 24 seguiría por vapor a Panamá el tratado y que él no había querido poner su firma «porque no veo que se me haya autorizado al efecto pero no porque rehúya la responsabilidad que me quepa en su aprobación, pues estoy enteramente de acuerdo». El 24, los tres comisionados panameños se reunieron una vez más en la habitación 1162 del Waldorf Astoria, que todavía ocupaba Bunau Varilla, y allí procedieron a envolver el tratado en una bandera panameña y a depositarlo en el interior de una caja de hierro, con doble cerradura, debidamente sellada y lacrada. Luego acompañaron al ministro de Panamá a los muelles y todos juntos subieron a bordo del vapor *City of Washington*, donde dejaron la caja bajo la custodia del capitán con instrucciones precisas de entregarla únicamente a un representante autorizado de la Junta de Gobierno de la República de Panamá.

9

Bogotá, lunes 30 de noviembre

El presidente Marroquín oía la discusión de sus ministros sin prestar atención a sus palabras. Un cansancio de tiempo se había apoderado de su ánimo y su mente vagaba por las suaves colinas de Yerbabuena. Y pensar que durante un momento sublime los colombianos habían actuado como verdaderos hermanos, unidos por la indignación y el dolor ante la pérdida de Panamá. Desde el arzobispo hasta las damas más encopetadas de la sociedad bogotana clamaban juntos por la reivindicación del honor patrio. Pero aquel momento feliz había durado lo que el rayo de luz de una estrella fugaz en el firmamento. Los conservadores a ultranza fueron los primeros en rechazar el apoyo que los liberales brindaban a la causa de la recuperación de Panamá. Sobrevino luego la división entre los propios conservadores, cuando unos, los más apasionados, abogaban por ir a la guerra sin miramientos ni condiciones mientras otros propugnaban por una solución pacífica. Ahora el Consejo de Ministros discutía cómo actuar ante las graves noticias enviadas por el general Reyes desde la capital de los Estados Unidos.

La voz consternada del ministro de Relaciones Exteriores sacó a Marroquín de sus cavilaciones.

—¿Es que no hemos leído bien el cablegrama del general Reyes? Se los leo una vez más en las partes pertinentes: «Independencia del Istmo reconocida por los gobiernos de Estados Unidos, Francia, Italia, Austria, Alemania y China, tratado del Canal de Panamá ya firmado y ratificado por esta y que ratificará pronto el Senado norteamericano garantiza independencia de Panamá. Informa el gobierno de los Estados Unidos que otros departamentos interior Colombia pretenden seguir el ejemplo de Panamá. Hay indica que no hay arreglo posible con Colombia sino con base en reconocimiento por parte de esta independencia del Istmo. Usar hostilidades sería sacrificar inútilmente a Colombia si no podemos combatir a Panamá. Es muy urgente respuesta e instrucciones por cable». El propio ministro de Guerra nos acaba de informar que seis buques de guerra norteamericanos cuidan la costa Atlántica de Panamá y cuatro la costa del Pacífico. ¿Cómo podemos justificar entonces la continuación de la aventura bélica?

—O el ministro Rico es sordo o no ha entendido lo que he dicho —replicó la voz cavernosa de Vázquez Cobo—. La única forma en que podemos apoyar la gestión diplomática de Reyes es continuando con el esfuerzo militar. Si los norteamericanos perciben que hemos cesado nuestros preparativos para recuperar el Istmo por tierra, porque no hay manera de lograrlo por mar, entonces sí que la misión de Reyes se quedará sin ninguna carta que jugar. Insisto en que tenemos que continuar el reclutamiento y envío de tropas al Darién.

—¿Incluiría usted también en ese reclutamiento a los voluntarios de la Integridad Colombiana? —preguntó el ministro de Gobierno.

—Así es. Y si podemos lograr que Pérez y Soto marche a la cabeza, mejor.

Todos celebraron el chiste y Marroquín salió de su mutismo para afirmar que esa moción quedaba aprobada por unanimidad.

Al concluir la reunión había prevalecido el criterio del ministro de Guerra. Los preparativos para recuperar el Istmo de Panamá atravesando la selva del Darién serían intensificados, aunque todos coincidían en la inutilidad del esfuerzo. También se acordó mantener el apoyo a la Integridad Colombiana hasta tanto se juzgara favorable a los intereses políticos del gobierno. A sugerencia del ministro Rico, se iniciarían gestiones directamente ante el Senado norteamericano con el propósito de inclinar la balanza política en contra del presidente Roosevelt. Por último, aceptando que Reyes estaba en mejores condiciones que el gobierno para calibrar la situación, se resolvió enviarle un cable lacónico con el propósito de permitirle utilizar su mejor criterio. Se le decía, simplemente: «Negociación no basada en reintegración será nula».

Para esa fecha, quinientos soldados del Batallón Tercero de Tiradores, el mismo que había partido de Colón el 5 de noviembre sin disparar un tiro, establecía su cuartel de operaciones cerca de la desembocadura del río Titumate, en el golfo de Urabá. El coronel Eliseo Torres ya no era su comandante. Otros mil voluntarios, entre los que figuraban jóvenes de la alta sociedad bogotana, al llamado de la Integridad Colombiana se habían alistado y se preparaban para marchar hacia el Darién.

10

Panamá, jueves 26 de noviembre

A pesar de la insistencia de Bunau Varilla, el Gobierno Provisional había tomado la decisión de esperar a que el tratado del Canal llegara a sus manos para entonces discutirlo y ratificarlo. Si bien era cierto que Amador les había enviado un cable aprobando el documento, se hacía necesario cumplir con las formalidades del caso; jamás se había visto que un pacto internacional se ratificase de antemano por ningún gobierno. Sin embargo, cuando el secretario de Relaciones Exteriores recibió el último cable del ministro en Washington, juzgó que el asunto había adquirido características tan graves que justificaba una reunión de la Junta y el Consejo de Gabinete y llamó a Arango para pedirle que la convocara con urgencia.

—¿Qué ocurre ahora? —preguntó el maestro en el teléfono.

—Bunau Varilla amenaza con renunciar si no aprobamos el tratado inmediatamente.

—¡Maldito francés! —exclamó Arango—. Nos reuniremos a las seis de la tarde en el Palacio de Gobierno.

A la hora señalada se inició la sesión y Arango pidió al secretario De la Espriella que informara a los presentes acerca de los últimos acontecimientos.

—Como ustedes saben —comenzó el secretario de Relaciones Exteriores— Bunau Varilla ha estado bombardeándonos con innumerables cablegramas exigiendo la ratificación inmediata del tratado del Canal. Nos ha amenazado con la ruina económica, con la pérdida del canal, en fin, con el retiro del apoyo por parte de los Estados Unidos. Ahora nos envía una nueva carta que requiere una decisión por parte de todo el gobierno. Me permitiré leer lo que dice en esta oportunidad nuestro ministro en Washington.

Aunque por disciplina me inclino ante decisión gobierno sobre ratificación inmediata pedida por mi largo telegrama del sábado, sentimiento del más alto deber de vigilancia me obligó señalar vuecencia peligro, cada hora aumentado, resultado de frialdad demostrada por gobierno de Panamá para ratificar Tratado que realiza los sueños del Istmo. Los tres objetos esenciales de la revolución están contenidos en él: 1, protección República por Estados Unidos; 2, construcción canal; 3, obtención mismas condiciones financieras que Colombia. Esta frialdad por parte de Panamá después de firmar Tratado que Estados Unidos consideran justo y como sumamente generoso para Panamá, ha causado extrañeza en altas esferas que cada momento degenera en indignación. Conozco el terreno sumamente difícil de Washington. El peligro no es aparente, y aseguro que es muy grande y que en cualquier momento puede transformar una victoria magnífica en derrota sangrienta. Reitero mi telegrama del sábado. Si gobierno mantiene su decisión, suplico vuecencia en nombre de los más esenciales y vitales intereses República, que al menos me telegrafíe inmediatamente en la forma siguiente: «En vista de que el Tratado ha sido aceptado por Amador y Boyd y firmado por este, y dado que es suficientemente satisfactorio para los intereses vitales de la República de Panamá, el gobierno autoriza notificar oficialmente al gobierno de Estados Unidos que el Tratado será firmado y ratificado por gobierno República de Panamá al llegar documento a Colón». Si gobierno no piensa adoptar esta pequeña resolución, yo no quiero aparecer responsable de las calamidades que seguirán. Lo más probable será la suspensión inmediata de la protección acordada y la firma del Tratado definitivo en Bogotá de acuerdo con la Constitución de Colombia en caso de guerra. En este caso pido a vuecencia presentar mi renuncia al gobierno.

De la Espriella había leído el cable enfatizando aquello que más le preocupaba, especialmente la suspensión de la protección de los Estados Unidos, la firma de un tratado con Colombia y la renuncia de Bunau Varilla. El silencio que siguió a la lectura fue interrumpido finalmente por el mismo De la Espriella.

—Creo que esto altera nuestros planes.

—¡Qué hombre tan ruin! —exclamó De Obarrio.

—El problema es que no sabemos cuánto de lo que dice es verdad —observó Arias.

Manuel Espinosa Batista, quien asistía a la sesión como suplente de Federico Boyd, recordó que después de la reunión con la misión

Reyes, a los panameños les constaba que Colombia estaba dispuesta a darlo todo con tal de recuperar el Istmo.

—Si tienen que regalar el canal, lo harán —sentenció.

Como Morales y Mendoza quienes, junto a De la Espriella, representaban la corriente liberal en el gobierno, permanecían callados, el maestro Arango los invitó a dar su opinión.

—Debemos suponer —dijo Mendoza— que si Amador y Boyd aprueban el tratado, este no puede ser malo.

—A menos que Bunau Varilla los haya amenazado como ha hecho con nosotros —terció el maestro Arango.

—¡Qué duda cabe! —masculló De Obarrio—. Y a ellos los han coaccionado personalmente y no a distancia.

—Señores —el que hablaba ahora era Tomás Arias—, tenemos un cable de Amador donde afirma categóricamente que aprueba el tratado. No podemos correr el riesgo de perderlo todo. En cualquier caso, ¿cree alguien que con diez barcos de guerra custodiando nuestras costas estamos en condiciones de negarnos a ratificar el convenio? Tarde o temprano tendremos que hacerlo y yo creo que lo mejor es terminar con ese tema ya.

—¿Y si el tratado no es satisfactorio? —preguntó Morales

—Lucharemos por modificarlo —respondió De la Espriella.

—¿Estamos todos de acuerdo? —preguntó Arango.

El silencio fue una señal de asentimiento y enseguida se redactó un cablegrama para Bunau Varilla en el que se le notificaba que «En vista de la aprobación dada por los delegados Amador y Boyd al tratado del Canal, vuestra Excelencia está autorizado para notificar oficialmente al gobierno de los Estados Unidos que dicho tratado será ratificado y firmado tan pronto como sea recibido por el gobierno Provisional de la República». El documento llevaba la firma de José Agustín Arango, Manuel Espinosa Batista, Tomás Arias y Francisco de la Espriella.

Acucioso como siempre, en cuanto Bunau Varilla recibió el cable respondió a De la Espriella: «Decisión enérgica previsora Gobierno, salva situación comprometida y asegura triunfo. Ruego vuecencia transmitirle respetuosas felicitaciones».

Pero la presión epistolar de Bunau Varilla no terminó allí y mientras el tratado estuvo navegando rumbo al Istmo sus cables se recibieron diariamente, siempre con una amenaza velada de lo que podría ocurrir si al final de cuentas el tratado del Canal no era ratificado inmediatamente.

11

Panamá, miércoles 2 de diciembre

La caja de hierro, con su cerradura de resorte, sus cuatro argollas, sus dos pequeños estuches colgados a un lado y sus cintas lacradas, yacía sobre la mesa bajo la mirada atenta y reverente de los tres miembros de la Junta de Gobierno, del ministro de Relaciones Exteriores y del subsecretario del mismo ramo, que asistía al acto en calidad de secretario *ad hoc*. Los cinco hombres parecían hipnotizados por el extraño recipiente, hasta que finalmente Tomás Arias dijo:

—Hay que abrirla.

Parsimoniosamente procedió el subsecretario González Guill a romper los sellos de los estuches que contenían dos llaves idénticas y a introducir cada una de ellas en las cerraduras, que cedieron fácilmente. En el interior, protegida por una envoltura de algodón, una bandera panameña doblada con cuidado encerraba entre sus pliegues un portafolio amarillo con la leyenda «tratado del Canal-Original. Señores Miembros de la Junta de Gobierno Provisional de la República de Panamá. -P. Bunau Varilla-24 de noviembre de 1903. -Federico Boyd. -M. Amador Guerrero». Los dos originales del tratado estaban escritos a máquina en papel blanco y su título, subrayado con tinta roja, rezaba: *Isthmian Canal Convention. Signed at Washington, Nov. 18, 1903*.

Una de las copias se la quedó el señor González Guill, para hacerla traducir cuanto antes, y la otra le fue entregada a José Agustín Arango, quien luego de hojearla musitó:

—Consta de veintiséis artículos, dos menos que el Herrán-Hay. El primero establece que los Estados Unidos garantizan y mantendrán la independencia de la República de Panamá. Ordenaré hacer copias para todos que estarán listas mañana antes de mediodía. Dispondremos de toda la tarde para estudiarlo y nos reuniremos con todos los secretarios nuevamente aquí pasado mañana a las tres de la tarde. ¿Les parece bien?

—Muy bien —dijo De la Espriella—. Mientras tanto comenzaré a redactar el decreto aprobatorio.

A las tres de la tarde del 4 de diciembre se inició la sesión del Gobierno Provisional para la consideración del tratado del Canal. Más que solemnidad, los rostros reflejaban preocupación e incertidumbre. Con voz insegura Arango dijo:

—Se declara abierta la sesión para resolver si el Gobierno Provisional ratifica el tratado del Canal firmado en Washington entre el ministro extraordinario y plenipotenciario de la República de Panamá, Philippe Bunau Varilla, y el secretario de Estado de los Estados Unidos, John Hay.

—Permítame la palabra, señor presidente de la Junta —pidió el secretario De la Espriella—. Quisiera que todos los aquí presentes estén conscientes de la nota que en la misma fecha del tratado y por conducto del capitán del vapor *City of Washington* me envió el señor Bunau Varilla. Aunque hice llegar copia a cada uno, no está demás destacar los aspectos más relevantes de la misma. Dice el ministro Varilla: «Una de las dificultades con que he tropezado es la idea generalizada aquí de que sucederá en Panamá lo ocurrido en Bogotá con motivo de la ratificación del Pacto: que las cuestiones políticas relegarán a segundo plano las necesidades esenciales de la patria». Y más adelante agrega: «Me permito insistir sobre el peligro inmenso que había en someter a discusión cualquiera de sus artículos. Los Estados Unidos consideran que han sido muy generosos aceptando las mismas condiciones que habían otorgado a Colombia y creen que al limitarse a modificar solo aquellos artículos que el Senado jamás hubiera ratificado por segunda vez, han demostrado la elevación y la cordialidad de su política... Como usía verá, la ratificación no está circunscrita a determinado día, pero debe hacerse enseguida: lo más pronto posible». Por otra parte —continuó De la Espriella—, las noticias de prensa que llegan de los Estados Unidos son alarmantes porque el general Reyes está ofreciendo al gobierno norteamericano la ratificación del tratado Herrán-Hay sin ninguna compensación para Colombia, es decir, gratis.

—Señor presidente de la Junta —intervino Carlos Mendoza—. Es evidente que el tratado firmado por Bunau Varilla a escondidas nos deja muy mal parados en lo que concierne a la soberanía sobre la zona que estamos traspasando a los Estados Unidos. Peor de lo que dejaba el Herrán-Hay a Colombia. Sin embargo, a pesar de la exasperación que muchos sentimos, es poco lo que podemos hacer. Las circunstancias que rodearon la separación de Panamá y la celebración del tratado, nos han colocado en una situación de indefensión e impotencia casi absolutas. Por lo tanto, a pesar de que el documento adolece de graves defectos, creo que debemos ratificarlo cuanto antes y culminar la obra de nuestra independencia. Yo informaré a todos los prefectos, alcaldes y municipios del país, las graves consecuencias que la no aprobación del convenio podría acarrearnos.

—Yo secundo las palabras de mi colega de gabinete —manifestó Morales—. Solamente quiero añadir que debemos estar plenamente compenetrados con la idea de que cuando se escriba la historia aquellos que no estuvieron hoy alrededor de esta mesa ni asumieron la responsabilidad de salvar al Istmo de la ruina a que Colombia lo había destinado, lanzarán sobre nosotros críticas que vistas desde un distante futuro parecerán justas.

—No sería honesto de mi parte —terció Tomás Arias— si no digo que me complace mucho que se haya incluido como primer artículo del tratado que los Estados Unidos garantizan y mantienen la independencia del Istmo. En mi opinión hemos logrado los cometidos fundamentales de nuestro movimiento: la separación de Colombia y la construcción del Canal de Panamá. A ambas cosas se obliga con nosotros, mediante este convenio, el país más poderoso de la Tierra.

Los demás miembros del Gobierno Provisional corroboraron lo expuesto por Mendoza y Morales. Al final, la discusión fue decayendo, como si una gran fatiga se hubiera apoderado del ánimo de cada uno de los antiguos conjurados. El tratado del Canal fue ratificado por unanimidad y, tal como había pedido Bunau Varilla, entregado esa misma tarde al cónsul norteamericano para ser remitido por valija diplomática a los Estados Unidos. Firmaron el documento, en su orden, los miembros de la Junta: José Agustín Arango, Tomás Arias y Manuel Espinosa Batista, como suplente de Federico Boyd, cuya firma fue tachada. Seguían luego las firmas del secretario del Interior, Eusebio A. Morales; del secretario de Relaciones Exteriores, Francisco V. de la Espriella; del secretario de Justicia, Carlos A. Mendoza; del secretario del Tesoro, Manuel E. Amador; del secretario de Guerra y Marina, Nicanor A. de Obarrio, y del subsecretario de Instrucción Pública, encargado, Francisco Antonio Facio.

José Agustín Arango emergió del Palacio Nacional invadido por una extraña melancolía. Cabizbajo comenzó a caminar hacia el coche que lo aguardaba, pero al percibir en el ambiente la brisa suave y fresca que anunciaba la próxima llegada del verano, decidió seguir a pie hasta su casa. En el trayecto, como siempre, recibió el saludo entusiasta de todo aquel que se topaba. «Esa nueva expresión de esperanza y optimismo que asoma en el rostro de los panameños ha sido posible gracias a la labor de los conjurados, a hombres como Amador y como yo quienes, a pesar de los años, supimos afrontar nuestra responsabilidad histórica».

Ufano, aceleró el paso, que otra vez era el de un hombre en paz consigo mismo. Mientras ascendía las escaleras de su hogar, un último pensamiento cruzó por su mente:

«Nosotros hemos cumplido liberando a nuestros hermanos del yugo colombiano. Corresponderá a las futuras generaciones zafarse del norteamericano».

París

Sábado 18 de mayo de 1940

Cuando la pequeña caravana que formaba el sepelio salió de los Campos Elíseos y enrumbó por la avenida Montaigne, la Ciudad Luz estaba en tinieblas. El toque de queda impuesto ante la inminencia del ataque alemán mantenía a los franceses de París a oscuras y en silencio.

Con los faros apagados y guiados por la pequeña luz que difundía la motocicleta policial que precedía la carroza fúnebre, la fila de automóviles continuó lentamente hacia el cementerio de Passy. El taxi en el que viajaban Henry Hall y Marie Lancome ocupaba el último lugar en la caravana.

Finalmente ingresaron al camposanto y tras un breve recorrido los autos se detuvieron frente a un mausoleo imponente. Alumbrándose con velas, la familia Bunau Varilla y los pocos amigos que esa noche la acompañaban transportaron el ataúd que contenía los restos de Philippe hasta la cripta donde un sacerdote ofició los últimos ritos. Una pertinaz llovizna había comenzado a caer, y mientras Marie regresaba a buscar resguardo en el taxi, Henry esperó estoicamente bajo la lluvia a que la ceremonia concluyera.

Resultaba paradójico que un hombre como Philippe Bunau Varilla, quien había vivido una vida plena de pompa y notoriedad, se despidiera de ella sin que siquiera una luz alumbrara su camino hacia lo ignoto. Henry Hall pensaba en ello en el momento en que los deudos comenzaron a emerger del mausoleo familiar. Cuando finalmente pudo distinguir a Ida Bunau Varilla, el viejo periodista se acercó a dar el pésame.

—Señor Hall, qué amable usted en venir.

—Quise estar aquí esta noche para darle mis más sentidas condolencias. Mientras aguardaba pensé que si alguien merecía honras fúnebres con honores estatales, era Philippe Bunau Varilla. Pero parece que París también está de luto.

—Gracias, señor Hall. Me sorprende mucho que permanezca usted todavía en Francia. Pensé que se marchaba a Canadá.

—A última hora Marie no quiso dejar París y yo no quise dejar a Marie. Sería repetir un viejo error. Pasaremos juntos a la clandestinidad.

Ida Bunau Varilla dejó asomar una leve sonrisa y Henry aprovechó para entregarle el *dossier* que llevaba consigo.

—Este es el único ejemplar de la historia que, muchos años atrás, su marido y yo acordamos escribir. Aunque la terminé hace un tiempo, creo que después de lo ocurrido nunca hubiera podido dársela a él. Le agradecería, sin embargo, que usted la guarde. Quizás algún día sus nietos sientan curiosidad por conocer de qué manera la extraordinaria y controvertida personalidad de su abuelo contribuyó a forjar la historia de un canal y un país.

EPÍLOGO

Los actores

1

Manuel Amador Guerrero fue el primer presidente constitucional de la nueva República de Panamá. El 20 de febrero de 1904 tomó posesión ante la Asamblea Nacional que lo eligió y, a pesar de las muchas dificultades y tropiezos, completó su mandato, durante el cual se echaron las bases de la estructura nacional. A lo largo de su período, vio con tristeza que el Partido Constitucional, creado por él con la intención de unir bajo una sola bandera política a los liberales y conservadores, no cumplió su cometido. Atacado injustamente por sus enemigos políticos, Amador gobernó acosado por la intriga y la maledicencia públicas. Al culminar su mandato en 1908, rehusó ir a la reelección. Poco tiempo después, el 2 de mayo de 1909, rendía su alma al Creador.

José Agustín Arango, promotor inicial de la gesta separatista quien rehusó la primera presidencia de la República que le ofreciera Amador Guerrero, se retiró a la vida privada tan pronto se instaló el primer gobierno constitucional. Desde su hogar observó con pena que aquellos líderes que juntos habían llevado a cabo la obra de la independencia, obnubilados por la pasión política, se enfrascaban en disputas estériles. Menos de un año después que Amador tomara posesión de la presidencia de la República, las intrigas palaciegas motivaron el distanciamiento de los dos precursores de la independencia del Istmo. Sin embargo, convencido Amador de la injusticia que se cometía con su viejo amigo, antes de terminar su mandato lo designó ministro de Panamá en Washington. De allá regresó Arango a ocupar en el siguiente gobierno la Secretaría de Relaciones Exteriores y el cargo de primer designado con que lo distinguió la Asamblea Nacional. El maestro Arango murió el 10 de mayo de 1909, una semana después que Amador Guerrero.

El general Esteban Huertas recibió la gratitud de la Junta Provisional y posteriormente del gobierno de Amador, que por los servicios prestados a la causa de la separación le donaron, respectivamente, veinticinco mil y cincuenta mil pesos. Un año después de instalado Amador Guerrero en la Presidencia, azuzado por los liberales e impulsado por su enemistad con Tomás Arias, secretario de Gobierno y Justicia, a quien hizo remover del cargo, Huertas intentó dar un golpe de cuartel. El gobierno recurrió al embajador de los Estados Unidos, John Barret, y con el apoyo de este, el general fue dado de baja y lo poco que restaba del ejército quedó abolido. El *Mocho* Huertas se retiró a la vida bucólica en el interior de la República, aunque cada 3 de noviembre reaparecía en la capital para participar en el desfile y las celebraciones del día de la patria. Durante las primeras décadas de la República se le veneraba como a un héroe, pero a medida que transcurrieron los años aquel culto se fue convirtiendo en burla disimulada, en gran parte por su no disimulada afición a la bebida.

José Domingo de Obaldía, último gobernador colombiano del Istmo, fue designado por el presidente Amador Guerrero ministro en los Estados Unidos para reemplazar a Bunau Varilla; posteriormente, en 1908, pasó a ser el primer presidente electo por votación popular. Singular fue el hecho de que en esa elección fue postulado por el Partido Liberal, en contra del que lideraba su íntimo amigo Manuel Amador Guerrero. El opositor de De Obaldía iba a ser Ricardo Arias, secretario de Relaciones Exteriores quien, presionado por los norteamericanos que querían un cambio de mando, renunció a la candidatura. De Obaldía, haciendo honor a su temperamento, luchó por establecer un gobierno de unidad nacional hasta que la muerte lo sorprendió en la Presidencia en 1910.

Los demás conjurados y líderes del movimiento separatista sirvieron a la nueva república en diversos cargos públicos. Federico Boyd fue diputado a la Asamblea Nacional en 1906, ejerció el poder brevemente como segundo designado después de la muerte de De Obaldía y de allí pasó a ocupar por dos años el cargo de secretario de Relaciones Exteriores. Tomás Arias fue ministro de Gobierno y de Relaciones Exteriores durante el primer año del gobierno de Amador Guerrero, en 1906 fue elegido diputado en la Asamblea y presidente de la misma; retirado a la vida privada, volvió al gobierno para ocupar cargos importantes en el servicio diplomático. Carlos Constantino Arosemena, ingeniero de profesión, fue designado por el Gobierno Provisional secretario de la Legación en Washington y luego de la renuncia de Bunau Varilla se encargó temporalmente del puesto hasta el arribo del nuevo ministro, José Domingo de Obaldía; en 1908, luego de la renuncia de José Agustín Arango, fue nombrado en propiedad y permaneció en Washington hasta 1910 cuando fue designado ministro de Obras Públicas; en 1912 se retiró a la vida privada. Ricardo Arias también fue diputado en la Asamblea y participó activamente en la vida política, aunque su candidatura presidencial para suceder a Amador, en cuyo gobierno servía como secretario de Relaciones Exteriores, se vio truncada por intrigas de las que se culpó a los norteamericanos. El general Nicanor de Obarrio, igual que muchos de sus compañeros de conjura, fue diputado en la Asamblea Nacional y después pasó a ocupar importantes cargos diplomáticos en el exterior. Una excepción entre los conjurados fue Manuel Espinosa Batista, quien, después del 3 de noviembre de 1903, rehusó aceptar ningún cargo público y se dedicó por entero a sus asuntos particulares y obras benéficas.

2

José Manuel Marroquín logró finalmente su anhelo y tras entregar el poder al general Reyes en agosto de 1904, se retiró a Yerbabuena a escribir. Murió en 1908, rodeado de buenos libros y malos recuerdos.

El general Rafael Reyes fue elegido presidente de Colombia en 1904, en unas elecciones estrechas cuando su rival, Joaquín Vélez, acusó de fraude a los conservadores históricos. Un año después de tomar posesión, disolvió el Congreso y una nueva dictadura surgió en Colombia. Aunque su gobierno fue progresista y dinámico, su empeño por encontrar prematuramente una solución pacífica a los problemas de Colombia con los Estados Unidos y Panamá motivó una reacción violenta del pueblo que lo alejó del poder en 1909. Su renuncia al cargo la envió desde Europa.

Juan Bautista Pérez y Soto, como presidente del movimiento patriótico La Integridad Colombiana, prosiguió la lucha porque se mantuviera viva la llama belicista en Colombia y se continuaran los esfuerzos de recuperar el Istmo por vía de la guerra. Su inflexibilidad y extremismo fueron causas inmediatas de que el gobierno de Marroquín decidiera disolver el movimiento, lo que hizo por la fuerza el 19 de diciembre de 1903. Posteriormente, implacable en su afán de castigar a los culpables de la separación de Panamá, Pérez y Soto aprovechó una nueva reacción patriótica de Colombia ante los acercamientos de Reyes con Panamá y los Estados Unidos, para promover la creación de una comisión investigadora en el Congreso, que él mismo presidió y que en 1910 sentó en el banquillo de los acusados a aquellos personajes que en su criterio habían provocado la pérdida del Istmo. Al que con más saña persiguió el gran inquisidor fue al exministro de Guerra, general Vázquez Cobo, quien por un tiempo tuvo la ciudad de Bogotá por cárcel. Una vez más sus excesos y rigidez, que amenazaban con meter preso a medio Colombia, determinaron el final prematuro de aquella investigación. Nueve años después, en 1919, Pérez y Soto, víctima quizá de la venganza de sus enemigos políticos, fue detenido en Barranquilla, acusado de intentar sacar furtivamente de Colombia la biblioteca de Francisco de Paula Santander, patrimonio nacional del Estado, que él había adquirido en una transacción privada. El antiguo senador por Panamá nunca aceptó la nacionalidad panameña y pasó sus últimos años en Roma, donde terminó de escribir, en doce voluminosos tomos que probablemente nadie ha podido leer, su macarrónica y última obra *El asesinato de Sucre.*

Tomás Herrán se mantuvo al frente de la Legación colombiana en Washington y continuó escribiendo innumerables cartas al gobierno y a sus amigos. Aunque sus advertencias sobre la separación de Panamá habían caído en oídos sordos, siguió anticipando desde su cargo las desgracias que caerían sobre Colombia si sus líderes persistían en equivocarse y, así, el último día de aquel año de 1903, fatídico para su patria, escribió a Germán Villa:

> *El gobierno norteamericano ha declarado ya oficialmente que la guerra con Panamá será guerra con los Estados Unidos, y los ministerios de Guerra y de Marina tienen preparado un plan de campaña que se ejecutará en el caso de romperse hostilidades entre Colombia y los Estados Unidos. Inmediatamente se apoderarán de todos nuestros puertos y fuertes expediciones marcharán sobre nuestras ciudades de Cali, Medellín y Bogotá... muy desigual sería la lucha y más que*

temerario sería provocarla pues se llevarían a Colombia los horrores que la soldadesca americana llevó a Filipinas. El verdadero patriotismo exige que evitemos que semejantes calamidades caigan sobre Colombia.

Un año después de la separación de Panamá, sin haber regresado jamás a su entrañable Antioquia, Tomás Herrán moría en un hospital de Nueva York. Aunque su certificado de defunción cita la neumonía como causa de la muerte, su esposa asegura que falleció de tristeza. De él quedan, como testimonio de sus desvelos patrióticos, las innumerables cartas que envió a su gobierno, a sus amigos y familiares, celosamente guardadas en la biblioteca de la Universidad norteamericana de Georgetown. Sus restos yacen en el cementerio de Saint Raimond, en Brooklyn, bajo una austera lápida donde se lee, simplemente, «HERRÁN».

3

Theodore Roosevelt ganó ampliamente las elecciones de 1904, y realizó así su sueño de llegar a la presidencia de los Estados Unidos por derecho propio. El Canal de Panamá, que le produjo la más grande satisfacción de su provechosa carrera política, se convirtió también en su más terrible pesadilla, una que recurría cada cuatro años cuando los demócratas recordaban al electorado el rapto de Panamá, insistiendo en preguntar, con la complicidad de la prensa, quién se había apropiado los cuarenta millones pagados por la venta de la concesión francesa. En 1908, exasperado por el hostigamiento de sus detractores, Roosevelt acudió a los tribunales federales en busca de una condena por calumnia e injuria contra Joseph Pulitzer y los diarios que habían hecho circular la especie de que su cuñado Douglas Robinson era uno de los beneficiarios del negociado del canal. Aunque la encuesta judicial no llegó a nada porque la Corte Suprema la desechó por razones técnicas, Pulitzer hizo investigar por su cuerpo de reporteros hasta el último detalle de lo ocurrido alrededor de la independencia de

Panamá y de la subsiguiente negociación del tratado del Canal. Cuatro años después, siempre coincidiendo con las elecciones, la información así recogida vería finalmente la luz pública a través de las audiencias que los demócratas llevaron a cabo con la excusa de determinar si había que indemnizar a Colombia por los sucesos de 1903. Ante la Comisión presidida por el demócrata Henry Rainey presentó el periodista de *The New York World*, Henry Hall, todas las evidencias reunidas por él y otros reporteros al servicio de Pulitzer y durante varias semanas rindió, además, una exhaustiva declaración. Lo único que quedó de aquello, aparte de la hedentina del escándalo, fue un libraco de más de ochocientas páginas que el propio Congreso hizo publicar bajo el sugestivo título de *The Story of Panama.*

En 1911, durante una conferencia dictada por él en la Universidad de Berkeley, California, Roosevelt lanzó su famosa frase *I took the canal* que, tergiversada por sus eternos enemigos de la prensa, fue señalada como la confesión del crimen cometido por él contra Colombia en 1903. Posteriormente, ante la negativa del Partido Republicano a postularlo como candidato a la presidencia, Roosevelt creó su propio partido, que bautizó con el original y revelador nombre de *Bull Moose Party*, para enfrentarse a los demócratas y a su antiguo amigo William Taft, candidato oficial del Partido Republicano. Y aunque en las elecciones de 1912 logró más votos que Taft, la división del partido condujo, irremediablemente, a la victoria de los demócratas que después de dieciséis años regresaron al poder. Fue así como Wilson, presidente electo por el partido que tanto luchó contra la ruta de Panamá, inauguró las obras del canal el 15 de agosto de 1914, doce días después de declarada la Primera Guerra Mundial. Roosevelt no aceptó la invitación a participar en la ceremonia y en 1919 partió de este mundo sin haber visto funcionando ese canal por el que arriesgó todo.

John Hay, quien pasó de secretario privado del presidente Abraham Lincoln y reputado escritor costumbrista a construir la política exterior norteamericana de la vuelta del siglo, más que un simple ejecutor, fue el verdadero artífice de la política de Roosevelt hacia Colombia y luego para con Panamá. Sus principales instrumentos fueron William Nelson Cromwell y Philippe Bunau Varilla, a quienes logró convencer, sin mucho esfuerzo, de que habían sido ellos los verdaderos directores del drama. El tratado Hay-Bunau Varilla, a pesar de lo que ha dejado escrito el ingeniero francés en sus libros, es producto de la inteligencia y maquiavelismo de Hay. Cuando Roosevelt fue elegido en 1904, no obstante que conocía la precaria salud de Hay, le pidió permanecer al frente del Departamento de Estado. Menos de un año después, el famoso Canciller de Hierro fallecía, y era sustituido en el cargo por otro notable de la época, Elihu Root.

William Nelson Cromwell, creador de Sullivan & Cromwell, una de las firmas de abogados más poderosas de los Estados Unidos, y precursor del cabildeo político, fue designado por la nueva República de Panamá como su agente fiscal y abogado consejero, cargo que desempeñó por varias décadas hasta que en la del treinta se retiró a París. En su condición de agente fiscal compartió con su cliente, la Banca Morgan, la responsabilidad de invertir una parte sustancial de los diez millones recibidos por Panamá como consecuencia del tratado Hay-Bunau Varilla (los llamados «millones de la posteridad»). Luego de que la Nueva Compañía del Canal de Panamá recibiera los cuarenta millones, Cromwell pasó a su cliente una cuenta de honorarios por ochocientos mil dólares. El liquidador de la empresa se negó a pagar semejante suma y el asunto fue remitido a un arbitraje en París en el que el abogado neoyorquino presentó en 1907 un alegato de doscientas cincuenta páginas justificando el cobro de sus servicios, alegato que serviría después como instrumento de desprestigio a Henry Hall en sus declaraciones ante la comisión Rainey. Los árbitros rebajaron la suma reclamada por Cromwell y finalmente se le reconocieron doscientos cincuenta mil dólares de honorarios, mil por cada página de su escrito.

4

Philippe Bunau Varilla continuó como ministro extraordinario y plenipotenciario de la República de Panamá en Washington hasta que el Senado norteamericano ratificó el tratado, en febrero de 1904. Durante los meses que transcurrieron entre la ratificación de Panamá y la de los Estados Unidos, el francés trabajó denodadamente con los aliados políticos del presidente Roosevelt para lograr la aprobación senatorial. Para combatir el tratado, los enemigos de Roosevelt hicieron publicar con gran despliegue en la primera plana del diario *The New York World* —siempre *The New York World*, de Pulitzer— un reportaje en el que acusaban a Bunau Varilla de haber liderado un sindicato especulativo que ganó millones con las acciones de la Nueva Compañía del Canal de Panamá cuando, luego de la celebración del tratado con Panamá, estas aumentaron de valor en la Bolsa de París. Bunau Varilla, como siempre, se defendió con vehemencia y posteriormente se enfrentó al temido senador Morgan, campeón de los opositores al convenio. Para facilitar la ratificación del tratado, el entonces ministro de Panamá no vaciló en interpretar algunas cláusulas en sentido favorable a los Estados Unidos, lo que, entre otros males, le costó a la nueva república el acceso y usufructo de sus puertos, y, por consiguiente, de su privilegiada posición en la geografía mundial.

El canje de ratificaciones entre John Hay y Philippe Bunau Varilla se produjo el 25 de febrero e inmediatamente el francés notificó al gobierno de Panamá su renuncia del cargo. De vuelta en su país natal, Bunau Varilla volvió al ejercicio de la ingeniería a gran escala hasta que se alistó para luchar contra sus grandes enemigos, los alemanes, en la Primera Guerra Mundial. En Verdún, donde inventó un procedimiento de cloración del agua que salvó muchas vidas francesas, perdió su pierna derecha durante un bombardeo.

Bunau Varilla no participó en la inauguración formal del Canal de Panamá, cuando el *Ancón* transitó la vía acuática el 15 de agosto de 1914. Sin embargo, desde las barandillas del vapor *Cristóbal*, primer barco que, doce días antes, transitara la vía acuática, ya había contemplado el funcionamiento de las esclusas, en cuyo diseño había contribuido.

Los desasosiegos y trastornos que el tratado del Canal causó en las relaciones de Panamá con los Estados Unidos determinaron que en 1927 la Asamblea Nacional de Panamá, por Resolución número 25 de enero de ese año, repudiara el nombre de Philippe Bunau Varilla y lo declarara «un extranjero pernicioso para el país» quien debe ser entregado al «escarnio de los panameños y a la execración de la posteridad».

Bunau Varilla nunca llegó a comprender por qué en lugar de amarlo los panameños lo odiaban. Entre sus más preciados tesoros guardaba la carta que José Domingo de Obaldía le remitiera siendo presidente de Panamá en respuesta al hermoso y sentido mensaje de condolencia que el francés enviara con motivo de la muerte de Amador Guerrero. Decía así aquella nota del presidente De Obaldía:

Agradezco participación suya en muerte del presidente Amador... Es página de nuestra historia y sus fecundos servicios perdurarán en la memoria de nuestro pueblo. En la portentosa canalización los nombres de Amador y usted ocuparán puesto preeminente y la gratitud nacional les titula: Benefactores de Panamá.

Philippe Bunau Varilla, colmado de los más grandes honores en su patria, murió el 18 de mayo de 1940, tres semanas antes de que los alemanes ocuparan París. De haber vivido en ese entonces, habría vuelto a morir de pena: los alemanes se apoderaron del periódico *Le Matin*, que todavía era propiedad de los Bunau Varilla, y lo convirtieron en vocero del nazismo en la Francia ocupada. Terminada la guerra, los comunistas salieron de la resistencia a tomar posiciones y, entre otros bienes de la familia Bunau Varilla, expropiaron, por colaboracionista, la imprenta de *Le Matin*. Desde entonces se edita allí el diario comunista *L'Humanité* y el nombre Bunau Varilla quedó injustamente asociado al de aquellos franceses que traicionaron su patria cuando esta más necesitaba de sus hijos.

El Drama

1

La misión encomendada al general Rafael Reyes culminó sin ningún éxito su labor en Washington cuando el Senado norteamericano ratificó el tratado Hay-Bunau Varilla. Después de dos meses de ardua labor solamente quedaron en los archivos del Departamento de Estado los sesudos y patrióticos memorandos de agravios y quejas diplomáticas presentados por los colombianos.

De Washington el general Reyes se desplazó a París, donde tuvo mejor éxito defendiendo ante los tribunales franceses los derechos de Colombia sobre las acciones que le pertenecían desde la época de la primera compañía fundada por Ferdinand de Lesseps.

Rafael Reyes convirtió su misión militar sobre el Istmo en una misión exclusivamente diplomática en los Estados Unidos. Pero el pueblo colombiano, que lo ignoraba, seguía esperanzado y empeñado en recuperar por medio de la guerra el territorio perdido. Cuando Reyes fue elegido presidente de Colombia, dedicó grandes esfuerzos para volver a estrechar lazos con los Estados Unidos, aun a costa de establecerlos también con la República de Panamá. Se preparó un convenio que al ver la luz pública causó una reacción tan airada que Reyes, convertido ya en dictador, se vio obligado a abandonar el poder en 1909. Con el paso del tiempo se volvieron a abrir las vías de entendimiento y, finalmente, el 6 de abril de 1914 se firmó el tratado Urrutia-Thompson. Diversas circunstancias, entre ellas el advenimiento de la Primera Guerra Mundial, pospusieron la ratificación del convenio, pero finalmente, después de muchos altibajos, se intercambiaron las ratificaciones y en 1924 Colombia reconoció a su antiguo departamento como República independiente y renunció a cualquier reclamación relacionada con el canal o el Istmo. Como contrapartida recibió de los Estados Unidos, entre otros beneficios, veinticinco millones de dólares.

Preciso es incluir en este relato una breve referencia a aquellos seres que en el transcurso de la historia resultan víctimas de las circunstancias políticas y de la indiferencia de sus semejantes.

Como es ya sabido, a fines de 1903 un grupo de colombianos, plenos de fervor patriótico y enardecidos por el despojo del que consideraban había sido víctima Colombia, desembarcaron en el golfo de Urabá para intentar dirigirse por tierra hasta el corazón del Istmo y recuperarlo para la patria. En el campamento levantado cerca de la desembocadura del río Titumate, en plena selva, acamparon los soldados del Tercero de Tiradores, ansiosos de reivindicar el honor perdido meses antes en Colón. A ellos se unió un grupo de voluntarios enviados por La Integridad Colombiana, entre los que se destacaban jóvenes de la mejor sociedad. Las órdenes que llegaban de Bogotá eran contradictorias y los expedicionarios no sabían si avanzar o no rumbo a la Ciudad de Panamá; así fueron pasando los meses y se agotaron las provisiones y se perdió la esperanza. Algunos intentaron marchar por cuenta propia y, a través de una selva plagada de fieras, insectos y enfermedades, llegaron sin mayores consecuencias hasta los límites de la nueva república.

Volvamos por un instante a aquellos días para escuchar al general Daniel Ortiz, comandante de esos héroes ilusos, que en una inspirada carta, de esas que la posteridad no lee por vergüenza, escribió:

Posiblemente el país no ha tenido para esos expedicionarios toda la atención y toda la justicia que ellos se merecen. Su buena voluntad, su abnegación, su decisión, su valor, su constancia y su heroísmo solo tienen par en los que hicieron gala de esas mismas virtudes en Tarqui, en Tulcán, en Guaspud, cuando sí les fue permitido a los colombianos cobrar el ultraje a la bandera... Aquella pléyade de colombianos merece bien de la Patria y de la Historia. Jóvenes de la primera sociedad, habituados al regalo de una posición desahogada, llegaron y allá cayeron, centinelas del honor nacional, en su puesto de lucha, pobres, haraposos, hambreados, enfermos y agotados, sin quejarse ni trepidar; alta la frente, profunda la mirada; y con la sonrisa alegre y entusiasta de quien se engrandece ante el deber cumplido, como gesto postrero. Y allá duermen, bajo las umbelas simbólicas de nuestras palmeras, abrigados por el calor de las arenas patrias que con tanta gallardía quisieron defender; y arrullados por los formidables mugidos del Atlántico que en su vaivén incesante, vela cariñoso el último sueño de los héroes idos, quizás oficialmente anónimos pero de nombres grandes y radiosos en la historia nacional. Y los que sobreviven, allá van, en las bregas de la vida, solitarios y abrumados, en espera de las reivindicaciones patrias, que constituyen su fe de soldados y patriotas.

2

El Senado de los Estados Unidos, pese a la agria campaña desatada por la prensa y los sectores demócratas más recalcitrantes en contra del tratado Hay-Bunau Varilla, lo ratificó el 23 de febrero de 1904 con sesenta y seis votos a favor y catorce en contra. Dos días después se efectuó el canje de las ratificaciones y el tratado entró en vigencia.

El canal, considerado todavía una de las maravillas del mundo moderno, se terminó de construir en 1914 y trajo al Istmo mucha de la prosperidad que anhelaban los panameños que forjaron la independencia. Sin embargo, el asunto de la soberanía sobre la faja canalera y las demás disposiciones lesivas del tratado Hay-Bunau Varilla se convirtieron inmediatamente en una causa permanente de conflictos entre la potencia del norte y la recién nacida República de Panamá. Pocos meses después que el convenio entrara en vigencia, Roosevelt tuvo que enviar a Panamá a su secretario de Guerra William Taft, para solucionar problemas surgidos por la forma como el designado gobernador de la Zona del Canal interpretaba las disposiciones del pacto. Se firmó entonces el convenio Taft, primero de varios que se hicieron necesarios para calmar los ánimos de los panameños.

Las disposiciones que autorizaban a los Estados Unidos a intervenir en los asuntos internos de Panamá, que, gracias a los esfuerzos de Tomás Arias, también habían sido incluidas como un artículo de la Constitución panameña de 1904, fueron utilizadas por los norteamericanos para inmiscuirse en los procesos electorales panameños, y así desembarcaron tropas en Panamá en 1908, 1912 y 1918, con lo cual se deterioraron más las relaciones entre ambos países.

La derogatoria del tratado Hay-Bunau Varilla se convirtió en religión de los panameños. Fue necesario, sin embargo, que llegara a la presidencia de los Estados Unidos un hombre con claridad de miras como Franklin Delano Roosevelt, sobrino de Theodore, para que se comenzara a hacer justicia a Panamá. En 1936 se firmó el primer convenio que introduce mejoras importantes al tratado original. Se puso fin al protectorado, se aumentó la anualidad a doscientos cincuenta mil dólares y los Estados Unidos renunciaron a la cláusula que les permitía adquirir tierras y aguas adicionales para los fines del tratado de 1903, que se declararon cumplidos. Posteriormente, un nuevo convenio firmado en 1955 volvió a incrementar la anualidad e introdujo otras mejoras de carácter económico.

La perpetuidad y los problemas de soberanía, sin embargo, permanecían inalterables.

Mientras tanto iba surgiendo en la Zona del Canal una nueva casta: la de los zonians, individuos nacidos en esa área que eran norteamericanos por *jus sanguinis* y panameños por *jus soli.* Muchos de los conflictos existentes entre los dos países obedecieron a la actitud hostil de esos hijos de la colonia hacia sus vecinos panameños. El más grave surgió el 9 de enero de 1964, cuando estudiantes panameños se enfrentaron a estudiantes norteamericanos, a la policía y al ejército de los Estados Unidos porque no se les permitía izar el pabellón nacional en todos los sitios en que ondeaba el norteamericano, como había sido previamente acordado entre las dos naciones. El enfrentamiento fue violento y veintidós panameños murieron, lo que motivó a que Panamá retirara su embajador en Washington y se rompieran las relaciones entre los dos países. Ese 9 de enero marcó en la historia el momento en que Panamá inició con paso firme el camino hacia la recuperación total de su soberanía sobre la Zona del Canal y la vía acuática.

Después de muchos esfuerzos, que se iniciaron en 1904 y continuaron ininterrumpidamente a lo largo del siglo, esfuerzos que algunos patriotas panameños denominaron «alpinismo generacional», se firmaron entre el presidente Jimmy Carter y el general Omar Torrijos los tratados de 1977, que abrogaron el de 1903 y todos los que después lo modificaron. En el Senado norteamericano el documento fue ratificado por la mínima diferencia de un voto. Como consecuencia de los tratados Torrijos-Carter, los Estados Unidos devolverán a Panamá el canal y sus áreas adyacentes y después del 31 de diciembre de 1999 no quedarán soldados norteamericanos en las riberas del canal ni en ningún otro lugar de la geografía panameña.

Condenada por la equidad y la historia, la perpetuidad pactada por Philippe Bunau Varilla y John Hay duró menos de cien años.

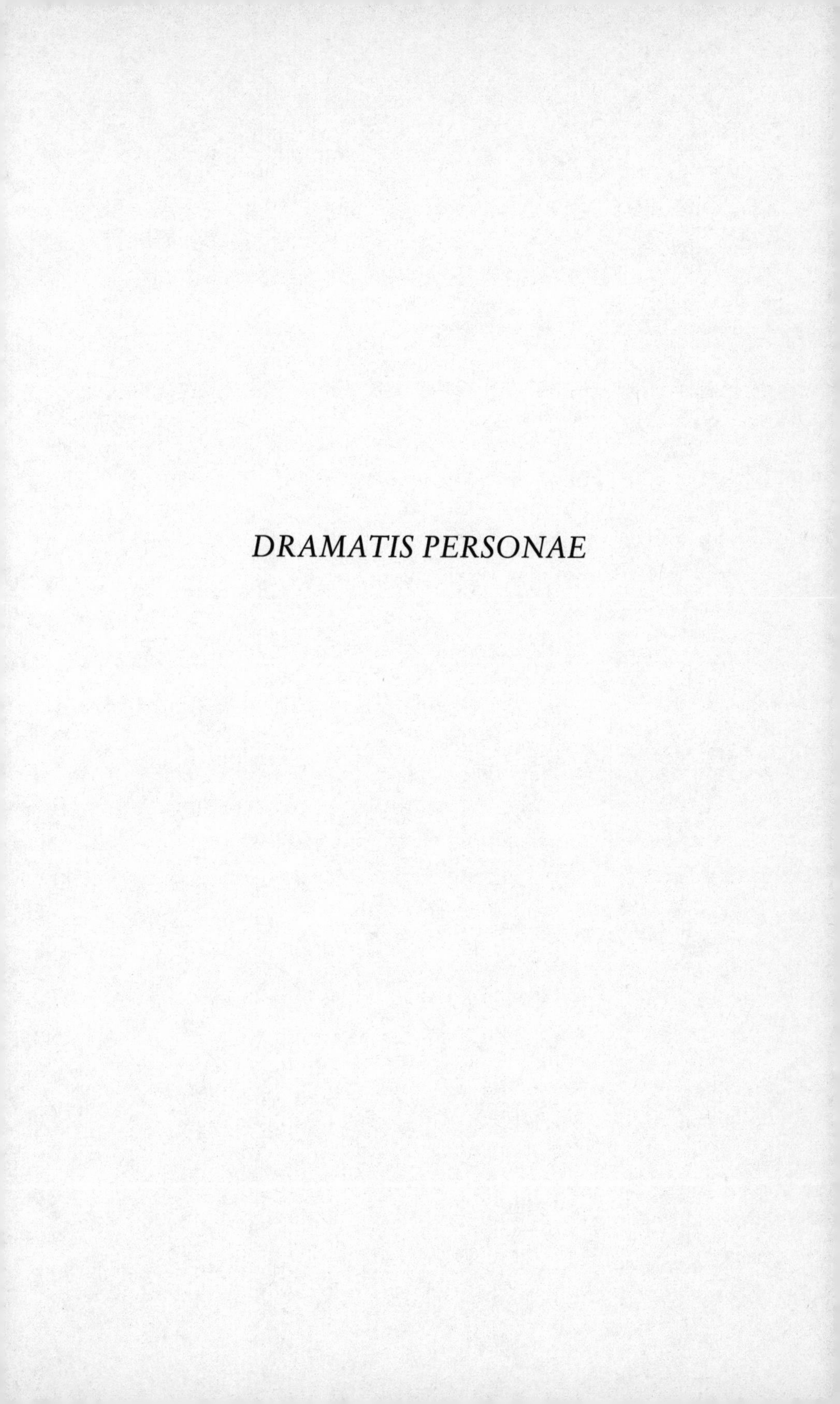

DRAMATIS PERSONAE

París

Bo, Mario.

Presidente de la Nueva Compañía del Canal Interoceánico al momento de ser vendida al gobierno de los Estados Unidos.

Bunnau-Varilla, Etienne.

Hijo de Phillipe.

Bunnau-Varilla, Ida.

Esposa de Phillipe.

Bunnau-Varilla, Maurice.

Hermano y socio de Phillipe en el diario *Le Matin*.

Bunnau-Varilla, Phillipe.

Ingeniero, empresario, escritor y emprendedor francés, accionista de la Nueva Compañía del Canal Interoceánico, propietario con su hermano del diario *Le Matin*. Sus esfuerzos contribuyeron a que Estados Unidos decidiera construir el canal en Panamá y no en Nicaragua. Fue el primer embajador de Panamá en Washington y quince días después de que la nueva república declarara su independencia de Colombia firmó con el Secretario de Estado, John Hay, el tratado Hay-Bunnau Varilla para la construcción del canal.

Hall, Henry.

Periodista del diario neoyorquino *The World*, que por encargo de su propietario, Joseph Pulitzer, quien buscaba defenderse de la acusación por calumnia promovida en su contra por el presidente Roosevelt, llevó a cabo una investigación de los posibles actos de corrupción ocurridos en Panamá durante el movimiento independentista.

Bogotá

Arango, Marcelino.
Senador colombiano por el Partido Conservador Nacionalista.

Ayala, Ramón G.
General, enviado a Panamá como miembro del Estado Mayor del general Juan Bautista Tobar.

Beaupré, Arthur Mathias.
Encargado de Negocios de los Estados Unidos en Bogotá.

Caballero, Lucas.
General, enviado especial del gobierno colombiano como parte de la misión diplomática presidida por el general Rafael Reyes para tratar de recuperar el antiguo departamento después de la declaratoria de independencia.

Caicedo Albán, Joaquín.
General, enviado a Panamá como miembro del Estado Mayor del general Juan Bautista Tobar.

Caro, Miguel Antonio.
Expresidente y senador colombiano, líder de los conservadores nacionalistas.

Concha, José Vicente.
Negociador colombiano del proyecto de tratado del Canal con Estados Unidos.

Cuadros, Pedro.
General, prefecto de la ciudad de Colón.

De Paula Castro, Francisco.
General, jefe militar de la plaza de Panamá.

FAJARDO, CARLOS.
Coronel colombiano de servicio en Panamá, quien en compañía del General Restrepo Briceño ejecutó las órdenes del general Vázquez Cobo en contra del semanario *El Lápiz*.

GUERRERO, ELEÁZAR.
Coronel, alcalde de Colón.

HERRÁN, TOMÁS.
Negociador colombiano y firmante del tratado Herrán-Hay entre los Estados Unidos y Colombia, que luego de aprobado por el senado norteamericano fue rechazado por el senado colombiano.

HOLGUÍN, JORGE.
General, enviado especial del gobierno colombiano a Panamá como parte de la misión diplomática presidida por el general Rafael Reyes para tratar de recuperar el antiguo departamento después de la declaratoria de independencia.

JARAMILLO, ESTEBAN.
Encargado del Ministerio de Gobierno de Colombia.

MANCINI, ALEXANDER.
Representante de la Nueva Compañía del Canal Interoceánico en Bogotá.

MARROQUÍN, JOSÉ MANUEL.
Presidente de Colombia y líder del partido de los conservadores históricos.

MARROQUÍN, JOSÉ MANUEL.
Presbítero, hijo primogénito del presidente Marroquín.

MARROQUÍN, LORENZO.
Senador colombiano, hijo del presidente Marroquín.

MARTÍNEZ SILVA, CARLOS.
Negociador colombiano del proyecto de tratado del Canal con Estados Unidos.

MEDINA CALDERÓN, JOSÉ.
Senador colombiano por el Partido Conservador Nacionalista.

MUTIS DURÁN, FACUNDO.
Gobernador de Panamá antes del nombramiento de De Obaldía. Luego fue nombrado Ministro de Tesoro de Colombia.

NÚÑEZ ROCA, JOSÉ MARÍA.
General de servicio en el Istmo el día de la independencia.

Ortiz, Daniel.
General. Comandante del cuerpo del ejército colombiano y de los voluntarios que envió el gobierno de Colombia a Panamá a través de la selva del Darién para tratar de recuperar el antiguo departamento después de la declaratoria de independencia.

Ospina, Pedro Nel.
General, enviado especial del gobierno colombiano a Panamá como parte de la misión diplomática presidida por el general Rafael Reyes para tratar de recuperar el antiguo departamento después de la declaratoria de independencia.

Pérez y Soto, Juan Bautista.
Senador colombiano del Partido Conservador Nacionalista por el departamento de Panamá, férreo opositor del tratado Herrán-Hay.

Quintero Calderón, Guillermo.
Senador colombiano del Partido Conservador Nacionalista, bajo cuya presidencia se rechazó el Tratado del Canal negociado con los Estados Unidos.

Restrepo Briceño, José María.
General de servicio en Panamá, quien ejecutó las órdenes del general José Vázquez Cobo en contra del semanario *El Lápiz*.

Reyes, general Rafael.
Militar y político colombiano, candidato a la presidencia de la República por el partido de los conservadores históricos y quien, a través de la vía diplomática, trató de recuperar el territorio de Panamá para Colombia.

Rico, Luis Carlos.
Ministro de Relaciones Exteriores de Colombia.

Sicard Briceño, Pedro.
General, jefe militar del departamento de Panamá a principios de 1903 y responsable del fusilamiento del caudillo liberal, el general indígena Victoriano Lorenzo.

Terán, Oscar.
Miembro de la Cámara de Representantes de Colombia por el departamento de Panamá y férreo opositor del tratado Herrán-Hay y de la independencia de Panamá.

TOBAR, ÁNGEL N.
General, enviado a Panamá como miembro del Estado Mayor del general Juan Bautista Tobar.

TOBAR, JOSÉ MARÍA.
Coronel, segundo al mando de la jefatura militar de Panamá.

TOBAR, JOSÉ N.
Coronel, enviado a Panamá como miembro del Estado Mayor del general Juan Bautista Tobar.

TOBAR, JUAN BAUTISTA.
General, enviado a Panamá como comandante militar de la Plaza al mando del Batallón Tercero de Tiradores para prevenir los actos separatistas de 1903.

TOBAR, LUIS ALBERTO.
General, comandante del buque *Panamá*, surto en el Istmo el día de la independencia.

TORRES, ELISEO.
Coronel, comandante del Batallón Tercero de Tiradores, que el 5 de noviembre de 1903, dos días después de la declaración de independencia, abandonó la ciudad de Colón con sus quinientos hombres sin disparar un solo tiro.

URIBE, ANTONIO JOSÉ.
Ministro de Instrucción Pública de Colombia.

VÁZQUEZ COBO, ALFREDO.
General, Ministro de Guerra de Colombia.

VÁZQUEZ COBO, JOSÉ.
General, hermano del Ministro de Guerra de Colombia y jefe militar del Istmo de Panamá, cuya afición a la bebida lo llevó a cometer atropellos en contra de las autoridades departamentales de Panamá, del semanario *El Lápiz* y de algunos de sus periodistas.

VÉLEZ, GENERAL JOAQUÍN.
Senador colombiano, presidente del Senado y candidato a la presidencia por los conservadores nacionalistas.

Washington / Nueva York

Baker, Albert.
Contralmirante, comandante en jefe del Escuadrón del Atlántico.

Beers, James.
Capitán del puerto de La Boca en Panamá y agente de fletes de la Compañía del Ferrocarril.

Collum, Shelby.
Senador republicano, presidente del Comité de Relaciones Exteriores.

Cromwell, William Nelson.
Fundador de la firma Sullivan & Cromwell, abogado de la Nueva Compañía del Canal Interoceánico y pionero del cabildeo como modo de influir en las decisiones políticas.

Darling, Charles.
Subsecretario de Guerra.

Farham, Roger.
Agente de prensa de William Nelson Cromwell.

Glass, Henry.
Contralmirante, comandante en jefe del Escuadrón del Pacífico.

Hanna, Marcos Alonzo.
Líder republicano del senado y partidario de la ruta de Panamá.

Hay, John.
Secretario de Estado, forjador de la política exterior de Estados Unidos en torno a Colombia y Panamá, negociador y firmante del Tratado del Canal. (Hay-Bunau Varilla)

Hubbard, John.
Comandante de la cañonera *Nashville*, primer buque de guerra enviado por el gobierno de Estados Unidos a Colón para apoyar la independencia de Panamá.

Humphrey, Chancey.
Capitán de la Marina, espía enviado por el presidente Roosevelt a Colombia y a Panamá para investigar la situación militar.

Knox, Philander.
Procurador general.

LINDO, JOSHUA.
Banquero de origen istmeño residente en Nueva York, que ayudó a Manuel Amador Guerrero cuando fue a Estados Unidos en busca de apoyo para el movimiento independentista.
LOOMIS, FRANCIS.
Subsecretario de Estado y viejo amigo de Phillipe Bunau-Varilla.
MALMROS, OSCAR.
Cónsul de Estados Unidos en Colón.
MOORE, JOHN BASSET.
Catedrático de derecho internacional de la Universidad de Columbia, autor del *Memorándum Moore*, que sirvió de base al presidente Roosevelt para intervenir en Panamá.
MORGAN, JOHN PIERPOINT.
Líder de la industria y de la banca norteamericanas.
MORGAN, JOHN TYLER.
Senador por Alabama, presidente de la Comisión del Canal del Senado y promotor incansable de la ruta de Nicaragua.
MURPHY, GRAYSON.
Teniente de la Marina, espía enviado por el presidente Roosevelt a Colombia y Panamá para investigar la situación militar.
PAVEY, FRANK.
Abogado del Departamento de Estado que contribuyó a la redacción del tratado Hay-Bunau Varilla.
PULITZER, JOSEPH.
Propietario de periódicos y enemigo declarado de Roosevelt, cuyas publicaciones en el diario *The World* le valieron una demanda por calumnia e injuria por parte del presidente.
PULITZER, RALPH.
Hijo de Joseph, quien a la muerte de su padre se encargó de la empresa periodística y luego, con motivo de la crisis de 1929, tuvo que vendérsela a su competidor William Hearst.
RAINEY, HENRY.
Congresista demócrata, presidente de la Comisión del Congreso creada para investigar los posibles delitos de corrupción ocurridos durante la independencia de Panamá, denunciados por *The World*.

ROOSEVELT, THEODORE.
Presidente de los Estados Unidos que tomó la decisión de construir el canal interoceánico en Panamá y apoyó con buques de guerra su independencia de Colombia.

ROOT, ELIHU.
Secretario de Guerra.

SHALER, JAMES.
Superintendente del Ferrocarril en Colón cuyas actuaciones fueron determinantes para la consolidación de la independencia.

SHAW, LESLIE.
Secretario del Tesoro.

SPOONER, JOHN COIT.
Senador republicano, autor de la ley Spooner que obligaba al gobierno norteamericano a construir el canal por Nicaragua en caso de que no se concretara la ruta por Panamá.

TAFT, WILLIAM HOWARD.
Gobernador de Filipinas y luego presidente de los Estados Unidos.

PANAMÁ

AMADOR, RAÚL.
Hijo de Manuel Amador G. Médico residente en Estados Unidos.

AMADOR DE, MARÍA OSSA.
Esposa de Manuel Amador Guerrero. Confeccionó la bandera panameña diseñada por su hijo Manuel y animó a su esposo a seguir adelante en momentos críticos para la gesta separatista.

AMADOR, MANUEL.
Hijo de Manuel Amador G. y Secretario de Hacienda antes de la independencia. Diseñó la bandera de Panamá y fue confirmado en el cargo de Secretario de Hacienda y Tesoro de la nueva república.

AMADOR GUERRERO, MANUEL.
Médico y político. Uno de los ocho conjurados que planificaron la separación definitiva de Panamá de Colombia. Miembro del

Partido Conservador y principal gestor, junto con José Agustín Arango, del movimiento independentista. Por sus méritos fue designado primer presidente de la nueva nación.

ANDREVE, GUILLERMO.
Político liberal, jefe de los voluntarios istmeños que se ofrecieron a combatir.

ARANGO, JOSÉ AGUSTÍN.
Uno de los conjurados, abogado del Ferrocarril de Panamá, miembro del Partido Conservador y, junto con Amador Guerrero, principal gestor de la de la Junta Provisional de Gobierno.

ARANGO, JOSÉ FERNANDO.
Jefe de la Policía, quien se encargó de la custodia de los generales colombianos el día de la independencia.

ARIAS, RICARDO.
Ganadero y empresario conservador. Al igual que su hermano Tomás, uno de los conjurados.

ARIAS, TOMÁS.
Empresario conservador, hermano de Ricardo, uno de los conjurados y miembro de la Junta Provisional de Gobierno.

AROSEMENA, CARLOS CONSTANTINO.
El más joven de los conjurados. Liberal y sobrino de Domingo Díaz, jefe del Partido Liberal.

BOYD, FEDERICO.
Empresario, de inclinación liberal, uno de los conjurados y miembro del la Junta Provisional de Gobierno.

BRID, DEMETRIO.
Presidente del Consejo Municipal de la nueva república.

CLEMENT, CARLOS.
Lugarteniente de Domingo Díaz y activista en Colón para la consolidación de la independencia.

DE LA ESPRIELLA, FRANCISCO.
Secretario de Relaciones Exteriores de la nueva república.

DE OBALDÍA, JOSÉ DOMINGO.
Miembro del Senado de Colombia por Panamá, donde se abstuvo de votar en contra del tratado del Canal. Nombrado por Marroquín gobernador de Panamá, apoyó sin vacilar el movimiento separatista. Remplazó a Bunnau-Varilla como embajador en Washington

y, concluido el período presidencial de Amador Guerrero, fue el primer presidente de Panamá electo por votación popular.

De Obarrio, Nicanor Arturo.
Militar y político, uno de los conjurados, secretario de Guerra y Marina de la nueva república.

De Obarrio, Enrique.
Prefecto del departamento de Panamá.

Díaz, Domingo.
Jefe del Partido Liberal cuya actuación al frente del pueblo fue crucial para el éxito del movimiento independentista.

Díaz, Pedro.
Dirigente del Partido Liberal, hermano de Domingo.

Duque, José Gabriel.
Ciudadano norteamericano radicado en Panamá, empresario, propietario del diario Star & Herald, jefe del Cuerpo de Bomberos, que apoyó con armas y voluntarios el movimiento independentista.

Ehrman, Félix.
Vicecónsul de Estados Unidos en Panamá.

Espinosa Batista, Manuel.
Empresario, simpatizante del Partido Conservador, uno de los conjurados.

Fábrega, Julio.
Secretario de Instrucción Pública de la nueva nación.

Grudger, Hezekiah.
Cónsul de Estados Unidos.

Huertas, Esteban.
General, jefe del Batallón Colombia en el Istmo, quien luego de ordenar el apresamiento de los generales colombianos que habían venido a poner orden en el Istmo se sumó al movimiento independentista.

Jiménez, Juan Antonio.
Lugarteniente de Domingo Díaz.

Jiménez, Pastor.
Istmeño, amigo íntimo del general Huertas.

Junguito, Francisco Javier.
Obispo de Panamá.

MARTÍNEZ, ORONDASTE.
Uno de los líderes del movimiento independentista en Colón, donde se consolidó la independencia.

MELÉNDEZ, AMINTA.
Hija de Porfirio y mensajera entre los conjurados y los líderes colonenses.

MELÉNDEZ, PORFIRIO.
Junto a Martínez, líder del movimiento independentista en Colón.

MENDOZA, CARLOS.
Caudillo liberal, autor del Acta de Independencia y Secretario de Justicia de la nueva república.

MENDOZA, JOSÉ SACROVIR.
Primo de Carlos Mendoza. Editor del semanario *El Lápiz* cuyo atropello por parte de militares colombianos precipitó el apoyo de los liberales al movimiento independentista.

MORALES, EUSEBIO.
Liberal. Autor del Manifiesto a la Nación el día de la independencia y secretario de Gobierno de la nueva república.

OSSA, JOSÉ FRANCISCO.
Hermano de María Ossa de Amador. Alcalde de Panamá que a petición de su hermana apoyó la separación.

PRESCOTT, HERBERT (HERBIE).
Subdirector del Ferrocarril. Asistente incansable de Amador durante la gesta separatista.

PRETELT, LEONIDAS.
Coronel de la Marina, comandante de la flota colombiana surta en el Istmo.

SALAZAR, MARCO.
Capitán del Batallón Colombia a quien el general Huertas confió la difícil tarea de arrestar al general Juan Bautista Tobar y a su comitiva, iniciando así la gesta separatista.

VALDÉS LÓPEZ, RAMÓN.
Magistrado del Tribunal Departamental, encargado de comunicar el levantamiento del 3 de noviembre al interior del país.

ZACHRISSON, CHARLES.
Istmeño, amigo íntimo del general Huertas.